Ivonne Hübner

Elbmöwen

Historischer Roman

mitteldeutscher verlag

Meinen Kindern

Das erste Jahr

*

Balthasar und Nikolaus

Der Dieb

»Herrgottnochmal!« Ein Stöckchen oder irgendwas! Balthasar Weber lässt seinen Blick zwischen den ockergelben Pfützen im festgestampften Sandweg schweifen nach etwas, womit er die Hinterlassenschaften des Kutschpferdes von seiner Stiefelsohle abkratzen könnte. Wohin das Auge reicht: Matsch, Pfützen und Exkremente, Stroh und Abfälle. Mit dem Regen wird der beißende Geruch in den Fahrrinnen aufgerührt. Balthasar lüftet die Kapuze seines Lodenmantels und nimmt die drei Stufen zur Tür der Wache hinauf. An den Kanten der Stiegen bleibt ein Gutteil des tierischen Nachlasses kleben.

Drinnen sitzt auf klapprigen Holzbänken ein Dutzend Leute. Abgerissene Gestalten. Allesamt vom Warten zermürbt. Ein männliches und ein weibliches Persönchen, gemalt auf ein von der Zeit abgeschabtes und verblasstes Schild, zeigen an, wo der Wartebereich für die Damen, wo für die Herren ist; abgetrennt durch eine dicke Wand aus schlechter Luft, zementiert aus den Ausdünstungen von Fehltritten: Alkohol und nächtlichen Umtrieben.

»Ist hier frei?«

Auf das Nicken des Zahnlosen lüpft Balthasar den Schoß seines Mantels. Er löst die Hornknöpfe aus den Schlaufen und setzt sich neben ihn. Balthasars Aufmerksamkeit wird von den auf der anderen Seite wartenden Frauenzimmern gebannt. Die haben schon krakeelt, als er die Wache betreten hatte. Welch fragwürdigen Leumunds die drei Damen entstammen, errät Balthasar ganz schnell. Dennoch hat er nie in seinem Leben die Dienste eines solchen Mädchens in Anspruch genommen. Selbst wenn es ihn zu irgendeiner Zeit seines jungen Lebens gelüstet hätte, da, wo er herkommt, gibt es keine, die sich für Geld anbietet. Raumfüllende Gesten, theatertaugliches Mienenspiel, weibische Wortgewalt und künstliche Farbe auf den Gesichtern. Alles an ihnen verrät ihr gewissenloses Gewerbe. Beim Luftholen hüpfen ihre Brüste beinahe aus den berüschten Miedern.

»Der Herr riechen streng«, drängt der Zahnlose sich in Balthasars Gedanken. Doch die Zügellosigkeit der drei Frauen da vorn ist fesselnder als das Naserümpfen eines Haderlumps hier. Außerdem, so bezeugt es Balthasars Nase, riecht der andere noch viel übler als seine, Balthasars, Stiefel.

»Worum geht es dort?«

Sein Nebenmann schwankt im Bemühen, am Jüngeren vorbeizuschauen und einen Blick auf die Mädchen zu erhaschen, so gewaltig vor und zurück, dass Balthasar ihm am Kragen des Paletots packen muss, damit er nicht von der Bank kippt. »Das Übliche«, rülpst der Mensch. Sein saurer Atem trifft Balthasar wie ein Fausthieb.

Während die zwei jüngeren Weibsbilder einander Unschicklichkeiten an die Köpfe werfen, versucht die Dritte, etwas Ältere, zu schlichten. Unbestritten ist die Ältere nicht unparteiisch in der Sache. Vorwürfe werden zurückgeschmettert. Eine Wilderin in ihrem Revier zu sein, bezichtigt die Ältere die Jüngere und schlägt die Hand der Anklagenden zurück, die sich an ihrem Mündel vergreifen möchte. Diejenige, die von der Älteren beschützt wird, wäre sicherlich hübsch. Doch das brünette Haar hat keinen Glanz. Das neckische Grübchen am Kinn wird von steilen Kummerfalten um den Mund ausgestochen. Die aufreizenden Wangenknochen werden von einer so dicken Schicht Rouge überzogen, dass alles Honette der Dame abgeht. Ihre Schlankheit schlägt ins Dürre. Ja, sie wäre bestimmt hübsch. Die Ältere, die zur Hageren gehört, ist ihr ganzes Gegenteil: breit wie hoch, von rosigem Teint, das Haar flammenrot mit hüpfenden Locken. Die Schönheitsflecken scheinen entweder echt oder ein Relikt aus längst vergangenen Zeiten zu sein. Balthasars scheue Neugier schlägt in schiere Belustigung um.

Der Kurzweil wird ein Ende gesetzt. Die Tür zur Wachstube fliegt auf. In jenem Wimpernschlag werden die Gesichter der Delinquenten in freudiger Erwartung von Unschuld gezeichnet. In der Tür steht ein Uniformierter mit getrimmtem Backenbart und schnurgerader Bundfalte an den dunklen Hosen. Die Hände hält er amtlich auf dem Rücken verschränkt. Der Wachmann schaut in die Runde. Die den Warteraum füllende Stille fühlt sich in Balthasars Dafürhalten so an, wie wenn zu Hause der Pfarrer Sälar am Sonntag die um sich greifende Unzucht maßregelt und ein jeder darüber nachdenkt, welche Gebote heut noch gebrochen werden würden. Zumeist das dritte, das besagt, den Ruhetag einzuhalten, aber insbesondere das zehnte und Balthasars Blick wandert wieder hinüber zu den Mädchen.

Des Wachtmeisters Augen bleiben an Balthasar länger haften als an den anderen. Es braucht nur ein kaum merkliches Nicken über die Schulter, um Balthasar in die Wachstube zu zitieren. Das Gezeter im Warteraum ist auch dann noch zu hören, als der Uniformierte die Tür hinter sich und Balthasar zuknallt. Der hält dem immer noch prüfenden Blick des anderen stand. »Hinsetzen.«

Ein wuchtiger Schreibtisch trennt die beiden voneinander.

Balthasar befand sich noch nie zuvor in einer solchen Lage. Er beobachtet den anderen, von dem er sich Hilfe erhofft. Der Wachtmeister nimmt die Feder aus dem Fass, befeuchtet Daumen und Zeigefinger an der Zunge und zieht ein Papier vom Stoß neben sich. Zögerlich zuerst, dann sicherer, beginnt Balthasar zu berichten. Zwischen unbeholfene Zeilen auf einem speckigen Blatt Papier wird Balthasars Person aufgeführt. Sein Status, den seine Familie so hart erkämpft hat, wird hingekliert wie eine Bestellung in einer Backstube.

»Anliegen?«

»Diebstahl.«

Ein überreizter Augenaufschlag seitens des Wachtmeisters folgt. »Woher kommt Er und wohin wird Er wohl wollen?«

»Aus dem Oberland, Zittauer Gebirge. Ich muss an die Akademie.«

»Wozu?«

Balthasar stutzt. Wozu geht einer an die Akademie? »Zum Studieren.«

»Was studieren?«

»Kunst.«

»Wozu?«

Das hätte Balthasasr auch zu gern gewusst. Wegen des Gesetzes, hätte er gern geantwortet, behilft sich jedoch mit der Version, die der andere verstehen würde. »Wegen einer Mustermalerlizenz.« Dass das Studium nicht seine Idee gewesen sei, lässt er unerwähnt, denn der Wachtmeister macht nicht gerade den Eindruck, daran interessiert zu sein. Balthasar wäre von Natur aus nie in diese Lage, nie in diese Wachstube geraten, wenn ihn nicht seine Schwägerin zum Studium nötigte. Ja, genau genommen muss wohl Luisa Schuld daran sein, dass er jetzt hier in der stickigen Wachstube sitzt.

»Woher Er jetzt gerade augenblicklich komme, meine ich.«

Balthasar weist auf die Tür zum Warteraum. Der Wachtmeister macht ihm nicht gerade ausgesucht freundlich, aber eindringlich klar, ihn bloß nicht zu veräppeln. Also erklärt Balthasar ihm die Route, die er mit der Postkutsche von Zittau bis Königsbrück über die Via Regia genommen habe. »Zuletzt hat mich ein Fuhrwerk mitgenommen bis hierher … wie heißt das hier? Wo bin ich überhaupt?« Balthasar schaut sich um. Nichts liegt ihm ferner, als sich aus dieser verdrießlichen Beengtheit fortzuwünschen.

»Loschwitz.« Der Wachtmeister macht sich die Mühe, Balthasar einen Einblick in das weltberühmte Loschwitz zu geben: Hier, so referiert er, trafen sich einst in der Sommerwohnung des Oberkonsistorialrates Körner Größen wie Mozart, Goethe, Kleist, die Gebrüder Humboldt und Schlegel zum gepflegten Gedankenaustausch. »Kennt Er diese?«

Balthasar überlegt, dieser Mozart, sagt ihm was. »Musik?«

Der Wachtmeister zeigt eine wirsche Geste. »Was erhofft Er sich also hier?«

»*Er* will seine Sachen wiederhaben!«

»Nicht in diesem Ton!« Der Wachtmeister erhebt sich und kritisiert die Ausdünstungen, die die unordentlichen Menschen mit sich brächten. Am jetzt sperrangelweit geöffneten Kastenfenster stehend, pumpt der Sergeant den Fäkalodem des weltberühmten Loschwitz in seine Lungen und setzt sich befreit atmend wieder Balthasar gegenüber hin. »Wo wird Er denn wohnen?«

Balthasar nennt ihm die Adresse der Studentenherberge, die man ihm zugewiesen hat. Die Feder des Wachtmeisters kratzt vielversprechend. Schnell hat Balthasar jene Dinge aufgezählt, die verlustig gegangen sind. Die Liste wird lang. Alles, was Balthasar von zu Hause mitgebracht hat, ist ihm entwendet worden: die Kladde mit den Malpapieren und Kartons, die Mappe mit den Pinseln, Kreiden, Messlatten, auch die Kleidertasche mit den Toilettensachen, einfach alles, sogar die Reisebibel, die ihm seine Schwägerin zugesteckt hat. Nun, auf die kann er verzichten, auf die Bibel.

»Was gedenkt Er nun zu tun?«

Balthasar zuckt die Schultern. »Genau dasselbe wollte ich Sie gerade fragen. Wohin soll ich mich nun wenden?«

»Gehe Er zur Akademie, schreibe Er sich ein und schildere dort den Sachverhalt.« Beschlossen wird dies mit einer überzogenen Signatur seitens des Wachtmeisters. Die Liste der Verlustgegenstände will auch von Balthasar unterzeichnet werden.

»Ich kann aber nicht ohne meine Papiere zur Akademie.« Balthasars Trotz wird von der kratzenden Feder verschluckt, als er unterschreibt. Sein Fall ist im Handumdrehen ad acta gelegt und wandert zuoberst auf einen der beiden auf dem Fußboden und bereits hüfthoch gewachsenen Papierstapel; am Kippen gehindert von aufrecht stehenden dicken Büchern. Wann mit einer Nachricht zu rechnen sei, möchte Balthasar noch wissen, bevor er geht.

Der Mensch wendet sich der zweitürmigen Papierkathedrale zu und zuckt die Achseln. »Er kann ja noch einmal anfragen ... in ungefähr drei Jahren.«

Zutiefst enttäuscht, und nicht ohne ein Krümelchen der tierischen Ausscheidungen am Stuhlbein abzustreifen, erhebt sich Balthasar und lässt den Beamten im Mief zurück.

Die von den Damen ausgesandten missbilligenden Blicke perlen an Balthasar ab wie der Nieselregen, der sich nicht entscheiden kann, abzuebben oder als Dauerregen anzuschwellen.

Gen Westen geht Balthasar, wie es der Wachtmeister gesagt hat. Den Kragen hochgeschlagen hält er Ausschau nach einer großen Steinbrücke: der einzigen Brücke über die Elbe. Wenn er die Brücke überquere, so hat es der Wachtmeister erklärt, werde er geradewegs auf die Residenzstadt treffen. Dresden ließe sich nun wirklich nicht verfehlen! – Und wieso er das nicht wisse?

Ein Querulant

Antonia Amundus springt vor einer heranrauschenden Laufmaschine in die Nische der Haustür am Obergraben. Noch einen Augenblick lang schaut sie dem Zweirädrigen hinterher. Verblüfft und doch fasziniert vom einspurigen Gefährt öffnet sie die Tür zum Hause ihres Vaters. Ihre Familie bewohnt ein altmodisches Barockhaus. Es ist ein bisschen verwinkelt, nicht so emporragend und hell wie die neuen Häuser, die jetzt gebaut werden mit hohen Decken in den Räumen und weiten Fenstern. Aber immer noch besser als die ganz alten Fachwerke, die noch am Stadtrand stehen.

»Ich bin zurück«, ruft sie aus dem Windfang in die Korridore die Treppe hinauf. Sie lüftet die Kapuze und schüttelt ihr Cape aus. Die Tropfen springen aufs Parkett. Ihre Stiefeletten sind durchweicht, die Füße kalt und nass. Wo ihr Vater und ihr Bruder seien, fragt Antonia die Haushälterin. Die taucht erst auf, nachdem ihr Duft nach Seifenfrasen und Gemüsefond längst schon hier war.

Frau Gutzkow vollbringt einen in die Tage gekommenen Knicks. Der Professor bereite sich auf den ersten Schultag vor. Sie legt sich Antonias Cape sorgsam über den Arm, wobei sie nicht versäumt, auf die späte Stunde und eine drohende Erkältung hinzuweisen. Antonia hört nur mit halbem Ohr hin. Sie lauscht nach der Anwesenheit ihres saumseligen Bruders oder des arbeitseifrigen Vaters.

»Sie sind doch so anfällig! Und die schöne Capote, alles zusammengefallen.« Frau Gutzkow zupft an der Bordüre, die das schwarze vom Regen entmutigte Musselinhütchen schmückt. Sie reicht ein Tüchlein, mit dem sich Antonia das Gesicht trocken tupfen soll, und trippelt dann in die Küche, um Cape und Hut vor dem Herd aufzuziehen. Die junge Frau betrachtet versonnen ihr Bild im Kommodenspiegel. Doch zu den Eitlen darf man Antonia nicht zählen. Seit einem halben Jahr schon ziert sie keine Farbe mehr. Die Spaziergänge ans andere Elbufer hat sie lange entbehren müssen, jetzt aber freut sie sich, sie wieder unternehmen zu können.

Antonia durchquert den unteren Flur und nimmt mit eiligen Schritten, die erstens nicht damenhaft sind und zweitens alles andere als eine Erkältung ankündigen, zwei Stufen auf einmal. Dumpf tapsen ihre Schritte auf dem Treppenteppich. Oben befinden sich das Arbeitszimmer des Vaters, die Schlafstuben und allerlei Kammern. Unter dem Dach liegen die Quartiere der Dienstboten. Aber mit Mutters Tod sind der Köchin, der Magd und der Zofe aufgekündigt worden. Ein Entschluss des Vaters. Jener Entschluss hatte Antonia von einem Tag auf den anderen mit Verantwortung überhäuft. Allein Frau Gutzkow blieb unentbehrlich.

Ein halbes Jahr der Trauer liegt zwischen dem Damals und dem Jetzt.

Antonia ist froh, dass ihr Vater morgen seinen Lehrstuhl an der Akademie wieder besetzen wird. In den vergangenen sechs Monaten war Professor Amundus seinen Forschungen zu Hause nachgegangen. Eine gedehnte Zeit. Eine Zerreißprobe für alle Beteiligten. Die Unterhaltung eines vom Tatendrang gepeinigten, zum Nichtstun verurteilten Wissenschaftlers war für Antonia manchmal eine unlösbare Aufgabe gewesen. Genau wie die, ihrem Bruder zu Fleiß und Rechtschaffenheit anzuhalten. Und während ihr Vater wie ein Panther im Käfig seine Kreise im Arbeitszimmer zog, trieb es Nikolaus nicht selten anstatt in die Akademie in die Taverne.

Ab morgen aber würde ihr Vater wieder von seiner täglichen Arbeit heimkehren und Neuigkeiten mitbringen. Es würde eine geregelte Normalität einziehen. Nikolaus würde unterm strengen Auge des Vaters seine Studien ernster angehen. Soweit Antonias Wunschdenken.

Im Obergeschoss sind die Flure auch am helllichten Tage ganz dunkel. Man muss sich an den Lichtspalten unter den Türen orientieren, um sich nicht an den Schemeln und Tischchen zu stoßen, die hier herumstehen. Niemand würde sich jemals in dieses Dunkel setzen, um zu plauschen. Die in Öl gemalten Ahnen sind sich Unterhalter genug. Einzig ihnen tut die Dunkelheit gut. Wenn die Familie am Abend mit Lampen die Schlafzimmer aufsucht, haben die Ahnen ihren Auftritt. Dann glänzt das rissige Öl und hinter Schichten von vergilbter Zeit beobachten die glasigen Augen der längst Verblichenen das Treiben der noch Lebenden.

Im Vorbeigehen streicht Antonia gedankenverloren mit dem Mittelfinger über die Bilderrahmen. Sie kann ihn kaum sehen, aber sie fühlt den feinen Staub, den Frau Gutzkow nicht weggewischt hat. Der Staub spannt sich untrüglich wie ein samtenes Tuch über die Vergangenheit. Für Kontrollen bezüglich Frau Gutzkows Arbeit wird Antonia von nun an, da Vater und Bruder wieder an die Akademie gehen, mehr Zeit bleiben. Nicht, dass Antonias Woche nicht ausgefüllt wäre. Gottlob! Ihre Woche ist schon am Montag randvoll von Schmutzwäsche.

Antonia klopft an die Zimmertür ihres Vaters. Sein Brummen lädt sie ins Heiligste ein. Eine gebeugte Gestalt: Ihr Vater am Schreibtisch in einen Text vertieft. Zwicker auf der Nase. Antonia rubbelt ihre Oberarme. »Du musst regelmäßig die Glut schüren, Vater.« Sie erledigt das Ermahnte, bis die Funken stieben und das Feuer sich wieder belebt. Von ihrem Vater erfährt sie nichts als Teilnahmslosigkeit. Die Schrift, die in mehreren losen Blättern vor ihm liegt, fesselt ihn. »Ja, ich komme gleich zur Vesper«, lässt er vernehmen, hebt aber nicht den Blick.

Die Desorientierung ihres Vaters die Tageszeit betreffend, gibt ihr einen Einblick in sein gleichförmiges Tagesgeschäft. Entschieden holt sie ihren Vater in die Gegenwart. Er möchte pünktlich zum

Abendessen erscheinen. Sie ist schon fast aus der Tür, da ruft er sie zurück und das auch dieses Mal, ohne sich die Mühe zu machen, zu ihr herüberzuschauen: »In der Akademie?«

»Alles in bester Ordnung, Vater.« Antonia zählt an den Fingern die Wichtigkeiten ab, die ihrem Vater eine Feste im akademischen Leben sind. Sie lässt an ihrer unabdingbaren Nützlichkeit keinen Zweifel. Das Arbeitszimmer sei gelüftet, die Regale abgestaubt, die eingetrocknete Tinte aus den Fässern geklopft und durch frische ersetzt, Papiere im Vorrat auf den Schreibtisch, der Krug mit Trinkwasser aufgefüllt, das kleine Salonzimmer, das in Wahrheit nur ein Erker mit zwei Lehnsesseln und einem Teetischchen ist, wo der Vater seine Pausen verbringt, mit einer Dose frisch gebackener Kekse dekoriert, der schönste Apfel poliert und ganz oben auf die Obstpyramide drapiert, die Fußmatte ausgeklopft und das Messingschild an der Tür mit dem Verweis auf das Reich des Dekan Amundus gewienert. Alles habe seine Ordnung für den ersten Schultag, versichert sie ihm. Alles, außer …

»Die Pflanzen, Vater. Hörst du mir zu? Deine Vertretung hat die Pflanzen verkommen lassen. In Nathaniel Wards Interesse ist es sicher nicht, die Pflanzen im Zimmertreibhaus dem Verdursten anheimzugeben.« Antonias Kritik geht nicht gegen ihren Vater. Vielmehr zielt sie gegen die Hausdiener an der Akademie. Die haben sich nicht um die Ward'schen Kästen gekümmert. Besagte Glashäuser mit Farnen und anderen Exoten darin brauchen viel Aufmerksamkeit. Diese neuartigen englischen Zimmertreibhäuser waren Mutters Idee. Antonias Vater hegt kaum Interesse an der komplizierten Pflege der Biotope. Sie abzubauen, kommt auch wieder nicht infrage. Denn sie sind jedem ein ästhetischer und erfrischender Blickfang. Und viel wichtiger: Sie sind ein Andenken an seine Gemahlin.

Antonia beobachtet ihren Vater. Es ist Herbst geworden auf seinem Gesicht. Der Spätsommer seines Lebens war von einem Tag zum anderen durch einen hässlichen Sturm beendet worden. Wenn er sich weiterhin so sehr nur mit den Büchern befasst, würde der Winter früher als erwartet eintreffen. Heut sieht er besonders müde aus, findet Antonia. Sie überlegt, was möglicherweise ihren Vater letzte Nacht nicht hatte schlafen lassen. Mutters plötzliche Erkrankung? Ihr Bruder? Die neuen Studenten? Das neue Semester? Die lange Pause? Vielleicht hat er Angst, das Unterrichten und Leiten einer Akademie verlernt zu haben? Antonia kennt ihren Vater nicht anders als getrieben von unerfüllbarem Perfektionismus.

Ein gedankenverlorenes Lächeln schenkt er dem Papier. Er lächelt selten seit dem Tod seiner Gemahlin. Antonia wäre zu gern Adressat seines seltenen Lächelns. »Die Farne erholen sich unter deiner Pflege schnell wieder. Mutter würde das viel bedeuten.«

»Ja, Vater«, beinahe tonlos ist ihre Stimme. Es tut weh, wie immer, wenn ihr Vater ihre Mutter erwähnt. Antonia nickt knapp und ermahnt ihn, zum Essen pünktlich zu sein, doch all seine Aufmerksamkeit gilt den Papieren auf seinem Schreibtisch.

Wie zu erwarten, ist ihr Vater nicht pünktlich. Antonia und ihr Bruder sitzen an der langen Tafel. Nikolaus trommelt mit den Fingern auf dem Tischtuch herum. Antonia mag das nicht. Während die Herren üblicherweise die Kopfenden schmücken, klebt Antonia an einer der Breitseiten wie ein Gast, der vergessen hat zu gehen.

»Aufgeregt?« Antonia: bemüht freundlich. Ihr Bruder macht nach den zweimonatigen Semesterferien nicht den Eindruck morgen seine Studien fortsetzen zu wollen. *Fortsetzen* wäre in jener Angelegenheit nicht das richtige Wort. Nikolaus Amundus wird nach zwei völlig deplatzierten Semestern der Rechtswissenschaften etwas völlig anderes neu beginnen.

Er schenkt ihr ein verschmitztes Lächeln und schüttelt knapp den Kopf. Nicht weil er verneint, sondern weil ihre Frage überflüssig gewesen ist. »Und du? Froh, uns wieder los zu sein?«

»Oh ja«, Antonia legt sich schmunzelnd die Serviette auf den Schoß. »Überglücklich.«

»Wirst du dich ohne uns nicht langweilen, Toni?« Nikolaus' Lächeln reicht nicht bis zu seinen Augen.

»Langeweile? Was ist das!« Jede von Antonias Wochen folgt einem strengen Plan. Wenn Montag die Wäscheberge bezwungen sind, geht es dienstags auf den Markt. Aber Antonias Sache ist das Geld nicht. Antonia ist es gestattet, ihre Haushälterin auf den Markt zu begleiten, mitzubestimmen, was jene kaufen, was jene herunterhandeln soll. Doch geziemt es Antonias Stand nicht, die Münzen in die Hand zu nehmen. Das gilt nicht nur für den Markt, sondern auch für den Kohlenmann, den Milchmann, den Trinkwassermann, den Kaminfeger, den Teppichklopfer, Scherenschleifer, Rattenfänger und Lumpenhändler – für Hausierer im Allgemeinen. Handel treiben darf sie nicht. So jedenfalls hält es ihr Vater. Die veralteten Konventionen sind wie ein Anker für ihn.

Antonia will nicht ungerecht gegen ihn und ihren Bruder urteilen. Denn ist es nicht ihr Privileg, eine Hausfrau sein zu dürfen? Ideell betrachtet steht sie damit über der Adeligen. Leider aber ist es auch eine Misere. Ohne Geld in der Hand rangiert sie theoretisch unter einer Arbeiterin. Während sich Antonias Mutter zu Lebzeiten bereitwillig mit dem eleganten und schützenden Mantel, gewoben aus Unschuld, Ahnungslosigkeit, Gleichmut und Opferbereitschaft kleidete, spürt Antonia längst, dass er ihr zu eng wird.

Doch mit Wäsche und Einkauf füllt sich keine Woche. Antonia versieht verschiedene Handarbeiten und Korrespondenzen, trifft den Hausfrauenkreis oder ist sogar die Gastgeberin. Es wird im gepflegten Kreise aus belletristischen Neuerscheinungen vorgelesen. Das zieht zwangsläufig die Bestellung von Büchern nach sich. Es schickt sich, mindestens einmal wöchentlich ein Atelier aufzusuchen. Obzwar Antonias Vasen und Schalen noch nicht das Gütezeichen von Nützlichem verdienen – Antonia weiß das –, gehört das Töpfern für Damen zum guten Ton. In jedweder Wortbedeutung. Auch Antonias Vater und ihr Bruder sind Mitglieder in gleich mehreren verschiedenen Gruppen und Vereinen. Es gehört zum Schick der Gesellschaft, solchen Ansammlungen von Menschen mit gleichen Interessen anzugehören.

Auf eine angefüllte Woche sollte kein nutzloses Wochenende folgen. Dies gestaltet Antonia ganz nach den Vorstellungen von Vater und Bruder. Wenn Verwandte ihren Besuch ankündigen und dies die Gelegenheit zum Spiel am Pianoforte und dem Vorlesen bietet, muss auch das sorgsam vorbereitet werden. Da ist es nicht allein mit der Auswahl der Noten getan!

Diese Konstanten ihres Wochenplanes werden sanft umspült von den Gängen zum Grab ihrer Mutter und zur Akademie, wenn sie die Grünpflanzen in Vaters Arbeitszimmer versorgt.

»Nein, ich werde mich nicht langweilen.«

Nikolaus nickt und wirft sich die pomadierte Locke aus der Stirn. Er ist der am besten aussehende junge Mann, den sie kennt. Sie kennt nicht viele, zugegeben, aber ihr Bruder scheint eine fleischgewordene Züchtung aus der Aphrodite und deren Geliebten, dem Adonis, zu sein. Und so schön Nikolaus ist, so kühl, so unnahbar und sensibel ist er auch. Er ist wie ein rohes Ei, dessen Schale unter leichtem Druck einen Knacks bekommt. Was dann schlüpft, ist Zerberus, der den Eingang zur Unterwelt bewacht. Zähne fletschen kann Nikolaus genauso gut wie seinen Charme spielen lassen. Sie sind sich oft uneins, Antonia und ihr Bruder. Einzig der Standpunkt eint sie, an der affektierten Akademie sollten die Zügel etwas gelockert werden. Vielleicht, so überlegt sie manchmal, beneidet sie ihn auch ein klein wenig.

Ihr Vater setzt sich an den Kopf der Tafel. Ihm gehen die Manieren ab, derer es bedurft hätte, sich für seine Verspätung zu entschuldigen. Auch das Tischgebet, das Antonia anstimmt, erträgt der Professor und lässt das »Amen« keinen halben Herzschlag lang nachwirken. »Haben Hinz und Kunz die Akten für die Stipendiaten fertig?«, fragt er, während er sich von Frau Gutzkow Suppe auftragen lässt.

Antonia mustert ihren Vater. »Die Sekretäre *Herr Kinz* und *Herr Hunts*, Vater, haben alle vier Akten auf deinen Tisch gelegt.«

Ihr Vater nickt, stutzt, zieht die Suppe zwischen den Zähnen hindurch und schaut Antonia prüfend an. »Vier? Wieso vier? Wir haben fünf Stipendiaten.«

Antonia zuckt die Achseln. Derlei Angelegenheiten sind nicht die ihren. »Da fällt mir ein, Vater, einer deiner Neuen wollte dich heut sprechen.«

»Welcher?«

»Einer deiner vier Stipendiaten.«

»Nein, nein, es sind fünf, Toni!«

Sie fesselt kurz seinen Blick. Dann nickt sie entschuldigend. Der Professor hat recht. Auch wenn er sich irrt und alle Beteiligten den offenkundigen Irrtum erkennen, nur er nicht, auch dann hat er recht. Sie lächelt nachgiebig, schabt vom Grund des Suppentellers die hartnäckig am Porzellan kleben gebliebenen Kräuter zusammen.

»Bitte, Toni, ich hasse dieses Geräusch«, meldet sich ihr Bruder vom jenseitigen Ende der Tafel. Antonia legt den Löffel auf den Teller und lässt ihn von Frau Gutzkow durch ein Gläschen Zitronensorbet ersetzen.

»Und … weißt du seinen Namen?«, bleibt ihr Vater beim Thema. »Von dem Stipendiaten? Hat er gesagt, was er besprechen wollte?«

»Nein.« Antonia spürt der sauren Frische in ihrem Mund nach, einem Abgesang auf den vergehenden Sommer. »Er hat mir seinen Namen genannt, aber …« Sie forscht in sich. Ihr mangelt es zum einen am archivarischen Gedächtnis ihres Vaters und zum anderen an der Weitsicht ihrer Mutter, sich Wichtiges zu notieren. Außerdem muss sie abwägen, ob sie sich ein zweites Gläschen Sorbet leisten kann. Bei gründlicher Überlegung geht die Mode hin zu üppigen Kurven oben, aber enger Taille. Wo Letzteres ein Manko ist, helfen die ausladenden Hammelkeulenärmel über den Makel hinwegzutäuschen, indem sie die Taille schmaler wirken lassen. Antonia schiebt das geleerte Glas von sich.

»Antonia!«

»Verzeih, Vater.« Ihre Affenschaukelzöpfe schlenkern wie bei einem Kind. »Ich hab mir seinen Namen nicht gemerkt.«

»Aufgeschrieben?«

Wieder dieses Schlenkern, das sie nicht leiden kann. »Verzeih.«

Das Seufzen ihres Vaters ist selbst über Frau Gutzkows Schritte zu hören, mit denen sie sich und das Suppengeschirr in die Küche schleppt. »Es kann doch nicht so schwer sein, sich einen Namen zu merken, oder Nik? Aber, was frag ich dich!«

Vor Antonia bleibt Nikolaus' überdrüssiger Blick nicht verborgen. »Wir haben dieses Semester ja nur fünf Stipendiaten.«

»Verzeih, Vater.« Sie hat sich solche Mühe gegeben, alles richtig zu machen.

»Also«, lehnt sich der Professor vor, stemmt die Ellbogen auf die Tischplatte, und taxiert sie über die gekreuzten Finger hinweg. Antonia muss jetzt gut aufpassen. Sie weiß, jetzt wird sie geprüft. »Johannes Kallowitz, Albert Degener, Jeremias Kutter, Balthasar Weber, Daniel Herschberger.«

»Ja der.«

»Der Herschberger?«

»Nein, der andere. Balthasar Weber.«

»Weber!« Vaters Antlitz hellt sich schlagartig auf. Er lässt sich nahezu erleichtert in den Lehnstuhl zurücksinken. »Gott sei Dank, ist er aufgetaucht.« Professor Amundus deutet mit seinem Dessertlöffel auf Nikolaus. »Dein Lernpate.«

»Wie nett«, was Nikolaus mit einem falschen Lächeln untermauert. Und Antonias Vater postuliert, wie froh er darüber sei, dass der Verschollene doch noch gefunden scheint.

Antonia weiß, jener Balthasar Weber hätte es glücklicher treffen können. Sie weiß auch, dass er wahrscheinlich eher ein Auge auf ihren liederlichen Bruder haben soll, als umgekehrt ihr Bruder dem anderen die akademische Welt erklären möge. Keinen dieser Gedanken spricht sie aus, sondern berichtet ihrem Vater in allen Einzelheiten von der Begegnung mit dem Querulanten; so eigensinnig, so ungestüm und überaus fremdartig, dass ihr jetzt, da sie sich des Erinnerns bemüht, ein Schauder über den Rücken fährt.

»Erfreue uns doch nachher am Piaonoforte.« Keine Bitte, eine Forderung.

»Wenn dir das Freude machen würde?«

»Und du begleitest sie auf der Violine, Nik.«

Aus den Augenwinkeln sieht sie, wie Nikolaus den Löffel ins weiche Mousse stößt und das Glas von sich wegschiebt, die Fingerkuppen berühren sich vor seinem Gesicht. Er schaut niemandem in die Augen.

Die Rote Marthe

Die Kunstakademie kennt Balthasar allemal von Kupferstichen, Erzählungen und dem Schreiben des Professors Amundus. Verschwiegene, geduldige Kupferstiche, die zur Betrachtung einladen, sich beiseite legen und wieder heranziehen lassen, um ein neues Detail der Stadtansicht zu entdecken. Niemand hat ihm verraten, dass die realen Entsprechungen jener beschaulichen Landschaftsszenen in Wirklichkeit stinken, lärmen und gar nicht zur Erbauung einladen.

Es ist später Nachmittag. Er steht an besagter Steinbrücke, benannt nach dem letzten wirklich großen sächsischen König.

Gewusel von Menschen und Pferdegespannen verdeckt ihm die Sicht auf die grau-schwarze Silhouette der Stadt am anderen Elbufer. Die Überwältigung hält sich in Grenzen. Einer, der auf einem Zweirad sitzend an ihm vorbei will, ruft ihm etwas Unflätiges zu und hinterlässt im Matsch eine Spurrinne. Balthasar hat von Laufrädern gehört. Doch nie hätte er sich ausmalen wollen, dass es tatsächlich Menschen gibt, die sich so fortbewegen. Eine Kuriosität, die sich nicht durchsetzen wird.

Balthasar gräbt sich durch die Menschenmassen, die sich hier am Fuß der Brücke stauen. Sein Weg zum Fuße der Brücke wird alle Nase lang aufgehalten. Aufgehalten von Geräuschen: Stimmengewirr, Hufgetrappel, knirschenden Rädern, rauschendem Wasser zwischen den Schaufelrädern eines Dampfers. Geräusche, die er einzusortieren, zu katalogiersieren sucht, wie er es zu Hause mit jedem abgeschlossenen Auftrag tut. Diese Steinbrücke bietet kilometerweit die einzige Möglichkeit zur Flussüberquerung, nur logisch, dass kaum ein Durchkommen ist.

Balthasar staunt über die Geschäftigkeit, die er zu Hause an einem Sonntag vergeblich in der Öffentlichkeit suchen würde. Fischer fischen, Kinder durchsieben das Wasser nach Tang. Ein Einspänner transportiert nicht Güter, sondern ein Dutzend Leute. Nicht seitlich, sondern am Heck befindet sich der Wagentritt. Und am festen Verdeck steht in schönen grünen Buchstaben: *Nr. 1 Jüdenmarkt – Bülo-Altendresden.* Oben, am Rand des Verdecks *Mignon-Praliné.*

Balthasar kann sich keinen Reim drauf machen. Er versucht voranzukommen, ohne seine Schuhe durchzuweichen. Über den gelben Schlamm steigen die Frauen mit bis über die Knöchel angehobenen Röcken. Sie ignorieren den Dreck, in dem sie leben. Damen werden in Sänften über den Matsch getragen. Den Trägern rinnt der Schweiß unter den altmodischen Dreispitzhüten. Frauen mit Henkelkörben begutachten die sich windenden Glitschlinge in den Fischerreusen. Hin- und hergerissen scheinen sie vom dritten Gebot, den Feiertag zu heiligen oder doch lieber einen Fisch zum Sonntagspreis zu erstehen. Weiter draußen kann Balthasar ein paar mit bunten Wimpeln geschmückte überdachte Boote auf der Elbe dümpeln sehen.

»Einen halben Groschen das Stück, mein Herr«, wird Balthasar da von einem alkoholisiert klingenden Burschen, kaum älter als er selbst, angesprochen. Dessen wirrer Blick aus wässrigen Augen im dreckstarrenden Gesicht huscht zwischen Balthasar und der Hausecke hin und her. Balthasar entdeckt die Ware, die der andere unter dem gelüpften Mantel feilbietet.

»Nein, danke.«

Der Bursche schüttelt den Kopf im Unverständnis darüber, dass einer seine Delikatessen ausschlägt und verzieht sich mitsamt den kopfüber auf eine Schnur aufgefädelten Katzenkadavern. Balthasar schaut dem Jungen hinterher, der es als Nächstes bei einem feinen Herrn mit Zylinder versucht. Der feine Herr prüft seinen Gehstock am speckigen Rockschoß des Jünglings. Der schlägt vor einer Draisine einen Haken und verschwindet in den Massen jenseits der Straße oder dem, was der Regen davon übrig gelassen hat, und schlängelt sich zwischen den Fischbuden aus Balthasars Blickfeld.

Mit jedem Schritt durch die Menschenmenge wirkt die Kathedrale am linksseitigen Brückenkopf mächtiger und höher. Die sonntägliche Geschäftigkeit reißt auf der Brücke nicht ab. Maler klammern sich an ihre Staffeleien. An denen zerrt der Wind. Als wolle er einen Blick auf das Unvollendete werfen. Blumenmädchen strecken den Passanten verkümmerte Sträußchen entgegen. Bauchläden mit allem Möglichen. Und Balthasars Magen knurrt. Da, wo der Blick von der Brücke auf das andere Ufer frei wird, erkennt er einen steil in die Höhe ragenden, aber abgestuften Turm. Er kratzt an den wieder dichter werdenden Wolken, die von Südwest heraufziehen. Der Grundriss der Kirche scheint durch den Verlauf des Elbufers in Schräglage geraten zu sein. Vor einiger Zeit war Balthasar ein Kupferstich als Vorlage für ein Tuch geschickt worden. Daher erkennt er den halbrunden Bau des Opernhauses wieder. Die Funktionalität der einzelnen Räumlichkeiten ist sogar von außen zu erkennen. Der große Saal und die Bühnenebene, auf der alles gesungen wurde. Er selbst hat noch nie ein Theater betreten, geschweige denn ein Opernhaus. Balthasar kennt die Gliederung der Fassade, die er für das Tuch studiert hat, ganz gut. Das Muster für das Schmucktuch, die Patrone, hat er damals selbst gezeichnet. Das war zu einer Zeit gewesen, als noch niemand daran Anstoß genommen hat, dass er kein Mustermalerzertifikat an der Wand hängen hat. Jetzt aber braucht er diese Wanddekoration, damit er Muster für Damaste zeichnen darf.

Balthasar erkundigt sich bei einem Passanten nach dem Weg zur Akademie. Es sei nicht mehr weit. Stromaufwärts, rechter Hand. Hier ragen ungleichmäßige klippenartige Terrassen über das Elbufer, begrünt von Bäumen, deren Laub sich längst schon färbt. Und dort, wo die Terrassen enden, zeigen sich ähnliches Treiben wie am gegenüberliegenden Elbufer und viel weniger imposante Gebäude: lang gestreckte, flache barocke Bauten.

Was auch immer königlich an dieser Gegend sein soll, das Elbwasser stinkt bis zum Himmel. Möwen kreischen schrill und stürzen sich auf das Gekröse, das die Fischer ins Wasser werfen. Weder riecht es hier königlich noch ist die Luft erfüllt von lieblicher Orchestermusik. Kein Mozart weit und breit.

Balthasar weiß von den Kupferstichen her, dass eines der linksseitigen flacheren Gebäude ehemals die Brühl'schen Bibliotheken und nun die Akademie beherbergt. Dorthin führt ihn jetzt sein Weg. Während er den Haupteingang zum Gebäude sucht, geht er in Gedanken das Schreiben durch. Seine Immatrikulationserlaubnis.

Eine Flucht von Fluren. Zimmertüren flankieren sie. So hoch, dass man mit einem abgebäumten Kettbaum hochkant hindurchgehen könnte. Alles ist getäfelt mit dunklem Holz, ausgelegt von blanken Steinplatten. Lange, leere Gänge. Den Erstbesten, der sich blicken lässt, fragt Balthasar nach einer zur Auskunft berechtigten Person. Er hört das Wort *Sekretär* zum allerersten Male.

Ihm wird eine Tür im Parterre gewiesen. Zwei Gestalten in Hemdsärmeln spähen über die Ränder ihrer Zwicker hinweg. Ohne den alles entscheidenden Blick auf die Immatrikulationspapiere wollen die nicht glauben, dass Balthasar der ist, für den er sich ausgibt. »Da kann ja jeder kommen und behaupten, er sei der und der, ist dann aber ein ganz anderer.« Der zweite Beamte nickt zur Weisheit des ersten.

»Wieso sollte hier irgendwer hereinspaziert kommen und behaupten er sei ich? Das ist doch hirnrissig!«

Die beiden Hemdsärmel schenken einander einen pikierten Blick.

»Ich meine«, Balthasar tippt sich an die Stirn, »wer würde *so etwas* freiwillig tun?« Eine Geste in den Raum folgt. Sie bezieht die gesamte Akademie ein. Balthasars Zweifel am Nabel der Welt werden konsterniert zur Kenntnis genommen. Den Brief des Professor Amundus auswendig zu rezitieren, mag zwar die steifen farblosen Beamten hinter ihren Papierstapeln ein klein wenig beeindrucken, öffnet Balthasar aber dennoch nicht die Pforte zur Akademie.

Der eine zuckt die Achseln, der andere hüstelt. »Nichts zu machen, Herr … So lange Sie nicht nachweisen können, dass Sie tatsächlich Balthasar Friedrich Weber aus dem Oberland sind, werden Sie hier nicht studieren können. Stipendiat hin oder her.«

Typisch!, duchfährt es Balthasar, da haben die Preußen ein neues Wichtigtuergesetzpapier erlassen und die Sachsen müssen den Bürokratenquatsch gleich nachmachen, um ihr demoliertes Selbstbewusstsein seit der Napoleonpleite von 1813 und dem Wiener Kongress 1815 zu kaschieren!

»Hier wallen unangenehme Gerüche«, rümpft der Mauerspecht, der Balthasar eben belehrt hat, die Nase und fordert den anderen auf, ein Fenster zu öffnen.

»Mir wallt auch gleich was«, knurrt Balthasar. Bevor er aber das Sekretariat verlässt, kratzt er mit der Spitze seines linken Stiefels ein paar Bröckchen Pferdedung unter der Sohle des rechten ab. Dasselbe tut er mit der anderen Seite. Alsdann stößt er sich vom Schaltertisch ab und verlässt den Raum.

Mit gesäuberten Schuhsohlen streift Balthasar durch die Korridore der Akademie. Es riecht nach Ton, Staub, Kalk, Öl und Terpentin. Nur durch kleine, vergitterte Fenster an der Stirnseite, wo sich die Treppe befindet, blinzelt das Septembergrau. Im ersten Obergeschoss stellt Balthasar mit Freude fest, dass neben den Türen kleine Schildchen angebracht sind. Er liest Namen wie Mathai, Blochmann, Rietschel, Dekan. Doch einen Amundus findet er nicht.

»Kann ich behilflich sein?«

Balthasar wirbelt herum. Ein zartes Stimmchen. Ein Mädchen. Eine junge Frau erbarmt sich seiner. Ihr Gesicht – es scheint mit der Schattenhaftigkeit ihrer selbst zu wetteifern – kann er nur schemenhaft im Halbdunkel erkennen. Es überrascht ihn, hier eine Frau anzutreffen, hat er doch sagen hören, die Akademie sei für alles Weibliche geschlossen und nur die Aktmodelle würden hier durch geheime Gänge im Souterrain kommen und gehen. So unscheinbar blass, verhüllt von einem furchtbar entmutigenden schwarzen Hauskleid, kann sie unmöglich eine Vertreterin jener Spezies sein, die für die jungen Herren den Reiz am Kunststudium ausmachen. Nein. Diese Frau wäre ihm auf der Straße nicht einmal aufgefallen. Trauerflor dort, wo die Damen üblicherweise aufwendige Spitzen tragen.

»Verzeihung. Ja vielleicht.« Balthasar vergisst nicht seine Erziehung und lüftet seine Schirmmütze. Die junge Frau schließt hinter sich und einem Bücherwagen, den sie mit quietschenden Rollen in den Korridor schiebt, eine Tür. »Ich suche Professor Amundus.«

Die Dame in Schwarz schüttelt den Kopf genau wie die Beamten unten in ihrem verstaubten, nach Pferdekacke riechenden Büro. »Den finden Sie hier nicht am Sonntag. Das Semester beginnt erst morgen. Dann treffen Sie ihn dort …« Sie deutet auf die Tür mit dem Namensschild *Dekan*. Vermutlich teilt sich der Amundus ein Arbeitszimmer mit einem anderen, so Balthasars Überlegung.

Die Frau kommt mit dem Wagen den Gang entlang und Balthasar atmet tief durch beim Anblick der weniger traurigen, denn vielmehr katzengleich funkelnden Augen. Grünlich, beinahe ins Gelb schlagend. Ganz sicher kein Aktmodell. »Wo kann ich ihn heut finden? Es ist wirklich wichtig!«

Wieder dieses Kopfschütteln. In Dresden schütteln immer alle nur den Kopf!

»Er ist zu Hause. Aber ich bezweifle, dass er heut von einem Studenten gestört werden möchte. Sie sind doch sicher einer seiner Studenten, oder, Herr …?«

»Verzeihung.« Wie es sich gehört, stellt Balthasar sich vor und setzt seine Mütze wieder auf. »Ja, eigentlich schon, ich …«

Sie hebt die Rechte, woraufhin Balthasar schweigt. Eine Geste, die er nur zu gut von seiner Schwägerin kennt. »Einer der Erstsemester?« Ihr Augenaufschlag, der beinahe über ihren strengen Mittelscheitel und die schrecklich tristen Affenschaukelzöpfchen hinwegtäuscht, nährt Hoffnungen nach der Lösung seines Problems.

»Darüber würde ich gern mit Professor Amundus reden.«

Abermals ein Kopfschütteln. »Den sprechen Sie morgen.« Es folgt eine Geste, die erstens das Gespräch beenden, zweitens Balthasar auffordern soll, sie nicht weiter mit seiner Anwesenheit zu belästigen. »Gehen Sie in Ihre Studentenherberge, dort erwartet man Sie sicher längst.« Damit schiebt sie sich und den Bücherwagen an ihm vorbei.

Balthasar entweicht ein Fluch, den deplatzierten Vorrang seiner Papiere in dieser Angelegenheit betreffend.

Er hat keine Eile auf seinem Weg zurück nach Altendresden, woher er gekommen ist. Auf der Freitreppe vor dem Hauptportal verharrend, schaut er eine Weile hinüber zur Augustusbrücke. Eine Bö versucht sich im noch sommerlichen Laub junger Linden. Der Horizont färbt sich wieder dunkel. Kinder zerren einen Drachen an einer viel zu kurzen Schnur hinter sich her. Kindermädchen mahnen, die Pfützen zu umkurven.

Später auf der Brücke hat Balthasar in Anbetracht der wenigen Münzen, die ihm geblieben sind, nicht wirklich eine Wahl zwischen gesottenen Teigtaschen, Laugengebäck und getrockneten Apfelringen. Weil sein Magen an seinen Rippen klebt, versorgt er sich mit einer Brezel. Sein Restgeld würde nicht mehr für eine Postkutsche zurück ins Oberland reichen.

Auf der anderen Elbseite fragt er sich nach einer billigen Mitfahrgelegenheit gen Osten durch. Man verweist ihn in Richtung der nördlichen Elbfurt. Ein Fischerdorf mit dem vielversprechenden Namen Pieschen liege dort. Von hier gingen, so die Auskunft, regelmäßig Bierfässer ins östliche Reich. Zum Piechhaus solle er sich durchfragen, rät man ihm an.

Bis zum genannten Fischerdorf ist es ein strammer Fußmarsch an der Elbe entlang. Die Gerüche verändern sich, schlagen um ins Unerträgliche. Mittlerweile geht ein gleichmäßig kräftiger Regen über das Elbtal nieder. Tatsächlich findet Balthasar ohne Umweg besagtes Piechhaus. Hier offeriert man ihm, er möchte am Morgen wiederkommen, denn dann könne er den Piechmeister fragen, ob der ihn mit einer Fuhre gen Osten mitschickt. Der Piecher rät ihm ein billiges Gasthaus. Balthasar dankt dem Mann und setzt seinen nächtlichen Streifzug fort. Ein Zimmer für die Nacht kann er sich nicht nehmen, dazu fehlt ihm das Geld, aber wach halten wird er sich bis zum Morgen wohl müssen.

Sein Zeitgefühl trügt ihn. Die vollen Stunden werden nicht mehr ausgerufen. Balthasar orientiert sich an den Glockenschlägen einer nahen Kirche, wohl eher einer Kapelle oder kleinen Dorfkirche; kein wirkliches Glockengeläut. Eher ein Scheppern. Es wird von den schweren, ehernen Tönen, die von der Residenzstadt über die Elbe hergetragen werden, beinahe überdeckt.

Es ist längst dunkel als Balthasar gedankenverloren auf einen weiten Platz tritt. An manchen Stellen ist das Kopfsteinpflaster recht gleichmäßig, an manchen eher buckelig. Und gerade, als er darüber nachdenkt, was seine Familie zu seinem Dilemma wohl sagen werde und ob es zu vermessen sei, sich einen Wink des Schicksals herbeizuwünschen, der ihm anzeigt, was er als Nächstes tun soll, fährt ein ohrenbetäubendes, metallisches Tuten in ihn, begleitet von schwerem, stampfendem Schnaufen. Und wie Balthasar das Geräusch zu lokalisieren sucht, erkennt er aus einem schwarzen Schlund eine Schwade weißen Qualms in die Luft steigen. Erhellt von den Gaslichtern des Platzes, vernebelt das Weiß in den Weiten des Nachthimmels wie der feine Staub, den er als Weber mit jedem Ruck seiner Weblade aus den Leinen schlägt. Wie könnte er seiner Familie diese Enttäuschung antun und nach Hause zurückkehren?

Balthasar beobachtet die dunklen Gestalten, die hinter dem Nebelteppich hervorhuschen und das eiserne Ungetüm mit Flüssigkeit versorgen. Aus einer übergroßen Pumpe wird Wasser in den Bauch gefüllt. Dampfmaschinen kennt Balthasar von den Jacqard-Webmaschinen her. Er erinnert sich, vergangenen Sommer, als die Eisenbahnstrecke eröffnet worden war, von einer Dampflokomotive in der Zeitung gelesen und auch Holzstiche davon gesehen zu haben. Aber wie das meiste, was man in den Zeitungen sieht, ist auch dies Dampfross nicht halb so groß wie es auf den Stichen schien. Eher unbeholfen, überfordert wirkt sie. Die voriges Jahr eröffnete Strecke Dresden–Leipzig verbindet mittels eines Katzensprunges, wofür Balthasar und seine Schwägerin mehrere Tage benötigen, wenn sie auf die Leipziger Mustermesse fahren, um Kundschaft für die neuesten Schöpfungen des Familienunternehmens zu gewinnen. Wie könnte er jetzt Luisas großen Plan vereiteln? In seiner Hosentasche spielen seine Fingerspitzen mit den wenigen Münzen.

Balthasar schlägt den Kragen seines Mantels hoch, damit er ein bisschen gegen den Sprühregen geschützt ist, und beschließt, in der Nähe der Akademie des Morgens zu harren. Wie er den Bahnhofsplatz um die Ecke eines schütteren Fachwerkes verlässt, stößt er mit jemandem zusammen.

»Nicht so stürmisch!« Eine Stimme wie von einer Mensch gewordenen Krähe. Die Gestalt, mit der er zusammengestoßen ist, ist von untersetzter, aber weicher Konstitution. Balthasar sammelt sich und weicht zwei Schritte vor ihr zurück. Lediglich die Silhouette des Frauenzimmers ist im Dunst des Regens zu erahnen, das Gesicht kaum zu erkennen.

»Oh-là-là! Wen haben wir denn da?«, nimmt sich die kratzende Stimme seiner an und die kommt Balthasar merkwürdigerweise bekannt vor. »Ja, dich meine ich, Süßer, was meinst du? Wie wäre es mit uns?« Mit schwingenden Hüften überbrückt die Frau die Kluft, die sich beharrlich zwischen den beiden aufgetan hat. Ihr angenässter Rocksaum spiegelt sich auf den glänzenden Pflastersteinen. Sie bleibt vor ihm stehen und lüftet das Tuch um ihre Brust. Keine

Scheu vor dem Regen, der auf das üppige weiße Dekolleté nieselt. Auch das kommt ihm bekannt vor.

»Wie wäre *was* mit uns?«, fragt er, wobei er es sich eigentlich denken kann. Ganz dicht steht sie nun vor ihm, sodass er ihren von schwerem Parfüm übertünchten modrigen Atem riechen kann. Sogar die Zahnlücke oben rechts kann er sehen und den altmodischen Schönheitsfleck über dem Mundwinkel.

»Du weißt schon, Kleiner«, schnurrt sie und schmiegt sich jetzt an ihn, weil er nicht schnell genug vor ihr gewichen ist. Dennoch ist er nicht unbedingt auf der Suche nach solch unverhoffter Nähe zu einer wildfremden Person. Mit ihrer behandschuhten Linken streicht sie über seine Brust. »So allein hier draußen in der Kälte, da brauchst du doch ein bisschen was Warmes, mmh?« Ihre Hand fährt tiefer an seinem Wams entlang, »So einsam, nicht wahr?«, und tiefer über seinen Gürtel, »Armes Jungchen«, fasst ihn in den Schritt und mit einem Male ist es Balthasar gar nicht mehr kalt.

»Madame!« Behutsam entfernt er ihre Finger von seinem Schoß.

Ihre gebellte Lache wird von den Hauswänden zurückgeworfen, doch ihr Gelächter erstirbt. »Ich bin keine Madame.« Sie mag vielleicht zehn Jahre älter sein als er, mindestens – abzüglich der künstlichen Farbe auf ihrem Gesicht und eingedenk ihres weichen, über ihre Korsage quellenden Dekolletés vielleicht sogar fünfzehn Jahre. Plötzlich wird sie ernst, mustert ihn und alles Aufreizende ist verschwunden. »Dich kenn' ich doch.« Die Erkenntnis des Erinnerns spiegelt sich wider und auch Balthasar ist der Groschen längst gefallen.

»Auf der Wache«, kommt es von beiden wie aus einem Munde.

Jetzt schnurrt sie ganz und gar nicht mehr, sondern lässt auf ihn, vor dem sie zwei Schritte zurückgewichen ist, eine Schimpftirade niederprasseln. Die Einbußen des Tages sind ihr Thema und daran sei allein er Schuld, »weil du dich vorgedrängelt hast!«.

Balthasar entschuldigt sich höflich bei der Madame. Die aber – »Ich bin keine Madame!« – hört seinen Erklärungsversuchen, »es war doch nicht mein Verschulden gewesen, Madame«, gar nicht zu, sondern scheint ganz froh darüber, jemanden das miserable Tagesgeschäft in die Schuhe schieben zu können. Sie wettert und schaut sich nach Unterstützung um, »und was tust du eigentlich hier draußen bei dem Wetter um die Zeit?«. Keine Menschenseele ist weit und breit zu sehen. »Herrgottnochmal!« Die Hände in die Hüften gestemmt mustert sie Balthasar wie eine unverhoffte Fundsache.

»Dies ist eine lange Geschichte, gnädige Frau.«

»Ich bin keine gnädige Frau, verdammich!« Und als Nächstes hält sie die flache Rechte mit der Handfläche nach oben vor Balthasars Brust und nennt die Summe, die sie heute hat entbehren müssen.

Balthasar kramt die Blechlinge aus seiner Tasche. Beide, die Madame und der junge Mann, starren das Klimpergeld an. In der Erkenntnis, einem mittellosen Blender aufgelaufen zu sein, wendet sich die Hure ab. Sie schimpft in der hier üblichen Mundart, die danach klingt, als müssten die wie von einer Krankheit Befallenen den Unterkiefer ausrenken, um sich zu verständigen, wodurch sich alles sehr breit und flätig anhört. Der Regen peitscht inzwischen scharf von der Seite. Zwischen den sorgfältig gelegten Kopfsteinen haben sich hier und da kleine matschige Teiche angestaut. Die beiden Nachtschwärmer mustern einander aus beschatteten Augen. Weniger elegant als vielmehr müde lastet die Leibesbürde der Nicht-Madame bei jedem Schritt auf ihrer Hüfte, was sie weitere fünf Jahre älter aussehen lässt.

Balthasar, die Hände in den Hosentaschen, um sie aufzuwärmen, ruft ihr hinterher: »Wo finde ich das *Gasthaus vom Gustav*?«

Der Groll der Frau beugt sich ihrem guten Willen. Wenn er zum *Gustav* wolle, so ruft sie durch den Regen, so hätten sie denselben Weg.

An den schäbigen Fachwerken vorbei wird Balthasar durch enge Gassen geführt. »Das ist eine üble Gegend«, murrt die Frau vor sich hin. »Was will ein feiner Pinkel wie du in so einer üblen Gegend?«

»Ich bin kein feiner Pinkel.« Balthasar hilft der Frau, über den Trunkenen zu steigen, der zusammengefaltet wie ein Kleiderbündel auf den Stufen des Eingangs zur Schänke liegt, und versucht nicht in den Regen zu kippen. Die Luft im Gastraum schmeckt nach Schweiß und Tabakqualm. Männer – durchweg Männer – sitzen an den Tischen, spielen Karten, stoßen mit ihren Bierhumpen an, ziehen an ihren Pfeifen, lachen und unterhalten sich. Hier scheint sich ein Streit anzubahnen, dort eine Verbrüderung, aber dort wie hier erhellen die wenigen Öllampen die Angelegenheiten nur unwesentlich.

Die Frau deutet auf einen kleinen Tisch in der hinteren Ecke der Gaststube und winkt den Gastwirt herbei. Der kommt mit nicht nur einem, sondern zwei Bierhumpen und einer Kerze, die das Ganze wohl amouröser erscheinen lassen soll.

»Sieh einer an«, verengt die Frau, die Balthasar gegenüber Platz genommen hat, vor dem Schein der Kerze die Augen und mustert ihn eindringlich, »Wen der liebe Herrgott mit so einem Gesicht ausgestattet hat, mit dem hat er Großes vor.«

»Das wage ich zu bezweifeln«, lächelt Balthasar und stößt mit seinem gegen den Bierhumpen der Frau. Das Bier hierzulande schmeckt runder als zu Hause, findet Balthasar, nicht so herb, vielleicht sogar besser.

»Der liebe Gott lässt nicht grundlos die Wege der Roten Marthe zweimal an ein und demselben Tage mit ein und demselben Mann kreuzen«, schlussfolgert sie. »Also, was treibt dich um?«

Balthasar zuckt die Achseln und taxiert die Frau, die sich selbst die Rote Marthe genannt hat. Beinahe mütterlich wirken ihre Züge, vorenthalten hinter grell angemalten Wangen und Lippen und der vom Regen ramponierten Haarpracht. Während Balthasar berichtet, was ihn des Tags auf die Wache von Loschwitz und des Nachts auf den Bahnhof von Pieschen geführt hat, serviert Gustav den beiden eine Brotsuppe.

Und als Balthasar geendet hat, lehnt sich die Rote Marthe in der Bank zurück, fährt sich mit ihrem Ärmel über den feuchten Suppenmund und nickt: »Sieh einer an, da haben wir also einen kleinen Studenten hier.«

Es hat wohl wenig Sinn, auf den Teufel im Detail hinzuweisen, denn, so scheint es Balthasar, dürfte die gute Frau den Unterschied zwischen Ex- und Immatrikulation kaum kennen. Außerdem scheint sie bevorzugt die Dinge zu sehen, wie sie sie eben sehen will.

Aber die Rote Marthe lässt ihn nicht zu Worte kommen, sondern hebt schulmeisterlich den Zeigefinger: »Dass an deiner Akademie nicht die himmlischen Engelein, sondern irdische Arschgeigen den Ton angeben, ist doch klar. Hör zu, Jungchen, du schuldest mir immer noch Geld.« Sie hindert ihn am Einspruch. »Und *so* kannst du morgen nicht dem Darmwindorchester vorstellig werden!« (Mit Blick auf seine durchnässte und knittrige Garderobe.) »Deshalb gestatte ich dir, deine Schulden bei mir abzuarbeiten.«

Balthasar wirft sich lachend in die Stuhllehne. »Nicht so, meine ich ...«, aber Balthasar beruhigt sich so schnell nicht. »Nicht so laut!« Die Frau schaut sich im Gastraum um, wo schon einige Männer die Hälse nach ihr und ihrem jugendlichen Begleiter recken. »Ich meine, ich gebe dir eine Unterkunft für – sagen wir ein, zwei Nächte – und du gehst mir und meinen Mädchen zur Hand.«

Das Lächeln sitzt noch in seinem Mundwinkel, da horcht Balthasar auf. »Deinen Mädchen? Deinen Töchtern?« Jetzt ist es die Rote Marthe, die auflacht, wobei es in ein trockenes Husten übergeht.

»Tu nicht so ahnungslos. Ich brauche jemanden, der in der Haushaltung hilft. Gustav hier ...« In dem nun folgenden tiefen Seufzer, gepaart mit einem schwermütigen Blick zum Wirt Gustav liegt alles, was zwischen einer Frau und ihrem Verflossenen liegen mag. »... ist mit sich beschäftigt. Meine Mädchen und ich brauchen eine helfende Hand. Zumindest, bis ich jemand anderen gefunden habe. Was sagst du?«

Balthasar kalkuliert die Wahlmöglichkeiten, die ihm bleiben. Es sind zugegeben nicht viele und so schlägt er in die dargebotene Rechte der Frau ein.

Die Rote Marthe hat wirklich ganze Arbeit geleistet. Zumindest den Kragen und die Ärmel seines Hemdes hat sie noch in der Nacht geschrubbt und vor den Ofen gehängt, geglättet und gesteift, den polnischen Rock ausgebürstet, die Matschspritzer vom Hosensaum entfernt und seine Schuhe zum Blitzen gebracht. Das alles schaffte sie, während er in einem von Gustavs abgelegten Hemden Wasser vom Brunnen und Feuerholz aus dem Schuppen im Hinterhof heraufholte und sich von Marthe die Vielzahl zu erledigender Arbeiten aufsagen ließ. Nur eine flüchtige Bekanntschaft mit den vier Mädchen der Roten Marthe war ihm vergönnt, mehr verbaten ihre Geschäfte.

Poliert wie ein neuer Heller hätte er sich zur Immatrikulationsfeier um acht Uhr morgens blicken lassen können, aber die verschläft er auf der rotsamtenen Chaiselongue im Salon der Roten Marthe, von dem fünf Schlafzimmer abgehen, aus dem Balthasar nur im Halbschlaf Damen und Herren hat kommen und gehen hören.

Jetzt, es ist schon heller Morgen, macht er sich nicht gerade im Stechschritt, weil er sowieso zu spät ist, auf den Weg zur Akademie. Zu Fuß eine gute Stunde. Zunächst muss er an der Elbe entlang nach Altendresden hinein, das jetzt Neustadt genannt wird, wie er von der Roten Marthe, mit der er noch bis tief in die Nacht zusammengesessen und geredet hat, erfuhr. Weiter geht es über die Augustusbrücke. Dann am jenseitigen Elbufer über die Brühl'schen Terrassen entlang bis ganz hinter zur Akademie. Dort sieht man schon beinah das Grün des Brühl'sche Gartens leuchten. Balthasar hat sich heut noch nicht einmal bei Marthe für die Sorge bedanken können. Sie schlief noch, als er ihr Etablissement oberhalb des Gustav'schen Gasthauses verließ.

Als er die Brücke überquert, erhellt sich das majestätische Zwielicht der Vororte, als wolle der Herrgott ihm sagen: Siehe du betrittst des Königs Stadt. Vielleicht aber ist auch einfach die Regenfront abgezogen und es wird ein schöner Tag.

Die Akademie ist erfüllt vom Lärm derer, die gestern noch nicht hier waren. Nichts erinnert an die beklemmende Stille und den einsamen Kalkgeruch einer verwaisten Lehranstalt. Jetzt drängeln sich hier Dutzende junger Männer durch die langen Flure auf der Suche nach dem richtigen Zimmer. Balthasar kämpft sich durch die Wolke von Duftwässern, Pudern und Pomaden, sucht am Schwarzen Brett die Listen nach jener Information ab, die ihm sagt, wohin er sich wenden soll. Und tatsächlich wird er fündig, entdeckt eine mit roter Tinte geschriebene Randnotiz an einer Namensliste, derer zufolge er sich bei einem Herrn Dekan einzufinden habe. Dabei hätte er dringend mit Amundus reden müssen!

Auf sein Klopfen wird Balthasar in ein Arbeitszimmer gerufen. Hier ist es nicht weniger düster als in den Fluren. Das mag an ebenjener Eichentäfelung wie dort liegen. Balthasar sieht sich dreier schwarz gekleideter Gestalten gegenüber. »Verzeihung, ich kann später …«, will er den Rückzug antreten, wird aber von einem Mann mit buschigen Augenbrauen herangewunken.

»Weber?« Auf einen beinahe impertinenten Lidschlag hinter dem tastenden Auge des Mannes an der jenseitigen Schreibtischbreite nickt Balthasar. »Dachte, Sie haben kalte Füße gekriegt«, was nicht als Scherz gemeint ist.

Die beiden anderen, die den Raum füllen, wenden sich zu ihm um. Es ist das blasse Mädchen mit den absurden Affenschaukelzöpfen von gestern. Sie mustert Balthasar aus ihren Katzenaugen. Und ein zweiter, genauso schwarz in schwarz, das Gesicht aber schmal, das Haar ebenso dunkelbraun, die Augen ebenso grün wie die des Mädchens, in einem Lehnstuhl sitzend.

Beide vereinen die Gemeinsamkeiten, die die Zugehörigkeit zu ein und derselben Sippe andeuten mögen. Es trennen sie aber jene charakterlichen Eigenheiten, die die junge Frau als zurückhaltend, aber intelligent, den Burschen hingegen als unstet ausmachen. Selbst dem noch so unaufmerksamen Beobachter wäre sofort die familiäre Ähnlichkeit aufgefallen.

»Herr Weber …« Balthasar reißt seinen Blick von dem Mädchen, das mit hochgezogener Augenbraue darauf aufmerksam macht, dass er sie anstarrt. »Ich bin Dekan Amundus.« Dekan und Amundus – also eine Person, schreibt Balthasar eine Randnotiz in sein Hinterstübchen. »Ich dachte schon, Sie sind vom Erdboden verschluckt.« Unter den dichten Brauen, hinter verschmierten Gläsern eines zu eng sitzenden Zwickers wandern die Augen des Professors Amundus auf den Papieren umher, die er vor sich ausgebreitet hat.

»Nein.« So trocken Balthasars Äußerung auch ist, scheint sie die Stimmung des Dekans aufzuheitern. Über das Gesicht des Jünglings im Lehnsessel an der diesseitigen Kante des Schreibtisches huscht ein Ausdruck wie der Anfang von etwas Großem.

»Wo waren Sie bloß?« Amundus' Fragerei erzwingt Balthasars Aufmerksamkeit. »Um acht war die Immatrikulation!«

»Ich hab verschlafen, Verzeihung.«

Hilfesuchend wendet sich der Professor an die junge Frau. Sie stellt sich an ein im hinteren Teil des Raumes befindliches Schreibpult, halb verdeckt von einem Glashaus, in dem verkümmernde Pflanzen die Scheiben anhauchen. »Wohl meine beste Rede, bisher, was sagst du, Nik?« Der namentlich genannte junge Mann fährt sich durchs lockige Haar, im Nacken kürzer als in der Stirn, und versucht sein Grinsen hinterm Ärmel zu verdecken. Er schlägt das eine Bein über das andere, legt seine schmalen, langen Hände auf die Lehnen und lässt sein Lächeln nachwirken, wobei er aus dem Fenster schaut. »Mit Sicherheit, Herr Professor.«

Balthasar entgeht nicht die gerunzelte Stirn, mit der die Dame am hinteren Schreibpult die Äußerung quittiert. Balthasar weiß, dass er in etwas hineingeraten ist, wo er lieber nicht sein möchte.

»Schleierhaft, wie um alles in der Welt ein Erstsemester, noch dazu ein Stipendiat die Immatrikulation verschlafen kann!«, blickt der Dekan aus geweiteten Augen. Balthasar erspart sich eine Erklärung und sitzt das Schweigen aus, das sich zwischen die vier spannt. »Egal, jetzt sind Sie ja hier.« Der Professor winkt ab und wendet sich an das Mädchen, das emsig Papiere hin und her sortiert. Dann schaut er wieder Balthasar durch die Schmiere seines Zwickers an. »Sie brauchen eine Akte!« Und zur jungen Dame am Pult hinter ihm wiederholt er: »Er braucht eine Akte.«

Die junge Frau schaut auf. Die linke ihrer schmalen, geschwungenen Augenbrauen zuckt abermals. »Dann schicke ihn nach unten zu den Sekretären, Vater«, und widmet sich wieder dem Sortieren von Papieren.

Und während die beiden einen kurzen Schlagabtausch der Vor- und Nachteile einer sofortigen, hier auf der Stelle ausgestellten Akte für den verlorenen gegangenen und wieder gefundenen

Stipendiaten vollziehen, denkt Balthasar über die Beziehung der drei Schwarzen nach. Denn wenn das Geschöpf im Schatten eines vernachlässigten Zimmergewächshauses die Tochter des Dekans ist, wer mag dann der, dem Mädchen äußerlich so ähnliche junge Mann sein?

»Sohn«, so wendet sich der Dekan an den im Lehnsessel. »Weißt du, wen du hier vor dir hast?«

Jener schätzt Balthasar wie einen zur Auktion stehende Gegenstand. »Deinen verlorenen Sohn? Den Heiland? Den Messias? Balthasar Weber! Was soll die Frage?«

Von seinem eigenen Vater hatte Balthasar gelernt, dass Fluchtverhalten eine der natürlichsten Reaktionen auf eine unangenehme Situation ist. Sein Blick fliegt zur Tür, dann einem nach dem anderen in die Augen. Drei versammelte Amundusse, Amundi wohl, wenn Balthasar seinem rudimentären Latein vertraut. Und jetzt, während der Dekan seinem Sohn von Balthasars Damastweberherkunft berichtet, überlegt er, dass es nicht weiter auffallen würde, wenn er das Weite suchte.

»Hast du es endlich geschafft, dir eine neue Trophäe für deine Chronik ins Haus zu holen?«

Der alte Amundus will seinem Sohn etwas erwidern, wird aber von seiner Tochter hinter dem Pult daran gehindert, denn die erinnert ihren Bruder daran, eine Trophäe sei der Weber erst dann, »wenn er das Studium erfolgreich absolviert, Nik, was eher unwahrscheinlich ist, wenn er es nicht einmal bis zur Immatrikulationszeremonie schafft«.

»Wie nett«, kommentiert Balthasar die Scharfzüngigkeit der jungen Frau.

»Nicht streiten, Kinder!«, interveniert der Dekan. Das Mädchen schlägt die Augen auf ihre Papiere, während sich der Alte ausdrücklich an Balthasar wendet, um das Verhalten seiner Tochter zu entschärfen. »In der Tat, sehen es unsere Studenten ungern, dass jene, die wir von außerhalb anwerben, sie um einiges übertreffen. Das, Nik, sollte Leuten wie dir ein Ansporn sein.«

Der junge Mann, der gemeint war, pfeift hintersinnig durch

die Zähne, erhebt sich, stellt sich vor Balthasar und reicht ihm die Hand.

»Nichts für ungut, ich bin Nikolaus und mein Vater erachtet es als sinnvoll, dein Lernpate zu sein.«

Balthasar schüttelt dem anderen die Hand, mustert ihn, findet aber weder Häme noch Ironie in dessen Antlitz, sondern ein hintergründiges Lächeln.

»Eigentlich«, so lässt der Dekan hören, während er mit fein kratzender Feder in seine Papiere schreibt, »hoffe ich, dass Balthasar Webers Talent auf dich abfährt, Nik, und du dir eine zweite Ehrenrunde sparen wirst.«

Nikolaus wendet sich zum Dekan um. Der aber bietet keine Angriffsfläche, sondern gibt seiner Tochter Anweisungen, die Akte des neuen Studenten fertig zu machen.

»Ich muss in den Unterricht«, wendet sich der Alte wieder den jungen Männern zu, »... und du, Nikolaus, wirst von Professor Blochmann erwartet. Wollen wir das Semester mit Pünktlichkeit beginnen.« Der Augenaufschlag, der diesen Worten folgt, ist allein für Balthasar bestimmt.

Nikolaus folgt seinem Vater hin zum Garderobenständer, wo die Überröcke hängen und an deren Fuße die Mappen lehnen. Der Dekan Amundus hat das Arbeitszimmer verlassen, da dreht sich Nikolaus aus der Türöffnung noch einmal um: »Wir treffen uns in einer halben Stunde im *Ratskeller*, weißt du, wo das ist?«

Balthasar schüttelt knapp den Kopf. Nikolaus reckt das Kinn in Richtung der jungen Frau. »Erklär ihm den Weg, Toni.«

»Mit Sicherheit werde ich deinen Plan, den Unterricht zu schwänzen, um in einem Gasthaus einzukehren, nicht unterstützen, Nik!« Spitzzüngig und ohne von ihrer Schreibarbeit aufzublicken.

Nikolaus beschreibt in knappen Worten, wie er den Treffpunkt finden könne. »Blochmann werden wir im Glauben lassen, dass deine Angelegenheiten hier eine Weile dauern, oder?«, dabei wartet Nikolaus mit hochgezogenen Brauen auf eine Reaktion seiner Schwester. Die verschließt sich dem Komplott und bleibt todernst bei ihrer Schreiberei. Nikolaus entschwindet mit einem für Balthasar bestimmten Zwinkern, sich der Verschwörung gewiss, aus dem Arbeitszimmer.

Balthasar wendet sich dem überbordenden Bücherregal an der Längsseite des Raumes zu.

Das schwarz gekleidete Mädchen

»Gut, machen wir es kurz.« Antonia ist hin- und hergerissen. Einerseits findet sie es ganz und gar ungerecht, dass ihr Vater ihr diese Aufgabe übertragen hat, andererseits verleiht diese wirklich wichtige Sache ihr ein ebensolches Gefühl. Sie sucht die verschiedenen Vordrucke zusammen. Ein dicker Papierpacken sammelt sich. Das sächsische Königreich liebt Papier – beinahe so sehr wie es die Preußen tun, die die Erfinder vieler dieser Formulare sind. Immer, wenn der Aktuar Herr Kinz Antonia abfängt, sobald sie die Ward'schen Kästen versorgt, kann sie ihn von seinen Formularen schwärmen hören, die alles angeblich so viel einfacher machen. So geordnet, so systematisch. Und Antonia beschleicht der Verdacht, Herr Kinz hege Ambitionen ihr gegenüber. Da aber dieser Herr eine ganz und gar verstaubte Natur ist, genau wie seine Akten, bemüht Antonia sich jedes Mal um höfliche Distanz und Sachlichkeit, um ja keine Hoffnungen zu nähren.

Sie tunkt die Feder ein. Sie wird alle Angaben von Balthasar Webers Urkunden und Dokumenten abschreiben. »Ihren Geburtsnachweis bitte.« Sie streckt ihre behandschuhte Rechte nach dem Papier aus. Er aber wendet sich nicht nach ihr um, sondern tastet die Reihen von Vaters Bücherregal mit den Augen ab. Sie zieht die Hand zurück. »Der Geburtsnachweis sollte vom Pfarrer Ihrer Gemeinde ausgestellt worden sein, dazu den Nachweis Ihrer Konfession … katholischer Gottesdienst findet Mittwochabend zum Angelusläuten, der evangelische am Mittwochmorgen um acht statt, danach geht es zum Unterricht. Der Besuch der Gottesdienste ist verpflichtend.« Sie hört sich von *Sprengelzugehörigkeit* und *Einwanderer-*

steuer sprechen, während er ein Buch aus dem Regal zieht und es durchblättert, vom *Stipendiatsbescheid* und *Immatrikulationsbescheinigung*. »Und die Immatrikulationserlaubnis, benötige ich, falls Sie nicht aus dem Königreich Sachsen stammen. Hören Sie mir überhaupt zu?«

Er wendet sich ihr zu. »BFW-09.06.-1840«, antwortet er ihr und ersetzt das eine Buch in seiner Hand durch ein anderes. »Ich hab die Papiere nicht mehr.« Sein Das-sollten-Sie-wissen-Blick reitzt sie.

Ohne Papiere kann sie keine Akte anlegen und »ohne Akte können Sie hier nicht immatrikuliert werden und ohne Imma…«

»Ich hab die Papiere nicht«, unterbricht er sie, »deshalb war ich gestern hier, um mit dem Dekan zu sprechen. Sie haben mir nicht gesagt, wo ich Ihn finde, also …« Er zuckt die Achseln.

»Geben Sie mir die Schuld?« Klingt sie gereizt? Mit Sicherheit. »Nun, wenn das so ist, gehen Sie besser hinunter zu den Sekretären.«

Er stellt das Buch ins Regal. »Auf gar keinen Fall, von den Armleuchtern komme ich gerade …«, und nimmt die vier Schritte bis zu ihr, »zeigen Sie mal her.«

Seine unfassbar männliche Ausstrahlung verunsichert sie. So eng sie mit Nikolaus verbunden ist, verspürte sie bei ihm nie auch nur annähernd solch unbewusste Selbstsicherheit. Außerdem ist dieser Fremde von so virilem Duft umgeben, dass es sie erschauern lässt. Ein ihr bekannter Duft. Und dennoch mit eigenwilliger Note. »Geburtsdatum?« Die Feder in ihrer Hand zittert.

»Der Abschluss des Wiener Kongresses.«

Das Datum trägst sie ohne zu zögern ins Formular ein und ist froh, ihm beweisen zu können, dass er mit einer stumpfen Schere aufschneidet. Wenn er meint, er habe die ganze Weisheit des Lebens mit Löffeln gefressen, hat er einen gewichtigen Punkt übersehen: »Schulbildung?« Sie blickt hoch, weil er nicht antwortet. Ein paar Haarsträhnen sind seinem unordentlichen Nackenzopf entwischt. Der wirkt einerseits lieblos zusammengerafft – was nicht reinpasst, bleibt draußen – andererseits aber auch sieht es durchaus gewollt liederlich aus. Antonia kann sich keinen Reim drauf machen, denn beispielsweise ihres Bruders Barbiertermin ist eine unumstößliche Feste im Monatsplan der Amundi, seit man sich wieder nach griechischen und römischen Vorbildern frisiert. Insbesondere die ausufernde Eitelkeit ihres Bruders, was seine Locken angeht, versagt ihm das Versäumen des Termins.

Balthasar Webers Blick fährt in den ihren, der ihre auf das Formular. »Privatlehrer«, sagt er. Es klingt wie eine Frage.

Sie schaut auf ihr Formular. »Ich kann ankreuzen: *bürgerlich-bourgeoiser*, *adeliger*, *theologischer*, *humanistischer* Privatlehrer.«

»Schreiben Sie daneben: *Klippschule*.«

Antonia schüttelt den Kopf mit Blick auf das engmaschige Formular. »Das kann ich nicht machen. Ich kann nichts *daneben schreiben*. Ist Ihr Privatlehrer bürgerlich, adelig, oder gar Theologe?«

»Mein Vater ist kein *Theologe*!« Seine Miene zeugt von Ungeduld und Verständnislosigkeit gegenüber dieser Schreibsache. Kurz entschlossen nimmt er Antonia die Feder aus der Hand, streicht die Antwortmöglichkeiten samt und sonders durch und schreibt hin: *Damastwebermeister, unfrei*. Er gibt ihr die Feder nicht zurück und Antonia beobachtet die vielen Striche, mit denen er alle möglichen Antwortfelder durchstreicht und sein eigenes hinschreibt. Das Formular sieht nicht vor, dass hier einer studiert, der als Unfreier geboren ist und dessen Familie bis vor ein paar Jahren noch Frondienste entrichtet hat, diese aber regelmäßig durch Bußgeldzahlungen umschifft und jetzt im Lohn einer Firma steht, auch wenn die Fabrikanten die eigene Sippe sind.

»Sie sind vorbestraft?« Antonia starrt auf das Kreuzchen, das der Mann dort gemacht hat, wo noch nie zuvor ein Student je ein Kreuz gesetzt hat. »Das geht doch nicht.«

Er schaut nicht auf, murmelt aber im Schreiben, dass ihr Vater durchaus im Bilde sei.

»Und was …« Sie deutet auf das Formular.

»August 1830.«

»Oh.«

»Richtig.«

Antonia beobachtet ihn, wie er die Formulare durchliest und hier und da etwas hinschreibt oder wegstreicht. Was 1830 innerhalb der Weberzunft geschehen ist, weiß man ja. »Waren Sie bei den Aufständen dabei?«

»Nein.«

»Aber wieso sind Sie dann vorbestraft?«

Er ist schon längst beim nächsten Punkt, den er ausfüllt. »Weil wir alle über einen Kamm geschert wurden, egal ob wir mitgemacht haben oder nicht.«

»Das ist nicht gerecht«.

»Ach nein?« Es folgt ein kurzes Lachen, zynisch, nicht amüsiert, sondern unheimlich bitter, aber eines, wobei seine Augen strahlen. Ihr Blick wandert zwischen seinem Profil und dem, was er weiter ins Formular schreibt, hin und her. *Bisher ausgeführter Beruf? Damastweber; Angestrebter Abschluss? Mustermaler; Lizenz während des Studiums? aktiv.*

Es ist gang und gäbe, das hat Antonia inzwischen begriffen, dass Stipendiaten, die im Berufe stehen, so wie Balthasar Weber, die aktive Lizenz als Mustermaler brauchen. Das ermöglicht ihnen, während des Studiums arbeiten zu können. Balthasar Webers Studienabschluss ist reine Formalität. Es gibt sicherlich nicht viel, was man ihm hier noch wird beibringen können. Solche wie er besuchen die Akademie nicht, weil sie unbedingt Künstler werden wollen, sondern weil sie bereits welche waren, nur nicht auf dem Papier.

Über dem Feld *Staatenangehörigkeit* lässt er die Feder einen Moment lang schweben. Er kreuzt nicht *Königreich Sachsen* an, obwohl er, wie Antonia auf dem Kopfbogen liest, im Sächsischen geboren ist, sondern das *Österreichische Kaiserreich.* Das Dörfchen, das er einträgt, meint eine weltbekannte böhmische Enklave im Zittauer Gebirge. Trotz der Bemühungen seit dem 30-jährigen Krieg konnte sie von Sachsen bislang nicht annektiert werden. Zunächst galt das Nest als Zufluchtsort für Protestanten vor dem katholischen Dogma. Später bot sie jenen eine neue Heimat, die mit den sächsischen Gesetzen in Konflikt geraten waren. Antonia wüsste zu gern, welche Umstände dazu geführt hatten, dass Balthasar Weber seine Heimat verlassen musste.

»Um im Königreich Sachsen wohnen zu können …«, so mischt sie sich in die Stille ein, »brauchen Sie eine Aufenthaltsgenehmigung, weil Sie offiziell österreich-böhmisch sind.«

Er seufzt, reibt sich die Augen.

»Auch weg?« Also muss sie ihm einen neuen Studiennachweis ausstellen. Ein weiteres Formular zieht sie hervor und nimmt ihm die Feder ab, um den Antrag auszufüllen. »Damit gehen Sie zur Meldestelle Ihres Wohnbezirkes und dort bekommen Sie eine Aufenthaltsgenehmigung. Wie lautet Ihre Wohnanschrift hier in Dresden?« Ein Tintentropfen sammelt sich in der Kehlung der Federspitze, während sie wartet, dass er seine Anschrift nennt. Und als er das Dorf nennt, in dem er zu wohnen gedenkt, verschlägt es ihr Atem und Sprache.

Ein stadtbekannter Vorort, verrufen, verrucht und zu meiden. »Das kann ich nicht hinschreiben.«

»Dann mach ich es.« Der Mann, bemächtigt sich abermals des Schreibgerätes und trägt das Unaussprechliche in den Bogen ein. »Es ist ja nur vorübergehend, bis …« Es folgt eine seine ungewisse Zukunft abzeichnende Geste. Eine Geste, die Antonia von ihrem Bruder nur zu gut kennt.

Einer Eingebung gemäß zückt sie einen Schwung leerer Papiere. »Ich werde Ihrer Akte mal vorsichtshalber mehrere Bögen anheften.«

»Wieso?«

»Weil Sie jede Menge Verwarnungen einkassieren werden.« Mit verhohlener Genugtuung schiebt Antonia die Löcher eines, zweier, dreier, vierer, lieber noch zwei weiterer Blätter über die Klemmen der Akte BFW-09.06.-1840. Klatschend schlägt sie sie zu.

»Vergessen Sie nicht, sich heute noch für die Fremdsprachenkurse einzutragen. In der Regel sind die schon am Morgen voll … Sie sollten dieser Aufgabe auf jeden Fall der Völlerei mit meinem Bruder im *Ratskeller* den Vorzug geben.« Als habe ebendiese Bemerkung ihn an seine Verabredung erinnert, tippt er an seinen nicht vorhandenen Hut und verlässt den Raum.

Antonia erledigt ihre Handgriffe in Vaters Arbeitszimmer zerstreut und beinahe nachlässig. Ihre Gedanken kreisen um jenen Sonderling. Und das, obwohl sie alles versucht, ihn aus dem Kopf zu bekommen.

Herrn Kinz, dem sie die Akte BFW-09.06.-1840 ins Sekretariat bringt, hört nur mit einem Ohr zu. Beinahe hätte sie zugesagt, ihn in die wohlverdiente Mittagspause zu begleiten. Der Nebel um sie lichtet sich zum Glück rechtzeitig. Eine Ausrede bewahrt sie vor der Mittagspause mit dem Sekretär. Immerhin ist Montag. Montag ist Waschtag.

Später, sie hat getrödelt, wird es allerhöchste Zeit, nach Hause zu eilen. So versunken in die Montagsplanung prallt sie hinter einer der vielen Biegungen der Flure mit einem Studenten zusammen.

»Wo finde ich Hinz und Kunz? Das Sekretariat ist zu«, schlittert Balthasar Weber aus seiner Vollbremsung auf den blank polierten Fliesen bis an die Spitzen ihrer Stiefeletten heran.

Antonia, vom Schreck gerüttelt, presst die Hand vor die Brust. »Die Herren *Kinz* und *Hunts* machen Mittagspause«. Sie kann ganz deutlich den herben Biergeruch in seinem Atem erkennen, der sich unter seinen eigenen Duft mischt.

»Es ist doch noch nicht mal elf!«

Jene unterschwellige Kritik die bürokratischen Gepflogenheiten in der Akademie betreffend übergeht Antonia. »Sie machen Pause bis eins. Es ist für jeden Ausländer schwer, sich in Sachsen zurechtzufinden, insbesondere für die Böhmen.« Sie versucht sich an ihm vorbeizudrücken.

»Ich bin kein Böhme«, knurrt er, »Ich muss mich für diese Sprachensache einschreiben.«

»Wie interessant«, nickt sie. Er verstellt ihr den Weg und legt den Kopf ein wenig schräg, was ihm etwas Kindliches verleiht. Sie räuspert sich, damit er ihr Platz macht. Er bittet sie; ja beinahe fleht er auf eine neckende Weise, die aufgrund ihres Standes und ihres Trauerstatus' in ihrem gegenwärtigen Leben überhaupt keinen Platz hat, sie möge für ihn diese Zettelwirtschaft erledigen.

»Diese Zettelwirtschaft, wie Sie das nennen, Herr Weber, ist nicht mein Aufgabenfeld.«

»Ach nein?« Er schaut den Korridor hinab, als würde jeden Moment ihr Aufgabenfeld um die Ecke spazieren. »Ich dachte …«

»Ich arbeite hier nicht.«

»Wo dann?«

Sie kann es nicht glauben. Er denkt allen Ernstes, sie gehe einer regelmäßigen, entlohnten Tätigkeit nach. In seinen Kreisen arbeiten die Frauen natürlich. Er ist ja kein Borgeoise. »Na schön, kommen Sie.« Vielleicht ist es Koketterie? Vielleicht lässt sie den Mann gern im Glauben, einer entlohnten Arbeit nachzugehen? Wie vorhin schon wird sie aufgewärmt von diesem besonderen Gefühl, etwas zu gelten. Aber der Weber hat keine Ahnung, dass bloß die Pflanzenhäuser sie zum Tragen eines Schlüsselbundes bemächtigen. Wie kann er auch wissen, dass in ihren Kreisen die Damen allein zur Zier der Herren da sind, denen sie folgen.

Aber dieses Mal folgt ein Mann ihr, und zwar ins Sekretariat. Während er am Schaltertisch wartet, tritt Antonia hinter die Absperrung. Nicht auf Hunts Schreibpult, wohl aber auf dem von Herrn Kinz findet sie die Fremdsprachenlisten. Antonia verschafft sich einen schnellen Überblick, der sie zur Erkenntnis führt, dass kein einziger Platz mehr frei ist. Das gibt sie Balthasar Weber zu verstehen. Aber *Verstehen* scheint die Bürokratie betreffend nicht seine Sache zu sein.

Eigenmächtig wie er nun einmal ist, nimmt er ihr die Liste aus der Hand. »Wenn es Sie beruhigt …«, entscheidet Antonia, seine Einmischung zu ignorieren, geduldig mit ihm zu sein, zu versuchen, seinen *Stand,* seine Herkunft zu verstehen, und legt die Hände zusammen, »… sind Sie nicht der Einzige, der keinen Platz mehr bekommen hat.«

»Nein, beruhigt mich nicht. Schreiben Sie meinen Namen darunter, und gut.« Er schiebt ihr wieder die Liste über den Tresen.

Sie atmet gedehnt, um ihr großzügiges Verständnis für ihn nicht überzustrapazieren und gibt zu bedenken, dass *drunter schreiben*, vielleicht die Methoden der Böhmen seien, »nicht aber unsere. Hier steht man in einer Schlange, wenn man an die Reihe kommen will«.

»Ich bin kein … schreiben Sie mich drunter!«

»Nein.« Sie kämpft gegen den Drang an, die Fäuste zu ballen, lässt aber unmissverständlich die Liste zurück auf den Stapel von Herrn Kinz gleiten. »Sie sind zu spät und kommen automatisch in die Fremdsprachenkurse in den Ferien, die sind sowieso viel erfolgversprechender …«

»Moment mal, was?«, hebt er seine Hand, »Ferienkurs?«

Sie nickt.

Und er verliert die Beherrschung, indem er in wirklich schneidendem Ton erklärt, er werde in den Ferien überall sein, aber nicht hier! Er werde nach Hause fahren und arbeiten. »Da geh ich doch lieber nach Böhmen, mein Fräulein, als hier Latein zu lernen.«

»Und Französisch … gute Reise nach Böhmen. Ich sag doch, Sie werden hier keine zwei Semester durchhalten. Papiere vergessen, Immatrikulationsfeier verschlafen, Einschreibung vergessen. Gibt es überhaupt etwas, woran Sie denken?«

»Oh ja, Fräulein«, knirscht er hervor und lehnt sich langsam, ganz langsam über den Tresen. »An Sie werde ich denken, wenn ich hier in drei Jahren mit diesem Schein rausspaziere und in mein Österreichisches Kaiserreich zurückkehre!«

Er knallt die Tür so gewaltig hinter sich zu, dass einer der Aktenstapel auf Kinz' Schreibpult in Bewegung gerät wie ein Erdrutsch.

Antonia, über Balthasar Webers Ungezügeltheit fluchend, macht sich daran, die Papiere vom Boden aufzulesen. Da fällt ihr die Akte eines Studenten in die Hände, von dem sie ihren Vater hat sprechen hören. Erdmann von Stukken. Dieser Student ist ihr in Erinnerung geblieben, weil er sich zwar zum ersten Semester angemeldet hat, aber aufgrund einer ausgedehnten Europarundreise erst später hinzustoßen werde. Antonia schaut noch einmal die Fremdsprachenlisten durch, löscht jenen Erdmann von Stukken aus dem Lateinunterricht und schreibt Balthasar Webers Namen hinein. Nur den Ferienkurs im Französischen kann Antonia Balthasar Weber nicht ersparen.

Der Kartenspieler und das Oberstübchen

Balthasar wird von Nikolaus Amundus am *Ratskeller* mit einem sehr offenen Lachen, empfangen. »Hat ja ewig gedauert. Hab schon mit mir selbst geredet und gewettet, dass du kneifst und jetzt brav beim Blochmann sitzt und mich verpetzt.« Nikolaus krönt seine offenkundig verlorene Wette mit einem erleichterten Klopfer auf seine Brust. Balthasar kann sich gegen ein Grinsen nicht erwehren und Nikolaus nimmt ihn mit in die Schänke.

»Das hätte einen Satz heiße Ohren für mich gegeben.« Die Art, wie er das ausstößt, passt nicht zur wegwerfenden Handbewegung. Nikolaus lässt ihm den Vortritt. »Du kannst dir nicht vorstellen, wie der Alte lauert, wann ich mir den ersten Eintrag in meine Akte für dieses Semester einhandle!« Dieser Schelm, der unaufhörlich über dies Schnippchen lächelt, erwählt einen der weinigen noch freien Tische. Winkend grüßt er eine Handvoll junger Männer, raunt Balthasar deren Namen und charakterlichen wie situierten Vorzüge zu, die Balthasar sich nicht merken kann. »Also?« Nikolaus hat sich ihm gegenüber an den Tisch gesetzt und kreuzt die Beine. Seine Knie stoßen am Tisch an. Die Finger, die eben noch seinen gestäkten Hemdkragen nachgezogen und den Sitz des seidig schimmernden, eng anliegenden Tuches, um seinen Hals gewürgt wie ein Verband bei Halsschmerzen, vorn mit Schleife, überprüft haben, verschränken sich.

»Was, also?« Balthasar winkt das Mädchen heran, das an ihrem Tisch vorbeirauschen möchte.

»Erzähl, Damastweber, was machst du so?«

»Ich mache Damast.« Er erntet ein Grinsen vom anderen und ordert beim gähnenden Ausschankmädchen ein Bier und eine deftige Pilzpfanne mit Kartoffeln. Nikolaus wählt ein Glas Rotwein und einen Teller voller Rohkost. Was, als es serviert wird, dem ähnlich sieht, was Balthasars Vater allabendlich in die Futterraufe der Kaninchen füllt. Balthasar kann Kaninchenbraten nicht leiden, es schmeckt einfach nicht.

Das Glas Wein löst Nikolaus' Zunge. Und noch ehe es geleert ist, kennt Balthasar Nikolaus' Lebensgeschichte bis zum heutigen Tag, »an dem ich meinen gottverdammten zweiten Versuch starte«. Wie Balthasar von Nikolaus erfährt, hat jener in der sogenannten ersten Runde aufgrund einiger Strafakte und einiger verfehlter Prüfungsleistungen das Jurastudium abbrechen müssen. Die Art, wie er spricht, gefällt Balthasar. Die Art, wie er über sich selbst lacht auch: bitter und ironisch. Und ist er nicht auch in gewisser Weise mitleiderregend? Ihm entgeht nicht, wie er vom anderen hofiert wird.

»Gut, kommen wir zum interessanten Teil des Vormittags«, räuspert sich Nikolaus geschäftstüchtig und zückt eine kleine Schachtel aus der Rocktasche. »Spielst du?«

»Eigentlich nicht.« Balthasar beobachtet, wie Nikolaus die Karten durchmischt, ohne ihn dabei aus den Augen zu lassen. Die Partien, die Nikolaus nennt, kennt Balthasar allesamt nicht, außer: »Böhmischer Schneider?« Nikolaus lacht über das wirklich simple Kartenspiel. »Perfekt, umso schneller kommt man zu Pott. Also …« Er beginnt das Blatt aufzuteilen. »Wir können um die Zeche spielen oder um die Hausaufgaben, ganz gleich.«

Balthasar lacht auf, Nikolaus freut sich zugegeben über seinen Lernpaten. Sie sitzen beinahe eine Stunde und unterhalten sich über alles Mögliche, bis das Wort auf die Sache mit den Fremdsprachenkursen kommt, und Nikolaus die Runde bezahlt. Balthasar hat haushoch gewonnen. Sie beide sind drollig anzusehen, weil, in einem fort über die ein oder andere Bemerkung dieses oder jenes lachend, sie nicht gerade wie zielstrebige, ehrgeizige Studenten zur Akademie zurückgehen.

Bevor sich beide in die Blochmann'sche Antikenmalerei begeben, begleitet Nikolaus Balthasar in die Materialienkammer, die von einem leichenhaften Männchen überwacht wird, um dem Stipendiaten die Grundausstattung auszuhändigen. Die Bücher bekomme er von den jeweiligen Professoren, erklärt Nikolaus und ermahnt ihn, sich für die Fremdsprachen einzutragen. Er geht voraus in die Lehrveranstaltung des Professor Blochmann.

Doch Balthasar findet das Sekretariat verschlossen. Seine Überlegungen werden von Staubflusen durchkreutzt, die im Lichtkegel des kleinen Türfensters tanzen. Er entscheidet, hinauf in Blochmanns Antikenmalerei zu gehen und rauscht im zweiten Geschoss beinahe mit dem traurigen Schwarz und dem mondblassen Gesicht zusammen.

»Wo finde ich Hinz und Kunz?«

Das Krachen der Sekretariatstür hallt in den weiten Fluren der drei Geschosse des Akademiegebäudes nach, als Balthasar sie hinter sich ins Schloss knallt.

Es ist nicht wirklich Wut, was ihn raustreibt, sondern pure Verständnislosigkeit. Die Bürokratie, der man hier frönt, ist nicht zu fassen. Balthasar gönnt sich einen Moment zum Durchatmen. Sein Kopf muss vom Bier und dem Papierkram und der Erkenntnis, in den Semesterferien hier sein zu müssen, erst einmal frei werden.

So setzt er sich auf die Freitreppe, deren Feuchtigkeit des vergangenen Wochenendes jetzt von der Sonne abgeleckt ist. Er beobachtet einen Heißluftballon, der irgendwo über Altendresden zur Erde geht. Wie der Mond im Schnellauf. Er schaut den Leuten zu, die den Ballon beobachten oder müßig sind, dem gemächlichen Sinkflug des künstlichen Mondes zu folgen und auf den Terrassen flanieren. Er beobachtet Kinder, die sich von den Händen ihrer Kinderfrauen losreißen, um die Möwen von den Terrassenpalisaden aufzuscheuchen.

Balthasar entnimmt der Mappe ein leeres Blatt Papier und einen Kohlestift. Er zeichnet die Aussicht, die sich ihm bietet: das in der Sonne glitzernde Elbwasser, den Blick gen Westen auf die große Brücke, ein paar Buben, die sich über die Mäuerchen beugen, um hinunterzuspucken. Die Elbfischer, die die Haushälterinnen der feinen Damen bescheißen, und die, die sich behumsen lassen. Er schraffiert den Himmel dicht schwarz, lässt helle Flecken für die über den Fischern kreisenden Möwen und für das Geglitzer des Wassers. Eine Häufung von Dunkelheiten mit ein paar hellen Stellen. Das Zeichnen beruhigt ihn. So bemerkt er nicht gleich seine Beobachterin. Sie bleibt so lange neben ihm stehen, dass er sie aus dem Augenwinkel erkennt. »Einen schönen Tag noch, Fräulein Amundus«, murmelt er.

Sie regt sich. »Ich hab Sie noch auf eine der Listen für Latein bekommen.«

Balthasar verwischt das Schwarz des Himmels zu einer traurigen Einheit, dann hebt er den Blick. Das Fräulein schaut nicht ihn, sondern das Bild an. »Danke.«

»Aber Französisch nicht.«

»In Ordnung.« Er nickt. Sie nickt, schaut ihn aber nicht an, sondern die Düsternis auf dem Papier.

»Sie haben noch genau zehn Minuten Zeit, sich bei Professor Blochmann blicken zu lassen, um ihn nicht auf die Palme zu bringen.«

Wieder nickt Balthasar, packt seinen Kram zusammen, geht aber nicht gleich in die Akademie zurück, sondern sieht der jungen Frau hinterher, deren weit schwingendes Schwarz sich entfernt. »Französisch«, schnaubt Balthasar. »Herrje!« Er trauert jetzt schon seinen Ferien nach.

Blochmann stellt sich als untersetzter, spitzbärtiger Erbsenzähler heraus, der schnell durchschaut, dass in der Lernpatenschaft, die der Dekan Amundus da angezettelt hat, nichts Nachhaltiges zu erwarten ist. Die *Malerei nach den antiken Vorbildern*, die Balthasar von Professor Blochmann lernen soll, wird ihm rätselhaft bleiben. Sein gesamtes Studium lang wird er die Antiken an sich nicht verstehen. Auch nicht, warum er sie wird kopieren müssen.

Es gibt so Einiges, was er nicht begreifen wird. Die Geschwister Amundus werden eine ganze Weile dazugehören.

Was er aber schnell versteht, ist, dass alles, was man an der Akademie lehrt, dazu dient, das künstlerische Vorbild zu kopieren. Anstatt das Vorbild selbst in seiner natürlichen Beschaffenheit zu untersuchen und etwas ganz eigenes Künstlerisches daraus zu machen, wird es kopiert. Dubliziert. Imitiert.

Es stellt sich heraus, dass auch sein Lernpate in dieser Sache kein geeigneter Ansprechpartner sein wird. Nikolaus zeigt sich zwar als ein durchaus pflegeleichter, wenn auch übermütiger Zeitgenosse, dem guten Wein aber um einiges näher als den zu exzerpierenden Kapiteln in den dicken Büchern, die Balthasar von nun an mit sich herumschleppt.

Balthasar lernt in den ersten Wochen, nicht nur seine Tasche so zu packen, dass er nie mehr als nötig, was schon viel zu viel ist, mit sich herumträgt, sondern auch, wie er so kräftesparend wie nur möglich seinen studentischen Verpflichtungen nachgeht. Nikolaus ist ihm eine große Hilfe – zumindest bei letzterer Lektion. Außerdem kennt Balthasar binnen weniger Wochen alle bezahlbaren Ausschänke der Gegend. Aber, das muss selbst Nikolaus zugeben, der Fusel im *Gustavs* ist da noch der billigste und schmeckt am wenigsten billig.

Was Balthasar von Anfang an mag sind Gustavs trockener Humor und Nikolaus' direkte Art. Nie redet er um den heißen Brei. Nie beharrt er auf Unterhaltung, wenn Balthasar nicht nach Reden ist, und nie strapaziert er dessen Pegel an Geselligkeit. Balthasar ist zwar von der geselligen Sorte, aber er gehört auch zu jenen, die gut für sich sein können.

Das Arrangement bei der Roten Marthe erweist sich als durchaus praktisch. Nicht nur, dass Balthasar überhaupt keine andere Studentenherberge findet, auch die Rote Marthe findet keinen Ersatz für ihn und seine hausmeisterlichen Dienste. Schon nach wenigen Tagen stellt sich heraus, dass beiden nichts anderes übrig bleibt, als eine Einigung zu finden. So wird Balthasar der Dachboden zugewiesen, mit Hilfe des Wirtes Gustav behaglich gemacht, und in Anbetracht des bevorstehenden Winters mit einem Ofen ausgestattet.

Mit Marthes Mädchen arrangiert sich Balthasar. Er lernt ihre Essensgewohnheiten, ihre Ansprüche an Reinlichkeit und ihre Schlafenszeiten kennen. Anfangs hatte er morgens noch unachtsam mit Töpfen und Geschirr in der Gemeinschaftsküche herumhantiert oder die Öfen im Salon und in der Küche scheppernd gereinigt. Damit erntete er nicht unbedingt Wohlwollen bei den Bewohnerinnen. Die wollen nichts als ihren Nachtschlaf nachholen. Inzwischen bewegt Balthasar sich unbemerkt in den Räumlichkeiten. Umsichtigkeit ist ihm, der in einer Großfamilie unter beengten Verhältnissen aufwuchs, in die Wiege gelegt. Er weiß, es bringt mehr, den Mädchen heißes Wasser bereitzustellen, als abzuwarten, bis sie wach sind, um zu fragen, ob heißes Wasser benöitgt werde.

Balthasar hat viel Zeit, die Mädchen zu beobachten. Sie geben ihm zu verstehen, dass sie gern beobachtet werden – zu gegebener Zeit. Gegebene Zeit ist, wenn sie zurechtgemacht sind: das Haar gekämmt, kunstvoll aufgesteckt, die Garderobe bauschend und raschelnd, die Atlasschleifen gestärkt und die Dekolletés von weißer Spitze bekränzt. Dann zeigen sie sich gern, haben immer in der

Küche zu tun, wenn er sein Brot schmiert und einen Kräuteraufguss ansetzt. Umschwirren ihn neugierig, betasten ihn mit gierigen Augen. Wenn er die Öfen reinigt, öffnen sich die fünf Kammertüren als schwärmten die Mädchen aus wie Falter, um bewundert zu werden.

Es dauert nicht lange und Balthasar kennt die Eigenheiten einer jeden. Alle vier sind ausgesucht hübsch. Alle vier sind – das versichern ihm der Gustav und alle möglichen Leute, die beim Frischgezapften auf ein Stelldichein warten – im wahrsten Sinne *ausgesucht*. Eine jede genießt einen gewissen Ruf, genährt durch gewisse Vorzüge, die Balthasar nicht recht zu deuten imstande ist. Und eine jede trägt einen falschen Namen. *Pseudonyme*, sagt Marthe: »Künstlernamen«. Das Künstlerische an dem, womit die Mädchen ihren Unterhalt verdienen, ist Balthasar ein Rätsel. Denn bedienen sie nicht schlicht die männlichen Bedürfnisse? Es mangelt nicht an Gelegenheiten, die Mädchen auszufragen. Doch so etwas liegt Balthasar fern. Nicht allein Umsichtigkeit, sondern auch Diskretion gehört zu den Ingredienzien der Muttermilch, die er genossen hat.

Giselle, beispielsweise, versichert sich, bevor der Abend anbricht, seiner Absolution. Dies betrifft ihren Aufzug. Für seinen Geschmack ist sie allerdings zu leicht bekleidet. Der frische Staat der Damen macht das Heizen und Überwachen der Öfen unabdingbar. Letzteres stellt sich als kompliziert heraus. Ihm, Balthasar, ist nämlich das Betreten der Wohnung nach der neunten Abendstunde untersagt. Die Öfen also inspiziert er in verabredeten Pausen. Die letzte ist gegen Mitternacht. Danach darf Balthasar sich zu Bett begeben.

Giselle ist ein Mädchen, das sich gern mit Koketterie schmückt, sobald es im Dienst ist. Klärchen hingegen bedient ihre Kundschaft gern mit Strenge und Disziplin.

Friederike kann Balthasar am besten leiden. Sie zeichnet er am häufigsten. Nicht, weil sie die Jüngste ist. Mit ihrer natürlichen Ausstrahlung und ihrem lustigen Liebreiz verzaubert sie auch den nebligsten Herbsttag in einen Sommermorgen. Er zeichnet sie sogar in Farbe. Ihr strahlender Reiz bannt ihn. Hell ist Friederikes ganzes Wesen: wie Weizenbier das Haar, wie Milch ihre Haut, wie die Osterglocken ihr Lachen, die Augen grau wie ein Novemberhimmel, die Lippen voll und rosig wie das Fleisch reifer Kirschen. Dass Friederike umworben wird, auch wenn die Herren eine der anderen Damen gebucht haben, ist nur erklärbar.

Und doch ist Friederike in Balthasars Augen eben nur eine selbst erschaffene Kunstfigur. Ihre bestechende Schönheit kann er nicht von der Hand weisen. Sie ist begehrenswert. Darauf legt sie es an. Begehrt zu werden, scheint ihr Tagesziel. Alles an ihrem Gesicht und ihrer Mimik passt zusammen. Es dünkt, als habe sie ewige Zeiten darauf verwendet, vor dem Spiegel ihr Mienenspiel zu proben, ohne dass sie affektiert und künstlich wirkt. Aber Balthasar entdeckt Friederikes Natürlichkeit unter der brüchigen Kunstfassade. Das geschieht, so lange kein Freier in der Nähe ist. Er ist fasziniert von den zwei Seiten in Friederike.

Worin aber die Vorzüge der Vierten liegen, die im Bordell als *Zarte Lotusblüte* lebt, hat Balthasar noch nicht herausgefunden. Ihm fiel als Erstes auf, wie wenig sie spricht. Dass sie kränkelt, tagelang im Bett bleibt, sich in selbstvergessene Debatten mit der Roten Marthe verstrickt – sie wolle ihre Kammer für eine andere, eine *Frische*, eine *Hochwertigere* frei machen –, umgibt sie mit einer Aura der Unnahbarkeit. Es gibt auch Tage, an denen Lotusblüte nicht blass und lustlos auf der Chaise döst, sondern verführerisch, verrucht an ihm hängt, sodass er das Weite aus Marthens warmer Wohnung suchen muss, wenn er sich nicht in Lotus' Abendliste eintragen will. Er tut es nie. Nicht, dass Marthe es ihm verboten hätte, nur steht es für ihn außer Frage. Die Pasten, die er beim Apotheker holt und die bestimmte Körperteile pflegen sollen, und die ekelhaft stinkenden Bottiche, in denen die Monatshygiene der vier schwimmt, nehmen Balthasar jegliches fleischliche Verlangen nach den Mädchen.

Die Fluchten weg vom Bordell gleichen Erkundungen, die Balthasar in den nächsten Tagen unternimmt. Sie führen ihn bis in die entlegenen Weinberge nordöstlich der Stadt. Seine steten Begleiter sind Skizzenblock und Zeichenzeug. So erforscht er die Gegend, die sich so grundlegend von seiner Oberländischen Heimat unterscheidet. Nicht nur, dass das Land hier verhältnismäßig flach ist, wenn man vom Flusstal absieht, das gewandet wird von sanften Hügeln.

Dieses Land ist auch von einem ganz anderen Menschenschlag bewohnt als zu Hause. In seiner Heimat kennt er nur wahrhaftige Gesichter, Gesichter, denen man ansieht, was die Seele sagt.

Hier aber deutet jeder das Misstrauen gegen jeden an. Balthasar gehört nicht zu denen, die sich Fremden an den Hals werfen, aber die Menschen hier laden auch nicht gerade zum Beisammensein ein. Ausgenommen Marthe und ihre Mädchen. Die übrigen argwöhnen seinem Skizzenblock. Sie beäugen neugierig, wenn er, an einer Hauswand gelehnt, einen baufälligen Schuppen skizziert, wenn er ein spielendes Kind dabei ertappt, wie es in faszinierter Neugier ein Insekt guillotiniert, oder wenn er die rasche Abfolge sicherer Handgriffe der Elbfischer katalogisiert und mit schnellen Linien deren Bewegungen aufs Papier bringt.

Es kommt vor, dass Leute – Kinder zumeist – ihn verfolgen, und nicht einmal besonders erfolgreich darin sind, es verborgen zu tun, wenn er mit seinem Skizzenblock durch die schmuddeligen Gassen streift auf der Suche nach einem guten Motiv. Er findet in gegen die Herbstfrische protestierenden Blumen genauso ausgesuchte Themen wie in der Waschfrau, die im schattigen Hinterhof die gute Wäsche ihrer Herrschaft an poröse Leinen heftet. Die feine Spitze und zarte Seide stehen im Kontrast zur Kulisse maroder Fachwerke, bröckelndem Lehmputz und ausgebrochenen buckeligen Fensterscheiben. Alles hier scheint im Kontrast zu stehen. Nicht zuletzt der Kunststudent im Fischerdorf am Rande der sächsischen Residenzstadt.

Aber schon nach einigen Wochen hat sich Pieschen an den herumstreunenenden Zeichner gewöhnt. Und auch, wenn er zu zeichnen nicht beabsichtigt, Balthasar trägt fortan einen Graphitstummel und ein kleines Stück Papier in der Hosentasche. Die neugierigen, ja grimmigen Blicke werden seltener, die gehässigen Gebaren bleiben aus. Und eines Tages wird Balthasar sogar aus dem Platzregen in die Behausung gebeten, sich bei einem warmen Umtrunk aufzuwärmen, und was sein Skizzenblock hier an Nahrung erfährt, lässt keinen Wunsch offen.

Er lernt einen Jungen kennen, der aufgrund von chronischer Unterernährung vorübergehend blind gewesen sei. Fasziniert und bedrückt zugleich lässt sich Balthasar die Blindheit vom Jungen schildern. Er selbst könnte ohne sein Augenlicht nicht leben. Er lebt von seinen Augen. Die Schwester des vorübergehend erblindeten Jungen ist so hübsch, dass der Vater scherzhaft behauptet, ihre Schönheit habe den Bruder schlichtweg geblendet. Das ist die Mentalität, die Balthasar von zu Hause kennt und wo er sich zu Hause fühlt: die Bitternis, der immer noch das Gute und Richtige abgeschwatzt wird, obwohl es nun wirklich gar nichts Gutes und Schönes im Leben mehr gibt.

Balthasar würde leicht sagen können, warum ihn diese Themen mehr anziehen, als das Gekünstelte in der Akademie. Sich verrenkende Gottessöhne, von Schlangen umwundene Märtyrer sind nichts für ihn. Nach einem langen Tag mit den Studien zieht es ihn ins ehrliche Umfeld ehrlich arbeitender Menschen.

Mit der Zeit lassen sich die Mädchen der Roten Marthe gern zeichnen. Und die Rote Marthe zuallererst: am Küchentisch sitzend, den dampfenden Becher mit dem braunen Türkentrank vor sich und in die Glut des kleinen Ofens starrend. Balthasar fängt das Klimpern des Perlenvorhangs ein, der die Küche ohne Tür vom Korridor trennt, welcher wiederum in den sogenannten Salon mündet, wo die Damen mit den Herren in Geplänkel verfallen, bevor sie sich in ihre Kammern *separieren*.

Beim Zeichnen entspannen sie. Es ist für jede etwas Besonderes, so lange von einem Mann, der ihnen ohne körperliches Begehren begegnet, betrachtet zu werden, mit den Augen abgetastet, Zoll für Zoll berührt und doch völlig unbeansprucht zu bleiben. Balthasar überlegt, ob das stundenlange Stillsitzen ihr Wertgefühl gesunden lässt, das in mancher Nacht Schaden nimmt.

Es gibt auch Dinge, die er nicht zeichnet. Wo der Fantasie durch die Realität Grenzen gesetzt werden, bleibt für Begehren wenig Raum.

Wenn Balthasar keine Lust hat, irgendwelche Menschen zu zeichnen, sucht er sich andere Motive. Sogar die durchgelegene Chaiselongue mit den verschlissenen Polstern mitten in seiner schmalen, in die Länge gezogenen Dachstube hat er bereits auf Papier gebracht. Ein mit allen möglichen, nicht mehr zu entfernenden

Flecken versehener runder Tisch und ein klappriger Stuhl sind sein übriges Mobiliar. Mit dem Wenigen kommt er gut zurecht. Zu Hause am Fuße des Zittauer Gebirges hat er auch nicht in bodenlosem Luxus gelebt. Am liebsten zeichnet Balthasar die Aussicht aus dem winzigen Dachfenster. Die Elbe, gerahmt vom kleinen Rechteck mit dem dicken Kreuz, ist sein Motiv. Und die Ferne. Er zeichnet sein Heimweh. Den Mädchen öffnet er auf diese Weise das Fenster in seine Welt: die Welt der Umgebindehäuser und Webstühle, die Welt der Damaste, des Leinöls und des Lavendels.

Er zeichnet die schweren Wäschekörbe und Holzkiepen, die er in den Hinterhof und von dort wieder heraufträgt, zeichnet selbst die Asche, die in die Gipsfabrik verkauft wird. Er zeichnet den Markt, wohin er die Marthe begleitet, bis er den Gang dorthin allein erledigt, genau wie den Gang zum Apotheker. Den Apotheker zeichnet er: einen rundgesichtigen, freundlichen Mann mit breiten Koteletten bis zum Kinn hinunter, Zwicker auf der schmalen Nase und einem unverwüstlichen Lächeln in den Augen, ein Mann, dessen Verständnis für die Belange der Mädchen und der Roten Marthe seiner Zeit weit voraus ist.

Die Liste dessen, was Balthasar aus der Apotheke zu besorgen hat, ist jedes Mal so lang, dass er mehrmals in der Woche wiederkommen muss, weil nicht alles auf Lager ist. Balthasar bringt die geleerten Tiegel und Fläschchen, damit sie hier gefüllt werden mit Salben und Pasten, Pudern und Ölen. Auch kleine weiße Kügelchen werden in die Glasfläschchen gefüllt, auf deren Nutzen sich Balthasar keinen Reim machen kann. So lange der Apotheker die Bestellung erledigt, wartet Balthasar und blättert in der Tageszeitung. Die reicht ihm der Apotheker vermutlich aus lauter Mitgefühl, während die übrigen Damen, die auf ihre Bestellungen warten, sich an den Parfums, an den neuesten Pudern und Quasten und Pflastern erfreuen.

Balthasar erkennt bald, dass die einzige Aufgabe der Mädchen darin besteht, sich rein und schön zu halten. Hauptsächlich sind sie mit sich und ihrer Staffage beschäftigt. Aber nicht am Sonntag und nicht an christlichen Feiertagen. Dann schlurfen sie ungekämmt, ungeschminkt und ungekünstelt durch die Wohnung der

Roten Marthe. Sie so zeichnen zu dürfen, hat bisher noch keine erlaubt. An Sonn- und Feiertagen bewegen sie sich so, als seien sie nicht die begehrtesten Huren der Stadt, unnahbar und von exotischen Talenten beseelt, sondern ganz normale Mädchen, Wäscherinnen vielleicht, bescheidene Jungfern eben. Aber das sind sie nur am Sonntag.

Die Stammkunden kann Balthasar schon bald zu einem jeden Mädchen zuordnen. Doch es gibt auch Einzelgänger. Mit notdürftig geflicktem Hosenboden rutschen die auf dem guten Samt im Salon hin und her und lassen bei der Roten Marthe einen halben Monatsverdienst. Die zählt die hart verdienten Groschen ohne rot zu werden.

Abgesehen vom Geschäft und der Vertrautheit zwischen Balthasar und den Mädchen, stellt sich schon früh heraus, dass jede ein bisschen vernarrt in ihn ist; eine jede auf ihre Weise: die Marthe mit mütterlicher Sorge, das preußische Klärchen mit koketter Schwärmerei, Giselle mit verspielter Selbstherrlichkeit und die hagere Lotusblüte. Die friert aufgrund ihrer seltsamen Krankheit schnell, und lehnt oft stumm an Balthasars Schulter. Sie starrt ins Leere, und kann sich seines ganzes Mitgefühls sicher sein. (Dass er die brünette Lotusblüte mit dem Grübchen am Kinn damals auf der Wache gesehen hat und weshalb sie überhaupt auf der Wache in Loschwitz gelandet war, weiß er mittlerweile auch. Die Sache ging nicht zu ihren Gunsten aus, wovon das hohe Bußgeld zeugte, das die Damen den Geschädigten zu entrichten hatten.)

Mit Friederike verbindet Balthasar vom ersten Tag an mehr als mit den Übrigen. Unkompliziert und ohne hohe Ansprüche erhellt sie seine Abende. Sie beide verstehen sich ohne Worte. Wenn sie auf der Straße eine kuriose Szene beobachten und ihnen der Anstand versagt, sich dazu zu äußern, verfallen sie entweder in erstauntes Schweigen oder Gelächter. Ein Blick genügt und beide wissen, dass der andere die Situation genauso wunderlich findet. Aber die Zutraulichkeit, die Friederike zu Balthasar entwickelt, spiegelt sich mitnichten in dem wider, was sie seinem Lernpaten Nikolaus entgegenbringt. Anfangs gesellte sie sich zu den beiden, wenn sie zu arbeiten versuchten. Katz und Hund könnten nicht unversöhnlicher sein als

Friederike und Nikolaus. Inzwischen bleibt sie fern, wenn Nikolaus Balthasar in Beschlag nimmt.

»Lass uns im *Gustavs* was trinken gehen«, stemmt sich Nikolaus vom Fußboden, auf dem die Lehrbücher verstreut liegen, hoch.

Es ist ein goldener Oktoberabend, viel zu schade zum Lernen, findet auch Balthasar, aber er hat ein kniffliges Problem.

»Hör dir das an.« Er zitiert aus Peales *Kritik der Kunst*: »›So wenig ich die Natur für die Urkraft der Welt anerkenne, die alle Dinge aus sich selbst erzeugt, und werktätig hervorbringt, so gewiss nehme ich hiergegen an der Natur jene Kraft Gottes wahr, welche werktätig hervorbringt, und diese Kraft, weil sie Gottes ist, kann keine andere als eine Urkraft sein.‹« Balthasar starrt die Zeilen, dann Nikolaus verständnislos an. »Was soll der Quatsch bedeuten? Herrgottnochmal!« Das Buch, das eben noch auf seinem Schoß gelegen hat, schlittert unter die Dachschräge.

Nikolaus, dem jedwede Professorensohnallüren abgehen, schenkt dem Buch einen mitleidigen Blick. »Ich sag doch, wir gehen jetzt was trinken.« Er steckt den Finger unter das eng gebundende Halstuch und zerrt daran. Es amüsiert Balthasar, wie Nikolaus einerseits gegen die spießbürgerliche Krawatte rebelliert, andererseits aber mit den straff gewickelten Revolutionärstüchern kämpft.

»Damit du wieder deine paar Kröten an mich verlierst? Nein, Nik, wir machen unsere Hausaufgaben, wenigstens dieses eine Mal.« Balthasar straft das Buch im Winkel unterm Dach ab und zieht es dann doch wieder zu sich heran. Nikolaus wirft sich seinen Rock über, bereit zu gehen. Balthasar bettet *Peale* weich auf seinen Oberschenkeln und lehnt den Rücken gegen die Chaiselongue wie vorhin.

Er hört Nikolaus seufzen. Nichts liegt seinem Lernpaten ferner als zu lernen. Aber Balthasar, der Stipendiat, steht in der Bringschuld vor dem Akademischen Rat und deshalb sollte er seine Arbeiten erledigen. Immerhin werden ihm als Stipendiaten einige Annehmlichkeiten zuteil: Neben einem warmen Mittagsmahl, hat er freien Zugang zur Bibliothek und darf ein Ehrenamt bekleiden. Letzteres hat in seinen Augen weniger etwas mit Ehre, denn vielmehr etwas mit Arbeit zu tun. Da er es versäumt hat, sich für ein

Ehrenamt einzutragen, was in erster Linie Nikolaus' Vergesslichkeit zu verdanken war, wurden sie beide in die Arbeitsgruppe der Kopisten eingeteilt. Von nun an darf Balthasar in seinen freien Stunden und gern auch am Wochenende von Kunstleihgaben aus aller Welt in Auftrag gegebene Kopien anfertigen. Dafür wird er von den Professoren des jeweiligen künstlerischen Sujets angeleitet. So nimmt er vornehmlich Gipsabgüsse von Skulpturen. Zumeist Antike in Körperhaltungen, die nicht zur Nachahmung raten.

»Peale will damit sagen …« Nikolaus' gedehntes Ausatmen ist kaum zu überhören. »Gott ist als einziger Schöpfer anzuerkennen. Kunst ist anmaßend und sollte nicht Schöpfung genannt werden. Das meint zumindest meine Schwester …« Er kratzt sich am Hinterkopf. »Können wir jetzt gehen?«

»Deine Schwester?« Balthasar legt den Kopf zurück, um Nikolaus besser ansehen zu können. Dessen Augenmerkt gilt der Inspektion einer Tags zuvor geleerten Weinflasche. »Du redest mit deiner Schwester über diesen Blödsinn?«

Nikolaus nickt, wobei seine Stirnlocken über seine grünen Augen schwingen. Eine Geste, die ihm, gepaart mit den funkelnden Augen, etwas Freches verleiht. Balthasar kritzelt mit seiner Hühnerklauenschrift die Interpretation, die Nikolaus von seiner Schwester bekommen hat, in sein Heft und widmet sich als Nächstes der Hausaufgabe zu einem gewissen Euklid. *Sectio aurea*. Davon hat er keinen Schimmer. Das Verhältnis von Major und Minor hat Balthasar zwar schnell begriffen, aber was die mathematischen Formeln mit Kunst im Allgemeinen und künstlerischer Anatomie im Speziellen zu tun haben, kommt bei ihm nicht an. Genauso wenig wie die Umstände, Verquickungen und Verwicklungen in der griechischen Mythologie und all ihren Protagonisten mit unaussprechlichen Namen. Allesamt Abbildungen mit verrenkten Gliedmaßen und Wurzelgemüsemuskulatur.

Aufgabe ist es, anhand eines selbst gewählten Beispiels die Formel $\Phi = \frac{a}{b} = \frac{a+b}{a}$ zu belegen. Balthasar blättert im *Peale*, den er gelernt hat zu hassen, und sucht nach einer genialen Idee, das Problem zu lösen. Die Stupidität des Ganzen ist zum Verrücktwerden. »Lassen wir den Unfug.«

Die jungen Männer finden sich bei ein, zwei, drei Bier in Gustavs Schänke wieder und tatsächlich zieht Balthasar seinem Kumpan beim Kartenspiel jeden Pfennig aus der Tasche, um sie sofort in Flüssiges umzusetzen. Es ist gut, dass Nikolaus ein so miserabler Spieler ist, denn das karge Taschengeld des Stipendiaten ist für Zechereien nicht gedacht und reichte in Wirklichkeit kaum für einen Löschgummi.

Chicorée

Es ist spät, bald schon Mitternacht. Unter Nikolaus' Zimmertür sieht Antonia Licht; aber nicht genug, um im düsteren Flur die Hand vor Augen sehen zu können. Auf ihr Klopfen hört sie ihren Bruder müde antworten.

Die Aufregung der ersten Semesterwochen ist längst stoischem Gleichmut gewichen. Das spürt sie im stiller werdenden Haus. Antonia schließt die Tür hinter sich und beobachtet ihren Bruder einen Moment lang, wie er tief über eine Studie, eine Zeichnung, gebeugt am Sekretär sitzt.

Ihre Anwesenheit scheint ihm gleichgültig. Im Anfluge ihres Ordnungssinnes greift Antonia nach dem offen stehenden Tintenfass. Es ist unmöglich, den Korken wieder hineinzustecken, weil die Tinte mit dem Abtropfläppchen verklebt ist. So schiebt sie das Fäschen zumindest aus der Gefahrenzone und räumt unauffällig einen Flecken auf Nikolaus' Sekretär frei. Der ist übersät mit Papieren, Büchern, Bildreproduktionen und Zeichenutensilien. Aus den winzigen Schubladen quellen Briefe, Zettel, zerknittert und missachtet. Nikolaus gehört zu denen, die nie eine Feder nach ihrer Benutzung säubern und deshalb nie ordentliches Schreibzeug zur Verfügung haben. Antonia kratzt an einer weniger verklumpten Feder herum. Noch zu Lebzeiten hatte es die Mutter aufgegeben, Nikolaus zu Ordnung und Systematik anzuhalten. Antonia steht am Scheideweg, Mutters Kampf wieder aufzunehmen oder ihn sein zu lassen.

Wieso kann er, der in Mutters Schoß am selben Kuchen genährt worden war wie sie, dieselbe Erziehung genossen und dieselben Voraussetzungen wie sie hatte, nicht einfach ein bisschen *sein* wie sie: logisch, vorausschauend, ordentlich. Nicht, dass sie eitel ist, Gott bewahre. Antonia empfindet sich nicht als eitel. Eitelkeiten stehen ihr gar nicht zu. Sie ist korrekt in allem, was sie tut. Sonst nichts. Nur korrekt.

Antonia wirft einen interessierten Blick auf seine Aufgabe: Eine mit schwerer Hand gezeichnete Laokoon-Gruppe, eine unbeholfene Nachahmung des trojanischen Priesters und seiner zwei Söhne, verschlungen in ihrem Todeskampf. Als Vorlage dient ihm ein Kupferstich aus einer Bildersammlung. Antonia betrachtet skeptisch Nikolaus' unproportionierte Zeichnung des Priesters Laokoon mit seinen Söhnen. Wurstartige Extremitäten, chicoréeartige Muskulatur, gebleckte Zähne. Als habe der Künstler der Büste Perlen in den Mund gestopft. Nikolaus' Darstellung zeigt beulenpestartig verschlungene Massen, die dem dramatischen Thema nicht gerecht werden. Derlei anzumerken widersteht Antonia. Sie weiß, ihr Bruder hält sich nicht für einen großen Künstler, doch liegt es ihr fern, ihn zu verletzen oder gar Verbesserungsratschläge zu erteilen.

»Was ist die Aufgabe?«

»*Sectio Aurea*. Goldener Schnitt. Euklid. Verdammt unsinniges Zeug!«

Sie schnalzt mit der Zunge und ermahnt ihn, nicht so zu reden. Er grummelt vor sich hin, reibt sich die Augen und schließt das Lehrbuch. »Mach ich morgen früh vor der Schule.«

»Was wohl dein Lernpartner dazu sagt?«

Aber Nikolaus lässt sich zu keiner Antwort herab, sondern verstaut seine Unterlagen in seiner Tasche. Die Eselsohren tun Antonia beinahe weh. Nikolaus erhebt sich.

Sie folgt ihm mit den Augen bis zum Fenster, vor dem er stehen bleibt. Er zieht den Vorhang leicht beiseite und schaut in die Dunkelheit hinaus auf die unbeleuchtete Straße, wobei er kaum mehr als sein Spiegelbild sehen dürfte.

»Ich will weg von hier!«

»Ich weiß.« Antonia steht dicht hinter ihm, um zu sehen, was er beobachtet. Aber da ist nichts. »Wohin würdest du denn gehen?« Das kann sie sich leicht selbst beantworten. Sie weiß es längst.

»Nach Amerika.«

Ihren vorurteilsbehafteten Augenaufschlag kann ihr Bruder nicht sehen.

»Alle möglichen Leute gehen nach Amerika. Dort gibt es Gold im Überfluss und jede Freiheit, die man sich nur wünschen kann. Und weil sie dort weder Kultur noch Wurzeln haben, werde ich dort bestens aufgehoben sein.« Letzteres quittiert Nikolaus mit einem Lächeln, das nicht für Antonia, sondern seinem Zukunftstraum bestimmt ist.

»Auf einen Pfiffikus wie dich warten sie in Amerika gerade noch.« Die Pause, die sie ihm einräumt, füllt ihr Bruder nicht. »Du kannst nicht weg, Nik. Zumindest jetzt noch nicht. Und weißt du auch warum?« Das ist keine Frage zur Beantwortung bestimmt. »Weil du kein Geld hast und spielst und du hast nichts gelernt, womit du Geld machen kannst und du besitzt nichts, was du zu Geld machen könntest. Und Vater wird dein Lotterleben nicht weiter unterstützen … Sieh mich an.« Sie dreht ihn zu sich herum und fesselt seinen Blick. Mutters Augen. Er vergisst unter seinen Träumereien immer wieder, dass die Familie Amundus verschuldet ist bis unters Dach.

Sie könnten von dem, was ihr Vater an der Akademie verdient sehr gut um die Runden kommen, aber ein Vorfall vom vergangenen Jahr, bei dem Nikolaus horrende Summen verspielt hat, trieb die Familie in die Pleite. Niemand hat etwas davon mitbekommen, erst, als die Pfandleier die Möbelstücke aus der Wohnung holen wollten, war Nikolaus verlorenes Spiel aufgefallen. Antonia weiß und Nikolaus weiß, jeder andere Familienvater hätte dem Tunichtgut, Trinker und Spieler längst die Tür gewiesen, aber ihr Vater hat auf dem Sterbebett der Mutter schwören müssen, sich um den Jungen zu kümmern, ihn zu läutern, ihn zu einem rechtschaffenen Menschen zu machen. Eine Aufgabe, die Amundus mithilfe eines Studienplatzes seines Sohnes in seiner Nähe zu erfüllen sucht. Niemand, kein einziger der Professoren an der Kunstakademie, sieht in

Nikolaus irgendetwas Künstlerisches. Ein Makel, den der Dekan zu überspielen versteht.

»Bitte Nik, komm zur Vernunft. Mach einfach diesen Abschluss …«

»Dieser dumme Abschluss.« Nikolaus' Miene tut ihr weh. Da ist so viel Seelenschmerz.

»Wie kommt das, Nik? Für nichts, was du beginnst, hast du lange genug Interesse, um es zu beenden.« Aber erwartungsgemäß sagt er gar nichts dazu. Da kann sie neben ihm stehen und ihn anstarren die ganze Nacht, wenn es sein muss. »Schlaf gut.«

Sie verlässt sein Zimmer. Aber sie ist kein bisschen müde und setzt sich an den verlöschenden Kamin im Salon, schaut den Funken zu, die so viel Staub produzieren werden, dass Frau Gutzkow morgen wieder furchtbar schimpfen wird. An den Stickrahmen auf ihrem Schoß klammert sich Antonia, ohne einen Stich zu tun. Das Buch, mit dem sie die Handarbeit tauscht, kann sie genauso wenig von Gedanken, ihren Bruder betreffend, ablenken. Antonia hat es sich früh zur Aufgabe gemacht, nicht nur Unterhalterin, sondern auch Aufheiterin ihres Bruders zu sein. Ein schweres Unterfangen, haben sich doch Tante Theophine, Vaters Schwester, und deren Tochter Isabell angekündigt.

Wenn Theophine und Isabell in den schillerndsten Farben ihr Leben auf dem Lande und dessen Vorzüge, die Ausritte, die mannigfaltigen Empfänge und unerschöpflichen Anlässe für Gesellschaften ausmalen, fühlt sich Antonia klein und proletarisch. Mit viel zu wenig Personal ganz und gar nicht bourgeoise. Und das, obwohl jede ihrer Regungen und Haltungen dazu dient, das neu aufkommende Bildungsbürgertum zu verkörpern, sich zu formen, eine neue Gesellschaft abzuzeichnen – auch mit wenig Personal. Die Selbstrekrutierung ist Antonias Beitrag.

Eine von Tante Theophines Lieblingsbeschäftigungen ist es, Antonias Vater zu ermahnen, nach einer guten Partie für seine Tochter zu suchen. Das Trauerjahr sei schließlich bald zu Ende. Es sollte spornstreichs geheiratet werden. Bevor Antonia zur alten Jungfer avanciere. Antonia sei ja schon zwanzig! Verständlich sei, so räumen Tante Theophine und Kusine Isabell gern ein, dass die Krankheit der Mutter und der Todesfall das freudige Ereignis verzögert habe, aber nun sei es Zeit, wieder Farbe zu tragen.

Antonia muss es so halten wie die japanischen Karateka, überlegt sie. Über diese hat sie gelesen, dass sie einen Ziegelstein allein durch Konzentration und mit Augenmerk auf das Ergebnis, anstatt auf den Prozess, mit der bloßen Hand zerteilen können. Wenn sie also nicht länger ihre Kraft in das Lästige investiert, sondern ihr Ziel fokussiert, kann sie Tantes Besuch viel leichter nehmen und ihr würde auch der schale Nachgeschmack nach Minderwertigkeit bald erspart bleiben.

Aus solch tiefen Gedanken wird Antonia gerissen, da sie Schritte auf der Treppe vernimmt. Durch den Flur schlurfen sie, im Windfang machen sie kehrt und führen wieder nach oben. Antonia legt das Buch beiseite und schlüpft in den Flur. Ihr Blick fällt auf Nikolaus' Schultasche. Eine ganze Weile starrt sie die Tasche an. Die Versuchung ist so groß!

Die Glocke der Dreikönigskirche schlägt zur ersten Nachtstunde, da stellt sie die Rüböllampe auf den Boden neben Nikolaus' Tasche und öffnet die Schnallen, um an die *Sectio Aurea, Goldener Schnitt, Euklid, verdammt unsinniges Zeug* heranzukommen.

Ihr Vater, der nichts in seinem Leben unerwähnt lassen kann – auch nicht vor einem Mädchen – hat ihr rudimentäre Kenntnisse der kunsttheoretischen Grundbegriffe vermacht, ohne dass er es wohl beabsichtigt hatte. Ihm war nie bewusst, dass Antonia das anhaftet, was ihrem Bruder abgeht: Interesse und eine hohe Auffassungsgabe.

Sie schlägt im Peale nach und findet eine schöne Beschreibung einer in Sant Salvi gemalten Taufdarstellung aus der Hand des Andrea Verrocchio, welcher ein Meister Leonardo da Vincis war. Antonia liest, dass die Engelsdarstellung mit dem für Leonardo da Vinci typischen weichen, beinahe fließenden Pinselstrich weitaus lieblicher gewesen seien als die Figurendarstellungen des Meisters. Es amüsiert sie zu lesen, dass Verrochio daraufhin zeitlebens keinen Pinsel mehr anrühren durfte – so heißt es in der Überlieferung.

Ganz vertieft ist Antonia in die Beschreibung der Komposition und wünscht sich, nicht ihr Bruder, sondern sie selbst wäre privilegiert, nach Italien zu reisen, um dieses Kunstwerk anzuschauen.

Aus Nikolaus' Tasche nimmt sie einen Stift und notiert an den Rand seiner mangelhaft erledigten Hausaufgaben: *Seite 57!*, skizziert aus dem Handgelenk die Komposition auf eine der älteren Visitenkärtchen die Frau Gutzkow noch nicht aus der dafür vorgesehenen Schale entfernt hat und deren Überbringer für einen Besuch aus verschiedenen Beweggründen nicht vorgelassen wurde. Dann packt sie den Peale weg und sucht stattdessen nach der unvorteilhaften Skizze der Laokoongruppe, auf der sie mit korrigierendem Strich Euklids Goldenen Schnitt, wie auf Seite 57 beschrieben, anwendet.

Auf die Rückseite der Zeichnung schreibt sie in ihrer ordentlichen Mädchenschrift: *Ab imo pectore*, verstaut alles in der Tasche und begibt sich auf ihr Zimmer.

Antonia, von der eigenen Kühnheit ganz überwältigt, wird nicht von Müdigkeit übermannt.

Stattdessen kauert sie vor der Puppenstube in ihrem Zimmer, einem Relikt aus Kindertagen, gehegt und gepflegt. Dessen Ordnung spendet ihr oft Trost. Antonia kennt keine Frau ihres Standes, die nicht mithilfe einer Puppenstube auf ihre Ehe- und Hausfrauenpflichten vorbereitet worden wäre. Was auch immer es ist, worauf man die Töchter aus gutem Hause vorzubereiten hat: In den Puppenhäusern gibt es weder ein eheliches Schlafzimmer noch eine Badestube. Antonia hat nie jemanden dazu befragen können, was die Ehe im Eigentlichen bedeutet. Das Körperliche ist nie Gesprächsgegenstand gewesen. Ihr Korsett wird von Frau Gutzkow so eng geschnürt, dass sie, wie die meisten Frauen ihres Alters, regelmäßig in Ohnmacht fällt. Etwas anderes, als einen Anschein zu wecken, ist nicht ihre Aufgabe.

Die Dreikönigsglocke schlägt drei, da schläft Antonia einen traumlosen, unschuldigen Schlaf.

Der Sargnagel

»Euklid?«, begrüßt Balthasar seinen sogenannten Lernpaten. Der schüttelt den Kopf und beteuert, er habe den Goldenen Schnitt nicht hinbekommen. »Na wunderbar!« Balthasars Lachen ist bitter, es klingt nach dem Rest an Alkohol in seinem Blut und berstenden Kopfschmerzen. Kurzentschlossen postiert er Nikolaus vor der Treppe zum Haupteingang der Akademie und setzt sich auf die mittige Stufe. Die Morgensonne schafft es nicht durch die Nebelschwaden, die auf der Elbe hängen. Es ist empfindlich kalt. Balthasar lässt den herbeiströmenden Studenten genug Platz zum Vorbeigehen und kramt in seiner Tasche nach Papier und Kohlestift. »Halt still«, mahnt er Nikolaus, während er mit schnellen Strichen skizziert, was beide gestern hätten erledigen sollen, anstatt sich beim Gustav zu betrinken.

»Ich hasse diese Kälte. Und diesen Nebel, sieh dir den Nebel an. Unheimlich.«

»Halt still.«

»Selbst die Möwen getrauen sich nicht, einen Gacks von sich zu geben. Gespenstisch.«

»Meine Güte, ist es so schwer für dich, stillzustehen?«, weil Nikolaus sich abermals umgedreht hat.

»Sei nicht so penibel! Kein Wunder, dass dich Vater höher lobt als seinen Gott.«

»Und wen hält er für seinen Gott?«

»Kurfürst Friedrich Christian Leopold Johann Georg Franz Xaver von Sachsen. Der ist schuld an dieser Katastrophe hier.« Nikolaus deutet auf die Akademie in Balthasars Rücken. »Und schaufelte somit mein Grab.«

Balthasar entwischt ein kleines Grinsen. Die Zeichenkohle fliegt über das Papier. »So schlimm?«

»Schlimmer!«

»Hände an die Hosennaht, Nik.«

»Zu Befehl, Herr Major.«

»Und wackel nicht so mit dem Kopf.« Mit raschen Strichen teilt Balthasar die Zeichnung in die Sektionen nach Euklid ein und pustet den Kohlestaub weg.

»Hausaufgaben vergessen, wie?«, hört er einen rufen, der an ihm vorbeihechtet. Der Unterricht beginnt in wenigen Minuten. Während sie durch die Flure hasten, um nicht zu spät zu kommen, besieht sich Nikolaus die Zeichnung. »Meine Güte, wie machst du das. Der sieht genau aus wie ich.«

Balthasar nimmt ihm die Zeichnung aus der Hand, will sie gerade in seine Tasche stecken als Nikolaus ihn am Arm packt und abrupt stehen bleibt. »Du musst das noch mal machen.«

Balthasar sieht zu, wie Nikolaus sein Zeichenzeug aus der Tasche holt, damit Balthasar auch für ihn den Goldenen Schnitt an einem Gliedermann andeutet. Doch was Nikolaus zutage fördert, scheint eine ganz anständige Sache zu sein. Balthasar nimmt Nikolaus die Zeichnung ab: drei Figuren, zwei übereinander gezeichnete Entwürfe. »Der erste Versuch ist idiotisch, Nik«, sagt er und deutet auf die dünnen, unsicheren Linien, bei denen alles falsch proportioniert scheint, »aber das andere ist richtig gut. Was ist das?«

»Die Laokoongruppe. Du kennst nicht die berühmte Laokoongruppe?« Nikolaus, will das Papier wegstecken, wird aber von Balthasar daran gehindert. »Was bedeutet Ab imo … dingsda?

»*Ab imo pectore – von ganzem Herzen*. Lernst du irgendwas in deinem Lateinkurs?«

»Nein. Und wieso schreibst du so was daneben, Selbstmotivation, oder was?« Balthasar verfällt in Gelächter, dann aber durchfährt beide eine schneidende Stimme: »Verwarnung, Weber und Amundus.«

Die jungen Männer wirbeln herum. Hinz und Kunz gucken wie Zerberus, der Höllenhund mit zwei Köpfen hinter ihrer Sekretariatstür hervor. »Sie versäumen den Unterricht«, näselt der eine. »Und Sie sind laut«, ergänzt der andere. »Lautes Lachen ist auf den Gängen verboten«, stimmen sie im Chor an und bleiben eisern und unnachgiebig gegen die Entschuldigungen der beiden: Nikolaus lässt seinen Charme spielen, es nützt alles nichts. Balthasars erste

Aktennotiz steht. Nach dem Unterricht hat er sie in seiner Kartei gegenzuzeichnen.

Mit der halbherzigen Entschuldigung, die Verspätung betreffend, huschen sie in den Zeichensaal zu Professor Amundus. Der quittiert das verspätete Duo mit einem missbilligenden Blick, fährt aber unbeirrt im Unterricht fort, während die Säumer an die Staffeleien in der hintersten Reihe treten.

Der Zeichenunterricht beim alten Amundus ist für Balthasar eine Wohltat, denn sein sogenanntes Talent, das ihm die drei Jahre hier eingebrockt hat, ist in Amundus' Lehrveranstaltung gut aufgehoben. Der heutige Morgen steht ganz im Zeichen von Nasen; abzuzeichnende Nasen nach Nasenmodellen der Gipsabgüsse von Lebenden, meist Studenten vergangener Jahrgänge, und Antiken. Zugegeben, es gibt nicht viele antike Statuen, bei denen noch die Nase erhalten ist. Balthasar fragt sich ernsthaft, wo die Nasen der Antiken geblieben sind. Dennoch sind es offenbar genug, um einen ganzen Vormittag mit dem Abzeichnen derselben zu füllen.

Nasothek nennt der Amundus seine Nasensammlung, mit denen er die Antiken ohne Nasen reparieren lässt. Balthasar kam bereits in den Genuss des Abgießens. Es gibt kleine, dicke, lange, feine, knollige, breite, flache; welche mit breiten Nasenflügeln oder schmalen, mit und ohne Höcker, Stupsnasen, Adlernasen und Hochnasen. Zumindest Letztere sind nicht wie die Nasenmodelle auf einem Podest drapiert, sondern sitzen im Halbkreis um die Modelle herum und versuchen sie zu zeichnen.

Balthasar ist in Windeseile mit den Nasen fertig, hat nach dreißig Minuten die Nase gestrichen voll von ihnen und es gibt nichts, was Professor Amundus an Balthasars Zeichnungen auszusetzen findet.

Während der Professor seine Runde zwischen den Reihen seiner Studenten dreht, sich mit Ratschlägen und Korrekturen der Nasen abmüht, zieht Balthasar seine Leinwand aus dem Leinwandständer und arbeitet an der antiken Landschaft, die sie bei Blochmann begonnen haben. Noch langweiliger als die Nasen, aber eben erbaulicher als das Nichtstun. Seit Balthasar einmal vor lauter Langerweile eingeschlafen war, übt Amundus Erbarmen mit ihm und erlaubt ihm, sich selbst eine adäquate Beschäftigung zu suchen, sobald er mit den Handzeichnungen fertig ist.

Des einen Talent ist des anderen Verdruss. Ein deprimierter Narziss kehrt noch am selben Abend in Balthasars Obsterübchen ein. Nikolaus' Streiteslust ist Vergangenheit, anders als es bei Friederike der Fall ist. Sie denkt nicht daran, ihren Platz auf der Chaiselongue für den feinen Pinkel zu räumen.

»Könnt ihr euch nicht einfach vertragen?« Als ob das eine Option für die zwei wäre, die einander wirklich verabscheuen! Friederike schnaubt und verlässt beleidigt das Oberstübchen. Nikolaus entkorkt die Flasche, die gewohnheitsmäßig am Fuße des Sofas steht. »Mein Vater hat sich fast nicht mehr eingekriegt«, seufzt er, trinkt und reicht die Flasche an Balthasar weiter. »Wegen der Hausaufgabe.« Die Hausaufgabe, die nicht er, Nikolaus, sondern jemand anderes gemacht hat. Nikolaus weicht Balthasars Frage nach dem Urheber aus und Balthasar weiß, es ist nicht die rechte Zeit für Prinzipienreiterei. Und dennoch behagt Balthasar der Gedanke nicht, dass Nikolaus offenbar seine Zeit mit jemand anderem als ihm verbringt.

Er setzt sich neben Nikolaus, und nimmt einen langen Zug aus der Flasche. Einen Moment ist es still zwischen ihnen. Balthasar blättert im Lanzi, *Geschichte der Malerei*, und sucht nach einem geeigneten Gesprächsthema, um Nikolaus aufzumuntern. Doch ehe ihm etwas einfallen will, sieht er aus den Augenwinkeln, wie sich Nikolaus mit dem Rockärmel über die Augen fährt.

»Nimm ihn nicht so ernst, Nik.«

»Du hättest sehen sollen, wie er mich angeguckt hat, als wolle er mich schleunigst aus seiner Familienchronik streichen.« Nikolaus macht eine Geste, die sich nicht recht entschließen kann: Resignation oder Gleichmut?

»Der meint es doch nicht so.«

»Oh doch!« Als Nächstes gibt Nikolaus jene Tirade wieder, die Professor Amundus auf ihn hat niederprasseln lassen. Balthasar kennt das Gefühl, dem Vater in allem gefallen zu wollen. Aber das, ihn zu enttäuschen und nie gerecht zu werden, kennt er nicht. Sein eigener Vater platzt vor Stolz auf ihn. Zugegeben ein angenehm warmes Gefühl.

»Ich sag dir, der hätte mich gern erwürgt, weil er natürlich gleich gesehen hat, dass nicht ich die Hausaufgabe gemacht hab.«

Nikolaus lässt sich gegen Balthasars Schulter sinken. Der hebt den Arm und Nikolaus' Kopf rutscht auf dessen Brust. Balthasars Finger fahren durch sein Haar.

Der Winter kommt früh ins Elbtal.

Balthasar kommt mit dem Heizen der Mädchenstuben kaum hinterher. Er schleppt Kiepen voller Feuerholz hinauf, Ascheeimer hinunter, sauberes Wasser hinauf, schmutziges hinunter. Er bringt Stunden damit zu, den Damen das Wasser zu erhitzen, damit sie sich pflegen können. Im Gegenzug dazu lernt er die Annehmlichkeiten eines Vollbades im Holzzuber kennen. Einmal pro Woche darf er, wenn die Mädchen fertig mit Baden sind, selbst in den Bottich steigen. Das Vollbad wird zu seinem Wochenhöhepunkt, auf den er sich an besonders kalten und feuchten Tagen freut. In diesem Moment totaler Entspannung und Ruhe schöpft er Kraft für seine angefüllten Tage.

Mit der Zeit hat Balthasar ein Feingefühl für jede einzelne der fünf Frauen entwickelt. Er weiß, wann er sich besser nicht unten in der Wohnung blicken lassen sollte, weiß, welche Gesprächsthemen manchmal unangebracht sind, weiß, wie er einer jeden nach einer unangenehmen Nacht ein Lächeln beibringen kann.

Manchmal hat die zarte Lotusblüte so schlimmes Fieber, dass Balthasar in der finstersten Nacht zum Apotheker um die Ecke gehen muss, um eine Tinktur zu holen. Und auf einen solchen Fieberanfall folgt meistens die Debatte um das Frauenhaus, in das Lotusblüte längst schon hat ziehen wollen, um der Marthe kein unnützer Esser zu sein, aber davon will diese nichts wissen, denn an Lotus' lichten Tagen bringt sie die goldenen Münzen ein.

An den Wochenenden hat Balthasar Zeit für seine Hausaufgaben, die er und Nikolaus unter der Woche fast nie schaffen und er hat Zeit für die Korrespondenz nach Hause. Er berichtet nur das Gute. Wie zum Beispiel von seinem ersten Vortrag, den er über die *Sixtinische Madonna* von Raffael gehalten hat. Mit schriftlicher Genehmigung des Professor Amundus durfte er sich das Gemälde in der königlich-sächsischen Gemäldesammlung ansehen. Nikolaus hat sich *Ganymed* von Rembrandt ausgesucht. Ein Thema, das Balthasar nicht versteht.

Von seinen Akteneinträgen, die sich mit stoischer Regelmäßigkeit auftürmen, schreibt er nichts nach Hause. Nichts vom Gespräch mit Professor Amundus, der ihn auf seine väterliche Art und Weise zur Einhaltung der *Verhaltungsvorschriften für die Zöglinge der königlich Sächsischen Akademie der bildenden Künste nach Karl Gottfried Theodor Winckler* anhält. Verhaltensvorschriften, die Balthasar und Nikolaus immer wieder missachten, unbeabsichtigt natürlich. Wobei das geringste Vergehen wohl das ist, im Akademiegebäude zu rennen. Weitaus schwerer wiegt jene Aktennotiz bezüglich der Garderobe, die nach einem Frühschoppen im Anschluss an den Mittwochgottesdienst, als das Meißeln beim Mathai wegen Krankheit ausfiel, in Unordnung geraten war. (Balthasar und Nikolaus mussten durch den Matsch zur Akademie laufen, um nicht zum nächsten Unterricht zu spät zu kommen.) Seither bemühen sich beide, wie ein polierter Heller in einer *ansehnlichen und reinlichen Tracht*, wie es bei Winckler heißt, zu erscheinen.

Auf eine jede Aktennotiz folgt ein Riesentheater seitens Nikolaus' Vater. Dann besteht Balthasars Aufgabe darin, den armen Kerl wieder aufzurichten. Aber weit schlimmer als Nikolaus hat es Balthasar selbst getroffen, denn er ist unerträglich vergesslich. Es nervt ihn ja selbst, aber er kann es nicht ändern. So sehr ihm sein Lernpate auch hilft. Neben den Büchern vergisst Balthasar gern seine Leinenmatte, in der Kreiden, Zeichenfedern, Radiernadeln, Bleistifte und Gummi elasticum stecken. Zumindest Letzteres kann er durch ein Stück weiches Brot ersetzen. Das ist erlaubt, denn der Löschgummi ist sehr teuer.

»Ich wünschte, es gäbe eine Art Luftsprechapparat, mit dem ich dich jeden Morgen, bevor du das Haus verlässt, erinnern kann, was du einzupacken hast, oder Telepathie …« Nikolaus wuschelt ihm über den Kopf, als Balthasar aus dem Sekretariat kommt, wo er die Aktennotiz wegen des vergessenen Stellzirkels hat unterzeichnen müssen. Zur Erbauung gehen sie erst einmal in die Destille.

Wie er es auch dreht, es häufen sich die Notizen in seiner Akte. Hinz und Kunz entgeht genauso wenig wie den Professoren.

Das neuerliche Dilemma, in das Balthasar hineingerät, scheint sich so leicht nicht aus der Welt zu schaffen. So sehr Balthasar auch auf seiner Unschuld beharrt, des Professors Ausdauer ist ungebrochen.

Mit dem Ende des Federhalters tippt Professor Amundus fordernd auf Balthasars Akte. Er sitzt ihm in seinem Arbeitszimmer der Akademie gegenüber, abwartend, aber eigentlich kennt Balthasar das Urteil schon. Er beobachtet den Professor, der die dicht beschriebenen Blätter liest, ein jedes gefüllt mit Vergehen, Kinkerlitzchen. Er weiß, dass er von Antonia Amundus beobachtet wird, obwohl sie vorgibt, das Teeservice besonders sorgsam vom Tischchen in dem kleinen angrenzenden Raum abzuräumen. Die Tür zum Erkerzimmer steht offen und aus dem Augenwinkel kann er jede ihrer Bewegungen sehen.

»Tut mir leid, Herr Weber«, kommt der Professor seufzend zu seinem Urteil. »Die Herren Professor Rietschel und Mathai haben recht.«

Balthasar lässt sich in die Lehne des Stuhles zurückfallen; vielleicht eine etwas trotzige Geste. Er verhehlt nicht, dass er mit dem Urteil der Professoren ganz und gar nicht einverstanden ist. »Nein.« Er hält dem Blick des Professor Amundus stand. »Nein, haben sie nicht.«

Dem huscht ein kleines Lächeln in die Mundwinkel. »So werden Sie es nicht unterzeichnen?«

»Nein.«

Amundus krault seinen Bart. »Sie wissen, dass es nicht gestattet ist, Objekte zu berühren oder Originale zu Zeichenzwecken und ohne Beisein eines älteren Studenten oder Professors von der Wand zu nehmen?«

Balthasar schaut auf seine Akte, auf der Amundus' Hände ruhen. »Ja.«

»Na also.«

»Aber …«

»Da gibt es kein Aber. Sie müssen sich an die Vorschriften halten.«

»Aber wir sollten sie abzeichnen. Das war Professor Mathais Anweisung gewesen.«

»Hat er gesagt, Sie sollen sie aus dem Regal nehmen?«

»Wie soll man sie denn abzeichnen, wenn sie im Regal stehen?« Ganz genau sieht Balthasar das Lächeln, das der Professor sich schnell versagt. Die Spitzen seiner Daumen und Zeigefinger bilden ein gleichschenkliges Dreieck und rahmen vielleicht nicht zufällig die laufende Nummer von Balthasars Vergehen ein.

»Ich muss über Weihnachten nach Hause. Meine Schwägerin hat mehrere Aufträge angenommen, die die Firma nicht fertig kriegt, wenn …«

»Das verstehe ich, Herr Weber.« Amundus' rechter Zeigefinger fährt die zweistellige Nummer nach. »Aber, Sie müssen sich an die Vorschriften halten.«

Balthasar senkt den Blick auf den gemusterten Teppich. Einen Moment sagt niemand etwas. Nur das verhaltene Klimpern des Teegeschirrs von nebenan ist zu hören. Es wäre eine Katastrophe, wenn er nicht nach Hause könnte. Außerdem will er weg von hier. Er braucht Urlaub von Dresden!

Das Fräulein kommt mit dem Tablett aus dem Nebenzimmer, versucht sich in den anderen Nebenraum zu schleichen. »Was sagen Sie denn dazu?«, wendet Balthasar den Kopf in ihre Richtung.

Das Fräulein bleibt wie auf frischer Tat ertappt stehen, schaut zwischen ihrem Vater und Balthasar hin und her. Ihr Daumennagel kratzt am Zinn.

»Es ist nicht die Aufgabe meiner Tochter, in dieser Sache zu sprechen«, mahnt der Professor, schaut sich aber nicht nach seiner Tochter um.

Das Kratzen am Metall mündet in ein Scheppern. »Ich wurde aber gefragt, Vater!« Des Tabletts entledigt, stellt sich das Fräulein neben den Professor. »Ich finde die Verhaltensvorschriften von deinem Gottfried Theodor Winckler idiotisch.«

Der Professor schaut nicht zu ihr auf. Ihre weißen ringenden Hände wirken ganz klein vor dem schwarzen Stoff ihres Kleides.

»Tja, nun.« Professor Amundus umschifft die Bemerkung seiner Tochter und diese begibt sich in den kleinen Wirtschaftsraum, wo sie vermutlich das Teegeschirr spült. »Herr Professor Mathai erwartet Sie vom siebenundzwanzigsten bis einunddreißigsten Dezember im Bossieratelier.«

Balthasar fährt sich mit beiden Händen über die Augen.

»Sie werden Gipsabdrücke nehmen. Wir bekommen Leihgaben von Antikenstatuen aus München.«

»Mit Nasen?«

Amundus lacht kurz auf. Balthasar ist gar nicht nach Lachen.

»Es sind gute Arbeiten, aber leider stehen sie uns nur für einen begrenzten Zeitraum zur Verfügung, sodass Herr Mathai jede helfende Hand gebrauchen kann.« Der Professor macht eine gewichtige Pause, dann nickt er zum Entschluss des Mathai und dreht die Akte zu Balthasar hin um. Er weiß, was von ihm erwartet wird, weil er es schon oft tun musste, aber dieses Mal will er keine Rechtfertigung und Entschuldigung darunter schreiben. Er fühlt sich zu Unrecht hierher zitiert. »Nein.«

Des Professors Atem wird von einem Pfeifen begleitet. Er stößt die Feder ins Tintenfass und stützt die Ellbogen auf die Tischplatte, um sein Kinn in die gefalteten Hände zu legen. »Wie Sie meinen. Sie wissen, was passiert, wenn Sie das nicht unterzeichnen?«

Balthasar muss nicht lange überlegen. Immer, wenn es zu diesem Punkt des Gespräches kommt, haben sie ihn bei den Eiern. Jedes Mal! Wenn sie ihn von der Akademie verweisen, wird ihm die Lizenz entzogen. So oder so würde er über Weihnachten nicht arbeiten.

»Nun …« Der Professor erhebt sich. »Überlegen Sie in Ruhe, aber überlegen Sie klug, ob Ihr Stolz mehr wiegt, als eine Exmatrikulation und die Existenz der Firma Ihres Bruders.« Der Professor lässt sich von seiner Tochter den Zylinder bringen und in den Rock helfen. »Ich habe jetzt Unterricht und Sie übrigens auch. Aber, da es der Zufall will, dass wir beide den nächsten Unterricht gemeinsam haben, werde ich Ihnen noch einen Moment der Überlegung lassen.« Mit Zylinder, Gehstock, leichtem Rock und schwerer Tasche macht sich der Professor auf den Weg, als würde er einen längeren Spaziergang durch die Stadt antreten und nicht nur in ein Stockwerk tiefer in den Vorlesungssaal wechseln.

Die Tür fällt ins Schloss und Balthasar starrt seine Akte an. Am liebsten würde er wirklich alles hinschmeißen.

»Ich sagte Ihnen doch, Sie halten kein Halbjahr lang hier durch!«, sagt Antonia Amundus als könne sie seine Gedanken lesen. Sie blickt auf die Tür, durch die gerade ihr Vater verschwunden ist. Es ist das erste Mal, dass Balthasar sie lächeln sieht. Sie hat ein einnehmendes Lächeln, auch wenn es ganz vorsichtig ihr Gesicht besucht hat. Wie ein Gast, der sich nicht sicher ist, willkommen zu sein.

Er lehnt sich im Stuhl zurück und schaut wieder auf seine Akte. Die Hände mit Kehrschaufel und Handfeger auf den Rücken verschränkt, von den Zehenspitzen auf den Ballen und wieder zurückwippend mustert sie ihn. »Nein, Sie schaffen es hier nicht.«

Er hebt den Blick und hält dem ihren mühelos stand. Aber sie nicht dem seinen. Sie starrt wieder unverwandt auf die Tür, als erwarte sie, dass ihr Vater zurückkommt.

Das schickliche Gehabe seiner Kommilitonen mit ihren steifen Hüten und lackierten Schuhen ist Balthasar fremd. Er beobachtet sie unverhohlen. In Gedanken modelliert er mit Bleistift auf einem Blatt Papier Antonia Amundus' schlanken Hals, milchig weiß, glatt und makellos, die kleinen Ohrläppchen, die stets eingerahmt werden von den schrecklichen Affenschaukeln ihrer geflochtenen dunkelbraunen Haare, das feine Kinn, das sie sehr jung erscheinen lässt. Sie hat Löcher in den Ohrläppchen, trägt aber keinen Schmuck. Wahrscheinlich wegen des Trauerjahres. Es tut ihm aufrichtig leid. Er weiß von Nikolaus, dass der Verlust der Mutter beklagt wird und er weiß, was es bedeutet, seine Mutter zu Grabe zu tragen. Die tiefschwarze Tracht lässt Antonia Amundus betagt und unnahbar aussehen. Schatten unter den Augen kennt Balthasar nur von seiner Schwägerin Luisa, die viel zu viel arbeitet, was sich nicht für eine Dame schickt. Für Damen gehören sich aufwendig gesteckte Frisuren mit Federn und Perlen und allen möglichen eingeflochtenen Kram darin, bunte, bestickte Roben mit komplizierter Spitze, bauschende Puffärmel und ein spiegelglatter Teint ohne Schatten und Konturen, ein Ehemann, Kinder, Handarbeit. Nicht aber eine solche Traurigkeit.

»Wie komm ich aus dem Schlamassel raus?«, fragt er sie, und Antonia schaut ihm jetzt wieder in die Augen.

»Unterschreiben Sie das und benehmen Sie sich in Zukunft, Herr Weber.« Sie atmet tief durch, als strenge es sie an, so mit ihm zu sprechen, »Das Konglomerat Ihrer Vergehen wird auf Ihrem Halbjahreszeugnis stehen. So oder so.«

Während er ihr zuhört, denkt er nicht über die Verhaltensvorschriften von Winckler nach, sondern über sie, die er das erste Mal bewusst wahrnimmt.

»Ich danke Ihnen, dass Sie Nikolaus decken.«

Er ist überrascht.

Antonia Amundus' Blick fliegt zu ihrer Schuhspitze, mit der sie einen Krümel auf dem Teppich auf seine Konsistenz prüft. »Ich …« Der Krümel stellt sich als Steinchen heraus, mit dem ihre Fußspitze nun spielt. »Nikolaus …« Abermals schleicht sich der Besucher in ihre Mundwinkel. Dieses Mal sicherer. »Danke.« Allein um dieses Lächeln willens bereut Balthasar nicht, vor Mathai die Schuld auf sich genommen zu haben. Das Donnerwetter hätte sich Balthasar gern erspart, aber man weiß ja, was Nikolaus geblüht hätte, wenn herausgekommen wäre, dass er die blöde Büste aus dem Regal geholt hat.

Davon schreibt Balthasar nichts in seinen Briefen nach Hause. Nur von den guten Sachen. Wie zum Beispiel, dass er für seinen Vortrag über die *Sixtinische Madonna* einhundert Prozent erhalten hat. Sogar Nikolaus hat sich mit Rembrandts *Ganymed in den Fängen* ganz tapfer geschlagen. Die meisten anderen Studenten behaupten, Nikolaus sei so gut benotet worden, weil er Amundus' Sohn ist. Balthasar glaubt das nicht, weil er weiß, wie verbissen Nikolaus über diesen Ganymed gelernt hat.

So etwas schreibt er nach Hause und er berichtet vom Polytechnikum, das er jeden Donnerstag aufsucht, während sein Freund Nikolaus hochgradig gelangweilt in der Akademie sitzt. Im Polytechnikum besucht Balthasar die Mustermalerklasse des Professor Herrschel und das, was er mit der Muttermilch aufgesogen hat, wird in Formeln, Fremdwörter und Funktionen verpackt. Einzig am Donnerstag besinnt sich Balthasar dessen, weshalb ihm seine Schwägerin Luisa diese Bürde auferlegt hat und einzig am Donnerstag wird ihm klar, dass es wichtig ist, entgegen Fräulein Amundus' Prophezeiung hier zu bestehen. Doch schon am Donnerstagabend, wenn er mit Nikolaus in der Destille sitzt, Karten spielt und über Sinnlosigkeiten lacht, sind all seine Vorsätze vergessen, das Leben süß und bis zum nächsten läuternden Donnerstag noch viel Wasser die Elbe hinunter geflossen.

Balthasar stellt sich vor den Schreibtisch, tunkt die Feder ein, formuliert eine Rechtfertigung sowie eine Entschuldigung und unterschreibt die Verfehlung, die eigentlich auf Nikolaus' Konto geht. Antonia Amundus schaut ihm schier ungerührt zu. Die Feder kommt leise klickend auf dem Brettchen auf. Bevor Balthasar das Büro verlässt, schenkt er Antonia Amundus ein Augenzwinkern.

Almosen

Sein Blinzeln scheucht sie auf wie ein Huhn. Die Kehrschaufel rutscht ihr aus der Hand. Über die Aufregung, die Balthasar Weber ihr verpasst hat, ärgert sie sich. Antonia kann sich nicht entsinnen, je zuvor dermaßen unstandesgemäß von einem Mann behandelt worden zu sein. Außerordentlich unstandesgemäß jedoch benimmt auch sie sich, als sie seine Akte zu sich heranzieht und seine Rechtfertigung liest.

Ich habe unerlaubt eine Büste aus dem Regal genommen. Gottfried Theodor Winckler verbietet uns, eine Büste ohne Beisein des Lehrers oder älterer Studenten aus dem Regal zu nehmen. Ich bin mir nicht sicher, weshalb. Ich kann mir nicht vorstellen, dass sie hätte kaputt gehen können, oder ich sie gar hätte stehlen wollen. Ich brauche sie nicht. Sie hat keine Nase. Ich denke, Herr Mathai wollte einfach nicht, dass ich eher mit der Übung anfange, weil ich sowieso immer als Erster fertig bin. Es tut mir leid, dass die anderen so langsam sind. Gez. B. F. Weber.

Antonia legt den Handrücken auf ihr Lachen. Mit jenem Affront war wohl ihrem Bruder endgültig der Rang des hochmütigsten Menschen des Universums abgelaufen worden.

Heilig Abend besucht Antonia gemeinsam mit Tante Theophine und der Cousine Isabell, sowie dem Vater und Nikolaus die Christvesper in der Dreikönigskirche. Aber weder ein weihnachtlich warmes Gefühl noch die Lust auf Bescherung und Gesellschaft bemächtigen sich ihrer.

Das erste Weihnachten ohne Mutter. Sie alle haben sich davor gefürchtet. Es fühlt sich falsch an, deshalb verzichten sie auf Geschenke und eine Feier mit Freunden der Familie, wie es sonst üblich war. Sie gehen beizeiten zu Bett und Antonia und ihr Vater besuchen am folgenden Morgen den Weihnachtsgottesdienst. Außerdem tritt Antonia das Erbe ihrer Mutter an, indem sie nach dem Gottesdienst dem Hausfrauenkreis bei seiner christlichen Mildtat behilflich ist. Zu diesem Zwecke begleitet sie ihre Mitstreiterinnen nach Pieschen und stellt sich dort, wo es am wenigsten stinkt, an das Elbufer, um Suppe an Bedürftige auszuschenken.

»Vorsicht heiß« und »Frohe Weihnachten«, ist alles, was sie an diesem Vormittag spricht, wenn sie die Suppenschüssel in die Hände der Leute drückt. Während vorn ihre Finger verbrühen, friert sie hinten an, weil es entsetzlich kalt ist. Die vergangenen Nächte waren sternenklar. Am Morgen war die Stadt von Reif überzogen. Die Ufer der Elbe werden zufrieren, wenn es nicht milder wird. Kein Schnee, keine weiße Weihnacht, nur Frost.

Die Schlange scheint nicht abzureißen. Jeder bekommt eine Kelle voll. Eine Kelle macht niemanden satt, auch das kleine Stück Brot nicht, das den Menschen ausgeteilt wird. Sie tun ihr leid. Besonders die Kinder bedauert Antonia. Sie schämt sich, dass es ihr gut geht, und dass sie sich um ihr frierendes Hinterteil sorgt, das sonst so gut gepolstert sitzt.

»Frohe Weihnachten, Vorsicht, heiß.«

»Gott segne Sie«, hört Antonia die Frau murmeln, der sie die Schale gefüllt hat. Die ausgezehrte Person mit einem unbeholfenen Lächeln auf den nach innen gestülpten Lippen rückt weiter, um ein Stück Brot entgegenzunehmen.

»Und Sie? Wollen Sie nicht?«, ruft die Dame aus dem Hausfrauenkreis, die neben Antonia steht und den Leuten das Brot zuteilt.

Antonia hebt den Blick, sucht und findet den Mann, den die Dame angerufen hat. Er steht keine zwanzig Fuß entfernt an eine Hauswand gelehnt, ein Fuß gegen die Wand gestemmt, das Gesicht von der Kapuze seines Mantels beschattet, blonde Haarsträhnen lugen unter ihr hervor. In der Rechten hält er ein Zeichenbrett, in der Linken einen Kohlestift. »Nein danke«, ruft er und widmet sich wieder seiner Zeichnung.

»Würden Sie … einen Moment nur …« Antonia heftet die weiße Schürze von ihrem Mantel ab. Die andere Dame nimmt ihr die Kelle ab und ermuntert sie, eine Pause einzulegen, wo sie schon seit einer geschlagenen Stunde hier steht.

»Was machen Sie da?«, fährt Antonia den Zeichner an, ohne ihm einen Gruß zu entbieten. »Ich will das nicht.«

»Sie wollen das nicht?«, lacht er auf. Und zieht Zunge schnalzend das Zeichenbrett vor ihr weg, weil sie danach zu greifen versucht hat, um die Zeichnung zu betrachten. Antonia atmet seinen herben Duft ein. Von dem geht so viel Kraft aus, dass es sie verwirrt. »Ich zeichne nicht *Sie*!«

»Wen dann?«

Er taxiert ihren Trotzkopf einen Moment, was sie nicht leiden kann. »Die, um die es geht.«

Antonia dreht sich zur Menschenschlange um, die sich wie ein zerlumpter Gliederwurm voranschiebt.

»Verzeihung.« Sie will sich abwenden, dann aber besinnt sie sich, weil sie eben doch zu neugierig ist. »Darf ich es sehen?«

Balthasar Weber mustert sie, schwingt mit ruckendem Kopf die Haarsträhne zurück, die sowieso gleich wieder vor seine Augen fällt. So dunkelblaue Augen, die im Sonnenlicht wie Azur glitzern. Er reicht ihr das Zeichenbrett.

Düster und magisch verschmelzen die schraffierten Kohleflächen zu Menschen, zu jenen, die da stehen: geduldig, frierend, hungrig, nicht traurig, sondern in Erwartung auf die heiße Suppe. Antonia blickt sich um, damit sie die Zeichnung mit der Vorlage vergleichen kann. Sie weiß, dass Balthasar Weber sie beobachtet, aber sie hat keinen Gedanken für ihn, sondern ist ganz gefesselt, von der Stimmung, die von der Zeichnung ausgeht: diese vollkommene Andacht der Armen, die den Betrachter um einiges mehr berührt als die Heiligenbilder in der Dreikönigskirche. Antonia schärft ihren Blick, aber entfernt die Zeichnung gleichzeitig um Armeslänge, weil aus der Ferne viel mehr zu erkennen ist. »Sie haben mich doch gezeichnet«, murrt sie. Als sie sich umdreht, passt sich sein Gesicht gerade dem Ernst der Lage an.

»Nein, nur angedeutet. Es könnte jeder sein.«

Sie gibt ihm die Zeichnung zurück. »Ich schätze, Sie sind es gewohnt, dass ein jeder Ihre Arbeit lobt, also werde ich das lassen.« Sie ertappt ihn abermals beim Lächeln. Sie übt sich in Gleichmut, nein in Abfälligkeit. »Niemand legt Wert auf so etwas …, so etwas …« Ihr fällt das Wort nicht ein, mit dem sie die Zeichnung kritisieren könnte: eine Zeichnung, die das Leben zeigt, wie es *ist* und nicht, wie es sein *könnte* oder sein *sollte*. Denn so fordert es das gegenwärtige Kunstverständnis. Antonia kennt keinen Begriff für Balthasar Webers Art des natürlichen Zeichnens und hat auch noch nicht erlebt, dass ein Künstler so etwas zuwege bringt.

»So etwas *Ehrliches?*« Seine Augenbraue zuckt angriffslustig und er widmet sich wieder seiner Zeichnung. »Ohne Tempeltrümmer, Blumenranken und Zauberwälder?«

»Guten Tag und frohe Weih…« Ihr Rock kreiselt, doch wird Antonia im Unterfangen, den Tunichtgut zu verlassen, aufgehalten. Eine glockenklare Stimme fordert Balthasar Webers Aufmerksamkeit. Und auf die Stimme folgt ein Mädchen wie von einer Sturmböe getragen: ungezügelt und frivol.

Das zur Stimme gehörende Mädchen wirft sich Balthasar Weber an den Hals und gibt ihm, was die Krönung des Anstoßes ist, in aller Öffentlichkeit einen Kuss auf die Wange, wobei ihre blonden aufwendig gebrannten Korkenzieherlocken wippen. »Bin ich froh, dass du nicht ohne mich los bist … Oh-là-là, ich störe doch nicht?« Das Lachen, das folgt, fährt Antonia in den Leib: scharf und kantig, hell und klar. Der Teint der anderen ist rosig wie die Blüten auf ihrem Kleid, die Augen stechend grau und überhaupt ist sie so unerhört hübsch, dass Antonia beschämt deren Blick meidet. Ein gehässiger Trost mag der Putz des Mädchens sein: überzählige Schleifchen, Muster von Tuch und Kleid im Zweikampf miteinander. Der Aufzug eines Frühlingstages, nicht eines Christfestes. Balthasar Weber und das Mädchen kleben aneinander wie Camee und Crochet.

»Im Gegenteil. Ich war im Begriff zu gehen.«

»Darf ich die Damen nicht miteinander bekannt machen?« Balthasar Weber versucht sich als Retter des unglücklichen Arrangements.

Antonias Blick streift die ausgestreckte Rechte der anderen und verschränkt die Hände hinterm Rücken. »Lieber nicht.«

»Ich fürchte, die *Mademoiselle*« – das Mädchen im unglücklich gewählten Staat spricht es so aus, wie man es schreibt und Balthasar Weber dürfte nicht entgangen sein, dass die Kleine damit auf Antonias Kontenance herumtrampelt – »beschmutzt sich ungern die Hände.«

Förmlichkeit und Distanz, womit Antonias Eltern ihre Kinder jahrzehntelang eimerweise begossen haben, versanden zu einer despektierlichen Lache, für die sie sich jetzt schämt. Ein dezimierendes Lächeln wird ihr von der anderen geschenkt. »Die Suppe macht nicht satt und ist versalzen.«

Antonia, eben doch noch von einem Schwaps Benimm benetzt, gibt zu verstehen, dass ihr dies Missgeschick, welches auch immer, vielleicht alle beide – die Begegnung mit Balthasars Zierrad und die versalzene Suppe – leid tue. »Ich richte es den Köchinnen aus. Guten Tag.« Die angedeutete Verbeugung, die sie beiden als Gruß vorsetzt, rettet sie kaum. Ihr Gesicht glüht.

Sie rafft ihren Rock und ist schon zwei Schritte fort, da ruft Balthasar ihr Grüße an Nikolaus hinterher, wofür sie sich bedanken muss, weil sie sich der Erziehungsduschen erinnert. Und wieder fällt ihr das ungezügelte Mädchen ins Wort: »Nikolaus? *Der* Nikolaus?

Ob der wohl an Weihnachten einen biegsameren Stock im Arsch hat als sonst?«

Antonia wartet keine weiteren Rettungsversuche seitens Balthasar Weber ab, sondern verschwindet zum Ausschank. Sie ärgert sich über die Macht, die das Mädchen über sie besitzt und ihr den restlichen Tag vergrätzt. Die Suppe, im Übrigen, probiert Antonia nicht. Es schiene wie ein Zugeständnis oder eine Rechtfertigung, oder aber Gewissensbisse ihrer Arroganz der anderen gegenüber.

Am Abend des 26. fällt der erste Schnee. Solange Antonias Gedanken auch um die Begegnung mit Balthasar Weber und seine Begleiterin kreisten, ist sie spätestens beim abendlichen Theaterbesuch in Begleitung ihres Vaters davon überzeugt, dass es ihr an nichts mangelt. Vielleicht aber auch, weil Nikolaus den Abend bei Balthasar verbringt, muss sie ständig an ihn denken. Oder an dieses Mädchen. Wünscht sich Antonia, ein klein bisschen so zu sein, wie sie? Neidet sie ihr das glockenhelle Lachen? Die hüpfenden Löckchen? Das Antlitz so voller Leben und Freude? Und das, obwohl sie aus wenig wohlhabenden Verhältnissen zu kommen scheint und so schrecklich unpassend gekleidet herumläuft. Es ist töricht einen Menschen um seine Ärmlichkeit zu beneiden. Gott lauscht jedem Gedanken und Antonia sollte froh sein, dass es ihr an nichts mangelt. Wirklich an nichts?

Ohne die Mutter will ein Weihnachtsgeist die drei Amundi nicht heimsuchen. Antonias Vater verbarrikadiert sich hinter den Papierstapeln auf seinem Schreibtisch. Vaters Professorenkollegen betreten und verlassen das Haus. Antonia schnappt gerade so viel auf, dass es sich um Probleme bezüglich der Lehrauftragsverteilungen für die Ferienkurse handeln muss.

Am Nachmittag des 27. versammelt sich beinahe der komplette Hausfrauenkreis im Salon der Amundi. Antonia ist so willensschwach, dass sie sich überreden lässt, Mutters verwaisten Platz zwischen den – zugegeben überalterten – Sopranstimmen im Kirchenchor einzunehmen.

Am 28. Dezember marschiert der gesamte Akademische Rat im Hause der Amundi ein: wie ein Stab des katholischen Konsistoriums bei der Verteidigung der letzten apostolischen Festen des Königreichs oder als habe ein Schwarm Sozialisten die Akademie heimgesucht, wogegen nun ein Mittel gefunden werden müsse. Soweit Antonias Interpretation der aufgebrachten Ansammlung ernster Gesichter in Vaters Arbeitszimmer. Aus dem wabern bald Pfeifenrauchschwaden und Alkoholausdünstugen.

Überdrüssig unternimmt Antonia allein den geplanten und von Vater und Bruder vergessenen Spaziergang zum Friedhof. Sobald zieht sie es nicht nach Haus. Dies erlaubt ihr einen Umweg zur Akademie. Der Pförtner erkennt sie schon von Weitem, öffnet ihr gegen den beißenden Wind die Türe, tauscht Höflichkeiten, erkundigt sich nach dem Vater und so weiter. Antonia gibt sich geschäftig, wolle nach den Grünpflanzen im Sekretariat sehen, für den Vater das ein oder andere Buch holen. Vorwände, Notlügen, um allein zu sein. Allein ist sie aber keineswegs.

Schon von Weitem sieht sie die Saaltür angelehnt. Antonia verharrt lauschend, spürt die staubige trockene Luft des Korridors wie im Sog aus dem Bossiersaal strömen; vernehmliches Klopfen, gepaart mit Scharren, übertönt von dumpfen Schritten.

Sie hält sich an die Vorschrift und bleibt vor der Tür stehen. Lautlos legt Antonia ihre Hand an das dunkelbraune Holz der Tür und späht ins Innere des Bildhauerateliers. Sie erkennt Marmorstatuen und Statuetten, halbfertige und vollkommene, Wasserbottiche, Säcke mit Gipspulver, deren reibender, kalter Geruch die Luft schwängern und das Atmen ermüden. Und jetzt erst wird ein ihr fremder und doch ganz angenehmer Duft stärker. Kellen, Spatel, Bossiereisen liegen auf Fußboden und Tischchen verstreut, als habe hier einer etwas gesucht und nicht gefunden, aber die Unordnung hinterlassen.

Antonia kann nicht alle Winkel des Saals sehen, kann nicht jedes Detail erfassen und erst recht nicht, wer hier arbeitet. Erst, wenn sie den Spalt ein wenig aufdrücken würde, könnte sie erkennen, wer hier am Werke ist. Könnte ihre Ahnung dessen, der den feinen herben Duft verströmt bestätigen.

Federn

Die Gipsschicht, die er gerade anlegt, bekommt eine ungewollte Delle, weil er sich vor dem Knarren der Tür erschrickt.

Zwei grüne Augen starren ihn an. »Guten Tag,« sagt er. Und sie entschuldigt sich. »Sie stören nicht.« Er besinnt sich, bemerkt, wo seine Linke eben ruht und nimmt die Hand von Venus' Brust.

Er lädt Antonia Amundus ein, näher zu kommen. Sie lehnt ab. Es sei Frauen verboten, die Unterrichtsräume zu betreten. Ebenso wie Erst- und Zweitklässlern. Über ihre Maßregeln lächelt er hinweg. Sie öffnet die Tür ein Stück weiter, bleibt aber auf der Schwelle stehen und lässt den Blick schweifen. Grüne Augen, denen kein Detail entgehen soll, hungrig, nicht neugierig, sondern beeindruckt.

Balthasar reibt den eingetrockneten Gips von den Händen. Die Lage, die er eben verdorben hat, muss er wieder abschaben, solange sie feucht ist. Mit schnellen Bewegungen schlägt er den bröseligen Gips herunter und beginnt abermals mit der Kautschukschüssel das Pulver aus dem Sack zu schöpfen.

»Wie war's im Theater?«

»Nikolaus hat heut einen Brummschädel.«

Balthasar quittiert ihre Äußerung mit einem prüfenden Blick. Das Fräulein betrachtet die an der Wand aufgereihten männlichen und weiblichen Torsi. »Muss wohl spät geworden sein letzte Nacht.« In ihrer Stimme liegen weder Vorwurf noch Urteil den Zechabend betreffend. »Ich habe nachgedacht.«

»Ach ja?« Die Gipsmasse ist fertig gerührt. Warm fühlt sie sich an. Professor Mathai hat einmal gemutmaßt, warum der Gips warm wird, wenn man ihn mit Wasser anrührt. Doch Balthasar hat es nicht ganz verstanden. »Wollen Sie nicht lieber reinkommen?«, versucht er es abermals. Sie beobachtet seine Hände, die das Pulver verrühren. Es scheint ihr gar nichts auszumachen, ausgeschlossen zu bleiben und vor einer unsichtbaren Schranke zu stehen. »Hatten Sie nicht selbst gesagt, Wincklers Vorschriften seien idiotisch?« Zu seinen Worten lächelt sie. Ihr Lächeln jedoch gilt nicht ihm, sondern der Venus. »Hier ist doch niemand.«

»Der Pförtner ist unten.«

Schmatzend klatscht er den Rest Gips vom Spachtel in die Schüssel, nimmt die Portion wieder auf und flatscht sie gegen den Oberschenkel der Statue. »Und worüber haben Sie nachgedacht?«

»Über das Mädchen.«

Er bringt die weiche Masse in Form, indem er sich tief unter die Kniekehle der Venusstatue neigt und lediglich mit der Spitze des Spatels zu Werke geht. »Welches Mädchen?«

»Von neulich.«

»Friederike. Was ist mit ihr?«

»Sie hat die gleiche Größe wie ich, würde ich mal schätzen, und ich dachte, vielleicht kann sie ein paar Kleider gebrauchen. Ich … trage keine Farben.«

Balthasar konzentriert sich ein paar Atemzüge lang auf die Formgebung. Ohnehin sind diese Frauendinge nicht wirklich sein Gebiet. Jedenfalls nicht solche Frauendinge. »Ich werde sie fragen, danke.« Er schraubt sich zur vollen Größe empor, als er die Gipsschale geleert hat und wird die nächste ansetzen müssen. »Ich fürchte nur, Sie verbindet nicht derselbe Geschmack.«

»Meinen Sie?«

Er beobachtet einen Moment die arglose Miene, mit der das Fräulein den hochstiebenden Gips beobachtet. »Ja.«

»Vielleicht sollte sich das Mädchen ein bisschen dezenter kleiden, ich meine …« Antonia Amundus lässt den Satz unvollendet, wobei sie wieder ihren Blick im Raum umherschickt.

Balthasars Hände ruhen im Gipssack. »Dezentere Kleidung würde aber ihren Zweck verfehlen.«

»Ach ja?« So muss eine Dame aussehen, die aus dem Tal der Ahnungslosen emporblickt, überlegt Balthasar. »Welcher Zweck?«

Er hält die Luft an, während er das Pulver aus dem Sack schöpft. »Ach nichts.«

»Welchen Zweck meinen Sie?«

»Vergessen Sie's. Ich richte ihr Ihr Angebot aus, Fräulein Amundus, danke.«

Zufrieden scheint sie und stößt sich vom Türrahmen ab.

Zurück bleiben Balthasar, die Venus und die Erkenntnis, dass die Reinheit der Jungfrau Maria vielleicht doch kein Mythos ist.

Am Abend, er streut eben ein paar Brotkrumen aus der Dachluke auf die Schindeln, bekommt er zu Friederikes Verdruss Besuch von Nikolaus und einem Korbkoffer. Nikolaus ist zu schmächtig, um solches Gewicht zu tragen. Fraglich, wie er es die schmale Treppe heraufbekommen hat. Das Krachen, mit dem der Koffer vor der Chaiselongue umkippt, klingt anders als das Türeknallen, mit dem sich Friederike davonmacht. Ihr Stampfen auf der Treppe ist laut zu hören und das Schlagen der Wohnungstür von Marthe auch. Balthasar setzt zum Sprechen an, deutet auf den Koffer. »Frag mich nicht.« Nikolaus rupft an seinem Halstuch, dessen Seidenglanz von Schweiß stumpf geworden ist. Er zupft ungeduldig daran, bis sich die Lagen abwickeln lassen, dann atmet er hörbar durch. Ein Kleid nach dem anderen zieht er aus dem Gepäck und legt es aufs Sofa. »Sie hat gesagt, du hast dafür Verwendung.« Balthasar kann es nicht fassen, dass Antonia Amundus es nicht abwarten konnte, bis er ihr Bescheid gegeben hat. »Und das?«, deutet er auf den Grund des Koffers.

»Das, mein Lieber«, freut sich Nikolaus, »ist mein verspätetes Weihnachtsgeschenk für dich.« Balthasar betrachtet das bauschende Ding. Ein Federbett. »Ein Federbett?«

»Ja. So viel kann man gar nicht saufen, so kalt wie es hier ist!«, spricht Nikolaus und untermauert das Ganze mit einem beherzten Schluck aus der Weinflasche, die am Fuße des Sofas stand. Balthasar hüpft vom Schemel, ohne den er nicht aus der Luke schauen kann. Er nimmt die Flasche, dann breitet er das Federbett aus und wirft sich in die bauschende Wolke. Nikolaus erwidert sein zufriedenes Lächeln.

»Naja, wenigstens kein Spitzendeckchen.« So schlimm findet Balthasar seine Behausung längst nicht mehr. Gustav und Marthe hatten den ganzen Herbst über ihre Freude daran, Mobiliar anzuschleppen. So kam zur Chaiselongue noch ein Kanapee dazu, das Balthasar abends ans Sofa heranschiebt. Ferner besitzt er mittlerweile eine geräumige Truhe für seine Wäsche, übersät von Zeichenzeug zwar, aber dennoch sehr praktisch. Gustav hat ihm eine Staffelei gezimmert, auf der immer eine aufgespannte Leinwand steht. Klärchen hat ihm eine besonders große Öllampe herangeschafft, die Balthasar über die Staffelei hängt, wenn er malt. Und die leuchtet in der Tat wirklich hell, wenn er Geld für genügend Öl hat. Hat er meist nicht. Giselle hat einen Teppich hochgeschleppt, den Lotusblüte meckernd wieder runtertrug, weil er ganz verfloht war. Das Teppichthema war damit erledigt. Neben dem kleinen gusseisernen Ofen hat Marthe ihm einen Kleiderständer für Mantel, Rock und Mütze hingestellt. Und eines Tages war Balthasar aus der Akademie gekommen und da hing vor seiner kleinen Dachluke ein Spitzendeckchen. »Gardine«, hat Friederike das genannt, und für Balthasar war es ein hartes Stück Überzeugungsarbeit gewesen, den Mädchen klar zu machen, dass er keine Gardine brauche und sein Zimmer jetzt voll sei. Kommt also jetzt Nikolaus mit einem Federbett.

»Mach dich nicht so breit«. Anstatt abzurücken, rutscht Nikolaus näher an Balthasar heran, hebt den Arm und Balthasar legt seinen Kopf auf dessen Schulter. Die Flasche wandert von einem zum andern, und sie tauschen die Neuigkeiten des Ferientages, der sie getrennt hatte. Balthasar erzählt, weil Nikolaus danach fragt, von seiner Begegnung mit Antonia am Weihnachtstag bei der Armenspeisung, nicht aber von der in der Akademie. »Ihr Kleidergeschmack ist wohl kaum der der Mädchen.« Nikolaus schweigt sich darüber aus. Friederike blendet er aus. Er nimmt ihm die Flasche ab und schmiedet Pläne für den Abend. Balthasar ist zu müde, Nikolaus zu faul, raus in den Schneesturm zu gehen, also bleiben sie im Oberstübchen, wo man auch gut Karten spielen und Wein trinken kann.

Erst, als er dicht an Nikolaus gekuschelt aufwacht, wird ihm klar, dass sie beide eingenickt waren, und es weit nach Mitternacht ist. Es ist nicht so leicht, den anderen wach zu kriegen. Balthasar fühlt sich Nikolaus so nah, der wie ein kleiner Junge gegen die Müdigkeit kämpft, während er sich immer wieder das Federbett über die Ohren zieht. Wenn ihn einer fragen würde, könnte Balthasar ohne zu zögern behaupten, Nikolaus sei sein allerbester Freund. Nicht einmal zu Hause, wo er eine Menge Freunde hat, gibt es jemandem, dem er sich so seelenverwandt fühlt. Er stupst ihm gegen die Nase, dann ist Nikolaus wach und einen Moment lang schauen sie einander wie gebannt an. Der Blick von Verschwörern. Doch da steckt noch mehr drin, zumindest in Nikolaus' Lächeln. Balthasar flieht diese grünen Augen.

Er begleitet Nikolaus bis zur Ortsgrenze, dann macht er kehrt und mummelt sich in die von Nikolaus' Körper noch warmen Federn. So schlimm sind Ferien in Dresden doch nicht, überlegt er, während er im Schein der Öllampe mit Kohlestift zwei leicht vorstehende grüne, sacht aufsteigende Augen zeichnet, die von einem Lächeln besucht werden. Der Rest der Weinflasche leistet ihm Gesellschaft, während er das schmale Gesicht drum herum skizziert.

Der Jahreswechsel verstreicht vergleichsweise still. Der Neugroschen wird eingeführt. Und das ist auch das Spannendste, was zwischen den Jahren geschieht, findet Balthasar. Von jetzt an zählt ein Taler dreißig Neupfennige, zehn Neupfennige ein Neugroschen, statt vorher zwölf Pfennige.

Die Schule setzt gnadenlos dort an, wo sie vor den Ferien aufgehört hat, aber jetzt mit straff angezogenem Tempo, weil den Professoren nach all dem Weihnachtstaumel plötzlich einfällt, was die Studenten alles nur ungenügend beherrschen und dass die Semesterprüfungen einen greifbaren Termin im Kalender einnehmen.

Im Polytechnikum durchdringt Balthasar endlich die Trigonometrie und die Quadratur des Kreises.

Vinca Major

Nikolaus nimmt Antonias Hilfe bei den Hausaufgaben dankend an.

»Du wirst es nie lernen, Nik, wenn du nicht wenigstens zuschaust, wie ich das mache, damit du etwas davon mitnimmst.«

»Wie bitte?« Er legt die Botanisiertrommel, der er ein paar im Stadtgarten gesammelte Immergrüngewächse entnommen hat, beiseite. Die Antiken hat er hinter sich gelassen. Jetzt ist die Botanik seine neueste Passion. Antonia hofft, dass etwas davon in seine Naturstudien einfließen wird.

»Ich meine, Nik, du solltest dein Desinteresse den Landschaftsdarstellungen gegenüber sanieren. Sonst schaffst du die Prüfung nicht. Hier …« Sie hält ihm den Entwurf ihrer Komposition hin. Eine Baumgruppe im Mittelgrund, davor ein Weiher. Im fernen Hintergrund ein von einer Hügelkette halb verschlucktes Dörfchen und ein mahnend über einen Hügelkamm ragender Kirchturm. Nikolaus hat leider überhaupt kein räumliches Empfinden. Zwar ist er in den anatomischen Zeichenübungen besser geworden, aber was das Landschaftszeichnen angeht, hat er große Defizite, wie Antonia findet.

»Die Schraffuren überlasse ich dir.«

»Was zu befürchten war.«

Antonia tauscht das Zeichenbrett gegen den Stängel der Vinca Major, den Nikolaus die ganze Zeit zwischen Daumen und Zeigefinger gedreht hat. Schließlich erhebt sie sich von seiner Bettkante, auf der sie es sich bequem gemacht hatten, um seine Hausaufgaben zu erledigen. »Du weißt, dass Vater davon ausgeht, dich in der Jahresabschlussausstellung vertreten zu sehen.«

Nikolaus gibt lediglich ein Brummen zur Antwort. Es ist Februar. Es ist die Zeit, in der die Professoren das Wort *Jahresabschlussausstellung* immer häufiger in ihr Vokabular einfließen lassen. Im Mai wird es ganz abgenutzt sein. Und im Juni, wenn es dann so weit ist, wird niemand mehr dieses Wort auch nur hören können. Antonia weiß, dass ihr Vater Nikolaus' Kunstwerke bislang als mäßig, aber bemüht beurteilt hat. Wohingegen sich ein Balthasar Weber vor Anfragen für die Jahresabschlussausstellung kaum retten kann. »Macht es dir nichts aus, dass die Professoren sich um die Arbeiten des Böhmen reißen?«

»Du sollst ihn nicht immer so nennen.« Nikolaus' Tonfall ist genauso ruppig wie sein Bleistiftstrich. Er pflanzt kleine Häkchen in die Landschaft wie junges Wurzelgemüse, was im Eigentlichen eine

Kritzelschraffur werden sollte. Die unbeholfenen Zeichenversuche kommentiert Antonia so feinfühlig wie nur möglich. Wahrscheinlich, so überlegt sie, hilft sie jetzt gerade nicht ihrem Bruder, dem das Ganze herzlich egal ist, sondern ihrem Vater, der sich nichts Sehnlicheres wünscht, als stolz auf seinen Sohn blicken zu können. Doch Nikolaus verkrampft mit jedem weiteren Strich. Die Aneinanderreihung seiner Linien ist willkürlich. Es kann einfach keine Atmosphäre, keine Spannung und gewisse Harmonie entstehen. Nikolaus scheint richtig unter dem Zeichnen zu leiden. Seine Finger umklammern den Stift. Als bereite es ihm körperlichen Schmerz. Antonia fragt sich, wie er sich so talentfrei bis zum Abschluss in zweieinhalb Jahren halten soll. Er ist faul. Das ist sein Problem. Nur für den Mangel an Talent kann er nichts.

»Dann lass es dir von deinem Kaisertreuen zeigen!«

»Du sollst Balthasar nicht so nennen!«

Nach dem neuerlichen Anraunzer ist Antonia alarmiert. Sie sollte besser darin pausieren, Nikolaus' verzehrende Freundschaft zum Weber aufs Korn zu nehmen. Wahrscheinlich würde er sich für den anderen töten lassen oder so etwas, sollte ihn einer verleumden. Auf jeden Fall lässt ihr Bruder auf den anderen nichts und niemanden kommen. Er macht es Antonia schwer, ihn mit seiner offenkundigen Schwärmerei aufzuziehen. Was auch immer die beiden tun, wenn sie zusammen sind, was täglich der Fall ist – Lernen gehört sicherlich nicht zu ihren Freizeitvergnügungen. Sie weiß, sobald sie Niks Zimmer verlassen haben würde, legte er das Zeichenzeug beiseite und widmete sich wieder seinen Blumenbüchern. Er bildet sich ein, für den Botanikerverein zu taugen.

Antonia macht sich weniger Sorgen um ihren Bruder als vielmehr um ihren Vater, den die Probleme der Akademie zermürben. Wenn sie ihn nach seinen Sorgen befragt, weicht er ihr aus. »Beschwere nicht deinen hübschen Kopf mit dem rauen Balast der Lehranstalt, ziere dich nicht mit dem Grau des Studentenalltages, sondern lege endlich wieder Farbe an.«

Die Frage der Lehraufträge für die Ferienkurse scheint noch immer nicht geklärt. »Ein verlockenderes Angebot als jenes …«, so hört sie Professor Mathai sich hinter angelehnter Tür entrüsten,

»… die Sprache aller Sprachen an der Akademie der hohen Künste lehren zu dürfen, kann es doch gar nicht geben!« Offensichtlich aber doch. Denn der Französischdozent scheint flügge. Richtung Frankreich. Wenn Antonia es sich recht überlegt, wäre das Letzte, was ihr einfallen würde, zu kündigen. Was könnte es Befriedigenderes geben, als in Lohn und Brot zu stehen? Zumindest sind *ihr* Lohn Vaters Verständnislosigkeit und Mathais Gelächter, als ihr dieser Gedanke aus dem Mund purzelt. Mathais hohe Lagen brächte Glas zum Bersten.

Nikolaus besteht alle Prüfungen: die kunsttheoretischen so là-là, die praktischen mit Ach und Krach, darf aber zur Belohnung in die österreichischen Alpen reisen.

»Grüß mir Balthasars Landsleute«, neckt Antonia Nikolaus zum Abschied und erntet von ihm ein gequältes Lächeln, das sein Gesicht kaum erhellt. Und dabei wissen sie und ihr Vater nicht, dass Nikolaus nicht am Bahnhof in den Zug nach Leipzig umsteigen wird. Sie können nicht ahnen, dass Nikolaus das Wochenende bei Balthasar verbringen und erst am Montag die Reise nach Süden fortsetzen wird. Er täuscht sie und ihren Vater. Wie hätten sie auch vermuten können, dass er den reservierten Platz umgebucht hat gegen einen minderwertigen. Sie rechnen ja nicht damit, dass der eitle Faun auf den billigeren Plätzen weiter vorn wird sitzen wollen, wo er Brandlöcher riskiert, weil glimmende Kohlebröckchen aus den Lokomotivenschlunden wirbeln werden. Man weiß doch, dass man ganz vorn geräuchert und gebrandmarkt wird. Wie hätten sie in Betracht ziehen können, dass Nikolaus seinen Freund einer angenehmen Reise vorzieht?

Noch am Tag von Nikolaus' Abreise wird Antonia von ihrem Vater ins Arbeitszimmer gebeten. Wenn er sie zu sich bestellt, geht es meistens um Gäste. Gäste, die er geladen hat und die verköstigt werden wollen. Oder es geht um Nikolaus, über den der Professor, wenn überhaupt, nur mit Antonia spricht. Heute aber unterrichtet er Antonia von einem Entschluss, mit dem sie gar nicht gerechnet hat.

N. N.

Balthasar und Nikolaus verlassen zwei Tage lang nicht das Oberstübchen. Am Tage faulenzen sie, dösen im warmen Federbett, schlafen ihren Rausch aus, dem sie am Abend verfallen: bei Karten und Absinth. Sie begießen das erste absolvierte Semester und Nikolaus' Abschied für ganze sechs Wochen. Sechs Wochen! Wie wird Balthasar sechs lange Wochen ohne Nikolaus durchstehen? Sicher, es wird erholsam sein, ohne den Streit zwischen Nikolaus und Friederike. Trotzdem wird Nikolaus ihm fehlen.

Alle fahren in die Ferien, außer den Vögeln auf dem Dach und Balthasar. Er ist froh, dass er ihre Gesellschaft hat. Nun ja, vielleicht sind nicht alle Studenten in die Winterferien aufgebrochen, aber die meisten. Nur Balthasar darf nicht. Er tut sich sehr leid. Und er hat schlechte Laune.

Auf seinen letzten Brief, den er nach Hause geschrieben und in dem er sich endlich getraut hatte, zu gestehen, dass er in den Ferien diese Französischstunden würde machen müssen, ereilt ihn die Antwort von Schwägerin Luisa. *Ich will ja nicht sagen, ich hab es dir gesagt, aber ich habe es dir gesagt: Du brauchst das Französische. Ich hätte es dir beibringen sollen, ganz gegen den Willen deines Bruders!*

Die Elbe glitzert genauso strahlend blau wie der Himmel. Es ist eiskalt, aber die Sonne knallt auf ihn herab, was Balthasars Kopfschmerzen nicht gerade lindert. »Hast du alles?«, blinzelt er hinter dem pochenden Schmerz in seinem Schädel hervor. Er wird von Nikolaus fest in den Arm genommen und so eng an sich gedrückt, dass er keine Luft bekommt. »Benimm dich, hörst du?«, sagt Nikolaus, grinst und tätschelt Balthasars Wange. Dann bückt er sich nach seinem Koffer. Das Zischen der Dampflok scheucht Balthasars Kater auf. Noch einen Moment sieht er zu, wie Nikolaus vom Nebel des Kühlkessels umwoben wird und macht sich auf den Weg in die Akademie.

»Was heißt N. N.«, wird er von einem Studenten gefragt, der neben ihm ungläubig die Aushänge am Schwarzen Brett liest.

»Keine Ahnung.« Was auch immer N. N. bedeuten mag, für Balthasar heißt es nichts Gutes, sondern Französischkurs. Das sagt ihm sein eigener Name, der in dicken fetten Druckbuchstaben in der Liste unter N. N. prangt. Er will kein Französisch.

Das Einzige, was er von den Franzosen je gewollt hat, war die Revolution, die furchtbar in die Hose gegangen war. Ihm und seinesgleichen haben die Aufstände gegen die Monarchie nichts weiter eingebracht als Joseph Maria Jacqard und seine mechanischen Damastzugwebstühle. Und die haben von Hand gezogenen Damast verdrängt. Seinen Leuten war es auch nach der neuen sächsischen Verfassung nicht viel besser gegangen. Im Gegenteil.

»Aber was um alles in der Welt ist N. N.?«, grübelt der andere laut vor sich hin.

»*Nomen Nominandum*«, kommt es von einer leisen, aber festen Stimme hinter ihnen.

Beide wirbeln herum und wischen sich die Mützen vom Kopf. Antonia Amundus, bewaffnet mit einem Schwung Zettel, wartet, bis die Männer ihr den Weg zum Schwarzen Brett freimachen. »*Noch zu nennender Name* … Sie sollten in Latein besser aufpassen.«

Balthasar beobachtet sie, wie sie einen neuen Zettel in den Kasten hängt. Die schrecklichen Affenschaukelzöpfe wippen, während sie die Reißzwecken aus der Nomen-Nominandum-Liste zieht. Auf dem neuen Blatt steht anstelle *N. N.* ein Name über der Gruppe, in der Balthasar seiner Vorliebe für unnütze Sprachen frönen würde: Amundus. Er atmet erleichtert auf. Der Amundus stellt eindeutig das kleinere Übel dar.

Ihm ist schlecht, sein Schädel dröhnt. Vom pelzigen Geschmack im Mund mal ganz zu schweigen. Nikolaus fehlt ihm schon, da sitzt Balthasar noch keine drei Atemzüge lang in der hintersten Reihe im Hörsaal.

Den Ellbogen auf die Tischplatte gestemmt, den Kopf in die Handfläche gelegt, kritzelt er mit dem Bleistift Kringel und Kreise in sein Vokabelheft. So eines, wie einige seiner Kommilitonen bereits vielseitig ausgefüllt haben: *Le cheval*, *les chevaux*, das Pferd, die Pferde, *ami*, *amie*, *amis*, *amies*, Freund, Freundin, Freunde, Freundinnen. Lauter solchen Quatsch! Balthasars Lider fühlen sich bleischwer an.

»Hey.« Und vom Klopfer auf die Schulter ist er wieder wach,

landet mit dem Gesicht in seinen Kringeln und Kreisen. Ein geschniegelter Mensch steht neben seinem Platz und schickt ein sonniges Lächeln die Sitzreihen entlang bis hinunter zum leeren Rednerpult, als genieße er ein Bergpanorama. »Erdmann Ambrosius Willibert von Stukken. Das bin ich.«

»Aha.« Balthasar gähnt.

»Ich bin neu dazugekommen. Habe mir Europa angesehen und jetzt bin ich hier.« Balthasar schaut sich um auf der Suche nach dem, den das interessiert.

Und jener wiederum schaut sich um, als verdiene er Applaus für sein Erscheinen. Der Applaus bleibt aus.

»Hast du Dresden nicht gleich gefunden, dass du den Umweg durch ganz Europa genommen hast, oder was?« Balthasar reibt sich die Augen. Der andere tätschelt ihm die Schulter, was Balthasar nicht leiden kann. »Was bist du, ein Baron oder so?« Die Krümel Schlaf in seinen Augen kleben hartnäckig. Es fällt ihm unsagbar schwer, sich auf ein Gespräch zu konzentrieren.

»Fast«, reckt der andere das Kinn. Und Balthasar entsinnt sich, in einem zoologischen Bibliotheksbuch eine Abbildung von einem vorwitzig den Hals streckenden Erdmännchen gesehen zu haben. »Mein Vater war Graf Anselm Hieronymus Gustav von Stukken.« Angespornt setzt er sich neben Balthasar.

»War? Also bist du jetzt der Graf?« Balthasar hat noch nie neben einem Grafen gesessen. Er kann seine dunklen Augenringe in den goldenen Knöpfchen an von Stukkens Rock erkennen.

»Nun, nein, mein älterer Bruder hat Titel und Schloss geerbt. Aber wenn der stirbt, dann …«

»Na, das will man ja nicht heraufbeschwören, nicht wahr?« Vom Duftwasser des Menschen wird ihm noch mehr schlecht. Eine Flasche Wein weniger letzte Nacht hätte ihm vielleicht besser getan. Balthasar stemmt den Ellbogen wieder weit ausladend auf die Tischplatte und legt seinen Kopf wie vorhin in die Hand. »Aber wenn dein Bruder alles geerbt hat, was kriegst du dann?«

»Na, den Stammbaum.«

»Oh.« Balthasar denkt darüber nach. »Ein Stück Papier?«

»Naja …«

»Und wenn dein älterer Bruder ins Gras beißt, kriegst du den Rest, ja?«

Der andere räusperte sich verlegen. »Ja, sozusagen.«

»Und was willst du dann hier?«

»Nun, nach Dresden hat es mich verschlagen, damit ich mir eine Braut erwähle.«

Balthasar lacht schallend auf. »Eine Braut?« Der andere quittiert sein Gelächter mit einem schiefen Grinsen. »Wir kriegen nicht mal die Aktmodelle zu sehen. Die sind wie Schatten, huschen durch die Katakomben wie Verbrecher und immer eine Anstandsdame im Schlepp, damit man hier nicht auf andere Gedanken kommt. Mädchen findest du hier nicht. Aber mal schauen … da vorn hätten wir Johannes Kallowitz, vielleicht wäre der was für dich. Oder der dort, der Albert Degener.«

»Sehr witzig. Ich meine auf Abendgesellschaften. Die sind hier in Dresden berauschend. Ich selbst habe vor, einige zu geben. Du bist eingeladen.«

»Danke, aber mich kriegst du nicht zur Frau, damit das klar ist.«

Der andere grinst und bietet ihm die Hand. Balthasar ist heut nicht in der Verfassung, Freundschaften zu schließen, denn so etwas will gut überlegt sein und überlegen kann er heut schlecht. Also schlägt er ein und stellt sich dem anderen vor.

»Du bist ein richtiger Weber?«

Balthasar überraschen die Reaktionen der Leute auf diese Offenbarung längst nicht mehr. Es hängt ihm zum Halse heraus, sich erklären zu müssen. Erdmann von Stukken mustert ihn von oben bis unten wie eine Rarität. »So richtig mit Webstuhl und so?«

»Schon mal einen Weber auf einem Pianoforte weben sehen? Natürlich mit Webstuhl, was denn sonst.«

»Ich meine ja nur, wieso heißt du nicht Schulze oder Müller?« Auf Balthasars entrückten Blick winkt der andere ab. »Also musst du einer der berühmt-berüchtigten Stipendiaten sein.«

»Berüchtigt?«

»Ja: Querulanten und Unruhestifter, dem akademischen Leben so fern wie der Mond der Erde und immer in den Diensten der Akademie. Hab ich in der Chronik gelesen.«

Balthasar schließt die Augen. Gott gib, dass ich ihm nicht meinen Finger in die Nase schiebe. »Gelesen? In der Chronik?«

»Exakt. Du bist mächtig schlau, was?«

»Keine Ahnung. Zumindest Französisch kann ich nicht.«

Von Stukken kriegt sein Zahnsalzlächeln nicht aus dem Gesicht und packt seine Bücher aus. »Das sitze ich nur ab wegen des Zertifikats. Französisch ist unsere Haussprache.«

»Haussprache. Schön für dich.«

»Ja, nicht wahr?« Daraufhin attackiert von Stukken Balthasar mit einer Salve nasaler Silbenfolgen und merkt wahrscheinlich nicht, dass er wie ein Mädchen dabei klingt.

»Oh, là, là. Wen haben wir denn da …«, raunt von Stukken mit Blick auf die Saaltür, die jetzt geöffnet wird. Ein jeder erhebt sich, wie es sich in Anwesenheit einer Dame gehört. Ein Wink ihrerseits bringt die Studenten wieder auf ihre Plätze.

»Die Tochter von Professor Amundus.« Balthasar jauchzt innerlich, denn Antonia Amundus ist sicherlich einzig zu dem Zwecke hergeeilt, um ihnen zu verkünden, dass der Professor leider krank, verreist oder sonst wie verhindert sei und somit das schreckliche Französisch ausfallen müsse. Wie schade.

Doch dafür, dass sie des Professors Abwesenheit verkünden wird, legt sie recht entschlossen einen Bücherstapel vorn aufs Pult. Nun, wenn der Professor nicht verreist ist, so wird er vielleicht eine Verspätung ausrichten lassen. Nicht nur die Bücher finden ihren Platz auf dem Pult, sondern auch das schwere schwarze Umschlagtuch wird vom Fräulein jetzt über den Diener in der Ecke neben dem Fenster gehängt, darüber ihr Cape, die Capote und die Handschuhe. Ein schwarzer Haufen Stoff bringt das Garderobengestell zum Wanken. Welch ein Aufwand, um das Fehlen des Professors kundzutun! Und noch während Balthasar Faulebubenhoffnungen nährt, schreibt das Fräulein mit Kreide in schöner Mädchenschrift, die Balthasar an Nikolaus' Handschrift erinnert: *Je m'appelle Mademoiselle Amundus.*

Amundus ist angemeldet auf jedem Appell? Das würde einiges erklären.

»Sieh einer an!«, stutzt von Stukken halblaut. »Fräulein Amundus also.« Von Stukken spickt die Spitze seines Bleistiftes in den

Pappumschlag seines Vokabelheftes. Und was es mit der Zunge zu schnalzen gibt, hätte Balthasar gern gewusst. Sein Blick fliegt zur Eichentür, durch die das Fräulein doch eigentlich längst hätte verschwinden müssen.

Nichts dergleichen geschieht.

»Meine Herren?« Das Gemurmel im Saal schwillt zwar ab, verebbt aber nicht ganz, sodass sich das Fräulein genötigt sieht, so lange reglos zu verharren, bis auch der letzte Schwätzer zur Ruhe kommt und nach vorn schaut.

»Meine Herren!« Ihre Stimme ist fest und ruhig. Sie schickt ihren Blick in die Runde. »Meine Aufgabe ist es, Ihnen auszurichten …« Endlich, fährt es durch Balthasar, endlich kündigt sie an, dass der Kurs leider ausfallen muss. »… dass die Akademie Ihren Dozenten für Französisch in den nächsten ein bis zwei Wochen erwartet.« Auch gut, denkt er und beginnt seinen Kram in die Tasche zu stopfen. Er ist nicht der Einzige, der zur Unruhe beiträgt. Von Stucken knufft ihm in die Seite, mahnt ihn mittels eines Zischlautes, nach vorn zu sehen. Fräulein Amundus blickt abwartend zu ihm herauf. Balthasar lässt seine Tasche zu Boden gleiten. Das Leder knarrt.

Das Fräulein fährt fort, ohne weiter auf ihn zu achten. »Für die Zwischenzeit wurde mir aufgetragen, ein paar Grundlagenübungen an Sie weiterzureichen.« Ihre Hand legt sich, wie um das erstarkende Murmeln wegzustreicheln, auf den Bücherstapel. »Mir ist die Tragweite dieser Entscheidung bewusst und es steht Ihnen frei, jetzt zu gehen, und einen Platz in einem der anderen Kurse einzufordern.«

Im Hörsaal ist es jene drei Herzschläge lang totenstill, in denen es die Studenten schaffen, das Gesagte zu verarbeiten. Dann aber wird der Saal erfüllt von Papierrascheln, dem Klimpern von Taschenschnallen, den eiligen Schritten und verhaltenem Schimpfen derer, die den Hörsaal verlassen.

Beide, Balthasar genauso wie Erdmann von Stukken neben ihm, schrecken hoch, weil die Saaltür hinter dem letzten Empörten krachend ins Schloss fällt.

Antonia Amundus begegnet dem leerer werdenden Saal mit ausgesprochener Kühle. So sieht es Balthasar. Sie macht nicht den

Eindruck, in ihrer Rolle bemitleidet werden zu wollen. Geduldig wartet sie ab, bis der Tumult verebbt und auch der letzte Zweifel jener im Saal Verbliebener ausgeräumt ist.

Als habe es die unangenehme Saalflucht nicht gegeben, wendet sie sich ab und schreibt in ihrer schönsten Schrift und in so rasanter Geschwindigkeit Deklinationstabellen an die Tafel, dass Balthasar nicht schnell genug seine Unterlagen wieder aus der Tasche zutage fördert.

Während sie an die Tafel schreibt, erläutert sie, sie werde die Übungen nicht selbst bewerten. – »Keine Sorge.« Sarkasmus in ihrer Stimme. »Ich gebe Ihre Arbeiten an Monsieur Gerard, dem Sprachdozenten des Parallelkurses weiter, der leider, spätestens jetzt, überfüllt sein dürfte. Also …« Sie schaut wieder in die Runde. »Würden Sie dann gnädigerweise beginnen?« Sie deutet auf den Tafelanschrieb und die Gehorsamen vertiefen sich in ihre Arbeit.

Zu Balthasars Verdruss beantwortet das Fräulein Amundus alle Verständnisfragen in reinem unverständlichen und unaussprechlichem Französisch. Alle außer ihm bemühen sich, mit Antonia Amundus zu parlieren. Insbesondere von Stukken *parliert* außerordentlich eifrig. Seine Hand schnellt in die Luft, da hat das Fräulein ihre Frage noch nicht einmal ausformuliert. Balthasar hat längst den Anschluss verloren und übt sich darin, seine Lehrerin ins Vokabelheft zu zeichnen.

Am Ende der ersten Unterrichtsstunde sind sich die Gruppe Studenten einig darüber, dass ihre Französischübungen im Vergleich zum strengen Reglement der Monsieurs das kleinere Übel darstellen. Balthasar aber begreift nicht, worin der Vorteil besteht, denn er versteht nicht ein Wort. Wie Antonia Amundus' erste Lektion endet, bekommt er gar nicht mit.

»Darf ich stören?« Eine Stimme schwappt wie eine Woge in sein Unterbewusstsein. In seinem Traum hat er das Nebelmeer wabern gesehen. Balthasar braucht zwei Herzschläge, um sich zu orientieren. »Gut geschlafen?« Nicht der Schalk spricht aus ihren Katzenaugen, sondern Wachsamkeit.

Balthasar rekelt sich, reibt seine Augen, schaut sich um. Die meisten Studenten sind schon fort. Von Stukken neben ihm beobachtet interessiert das Stelldichein. »Ihr Vokabelheft bitte für Monsieur Gerard.« Antonia Amundus, von Balthasars Säumnissen eher unbeeindruckt, streckt die Hand nach einem Heft aus. In ihrer Armbeuge liegen ein Dutzend Vokabelhefte.

Balthasar umklammert sein Heft, die fordernde Hand nicht aus den Augen lassend. Ihr Blick lehrt ihm das Fürchten.

»Danke sehr. Was ich fragen wollte ... Heute Morgen benutzen Sie nicht zufällig dasselbe Parfum wie mein Bruder üblicherweise?«

Von Stukken lacht kurz auf, Antonia Amundus bleibt ungerührt.

»Eau d'alcool«, nickt Balthasar. Als sie die Teilungsartikel durchnahmen, war er noch wach gewesen. Balthasar versucht es, doch verliert er den Kampf gegen das Grinsen, das sein Gesicht erobert. Fräulein Amundus ist nicht zum Scherzen aufgelegt.

Bevor sich das Fräulein abwendet, kontert sie: »Avez-vous noyé votre chagrin dans l'alcool?«

Balthasar grinst immer noch vor sich hin. »Was auch immer Sie da gerade gesagt haben, Fräulein Amundus ...«, sie schenkt ihm nur einen kurzen Blick, »... Es klingt ganz reizend.«

Von Stukken, nach Balthasar an der Reihe, sein Heft loszuwerden, lacht auf, säuselt irgendetwas Französisches zum Fräulein Amundus und verlässt dann gemeinsam mit Balthasar den Saal.

Draußen lässt sich Balthasar von Erdmann von Stukken übersetzen, was Antonia Amundus gesagt hat und was sie gesagt hat, amüsiert ihn köstlich.

Am Nachmittag unternimmt er eine ausgedehnte Wanderung mit Friederike raus aus Dresden und durch das Sumpfgebiet. Das machen sie manchmal und Friederike betont, dass sie die sechs Wochen ohne Nikolaus auf jeden Fall für sich nutzen will. Was genau sie damit meint, weiß Balthasar nicht so recht.

Schon einmal waren sie an diese Stelle gekommen, wo mitten im Sumpf, über einen schmalen Pfad erreichbar, die Reste eines alten Hofes liegen. Kein Gutshof, sondern ein alter Bauernhof. Balthasar hat schon einmal die Mauerreste und das durch die Öffnungen dringende Licht gezeichnet, die Spiegelungen der Gräser, Sträucher und Bäume auf der Eisoberfläche. Das war zu Weihnachten gewesen, als sich Friederike erst noch die versalzene Suppe der mildtätigen Damen einverleibt hatte. Danach waren sie hierher gekommen und Friederike hat Balthasar ihren Lieblingsplatz gezeigt.

In einem von Antonia Amundus' schlichten Hauskleidern warm eingepackt, klettert das Mädchen über die aus der Mauer gestürzten Brocken, um bis ganz hoch zu gelangen, was Balthasar nicht so gern sieht, weil die verwitterte Mauer einen wackligen Eindruck macht. Seine Mahnungen schreibt sie in den Wind und kraxelt in dem verfallenden Gebäude herum wie ein Lausbube.

Er sucht ein Motiv zum Zeichnen. Heut, anders als sonst, kann ihn nichts so recht inspirieren. Er schlägt die Arme enger um den Leib, beobachtet seinen gefrierenden Atem, lauscht dem Schall eines Rabenkrächzens, das über die Schneedecke hierher getragen wird und sich im Gemäuer fängt. Er umrundet das Gelass und erblickt Friederike im Schnee kniend, beobachtet, wie sie das Eis eines Sumpfloches von Laub und Schnee befreit. »Sieh.« Ihre Finger sind rot gefroren, aber das scheint ihr nichts auszumachen.

Balthasar kauert sich neben sie, folgt ihrem Blick und schaut einem Frosch geradewegs in die milchigen, trüben gefrorenen Augen.

»Oh, der Ärmste«, wischt Friederike das Eis der Pfütze blank, als wollte sie das Tier streicheln.

»Wieso hat er sein Winterquartier verlassen?« Balthasar neigt sich ganz tief zum Eis hinunter.

»Vielleicht war das sein Winterquartier und ein heftiger Wind hat es mit Wasser zugespült und dann ist er erfroren.«

Balthasar zieht seine Umhängetasche vom Rücken nach vorn und holt sein Skizzenbuch und Kohlestifte hervor. Nicht der Frosch zieht ihn an, sondern Friederike, die wie ein Kind vor der Pfütze kauert und das Tier bemitleidet. Auf die nächste Seite zeichnet er den zugefrorenene Frosch. Balthasar bemerkt nicht gleich, dass Friederike ihn unverwandt anschaut.

»Kann ich heut Nacht zu dir kommen?«

Wortlos bejaht er. Wieso auch nicht, sie kommt doch sowieso beinahe jeden Abend nach dem gemeinsamen Abendbrot noch mal mit ihm ins Oberstübchen, sofern Nikolaus nicht da ist. Balthasar konzentriert sich auf die Reflexionen des Eises, ohne den Frosch zu zerzeichnen. Er hat nichts dagegen, wenn Friederike abends auf dem Schemel unter der Luke steht und die Dächer der Stadt beobachtet, während er Hausaufgaben macht. Er zeichnet die Flecken an der Kehle des Frosches. Wie in der rettenden Bewegung erstarrt reckt er sein Mäulchen gegen die Unterseite des Eises. Balthasar hält innne. Sein Stift schwebt über dem Papier. Der kleine Frosch tut ihm leid.

»Sieh mich an.«

Er hebt den Blick vom Skizzenbuch.

Friederike mustert ihn eindringlich: »Darf ich heute Nacht zu dir kommen?« Ihr Blick bohrt sich in den seinen. Sie fragt ihn nicht, ob sie aus seinem Fenster sehen darf, so viel steht fest.

Er legt das Skizzenbuch beiseite, kann ihrem Blick nicht standhalten, aber er sieht unter den gesenkten Lidern, wie sich ihr Gesicht dem seinen nähert. Er kann ihre Wärme spüren. Ihre Lippen sind eiskalt, wenn auch samtig weich. Ihre Lippen auf den seinen sind fordernd, und sie weiß, was sie will, bricht seine Lippen auf, neckt seine Zunge mit der ihren, dass ihm ganz warm wird. Sie schmeckt nach Obst, obwohl sie zum Frühstück keines hatten. Doch Balthasar ist verwirrt. Die Konstellation, in der sie sich befinden, scheint ganz falsch. Er nimmt die junge Frau vorsichtig an den Oberarmem und schiebt sie ein Stück von sich. »Ich weiß nicht, ob das so eine gute Idee ist.«

Sie forscht in seinen Augen. Ihre Wangen sind vom Frost oder dem Abenteuer ganz rot, ihre Nasenspitze rosé. Sie leckt seinen Kuss von ihren Lippen und nickt bestimmend. »Es ist Nikolaus, oder?«

»Was?« Balthasar lacht auf, schüttelt den Kopf und begreift doch, was sie meint.

»Ich hatte schon immer so einen Verdacht.« Friederike erhebt sich, Balthasar folgt ihr langsam. »Du bist anders, stimmt's?«

»NEIN!«

»Beweis?«

Er schaut sie verwundert an, und nach kurzer Überlegung tritt er den einen zwischen ihnen klaffenden Schritt auf sie zu und legt seine Lippen auf die ihren, umfängt sie mit seinen Armen, aber da passiert nichts, außer, dass er jetzt unverwandt an Nikolaus denken muss.

Fehler – fautes

Avez-vous noyé votre chagrin dans l'alcool? *Haben Sie Ihren Kummer im Alkohol ertränkt?* Antonia ärgert sich über diese Albernheit. Wieso musste ihr so etwas Banales und Kindisches herausgerutscht sein? Wenn sie es doch bloß zurücknehmen könnte!

Und warum sie ausgerechnet Balthasar Webers Arbeitsheft aufschlägt, bevor sie den Stapel dem Monsieur Gerard überlässt, begreift sie auch nicht. Fehler über Fehler. Er hat es nicht einmal geschafft, von der Tafel die kleinen Akzentstrichelchen über den Vokalen in die richtige Richtung zu bringen. Wahrscheinlich ist ihm gar nicht klar, dass sie in verschiedene Richtungen zeigen.

Antonia fährt zusammen, weil die Tür auffliegt. Monsieur Gerard und ihr Vater poltern ins Dekanat, bemerken weder die Anwesenheit der Dame sogleich noch dass sie geschwind das Heft zurück auf den Stapel legt. Die Herren bringen ihre Unterhaltung zu Ende, während sie die junge Frau begrüßen. Das Gespräch hat einmal mehr die erschwerte akademische Situation zum Gegenstand.

Antonias Vater vergewissert sich lakonisch, dass Antonia die Aufsicht der Studenten überlebt habe. Monsieur Gerards betont, sein Unglück umfasse den überfüllten Französischkurs und die zusätzlichen Korrekturen zusätzlicher Übungshefte des anderen Kurses, den das Fräulein beaufsichtigt, »obschon, Herr Professor, dies die Grenzen des Schicklichen weit überschreitet«. Jener, der angesprochen wurde, deutet eine zustimmende Verneigung an.

»Hätte sich eine bessere Lösung gefunde, glauben Sie mir, Monsieur, ich hätte sie dieser *tragique* vorgezogen.«

Die *tragique* räuspert sich und wendet sich zum Stapel um. »Es sind ein gutes Dutzend Studenten, die sich entschlossen haben, meinen Kurs nicht zu verlassen …« Antonia wird von ihrem Vater und seinem erhobenen Zeigefinger unterbrochen, die Hefte hält sie umklammert.

»Nicht *dein* Kurs, Toni, der N. N.-Kurs.«

»Wie du meinst.« Sie streckt Monsieur Gerard die Broschuren entgegen.

Er betrachtet die Hefte wie ein unverzüglich aus seiner Riechweite zu entfernendes Gossenkind. »Mon dieu.« Sein bekümmerter Blick gilt den Schreibarbeiten, die er nicht entgegennimmt und die Antonia zurück auf Vaters Tisch legt, um sich ihren eigentlichen Aufgaben zu widmen.

Während sie Tee im Erker kredenzt, hört sie ihren Vater Monsieur Gerard dahingehend aufmuntern, der neue Dozent werde doch jeden Tag eintreffen, »Dann werden die Kurse gerecht aufgeteilt.« Es sei alles eine Frage der Zeit und wie froh man sei, ihn, Monsieur Gerard, überhaupt für die Notlage gewonnen zu haben. Gerard ist kokett, will gebeten werden und lässt sich Honig ums Maul schmieren. Antonia vernimmt, wie ihr Vater den anderen mit zusätzlicher Entlohnung für zusätzliche Arbeit lockt.

»Entlohnung, Vater?«, fragt Antonia später nach dem Abendessen.

Professor Amundus gibt zu, dem Französischlehrer eine Prämie zu zahlen, »als Entschädigung für den geplagten Mann«.

Antonia lässt das einen Moment lang durch ihre Gedanken rieseln. »Aber die eigentliche Arbeit mache doch ich.«

»Übe dich in Mäßigung, Toni.« Er blickt von der Tafel, über dessen Tischtuch er streicht, nicht auf. Antonia betrachtet seine Finger, die sich krümmen, als sei ihnen die Haut unter den langen Gliedern zu klein geworden. »Toni …« Ein Seufzen verrät das Unbehagen, das ihm dieses Gespräch bereitet. »Du machst doch keine Arbeit im eigentlichen Wortsinne. Du bist doch lediglich die *Aufsicht*, schreibst dir die Namen derer auf, die fehlen und die derer, die verspätet kommen und all das. Ich darf dir keinen Lohn zahlen.« Dafür sorgt allein die *Cura sexus* – jene Geschlechtsvormundschaft, die Antonia entmündigt, solange ihr Vater und ihr späterer Ehemann an diesem längst vergilbten Gesetz festhalten. Obschon seit gut einem Jahrzehnt die Einschränkung der Selbstbestimmung der Frauen und ledigen Mädchen im Königreich Sachsen aufgehoben worden ist, bleibt es hartnäckiges Anhängsel in der Familienchronik Amundi, wie ein Furunkel, das sich keiner getraut auszuschneiden. Wenn Antonia heiratet, was, so hofft ihr Vater, nach dem Trauerjahr der Fall sein wird, soll die Vormundschaft auf ihren Gemahl übertragen werden. Sollte ihr Vater das Zeitliche segnen, bevor Antonia eine ideale Partie gemacht hat, fiele die Vormundschaft automatisch an ihren Bruder. Der führt auch Aufsicht über sie, wenn ihr Vater die Stadt verlässt. Bislang hat Antonia diesen Umstand ihrer eingeschränkten Befugnis nie als Makel empfunden. Bisher.

Ihr Vater erhebt sich, Antonia steht ebenfalls auf. Wie aufs Zeichen wieselt Frau Gutzkow herein und räumt den Tisch ab. Die Gedanken um die Prämie des Monsieur Gerard lassen Antonia auch dann nicht los, als sich ihr Vater auf einen Cognac in den Salon zurückzieht. Sie hilft ihm eine Decke über die Knie und beobachtet ihn, wie er wohlig die Augen schließt. Die Rückkehr ins akademische Leben hat ihm gutgetan. Er ist der Dekan. Er ist Herr über Einstellungen, Verweise, Finanzen und Prämien. »Im Konfektionskatalog *la mode* habe ich ein entzückendes Kleid gesehen, Vater.«

Sein Schmunzeln zeichnet kleine Krähenfüße um seine geschlossenen Augen.

»Sie werden die Prüfungen nicht bestehen, wenn Sie nicht anfangen, zu lernen, Herr Weber«, quittiert Antonia tags darauf Balthasar Webers unbeholfene Lösung einer kinderleichten Einfügungsaufgabe, die sie sich am Abend selbst ausgedacht hat.

Er garniert seine Arroganz mit einem frechen Grinsen. »Das werden Sie doch zu verhindern wissen, nicht wahr?«

»Wie sollte ich?« Mit schwingendem Rock wendet sich Antonia von ihm ab und wirft einen Blick auf Erdmann von Stukkens Lückentext. »Tadellos, Herr von Stukken«, und wendet sich halb an Balthasar Weber: »Es ist doch verblüffend, wie zwischen *ausgezeichnet* und *katastrophal* nur eine halbe Elle liegen kann und doch sind es Welten, die Sie beide voneinander trennen.« Die genannten Attribute unterstreicht sie mit einem Lächeln für den jeweiligen Kandidaten.

Und weil Balthasar Weber unverwandt grinst, fügt sie hinzu: »Einem Bekannten, der in einer ähnlichen Lage steckte, riet ich einmal, er solle sich von seinem hohen Ross herabneigen und Hilfe, die ihm geboten wird, annehmen.«

»Sie nennen mich arrogant?«

»Das habe ich nicht gesagt. Meinem Bekannten riet ich ferner, sich weniger gehen zu lassen, als vielmehr seine Arbeitsbereitschaft zu überdenken.«

»Sie meinen, ich sei faul.«

»Das hab ich nicht gesagt. Die Texte meines Bekannten damals, waren unbeholfen, Fehler wiederholten sich auch nach Wochen der Übung, weil er sich weigerte, den Lernstoff zu akzeptieren.«

»Wenn ich das richtig verstehe, meinen Sie, ich sei arrogant, faul und stur.« In Erdmann von Stukkens Richtung faltet Balthasar Weber die Hände vor der Brust, wie ein Unschuldsengel.

»Das hab ich nicht gesagt. Mein Bekannter hat es damals nicht geschafft, die Relevanz des Unterrichtes, den er verpönt hat und die Konsequenzen seines Verhaltens gleichermaßen in die Waagschale zu werfen.«

Balthasar Weber fesselt ihren Blick, während er nachdenkt. »Ein sympathischer Kerl.«

Den restlichen Vormittag verbringt Antonia damit, Balthasar Weber zu ignorieren und denen Hilfe anzubieten, die es zu würdigen wissen. Deren Dankbarkeit umspült sie warm und macht ihr Herz leicht. Das Gefühl, gebraucht zu werden, macht sich in ihr breit und sie denkt nicht daran, sich in Mäßigung zu üben.

Nach dem Unterricht händigt sie wie gehabt Monsieur Gerard die Übungshefte aus. Weder erwartet sie, noch erhält sie von ihm Anerkennung bezüglich ihrer Mühen. »Es ist nicht Ihre Aufgabe zu lehren, Mademoiselle«, näselt er, wobei er seine fleischigen Finger auf seiner Leibesfülle ruhen lässt. »Sie sind nur die Aufsicht.«

»Richtig, Monsieur.«

»Es mag sein, Mademoiselle, dass Sie überfordert sind. Ich, in meinem Dafürhalten, finde es unsagbar, dass den Studenten – verstehen Sie mich nicht falsch – die Aufsicht durch eine Dame, ein unverheiratetes Fräulein, zugemutet wird. Wie sollen sich die Herren bloß konzentrieren?«

»Sie konzentrieren sich, Monsieur Gerard. Sie sind mit Stille und Eifer bei der Sache. Oder sprechen die Übungshefte eine andere Sprache?«

Monsieur Gerard schaut hinüber zum lästigen Stapel und gibt ein missbilligendes Geräusch von sich. Antonia weiß, dass die Studenten, bis auf eine traurige Ausnahme, sehr gute Fortschritte machen, die von Tag zu Tag sichtbar werden.

»Nehmen wir diesen …« Gerard sucht im Stapel der zwölf jenes eine Heft, das die Ausnahme in der Erfolgsgeschichte von Antonias Kurs bildet. »Dieser Weber … es ist nicht zu fassen!« Gerard blättert in dem Heft, schüttelt den Kopf, hier und da eine Äußerung der Fassungslosigkeit von sich gebend.

Antonia, wenn sie in die Tiefen ihrer Seele horcht, kann es nicht ausstehen, wie dieser Mensch von Balthasar Weber spricht. Daher fasst sie einen folgenschweren Entschluss – wahrscheinlich eher, um dem Monsieur ein Schnippchen zu schlagen, als Balthasar Weber zu helfen.

Also macht sie sich am folgenden Morgen, als Gerard ihr die durchgeschauten Hefte zurückgibt und noch bevor der Unterricht startet, die Mühe, ein Duplikat von Balthasar Webers Heft anzufertigen. Sie ist geschickt darin, seine zackige Schrift zu imitieren. Für die eigenwilligen Über- und Unterlängen seiner Buchstaben, die sicherlich eine böhmische Eigenheit sind, braucht sie ein wenig Übung.

Von nun an gibt sie Monsieur Gerard nicht das Original, sondern die Kopie ab, in der es zwar vor Fehlern wimmelt – wer wird schon an Wunder glauben? –, aber ein leichter, ganz klitzekleiner Fortschritt eben auch zu bemerken ist. Das originale Übungsheft jedoch bleibt Lichtjahre von Verbesserung entfernt.

Während also Gerard seine These vom Unverbesserlichen zerstreuen muss, weil er die Kopie vor der Nase hat, erhält Balthasar Weber sein originales Übungsheft zurück, in dem es von Antonias niederschmetternden Urteilen nur so wimmelt. Sie lässt weder an Balthasars Faulheit noch an seinem Desinteresse am Lernen ein Gutes. Zu diesem Zwecke wiederum gelingt ihr die vortreffliche Nachahmung von Monsieur Gerards Schrift.

So muss Gerard wohl oder übel Balthasar Webers Fortschritte zur Kenntnis nehmen, während Balthasar Weber seine Aussichtslosigkeit von Tag zu Tag deutlicher wird.

Diese Täuschung gelingt Antonia, solange Balthasar Weber am Unterricht teilnimmt. Bereits gegen Ende der dritten Woche wird seine Anwesenheit lückenhaft. In der vierten Woche erscheint er überhaupt nicht mehr und das, obwohl der neue Dozent endlich seinen Dienst aufgenommen hat. Sein Name ist Programm und so lässt Monsieur de Daigner durch die Sekretäre ein Mahnschreiben an Herrn Weber aussenden.

English Overcoat

Herr Weber hat andere Sorgen als Französischunterricht, denn Lotusblüte geht es so schlecht, dass er mitten in der Nacht aus dem Bett geholt und nach dem Arzt geschickt wird. Es ist furchtbar kalt in dieser Nacht. Durchgefroren kehrt er heim. An Schlaf ist nicht zu denken. Das ganze Haus ist wegen des Mädchens auf den Beinen. In die Akademie geht Balthasar nicht. Auch nicht am nächsten Tag und nicht am übernächsten. Alle Hände werden für die Pflege der Kranken gebraucht. Die Medizin, die der Arzt attestiert, muss Balthasar vom Apotheker mischen lassen. Das geht die ganze Woche so. Was auch der Arzt verordnet, es lindert weder die Schmerzen noch das Fieber des Mädchens.

Und dann, wenige Tage später, ist Lotusblüte plötzlich fort. Marthe sucht das ganze Haus ab, auch im *Gustav* wähnt sie das Mädchen. Es ist wie vom Erdboden verschluckt. Balthasar im Schlepp, klappert die Rote Marthe die Armenhäuser ab und schließlich finden sie die Vermisste. Marthe wendet ihr gesamtes mütterliches Repertoire auf, doch die junge Hure kehrt nicht zurück. Lotusblütes Entschluss, das Etablissement hinter sich zu lassen, steht fest. Alle nehmen es sich vor, aber niemand besucht sie im Armenhaus. Das Alltagsgeschäft und die Furcht vor der Endstation scheinen unüberbrückbar. Wenn einer das Thema auf die Fehlende lenkt, wird das Gespräch von Marthe abermals umgeleitet. »Nicht darüber zu sprechen«, so sinniert Klärchen, als es wieder einmal zum Eklat zwischen Marthe und ihren Mädchen kommt und die Ältere die Situation flieht, »macht es ihr vielleicht erträglicher, sich mit Lotus' Entschluss abzufinden.«

In den ersten ein oder zwei Tagen nach Lotusblütes Auszug legt sich die Betroffenheit der Bewohner wie ein Tuch auf das Haus, füllt die Ritzen im Lehmgefach und lässt es still werden in den Stuben. Balthasar fehlen Lotusblütes melancholische Momente, die sie an seiner Schulter ausgestanden hatte, und ihm fehlen ihr hintergründiges Lächeln und das Grübchen am Kinn, das ihr etwas Keckes verliehen hatte. Schuldgefühle bezüglich dessen, was man hätte mehr tun können für das kranke Mädchen, plagen sicherlich jeden. Balthasar kann froh sein, sie kaum gekannt zu haben.

Anfang März ereilt das Bordell die Nachricht, mit der jeder gerechnet und die jeder gefürchtet hatte. An Balthasars Schultern weinen sich die Mädchen aus. Die Beerdigung planen er und Gustav, weil die Mädchen ständig heulen und sich nicht einigen können. Klärchen beweist da noch das größte organisatorische Talent. Allerdings erschöpft es sich in der Wahl des Sargschmucks. Das Jonglieren mit den finanziellen Möglichkeiten hinsichtlich Grabrede, Sarg, Grabstelle, Zeremoniell übernimmt Balthasar. Die Mädchen und die Rote Marthe fügen sich in alle Entschlüsse. Der geizige Gustav ist einmal in seinem Leben nicht knausrig, was den Leichenschmaus betrifft.

Die dunklen Tage werden langsam licht, obschon Lotusblütes Tod einer gewissen Routine nur schwerlich Platz macht.

Zumindest einen Dienst hat Lotus' Ableben erwiesen: Friederike unternimmt keinen weiteren Annäherungsversuch an Balthasar. Mit ihnen beiden ist seit dem Ausflug aufs ausgebrannte Gehöft etwas passiert, was er sich nicht erklären kann. Es ist nicht so, dass er sich weniger um sie sorgt als zuvor. Im Gegenteil. Seit Lotusblütes Tod macht er sich viele Gedanken über alles Mögliche, auch über die Zurückgezogenheit und Stille in der Wohnung.

Marthe sieht sich nach einer Mieterin für das verwaiste Zimmer um. Sie sucht und findet an jedem Mädchen, das sich bewirbt, etwas auszusetzen. Bei der einen sind es die schwarzen Ränder unter den Nägeln, bei der anderen die Tränensäcke. Wer nicht hübsch genug ist, wird sowieso nicht bis in ihren Salon vorgelassen. Marthe sucht nach dem gewissen Besonderen in den Mädchen. Und nur einer hat das Urteilsvermögen, zu entscheiden, welche bis zum rotsamtenen Sofa im Salon vorgelassen wird. Balthasars Aufgabe besteht darin, die Mädchen zu betrachten wie bei einer militärischen Musterung. Er hasst es.

Marthe, Klärchen, Giselle und Friederike finden nichts Verwerfliches daran, ihm, Teil der Spezies, für die der ganze Aufwand überhaupt unternommen wird, das letzte Wort zu überlassen. Und in der Tat war bislang nicht eine Kandidatin dabei, die auch nur im Entferntesten als Ersatz für die zarte Lotusblüte hätte gelten können. Die vier Frauen vertrauen seinem Urteil betreffs Antlitz, Wesenszug und die weibliche Blöße. Balthasar beschleicht der Verdacht, Marthe sei ganz froh darüber, dass er so wählerisch ist und ihnen so noch eine gewisse Zeit der Trauer bleibt.

Es ist März, aber noch recht frisch und deshalb heizt Balthasar morgens, bevor die Langschläferinnen aus ihren Betten schlüpfen, die Öfen. Er holt Wasser herauf, gießt Tee und den dunklen Türkentrank auf. Die braunen, sündhaft teuren Bohnen bringt regelmäßig einer von Marthes – nicht ganz uneigennützig gepflegter – Stammfreier mit, ein Elbmatrose. Die Handhabe mit dem Aufguss hat Balthasar zu perfektionieren gelernt. Handgriffe, so selbstverständlich, als sei er in seinem ganzen Leben nie etwas anderes als ein Hausdiener gewesen. Sein Damastzugwebstuhl scheint in einem anderen Leben zu stehen. Das Gebräu schmeckt bitter, mit Honig zu ertragen, aber es hält Balthasar die ganze Nacht wach, wenn er viel für die Akademie zu tun hat.

Er hört Giselles tapsige Schritte in der Wohnung. »Guten Morgen, mein Lieber.« Gähnend streift sie den Perlenvorhang beiseite und schlurft in die Küche. Es ist nicht mehr Morgen, aber auch noch nicht Mittag. »Letzte Nacht war vielleicht was los«, grummelt sie und durchwühlt den Seemannssack, mit dem Balthasar vom Apotheker zurückgekommen ist. »Sehr gut.« Sie sucht die Sachen zusammen, die sie benötigt und will schon von dannen ziehen, als ihr Blick auf eine braune Schachtel fällt. »O là là, was ist denn das Schönes?«

»Hör mir auf mit O là là«, murmelt Balthasar. Er muss nicht unbedingt an den Möchtegerngrafen von Stukken erinnert werden und dessen Fleiß in einem Französischkurs, den er gar nicht nötig hat und den Balthasar seit einer gefühlten Ewigkeit nicht besuchte, da er hier versucht, einen geordneten Alltag aufrechtzuerhalten. Er stellt eine Tasse heißen Tee vor Giselle hin, er trinkt seinen Kaffee im Stehen.

»*English Overcoats.*« Sie liest den Aufdruck gedehnt vor, verkneift sich ein Lachen, dreht den Würfel in der Hand. »Lass das bloß nicht die Marthe sehen.«

Aufgeweckt von Giselles Ausruf trotten zuerst Klärchen und dann Friederike in die Küche. Klärchen mit sehr schlechter Laune bleibt nur, um sich von Balthasar einen Tee einschenken zu lassen und nach einem großen Paket Bandagen, das Balthasar auf dem Rückweg vom Apotheker aus der Wäscherei geholt hat, zu versorgen. Balthasar schaut ihr hinterher, die sogar die Quaste des Sessels, an der sie hängen bleibt, böse anfaucht.

»Hey, Spätzchen, rate, wen ich heut Nacht hatte«, wendet sich Giselle an Friederike, der Balthasar den Teebecher vorsetzt. Sie ist mit nichts als ihrer dünnen Tagesdecke bekleidet, die Schultern blitzen milchig unter der unordentlichen Mähne hervor.

Die Füße zieht Friederike auf die Sitzfläche des Stuhls. »Keine Ahnung«, haucht sie in den Becher. »Den Leutnant oder den Koch aus dem Zwinger?«

»Nein.« Giselles Ziegenmeckerlache bringt normalerweise alle zum Schmunzeln, aber heut nicht. »Nein, deinen Rittmeister.«

Balthasar weiß, Marthe hätte es gern, wenn er ihr eine warme Mehlsuppe mit Trockenfrüchten und Honig kocht, aber er will diese Nachtgeschichten nicht hören und auf sein Zimmer verschwinden, andererseits muss er mit Friederike allein sprechen; über etwas Wichtiges.

»Weil du die ganze Nacht vom Einäugigen gepachtet warst«, fügt Giselle ungefragt an und wartet, dass Friederike das Gespräch über den Rittmeister aufgreift, tut sie aber nicht, sondern pustet in ihren Becher und schließt die Augen vor dem hochsteigenden Dampf. Vielleicht scheppert der Stieltopf, den Balthasar auf den Ofen setzt, ein bisschen sehr laut.

»Na schön«, seufzt Giselle, weil hier zu dieser Stunde noch nicht viel los ist. »Ich geh wieder ins Bett.« Sie drückt Balthasar den Becher in die Hand und verabschiedet sich mit einem Klaps auf seinen Allerwertesten, bevor sie durch den Salon in ihrem Zimmer verschwindet.

Einen Moment ist es ganz still. Das Plätschern des Wassers, das Balthasar in den Topf gießt, und das Rascheln der Decke, die Friederike rafft, als sie sich vom Stuhl erhebt, sind zu hören. »Solltest du nicht in der Akademie sein, bevor du einen weiteren Brief kriegst?« Ihre Stimme klingt müde, vielleicht sogar traurig. Sie stellt sich ans Fenster und sieht auf die Gasse hinab, dann in den Himmel. Vielleicht kommt heut noch die Sonne raus.

»Ich geh gleich.« Das eingesiebte Mehl erhitzt sich langsam. Der Holzlöffel gleitet weich über die Kruste, die am Boden anbackt.

»Was ist das?« Sie nickt zum Tisch hinüber, auf dem noch die Pappschachtel steht.

Einen Moment der Überlegung braucht er, tut geschäftig, das Trockenobst und den Honig unterzurühren. Dann nimmt er die Suppe vom Ofen und schaut dem Dampf einen Moment zu. »Ich will, dass deine Freier die benutzen in Zukunft.«

»Ja?«, untermalt von einem Schnauben und trotzigem Kopfrucken, um die Haare über die Schultern zu werfen »Dann kann ich auch gleich meine Sachen packen.«

»Dann sag ihr das. Sag Marthe das und du wirst sehen, sie wird dich nicht gehen lassen.«

Er will gern einen Schritt auf sie zugehen, bleibt aber wie festgeklebt am Ofen stehen Er möchte ihr so viel sagen, weiß aber nicht wie.

»Nein«, sagt sie ungerührt.

Er seufzt, fährt sich mit der Hand über die Augen, verschränkt die Arme vor der Brust. »Damit du genauso endest wie Lotte?«

Friederike schaut auf. Selten nennt jemand Lotusblüte beim richtigen Namen. Es fühlt sich an wie die Beschwörung eines Geistes.

»Ist doch egal.« Sie blickt wieder hinunter auf die Gasse, wo der Gustav das Schild vor die Tür stellt. »Wen interessiert's?«

»Mich.«

Sie dreht sich zu ihm um. »Hast du Angst um deine Gesundheit oder was?« Das spuckt sie wie Gift und Galle und schenkt der Pappschachtel auf dem Tisch einen weiteren abfälligen Blick.

Balthasar stößt sich vom Ofen ab und geht auf sie zu. Friederike wendet sich ab. Er steht dicht hinter ihr, berührt ihre nackten Schultern, merkt, wie sie unter seiner Berührung erschauert. Dann zieht er die Tagesdecke bis zu ihrem Hals hoch, lässt seine Fingerspitzen noch einen Moment auf ihrer kühlen Haut liegen, »nein«, und verlässt die Küche, um in den Französischkurs zu gehen und dort zur Abwechslung mal jemand absolut Unschuldigen zu sehen.

Aber nicht das Fräulein Amundus trifft er am Pult im Hörsaal an, den er mit einiger Verspätung betritt, sondern einen schlaksigen Menschen mit wirr vom Kopf abstehenden Haaren und entrücktem Blick. Monsieur de Daigner, der es mit zerstörerischer Raffinesse keineswegs so gut mit ihm meint, wie das Fräulein Amundus. Der Verlust zweier Frauen binnen kürzester Zeit ist schwer zu verkraften. Ganzer Lohn für seine Mühen sind am Ende dieses Französischtages satte null Prozent auf die tägliche Übung.

Und als sei das nicht genug, erwartet ihn zu Hause noch ein Donnerwetter mit Marthe. Was er sich erlaube, den Mädchen solche Sachen aus der Apotheke zu holen. »Hast du noch alle Latten am Zaun?« Keine zur Beantwortung bestimmten Fragen.

Balthasar sitzt ihren Anfall aus. Im Eigentlichen hat er mit diesem Tag schon abgeschlossen. Bis zur Erschöpfung schimpft sie, dann lässt sie sich an den Küchentisch sinken. »Denkst du, ich weiß nicht, dass du recht hast?« Sie deutet auf die Schachtel, die wie etwas streng Verbotenes den ganzen Tag hier unangetastet gestanden hat. »Die Männer haben Angst davor.« Marthe greift nach der Schachtel, um eines der Briefchen herauszuziehen. Mit spitzen Fingern öffnet sie das Papierkuvert. Ein hellbrauner Schlauch, fein säuberlich zusammengelegt mit einem Seidenbändchen an der Öffnung. »Sie fürchten, einen Blutstau zu kriegen und ihres Mannesdrangs beraubt zu werden.«

»Ja, dann schon lieber die Franzosenkrankheit«, blafft Balthasar. Er steht wie am Vormittag an den Ofen gelehnt.

»Verkehr mit einer Jungfrau ist heilsam.«

»Gott! Marthe!« Er reibt seine Augen. Marthe hat ihm einmal gesagt, dass sie mit jedem ihrer Mädchen schon mindestens einmal bei der Engelmacherin war und diejenigen, die die Tortur einer Abtreibung überleben, verenden dann jämmerlich an den Krankheiten, die die Männer mitbringen.

»Und wenn du es als Bedingung deklarierst?«

Marthe lacht auf, lässt ihn überhaupt nicht ausreden.

»Hör doch mal zu!«

Aber Marthe lamentiert und meckert. Da hilft nur eins, weiß Balthasar, dreht sich um, holt aus dem Prahlhans, der schon bessere Tage gesehen hat, einen Teller, aus dem Tontopf einen Krapfen und setzt ihn Marthe vor. Das Mundwerk mit Essen gestopft, kann sie ihm wenigstens nicht ins Wort fallen. »Du hast doch sowieso einen festen Kundenstamm, nicht wahr?« Sie nickt, kaut, Puderzucker rieselt wie Schnee auf ihr Dekolleté. »Wenn du jedem deine neue Geschäftsbedingung unterbreitest, dann …«

»Du bist wohl von Sinnen!«, ruft sie, wobei ihr Krümel aus dem Mund fallen. Ihr Doppelkinn schwingt im Takt ihres Protestes.

»Du wärst die erste Puffmutter, bei der das Pflicht ist und bald würden andere mitmachen, bis die Herrschaften keine andere Wahl mehr hätten …, außer daheim bei ihren Frauen zu bleiben.«

»Blödsinn! Die gehen eher in einen anderen Laden, als sich von mir einschnüren zu lassen! Und außerdem kann ich denen nicht zeigen, wie man das benutzt und denen weismachen, dass es etwas Gutes ist!«

»Soll ich das etwa machen, oder was?«

Das Beben ihrer weichen Haut verebbt, ihre Augen, die sicherlich einst strahlend Blau gewesen waren, runden sich, während sie ihn mustert, als habe sie ihn eben erst entdeckt. Er schüttelt den Kopf und verlässt die Küche.

Balthasar geht einmal pro Woche zu Lotte auf den Friedhof. Er hätte gern einen Rat von ihr, kauert stumm vor dem Blumenhaufen, der erfroren gläsern wirkt.

Geschenkt

Das ehrgeizige Krachen des Klopfers unten an der Haustür holt Antonia aus tiefen Gedanken. Sie stippt den Puppenfamilienvater in seinem Miniaturschaukelstuhl im Puppenstübchen an, dann erhebt sie sich, um nach unten zu gehen. Ihre Tante und ihre Cousine.

Die Tischgesellschaft schleppt sich mit belanglosen Themen durch den Abend, das Essen ist ausgezeichnet, aber Antonia hat keinen Appetit. Später finden sich alle im Salon ein. Es werden die Vor- und Nachteile der Eisenbahn, mit der Nikolaus morgen von seinen Ferien zurückerwartet wird, diskutiert. Die vor dem Essen aufgestaute Anspannung bemerkt Antonia den ganzen Abend über an ihrem Vater. Das Thema bleibt bei Nikolaus, was nicht gerade Vaters Stimmung hebt.

»Bisher konnte er sich mit keinem seiner Werke für die Jahresabschlussausstellung qualifizieren. Dazu taugt er nicht.«

Tante Theophine stimmt in den Abgesang auf Nikolaus ein. Antonia insistiert, Nikolaus' Talente lägen eben woanders.

»Ja, in Bars und in Pieschen bei seinem Freund, der es sich leisten kann, die Abende zu vertrödeln, weil ihm das Talent in die Wiege gelegt ist.« Aber einen verunsicherten Augenaufschlag schenkt ihr ihr Vater eben doch, das entgeht ihr nicht.

»Vater, habe ich dir Niks letzten Brief nicht gezeigt?«, versucht sie abermals, ihren Bruder vor der üblen Nachrede zu schützen. »Es ist weniger ein Brief, als vielmehr eine Abhandlung einer Wegmadonna von einer seiner Wanderungen.«

Ihr Vater legt die Professorenmiene auf. »Ja, hast du mir gezeigt.« Über den Kneifer hinweg mustert er sie. »Für eine Abhandlung fehlt es ihr an Sachlichkeit. Es ist nichts weiter als eine alberne Gefühlsduselei über das blaue Gewand einer ausgeblichenen Holzmaria eines unbekannten Dorfmeißlers. Keine Analyse!«

»Du hast in der Akademie ausgeholfen, sagt dein Vater«, ist Tante Theophine so geistesgegenwärtig, das Thema zu wechseln. Antonia nickt stumm. Den Groll auf ihren Vater, der seinen Erstgeborenen auf so ungeheuerliche Weise diffamiert, kann sie verbergen.

Tante und Cousine erwarten eine detaillierte Erläuterung, aber Antonia tut jene Veränderungen, die sie in den drei Wochen ihrer Tätigkeit an der Akademie durchlebt hat, mit einem Nebensatz ab, in dem sie darauf hinweist, dass sie lediglich eine Gouvernantenposition bekleidete, bis Monsieur de Daigner seinen Dienst antrat. Und meine Freiheit zerstörte, fügt sie im Stillen hinzu und schaut in ihr Weinglas. Wie sehr sie diese Aufgabe vermisst, spricht sie jedoch nicht aus. Ebenfalls nicht, wie unausgefüllt sich ihr Leben seither anfühlt. Aber ist es nicht vermessen, etwas zu vermissen, worauf man kein Anrecht hat?

Ihr Vater hebt das Glas. »Es wurde höchste Zeit, dass Monsieur Gerard durch de Daigners Beistand unterstützt ward und die Lächerlichkeit, durch die die Akademie von sich reden machte, beendet wurde.«

Die Lächerlichkeit hallt in Antonias Gehörgang nach. Sie kippt den trocknen Wein im Ganzen hinunter und sucht angestrengt nach dem nächsten Thema auf ihrer gedanklichen Konversationsliste, genau wie es ihr ihre Mutter beigebracht hat: Wenn das eine Gesprächsthema stockt, dann greif zum nächsten! Die Mutter wäre das nächste Thema. Wie außerordentlich liebenswert von Tante und Cousine, zu Mutters erstem Todestag, der ist morgen, angereist zu sein.

Das Gedenken an die Verstorbene ist freilich ein schwerer Stoff, für den Antonia die Gläser auffüllt. Der Verblichenen und dem zurückliegenden Trauerjahr werden schöne, angemessene Worte gewidmet. Antonia willigt ein, etwas Getragenes auf dem Pianoforte zu spielen. Cousine Isabell, die eine heimliche, nur vor Antonia dargelegte Neigung zu Nikolaus hegt, spricht ihr Bedauern aus, dass eben jener nicht anwesend sei, um Antonia auf der Violine zu begleiten. Trotz aller Mühen, es zu vermeiden, muss die Unterhaltung ausgerechnet wieder bei Nikolaus landen! Antonia entgeht Vaters mahlender Unterkiefer nicht.

Weit nach Mitternacht begeben sich die Gäste zur Nachtruhe. Antonia, Tabletts mit Gläsern und Flaschen forträumend, wird vom

Vater in den Salon gerufen. Zunächst glaubt sie, er wolle ihr eine gute Nacht wünschen und sich der gelöschten Lampen versichern, doch dann verwickelt er sie doch noch in ein Gespräch, für das die Stunde eigentlich zu fortgeschritten ist. Das, was er sagt, braucht eine Weile, um in ihrem Kopf Platz zu finden.

»Er würde sonst durchfallen«, sagt er und tippt auf das Dokument, das beide soeben studiert haben. Ein Dokument, das nichts Geringeres ist als Balthasar Webers Französischzertifikat.

»Aber ich bin nicht stimmberechtigt, Vater«, insistiert sie, weil das, worum sie gebeten worden war, doch unerhört scheint.

»Weiß ich doch selbst! Aber es war Monsieur Gerards Einfall, weil Weber bei ihm so gute Fortschritte gezeigt hat. Es muss an de Daigners Art liegen, dass der Junge wieder eingebrochen ist.«

»*Einbrechen* würde ich es nicht nennen, sondern schwänzen.« Antonia nimmt das Zertifikat zur Hand und tut so, als lese sie die erteilten Noten abermals.

Ihr Vater hatte es ihr so erklärt: Monsieur Gerard gab Balthasar Weber zufriedenstellende siebzig Prozent, Monsieur de Daigner nicht einmal zehn. Eine unerklärliche Diskrepanz. »Das kann einfach nicht stimmen!« Einundfünfzig bräuchte Balthasar Weber, um das Semesterzeugnis zu erhalten. Kriegt er es nicht, würde er das Semester von vorn beginnen müssen. »Undenkbar, Toni. Ein Stipendiat kostet uns ein Vermögen! Und ein Stipendiat wird nicht durchfallen aufgrund der Lächerlichkeit wie …«

»Französisch«, ergänzt Antonia.

»Also, Toni, bitte, mach doch irgendwas!« Ihr Vater klingt verzweifelt. »Einundfünfzig Prozent!«

Antonia nimmt die Feder, die ihr Vater ihr reicht und lässt sie unschlüssig über dem Papier schweben. Sie rechnet in Windeseile, kalkuliert, überlegt und schreibt dann in die dritte Zeile jene fehlenden Prozent hin, die gemeinsam mit den anderen im Schnitt einundfünzig ergeben würden, jedoch mitnichten den Leistungen eines Balthasar Webers entsprechen und die sie ihm weder durch erzieherische Maßnahmen noch Betrug hatte entlocken können. »Danke Toni.«

»Geschenkt.«

Der Pastor macht es kurz, aber nett. Der Kranz wird niedergelegt. Es ist nicht schön, dass Nikolaus nicht dabei sein kann, findet Antonia und hält Vaters behandschuhte Hand. Er: sehr mitgenommen, Tante und Cousine schluchzen affektiert, so, als sei die Beerdigung erst heut und nicht vor einem Jahr gewesen. Der kleine Gedenkzug schreitet durch den Matsch der auftauenden Wege. Und hier, am Ende der Grabreihe wird Antonia eines relativ frischen Hügels gewahr, gekrönt von Kränzen und Blumenarrangements. Schlaff und müde wirkt die Schärpe, die man über ein provisorisch errichtetes Holzkreuz gelegt hat. Antonia kann deren Schriftzug im Vorbeigehen nicht entziffern. Lediglich die Nummer des Spruches merkt sie sich und schlägt zu Hause nach: *Durch den Glauben ward die Hure Rahab nicht verloren mit den Ungläubigen.*

Wie ungewöhnlich. Der Psalm auf der Schärpe verleiht dem Ganzen noch mehr Traurigkeit.

Nikolaus kehrt aus seinem Urlaub zurück. Antonia begleitet ihn zum Grab der Mutter, wo der Kranz in der Sonne badet. Es ist ein milder Apriltag. Der Vorbote auf einen herrlichen Frühling. Sie verlässt Nikolaus, damit er allein mit der Mutter sein kann, und legt in einem unbeobachteten Moment ein Bund Schneeglöckchen auf das Grab des fremden Mädchens mit dem Auszug aus dem Hebräerbrief.

In diesem Jahr, 1841, verbindet man den Semesterauftakt mit der Eröffnung des neuen Opernhauses, das Gottfried Semper vor drei Jahren im Entwurf vorgelegt hat. Die Akademiker und deren Ehegattinnen sind geladen. Die Studenten der Akademien und der Bauschule werden sich auf den Terrassen ein Stelldichein geben: bei warmen französischen Schaumwein, kalten Speisen und den teils fehlgeleiteten Tönen eines Quintetts.

Antonia kennt die Semesterauftakte. Doch im Unterschied zu den vergangenen Jahren, in denen sie sich während der langatmigen Abende die Beine in den Bauch gestanden und sich schrecklich gelangweilt hatte, würde sie dieses Jahr die Begleiterin des Professor Amundus' sein. Eine Aufgabe, auf die sie keiner vorbereitet hat.

»Aber nicht doch, Antonia!«, schlägt ihr Vater die Hände über dem Kopf zusammen, als sie sich nach der Mittagsruhe in seinem Arbeitszimmer blicken lässt. »Ich sagte, etwas Freundliches! Wir eröffnen ein neues Semester und ein neues Opernhaus, keinen Friedhof.«

»Mein Vater – wie immer taktvoll«, brummt sie und schaut an sich herunter. Der dunkelblaue Samt spiegelt genau ihr Gemüt wider.

Der Professor bleibt unwirsch. »Wie willst du mit dieser Farbe die Männer auf dich aufmerksam machen?« Antonia holt Luft, um gegen das eigennützige Vorhaben ihres Vaters zu protestieren, aber er lässt sie nicht zu Worte kommen. »Ich möchte dich in etwas Fröhlichem sehen, und zwar in diesem Kleid aus dem Konfektionskatalog. *La monde*.«

»*La mode*, Vater, wie *Mode*, nicht *Welt*!« Antonia macht kopfschüttelnd auf dem Absatz kehrt. »Dann kommen wir eben zu spät«, schwingt sie die Rosshaarkrinoline, die sich modisch betrachtet wieder durchsetzt, sodass man kaum mehr durch enge Räume gehen kann, ohne irgendwas mit sich zu reißen oder hängen zu bleiben. Antonia ruft Frau Gutzkow auf ihr Zimmer, damit sie ihr beim Umkleiden und Frisieren behilflich sei. Frau Gutzkow erkennt die Sachlage sofort und hilft Antonia aus dem Samtkleid, den steifen Reifrock lässt sie an, lediglich das Korsett wird noch fester gezogen, dass Antonia schwarz vor Augen wird.

Den Vater hört sie im Flur rufen, er schicke Nikolaus voraus und wolle selber draußen in der Sonne warten. »Sie werden wohl kaum ohne den Dekan anfangen«, hört sie ihn referieren, wobei ihm die zuschlagende Haustür das letzte Wort abschneidet.

Mit reichlicher Verspätung entsteigen sie der Lohnkutsche, die sie ans andere Elbufer gebracht hat. Antonias Sinne gelten den wärmenden Sonnenstrahlen und dem Duft nach Frühblühern, der sogar über den Fäkalgeruch am Elbufer hinweg wahrzunehmen ist. Und mit dem Sträußchen weißer Krokusse, das ihr Vater ihr am Kutschhof für ein paar Pfennige kauft, beweist er einmal mehr sein Ästhetikempfinden, denn es passt ausgesucht zu ihrem neuen Kleid. Frau Gutzkow, glücklich, Antonia endlich etwas anderes als

Affenschaukeln flechten zu dürfen, hat sich nach einem Jahr der Pause beinahe selbst übertroffen und das kastanienbraune Haar ihres Schützlings in der Mitte gescheitelt und an den Seiten zu hüpfenden Korkenzieherlocken gebrannt. Am Hinterkopf trägt Antonia einen kunstvollen, von einem Kissen gestärkten und von allerlei Schmuck besetzten Knoten, an dem Perlenschnüre bis auf ihren Nacken baumeln und sie dort kitzeln. Antonia hat sich von Frau Gutzkow überreden lassen, die Schatulle der Mutter nach den passenden Schmuckstücken zu durchstöbern. Die beinahe zugewachsenen Ohrlöcher schmerzen immer noch, aber nicht ihr Herz, auf dem das aus Bernsteinen gefädelte Collier liegt und ein besonders großer Stein zwischen ihren gehobenen Brüsten ruht.

Das Halstuch

Marthe hat ihn an diese Veranstaltung auf den Terrassen erinnert. Balthasar hätte es in seinem Montagstrott einfach vergessen, mit Giselle lieber Karten gespielt oder mit Klärchen geplaudert oder einfach nur stumm mit Friederike zusammengesessen oder lieber noch einmal die leidliche Diskussion mit Marthe bezüglich der English Overcoats geführt. Alles nur, um nicht zum Semesterauftakt zu müssen.

Die Pappschachtel mit der Handvoll Einzelpäckchen, übrigens, hat Marthe verbannt. Sie würde sie erst wieder herausholen, wenn sich alle Hurenhäuser an der Neuerung beteiligten oder wenigstens Balthasar selbst die Aufklärung der Herren vornähme. Doch die Herren sind heute nicht das Thema. Die befinden sich zur Stunde gemeinsam mit ihren Ehefrauen auf den Terrassen. Nur Balthasar kommt zu spät. Und das, obwohl die Mädchen seit dem Mittagessen mit der Frage beschäftigt sind, was Balthasar anziehen soll. Er sitzt auf dem roten Sofa im Salon und wartet ab, bis die Damen sich entschieden haben würden. Ein hellbrauner Anzug von Gustav, so gut wie neu, dem aber zu eng um die Hüfte, soll es sein. Was Marthe die allerneuste Mode und »terracotta« nennt, würde Balthasar mit »kackbraun« umschreiben, aber die Mädchen sind hin und weg von der Farbe. Klärchen gibt ihr Zimmer her, damit er sich umziehen kann. Die Mädchen amüsieren sich prächtig, der Dreiteiler sitzt und Balthasar will eigentlich endlich los, damit er umso schneller wieder zurück ist.

»Kannst du nicht mitkommen?«

»Nein.« Friederike streift seine Wange mit der Fingerspitze und wickelt den Binder gefühlte sieben Male um seinen Hals, bevor sie eine dreifache Schleife, mit in alle Richtungen gefächerten Schlaufen knotet. Jeden Handgriff führt sie so resolut aus, als wolle sie ihn strangulieren. »Du liegst uns seit Wochen in den Ohren, dass dir dein Nikolaus fehlt, also soll dieser Abend ihm gehören.« Der finale Ruck an der Schleife schnürt ihm den Kehlkopf ab.

»Danke.«

»Finger weg, Balthasar! Die Nadel muss rein!«

»Das ist zu eng, Rike.« Er kriegt zwischen seinen Hals und den Binder, in den Friederike nun auch noch diese lächerliche Ziernadel steckt, damit es noch besser hält, nicht einmal den Finger. Er wird ersticken, gleich. Mit Sicherheit.

Friederike tritt in die Reihe der anderen Mädchen und betrachtet ihr Werk.

»So, mein Schöner ...« Klärchen naht mit einem Zylinder, den sie wie eine Reliquie mit beiden Händen zwischen Daumen und Zeigefinger hält.

»Auf gar keinen Fall!«, wehrt Balthasar den Turm ab.

»Oh doch, Süßer. Der Zylinder muss!«, besteht Marthe. Und schon platziert Klärchen das gute Stück auf Balthasars Haupt.

Dann mustern sie ihn mit Kennermienen: »Kaum wiederzuerkennen!« – »Er sieht so gut aus!« – »So einen will man am liebsten gleich zu Bette reißen.«

»Ach ja? Nur habe ich heut leider keine Münze übrig. Nicht einmal für eine von euch.«

Schallendes Gekicher, als ob Balthasar jemals bei einem der Mädchen gewesen wäre! Nicht einmal bei Friederike, die ihn mehr als nur vage Andeutungen gemacht hat.

Den Zylinder lässt er mit Schwung aus dem Handgelenk auf die Chaiselongue flattern, woraufhin die Mädchen enttäuscht seufzen, setzt seine Revolutionärsmütze, wie Marthe das unförmige Ding mit dem Schirm vorne nennt, auf sein viel zu glatt gekämmtes Haar und kneift Friederike im Vorbeigehen in die Wange. »Bis heut Abend …«

Die Wohnungstür kaum im Schloss, entwirrt er die albernen Schleife mit der Nadel darin und stopft beides in seine Hosentasche. Seine erste Amtshandlung. Die zweite gilt seinem Kragen, den er öffnet und tief durchatmet. Die dritte seinem Haar, dessen straffes Band er lockert. Ein herrliches Gefühl, wenn der Schmerz nachlässt! Marthe hat darauf bestanden, ihm einen Neugroschen für die Droschke zuzustecken, aber Balthasar läuft lieber zum anderen Elbufer.

»Du siehst aus wie ein neuer Pfennig«, kommt Erdmann von Stukken strahlend auf Balthasar zu, der sich an der hinteren Reihe der Menschenmasse vorbeidrückt, damit seine Verspätung niemandem auffällt. »Der Alte redet sich um Kopf und Kragen.« Von Stukken deutet nach vorn, wo am Rednerpult Professor Amundus über das erfolgreich abgeschlossene Semester und die Vorsätze für das kommende fabuliert.

»Das ist Professor Amundus, Vater unserer Gouvernante im Französischen. Herr über das Anatomische Zeichnen, Kunsttheorie und Kunstgeschichte und der Dekan.«

»Verstehe. Vortrefflich, denn siehe: Je länger der Alte redet, desto länger steht sein zartes Töchterlein in der vorderen Reihe, was ein überaus willkommener Anblick ist, wenn du mich fragst.«

»Ach ja?« Balthasar kann kein Fräulein Amundus erblicken.

»Wo ist dein Binder?«

Balthasar kramt in der Hosentasche, drückt dem Möchtegerngrafen das zerknautschte Samttuch in die Hand und lässt ihn stehen, weil er endlich Nikolaus erspäht hat.

Gut sieht er aus. Wo auch immer er gesteckt hat, hat man ihm einen gesunden Teint verpasst und seine grünen Augen leuchten lebhaft. In dem Moment, da Nikolaus Balthasar entdeckt, wird dessen Lächeln so frisch, dass Balthasars Herz einen richtigen Freudensprung macht und ihm bewusst wird, wie sehr er seinen Freund vermisst hat.

Innige Umarmung, Klapse auf die Schultern. Balthasar macht sich los, um Nikolaus besser ansehen zu können. Tadellos sieht er aus. »Darf ich dir Erdmann von Stukken vorstellen?«

Von Stukken und Nikolaus reichen einander die Hände und Balthasar entgeht nicht, wie gründlich Nikolaus den anderen mustert. »Meine Schwester schrieb mir von Ihnen.«

Von Stukkens Miene erhellt sich. »Tatsächlich? Ich hoffe nur Gutes.«

»Ja. Der Musterschüler.«

Die Plauderei versandet. Von Stukken reckt den Hals nach einer Entdeckung, drückt Balthasar den Binder zurück in die Hand und wühlt sich durch die Menschenmassen nach vorn, wo die Reden gehalten werden.

Diesen Moment lassen Balthasar und Nikolaus auf sich wirken. Nikolaus bricht das Schweigen: »Wie findest du ihn?«

»Von Stukken? Keine Ahnung.« Balthasar mustert Nikolaus von der Seite. »Du bist doch nicht eifersüchtig?«, grinst er und legt Nikolaus den Arm um die Schulter, wobei er ihm den Binder in die Brusttasche schiebt und zur Sicherheit drauf klopft.

»Nur wachsam«, entgegnet der andere. »Aber wie du schon wieder rumläufst!« Nikolaus zückt das Tuch aus seiner Brusttasche und bindet es Balthasar um den Hals. »Bist du mit ihm befreundet?«

»Nein. … Herrgott, lass das!«, Balthasar wehrt Nikolaus' Gefummel ab.

Der aber lässt sich nicht abwimmeln, solange die Schleife nicht richtig sitzt, auch schnürt er sie nicht so eng wie Friederike es getan hat. Er befragt Balthasar über den Französischkurs und die Ferien und kommt, das merkt ein Blinder mit Krückstock, immer wieder auf Erdmann von Stukken zurück. Antonias Beschreibungen seien sehr einseitig gewesen. »Hättest mir ruhig schreiben können.«

»Du hast mir auch nicht geschrieben.«

Auf jenen Affront nickt Nikolaus und gibt pflichtschuldig einen Abriss seines Aufenthaltes in den Bergen wieder, während er sich sein Werk, das kunstvoll drapierte Halstuch besieht. »Haben wir eine Ehekrise?«

»Nicht doch, mein Herz.« Balthasar ist wirklich froh, Nikolaus wieder zurückzuhaben.

»Das wird nichts. Dies ist eindeutig nicht deine Farbe.« Nikolaus meint das gebundene Halstuch, steckt das Ding in die Tasche und beschließt etwas zum Trinken aufzutreiben, bevor er verdurste. »Außerdem sollen Toni und der Alte nicht sehen, dass ich mich versorge.« Nikolaus hebt den abgespreizten Daumen gegen den Mund. Eine unmissverständliche Geste und Balthasar fällt auf, dass er seit sechs Wochen kaum Alkohol getrunken hat.

»Stimmt es, du hast eine Menge vom Französischunterricht geschwänzt«, fragt Nikolaus und leert das eine der beiden Gläser, die er sich gesichert hat, in einem Zuge.

»Ja.« Sie sitzen auf der Palisade der Terrassen über der Elbe und schauen von Weitem dem Treiben vor der Akademie zu. Die Sonne spielt mit den grellen Farben der feinen Leute. Die ganze Stadt scheint auf den Beinen. Studenten und Bürger vermischen sich. So viel Putz sieht Balthasar für gewöhnlich nur auf der jährlichen Messe in Leipzig, und dort geht es schließlich um nichts anderes, als die neuen Stoffe zu präsentieren und zu verkaufen.

»Wieso?«

»Häusliche Probleme.« Balthasar merkt, dass er von Nikolaus angestarrt wird. Es braucht einen Moment, bis er den so schmerzlich zu formenden Namen aussprechen kann. »Lotte ist gestorben.«

Nikolaus' Blick versenkt sich in den von Balthasar. Er weiß von Lotusblüte und ihrer Krankheit. Ohne irgendetwas zu sagen, was den Schmerz sowieso nicht lindern würde, nimmt er ihn in den Arm.

Die Kapelle spielt einen Tusch, weil einer der Redner etwas Schlaues von sich gegeben hat. Balthasar und Nikolaus bleiben auf der Steinbrüstung und trinken Wein. Mit dem dritten Glas ist alles viel erträglicher. Die Sinne beschwingt, die Sonne wärmend, die Vögel zwitschernd und die Elbmöwen krakeelend, fühlt sich Balthasar neben Nikolaus endlich wieder vollständig.

Nikolaus dreht sich seitlich zum Fluss, legt die Beine auf das Mäuerchen und lehnt den Oberkörper gegen Balthasars Schulter, sodass eine Seite beinahe über dem Abgrund hängt. Sie unterhalten sich über die französische Komödie, dessen Anhänger Nikolaus seit Neuestem ist. Molière ist sein neuerliches Lieblingsthema. »Zwei Jahre war er verschwunden, keine Menschenseele weiß bis zum heutigen Tage, wo er war und was der in den zwei Jahren gemacht hat. So viel Mut hätte ich auch gern: alles hinter mir lassen, ohne Rücksicht auf alle anderen. Beneidenswert.«

»Aber mir würdest du sagen, wohin du abhaust, oder?«, fragt Balthasar eher scherzhaft, aber Nikolaus lässt ihn ziemlich lange auf eine Antwort warten. »Oder?« Balthasar ruckt mit dem Oberkörper, sodass Nikolaus beinahe das Gleichgewicht verliert. Er würde tief fallen und den Sturz wahrscheinlich nicht überleben.

»Ja doch.« Er lacht und umklammert die Palisade. »Du wärst der Einzige, dem ich verraten würde, wohin ich gehe und du müsstest Schweigen schwören.«

»Ich würde mitkommen, was denkst du denn?«

»Nein, du musst Muster malen, mein Freund, das ist deine Berufung.«

Balthasar denkt einen Moment darüber nach. Es erschüttert ihn: Selbst wenn er das Weite suchen wollte, würde er nicht fliehen können, weil die Existenz einer Firma und mehrerer Familien von ihm abhingen.

»Keine sehr pittoreske Erscheinung, die Sie da abgeben!«, schwappt eine sonore Stimme in seine Gedanken.

Balthasar und Nikolaus springen mit einem Satz von der Brüstung und stehen vor Professor Amundus stramm. Der schüttelt zur Begrüßung Balthasars Hand. »Wo ist Ihr Binder, junger Mann?«

»Ähm, den hat Nikolaus, Herr Professor«, erwidert Balthasar wahrheitsgemäß. Nikolaus neben ihm kichert verhalten.

»Bist du betrunken?«

»Nein, Vater.« Nikolaus ringt um Contenance.

»Wie viel Gläser hat er schon?«, wendet sich der Professor an Balthasar.

»Eins«, was nicht der Wahrheit entspricht, was der Professor weiß, aber er fragt nicht weiter nach. »Nun denn, Nik, du kümmerst dich um Toni, ja? Ich muss … ich muss weg.« Damit verduftet der Professor in Richtung Schaumweinausschank.

»Nik, was soll bloß aus dir werden«, kommt jetzt hinter der Gestalt des Professors eine zarte Stimme hervor und das dazugehörige Mädchen hakt sich lächelnd bei Nikolaus unter.

Balthasar schaut einmal, schaut zweimal. Und schluckt und ist verwirrt und wünschte, Nikolaus hätte das mit dem Binder hingekriegt.

Da steht sie, die er im schwarzen Kleid mit furchtbaren Affenschaukeln gewähnt hat. Und erst jetzt fällt ihm auf, weshalb Nikolaus so gottgleich strahlt: Das Schwarz, es ist fort. Fort von ihm, fort vom alten Amundus und fort von ihr. Ihre grünen Augen leuchten über ihr beigefarbenes, mit kleinen weißen Blüten besticktes Frühjahrskleid hinweg. Dies ist nicht Antonia Amundus in dem erdrückenden Schwarz. Dies ist eine Elfengestalt, ein Feenwesen mit anmutigen Gesten, einnehmendem Lächeln und leuchtenden Moosachataugen. Er will es nicht, er kämpft dagegen an, aber sein Blick gleitet willkürlich über die milchig weißen Schultern, von denen das Cape gerutscht ist und weiter nach vorn zum Ansatz ihrer Brüste, zwischen denen ein Bernstein sich mit ihren Atemzügen sacht hebt und senkt.

Das Elfenwesen spricht irgendwas, aber er kann ihm nicht folgen, ist völlig überfordert von so viel Anmut, mit der er nicht gerechnet hat. »Ähm … was?« Balthasar sucht bei Nikolaus neben sich nach der Antwort, die Antonia von ihm verlangt, aber Nikolaus gibt sich verständnislos.

»Ob Sie gerüstet sind fürs nächste Semester, fragte ich.«

»Äh … ich weiß nicht.« Balthasar, der nie um ein Wort verlegen war, bringt jetzt keinen tiefgründigen Satz heraus. »Sagen Sie's mir.«

Ihr bezauberndes Lächeln mit den kleinen Wangengrübchen wird ernst. Wie schade. Sie zuckt mit ihren nackten Schultern und weiß nicht, was sie damit anrichtet. Ihr Blick dringt tief in den seinen. »Das hoffe ich für Sie.«

»Danke«, aber sein Wort ist nur ein Flüstern und wird von Nikolaus' Begehr nach mehr Wein übertönt.

»Mademoiselle *Omündü*...«, sprudelt es nasal aus der Ferne.

»Oh nein, bitte nicht.« Balthasar beobachtet scheel Erdmann von Stukken, der mit wippender Haartolle zu ihnen herüberkommt.

»Hat er eben Amundus französisiert?«, Nikolaus ist ganz verdattert.

»Omündü, oder?«, grinst Balthasar und lässt seinem Zynismus freien Lauf: »Il n'est pas trés charmant, n'est-ce-pas?«

Antonias Augenbraue zuckt. »Haben Sie doch was gelernt? Ich fasse es nicht.« Sie, weil sie bemerkt, dass er sie anstarrt, lächelt ein bisschen und beobachtet den sich Nahenden. »Ja, er ist charmant, finde ich auch. Außerdem galant und sehr nett.« Letzteres sagt sie mit einem schnellen Blick zu Balthasar herüber.

»*Nett* ist genau das richtige Wort, mit dem Sie Erdmann von Stukken umschreiben können«, gibt Balthasar nicht ohne jenes Fünkchen Zynismus zurück.

Nikolaus biegt sich vor Lachen und kann sich eben noch zusammennehmen.

»Sie sehen bezaubernd aus, ma chère ...«, näselt von Stukken, bei den Dreien angelangt. »Die Farben tun Ihnen gut, wenn ich das so sagen darf ... Es ist gut, dass das schlimmste Gefühlswirrwarr überstanden ist, nicht wahr?«

»Gefühlswirrwarr?«, greift Balthasar ein, bevor das hier zu dumm wird. »Trauer, nennt man es, Erdmann!« Er hätte es nicht erwartet und doch huscht ein Lächeln in Antonias Mundwinkel, aber sie schaut nicht ihn, sondern den Gockel an.

»Hier sind ein paar Krapfen für euch.« Von Stukken drückt Balthasar die in Papier eingewickelten Quarkbällchen in die Hände und bietet dem Fräulein seinen Arm. »Wollen Sie mich in den Schatten begleiten? Sie haben Ihren Sonnenschirm vorn liegen lassen. Den könnten wir holen, bevor er Beine bekommt, hahaha!«

Balthasar und Nikolaus beobachten von Stukken und Antonia, wie sie davonflanieren. »Was war das? Hast du das auch gesehen?«

»Ja, der Kerl geht mit meiner Schwester stiften«, merkt Nikolaus mit vollem Munde an. »Hast du auch deinen Sonnenschirm irgendwo liegen lassen, Schätzchen?«, spöttelt er.

»Nein, aber wir können auch ohne verduften!« Balthasar ist ein bisschen sauer auf Erdmann von Stukken, könnte aber nicht sagen, weshalb. Das Elfenwesen bekommt er an diesem Nachmittag jedenfalls nicht mehr zu Gesicht.

Das Semester nimmt seinen gewohnten Anlauf. Die Studenten aus den Ferienkursen bekommen ihre Zeugnisse für das Vergangene. Erdmann von Stukken ist der neue Mittelpunkt in den Unterrichtssälen. Das kann Balthasar nur Recht sein, denn so ist endlich die Aufmerksamkeit von seiner Person abgelenkt. Erdmann tut sich mit allem hervor, was nicht niet- und nagelfest ist. Der Musterschüler glänzt wie ein Neugroschen und stellt zumindest im Fachlichen ein ernst zu nehmender Konkurrent für Balthasar dar.

Vom Unglück im Glück könnte Balthasar reden, wenn man bedenkt, dass er einen der begehrten Plätze in den Sprachkursen ergattert hat, aber leider in Monsieur de Daigners Kurs gelandet ist. Die bestehende Antipathie beruht auf Gegenseitigkeit. De Daigner vergisst nicht bei jeder sich bietenden Gelegenheit zu erwähnen, dass ein Balthasar Weber nicht seinetwegen den Kurs bestanden habe. Aber das alles tangiert Balthasar nur sekundär. Er paukt für das Polytechnikum, das seine Schrauben anzieht und zuweilen gar schmerzhafte Themen hervorbringt wie Differenzial- und Integralrechnung bei Professor Fischer.

Aber weniger der Unterricht beherrscht die Studenten der Akademie, sondern vielmehr der Frühlingsball, den Erdmann von Stukken ankündigt – mit dem er droht, wie es Balthasar empfindet, und wegen dem alle aus dem Häuschen sind. Alle, außer ihm, der gelobt hat, sich ein bisschen mehr um seine Studien zu kümmern als im vergangenen Semester.

Ein jeder macht sich zum Affen, um eingeladen zu werden; außer Balthasar. Der geht Erdmann von Stukken und einer Einladung aus dem Wege. Nützt aber alles nichts. Die Einladung steht, und er weiß, er muss sich bald etwas dringend am Tage des Balls zu Erledigendes einfallen lassen. Nikolaus ist ihm keine große Hilfe, denn der will unbedingt mit Balthasar auf diesen Ball.

Auf dem Heimweg von der Akademie geht er am Friedhof vorbei, legt bei Lotte eine kleine Blume ab und fragt zu Hause die Mädchen eines nach dem anderen, wer stets und immer wieder weiße Blüten dort hinterlässt. Keine der vier legt weiße Sträußchen auf das Grab. Marthe hat andere Sorgen als sich um weiße Blumen zu kümmern, denn das freie Zimmer ist immer noch frei.

»Der Unterschied ist doch«, doziert sie am Abendbrottisch, während sie ihren Schützlingen Suppe auftut, »dass meine Mädchen einen gewissen Ruf haben. Einen guten.«

»Ja?«, fällt ihr Balthasar ins Wort und nimmt ihr den gefüllten Suppenteller ab. »Du weißt, was deinen Ruf um einiges von dem anderer Häuser abheben könnte, Marthe.«

»Und du weißt, dass ich mit den Herren nicht die Tierdarmsache besprechen werde, meine Mädchen schon gar nicht. Das weißt du.« Aber Balthasar setzt zum Widerwort an, das Marthe ihm abschneidet. »Über die Tierdärme reden wir jetzt nicht! Ich esse.«

Giselle und Klärchen schenken einander amüsierte Blicke, Friederikes Augenbraue zuckt. Sie lässt sich aber nicht zu einem Kommentar herab.

»Und über die GESUNDHEIT?«, dringt Balthasar in die vier und betont jede Silbe klar und deutlich.

Marthe geht nicht darauf ein, sondern erzählt von dem Mädchen, das sich heute um das Zimmer beworben hat. »Allein das fettige Haar … was die sich denken?«

»Das hätte sie sich waschen können«, meint Klärchen mitleidig, »Vielleicht hätte sie Balthasar gefallen. Du hast doch gesagt, er hat das letzte Wort in der Sache.«

»Nein«, postuliert Marthe. »Das ist eine Frage der Einstellung. Wer sich hier ernsthafte Chancen ausmalt, kreuzt nicht mit fettigem Haar auf! Wir nehmen ja auch nicht jeden Kerl, oder?«

Künstliche Ruine und englischer Keks

Antonia putzt sich in ihrem Lieblingskleid aus hellgelber Seide, welche durch blütenweiße Spitze an den Bündchen abgesetzt ist; vorn geteilt. Darunter lugt ein karierter Stoff hervor, was gewagt, aber der letzte Schrei ist. Die Puffärmel bauschen voluminös, was sie so liebt und sie kann es nicht fassen, dass sie ein Jahr lang auf Farben und Formen verzichtet hat.

»Nik, schau!« Antonia lehnt sich aus dem Fenster der Mietkutsche.

Wie im Märchenbuch der Gebrüder Grimm leuchtet das Schloss der von Stukkens schneeweiß hinter den zart sprießenden Birkenschwingen hervor, während sich der Wagen der breiten Freitreppen nähert. Ihr Bruder hat wenig Sinn für den kurz geschnittenen Rasen vor dem Schloss. Er beobachtet die vornehmen Menschen, die im Park und Garten flanieren oder auf Decken unter schwerfälligen Baldachinen auf dem Rasen sitzen, aus geschliffenen Gläsern roten Wein trinken und sich von der Dienerschar Obst und Süßigkeiten reichen lassen. Ein Teich glitzert in der Nachmittagssonne.

»Da ist ja mein besonderer Ehrengast«, ruft Erdmann von Stukken über das Knirschen der Wagenräder auf dem gelben Kies hinweg.

»Na, mich meint er gewiss nicht«, murmelt Nikolaus. Antonia geniert sich ein bisschen, ein Ehrengast genannt zu werden, und vor allem so laut, dass es jeder hören kann. »Dass du uns die gute Partie nicht vermasselst, Toni«, greift Nikolaus nach ihrer Hand und sichert sich ihrer Zustimmung, bevor er den Wagen verlässt.

»Eine Einladung auf einen Ball macht keinen Heiratsantrag!«, entgegnet sie scharf, »außerdem sind alle eingeladen!«

Ihr wird von Erdmann von Stukken aus der Kutsche geholfen und er lässt ihre Hand, auf deren Handschuh er umständlich einen Kuss haucht, gar nicht mehr los, sondern hakt sie bei sich unter und schmeichelt ihrem Aufzug. So lässt sie sich zum Rasen führen, Nikolaus folgt in einigem Abstand, findet schnell Anschluss unter seinen Kommilitonen und in Antonias Ohr hallen seine scharfen Worte nach.

Die Sonne prasselt gnadenlos auf ihre bloßen Schultern. Nikolaus denkt nicht daran, ihr den Sonnenschirm zu reichen. Über das träge Zirpen einiger Mauersegler hinweg lässt Erdmann von Stukken eine Fülle unaussprechlicher Namen und verwirrender Adelsprädikate auf Antonia nierderregnen. Ein Wagnis, den Überblick zu behalten. Sie, Nikolaus und die meisten anderen Studenten vertreten hier die Bourgeoisie und bilden eher die Minderheit.

Von Stukken weicht ihr nicht von der Seite und verhilft Antonia zu einem Glas Wein und einem Sitzplatz am Wasser. Narziss an ihrer Seite muss aufpassen, nicht ins Wasser zu fallen, so häufig, wie er sein Spiegelbild und den Sitz seiner Tolle überprüft. Er referiert die Familienchronik, die angeblich bis ins Mittelalter zurückreicht. Und Antonia unterdrückt nicht nur einmal ein Gähnen, was von ihrem Bruder missgünstig beäugt wird. Nikolaus verfolgt sie wie ihr Schatten.

So vergehen die Stunden. Wenn ein Lächeln von Antonia erwartet wird, dann lächelt sie, wenn ein interessiertes Nachhaken von ihr gehört werden möchte, ja gut, dann fragt sie nach, um Erdmann von Stukken noch mehr Gelegenheit zu bieten, von sich zu reden. Bald ist sie über jedwede verwandtschaftlichen Verhältnisse seiner Gäste im Bilde. Sie erfährt alle Einzelheiten über den Stukken'schen Besitz, die Ländereien, die Stallungen, die Kunstwerke und die Spiele, denen er frönt. »Oh ja, insbesondere zum englischen Tennis muss ich Sie heute unbedingt noch einladen.«

»Fabelhaft«, sagt Antonia mit festgefrorenem Lächeln und hält Ausschau nach einem Fluchtweg. »Rhododendren!«, ruft sie aus. »Oh, lassen Sie uns die Rhododendren bewundern.«

»Nun, ich denke, die Blumen können warten. Wollen wir nicht lieber einen Blick zum Tennis-Turnier, das ich initiierte, werfen? Ich fürchte, ich bin bald wieder mit einer Partie an der Reihe. Sie dürfen mir zuschauen.«

In der Tat wird von Stukken schon sehnlichst erwartet und präsentiert sich wie eine Berühmtheit. Antonia versucht sich nicht anmerken zu lassen, dass sie sich zu Tode langweilt und schafft es in dem Moment, da ihr Bruder sich mit einem neuen Glas Wein versorgt, unbemerkt in den nahen Park zu huschen. Die Azaleen und Rhododendren stehen in praller Blüte und legen den Schleier ihres mildherben, fruchtigen Duftes über sie. Einen Moment der Entspannung gönnt Antonia sich, ein paar erholsame Atemzüge fernab vom gezierten Gehabe der Stukken'schen Gäste und lässt sich im Schutze von Weidenwedeln auf eine Steinbank nieder. Sie lauscht dem Vogelgesang, sinkt gegen die kühlende Steinlehne und so wird ihr Blick auf ein weißes Mauerstück, verborgen hinter Dickicht des künstlich angelegten Mischwaldes, frei.

Neugierig steht sie auf und folgt dem verschlungenen Pfad, der vom Park in jenes Wäldchen mündet, und hier bleibt sie abrupt vor einem seltsamen Gemäuer stehen. Die Steine scheinen nagelneu, doch die Form wirkt alt. Die fehlenden Mauersteine sind nicht etwa durch Verwitterung herausgebrochen, sondern absichtlich weggelassen worden. Bei genauerer Betrachtung stellt es wohl die brüchige Ostfassade einer gotischen Kirche dar, der angelegte Efeu ist noch so jung, dass er kaum einen Fuß hoch emporgeklettert ist.

»Erklären Sie mir das. Ich versteh's nicht.«

Antonia wirbelt zur Stimme herum, die sie erschreckt hat. »Ich wusste nicht, dass Sie hier sind.«

»Ich wollte Sie nicht erschrecken.«

Sie schüttelt hastig den Kopf, entschuldigt sich. Sie will ihn nicht stören, meint sie und ist drauf und dran, diesen seltsamen Ort zu verlassen, da bittet er sie, noch zu bleiben.

Balthasar Weber löst seine nonchalante Haltung und stößt sich von der Mauer ab. Er schaut zum unverglasten gotischen Fenster hinauf.

Antonia beobachtet ihn, wie er auf sie zukommt. Die Hände in den Taschen seiner weiten Leinenhosen. Haarsträhnen sind dem Zopf entwichen und wehen um sein schmales Gesicht. Er trägt keinen Rock, aber eine hellblaue Weste über dem Leinenhemd, unter dem sich seine schlanke Figur abzeichnet. Niemand außer ihm kann es sich erlauben, ungeplättetes Leinen auf einer Soiree zu tragen. Niemandem außer ihm würde man die Überzeugung, die hinter dieser Garderobe steckt, abkaufen. Sie lächelt verschmitzt, wirft ihren Blick aber auf den mickrigen Efeu.

»Was bedeutet es und wozu ist es da, um Himmels willen?«

Der Spott in seiner Stimme amüsiert sie. »Romantik nennt man das, Herr Weber. Gefällt es Ihnen nicht?« Sie kann nicht anders, als unverwandt zu lächeln.

Er zuckt die Achseln. Seine dunkelblauen Augen tasten die ordentlich gemauerte Fassade ab, als suche er die Lösung dieses Geheimnisses. »Es ist deprimierend.«

Antonia lacht auf und es fühlt sich an, als löse sich der von Erdmann gebundene Knoten von ihrer Brust. »Ja, ich fürchte, Sie haben recht. Schaurig, oder?«

Er lächelt, schaut aber nicht sie, sondern die absichtlich kaputt gebaute Fassade an. Die nach allen Seiten offene Kapelle versetzt den Besucher in tiefe Betrübnis, hohe ins Nichts ragende Mauern, halb eingestürzte Säulen auf ihren absichtlich ramponiert dargestellten Basen, geben dem Ganzen etwas Verlorenes.

»Aber wozu soll es gut sein?«

»Man soll sich klein und einsam fühlen und daran erinnert werden, dass man nur ein kleiner Teil im ganzen Gefüge ist.«

Er schnaubt verächtlich. »Daran muss ich nicht erinnert werden, Sie etwa?«

»Nein.«

»Erdmann von Stukken muss vielleicht daran erinnert werden.« In einem impertinenten Anflug nimmt er die Hände aus den Hosentaschen und verschränkt sie vor der Brust.

Antonia lacht abermals auf. »Ja.« Und schafft es, dass er ihr ein Lächeln schenkt.

»Armer kleiner reicher Junge.«

Sie zügelt ihr Lachen, weil sie nicht spotten möchte und kann doch nicht wiederstehen. »Womöglich halten sich die Stukkener mit diesem … diesem Kunstwerk selbst vor Augen, dass sie mit der Größe vergangener Tage nicht mithalten können.«

Wieder schenkt Balthasar ihr einen kleinen Augenaufschlag. »Vermutlich haben Sie recht. Erdmann von Stukken hat nichts als das *Von*.«

»Und Ruinen.« Irgendwie ist das tatsächlich deprimierend, genau wie es Balthasar gesagt hat.

»Vielleicht«, so fährt Balthasar Weber fort, »müssen diese Leute sich mit Altersspuren und dem Glanz vergangener Zeiten umgeben, weil sie nichts anderes haben. Vielleicht gibt es ihnen ein Gefühl von Bodenständigkeit und Unentbehrlichkeit.«

Antonia findet es schön, an seinen Gedanken teilhaben zu dürfen. Bisher hat er nie Zeugnis jener Genialität abglegt, derer er von den Professoren schuldig befunden wird.

»Indem die Reichen so etwas hier hinbauen, deuten sie vielleicht an, dass ihnen alles Menschenwerk unterworfen ist. Sie erfinden damit die Gotik neu. Ist das nicht anmaßend?« Balthasars Augen sind zu skeptischen Schlitzen verengt.

»Sie verwundern mich, Herr Weber.«

»Ja?«

»Ja, denn gegen genau diese Meinung musste sich Ihr Berufsstand vor ein paar Jahren behaupten. Haben Sie das vergessen?« Sie kann seinem fragenden Blick nicht standhalten, widmet sich der Betrachtung der künstlichen Ruine und ist froh, dass ihr ein Zitat einfällt: »›Denn sind es nicht gerade die kleinen Schmucksachen, denen wir dankbar sind, dass sie uns aus der Gegenwart entführen und in die eigene Vergangenheit zurückreisen oder uns die engen Grenzen des heimatlichen Horizonts überfliegen lassen …‹«

»Von wem ist das?«

»Von Ihrer Schwägerin.«

»Tatsächlich?«

»Ja, Luisa Treuentzien hat das in einem ihrer Aufsätze geschrieben. Nach der Sächsischen Verfassung war das gewesen, und nach der Firmengründung Ihres Bruders.«

Er erwidert zunächst einmal nichts, aber ist ganz offenbar beeindruckt von ihr. Das merkt sie. Sie lächelt vor sich hin, dann setzt sie ihren Spaziergang fort. Er begleitet sie durch das künstlerisch aufgebrochene Portal der Ruine und reicht ihr die Hand, damit sie nicht über den Absatz in das Kirchenschiff hinunter stolpert. Seine Berührung durchdringt sie bis ins Mark. Sie lässt ihr kleines Lächeln über die Mauer schweifen und merkt, wie sie von ihm beobachtet wird. »Wie von Stukken Sie hierher gekriegt hat, wüsste ich zu gern«, gesteht sie ihm.

Balthasar steht dicht vor ihr, schaut aber an ihr vorbei und zuckt die Achseln. »Ihr Bruder hat mich erpresst.«

Wieder lacht sie auf. Sie fühlt sich so frei in seiner Nähe, das hätte sie nie und nimmer für möglich gehalten. Aber, was es für eine erpresserische Intrige war, die Balthasar Weber hierher gebracht hat, erzählt er ihr nicht.

Der, über den sie gerade gesprochen haben, prescht durchs Unterholz wie ein vom Wolf gehetztes Reh. Ganz außer Atem beäugt er missmutig, wie seine Schwester und Balthasar da nebeneinander vor dem Altar stehen. »Ich suche dich überall! Verdammt! Was machst du hier?« Wen von beiden Nikolaus meint, kann Antonia abrupt nicht sagen. Ihr Bruder zwängt sich zwischen sie und Balthasar und schimpft vor sich hin. »Antonia, von Stukken wartet auf dich. Ihr ward zum Tennis verabredet. Was für eine Blamage!«

Antonia versucht sich zu entschuldigen, aber Nikolaus will gar nichts hören. Er fasst sie unsanft am Arm und führt sie aus der Ruine, Balthasar nebenher. Er und sie tauschen einen verschwörerischen Blick.

»Und du? Ich dachte schon, du bist doch nicht hergekommen!«, mault Nikolaus jetzt an Balthasar gerichtet. Dieser legt versöhnlich seinen Arm um die Schulter des anderen. Sie tauschen Blicke, die Antonia nicht zu deuten vermag. Als Nächstes wuschelt Balthasar ihrem Bruder versöhnlich über den Kopf. Nikolaus schmollt.

Antonia weiß, das eigentliche Donnerwetter auf ihr Verhalten wird noch über sie hereinbrechen. Ein erster Blitz des Gewitters, durchzuckt sie, als Nikolaus sie in einem unbeobachteten Moment barsch am Arm packt: »Ich will dich nicht noch einmal mit Balthasar allein sehen! Hast du mich verstanden?«

»Ich verstehe dich keineswegs, Nik, du bist ja rasend!«

»Nicht allein mit ihm, hörst du?« Nikolaus' Zeigefinger deutet kurz, aber unmissverständlich in Balthasars Richtung, sein Griff schneidet in ihr Fleisch.

»Du tust mir weh, Nik. Außerdem unterhalte ich mich, mit wem ich will!«

»Das glaube ich eher nicht.« Er lässt sie los und ruckt mit dem Kinn in Richtung von Stukkens. Der zeigt seine gepflegten Zähne hinter einem geprobten Lächeln und ruft Antonia lauthals zu sich heran. Balthasar setzt sich auf den blanken Rasen unter einen Rhododendron. Nikolaus folgt seinem Beispiel, lässt seine Schwester aber nicht aus den Augen.

Weil nichts anderes von ihr erwartet wird, gesellt sich Antonia zu Erdmann von Stukken auf den Platz und wird von der Cousine des Grafen in Beschlag genommen, um sich deren Version der Familienchronik anzuhören.

Zu Antonias unfassbarem Unglück kommt das Turnier in die Runde der gemischten Doppel und Erdmann von Stukken erwählt niemand Geringeren als sie zur Partnerin. Doch es mangelt an willigen Herren, die es sich trauen, gegen Erdmann von Stukken anzutreten. Und während ihr Tennispartner die Lustlosen versucht zu motivieren, hofft Antonia, es möge sich keiner finden, weil sie selbst keinen Sinn darin sieht, mit dem Schläger gegen eine Wollkugel zu schlagen. Ehe Antonia das Ganze richtig begreifen kann, sieht sie, wie sich Balthasar Weber vom freudestrahlenden Erdmann von Stukken einen Schläger übers Netz reichen lässt.

»Das machen wir mit Links, meine Liebe«, grinst von Stukken und Antonia weiß, welches Kalkül der sogenannte Edelherr an den Tag legt, einen Weber herauszufordern. Erdmann winkt hinüber, wo sich seine Cousine und Balthasar Weber die Hände schütteln. »Auf ein faires *Match.*«

»Was auch immer«, nickt Balthasar. Antonia bildet sich ein, ihn ihr zuzwinkern zu sehen. Ihr Gesicht glüht, als sie sich an von Stukkens Seite stellt und keine Ahnung hat, was als Nächstes zu tun ist.

Von Stukken schlägt auf. Wer sonst.

Die Freiin von Stukken ist hingerissen von ihrem Spielpartner und Antonias Laune verdüstert sich mit jedem Scherz, den die zwei jenseits des Netzes tauschen. Sie selbst kriegt nicht halb so viele Bälle, wie es Erdmann von Stukken für seinen Siegeszug benötigt. »*Contenance*, meine Liebe, immer mit der Ruhe, das packen wir schon«, ist, was Erdmann von Stukken mit mittlerweile weniger Zuversicht im Blick sagt.

Balthasar und seine Partnerin nehmen jeden Ball an, und kontern mit voller Wucht, was einen Erdmann von Stukken doch von Zeit zu Zeit überrascht.

Antonia und Erdmann verlieren haushoch, was sie nicht weiter stört, ihn aber in seiner Ehre kratzt. So jedenfalls guckt er, während er den Gewinnern die Hand reicht. »Wo hast du so verdammt gut spielen gelernt?«, mimt er den Beeindruckten.

Balthasar wischt sich mit dem Ärmel den Schweiß von Stirn und Schläfen, wo Haarsträhnen festkleben und drückt dem anderen den Schläger in die Hand. »Ich bin Weber, Mensch. Ich mach den lieben langen Tag nichts anderes, als mit einem großen Teil gegen ein kleines Teil zu schlagen.« Dies untermalt er mit einem Klaps auf Erdmanns Schulter. Die Freiin von Stukken ist so fasziniert von der Enttarnung ihres Spielpartners, dass sie sich munter plaudernd bei ihm unterhakt und ihn vom Spielfeld führt. Weit fort, wo Antonia Balthasar nicht mehr sehen kann.

Nikolaus ist zwar nicht sternhagelvoll, als sie nach Hause fahren, aber nüchtern auch nicht mehr. Antonia beobachtet ihn, der mit verbissener Miene aus dem Kutschenfenster schaut und kein Sterbenswort sagt.

»Was ist los?« Balthasar boxt ihn spielerisch in die Seite.

»Nichts.«

Balthasars ratloser Blick trifft auf Antonias. Die Öllampe im Kutschraum verglimmt allmählich, aber sie kann seine Augen dennoch funkeln sehen.

»Müde?«, versucht es Antonia bei ihrem Bruder, bekommt aber keine Antwort von ihm. »Also ich bin sterbensmüde.« Der Abend war in eine quälende Tanzveranstaltung gemündet. Erdmann von Stukken wich Antonia nicht von der Seite, deshalb drängte Antonia darauf, eher abzureisen und ihr Bruder überzeugte Balthasar davon, mit nach Dresden zurückzukehren, obwohl er zur Übernachtung auf dem Schloss eingeladen war. Die Vertrautheit zwischen Balthasar und Nikolaus rührt Antonia, mehr noch: Ein bisschen beneidet sie ihren Bruder um den Freund. Sie hätte auch gerne eine Freundin, mit der sie alles teilen könnte und von der sie auch ohne Worte verstanden würde.

Balthasar beobachtet ihren Bruder, bläst die Wangen auf und atmet gedehnt aus. »Das kann er tagelang. Zerberus, der Bewacher des Hölleneingangs. Das kann er …«

»Halt den Mund, Toni«, murmelt Nikolaus gegen die Fensterscheibe und weil es bedrohlich kling, schweigt sie lieber. Sie kennt Zerberus gut genug, um zu wissen, dass sie seinen krallenden Pfoten und gebleckten Zähnen besser aus dem Wege geht.

Weil sie sich Dresden von Norden her nähern, laden sie Balthasar als Erstes ab. Aus Rücksicht auf Antonia halten sie nicht vor seiner fragwürdigen Adresse, sondern am Bahnhof Pieschen. Nikolaus lässt es sich nicht nehmen, die Kutsche zu verlassen und ein vertrauliches Wort mit seinem Freund zu wechseln.

Durch die beschlagenen Scheiben sieht sie, dass sie sich in einen Streit und große Gesten steigern. Das Gewitter entlädt sich über Balthasar. Ihr Bruder, wie es seine Art nun einmal ist, dramatisiert, was Balthasar gewaltig auf die Nerven zu fallen scheint. Und dann, ganz plötzlich heitert sich der Himmel auf, denn Balthasar zieht Nikolaus zu sich heran und umarmt ihn, so als würden sie sich mindestens ein Jahr lang nicht mehr sehen.

»Du wirst ihn noch vergraulen mit deinen Launen«, ist das Einzige, was sie äußert, als Nikolaus wieder in der Kutsche sitzt. Sie schaukeln über das bucklige Kopfsteinpflaster von Altendresden. Er erwidert nichts, außer einem Schweigen gebietenden Blick.

Die Gewitterwolken hängen das ganze restliche Wochenende über ihnen. Und erst am Montag, als niemand Geringerer denn Erdmann von Stukken an der Türe ihres Elternhauses klopft, um sie auf einen Spaziergang einzuladen, hellt sich Nikolaus' Stimmung auf.

»Mit Freuden begleitet sie dich auf einen Spaziergang«, bestimmt ihr Bruder und lädt den Besucher ins Haus ein, wo er warten möge, bis Antonia und Frau Gutzkow, die als Anstandsdame mit muss, obwohl sie Wäsche waschen sollte, fertig sind. Es gibt keine Worte dafür, wie sehr Antonia mit ihrem Bruder hadert. Verraten und verscherbelt fühlt sie sich und ihre Hände zittern vor Wut, während sie sich die leichte Strohcapote mit dem feinen Rüschenbesatz auf den Kopf setzt.

Frau Gutzkow im Schlepp geht Antonia an von Stukkens Arm die Elbe entlang. Er führt sie in eines der Teehäuser, die nach englischer Mode wie Pilze aus dem Boden schießen. Frau Gutzkow wartet wie die übrigen Anstandsdamen in sicherer Entfernung und Antonia rechnet in Gedanken die Stunden, die ihr bleiben, die Wäsche fertig zu machen.

»… Antonia?«

»Pardon?« Was er sie gefragt hat, hat sie nicht mitbekommen.

Ob Sie sich vorstellen könne, aus diesem wunderbaren Nachmittag einen regelmäßigen Termin zu machen, wiederholt er seine Frage.

Antonia schluckt den Happen vom englischen Keks, den man in diesem Teehaus *Cake* nennt, hinunter. Trocken ist er, nicht halb so herzhaft und buttrig wie die Kekse, die sie macht. »Sie meinen *jeden* Montagnachmittag?«

Erdmann von Stukken strahlt übers ganze Gesicht. Antonia kann eben noch ihre behandschuhte Rechte vom Tischtuch ziehen, bevor Erdmanns Hand sich auf ihre legt. »Es ist unser Waschtag.«

»Oh, und wenn Sie den auf einen anderen Tag verlegen?«

»Das sollte mein Vater entscheiden.« Ob sie den Waschtag oder die Spaziergänge meint, ist ihr in dieser Stelle egal.

»Natürlich.« Erdmann sieht sich ermutigt, ihre Hand zu halten und eröffnet ihr den Entschluss, mit ihrem Bruder über die Sache zu sprechen, weil er und der Professor in einer doch so beruflichen Beziehung stehen.

Antonia, die überhaupt gar kein Mitspracherecht in dieser Sache hat, muss sich fügen und hoffen, Nikolaus würde sie in die Entscheidungsfindung einbeziehen, bevor er sie an Erdmann von Stukken verkauft: an jedem Montagnachmittag.

Dergleichen liegt ihm fern. Wie sich schon am folgenden Tag herausstellt. Ihr Bruder hört sich ihre Bedenken nicht einmal an. Der Montagnachmittag mit Erdmann von Stukken sei von nun an fester Bestandteil ihres Wochenplanes und die Wäsche solle sie an einem anderen Tag machen.

Gleich und doch so verschieden

Der Sommer rückt ihnen unaufhaltsam auf die Pelle.

Balthasar hat sich sagen lassen, dass er großes Glück mit seinem ersten Frühling in Dresden gehabt hat. Üblicherweise regnen sich die Wolken, die es über die Weinberge im Norden und die Ausläufer der Sächsischen Schweiz im Süden schaffen, unerbittlich über das Elbtal aus. Überschwemmungen sind jedes Jahr zu fürchten. Seit ein paar Jahren haben die Dresdner Glück. Das nächste schwere Hochwasser sei nur eine Frage der Zeit sagen alle.

Seit Erdmann von Stukkens Frühlingsfest hat sich Nikolaus von seiner Gekränktheit wieder erholt. Balthasar genießt die Stunden mit ihm und wenn sie nichts für die Akademie zu tun haben, verbringen die beiden die meisten Nachmittage an einem Tümpel nordwestlich von Pieschen, an dem sie zwar nicht angeln, aber zumindest schwimmen dürfen. Die Zeit mit Nikolaus ist gut. Und während die meisten Studenten ganz aus dem Häuschen wegen der Prüfungen und der bevorstehenden Jahresabschlussausstellung sind, geht an Balthasar die Aufregung vorüber.

Er und Nikolaus melden sich freiwillig für die Arbeit im Kuratorium, um schlimmere Ehrenämter gar nicht erst aufgebrummt zu bekommen und um keinen Ärger mit dem Akademischen Rat heraufzubeschwören. Jeder Student muss irgendeine Aufgabe übernehmen. Womit sie aber nicht gerechnet haben, ist, dass man sie beide ausgerechnet zum Rahmen der Drucke einteilen würde. Eine furchtbar anstrengende und nervenaufreibende Arbeit, die weder dem einen noch dem anderen besonders viel Vergnügen, aber jede Menge Überstunden bereitet.

Nächtelang stehen sie im Saal und schneiden mit Skalpellen Passepartouts aus schwerem Karton. Und wehe der Winkel der Schnittkante ist zu steil oder zu flach! Während Balthasar in mühevoller Kleinarbeit die Rahmen für die Drucke schneidet, übernimmt Nikolaus die nicht weniger wichtige Aufgabe, ihn zu unterhalten. Fehlt nur noch, dass er sich einen Polstersessel in den Saal bringen lässt, damit er es bequem hat beim Vorlesen und Deklarieren.

Die Art und Weise, wie Nikolaus seinem Ehrenamt nachgeht, macht Balthasar nichts aus, solange er die Gesprächsthemen bestimmen darf. So lässt er Nikolaus aus dem Lanzi, der *Geschichte der Malerei in Italien* vorlesen, was, wie Balthasar weiß, Nikolaus gewaltig langweilt. Balthasar ist schon immer der Vernunftbegabtere von beiden. Er zwingt Nikolaus zur Erledigung der Hausaufgaben, was jener widerwillig, mit wenig Ehrgeiz und schlechter Laune tut. Manchmal jedoch ist selbst Nikolaus von überraschendem Ehrgeiz gepackt und nötigt seinem Schützling Französischlektionen ab. »Das ist das Einzige, was ich dir beibringen kann, mein Guter.« Balthasar verzweifelt.

Den Französischkurs wird er wahrscheinlich nicht bestehen, aber einen weiteren Ferienkurs wird er nie und nimmer machen. Er muss unbedingt mit dem Dekan über diese Sache reden. Er will in den Ferien nach Hause fahren. Sein ganzes Sinnen ist auf die Aussicht gelenkt, bald die Sachen zu packen. Aber noch ist es nicht so weit. Ein paar Prüfungen stehen noch aus und auch die Jahresabschlussausstellung.

Wenn es regnet, sitzen er und Nikolaus gemeinsam im Oberstübchen, lassen eine laue Brise durch die kleine Dachluke wehen und trinken Wein, unterhalten sich über Nichtigkeiten oder über Nikolaus' Molière und die französische Tragödie oder über gar nichts.

Sie kommen auch unweigerlich auf Nikolaus' Schwester zu sprechen und dass Erdmann von Stukken neuerdings mit ihr spazieren geht.

»Spaziergänge, ja? Toll!«, spöttelt Balthasar. Von Nikolaus, der neben ihm auf dem Dielenboden sitzt, wird er einen Moment gemustert.

»Immerhin. Das ist ein gutes Zeichen.«

»Ein gutes Zeichen? Wofür? Erklär mir, was es in deinen Kreisen bedeutet, wenn ein Mädchen mit einem Kerl spazieren geht? In meiner Welt macht das kein Mann mit einer Frau, weil für solchen Quatsch keine Zeit ist.«

»Miteinander zu gehen bedeutet, sich kennenzulernen. Er ist eine gute Partie.«

»Du meinst zum Heiraten?«

Nikolaus wischt ihm eine Strähne aus dem Gesicht. »Ja, nun sag das nicht so, als sei es eine ansteckende Krankheit. Antonia kann froh sein, dass er Interesse an ihr anmeldet. Ihre Mitgift ist nicht viel. Alles, was sie hat, ist ein hübsches Gesicht, eine vorzeigbare Figur und eine ordentliche Erziehung. Und von Stukken hat das *Von* und das Schloss und ihm steht ein gewisses Erbe zu. So arm ist er nicht, wie du immer tust.«

»Entschuldigung. Bist du gereizt?«

Nikolaus legt seine Stirn in Falten. »Es ist die beste Partie, die eine Bourgeoise machen kann. Vielleicht kennst du das nicht.«

»Doch.« Mit arrangierten Ehen kennt sich Balthasar bestens aus. Ihm gefällt Nikolaus' Tonfall nicht, aber er hat Verständnis für ihn. Vielleicht sollte er Nikolaus, der momentan in einer delikaten Phase steckt, darüber aufklären, wie es sich anfühlt, als Weber einzig Webertöchter heiraten zu dürfen. »Meine Familie würde im Status steigen. Und wir wären aus dem Schneider«, sagt Nikolaus und nimmt einen kräftigen Zug aus der Flasche.

Balthasar betrachtet dessen Profil. Er kennt die Geschichte um die Schulden der Amundi. Einige Details hat Nikolaus in seiner Erzählung ausgelassen, die Balthasar mit genügend Verstand füllen kann. »Von Stukken *meldet* Interesse an, ja?«, schnaubt Balthasar und schüttelt den Kopf. »Schriftlich mit einem Formular?«

»Mach dich ruhig lustig. So ist das eben im Bürgertum, das zum Adel aufsteigen will.«

»Will es das?«

»Jawohl.«

Balthasar beobachtet seinen Freund, der seine Lippen mit dem Unterarm wischt. »Und was ist mir dir?« Er nimmt Nikolaus die Flasche ab.

»Gar nichts. Ich werde nie eine Frau begehren, nie! Und obendrein werde ich nicht heiraten!«

»Hört, hört«, prostet sich Balthasar zu. »Dann willst du also nicht mit einem Mädchen *gehen* und parlääää a fransäää?«, witzelt er und steigert sich in haltloses Lachen, weil Nikolaus gar so pikiert schaut. »Du und die Weiber, Nik, wirklich, ich seh' schwarz für dich.« Balthasar kriegt seinen Lachkrampf nicht in den Griff.

Nikolaus knufft ihn in den Oberarm und kippt ihn aus dem Schneidersitz. Die inzwischen geleerte Weinflasche kullert jodelnd unter die Dachschräge, doch Balthasar liegt auf den Dielen, hat schon Bauchschmerzen vom Lachen und kann sich nicht beruhigen, auch wenn Nikolaus das ganz und gar nicht so amüsant findet. Er rollt sich auf ihn, zwickt hier und stichelt da, aber das macht alles nur noch schlimmer. Balthasar kann einfach nicht aufhören zu lachen, weil vor seinem geistigen Auge immer wieder der geschniegelte, mit sich selbst völlig überforderte Nikolaus an der Seite einer pikierten Dame auftaucht. Gegen das Bild in Balthasars Kopf kann Nikolaus nun mal nichts ausrichten.

Und dann, ganz plötzlich, verstummt er, weil Nikolaus' grünes Funkeln ihn ganz durchdringt. Halb auf ihm liegend durchbohrt ihn sein Blick. »Was ist?«

»Gar nichts«, sagt Nikolaus mit belegter Stimme, sein Blick bleibt fest und Balthasar erschauert. Nikolaus' Gesicht nähert sich dem seinen, sehr, sehr dicht und schließlich berühren dessen Lippen die seinen. Ein vorsichtiger, prüfender Kuss, ein Kuss, der gewagt ist und mit dem Nikolaus alles aufs Spiel setzt.

Balthasars Kopf schnellt zurück, sodass er auf die Dielen schlägt. »Was soll das?« Er forscht in Nikolaus' neugierigem Blick, versucht sich unter Nikolaus hervorzuschieben, aber der drückt sich auf seine Brust und schaut ihn so seltsam an. Balthasar kann rein gar nichts gegen den neuerlichen Kuss ausrichten. Rein gar nichts. Und dieses Mal dreht Balthasar das Gesicht nicht weg, sondern erinnert des Nachmittags im Winter, als er Friederike geküsst und dabei nur an Nikolaus gedacht hatte, und so wird es ganz warm in seiner Brust. Balthasars Hände suchen Nikolaus' Haarschopf. Und wenn er eben noch vorgehabt hat, Nikolaus' Kopf hochzuziehen, damit er befreit ist aus dieser hochnotpeinlichen Lage, fahren seine Finger jetzt ganz leicht durch Nikolaus dunkelbraunes Haar.

So unentschlossen Balthasar mit einer vernunftbegabten Reaktion ist, so neugierig ist er auch auf das, was hier vor sich geht.

Nicht, dass es ihm an Offerten junger Damen je gemangelt hätte, ist dies hier etwas ganz anderes. Nikolaus ist immerhin ein Mann. Ein Mann! Ein gut aussehender Mann, in den sich Balthasar sicherlich schon längst verliebt hätte, wenn es sittlich gewesen wäre. Ist es aber nicht. Es ist unschicklich, unsauber, unanständig, einen Mann zu küssen, seine Finger im Haar eines Mannes zu vergraben, die andere Hand über seine Brust wandern zu lassen, die Hosenknöpfe zu öffnen.

Nikolaus ist ein exzellenter Küsser, so viel steht fest. Nicht, dass ein solcher Kuss mit dem einer Frau vergleichbar wäre. Er ist rauer, aber auch vorsichtiger, und was viel schwerer wiegt: Er ist verboten. Sein Keuchen findet Balthasar aufregend und er will zu gern wissen, wo all das hinführt. Nicht, dass er nicht die Naturgesetzmäßigkeiten dessen kennt, wohin solche Berührungen führen. Nein, er will vielmehr wissen, worauf diese Erfahrung im Allgemeinen abzielt. Zukünftig. Wie würde es sich anfühlen, morgen, übermorgen, demnächst? Nikolaus bäumt sich auf, erbebt und dann sinkt er ganz weich in Balthasars Arme, die Lippen an seinem Hals, rollt sich dann langsam von ihm herunter.

»Guter Gott!« Er fährt Balthasar durchs Haar, streicht über seine Wange und bleibt dann reglos neben ihm liegen.

Balthasar forscht in sich, überlegt und kann sich gegen ein Lächeln nicht erwehren. Er hebt den Arm, damit Nikolaus sich auf seine Schulter legen kann und schaut zur Dachluke hinauf. »Kein Sterbenswort, hörst du?«

Er spürt Nikolaus an seinem Hals nicken. »So viel zu deiner Frage. Ich werde nie eine Frau begehren.«

Vielleicht hat Balthasar es die ganze Zeit geahnt. Auf jeden Fall weiß er jetzt, was Friederike meinte, als sie ihm damals vorwarf »anders zu sein«. Aber so wie Nikolaus ist Balthasar nicht. Nach dem heutigen Abend kann er behaupten, vieles über sich nicht zu wissen, aber er weiß, dass er nicht »anders« ist. Er begehrt Frauen, so viel steht fest. Frauen und Nikolaus.

Sie sind jeden Tag zusammen. Besonders jetzt, da sie ihre Nachmittage nicht mehr am Teich, sondern im Johanneum am Jüdenhof, wo die Jahresabschlussausstellung hergerichtet wird, verbringen.

Die Druckgrafik ist fertig gerahmt und jetzt müssen alle Werke an die ausgesuchten Plätze gehängt, die Büsten und Skulpturen auf die Aufsteller positioniert werden.

Nikolaus und Balthasar erledigen jede Aufgabe gemeinsam und ergänzen ihre Handgriffe wortlos. Versucht einer, die beiden zu trennen, erlebt er sein blaues Wunder. Nikolaus' frühere Anhänglichkeit ist in bedingungslose Hingabe umgeschlagen. Aber nicht nur er, sondern auch Balthasar sucht Nikolaus' Nähe, so oft sich die Gelegenheit bietet. Seltene Gelegenheiten, zugegeben. Nur die Dunkel gewandete Nacht haben sie für sich. Die Nacht und all ihre Geheimnisse.

»Träumst du?«

Balthasar wirbelt herum. Er hat staunend vor einem der schlechtesten Gemälde verharrt, die er je gesehen hatte. »Wie hat es das bloß in die Ausstellung geschafft?«

»Keine Ahnung«, Nikolaus nimmt nicht wirklich Anteil an Balthasars Entdeckung. Bei sommerlicher Hitze hängen sie das furchtbar missglückte, überdimensionierte und schwere Bild an die Wand. Balthasar, dem der Schweiß die Schläfen herabrinnt, bemerkt, dass Nikolaus ihn unablässig beobachtet. Die paar Ellen Luft zwischen ihnen knistern und Nikolaus streckt seine Hand nach ihm aus und wischt ihm den Schweiß vom Gesicht. Ein Augenaufschlag, ein Blick, eine kleine Geste lässt ihn innehalten, in Nikolaus' grünen Augen versinken und er begreift, dass seine Gefühle für ihn keinen Bestand für die Ewigkeit haben können.

Wie um sich von solchen Gedanken abzulenken, wendet sich Balthasar ab und packt aus der Kiste das Messingschild, das den Künstler und den Titel des Schinkens ausweist. Und er lacht schrill auf. »Kunst kommt nicht von Können. Das steht fest.« Er dreht das Schild zu Nikolaus um.

Doch der findet das nicht witzig. »Erdmann von Stukken. Ja und?«

Balthasar schnaubt. Nikolaus reagiert auf alles, was mit Erdmann von Stukken zu tun hat, empfindlich, weil der doch mit seiner Schwester *geht*. Falsche Loyalität einem ungewissen Schwager in spe gegenüber. Balthasar stippt das Schild an, das jetzt unter dem

Ungetüm von Ölfarbenverschwendung hängt. Nikolaus reibt Daumen und Zeigefinger aneinander. »So hat er's in die Ausstellung geschafft. Ich sag dir doch, der ist nicht so arm, wie er tut!« Er grinst, Balthasar fährt ihm durch den Schopf. Dann machen sie, dass sie aus dem Johanneum verschwinden.

Der Bruder

Antonia findet, Nikolaus hat sich irgendwie verändert. Er benimmt sich seltsam. Seit einiger Zeit pfeift er Liedchen und lächelt versonnen vor sich hin und wechselt dreimal das Halstuch, bevor er das Haus verlässt. Sie wüsste gern, was mit ihm los ist.

»Wenn ich es nicht besser wüsste, würde ich behaupten, du hast dich verliebt.« Es ist später Montagnachmittag. Von Stukken hat sie eben zu Hause abgesetzt. »Armes Cousinchen, was Isabell wohl dazu sagen wird?« Antonia sammelt die im Zimmer ihres Bruders herumliegende Schmutzwäsche zusammen, was eigentlich nicht ihre Aufgabe ist. »Oder ist sie gar die Glückliche?«

»Isabell?«, lacht Niklaus auf, schaut aber nicht zu ihr herüber, weil ihn ein orangegrün gepunktetes Halstuch beschäftigt. Eine Zeichnung aus einem Modemagazin leitet zu Schlaufen und Windungen an. Es sieht abenteuerlich aus, wie er mit heraushängender Zunge die Zipfel in Schlaufen steckt. Das Ergebnis kleidet ihn. Alles Künstliche kleidet ihn. Er ist dafür gemacht. Nikolaus wirft sich den Ausgehrock über und schnappt sich seine Schultasche.

»Wieso nur bist du zu faul, deine Sachen selbst hinunter in die Waschküche zu bringen?« Nikolaus antwortet nicht. Der Waschtag ist, seit sie mit Erdmann von Stukken ausgehen muss, auf den Dienstag verlegt, was ihr aus vielerlei Gründen nicht gut passt. Vielleicht ist es auch egal, ob am Montag, Dienstag oder Mittwoch. Der Montag ist nicht mehr ihr Lieblingstag. »Du gehst noch einmal weg?«

»Ja, wir lernen noch für die Klausur morgen«, sagt er, ohne sie anzuschauen. Es ist die drittletzte Schulwoche. Die Studenten stehen unter Druck. Jeden Tag werden mündliche Prüfungen abgenommen und Klausuren geschrieben.

Wer *wir* ist, braucht sie nicht zu fragen. »Jetzt noch? In einer Stunde essen wir zu Abend.«

»Hab Vater um Erlaubnis gebeten. Ich esse mit Balthasar irgendwo. Bis dann …«, und verschwindet. Zurück bleibt Antonia nicht ohne hässlich aufkeimenden Neid. Sie will auch gern mit einer Freundin ausgehen, auswärts essen. Die Gänge mit Erdmann von Stukken sind kein Vergleich. Sie sind eine Qual für sie, weil er immer über sich, immer über die gleichen Belanglosigkeiten spricht.

Die Woche kriecht vor sich hin, Nikolaus ist kaum daheim, weil er mit Balthasar lernt. Vater bekommt sie kaum zu Gesicht, weil er die Klausuren korrigiert und in einem Fort irgendwelche Konferenzen abhält, schwierige Studenten betreffend, Wackelkandidaten, wie er sagt. Sie traut sich nicht zu fragen, ob Nikolaus einer davon ist. Von Stukken auf keinen Fall. Ihr Vater spricht in einer Tour von dessen Glanzleistungen. Und insbesondere von der Landschaft, die er in Öl gemalt und in die Ausstellung gegeben hat.

Am Tag der Ausstellungseröffnung hat Nikolaus besonders gute Laune.

»Du bist nicht nominiert. Was also hast du für einen Grund zum Trällern? Lass es bleiben, du hältst nicht einen Ton.«

»Das erste Schuljahr ist fast rum und ich lebe noch!« Ihr Bruder lacht. Er sieht umwerfend aus.

»Die Mädchen werden dir den Hof machen«, bestimmt sie und erntet einen verständnislosen Blick von ihm, dann stößt er mit Schwung aus der Hüfte die Schranktür zu und drückt Antonia seinen Rock in die Hand. »Hier, kannst du den nachher mitbringen? Ich treffe mich vorher noch mit Balthasar.«

»Wieso?«

»Weil es zu warm ist. Ich will ihn nicht den ganzen Nachmittag tragen.«

»Nein, ich meine, wieso triffst du dich mit dem Böhmen?«

»Nenn ihn nicht so, ja? Ich hole ihn ab, dann gehen wir was trinken oder auch nicht, keine Ahnung und kommen dann zur Galerie.«

Sie will protestieren. Sie ist schließlich nicht sein Garderobenständer, spart sich aber ihre Moralpredigten, außerdem ist er wie ein Wirbelwind aus dem Zimmer.

Erst am Nachmittag sieht sie ihren Bruder wieder im Johanneum am Jüdenhof. Er ist unwahrscheinlich frisch und gut gelaunt. Rechtzeitig zur Eröffnungsrede hilft Antonia ihm in den Rock, spürt Balthasar Webers Blicke auf sich. Und während der Eröffnung vom Akademischen Rat, weicht Antonia nicht von der Seite ihres Vaters, weil der Anstand es so will.

Üblicherweise wird nach den Eröffnungsreden der Besucherstrom durch die Ausstellung geführt und ein jeder darf seine Stimmen abgeben, die ausgezählt werden müssen. Und dann, später, werden die Preisträger bekannt gegeben. Ihr Vater ist verstimmt, weil Nikolaus weder Tante Theophine noch Cousine Isabell begrüßt und sich aus dem Staub gemacht hat. Während sich ihr Vater in Plaudereien mit Ehemaligen und Freunden zerstreut, nutzt Antonia die Gelegenheit, um nach ihrem Bruder zu suchen.

Draußen auf der Freitreppe wird sie von der Hitze beinahe erschlagen. Die Sonne und ihr Korsett vertragen sich nicht. Selbst von der Elbe weht kein Lüftchen herüber, die Möwen dümpeln träge und schweigend nahe dem Ufer im brackigen Wasser.

Einen Moment lang ist ihr ganz schummrig, sodass sie sich an der steinernen Brüstung festhalten muss. Sobald sie sich gefangen hat, lässt sie den Blick über den Platz schweifen. Im gegenüberliegenden Eck befindet sich der Türkenbrunnen und dort erspäht sie ihren Bruder und Balthasar Weber.

Antonia beobachtet beide Männer einen Moment. Nikolaus lacht über irgendwas, was der andere sagt, sucht den Körperkontakt, stupst ihn am Oberarm, zupft ihm am Rock, knufft ihn vor die Brust und sie beneidet ihn um diese enge Freundschaft. Aber das Gesicht ihres Bruders verfinstert sich, als er ihrer gewahr wird, da sie sich dem Brunnen nähert.

»Vater möchte dich sprechen.«

Nikolaus nickt und packt Balthasar am Handgelenk. »Na komm.«

»Ich denke«, insistiert Antonia, »Vater möchte dich allein sprechen, es geht um deine Tante und Cousine, die du noch nicht begrüßt hast, Nik.«

»Geh schon«, raunt Balthasar im Tonfall eines großen Bruders.

Nikolaus grummelt etwas Unverständliches, schaut dann unschlüssig zwischen ihr und seinem Freund hin und her, und stößt sich vom Brunnenrand ab. Ein glühend heißer Pfeil bohrt sich in ihr Herz und in ihrem Bauch kribbelt es nervös, als sie beobachtet, wie Nikolaus' Hand an Balthasars Handgelenk entlanggleitet, über dessen Finger fährt, sich einen kurzen Moment mit dessen Fingern verhakt und dann loslässt.

Während Nikolaus sich entfernt, stehen sie und Balthasar einander gegenüber. Er ist ganz ernst, taxiert sie und fesselt ihren Blick mit seinen kornblumenblauen Augen, sodass sie erschauert.

»Verletzen Sie meinen Bruder nicht. Er ist empfindlich.« Das sagt sie, obwohl sie nicht recht weiß, warum. Seine Augen verengen sich. Zu einer weiteren Regung lässt er sich nicht herab, stößt sich vom Brunnenrand ab und geht an ihr vorüber. Es erstaune ihn, sagt er, als sie sich ihm anschließt, in die Galerie zurückzugehen, dass sich jemand aus seiner Familie für Nikolaus interessiere. Eine gemeine Äußerung, findet Antonia, ein Vorwurf von einem Außenstehenden, der keine Ahnung hat. Doch sie kommt nicht dazu, ihrer kleinen Wut auf Balthasar Weber freien Lauf zu lassen. Er ist wie immer schlagfertiger als sie: »Wieso gehen Sie nicht einfach mit Erdmann Ambrosius Willibert von Stukken spazieren?«

»Ich wüsste nicht, was Sie das angeht.«

»Sie haben recht, es geht mich nichts an.«

»Genau.«

»Genau.«

Sie erreichen das Johanneum, stieben gemeinsam in den Saal und Antonia erhascht sogleich Nikolaus' teils prüfenden, teils missgünstigen Blick. »Was ist zwischen Ihnen und meinem Bruder?«, wagt sie in gedämpftem Ton und ohne den Mann anzusehen zu fragen.

»Wir sind Freunde.«

»Er ist glücklich.«

Balthasar Weber neben ihr sagt dazu gar nichts, sondern wartet des Anstandes halber, bis er von Antonia erlöst wird, indem sie sich zu ihrem Vater gesellt.

Die Preisträger werden weder kurz noch schmerzlos verkündet, sondern eingebettet in viele Worte, nicht ohne dass die Redner, allesamt Ehrenmitglieder des Akademischen Freundeskreises, versäumen, sich selbst zu beweihräuchern. Während der drittplatzierte Student froh und glücklich ist, den gut dotierten Preis ergattert zu haben, schmollt der zweite Platz, weil er nicht Erster geworden ist und der Erste scheint unglücklich, da er offenbar überhaupt nicht gewinnen wollte.

Antonia bewundert einmal mehr Balthasars Ungerührtheit alles Akademische betreffend. Der erste Platz scheint ihm eher hinderlich als hilfreich.

Am darauffolgenden Tag sucht Antonia das Gespräch mit ihrem Vater, von dem die Anspannung der vergangenen Wochen in Form von seliger Müdigkeit abfällt. Wie soll mit Nikolaus in den Sommerferien verfahren werden? »Dir ist doch nicht entgangen, Vater, dass er wieder trinkt und spielt?«

Der Professor nickt schwach, seufzt und nimmt den Zwicker von der Nase, wo sich schon tiefe Rillen eingegraben haben.

Antonia geht im Arbeitszimmer auf und ab, öffnet das Fenster, um es gleich wieder zu schließen, weil es draußen immer noch heißer ist als drinnen. »Nik sollte in den Ferien etwas Sinnvolles tun, findest du nicht? Sein Lernpate Balthasar Weber hat mit dem Auftrag derer von Pechern doch auch das Glück, etwas Sinnvolles zu tun. Nikolaus würde ihn nur stören, denke ich.« Sie bleibt vor Vaters Schreibtisch stehen. Der Professor nickt wieder nur.

»Was schlägst du vor?«

Weil er nichts antwortet, stellt Antonia, die den ganzen vergangenen Abend darüber nachgedacht hat, ihm also ihre Idee vor, indem sie das Papier mit den säuberlich notierten Fahrplänen und Ausschreibungen der Sommerakademien auf den Schreibtisch legt und langsam zum Vater hin schiebt. Er hört ihr aufmerksam zu, überfliegt das Geschriebene und nickt zustimmend.

Zwei Monate

Friederike mault, als Nikolaus den Kopf durch die Tür zum Oberstübchen schiebt. »Das kannst du vergessen, Nikolaus, das ist mein Abend.«

»Verzieh dich.«

»Benehmt euch, sonst fliegt ihr beide raus.« Balthasar hat die Nase gestrichen voll von den Streithähnen. Er kauert auf den von der Sonne aufgeheizten Dielen und sortiert seine Zeichnungen. Er muss eine Mappe zusammenstellen, die er mit zu seinen Mäzenen des ersten Preises wird nehmen müssen. Seine Förderer sind von schwerem Adel. Freiherren zu Pechern. Nördlich von Dresden besiedeln sie eine Schlossanlage, die einen neuen Anstrich bekommen soll. Für den Salon braucht es ein ausuferndes Tafelbild. Der erste Preis. Welch Glück bei den von Pechern!

»Liebe Friederike, würdest du bitte …, ich muss mit Balthasar etwas Dringendes besprechen«, hört Balthasar Nikolaus' schneidende Stimme.

Friederike schiebt ihren Hintern demonstrativ auf die kreisrunde Tischplatte und lässt ihr »Nein« genüsslich über ihre Lippen rollen.

Wie Balthasar seines Zeichens die Augen gen Himmel schickt, sieht keiner der beiden. »Können wir nicht zu dritt hier sein?«, murmelt er und sortiert die Zeichnungen mit der Pieschener Bevölkerung aus. Sicherlich interessieren sich die von Pechern nicht für das Pieschener Elend.

»Nein«, postuliert Nikolaus und stellt sich dicht vor Friederike, die amüsiert die Beine unter dem Sommerkleid mit dem steifen Rosshaarunterzeug spreizt. »Geh!«

Balthasar beobachtet entnervt, wie Friederike den anderen am Kragen packt und zu sich heranzieht, zwischen ihre Beine nimmt und einen gehauchten Kuss andeutet. »Nein.«

Nikolaus macht sich widerwillig von ihr los und holt etwas aus den Tiefen seiner Umhängetasche heraus. »Hier.« Diese kleine Silbe zittert, wobei er Balthasar ein zusammengefaltetes Stück Papier reicht.

Balthasar lässt von seiner Zettellage ab und entfaltet das Schreiben, heraus fällt eine Fahrkarte. Er überfliegt die Zeilen. »Rike, würdest du uns bitte entschuldigen?« Er sieht nicht zu ihr auf, hört sie aber beleidigt schnaufen, übertrieben laut vom Tisch herunterspringen und die Tür ins Schloss schlagen. »Was …« Balthasar hebt das Blatt Papier, weil er zwar ahnt, aber nicht wahrhaben will, was es zu bedeuten hat. Nikolaus setzt sich auf den Boden neben ihn, lehnt sich gegen das Sofa, genau wie Balthasar, und starrt vor sich hin. »Das hat mir mein Alter fürs Zeugnis geschenkt.«

Balthasar schaut sich wieder die Liste mit den vielen Zahlen und teils unaussprechlichen Ortsnamen an. Der letzte ist Florenz. »Du gehst nach Florenz?«

Jetzt brechen Nikolaus die Dämme. Er legt die Ellbogen auf die angewinkelten Knie und sein Gesicht in die Handflächen. »Der Alte verbannt mich zur Belohnung für zwei Monate nach Florenz. Studienreise.« Ein seinen Widerwillen untermauerndes Geräusch folgt. Dann hebt er den Blick hinauf zur Dachluke und Balthasar kann die Tränen auf dessen hübschem Gesicht glitzern sehen.

Er starrt das Billett an. Nikolaus würde bis Prag, von dort nach Wien und so weiter reisen und in sieben Tagen in Florenz ankommen. Morgen Abend geht sein Zug. Balthasar hebt den Arm. Nikolaus sinkt erschöpft gegen seine Brust und weint still vor sich hin. Balthasar streicht ihm gedankenverloren über den Schopf.

Friederike kriegt Balthasar heut nicht mehr zu Gesicht. Er und Nikolaus verlassen das Oberstübchen nicht. Sie liegen auf den aneinandergeschobenen Sofas, spielen Karten, Balthasar lässt Nikolaus gewinnen. Eng zusammengedrängt liegen sie da, der Kopf des einen auf der Schulter des anderen, starren die Decke an, reden kaum, brauchen die Nähe des anderen und beide überlegen, wie sie zwei Monate ohne den jeweils anderen zurechtkommen werden.

»Ist er weg?«, steckt Friederike am Vormittag des nächsten Tages den Kopf ins Oberstübchen, so als habe sie nichts anderes getan als darauf gelauert, dass Nikolaus verschwindet. Dass er nackt unter der dünnen Decke liegt, scheint sie zu erahnen, denn sie wirft ihm lediglich einen verstohlenen Blick zu. Sie erspart sich Kommentare darüber, seufzt aber über die Verschwendung, wie sie Balthasars

Orientierung nennt. »Nikolaus Amundus' Eifersüchteleien hängen mir zum Halse heraus!«

Balthasar schenkt ihr ein mattes Lächeln.

Mittels eines Schwungs aus der Hüfte, der ihre Korsage nebst Unterrock ins Morgenlicht rückt, wechselt sie das Thema. »Ich möchte dich zum Schloss von Dings begleiten, wenn du zum Malen da hinfährst.«

Balthasar gefällt es, wie sie mit den Staubflocken im Sonnenkegel herumwirbelt. »Ich nehm dich irgendwann mal mit als meine Assistentin«, entscheidet er.

»Ich war noch nie auf einem Schloss.« Friederike tanzt mit einem unsichtbaren Partner.

»Nein? Also ich gehe täglich bei irgendwelchen Schlössern ein und aus.« Er boxt das Kissen und setzt sich höher. Sie streift ihn mit einem überdrüssigen Augenaufschlag und lässt sich von ihm auf die Chaiselongue ziehen. Er legt seinen Arm um ihre Schulter, zieht sie dicht zu sich heran und hält sie ganz fest. Er ist ihr so dankbar, dass sie bei ihm ist. Ihm fehlt Nikolaus.

Gleich am nächsten Tag macht er sich auf den Weg zum Schloss derer von und zu Pechern.

Hier wird er von der Baronin wie das lange ersehnte Möbelstück empfangen, das nach endloser Fertigungszeit endlich geliefert wird: gemustert und für gut befunden. Man führt Balthasar in den Salon, den der Baron und seine Gemahlin mit einem Kunstwerk verschönern wollen. Es soll ein pompöses, überlebensgroßes Tafelgemälde werden, ach was! Kolossal soll es werden!

In der Motivwahl sei Balthasar recht frei, eröffnen die Freifrau und ihr Gatte, aber es dürfe auf keinen Fall etwas Christliches sein, schon gar nicht ein Interieur, keine Landschaft bitte und auf keinen Fall ein Stillleben. Aber das sei dem Künstler selbst überlassen. Und auf keinen Fall blau! Der Salon werde in den das Bild dominierenden Farben gestrichen, aber der Künstler möge sich von Blau fernhalten. Blau, so beteuert die Baronin, mache sie ganz wirr.

Also kein Blau. Wie wäre es mit einem mythologischen Thema beispielsweise? Könne er sich damit anfreunden?, fragt der Baron. Und wenn, dann, darauf besteht der Hausherr, dürfe es bloß nicht zu blutrünstig sein. Kein Blut also. Und um Gottes willen keine Tiere; höchstens ein schmuckes Pferd, aber nicht im Mittelgrund, es dürfe auch etwas Erotisches, sogar Amouröses sein, nicht obszön, sondern elegant, geheimnisvoll und auf jeden Fall der Rede wert, denn immerhin werde hier die créme de la créme ein- und ausgehen, wenn der neue Salon eröffnet werde. Die Eröffnung soll zur Frühjahrssaison stattfinden, er habe also sehr viel Zeit. Balthasar rechnet hin und her, weil er das Kalkulieren mit und gegen die Zeit von Kindesbeinen an gelernt hat. Die Zeit ist schon sein ganzes Leben lang sein ärgster Feind. Es würde knapp werden, in einem halben Jahr, in dem er obendrein studieren muss, so ein riesiges Bild fertig zu kriegen. Eigentlich nicht zu schaffen. Aber mit *eigentlich nicht zu schaffen* haben seine Leute und er auch so ihre Erfahrungen gemacht und geschafft haben sie bisher alles, und wenn sie bis an den Rand der Erschöpfung gegangen waren.

»Das neue Bild soll Eindruck machen!«, klatscht die Baronin in die Hände und holt Balthasar aus seiner Kalkulation in die Gegenwart zurück. Er wartet mit seinen Notizen, bis das Paar sich geeinigt haben würde, aber dazu kommt es an diesem Nachmittag nicht mehr. Und Balthasar fertigt, während der Freiherr sich gegen Mischwesen wie Zentauren und Satyrn ausspricht und die Freifrau hingegen schon das ein oder andere mythologische Wesen auf ihrem Wandbild sehen wollen würde, ein paar schnelle kleine Skizzen an.

Balthasar verspricht, beim nächsten Mal mit ein paar Kompositionen wiederzukommen. Auch will er nicht die Auflistung der Material- und Fahrtkosten vergessen und verspricht sich selbst, großzügig aufzurunden.

So verbringt Balthasar die heißen Sommertage am Tümpel, an dem er mit Nikolaus so viel Zeit verbracht hat und von dem bislang kein Sterbenswörtchen eingetroffen ist. Keine Zeile. Nichts. Balthasar hadert in der ersten Woche noch mit Nikolaus, in der zweiten wächst ein kleiner Groll in ihm. In der dritten hat er schon so viel mit dem Auftrag um die Ohren, dass er keine Zeit hat, über einen Brief von Nikolaus nachzugrübeln.

Der Juli ist vorüber, der August angebrochen, da erhält Balthasar endlich einen Brief, aber nicht von Nikolaus, mit dem er insgeheim abrechnet, sondern von seiner Schwägerin Luisa. In ihrem Schreiben erinnert sie ihn an die Leipziger Textilmesse, die sie jedes Jahr besucht. So oft es Balthasars Einfallsreichtum erlaubte, konnte er sich davor drücken, sie zu begleiten. Auch sein Bruder Caspar, Luisas Ehemann, ist kein Freund der Menschenmassen und so buhlt Luisa jedes Jahr aufs Neue um einen Begleiter zur Messe.

Es ist ein entsetzlich heißer Tag, zu heiß für den Ausflug an den Teich, obwohl die Erfrischung lockt. Es ist so heiß, dass selbst die Vögel mit Zwitschern innehalten, das Tröten der Dampfloks vom Bahnhof her krächzend und trocken herüberklingt, die Schritte im Treppenhaus müde schlurfen, die Geräusche aus Marthes Wohnung kraftloser wirken, die Luft nach dem Staub der Gassen schmeckt und dem Gustav die Schänke überläuft, weil es die Leute dürstet. Er zieht die Preise ordentlich an, außer für Balthasar und die Mädchen aus dem Haus.

Friederike sitzt wie so oft bei Balthasar. Einen Becher lauwarmes Bier in der Hand. Durch die Dachluke dringt kein Lüftchen. Die Türen, die Fenster stehen sperrangelweit auf, aber die Luft stockt.

»Das wird doch nichts, Balthasar«, seufzt sie und Balthasar schaut von seiner Zeichnung zu ihr hinauf. Im Abendlicht glänzt der Schweiß auf ihrem Dekolleté und betont den Ansatz ihrer Brüste, der über den Rand des Unterkleides lugt. Das Überkleid trägt hier keiner bei der Hitze und man überlegt sich zweimal, das Haus zu verlassen, wofür man die schweren Lagen Stoff tragen müsste. Schlimmer aber als die Hitze ist der Gestank. Selbst die Schweine, die jetzt durch die Gassen der Vororte getrieben werden, um die Hausabfälle zu vertilgen, ekeln sich vor den verfaulenden, von Fliegen besiedelten Bergen. Die Innenstadt wird durch die Straßenbesprengung rein gehalten und das, was aus der Residenzstadt ausgespült wird, verhakt sich hier, stromabwärts, vor den Gehöften in den Vororten.

Balthasar schaut wieder auf die Menschengruppe, die er an einem Teich, ähnlich dem, an dem er üblicherweise schwimmen geht, gezeichnet hat. Eine schwierige Komposition, mit der er den ganzen Nachmittag schon das Papier auf der Vorder- und der Rückseite zerzeichnet hat. Er lässt das Zeichenbrett und den Kohlestift auf die Dielen rutschen, auf denen er kauert und lehnt sich an die Chaiselongue, legt den Kopf in den Nacken auf die Sitzfläche und schließt die Augen. Es ist zum Verzweifeln.

Er fährt einmal wöchentlich zu den von Pechern, um neue Entwürfe vorzulegen, doch an allem finden die Freiherren etwas auszusetzen und nun fängt auch noch Friederike, die von diesen Dingen keine Ahnung hat, damit an, seine Arbeit zu kritisieren. Er schenkt seiner Zeichnung jetzt einen verärgerten Blick. Friederike hat ja recht: Da steckt nicht viel Leben drin, keine Spannung, keine Harmonie.

Friederike sitzt auf dem Schemel unter der Dachluke und trinkt genüsslich ihr Bier. »Es ist weder erotisch noch amourös oder elegant«, witzelte sie. Und Balthasar weiß, was sie meint. Er hat ihr von den Eigenheiten und Sonderwünschen der Freiherrlichen erzählt. Er grinst, nimmt die Zeichnung, zerknüllt sie und befördert sie hinter sich, wo hinter der Chaiselongue ein Papierbehälter steht, und wo Dutzende Entwürfe geendet haben.

Balthasar lässt den Kopf auf das angewinkelte Knie sinken, starrt auf ein neues jungfräulich weißes Blatt Papier, verharrt, überlegt, überlegt, überlegt. »Ich bin leer«, murmelt er. »Da ist nichts mehr.«

»Zumindest«, erwidert Friederike, »hast du es im Winter schön warm, wenn das so weiter geht. Dann dürfte das Dach gut gedämmt sein. Immerhin.« Sie meint den sündhaft teuren Papierhaufen hinter der Chaiselongue, den er sich nur erlaubt, weil seine Mäzene wirklich großzügig die Münzen für das Arbeitsmaterial springen lassen. Balthasar lächelt vor sich hin, schaut aber unverwandt auf das Papier, setzt dann den Kohlegriffel an und beginnt von vorn: der Tümpel, die Menschen davor und, kaum dass er die Konturen gesetzt hat, hält er inne und kann es nicht fassen, dass es schon wieder falsch wird: ohne Liebreiz, ohne Anmut, ohne irgendwas. Das Kinn auf das Knie gestützt, starrt er durch die Skizze. Ihm fällt nicht auf, was nicht stimmt.

»Wenn du es so machen willst, wie es die Freifrau sich wünscht, musst du sie ausziehen.«

»Was?« Balthasar schaut jetzt Friederike an. »Wen? Die Freifrau?«

Friederike lacht ihr glockenklares Lachen. »Oh ja, das hätte sie bestimmt gern.« Sie kichert und reckt ihren Hals Richtung Dachluke, von wo sie sich eine Erfrischung erhofft. Dann aber schaut sie wieder auf Balthasar herab. »Nein, du Dummerchen.« Mit ihrem Bier prostet sie den steifen, zugeknöpften Figuren zu, die auf der Staffelei, auf dem Tisch, auf dem Sofa, überall anmutig, aber anständig gezeichnet herumliegen.

Länger kann Friederike nicht bleiben, weil Marthe von unten ruft. Kundschaft. Sie seufzt, springt vom Schemel und lässt Balthasar allein mit seiner Aufgabe.

Ein paar Tage lang probiert Balthasar, seine Figuren neu zu positionieren: drei Stehende, zwei Sitzende und andersherum. Manchmal geht er im Botanischen Garten spazieren, um Grünzeug zu skizzieren. Die exotischen Pflanzen könnten vielleicht das Mystische, was sich die Pechern'sche wünscht, ausmachen. Er findet die Pflanzen sterbenslangweilig, sitzt am Fuße einer Erle im Schatten, zeichnet die feinen Herrschaften, die ihre neueste Garderobe ausführen, entdeckt ein paar brauchbare Details. Er beginnt mit Pastellen, sogar Farbstudien, aber der zündende Gedanke läuft ihm nicht über den Weg.

Stattdessen Antonia Amundus in der Armbeuge von niemand Geringerem als Erdmann von Stukken. Balthasar weiß, wenn er sich von dem Baum, unter dem er sitzt und zeichnet, entfernt, entdecken sie ihn gewiss. Er legt keinen Wert auf ihre Begegnung, aber wie von selbst, wie von fremder Hand gesteuert, fliegen seine Finger über das Papier und zeichnen Antonia Amundus, die er schon hundertmal gezeichnet hat.

»Balthasar Weber«, jauchzt Erdmann von Stukken, als sie auf dem Sandweg an ihm vorüberflanieren. »Immer auf der Suche nach einem guten Motiv?«, deutet von Stukken auf Balthasars Skizzenbuch und strahlt wie ein Honigkuchenpferd. Er genießt es, in Begleitung von Antonia Amundus gesehen zu werden.

»So ist es.« Balthasars einigermaßen gelungene Erziehung nötigt ihm ab, seinen Posten zu verlassen und hinüber auf den Weg zu gehen, um die beiden zu begrüßen. Er deutet vor Antonia eine Verneigung an und fragt sie dann nach dem ehrenwerten Befinden von Bruder und Vater.

»Vater geht es gut, danke«, nickt Antonia und ihr Blick wandert unsicher zwischen Balthasars Augen und dem zugeklappten Skizzenbuch in seiner Hand hin und her, sucht Halt an einer prächtig blühenden Staude am Wegesrand und Balthasar würde um den Auftrag derer von Pechern wetten, dass es Antonia Amundus unangenehm ist, sich in der Begleitung von Erdmann von Stukken ertappen zu lassen.

»Nikolaus schickt Vater regelmäßig seine Abhandlungen, Vater spricht selbstverständlich nicht mit mir über diese Dinge. Was weiß ich schon über Giottos Fresken?« Ihre Augenbraue zuckt, sie schaut weder von Stukken noch Balthasar an, sondern neigt sich zu einer Irisblüte, um ihren Duft einzuatmen. »Jedenfalls«, so richtet sie sich wieder auf, »wenn persönliche Notizen dabei gewesen wären, ein Gruß, oder sonst was, hätte Vater es mir mitgeteilt, ist aber nicht der Fall.« Sie zuckt die Achseln, dann schaut sie Balthasar herausfordernd an. »Ihm geht es gut, dort, wo er ist. Er vermisst uns nicht.«

Balthasar nickt und verengt achtsam seine Augen, um sich jede ihrer Regungen zu merken. »Sicher. So wird es sein.«

»Ja, andernfalls hätte er sich schon längst jammernd und klagend bei uns gemeldet, wie es eben seine Art ist. Aber wir wollen nicht schlecht von ihm reden, nicht wahr?«

»Nein.« Balthasar bannt ihren Blick. Da steckt so viel mehr drin, als sie verlauten lässt.

Leider kann er ihr Mienenspiel nicht weiter ergründen, weil von Stukken ungeduldig mit den Hufen scharrt und ihren Arm in seiner Beuge wohl verwahrt hält. »Wollen wir?«

Balthasar schaut teils verblüfft, teils amüsiert hinter ihnen her, und dann hat er eine Eingebung, die ihn wie eine warme Woge ausfüllt und kribbelt wie die Luftbläschen im Frischgezapften. Dieser Aufregung folgend, poltert er ins Bordell und holt Friederike aus dem Bett, was sie noch vor dem Mittag überhaupt nicht gern mag. Aber gerade jetzt fällt das Licht vortrefflich durch die Dachluke oben im Stübchen und das muss Balthasar nutzen! Ungeduldig mahnt er das Mädchen zur Eile. Lediglich mit dem Nachthemd bekleidet, folgt sie ihm hinauf.

Er schiebt das Kanapee unter die Dachluke und deutet mit der Hand darauf. »Ich kann dir nicht viel zahlen, aber …«

Sie schnalzt mit der Zunge und lächelt vor sich hin. »Vielleicht mach ich dir einen Sonderpreis, mein Herz.« Sie lässt das Nachthemd auf den Polstern bauschen, während sie sich lasziv hinsetzt.

»Ähm.« Balthasar tritt von einem Bein auf das andere. »Nein, also … das meine ich nicht.«

Friederike blinzelt affektiert und lächelt unverwandt. »Warum eigentlich nicht?«

Balthasar ist jetzt derjenige, der verblüfft dreinschaut, ihr aber eine Antwort schuldig bleibt. »Ich wollte dich fragen, ob du … also …« Er kommt ins Stottern. Dann deutet er auf sein Skizzenbuch. »Ob du nicht für mich Modell stehen könntest.«

»Stehen? Ich würde viel lieber liegen.« Sie kokettiert jetzt und legt sich in die Polster, dass Balthasar noch heißer wird. Er fährt sich über die Augen, um seine Gedanken zu sortierten. »Ich meine so, wie du neulich gesagt hast.«

Jetzt blitzt hinter Friederike die Erkenntnis des Gedankens auf und sie lächelt so lieblich, als habe er ihren heimlichsten Wunsch erfüllt.

Sie steht wieder vom Kanapee auf und alles Belustigende zwischen ihnen ist verraucht. Ernst taxiert sie mit ihrem grauen Blick den seinen und lässt langsam, ganz langsam das leichte Leinen von ihren Schultern gleiten. »Und wie willst du mich haben?«

Weil er sich nicht regt in Anbetracht des vollkommensten aller Frauenkörper, die er je nackt gesehen hat, räuspert sie sich. Balthasar braucht einen Moment, bis er gestikuliert, wie sich Friederike hinzulegen hat und sie ist ein geduldiges Modell. Ihr goldenes Haar fließt über den Rücken, den sie in einer S-Kurve biegt, ihre weichen Hüften, die schmale Taille, bedeckt die dunklen Höfe ihrer prallen Brüste, schmeichelt den schlanken Armen; die Fingerspitzen streifen die muskulösen Schenkel und deuten verheißungsvoll auf das Dreieck, das ihr Geheimnis verhüllt.

Balthasar hat keinen Tropfen Spucke im Mund, mahnt seinen Blick auf das Papier und beginnt mit Friederikes Füßen, damit er einen klaren Kopf bekommt. Er scheut sich, sich ihr zu nähern. Er scheut sich, sie zu berühren. Er gibt knappe Anweisungen, wie sie sich zu positionieren hat, und erkennt schon nach den ersten Skizzen, dass sie recht hatte.

In den folgenden Tagen zeichnet er Friederike in verschiedenen Posen. Er zeichnet sie als stehendes Rückenstück, im verlorenen Profil, zeichnet sie auf dem Boden kniend, mit geneigtem Kopf, dann wieder auf dem Kanapee sitzend mit erhobenen Armen, die ihr Gesicht verbergen. Nie zeichnet er ihr Gesicht, obwohl die Verlockung groß ist, dieses vollkommene Antlitz wiederzugeben. Niemand soll sie jemals erkennen.

Es sind ruhige Stunden, sinnliche Stunden. Balthasar vergisst, während er Friederike zeichnet, wie sehr ihn Nikolaus kränkt, indem er sich nicht meldet. Er vergisst ihn nicht, Nikolaus ist immer in seinen Gedanken, auch wenn Balthasar das nicht will. Er kriegt ihn nicht aus dem Kopf. Aber der Groll gegen ihn weicht einem angenehmeren Gefühl von Genugtuung, während er das schöne Mädchen zeichnet, das Nikolaus nicht leiden kann und auf das er immer eifersüchtig war. Sollte er doch einen Grund haben!

Jeden Mittag kommt Friederike ins Oberstübchen; am frühen Abend verlässt sie die kleine stickige Dachkammer, um ihre eigene Arbeit zu tun. Jeden Nachmittag zeichnet Balthasar sie und beginnt bald die verschiedenen Friederikes zu einer Gesamtkompositum einer Fünfergruppe zu arrangieren. Er ist stets sehr konzentriert, aber eines Nachmittags, Ende der Ferien, bringt er keinen Strich zuwege, sondern schaut Friederike nur an, schaut sie an und seine Augen bohren sich in ihren steingrauen Blick, ein Blick, der vielleicht erwartungsvoll und verschüchtert wirkt. So viel Ungeahntes steckt in ihrem Augenaufschlag, so vieles, das sie schon im Winter am Tümpel in Gesellschaft des eingefrorenen Frosches hatte sagen wollen. Balthasar schiebt das Zeichenbrett von seinem Schoß, erhebt sich langsam von der Chaiselongue und stellt sich dicht vor sie, lässt seine Finger an ihren marmornen Armen entlanggleiten, hört sie seufzen, die Lider niederschlagen, fühlt sie erschauern, atmet ihren herben Duft ein und begehrt sie mit seinem Kuss wie keinen anderen Menschen zuvor, verliert sich an ihr Beben, ihre Leidenschaft und ihre Verheißung.

Bezahlung nimmt Friederike lediglich für das Modellstehen und das English Overcoat ist eine gar nützliche Erfindung.

Ende August begibt sich Balthasar auf die Mustermesse nach Dresden. Er wird eine Woche bleiben, das Semester wird ohne ihn beginnen, Nikolaus wird auf ihn warten müssen.

Das zweite Jahr

*

Antonia und Nikolaus

Profit

Balthasar kauert auf dem Boden und richtet sich auch nicht auf, als sich die Tür zu seinem Oberstübchen öffnet. Seine ganze Aufmerksamkeit ist auf die Komposition zu seinen Füßen geheftet. Die Hitze hier oben entspräche der Schwüle seiner Landschaftsdarstellung. Er ist dabei, seine Nymphen, wie er die Akte von Friederike nennt, in eine Landschaft einzufügen. Einige Farbstudien in Öl hat er auf lavierten Karton angefertigt. Da Blautöne verboten sind, muss er seinen Tümpel auf eine Waldlichtung platzieren, das Wasser würde das Grün der Bäume spiegeln. Kein Himmel, nichts Blaues.

»Würdest du die Tür zumachen? Es zieht«, murmelt er und lauscht auf das Schlagen der Tür.

Der, der da bei der Tür steht, rührt sich nicht, aber Balthasar erkennt Nikolaus' Silhouette, seine Haltung die Note seines Schweißes unter Hunderten. Nikolaus' Schritte nähern sich. Eine Weile steht er hinter Balthasar, schaut ihm über die Schulter. Balthasar hat sich zwei Monate lang überlegt, wie ihr Wiedersehen sein würde. Jetzt hat er keine Lust mehr, Nikolaus wiederzusehen.

»Es ist großartig.«

»Ist es nicht. Was willst du?«

Stille.

Balthasar erkennt aus den Augenwinkeln, wie sich Nikolaus neben ihn kauert. Er schaut nicht die Studie auf dem Boden an, sondern in Balthasars Profil. »Es tut mir leid.«

»Vergiss es.«

Wieder aus den Augenwinkeln sieht er, dass sich Nikolaus durchs Haar fährt. »Ich wollte dir schreiben jeden Tag …«

»Ich sagte, vergiss es. Geh mir aus dem Licht bitte.«

Nikolaus erhebt sich und streunt in der kleinen Kammer umher, besieht sich die vielen Skizzen und Notizen.

Jetzt, da die Spannung zwischen ihnen unerträglich geworden ist, dreht sich Balthasar zu ihm um. Nikolaus sieht nach zwei Monaten Italien verändert aus. Seine Kleider stinken vor Geld. Er lässt sich einen Vollbart stehen. Balthasar erhebt sich aus der Hocke, wischt seine Finger an einem Lappen sauber, den Schweiß von den Schläfen. Durchs Dachfenster weht kein Lüftchen. Er lehnt sich gegen die den Raum teilende Esse. Er weiß, dass Nikolaus diese Stille nicht lange aushält. Stumme Vorwürfe kann er nicht ertragen. Er behält recht: Nikolaus wirbelt herum, die Hände ratsuchend erhoben. »Ich weiß, ich bin eine treulose Tomate, Balthasar, aber du darfst mich nicht abstrafen.«

»Sag schon.« Balthasar kennt ihn zu gut, als dass er Nikolaus' fehlende Post mit purer Faulheit erklären könnte. Es bedarf keines Wortes; so sehr Nikolaus bemüht ist, seinem Blick auszuweichen, weiß Balthasar Bescheid. Die Erkenntnis sticht in der Brust, aber es ist nichts im Vergleich zu dem Schmerz, den er die ersten Ferienwochen über verspürt hat. Vergleichsweise abgebrüht schaut er Nikolaus jetzt zu. Dessen Blick irrt in der Kammer umher, ohne Halt zu finden. Dann schaut er ihn wieder so ratsuchend an und zuckt die Achseln. »Wirst du ihn wiedersehen?«, fragt Balthasar ihn.

Nikolaus schluckt, fährt sich über die Augen, wo er sich vielleicht eine Träne verdrückt. Balthasar lässt die späte Reue kalt. Nikolaus schüttelt den Kopf.

»Hat er dich ausgehalten?«, deutet Balthasar mit dem Drecklappen auf Nikolaus' feine Garderobe.

»So ist das nicht gewesen … lass mich das erklären, bitte.«

Balthasar hebt abwehrend die Hand. Er will nichts über Nikolaus' florentinische Abenteuer wissen, beileibe nicht. Er schnappt sich die angebrochene Weinflasche, die am Fuße der Chaiselongue steht und prostet Nikolaus zu: »Willkommen daheim, mein Schatz.« Sein Zynismus ist nicht zu überhören.

Nikolaus nickt bitter, nimmt die Flasche, die Balthasar ihm reicht und trinkt einen kräftigen Schluck, von Balthasar nicht aus den Augen gelassen. Er hat nicht vor, um den heißen Brei zu reden und ist froh, dass Nikolaus' Umtriebe ihm ein Geständnis leicht machen. »Ich hab mit Friederike geschlafen.«

Nik verzieht angewidert das Gesicht. »Musste das sein?«

»Ja. Ich würde sagen, wir sind quitt.«

»Und? Bezahlst du sie dafür?«

Balthasar schüttelt knapp den Kopf. »Nein, wieso?« Er beobachtet, während er die Weinflasche von ihm entgegennimmt, wie Nikolaus hin- und hergerissen ist zwischen Ekel und Eifersucht. Er wiegt seine gekränkte Eitelkeit mit dem eigenen Vergehen auf. Eine Weile sagt keiner von beiden etwas.

Nikolaus ergreift schließlich das Wort. »Ich weiß, ich kann es nicht wiedergutmachen.«

»Erspar uns das, bitte.«

»Nein, Balthasar, hör zu. Das mit Fabricio …«

»FABRICIO«, stößt Balthasar verächtlich hervor, »Oh bitte!«, und ertränkt seine in Anbetracht des Wort gewordenen Fehltrittes aufsteigende Wut mit Wein.

»Er bedeutet mir nichts.«

»Na, lass den Ärmsten das mal nicht wissen«, lacht Balthasar schnaubend auf. Noch nie hätte er einen Menschen so gern geschlagen wie Nikolaus jetzt in diesem Moment. Und ihm wird bewusst, wie sehr er an ihm hängt, wie sehr er verletzt ist und wie sehr er sich wünscht, diese abenteuerliche Geschichte zwischen ihm und Nikolaus sei nie passiert. »Wie weit gingst du mit ihm?«

Nikolaus' Schweigen und der umherirrende Blick sind Antwort genug. Balthasar schüttelt verächtlich den Kopf.

»Und diese Hure?«, ereifert sich Nikolaus jetzt im Bemühen, seinen Hals aus der Schlinge zu ziehen.

»Die kam, nachdem du dich entschieden hast, dich zwei Monate lang nicht zu melden.«

Das hängt einen Moment zwischen ihnen.

»Liebst du sie?«, näselt Nikolaus zwischen den hinuntergeschluckten Tränen hervor, womit Balthasar nicht gerechnet hat. »Ich liebe dich so sehr, Balthasar, weißt du? Liebst du sie?«

Er stutzt. Vielleicht wäre jetzt Zeit, sich mit ihm auszusöhnen, ihn in die Arme zu nehmen. Aber nein. Balthasars Wut und seine Enttäuschung sind zu groß. Wenn er in den vergangenen Wochen etwas gelernt hat, dann, dass er Treue und klare Verhältnisse braucht. So klar wie das Arrangement zwischen ihm und Friederike. »Nein.« Nein, er liebt Friederike nicht. Er mag sie sehr, sie bringt ihn zum Lachen, sie unterhält ihn, sie ist ihm Gesellschaft und Muse, er begehrt sie, aber er liebt sie nicht. »Nein.«

Balthasar kauert sich wieder vor seine Arbeit und setzt den Kohlestift aufs Papier, von Nikolaus noch einen Moment beobachtet. Bald aber sieht der ein, dass es nichts mehr hinzuzufügen gibt und wendet sich zum Gehen. »Bis Montag.«

»Nein, Nik«, seufzt Balthasar, »Ich muss zur Messe nach Leipzig. Danke der Nachfrage.«

Am Augenaufschlag, den beide tauschen, erkennt Balthasar, dass im anderen etwas zusammenzubrechen scheint. Nikolaus geht, zurück bleibt Leere.

Es ist gut, mit Schwägerin Luisa zusammenzusitzen, sich die Neuigkeiten von zu Hause anzuhören, aber es ist doch eben etwas anderes als daheim zu sein. Sie sitzen im Salon, der die beiden Zimmer in ihrer Leipziger Pension miteinander verbindet und besprechen alles Alte und Neue, was sie noch nicht auf der dreistündigen Zugfahrt beredet haben. Die alternde Magd Bettine wieselt hierhin und dorthin, um Luisa alle Annehmlichkeiten zu bereiten. So sehr Balthasar auch froh ist, seine Schwägerin wiederzusehen, so belanglos erscheinen ihm die Angelegenheiten von Zuhause.

Tagsüber kriecht die Messe in gähnender Langeweile an Balthasar vorüber, abends ist es noch schlimmer. Vor seinem inneren Auge spukt der letzte Augenblick, den Nikolaus ihm geschenkt hat; diese

Mischung aus Trauer und Enttäuschung. Balthasar ist mit jedem Gedanken bei ihm. Die Gegenwart nimmt er lediglich wie durch einen Schleier wahr.

Luisa, die ihn so gut kennt, dringt in ihn, aber Balthasar mag sich ihr nicht mitteilen. »Mädchen?«

Balthasar nickt, weil es das Einfachste ist.

Als dann am Wochenende Nikolaus' Vater auf der Messe anreist, ist es für ihn kaum auszuhalten: dieses endlose Gerede über Kunst, Damaste, Fabrikation und so weiter. Balthasar hängt das alles zum Halse heraus.

Am Montag nach der Messe sieht Balthasar Nikolaus im Unterricht wieder – *Zeichnen von Gipsabgüssen von Antiken* bei Blochmann. Balthasar begrüßt Nikolaus mit einem informellen Kopfnicken, setzt sich nicht neben ihn, lässt sich von den Professoren berieseln. Es ist ihm gleichgültig, dass die anderen eine Woche weiter sind. Es interessiert ihn nicht.

»Habt ihr Streit?«, schleimt sich Erdmann von Stukken in der Mittagspause sensationsheischend an Balthasars Seite. Der sitzt auf der Treppe vor der Akademie und zeichnet die Elbe, die in der Septembersonne silbern glitzert, genauso wie er sie vor einem Jahr gezeichnet hat, aber dieses Mal ist die Zeichnung viel überlegter und reifer.

»Hat Nik dich geschickt?«

»Nein, wo denkst du hin.«

Aber er lügt, das hört Balthasar ganz eindeutig. Erdmann von Stukken, geplagt von unbändiger Neugier, schaut dem anderen einen Moment über die Schultern. »Ich frag mich nur …«

»Da ist nichts, was du dich fragen müsstest.« Balthasar beobachtet das eiskalte Glitzern der Wogen und das fallende Laub.

So vergehen die Tage und die Wochen.

Das verhasste Französisch ist sein Kreuz. Der Auftrag für die Freifrau von Pechern genauso. Das Leben gefällt ihm nicht und er erwägt einmal mehr, das Studium hinzuschmeißen und als Damastweber nach Hause zu kehren, ohne Mustermalerlizens, aber immerhin als Damastweber in seine geordnete Welt, wo alles geregelt ist.

Natürlich wiegen sein Verantwortungsgefühl und die Schuldigkeit gegenüber seiner Familie mehr als sein Kummer. Natürlich bleibt er, quält sich durch die Französischlektionen und geht Nikolaus aus dem Wege, so weit das eben möglich ist.

Seine Abende verbringt er mit Friederike.

Er zeichnet sie. Manchmal schläft er mit ihr, aber er denkt dabei niemals an Nikolaus. Das versagt er sich. Seine Zeit mit Friederike trennt er strikt von den Erinnerungen an die Zeit mit Nikolaus und sehnt sich danach, sie mit jemandem ganz anderen zu verbringen. Er beobachtet seine Gefühle für Friederike. Nein, er liebt sie nicht. Das hat nichts mit ihrem Broterwerb zu tun, dessen ist er sich sicher. Es hat mit ihrer Unbedarftheit zu tun. Sie geht so leichthin durchs Leben. Sie kann nichts und niemanden ernst nehmen. In seinem Leben aber ist alles ernst. Alles hatte eine tiefere Bewandtnis.

In ihrer Gesellschaft ist das Leben erträglich und leicht. Aber sie ist anspruchsvoll und nicht leicht zufriedenzustellen. Sie ist sinnlich, nicht aber vulgär, selbstbewusst und in erotischen Momenten dominant. Manchmal hat er das Gefühl, dass ihn und Friederike ein Wettbewerb auf rein körperlicher Ebene verbindet, ein auf Lust reduziertes Zusammensein, ohne Schnörkel und Versprechen und selbst, wenn er ihr Versprechungen machen wollte, sie würde ihm nicht glauben, sie würde ihm nie vertrauen. Niemandem, außer sich selbst wird Friederike vertrauen und dieses Recht wird Balthasar ihr niemals absprechen, aber dieser Umstand erlaubt eben keine bedingungslose Liebe.

Balthasar macht es sich zur Angewohnheit, in der Bibliothek zu arbeiten. Hier stehen ihm so viele Bücher zur Verfügung, ohne die er im anspruchsvoller werdenden Studium nicht mehr zurecht kommt. Und auch die dicken Wörterbücher für die Sprachen findet er hier. Die verhassten Sprachen. Sie langweilen ihn zu Tode.

Als er wieder einmal über seinen Aufzeichnungen eingeschlafen ist und durch die Stundenglocke aufwacht, wird er Zeuge eines Wunders: Seine Hausaufgaben haben sich selbst erledigt. Sehr trefflich, aber leider hat er keine Ahnung, wie dies vonstatten gegangen ist und ob er sich den Betrug gönnen kann. Irgendwer hat sich einen Spaß mit ihm erlaubt, na schön, aber er kann sich die korrigierte Berichtigung nicht aneignen. Das kann er nicht machen, oder doch? Er muss darüber nachdenken, lässt die letzte Unterrichtsstunde über sich ergehen und kommt später am Abend noch einmal zu seinem Arbeitsplatz in der Bibliothek. Das Blatt mit dem korrigierten Lemartin liegt noch da. *Vous ferez du profit!* (Das Wort Profit kennt er, das Lieblingswort der Fabrikanten zu Hause.)

Nun gut. Er steckt den Zettel ein, schreibt die Hausaufgabe zu Hause noch einmal ab – nicht ohne sein Quäntchen Fehlerpunkte hineinzufabrizieren – und ergattert von de Daigner einundfünfzig Prozent, die er braucht, um zu bestehen. Mehr maßt er sich nicht an und mehr wären auch nicht glaubwürdig.

Das geht so verblüffend einfach, dass Balthasar die nächste leidlich erledigte Hausaufgabe ebenfalls auf dem Tisch in der Bibliothek liegen lässt, einfach um zu sehen, ob sich das Wunder wiederholt. Denn genau genommen hat er andere Sorgen als Französischhausaufgaben. Er braucht eindeutig mehr Zeit für das Pechern'sche Gemälde und weil er so viel Zeit dafür aufwendet, kommt er mit dem Studium gar nicht mehr richtig hinterher.

In diesem Semester hält *Studien des Faltenwurfes nach dem drapierten Gliedermann* Einzug in den Stundenplan der Zweitklässler. Außerdem hätte Balthasar zu Beginn des Semesters ein weiteres Fach wählen müssen. Zur Auswahl standen architektonisches Zeichnen, Schriftzeichnen, Zeichnen der Antikenstatuen in der königlich-sächsischen Galerie und die Schwarze Kunst. Weil Balthasar erstens zum Semesterbeginn in Leipzig gewesen ist und zweitens solche Einschreibungen sowieso meist vergisst, rutschte er automatisch in die Schwarze Kunst, die von den Studenten im Allgemeinen nicht gern belegt wird.

Die Druckwerkstatt liegt im Souterrain, unweit der Bibliothek. Balthasars halbe Woche spielt sich im Keller ab. Damit hat er kein Problem. Es macht ihm nichts aus. Außerdem sind es nur zwei Kommilitonen, die sich, ihm gleich, einen Vormittag lang die Hände schmutzig machen und die komplizierten chemischen Vorgänge der verschiedenen druckgrafischen Verfahren lernen. Da sich Balthasar sowieso mit den Ölfarben des Pechern'schen Gemäldes dreckig macht, ist ihm die Druckerschwärze gleichgültig.

Des Weiteren geht die zweite Klasse einmal pro Woche in die königliche Galerie um *Studien der Menschlichen Gipsabdrücke* anzufertigen. In die Galerie dürfen die Studenten nur in Begleitung des Professors oder, um die Hausaufgaben zu erledigen, mit Passierschein. Hier läuft er leider meistens Nikolaus über den Weg, dem genau wie Balthasar immer noch die Angewohnheit eigen ist, die Aufgaben auf den letzten Pfiff zu erledigen. So sieht man sie im Ausstellungsraum an ihren Staffeleien stehen oder mit dem Zeichenbrett, je nach Aufgabe. Aus den Augenwinkeln beobachten sie einander, bemühen sich, ins Gespräch zu kommen, was oft damit endet, dass Nikolaus sentimental wird, und, weil Balthasar nicht empfänglich dafür ist, resigniert die halb fertigen Hausaufgabe in die Tasche stopft und beinahe heulend – auf jeden Fall mit Tränen in den Augen – die Galerie verlässt.

Der Oktober ist beinahe vorüber und Nikolaus benimmt sich immer noch mimosenhaft. Zu keinem rationalen Gedanken fähig. Balthasar nervt es gewaltig, dass Nikolaus den Liebeskranken macht. Was Balthasar vermisst, sind die gemeinsamen Abende bei Wein oder Bier, beim Kartenspielen oder Würfeln, bei unkomplizierten Gesprächen und viel Lachen. Das vermisst er. Den Rest nicht. Aber Nikolaus hängt eben diesem Rest nach und verliert sich an seinen Liebeskummer. Es schmeichelt Balthasar in gewisser Weise, hofiert zu werden, aber Nikolaus sollte den Entschluss, das Vergangene nicht wieder auszugraben, endlich akzeptieren. So lange er das nicht kann, bleibt Balthasar allein. Oder zumindest beinahe allein, denn sobald die Tage kälter und kürzer werden, ist Balthasar die Treue der Vögel sicher, die er durch die Dachluke füttert.

Die Begeisterung

Antonia gibt Erdmann von Stukken die Hand zum Abschied. Wie immer dreht er auch diesmal ihren Handrücken nach oben und haucht ihr einen Handkuss auf den Handschuh, ohne ihn mit seinen Lippen zu berühren.

Seit der Begegnung mit Balthasar Weber im Botanischen Garten hält sie, immer wenn sie mit von Stukken spazieren geht, insgeheim Ausschau nach ihm. Aber sie trifft ihn nicht noch einmal. Wochenlang hat sie ihn nicht mehr gesehen und doch ruft sie sich immer wieder sein lebendiges Wesen in Erinnerung, seinen gebräunten Teint, vor dem seine azurblauen Augen geheimnisvoll funkeln wie Saphire, sein wüstes Haar so verwegen, seine Erscheinung so selbstbewusst, dass sein Anblick Antonia den Boden unter den Füßen wegzieht.

Das Semester hat begonnen und Antonia hofft sehr, dass Erdmann von Stukken keine Zeit mehr für Spaziergänge haben wird. Sie hat sogar heimlich in dessen Akte nachgeschaut, ob sich nicht irgendwelcher zusätzlicher Unterricht auf den Montagnachmittag legen ließe, damit sie nicht wieder würde mit ihm spazieren müssen. Aber von Stukken führt sich tadellos. Kein zusätzlicher Unterricht also, sondern allwöchentliche Spaziergänge und oberflächliche Höflichkeiten. Das Sichblickenlassen ist ihm außerordentlich wichtig.

Jeden Montag erwählt er ein anderes Teehaus, wohin er sie führt, und wenn alle durch sind, beginnt er wieder von vorn. Es spielt keine Rolle, dass sie lieber bei dem einen als beim anderen einkehrt, dass sie die Trinkschokolade hier schmackhafter findet, den Kuchen aber dort. Ganz egal. Von Stukken hält an der Markierung seines Reviers fest. Sie brauchen ungefähr acht Wochen, bis sie die Runde gemacht haben. Er führt seine Errungenschaft mit stoischem Ernst in Dresden herum, und einer müsste ihm mal sagen, dass Antonia keineswegs errungen ist. Die Themen, über die sie sich unterhalten, sind immer dieselben oder zumindest sehr ähnlich. Von Stukken führt jedes Gespräch so, dass es unweigerlich in einer Lobeshymne auf ihn mündet.

Nun stehen sie hier, die Trinkschokolade und der Kuchen sind pflichtschuldig vertilgt und Antonia kann es kaum erwarten, ins Haus zu verschwinden, um sich herrliche sechs Tage lang nicht mehr mit ihm abgeben zu müssen.

Er steht vor ihr, lauert auf eine ermunternde Erwiderung ihrerseits, auf eine Erlaubnis, seine Lippen auf ihre Hand zu legen, oder doch sogar mehr. Aber sie entwendet ihm mit einem schüchternen Abschiedsgruß ihre Finger. Enttäuscht, wieder nur ihren behandschuhten Handrücken bis einen Zollbreit vor den Mund und in die laue Luft des Altweibersommers einen einsamen Kuss gehaucht zu haben, platziert er seinen Zylinder mit einem leisen *Plop* auf seine pomadisierte Frisur. Und wieder muss ausgerechnet jetzt Balthasar Webers Erscheinung vor Antonias innerem Auge auftauchen. So sehr Erdmann von Stukken auch um ihre Gunst buhlt, schafft er nichts weiter, als ein freundschaftliches oder zumindest kulturelles Interesse in ihr zu wecken.

»Bis nächsten Montag.« Sie wendet sich ab, schlüpft ins Haus, Frau Gutzkow hinterdrein.

Antonia gibt der Haushälterin Anweisungen, was bis zum Abendbrot erledigt werden müsse. Es ist gespenstisch still im Haus. Ihr Vater sitzt im Arbeitszimmer, Nikolaus in dem seinen, aber seine Tür steht einen kleinen Spalt offen, wodurch Licht in den engen dunklen Flur fällt.

Antonia spitzt die Ohren. Da war etwas, ein kleiner Laut, nicht für Zuhörer bestimmt; ein Schauder rieselt über ihren Rücken und sie schleicht auf Zehenspitzen nahe an Nikolaus' Tür. Ein Mädchen, wie sie, ist auf Türspalte angewiesen, wenn es etwas von seiner Umwelt mitbekommen will. Antonia späht also durch den Spalt und in ihrer Brust verkrampft ihr Herz.

Nikolaus sitzt mit gebeugtem Oberkörper auf dem Bett, das Gesicht in den Händen verborgen und weint. Leises Schluchzen. Seine Schultern heben und senken sich. Ihr Klopfen wird durch den Handschuh gedämpft, aber Nikolaus richtet sich auf und erlaubt ihr einzutreten. Sie sieht, wie er verstohlen sein Gesicht an seinem Ärmel trocknet.

»Was hast du denn?« Sie setzt sich neben ihn aufs Bett.

»Gar nichts«, sagt er. Sie glaubt ihm nicht.

Vor vierzehn Tagen ist er aus Florenz zurückgekehrt: aufgeblasen wie ein Geck, mit Vollbart und Pfeife rauchend. Seine neue Garderobe besticht durch in der Taille eng geschnittene Gehröcke, die Hosenlatze beinahe bis zum Rippenbogen hinauf geknöpft und alles in schreienden Farben. Verlebt wirkt er und müde.

Während Antonia beeindruckt von ihrem neuen Bruder war, war auf ihren bodenständigen Vater Verlass: Er zerfetzte mit scharfen Worten die Aufsätze, die Nikolaus, von selten gesehenem Fleiß beseelt, aus Italien geschickt hatte. Aber Antonia kennt ihren Bruder zu gut, um zu wissen, dass er nicht wegen Vaters schneidendem Urteil weint.

Jetzt ist von Nikolaus' in zwei Monaten Italienaufenthalt erworbener Arroganz nicht mehr viel übrig. Stattdessen glänzt er entweder mit Abwesenheit oder mit bodenlos schlechter Laune. Er schlägt jeden Menschen in die Flucht. Welch ein Schmerz in ihm schlummert, kann sie kaum erahnen. Was auch immer vorgefallen sein mag, ihr Bruder ist von rechts nach links und von oben nach unten umgekrempelt.

»Sag mir doch, was mit dir ist«, flüstert sie und streicht ihm über die seit Tagen nicht rasierte Wange. Was zerreißt ihn nur so? Wie oft hat sie ihn in ihrer Kindheit getröstet, wenn er mit Vater in Streit geraten war. Aber jetzt scheint ihn mehr zu beschäftigen als ein Streit.

»Alles gut.« Er ringt sich ein Lächeln ab, streift ihren Blick und schiebt dann eine Hausaufgabe vor, die er noch erledigen muss.

Antonia verlässt sein Zimmer, aber die Sorge um Nikolaus verblasst nicht.

So schreitet das Semester voran, ohne dass sich die Stimmung ihres Bruders hebt. Davon zeugen auch seine blutunterlaufenen Augen, der alkoholisierte Atem und der unstete Bartwuchs. Antonia meint, der Bart stehe Pate für Nikolaus' Gemütszustand: an Tagen voller Zuversicht, rasiert er ihn ab, daraufhin folgen in der Regel Tage der Trübsal und der Unentschlossenheit und der Bart wuchert vor sich hin. Nikolaus ist wie ein Klumpen Ton, dem man einmal zu viel, dann wieder zu wenig Feuchtigkeit gibt, verformbar durch jedwede äußeren Einflüsse und schnell rissig.

Mit der Zeit erhärtet sich der Verdacht, Nikolaus' Schwermut müsse etwas mit Balthasar Weber zu tun haben, denn der wird, anders als vor den Sommerferien, als der Böhme Mittelpunkt jedweden Gespräches gewesen war, gar nicht mehr erwähnt. Der Name des Freundes scheint aus Nikolaus' Sprachschatz völlig getilgt zu sein. Selbst wenn durch ihren Vater das Thema auf das Ausnahmetalent kommt, verstummt Nikolaus. Antonia erinnert sich, dass Nikolaus' Gemüt genau mit dem Tage ins Nachtschwarze umschlug, als Balthasar Weber zur Leipziger Mustermesse aufbrach. Zwischen hier und dort, in jener halben Stunde, die die beiden zwischen Nikolaus' Heimkehr aus Italien und Balthasar Webers Aufbruch nach Leipzig zugebracht hatten, muss sich etwas so Schwerwiegendes zugetragen haben, dass sich ihr Bruder von diesem Vorfall nicht erholt. Nikolaus zieht sich völlig in sich zurück und in der Akademie meint Antonia beobachtet zu haben, wie Nikolaus und Balthasar einander aus dem Wege gehen. Da müssen höhere Mächte im Gange sein, die Latsch und Bommel auseinanderreißen, überlegt Antonia.

An einem sonnigen Herbstnachmittag sieht sie Balthasar Weber wieder. Unter dem Vorwand, dem Vater ein paar frische Kekse in die Akademie zu bringen, begibt sie sich auf den Weg hinüber zur Residenzstadt. Der September neigt sich dem Ende, aber er ist mild und freundlich, deshalb lässt sie sich Zeit mit ihrem Spaziergang so ganz ohne Erdmann von Stukken, nimmt den kleinen Umweg über den Friedhof, wo sie bei ihrer Mutter und dem fremden Mädchen weiße Blumen niederlegt. Antonia schaut dem behäbigen Strom der Elbe, ihren Booten, Dampfern und Fischerflößen zu und den Malern auf der Augustusbrücke über die Schultern – zumeist Studenten, die sich einen Groschen dazuverdienen wollen.

Die Akademie ist wie immer schlecht gelüftet. Es müffelt nach Kreide, feuchten Schwämmen, Gips, Ölen und Firnissen.

Ihr Vater ist im Unterricht. Antonia drapiert die Kekse auf ein Tellerchen und stellt ihn in den Erker. Sie lüftet die Ward'schen Kästen und gießt die mit Moos ausgelegte Erde, staubt die Fensterbänke, die Bilder und die Büsten, die Schubladen- und Schrankgriffe, die ihr Vater nie berührt, und die Bücher im Regal ab. So fällt ihr Blick auf einen Bücherstapel. Die Bände sind versehen mit dem Bibliotheksaufdruck und Antonias kritischem Auge entgeht nicht der kleine Erinnerungszettel, den ihr Vater für sich selbst geschrieben hat. *Zurück*, mit drei Ausrufezeichen. Antonia überlegt, ob sie sich in die Angelegenheiten des zerstreuten Professors einmischen soll und nimmt kurz entschlossen den Stapel, um ihn in die kleine Bibliothek im Souterrain zu bringen. Eine wirkliche Bibliothek ist es ja nicht, eher eine Buchsammlung, verteilt in Regalen, die ziemlich unsystematisch in einer länglichen Flucht von Nischen mit Arbeitsplätzen stehen. Es sind zumeist Lehrmittelsammlungen und ein paar Reproduktionsmappen.

Hier unten ist es dunkel, weil durch die Schachtfenster kaum Licht einfällt. Stille umgibt sie. Stille und der Geruch von staubigem Papier. Selten arbeitet hier jemand, weil es im Keller recht frisch ist, trocken zwar, so doch kühl.

Weil der Bibliothekar nirgends zu finden ist, legt Antonia ihm den Stapel auf das Pult und schreibt mit ihrer ordentlichen Mädchenschrift eine nette Mitteilung. Noch nicht gleich geht sie wieder hinauf in Vaters Arbeitszimmer, sondern erliegt der Versuchung des Verbotenen, streunt zwischen den Regalen umher und an den Nischen vorbei, schlägt hier ein Buch auf, blättert da in einer Bildermappe, ist fasziniert von dem Wissensschatz, von den Facetten der bildenden Kunst, der Kunsttheorie und Kunstgeschichte. So viel sie auch von ihrem Vater und von ihrem Bruder mitbekommt, erkennt sie, dass es nur Bruchstücke sind. Sie liest sich fest in einer Biografie über Michelangelo Merisi da Caravaggio, der mit seinen verwegenen Hell-dunkel-Malereien schon vor dreihundert Jahren für Aufsehen sorgte. Sie blättert im italienischen Barock, fasziniert von der Mannigfaltigkeit seiner Themen. In den teuren Bänden gibt es lediglich einfarbige Stiche, die aber erahnen lassen, wie atemberaubend die Originale in Öl sein müssen.

Plötzlich schreckt ein Geräusch sie aus ihrer Versunkenheit. Ihr Blick irrt in die Richtung, aus der das dumpfe Pochen gekommen war, aber Regale, nichts als Regale sind zu sehen. Schnell stellt sie den Caravaggio wieder zwischen die anderen Bücher und schleicht in die Richtung, aus der das Geräusch gekommen war. Hinten, ganz hinten, wo sie noch nie gewesen ist, erkennt sie den Schein einer Lampe und nähert sich dem Licht.

Wie versteinert steht sie vor dem Tisch in dieser hintersten aller Nischen. Der Oberkörper auf den Tisch gesunken, sitzt Balthasar Weber hier und schläft.

Einer Eingebung folgend will sich Antonia rasch zurückziehen, die Neugier aber hält sie an diesem Ort. Die Neugier und die Faszination. Sie beobachtet ihn beim Atmen. Die Kälte hier unten scheint ihm nichts auszumachen. Ihr schlägt dieser Duft entgegen, der ihm eigen ist: Herb und blumig zugleich, und Antonia versteht nicht, ihn in seine Ingredienzien zu extrahieren. Sie bückt sich, um das Holzlineal aufzuheben, das das Klacken vorhin von sich gegeben hat, als Balthasars Hand es vom Tisch schob. Sie legt das Lineal auf den Tisch und beobachtet den Mann. »Herr Weber?« Sie hält die Luft an. Er rührt sich nicht. »Balthasar!« Nie zuvor hat sie ihn beim Vornamen genannt. Es fühlt sich seltsam an, aber auch wie Nähe. Sie beobachtet ihn, der sich nicht rührt und beneidet ihn um seine Ruhe. Von ihm geht immer so viel Ruhe aus. Er ist ein liederlicher Schlawiner, daran gibt es keinen Zweifel. Aber er ist andererseits so geerdet, so in sich gesichert, dass sie ihn darum beneidet. Nicht einmal ihr Vater ist von solch innerer Gefasstheit beseelt – zu Allerletzt seit Mutter gestorben ist.

Neugierig, was solch einschläfernde Wirkung auf ihn ausgeübt haben mochte, beugt sie sich vor und versucht, einen Blick auf das dicke Buch zu erhaschen. Sie muss sich tief über ihn neigen, um seine Aufzeichnungen zu entziffern. »Ach Herrje«, seufzt sie halblaut. Erschrocken von ihrer eigenen Stimme fährt sie hoch.

Die dunkelblonden Haarsträhnen, die Balthasar Webers Nackenzopf entwischt sind, schlängeln sich über Deklinations- und Konjugationsreihen des Französischen. Die Finger seiner Linken umklammern eine mittlerweile eingetrocknete Feder, die einen unschönen Tintenklecks auf einem Papierbogen hinterlassen hat. Den Blattrand zieren Kringel und Schlängellinien. Und auf dem Papierbogen erkennt sie seine Bemühungen, ein Gedicht von Alphonse de Lamartine zu übersetzen. *L'enthousiasme* heißt es und zumindest das Motto scheint nicht auf seinen Übersetzer abgefärbt zu haben. Antonias Blick huscht in Balthasars Gesicht, das so entspannt, so arglos daliegt, dass es ihr leidtut, wie viele Fehler und ungeschickte Wendungen er in den kleinen Text hineinfabriziert hat.

»Es grenzt an Kunst, wie viele Fehler du machst«, seufzt sie und muss über ihn lächeln. Er rührt sich nicht. Er schläft tief und fest.

Womöglich ist er nach Beendigung seiner Übersetzung im Bewusstsein eingeschlafen, seine Aufgabe erfolgreich fertiggestellt zu haben, hat er aber nicht. Es ist eine Katastrophe. Antonia ist hin- und hergerissen. Sie dürfte gar nicht hier sein und doch ist die Versuchung so groß!

»Na gib schon her, du …«, flüstert sie und setzt sich ihm gegenüber an den Tisch. Vorsichtig schiebt sie ihre behandschuhte Rechte auf der Tischplatte voran, angelt mit Zeige- und Mittelfinger den Papierbogen und zieht daran. Sie hält den Atem an, weil unter der Bewegung des Blattes sich auch Balthasar Webers Hand regt. Er atmet tief durch, wird aber nicht wach.

Sie lehnt sich vor und hebt behutsam seine Linke, dabei spürt sie die Wärme, die von ihm ausgeht und die nimmt sie einen Moment gefangen. Sie zieht das Papier unter seiner Hand vor, beobachtet ihn. Er rührt sich. Sie lässt seine Linke plumpsen und starrt ihn an, der sich mit der Hand über die geschlossenen Augen fährt, sie aber nicht öffnet. Antonia gleitet zurück gegen die Stuhllehne, lässt den Schrecken verebben, lässt Balthasar nicht aus den Augen und nimmt dann lautlos die Feder aus seiner Linken.

Minuten später lässt sie das korrigierte Papier vor ihm liegen, eilt aus der Bibliothek hinauf ins Arbeitszimmer ihres Vaters, wo sie auf ihn bis zum Unterrichtsschluss warten wird.

Als sie Stunden später an der Armbeuge des Professors die Korridore entlanggeht, um mit ihm gemeinsam den Heimweg anzutreten, sieht sie Balthasar Weber von Weitem: ins Gespräch vertieft mit einem der Studenten. Er sieht sie nicht, aber Antonia ist zu neugierig um das, was sie in der Bibliothek erlebt hat, auf sich beruhen zu lassen. So eilt sie unter einem Vorwand, etwas vergessen zu haben, abermals in den Keller und schaut hinten in der dunklen Nische nach. Zu ihrer übergroßen Enttäuschung hat Balthasar Weber das Papier mit der korrigierten Übung hier liegen lassen.

Sie zieht es zu sich heran und schreibt mit verstellter Schrift, einer steifen Blockschrift, darunter: *Vous ferez du profit!* – profitieren Sie davon!, unterstreicht das Ganze zweimal und eilt hinauf.

Die Eitelkeit, nicht entbehrlich und austauschbar zu sein, hat genau wie im Wintersemester auch jetzt wieder Besitz von ihr ergriffen. Eine Aufgabe zu haben, etwas von Dauer zu schaffen, das ist es doch, worauf es ankommt. Davon ist sie überzeugt. Vielleicht liegt ihre entbrannte Leidenschaft auch nur darin begründet, dass sie ihr Leben lang von Wichtigkeit und Unabkömmlichkeit in Form ihres Vaters umgeben war. Und sogar ihre Mutter prägte den Hausfrauenkreis und wirkte intensiv im Kirchenchor. Antonia aber hatte so oft das Gefühl, zu nichts als dem stoischen Wochenplan nütze zu sein.

Jetzt ist das anders. Belebt von dem, was sich zugetragen hat, führt sie tags darauf niemand Geringeres als ihre Neugier erneut in die Akademie und spornstreichs in die Bibliothek, um nachzuschauen, ob sich Balthasar Weber besonnen und die Korrektur angenommen hat. Und in der Tat liegt nicht mehr der Text über die *Begeisterung* hier, sondern ein anderer: eine neuerliche Hausaufgabe, wie es aussieht; eine Übersetzung, überflutet von Fehlern. Antonia denkt gar nicht lange nach, beeilt sich, das Papier zu überarbeiten. *Catastrophique!*, lautet das Urteil, das sie mit der neuen strengen Blockschrift darunter schreibt, die sie sich zu diesem Zwecke zugelegt hat. Ein, zwei Grammatikregeln, die er beachten muss, schreibt sie fein an den Rand und legt das Papier an seinen Platz zurück.

Im oberen Flur wird sie dann Zeugin eines Streites und all ihre Vermutungen der vergangenen Wochen bestätigen sich. Was genau ihr Bruder und Balthasar Weber da versteckt hinter einer Säule besprechen, kann sie nicht verstehen, aber sie hört deutlich, dass sie verstimmt sind; dabei ist augenscheinlich Balthasar Weber der Wortführer, ihr Bruder gibt nur gelegentlich Begehrlichkeiten von sich.

Antonia will nicht entdeckt werden, drückt sich in den Erker am einen Ende des Flures und hofft, dass die beiden in die andere Richtung verschwinden werden. Zumindest Balthasar Weber lässt Nikolaus allein zurück und Antonia lassen ihre Beobachtungen nicht mehr los.

Am Abend erscheint Nikolaus nicht zum Essen und auch das Frühstück am folgenden Morgen nimmt er nicht gemeinsam mit Vater und Schwester ein. Ihr Anklopfen wird nicht erhört, Nikolaus begibt sich ungefrühstückt in die Akademie: Schatten unter den verweinten Augen, Stoppelbart, glanzloses Haar, verwegen in die Stirn gezaust und von einer nie da gewesenen geheimnisvollen, rebellischen, besonders virilen Aura umgeben. Wäre er nicht ihr Bruder, um den sie sich Sorgen macht, würde sie vom tragischen Helden in ihm angezogen werden. Aber er ist eben ihr Bruder und hat ihren Geburtstag vergessen.

Dass der heut ist, sagt der Kalender auf ihrem kleinen Sekretär, wenn auch nicht Vater oder Bruder. Sie hat Geburtstag, aber kein Mensch außer Frau Gutzkow, die ihr als Erste am Morgen bei der Toilette gratuliert hat, denkt daran. Während sich Nikolaus verdrückt hat – mit nichts als sich beschäftigt, ist ihr Vater schon am Frühstückstisch ganz von einem studentischen Aufsatz eingenommen. Und weil er sich damit aufhält, ist er anschließend sehr in Eile, aus dem Haus zu kommen.

Antonia bemitleidet sich. Jedoch nicht länger als es die Konvention gestattet. Es ist Dienstag und nach der Stukken'schen Zeitrechnung Waschtag. Frau Gutzkow, der nichts entgeht, spricht Antonia von der Hilfe im Waschkeller frei. »Machen Sie sich einen schönen Nachmittag mit Ihren Freunden, mein Fräulein.«

Antonia starrt das unberührte Frühstücksei an, dann die verwaisten Stühle zu ihrer Rechten, zu ihrer Linken. »Ich hab keine Freunde«, murmelt sie, aber Frau Gutzkow ist längst mit dem Tablett aus dem Esszimmer verschwunden. Keine Freunde, eine Erkenntnis, die ihr die Brust zuschnürt.

Den Vormittag lässt Antonia verstreichen. Nach dem Mittagessen, das sie wie gewöhnlich mit Frau Gutzkow in der Küche einnimmt, will sie das Grab ihrer Mutter besuchen, nicht ohne zuvor ein paar weiße Blumen zu kaufen. Frau Gutzkow legt den wärmsten Mantel heraus, denn das Wetter ist nicht wirklich schön. Die Kälte zieht in Antonias Wollsocken, der Wind pfeift durch die Wolle ihres Capes, das sie eng um sich schlingt.

Die Schleife mit der Spruchnummer ist längst durch ein schönes Holzkreuz ersetzt, aber auch jetzt liest man keinen Namen, sondern nur eine Pflanzenbezeichnung. *Lotusblüte.* Antonia legt die weißen Astern auf das Grab des unbekannten Mädchens. Der feuchte Nebel wird sie lange frisch halten. Danach verweilt sie am

Grab der Mutter und wird abermals von ein bisschen Selbstmitleid heimgesucht. Die Einsamkeit ihres Zuhauses ist wenig anziehend. So schlendert sie aufs geratewohl durch die Neustadt und bemerkt nicht gleich, dass ihr Weg sie die Elbe stromabwärts ins verrufene Vorörtchen führt.

Sie muss sich eingestehen, dass hier draußen, wo die Elbe aus der belebten Stadt mäandert, weniger flaniert als vielmehr gearbeitet wird. Dort, wo Altendresden aufhört und die Fischerdörfer anfangen, riecht es unangenehm. Der Fang wird an der Luft getrocknet. Das Gekröse wirft man einfach in die Elbe und die Abfälle werden auf die Gassen geschüttet. Überall entlang des Ufers türmen sich Hügel von Unrat auf. Der Dampf von frischem Mist verwirbelt in den Nebelschwaden dieses kalten, grauen Tages. Zwischen den Misthügeln sind umsichtig schmale Pfade frei gelassen worden und führen hin zum Wasser, wo die Frauen ihre Eimer leeren und füllen. Das alles erscheint Antonia viel natürlicher als das affektierte Gehabe ihres feinen, gepflegten, wohlriechenden Zuhauses. Das Lachen der Frauen, die mitten auf der Gasse schmutzige Wäsche waschen – in jeglicher Hinsicht – erscheint ihr viel menschlicher als die unterkühlten Gesten in ihrem Bekanntenkreis.

Einer Eingebung folgend biegt Antonia in die Gasse ein, wo sich das *Gasthaus vom Gustav* befinden. Sie hebt den Rocksaum, damit er nicht auf den matschigen Stufen von Gustavs Gaststube schleift. Sie hält die behandschuhte Rechte vor den Mund, weil ihr aus dem Gastraum der Tabakqualm und die Speisegerüche entgegenschlagen. Der Schankwirt, den sie nach Balthasar Weber fragt, will ihn partout nicht herunterrufen, nicht einmal, als sie ihm einen Taler anbietet. Er habe das Haus voller Gäste, murrt er und weist in Richtung des Flurs, wo eine Treppe nach oben führt. »Ganz hoch, meine Hübsche, da finden Sie ihn«, er zeigt seine vergilbten Zähne.

Unschlüssig steht Antonia am Fuße der Treppe, die hinauf zu den Wohnräumen führt, und getraut sich nicht, hinaufzugehen. Sie zögert. Vielleicht ist ihr Drang, an ihrem Geburtstag einen guten Menschen zu treffen, doch nicht so groß? Gerade, als sie sich umdrehen und zurück in die Neustadt fliehen will, fliegt die Tür auf und eine kleine, rundliche Frau tritt ins Haus.

Die Frau begibt sich nicht in die Schänke, sondern schiebt sich an Antonia vorbei die Stiege hinauf. Zumindest auf halber Treppe bleibt sie stehen, dreht sich um, als habe sie die Fremde jetzt erst entdeckt. »Kann ich Ihnen helfen?«

Antonia schüttelt entschieden den Kopf und senkt den Blick. Von der anderen wird sie aufmerksam gemustert. »Kommen Sie wegen des freien Zimmers?«

»Zimmer?« Antonia stutzt.

»Kommen Sie, um sich zu bewerben oder nicht?«

»Bewerben?« Antonia schluckt, wird rot. »Oh nein, nein, ich bin kein Hausmädchen.«

Warum die andere jetzt schallend auflacht, begreift Antonia nicht. »Hausmädchen, ja?« Die andere ist mit einem Male wieder ganz ernst. »Dann kommen Sie wohl, um uns für die Umtrieben Ihres Gatten verantwortlich zu machen, was? Das können Sie gleich vergessen, Fräuleinchen, was die Männer machen, ist deren Sache.« Der runde Kopf ruckt angriffslustig.

»Nein, ich wollte …«

»Sind Sie von der Sitte? Mit der Sitte redet hier keiner!« Ein erhobener, fleischiger Zeigefinger markiert mit einer zackigen Bewegung den Strich durch die Rechnung.

Antonia schüttelt hastig den Kopf.

»Oder kommen Sie von einem dieser Frauenvereine, die meinen zu wissen, was für unsereins gut ist und uns das Gewerbe verbieten wollen?« Sie stemmt die Hände in die Hüften.

Kopfschütteln seitens Antonia.

»Zuständigkeitsamt für Geschlechtsvormundschaft? Der Gustav ist unser Vormund, das können Sie ihn fragen. Der hat auch die Papiere!« Die massigen Hände wandern von der Hüfte vor die üppige Brust. Ein Bollwerk, an dem Antonia so leicht nicht vorbeikommt. Kleinlaut insistiert sie, keiner der genannten Institutionen anzugehören, sondern lediglich jemanden sprechen zu wollen.

»Und wen wollen Sie sprechen?«

»Balthasar Weber.« Und Antonia bekommt einen zündenden Gedanken: »Ich komme von der Akademie und muss Herrn Weber etwas Wichtiges ausrichten.«

Mit verschränkten Armen bleibt die andere wachsam. »Und warum sagen Sie das nicht gleich?« Allmählich und so, als habe sie entschieden, Antonia zu vertrauen, zerbröckelt das Bollwerk, und die Frau marschiert die Treppe hinan. Sie betont, Antonia habe Glück, Balthasar arbeite heut Nachmittag nicht in der königlichen Galerie. »Warten Sie hier«, sie verschwindet hinter der einzigen Wohnungstür, die sich hier befindet.

Antonia schlagen Gerüche entgegen, die sich miteinander mischen. Fremd und doch bekannt. Es riecht säuerlich nach Eintopf, süßlich nach dem Gemisch vieler viel zu dick aufgetragener Parfums, beißend nach Schweiß, würzig nach Tabaksrauch, nach Lederwichse und da ist auch der fischige Geruch nach Frau. Aber Balthasar Weber riecht sie hier nicht.

Die Dralle erscheint in der Tür und gleichzeitig schlägt oben im Dachgeschoss eine weitere. Eilige Schritte folgen. »Er ist nicht hier, versuchen Sie es oben …«, sagt die Frau zu Antonia, blickt aber die Stiege hinauf, von woher sich Schritte nähern.

Es ist das schönste Mädchen, das Antonia je gesehen hat: glänzendes helles Haar, glatter Teint, roter Mund, steinfarbene Augen, schlanke Taille, üppige Kurven, das blühende Leben. »Giselle, er macht seinen Krempel sauber und dann kocht er für uns«, jauchzt das Mädchen und hüpft beschwingt die Stiege hinab und lacht. Und am glockenhellen Lachen erkennt Antonia das Mädchen von Weihnachten. Damals hat es die Suppe der Fürsorge bemäkelt. Sie nimmt Antonia gar nicht wahr, sondern verschwindet, ein Liedchen summend, in der Wohnung. Bevor namentlich genannte Giselle die Türe hinter sich schießt, deutet sie zur Dachstiege hinauf.

Zurück bleiben Antonia im Treppenhaus und ihr Zweifel daran, ob sie hinaufgehen soll. Aus der Wohnung dringen laute Stimmen, der Singsang des jungen Mädchens, das schallende Gackern dieser Giselle. Geschirr klimpert, Schranktüren werden geöffnet und geschlossen. Geräusche eines ganz normalen Alltags.

Antonia nimmt ihren ganzen Mut zusammen, geht hinauf und klopft an die Kammertür, bekommt keine Antwort und klopft abermals.

Das dicke Buch

Antonia öffnet zögerlich die Tür von Balthasar Webers Behausung. Es riecht hier fast genauso wie in der Akademie, doch anstelle des Kreidegeruchs schwingt hier seine männliche Note mit.

»Verzeihung?«

Balthasar vor der Staffelei wendet sich um. Sein Gesicht wird von einem kaum merklichen Lächeln gestreift, das kann Antonia genau erkennen.

»Guten Tag. Ich will nicht stören.«

Er mustert sie nicht gerade unauffällig und stellt die Palette hochkant auf die schmale Ablage der Staffelei. Als Nächstes tunkt er die Pinsel in ein Reinigungsfirnis in einem irdenen Becher. Sie nicht aus den Augen lassend, säubert er seine Hände an einem Lappen.

Auf seine Einladung hin, betritt sie die Kammer, die vollgestopft mit Zeichenutensilien und Malzeug, wenig Mobiliar ist, unordentlich, aber gemütlich. Und ihr Blick fällt auf die Leinwand, an der er arbeitet: fünf Nackte badend in einem Teich. Sie wird von Balthasar beobachtet, wie sie die nackten Frauengestalten mit ihrem Blick abtastet. Es ist fünfmal dasselbe Mädchen. Das fällt ihr gleich auf. Es ist nur eine Studie, das weiß sie, weil sie vor Wochen schon durch einen Türspalt die große Leinwand in einem der Malsäle gesehen hat. Eine Leinwand, ungefähr acht sächsische Ellen breit, zehn hoch. Ein Hochformat, aber beinahe quadratisch und ein Malergerüst steht auch davor. Ihr Vater hat ihr verraten, dass es die Leinwand für den Pechern'schen Auftrag ist und wenn sie sich nicht irrt, ist sie bis zum heutigen Tage mit nicht einem einzigen Pinselstrich versehen, nicht einmal die Studie hat Balthasar mit Röteln auf den Malgrund übertragen. Die Studie hier ist gut gemalt, klassisch, aber in Antonias Augen viel zu überladen. Drei Mädchen würden völlig reichen.

»Was führt Sie her?«, durchbricht er ihre Gedanken und fährt fort, die Pinsel zu reinigen.

Sie räuspert sich, während ihr Blick über den mit allerlei Büchern, Zeichnungen, Heften und Schreibgeräten, Stiften, einem

Weinglas und einer halb vollen Flasche – wartend auf einer Liste mit Französischvokabeln – überfrachteten Tisch wandert. »Wie geht das Studium voran?« Sie wird von ihm aufmerksam angeschaut. Sie stippt die Vokabelliste an. »Französisch?«

»Französisch!«, lacht er auf und sie kann nicht genug von diesem Lachen sehen. »Sie sind doch nicht hier, um mit mir über die Schule zu reden, oder?« Entschlossen steckt er die Pinsel in einen Topf, die Borsten nach oben, und die Hände in die Hosentaschen.

»Nein, mein Bruder …«

»Hat der Sie geschickt?« Immer noch wird sie von seinen skeptisch verengten Augen gemustert.

»Um Gottes willen, nein. Er hat keine Ahnung, dass ich hier bin.« Antonia hebt jetzt den Blick und schaut ihn direkt an. Er macht sich auf Einiges gefasst.

»Hören Sie …«, sie geht einen Schritt auf ihn zu, nicht zu nah, aber so, dass sie noch ruhiger und leiser mit ihm sprechen kann, beinahe vertraut. »Ihm geht es überhaupt nicht gut. Ich weiß nicht, was mit ihm los ist und wie ich ihm helfen kann, und da dachte ich, ich frage Sie um Rat.«

»Wieso mich?« Wieder diese wachsamen Augen.

»Nikolaus ist Ihr Lernpartner. Sie sind sein bester Freund«, vorsichtiger fügt sie hinzu: »auch wenn das gerade nicht den Anschein macht, aber …« Sie unterbricht sich, weil er tief ein- und ausatmet. »Sie kennen ihn so gut wie sonst keiner und ich dachte, vielleicht wissen Sie ja, was mit ihm los ist.«

Aber anstatt mit ihr zu sprechen, verschraubt er jetzt kleine Uhrglasschalen mit Pigmentpulver und stellt sie in einen Kasten, wo schon eine Reihe solcher Behältnisse stehen. »Bleiben Sie zum Essen?«

»Was?« Sie schaut zu, wie er den Kastendeckel zuklappt und dann ein Leinen auseinanderfaltet, um es über die fünf Nackten am Teich zu werfen. »Ich glaube, das ist keine so gute Idee.« Ob sie die Einladung zum Essen meint oder die Fehlkonstruktion der fünf Gleichen auf der Leinwand, kann sie gerade nicht sagen.

»Ich koche Kürbissuppe für die Mädchen, bleiben Sie doch.«

»Sie kochen?«, ruft sie amüsiert aus und verbirgt ihr Lachen hinter der behandschuhten Rechten. Sie erntet einen verständnislosen Blick von ihm.

»Ja, und bis jetzt hab ich noch keinen vergiftet.«

»Nein, aber wie ich höre, ist ein Zimmer frei geworden.«

Seine Miene verändert sich für einen Augenblick, dann nickt er knapp.

Antonia macht einen Schritt auf die Leinwand zu, überlegt nicht lange und ist so kokett wie noch nie zuvor in ihrem Leben, das Leinen wieder vom Keilrahmen zu ziehen. »Eine junge Frau hat mir vorhin das Zimmer angeboten. Sie dachte wohl, ich bewerbe mich darauf.«

»Wirklich?«, lacht er wie vorhin auf und stellt sich hinter sie. Sie ist einen Kopf kleiner als er und so kann er ganz leicht über sie hinweg die fünf Akte betrachten. Sie spürt seine Nähe in ihrem Rücken.

»Ich hab ihr gesagt, ich bin kein Hausmädchen.«

»Die Mädchen suchen aber keine Küchenhilfe.«

Antonia schaut über ihre Schultern in seinen Augen. »Nicht?« Antonia kann seinem nachgründigen Kopfschütteln und dem Blick, eine Mischung aus Faszination und Fassungslosigkeit, nicht beikommen. Sie sucht Ablenkung in der Untersuchung seiner Leinwand. »Wieso haben Sie fünf Mal dieselbe gemalt?«

»Weil ich nur das eine Modell hab.«

»Könnten Sie nicht wenigstens die Haare anders färben, der einen Locken, der anderen glattes, der Dritten den Wind ins Haar geben?«

Antonia hätte sich zu gern umgedreht, um sein Gesicht zu sehen, während er überlegt. »Und die anderen beiden?«

»Die nicht.« Ihre Finger fliegen dicht über die feuchte Ölfarbe und beschreiben die Dreieckskomposition der mittigen drei, die ohne der äußeren beiden perfekt wäre. Das schildert sie ihm und er hört ihr aufmerksam zu.

»Sicher?«, stellt er sich jetzt neben sie und Antonia beobachtet ihn dabei, wie er sich ihre Beschreibung der veränderten Komposition bildlich vorstellt.

»Ja, es ist sonst überladen.«

Einen Augenblick lang vereint sie die stille Betrachtung des Werks und es scheint, als würde der runde Leinölgeruch intensiver, als entfalte er sein ganzes Bukett, um Antonia violett blühende Flachsfelder vor Augen zu führen. Und dann nimmt er spontan einen fingerdicken Pinsel, tunkt ihn in die noch feuchte Farbe auf der Palette und führt in Windeseile die Baumstämme, die Sträucher, die Gesteine und alles, was die Landschaft zu bieten hat, über die beiden äußeren Nackten aus. Es geht so schnell, dass die Figuren verschwinden, dass Antonia ganz verblüfft und sprachlos ist. Sie sind weg. Eben noch wie vollkommene Elfen, deplatziert zwar, aber dennoch perfekt gemalt, sind sie jetzt Vergangenheit. »Sie haben recht«, nickt er und stößt den Pinsel in das Glas mit Lösungsmittel. »Was ist nun?« Er wendet sich zu ihr um, als habe er soeben nicht sein Kunstwerk ganz neu definiert: »Bleiben Sie zum Essen?«

Antonia, noch ganz benommen vom künstlerischen Erlebnis, dergleichen sie nie zuvor beobachtet hat, schüttelt den Kopf. »Ich schätze, sie erwarten mich schon zu Hause.« Eine Lüge, niemand erwartet sie und sicherlich steht genau das auf ihrem Gesicht geschrieben. Der Moment verhakt sich zwischen ihnen, ein Moment, in dem sie einander aufmerksam mustern, und sie weiß, er hat des Pudels Kern längst. »Nein, eigentlich erwartet mich niemand zu Hause.« Seine dunklen Augen, deren Blau von den Öllampen im Raum in tiefe Kosmosschwärze verwandelt ist, wandern über ihr Gesicht. »Was ist nun mit meinem Bruder?«

Balthasar, der sie eben noch ganz fest angeschaut hat, verändert sein Mienenspiel wie ein Schuljunge, der an eine unliebsame Hausaufgabe erinnert worden war. »Nichts. Geben Sie ihm noch ein paar Wochen, dann ist er wieder der Alte.«

»Woher wollen Sie das so genau wissen?«

»Sein Stolz hat einen Knacks bekommen, sonst nichts. Das wird schon wieder.«

Antonia schnaubt. »Bis dahin ist er entweder verhungert oder hat sich in die Elbe gestürzt.« Ihr Blick haftet an der Staffelei.

»Glaub' ich nicht.« Balthasar schwingt jetzt endgültig das Leinen über das Bild. »Nik hat einen ungetrübten Hang zur Theatralik und er liebt es zu leiden. Er ist ein Narziss, das wissen Sie doch. Er gehört nicht zu denen, die sich umbringen.« Balthasar überlegt einen Moment. »Und um ehrlich zu sein, isst er in der Akademie sein Mittagessen immer brav auf.«

»Mit Nachschlag?«

»Mindestens.« Er schenkt ihr ein Lächeln, das sie erwidert und dann atmet sie erleichtert auf. Sie kann nicht sagen, was es ist, aber sie ist so zuversichtlich jetzt. Weil er auf die Tür deutet, macht sie auf dem Absatz kehrt. »Aber wieso martert er sich so?«, fragt sie wohl eher sich selbst, als Balthasar, während sie ihm voran die Treppe hinuntergeht.

»Er hat einen Fehler gemacht und jetzt ist er wütend, dass ihm nicht verziehen wird.«

»Einen Fehler? Was für einen Fehler?«

Er schenkt ihr diesen Augenaufschlag, den sie nicht deuten kann, dann schnalzt er mit der Zunge. Er hat recht: Es geht sie nichts an. »Wieso machen Sie sich solche Sorgen um ihn, wenn Sie selbst behaupten, dass er sich nicht um Sie schert, mmh?«

Sie kann seinen Blick nicht ergründen: teilnahmsvoll, aber auch wachsam, amüsiert, aber auch besorgt. Ja, Letzteres dürfte es am besten treffen. Balthasar Webers Sorge gilt nicht ihrem Bruder, sondern ihr. Sie geniert sich deshalb.

»Ich weiß es nicht. Vielleicht, weil ich hoffe, dass, wenn ich mich um ihn sorge, er sich im Gegenzug doch noch an meinen Geburtstag erinnert.« Sie fährt sich mit der Hand über Stirn und Augen und würde das Gesagte gern zurücknehmen. »Das ist töricht und eitel, vergessen Sie's.«

»Nein, ist es nicht. Wann haben Sie Geburtstag? Ich werde dran denken, wenn es so weit ist und Nikolaus ihn vergisst.«

Antonia schaut die Treppe hinunter zur Haustür, unter der kaum noch Tageslicht hereinbricht. Sie muss los. »Heute.«

Balthasar verengt die Augen. »Nun, dann wünsch ich Ihnen alles Gute und nächstes Jahr denk ich dran, versprochen.« Er reicht ihr zum Abschied die Hand. »Grüßen Sie Ihren treulosen Bruder von mir.«

Sie nickt zögerlich, weiß aber, dass sie es nicht tun wird, weil ihr Bruder nur unnötigerweise einen Tobsuchtsanfall bekommen wird, wenn er erfährt, dass sie ohne Anstandsdame mit Balthasar Weber zusammen gewesen ist und obendrein noch in seiner Wohnung.

Zum Glück muss sie weder damit rechnen, hier von jemand Bekanntem gesehen zu werden, noch damit, von ihrem Bruder nach ihrem Zeitvertreib gefragt zu werden. Nie wird er erfahren, dass sie an ihrem Geburtstag diesen Besuch gemacht hat. Einen Besuch zu einem Freund vielleicht. Zu gerne würde sie Balthasar Weber ihren Freund nennen. Einen Verbündeten im Geiste.

Beinahe reumütig trifft ihren Vater während des Abendessens der Schlag und die Erkenntnis ihres Geburtstages. Eine Entschuldigung, ihn bisher vergessen zu haben, kommt ihm nicht über die Lippen und ihrem Bruder auch nicht. Der knirscht eine Gratulation hervor, auf die sie gut verzichten kann.

Noch am selben Abend schaut sich Antonia die Hausaufgabe von Balthasar an, die er gestern in der Bibliothek hinterlegt hat.

Zwischen Balthasar Webers windschiefen Hausaufgaben und ihrer geradlinigen Blockschrift scheint es ein gutes Arrangement zu werden. Zum einen hat sie wieder eine ernst zu nehmende Aufgabe, und zum anderen wird er den Französischkurs bestehen.

Was ihren Bruder betrifft, so soll Balthasar recht behalten: Ab Dezember hebt sich seine Laune. Doch Balthasar scheint jetzt in weniger guter Form, denn er versucht ihr nicht erledigte Hausaufgaben unterzujubeln. Freilich weiß er nicht, mit welch kritischem Gutachter er es zu tun hat und sie weiß, wie viel er um die Ohren hat, aber um nichts in der Welt würde sie der Faulheit den Vorzug geben. Nein, sie erledigt ihm nicht die Aufgabe, sondern zeichnet eine düstere Gewitterwolke dazu. Blitze zucken auf der Zeichnung und mit fester Linie ziehen sich Bindfäden von schwerem Regen durch die sturmgepeitschte Landschaft.

Am darauffolgenden Tag findet Antonia ihre Gewitterwolkenlandschaft durchkreuzt von dicken fetten Kompositionslinien wieder. Sie kann sich Balthasar bildlich vorstellen, wie er verbissen seine Französischhausaufgabe hinschmiert, aber die Bewegungs- und Blickachsen in ihrer dilettantischen Landschaft mit übertriebener Genauigkeit korrigiert. Und zumindest jetzt erkennt auch sie, wie unzulänglich ihre Zeichnung gewesen war. Daneben prangt in Balthasar Webers Hühnerklauenhandschrift: *Spannungsaufbau*! Und das grinsende Gesicht, das er dazu gemacht haben dürfte, schwebt vor ihrem inneren Auge.

So geht das einige Zeit: Sie korrigiert seine Französischversuche und wenn sie mutig genug ist, legt sie ihm eine Zeichnung dazu, die er dann gnadenlos verreißt: *Ordnungsprinzip*, steht da einmal unter einem Stillleben geschrieben, das er mit fetten Korrekturlinien versehen hat. Ein anderes Mal heißt es *Chiaroscuro*, weil sie eine Kohlezeichnung so zerzeichnet hat, dass man im Eigentlichen nichts mehr richtig erkennen kann. Unter einer Federzeichnung liest sie: *Variation der Schraffur*, *Hell-Dunkel-Kontrast* und *Strukturen*! Es ist demotivierend, ihm nichts recht machen zu können.

An einem verschneiten Dezemberabend, an dem sie, eine neue Hausaufgabe in der Tasche, aus der Bibliothek geschlichen kommt, sieht sie die Tür zu einem der Malsäle offen stehen. Licht flutet in den sonst ganz dunklen Flur. Neugierig, wie Antonia nun einmal ist, schleicht sie zur Tür und späht durch den Spalt.

Ihr Blick fällt direkt auf die drei nackten Mädchen und sie muss willkürlich lächeln, weil Balthasar Weber tatsächlich ihren Änderungsvorschlag umsetzt: Lebensgroß sind die drei Akte mit Röteln auf die Leinwand skizziert. Es finden sich auch schon einige Farbflecken: grünes Laub, gelbgrüne Farne, türkisgrünes Wasser, lachsfarbene Seerosen. Mehr nicht. Der Malgrund steht auf einem Lattengerüst an der Längsseite des Malsals und verdeckt so die Schreibtafel. Das Malergerüst, das jetzt an der Seite steht. Es wird herangezogen, wenn Balthasar Weber die unzugänglichen oberen Bildbereiche ausmalt.

Antonia kann Balthasar nirgends sehen. Sie würde gern das gesamte Ausmaß der riesigen Leinwand betrachten, traut sich aber nicht, die Tür weiter zu öffnen. Stattdessen schnellt sie zurück, weil sie ganz deutlich und dicht hinter der Tür die Stimme ihres Bruders vernimmt. Die Stimme entfernt sich und Antonia kann nicht jedes von Nikolaus' Worten verstehen, weil er offenbar im Saal umhergeht, aber es klingt wie einer seiner erregten Monologe. Und jetzt dringt ein Geräusch an ihr Ohr: knirschend, aber leise, kaum vernehmlich wie das Reiben von Keramik auf Keramik. Antonia blinzelt durch den Schlitz zwischen dem Türblatt und dem Türrahmen und kann Balthasar Webers Rücken sehen. Mit gesenktem Kopf steht er an einem mit Gläsern und Tiegeln überfrachteten Tisch und rührt offenbar ein Pigment mit Öl zu streichfähiger Farbe an, nimmt die Palette, tröpfelt die frische Farbe drauf und stellt sich an die Leinwand, was Antonia jetzt wieder gut durch den Türspalt sehen kann. Er hört ihrem Bruder geduldig zu und Antonia reimt sich zusammen, dass es um irgendeinen Unterrichtsgegenstand geht.

Mit dem Pinsel geht Balthasar in die Seerosen auf der Leinwand und Antonia hat einen ausgezeichneten Blick auf seine Finger, die so treffsicher das Werkzeug über den Malgrund führen, der Duktus ist geschwind, der Farbauftrag pastos und spontan.

»Hörst du zu?« Ihr Bruder, ungeduldig und eitel wie eh.

»Ja.« Aber Balthasar dreht sich nicht zu ihm um, sondern arbeitet weiter. Einen Moment sagt Nikolaus gar nichts, dann stellt er sich dicht neben Balthasar, was Antonia ärgert, weil sie so Balthasars neuartigen Pinselstrich nicht mehr beobachten kann. Von Nahem betrachtet dürften die Malspuren nichts als Kleckse in Weiß-, Rosé-, Violett- und Brauntönen darstellen, von Weitem aber zeichnet sich eine modellierte Seerosenblüte ab.

»Hast du darüber nachgedacht, worüber wir neulich gesprochen haben?«, fragt ihr Bruder den anderen und weil seine Stimme jetzt so verändert, so weich, so tief, so vertraut ist, bekommt sie eine Gänsehaut. Sie weiß, sie sollte nicht lauschen, aber sie ist so fasziniert von Balthasars Malerei. Nur leider setzt er den Pinsel jetzt ab und Nikolaus nimmt ihm das Werkzeug aus der Hand. Als Nächstes berührt er Balthasar an den Schultern und dreht ihn zu sich um. Der besieht die Farbsprengsel auf seinen Händen.

»Hey«, Nikolaus nimmt Balthasars Kinn und hebt dessen Gesicht.

Antonia weiß, sie sollte nicht Zeugin dieser Vertrautheit sein.

»Nicht, Nik, halt dich an unsere Abmachung«, sagt Balthasar, während er seinen Kopf aus Nikolaus' Rechter befreit und nach dem Arbeitsgerät in Nikolaus' Linker greifen will. Aber Nikolaus legt Palette und Pinsel auf ein hüfthohes Beistelltischchen hinter sich und stellt sich dicht, dicht vor Balthasar.

»Und? Was sagst du? Ich hab meinen Plan bis zuletzt durchdacht!« Er legt seine Linke in Balthasars Nacken und seine Stirn gegen die seine. Sie sind in etwa gleich groß.

»Nein, Nik. Ich kann das nicht.«

»Wieso nicht?«, Nikolaus' Stimme ist ein Flüstern, aber weil es so still ist im Saal, kann Antonia jede Regung, jeden Atemzug hören. »Wieso nicht?« Der Mund ihres Bruders nähert sich dem von Balthasar Weber.

»Nicht«, sagt der, aber ihr Bruder ignoriert wie meistens die Wünsche und Gebote seiner Mitmenschen. Antonia findet, Nikolaus sollte das lieber sein lassen, weil Balthasar es offenbar nicht möchte. Sie erschauert, weil sie zu selten mit angesehen hat, wie sich zwei Menschen küssen, aber noch nie zuvor, wie sich zwei Männer nahe kommen. Nun ja, um genau zu sein, küsst Nikolaus Balthasar und der scheint unschlüssig zu sein, ob er sich auf diese Berührung einlassen möchte. Antonia hat nie beobachtet, dass sich ihre Eltern küssten. Auf Kunstwerken der alten Meister sieht man den ein oder anderen Kuss, eingefroren und verloren in der Zeit. Es ist nicht schicklich, die beiden zu beobachten, aber es ist faszinierend, weil ungewohnt, und seltsam rührend zugleich. Ihr Mund ist staubtrocken, als sie sieht, wie sich das Bein ihres Bruders zwischen die Beine von Balthasar schiebt und er somit noch dichter an ihn heranrückt. Schlimmer noch: Balthasar scheint den Kuss jetzt zu erwidern, verkrallt seine Hände in Nikolaus' Weste, fährt ihm durchs Haar und in Antonia lodert ein Feuer, keimt eine nie geahnte Wut, gepaart von Neid, vielleicht sogar Eifersucht. Sie atmet stoßweise und drückt ihre Rechte auf ihren Mund, damit sie nicht gehört wird.

Aber dann, plötzlich, schiebt Balthasar Nikolaus von sich, hält dessen Gesicht in seinen Händen und schaut ihm fest in die Augen. »Halt dich an unsere Abmachung, Nik, sonst siehst du mich nie wieder.«

Er meint es ernst und Antonias Herz macht einen Satz. Sie beobachtet wie gebannt ihren Bruder, der immer noch in der Berührung des anderen verharrt. Verliebter Narr!

»Und zu deinem Plan: Ich werde nicht mit dir verduften, Nik. Nicht jetzt und nicht irgendwann. Amerika! Du spinnst doch! Ich werde nicht alles stehen und liegen lassen, um abzuhauen. Das ist nicht meine Bestimmung.«

Ihr Bruder nickt zwischen Balthasars Händen und greift dem vor die Brust, verkrallt seine Finger an dessen Kragen. »Was dann?« Seine Stimme klingt kehlig wie immer, wenn er kurz vor einem Weinkrampf steht.

Jetzt lässt Balthasar ihn los. »Ich werde heiraten, Nik und einen Haufen Kinder haben, denen ich mein Handwerk beibringe. Das ist meine Bestimmung, kein dandyhaftes Lotterleben …«

»Denkst du das von mir?«, Nikolaus klingt eitel. Ein Augenaufschlag von Balthasar genügt als Antwort und er angelt an Nikolaus vorbei sein Malzeug. Nikolaus weicht einen halben Schritt und betrachtet seine Hände. Vielleicht erkennt er ausgerechnet jetzt deren Nutzlosigkeit. Dann beobachtet er den anderen, der sich wieder der Leinwand zuwendet.

»Wie viele Kinder?«, fragt er skeptisch und Antonia in ihrem Versteck kann sich nicht denken, dass ihr besitzergreifender Bruder die Entscheidung des anderen so kampflos akzeptiert.

»Mindestens sechs!«, murmelt Balthasar und so, dass es Antonia gerade noch hören kann. In ihrer Brust hockt ein Schmerz, als ob jemand ihr Herz herausgerissen hat.

»Und weißt du schon, wen du heiratest?«

Ja, das würde Antonia jetzt auch zu gern wissen und vor ihrem inneren Auge sieht sie die Blondine – Friederike, nicht wahr? – die Dachstiege herunterhüpfen und in ihrem Ohr liegt deren frühlingshelles Lachen, um das sie sie schon vor einem Jahr beneidet hat. »Ja, ich denke, ich weiß schon wen.«

»Und bist du in sie verliebt?«

»Ja.«

»Und«, bleibt Nikolaus beharrlich, »ist sie auch in dich verliebt?«

»Ja.«

»Das freut mich für dich«, sagt Nikolaus und es klingt ein bisschen bissig, was Balthasar wohl heraushört, denn er dreht sich um.

»Danke«, ebenso spöttisch, »es ist nun mal so, Nik. Das hab ich dir hundertmal gesagt. Mit uns das wird nicht mehr, wie es gewesen ist, und außerdem …«

»Außerdem?«

»Muss ich eine Familie gründen, irgendwann, es ist nun mal so.«

»Was für eine Verschwendung«, stichelt Nikolaus, meint aber weder die Farbe auf der Leinwand noch Balthasars großzügigen Strich, mit dem er das Schilf am Tümpel malt.

Ohne von der Leinwand aufzublicken, zuckt Balthasar, während er von Nikolaus beobachtet wird, mit den Schultern. »Ich hätte dich gern als Trauzeugen, aber ich schätze, du wirst es nicht machen.«

Nikolaus lacht auf. »Ich liebe dich so sehr, ich würde es nicht ertragen, dich an ein Frauenzimmer abzutreten, das weißt du doch.«

Ja, so kennt Antonia ihren Bruder.

»Und wer ist die Glückliche?«

Antonia will, sie muss es wissen. Ihr ist ganz elend. Ihr Magen gärt vor lauter Unglück. Sie schämt sich, weil sie die beiden in einem so intimen Moment belauscht hat.

Balthasar meint, das würde Nikolaus erfahren, wenn das Mädchen seinen Antrag angenommen habe.

Nikolaus verfällt in ein lästiges Ratespielchen, aber an Balthasar ist keine Gemütsregung zu erkennen und aus ihm keine Antwort herauszubekommen, außerdem sei, so sagt er, an eine Hochzeit erst nach dem Studium zu denken.

»Da hab ich ja noch genug Zeit, dich eines Besseren zu belehren.«

Balthasar lacht auf. »Das kannst du vergessen.«

Abrupt und ohne Vorwarnung nimmt Nikolaus seinen Rock und Schal, die Handschuhe, Zylinder und den Gehstock, und noch ehe Antonia sich versieht, tritt er auf die Tür zu. Sie hält die Luft an, weiß nicht, wo sie sich verstecken könnte, da fällt ihrem Bruder noch etwas ein, sodass sie Zeit hat, zur Treppe zu huschen.

»Du kommst doch Weihnachten zu uns? Vater würde das viel bedeuten«, hört sie ihn in den Saal rufen, während sie die Treppe hinaufstolpert und er schon die Tür öffnet.

Balthasars Antwort hört sie nicht, aber sie passt den Moment ab, da Nikolaus die Tür des Malsaals hinter sich schließt.

»Nikolaus! Du noch hier? …« Antonia tut geschäftig mit ihren Handschuhen und ihren Hutbändern. Sie benimmt sich so, als sei sie eben erst vom oberen Korridor gekommen, wo Vaters Arbeitszimmer liegt. Schier gleichmütig schlendert sie die Treppe, die sie eben hinaufgehechtet ist, hinunter. Nikolaus sagt, er habe an einer Hausaufgabe gearbeitet. Er läuft ihrem Spielchen auf und bietet ihr den Arm zum Geleit nach Hause. Er tut so unbeteiligt, obwohl das, was Antonia beobachtet hat, alles andere als alltäglich ist. In ihrer Welt zumindest. Vielleicht ist es für Nikolaus und Balthasar ganz normal, über Auswanderer- und Heiratspläne zu reden, sich zu küssen und so zu tun, als sei das alles nichts!

Sie kann den Ausführungen ihres Bruders seine Arbeit betreffend kaum folgen, weil sie das, was sie beobachtet hat, so sehr beschäftigt. Der Schnee fällt dicht an diesem Abend, ihre Gedanken wiegen schwer.

Seit sie so tief in Balthasar Webers Seele geblickt hat, ist der Damast webende Böhme nun noch geheimnisvoller für sie und die Korrespondenz mit ihm noch aufregender.

Unter einer weiteren ihrer bemühten Landschaftszeichnungen findet sie in Balthasars Krakelschrift die Anmerkung: *Zweites Semester. Patrik Peale: Kritik der Kunst, §32, 33 Über die naive Schönheit. Lies das!*

Das trifft Antonia hart. Nein, sie kennt die Schriften des Freiherrn von Seckendorff, genannt Peale, nicht. Zumindest weiß sie jetzt, dass Balthasar Weber sie für einen seiner Kommilitonen hält. In einem trotzigen Anflug zerknüllt sie ihre misslungene Landschaft und wirft sie in den Papierkorb.

Sie findet *Kritik der Kunst* in der Bibliothek und überlegt hin und her, ob sie es wagen darf, eines der Leihbücher mitzunehmen, ohne sie vom Bibliothekar verbuchen zu lassen. Niemals würde man ihr, einer Frau!, ein Buch aus der Akademiesammlung ausleihen. Antonia wiegt den Peale in der Hand, ein nicht allzu dicker Band. Wenn sie ihn unter der Pelerine verstecken würde … wäre es Diebstahl. Nein. Sie stellt *Kritik der Kunst* wieder ins Regal, traurig und demotiviert, aber bald ereilt sie ein anderer Einfall.

Sie korrigiert Balthasars Französischaufgaben noch an Ort und Stelle und schreibt darunter mit der gekünstelten Blockschrift: *Donne-moi tes documentations de la «critique a l'art»!* – Gib mir deine Aufzeichnungen von *Kritik der Kunst.* Denn wenn Balthasar sie für einen der Studenten hält, kann sie nicht zugeben, keinen Zugang zu diesem Buch zu haben, aber sie kann so tun, als sei sie ein sehr liederlicher, sehr säumiger Student und habe kein Wort vom Unterrichtsgegenstand verstanden.

Aber Balthasars Aufzeichnungen bekommt Antonia nicht, sondern etwas anderes. Am folgenden Tag liegt da das dickste Buch, das sie je in Händen gehalten hat. Es ist nicht der Peale, sondern etwas viel, viel Besseres und ihre gestern zusammengeknüllte und in den Papierkorb geworfene Zeichnung steckt geglättet im Kapitel über den *Charakter der Kunstwerke.*

Unter ihrer derangierten Zeichnung wird sie von der windschiefen Schrift mit der Frage konfrontiert, die zu erwarten war, die sie aber nie, niemals wird beantworten können. Zumindest nicht wahrheitsgemäß.

Antonia hat nicht gleich Gelegenheit, in dem dicken Wälzer, von G. F. Waagen, *Kunstwerke und Künstler in England und Paris* zu lesen, weil so viel zu tun ist. So, als habe Frau Gutzkow beschlossen, den Frühjahrsputz vorzuziehen, muss jeder Winkel gewienert werden. Zugegeben: Selbst Antonias Puppenstube ist dermaßen eingestaubt, dass einem die Bewohner leidtun können. Und während Antonia akribisch das Miniaturhäuschen ausräumt, jeden Gegenstand, jeden Hausbewohner abstaubt, kommt ihr eine Idee, über die sie laut lachen muss. Vergessen ist der Haushaltstag. Den winzigen Hausvater ihres Puppenhauses setzt sie auf ihr Tintenfass, drapiert die in ihrer Kindheit selbst gebastelten Bücher und Schreibhefte um ihn herum und zeichnet mit schnellen Linien die Szene ab, was ihr ausgesprochen zügig von der Hand geht. Antonia erkennt ihr Talent darin, den Puppenstubenhausherrn mit schnellem Federstrich, Witz und Fantasie in Szene zu setzen.

Von nun an übernimmt ihr Alter Ego die Korrespondenz mit Balthasar Weber.

Am letzten Freitag vor den Weihnachtsferien, es ist der 16. Dezember 1841, eine Woche vor Heilig Abend, macht der Neuschnee die Wege rutschig und Antonias Heimweg von der Töpferwerkstatt gefährlich. Den Kopf unter der weiten Kapuze ihrer gefütterten Pelerine, die Hände unter dem Umhang im Muff, balanciert Antonia wie auf Eiern über die Straße. Sie biegt gerade in die Gasse an der Dreikönigskirche ein, ein scharfer Wind pfeift hier herunter, da wird sie einer Stimme gewahr, die sie nur allzu gut kennt.

Sie drückt sich an die Mauer der Kirche und lugt hinüber zur Hauptstraße, wo eine Horde Männer an der Artillerie-Kaserne entlangstolpern, vielleicht angetrunken, vielleicht aber auch nur genauso auf dem Glatteis wie sie. Aber ganz deutlich hebt sich von den anderen Erdmann von Stukken ab, der sich wie üblich mit Zoten hervortut.

Zu Antonias Leidwesen schlagen die Männer genau ihre Richtung ein. Das Letzte, was sie gebrauchen kann, ist, jetzt Erdmann von Stukken in die Arme zu rennen. Antonia rudert über die Straße, stolpert über die seit Wochen eingefahrenen Schneerinnen und beeilt sich in Richtung Obergraben. Weil sie aber so schnell ist und unter dem tiefen Rand ihrer Kapuze kaum in die Ferne sehen kann, stößt sie an der Ecke dermaßen grob mit jemandem zusammen, dass es sie drei Fuß zurück in den Schnee wirft.

Einen Moment bleibt sie auf dem Rücken liegen und denkt darüber nach, dass die Schneeflocken wie kleine tanzende Elfen aussehen.

Kristalle

Er kann dem Französischknilch nicht seine Aufzeichnungen von *Kritik der Kunst* geben. Balthasar braucht sie noch. Den Peale kann der andere selber lesen, der steht hier im Büchereiregal, gar nicht weit weg. Wie Balthasar seinen Bibliothekstisch frei räumt, um nach Hause zu gehen, sieht er die völlig missglückte Landschaftsdarstellung zusammengeknüllt im Papierkorb liegen. Das tut ihm nun doch etwas leid. Vielleicht war sein Urteil zu hart gewesen, aber der Französischfutzi zeichnet seine Motive in die Breite, nicht in die Tiefe mit viel zu wenig Natürlichkeit, was längst veraltet ist.

Balthasar glättet die Federzeichnung und steckt sie in die Seite 348 seines Exemplars von Dr. G. F. Waagen, *Kunstwerke und Künstler in England und Paris* von 1839, einem 800-Seiten-Briefwechsel, den Balthasar heut nicht unbedingt mit nach Hause schleppen will. Hier kann sich der andere mal ruhig über landschaftliche Natur sowie menschliche Eigenschaften und Zustände belesen, bei denen es darum geht, sie nicht durch Personifikation zu zeigen, sondern mit so hohem Nachahmungsgrad wie nur möglich.

Gleich am nächsten Tag, als er seine Französischübungen in der Bibliothek abholt, findet er eine Antwort.

Unter *Wer bist du?*, was er gestern hier hingeschrieben hat, steht nicht etwa eine Antwort, sondern eine neunmalkluge Korrektur in angestrengter Blockschrift: *Qui tu es? Oder Comment Vous vous appellez! Muss es heißen.* Und *Merci beaucoup bien pour G. F. Waagen* – bedankt er sich umständlich für das Buch.

Anstelle der ungekonnten Landschaften oder Stillleben mit völlig verqueren Schattenwürfen findet er eine Karikatur. Die Zeichnung, die der andere unter die knappe Korrespondenz angefertigt hat, amüsiert ihn: ein auf einem viel zu großen Tintenfass sitzender dürrer Kerl mit überdimensionaler Knollennase und einem Federhalter in den knochigen langen Fingern. Wie Wogen eines sturmgepeitschten Ozeans schwemmen Bücher und Hefte zu seiner Tintenfassklippe heran. Der arme Kerl kann einem leidtun. Der Lichteinfallswinkel ist mal wieder nicht korrekt. So zum Beispiel schlägt der Schatten der Figur nach rechts, der Schatten unter der dicken runden Nase aber deutet nach links. Die Nase ist zu absurd! Kennt Balthasar einen Studenten mit einer so markanten Nase? Balthasar kramt aus seiner Tasche die neue Französischhausaufgabe und schreibt mit stoischem Gleichmut darunter: *Wie ist dein*

Name? Auf Deutsch und nicht gerade in Kurrentschrift. Er wüsste zu gern, mit wem er es zu tun hat.

Aber das erfährt er vorerst nicht.

Der andere antwortet tags darauf wieder nur mit einer Zeichnung: dieses Mal hält der Knollennasenwichtel den rechten Arm vor dem Körper abgespreizt. Der Zeigefinger der Rechten hoch erhoben, der der Linken ruht auf den Lippen. Darunter steht mit artiger Blockschrift *Et toi?* Balthasar muss schmunzeln. Er kennt in der ganzen Akademie niemanden mit einem solchen Zeichenstil, vom Schattenfehler mal abgesehen. Überhaupt kennt er solche Zeichnungen nur von den Litfaßsäulen, wo Opportunistische mittels Karikaturen über die Obrigkeit, das Königshaus oder sonst wen herziehen.

Jetzt hat er keine Zeit, auf die kleine zeichnerische Spitze einzugehen.

Mit Überpünktlichkeit beginnt Professor Amundus' *Faltenwurf am Gliedermann*.

Tödlich langweilig.

Amundus referiert über die Bedeutsamkeit des Faltenwurfes, kommt von den Antiken zu den christlichen Darstellungen, vom Hundertsten ins Tausendste und Balthasar ist mit den Gedanken bei dem Französischmenschen und seinen eigenwilligen Zeichnungen.

Als er mit seinem Faltenwurf fertig ist, holt er von Amundus die Erlaubnis ein, sich einer anderen Aufgabe zu widmen und kramt aus seiner Tasche die Zeichnung mit dem Schweigen gebietenden Knollennasenwichtel. Niemandem in seiner Klasse traut er einen solch beschwingten Federstrich zu.

Im Gegenteil. Ein Blick in die konzentrierten Gesichter und die leicht zur Staffelei hin geneigten Oberkörper seiner Kommilitonen sagt ihm, dass er seinen Verbündeten hier nicht findet. Es gibt Studenten, die die Luft anhalten, wenn sie den Kohlestift auf das Papier setzen und dann stoßweise ausatmen, was wieder andere nervös macht und Ermahnungen, manchmal sogar Verwünschungen nach sich zieht. Manch einer wippt mit den Füßen, wieder andere kratzen mit den Nägeln an ihren Fingern herum. Einfaltspinsel allesamt. Außer Nikolaus. Balthasar beobachtet, dass Nikolaus wieder einmal Probleme mit der Plastizität auf der Fläche hat. Und von Stukken? Der überlegt immer dreimal, bevor er einen Strich tut und dann ist es trotzdem meistens der falsche. Am liebsten zeichnet Erdmann von Stukken sowieso sich selbst und ist von seiner Kunst überzeugt. Wenigstens einer.

Eine Weile verharrt Balthasars Blick auf dem Männchen. *Et toi?* – Und du? Wer bist du?, hat der andere drunter geschrieben.

Balthasar hat nie auch nur einen Gedanken daran verschwendet, sich selbst zu zeichnen. Seine Schwägerin Luisa hat sich mittels eines Selbstporträts ins Herz seines Bruders gezeichnet. Beim Gedanken an Luisa, muss er unwillkürlich lächeln. Das war der Beginn der Damastweberei und Schmucktuchweberei seines Bruders gewesen. Danach waren jede Menge Porträttücher in Auftrag gegeben worden. Sein Bruder und seine Schwägerin spezialisierten sich sogar auf solche Schmucktücher. Das Geschäft florierte bis die Weberinnung darauf bestand, dass nur ein studierter Mustermaler diese Dinger entwerfen dürfe.

Balthasar setzt den Kohlestift auf das Papier. Wie sehen ihn seine Kommilitonen? Diejenigen, die ihn argwöhnisch beäugen, nennen ihn nur den Damastweber. Er ist ein Damastweber. Nicht mehr, aber auch nicht weniger. Er beginnt mit dem Gestänge des Zampelstuhls; die Pedalen zuunterst; der Warenbaum vorn, dann der Kettbaum hinten, darüber das Webbett, auf dem die Kettfäden hin zum Brustbaum fließen. Davor sitzt der Damastweber und trägt mit dem Weberschiffchen den Schussfaden ein. Über dem Webbett hängt eine drehbar gelagerte Konstruktion, aus dem die Harnischschnüre herabfließen wie Regenfäden. Er weiß, wenn er auch nur ein weiteres Detail zeichnet, bekommt er Heimweh. Dieser Gefahr zum Trotz, knüpft er mittels Kohlestrichen unten die Kettfäden an. Die Umlenkrolle, mit der es der Zieher auf dem Podest an der Längsseite des Damastzugwebstuhls schafft, die Harnischschnüre hinaufzuziehen, ist dazu da, damit sich die Kettfäden heben. Die Harnischschnüre markieren das spätere Muster im Tuch.

Balthasar kennt das Monstrum von Zampestuhl, so groß wie ein Ehebett, in- und auswendig. Seine Kindheit hat er an der Haspel verbracht, hat Fäden in die Schussspulen aufgewickelt, später hat er das Einlesen eines Musters in die Schnurenbündel gelernt, danach jahrelang auf dem Zieherpodest gestanden und die Schnurenbündel aus dem Webbett gehoben, damit sein Vater und sein Bruder die Schussfäden hineinfabrizieren konnten.

Und erst seit sein Bruder und seine Schwägerin das Unternehmen gründeten, zehn Jahre ist das nun her, sitzt er selbst in der Webbank und bedient selbst die vielen Pedalen unter dem Zampelstuhl, schleudert den Schützen von rechts nach links, von links nach rechts, zieht die Weblade mit Krachen zu sich heran und ermahnt seinen Neffen, den träumenden Ziehjungen, wie er selbst einer gewesen war, die Schnüre straffer zu ziehen. Er ist Damastweber. Kein Künstler.

Er zerknüllt das Papier.

Wenn der Französischmensch sich schon nicht zu erkennen gibt, sieht Balthasar ebenfalls keinen Anlass dafür. Und wenn er einen Damastwebstuhl zeichnet, wüsste sowieso jeder, dass nur er gemeint sein kann.

Der Advent schreitet voran und Balthasar bekommt Post von zu Hause. Dort will man wissen, wann er in den Ferien heimkommt. Zerknirscht gesteht Balthasar sich ein, dass er den Auftrag für die von Pechern nicht schaffen wird, wenn er nicht in den Weihnachtsferien daran weiterarbeitet.

Die Erlaubnis dazu bekommt er vom alten Amundus, kaum, dass er sein Anliegen vorgebracht hat. »Und Sie kommen doch unserer Einladung nach?«

Balthasar dreht sich in der Tür des Arbeitszimmers des Amundus', das er eben hatte verlassen wollen, um. Der Alte linst über seinen Zwicker hervor und wartet auf eine Antwort.

Balthasar nickt knapp. »Danke für die Einladung.« Es ist wohl angeraten, sich blicken zu lassen, wenigstens eine halbe Stunde oder so. Die Mädchen würden ihn schon entbehren können.

»Noch was, junger Mann«, als Balthasar sich abermals abwendet. »Keine Geschenke.«

»In Ordnung.«

In der Woche des dritten Advent bekommt er abermals Post: ein Paket von zu Hause.

Nikolaus, der in letzter Zeit wieder häufiger vorbeischaut, reicht ihm ein Messer, damit Balthasar die Schnüre zerschneiden kann. Im Grunde ist Balthasar glücklich darüber, dass er Nikolaus' Freundschaft zurückgewonnen hat, andererseits fühlt er sich manchmal in Beschlag genommen. So, als habe der andere zwar akzeptiert, dass es zwischen ihnen nicht mehr so sein wird, wie es einmal war, lauert aber auf Gelegenheiten, ihre Abmachung zu umschiffen. Bislang konnte sich Nikolaus benehmen. Balthasar hat ihm verboten, hier zu übernachten.

Dem Paket entströmt, kaum, dass Balthasar es geöffnet hat, der untrügliche oberländische Duft, der Balthasar bis ins Herz zieht. Ein Bund getrockneten Lavendels fällt ihm in den Schoß, während er die Lagen von Seidenpapier öffnet. Lavendel wie er zu Hause überall mit den violetten Blütenköpfchen nach unten hängt, um die Motten vom kostbaren Tuch fernzuhalten. Das zweite, was er riecht, noch bevor er es ertastet, sind zu faustgroßen Kugeln gepresste Körner und Schrot. Aus jeder Kugel baumelt eine Schnur.

Nikolaus nimmt einen Knödel und wiegt ihn. Er hat keine Ahnung, was er in der Hand hält.

Balthasar erhebt sich, hängt eine der Kugeln aus der Dachluke ins Freie. Es dauert nicht lang und sie wird von Vögeln belagert. Einen Moment schauen er und Nikolaus zu, wie nach und nach die gefiederten Gesellen herbeischwärmen.

Den Brief zuoberst liest Nikolaus laut vor, während Balthasar den dicken Packen Musterpapiere auseinandersortiert. Er möchte bitte, so schreibt seine Schwägerin Luisa, eine Auswahl für die Frühjahrkollektion treffen. Sie und Caspar können sich nicht einigen und es gäbe Streit deswegen. Balthasar weiß, dass Luisas dominante Art schon manchen zur Weißglut gebracht hat, aber Streit zwischen ihr und seinem Bruder? Das kann er sich beim besten Willen nicht vorstellen. Es ist Luisas Koketterie und ein Wink mit dem Zaunpfahl, weil er seit beinahe anderthalb Jahren nicht mehr zu Hause war. Weiter hört er Nikolaus vorlesen, dass die Entscheidung eile und bis Weihnachten getroffen werden soll. Per Eilboten möchte Balthasar das bitte erledigen, da er ja nun nicht nach Hause komme. (Ihren vorwurfsvollen Ton imitiert Nikolaus nur zu treffsicher.) Er möchte, so liest jener weiter, die Patronen bitte korrigieren, wenn denn etwas daran zu ändern sei.

Balthasar blättert in den Bögen, die Luisa gezeichnet hat – ohne Lizenz – und an denen er jede Menge ändern würde.

Die Firma brauche dringend neue Entwürfe, insistiert Luisa und Nikolaus gibt sich Mühe, die Dringlichkeit als solche zu betonen. Ob Balthasar nicht irgendwas dahabe, fragt seine Schwägerin, was man zu einem guten Tuch machen könne? Schließlich male er doch den lieben langen Tag! »Oh, oh«, urteilt Nikolaus, was den nicht zu überlesenden Rüffel zwischen den Zeilen anbelangt.

Ein paar Bögen leeres Musterpapier schicke Luisa ihm mit, liest Nikolaus weiter und Balthasar weiß, er sollte ein paar wirklich gute Ideen bekommen, bevor die Firma in tatsächliche Nöte gerate. Die Messe im August habe doch gezeigt, dass die Konkurrenz nicht schläft!

»›Das Tuch …‹«, liest Nikolaus weiter und hält Balthasar ein weiteres kleines weiches, in Seidenpapier gewickeltes Päckchen unter die Nase, »›… ist für dein Mädchen …‹, dein Mädchen?« Letzteres kommt schnippisch von Nikolaus, worauf aber Balthasar nicht eingeht.

Er entwirrt die Hanfkordel vom Päckchen und entrollt das Seidenpapier. Und während er die Lage von Jute auseinanderfaltet, wird der Duft von Lavendel, von gebeiztem Holz, aufgerauten Leinenfasern, Leinöl und Luisas Plätzchen unerträglich schmerzlich.

»Dein Mädchen, Balthasar? Deine Schwägerin weiß womöglich auch, wer es ist, der du den Hof machst, nur mir willst du es nicht sagen!« Nikolaus traktiert ihn, wann immer sich Gelegenheit bietet, mit diesem Thema. Dass er jetzt nicht energischr darauf herumreitet, ist sicherlich der seltenen Nachricht von zu Hause geschuldet.

Balthasar ist mit allen Sinnen bei dem Tuch, das er an seine Nase drückt und dabei die Augen schließt. Er hört das Schlagen des Webschützen, der den Schussfaden zwischen die ausgehobenen Kettfäden schleudert, fühlt das harte Anstoßen des Brustbaumes, den er zu sich heranzieht, atmet die von Leinenfasern geschwängerte Luft ein. Das alles fehlt ihm und in diesem Moment packt ihn das Heimweh, so furchtbar wie bisher noch nicht.

»Ich lass dich damit mal besser allein«, hört Balthasar Nikolaus sagen. Er weiß, der andere möchte gebeten und zum Dableiben überredet werden, doch Nikolaus hat schon ganz recht. Balthasar muss allein sein. Er hört ihn im Oberstübchen umhergehen und seinen Kram zusammensuchen, das verhaltene Klacken der Kammertür und dann die Stille, die ihn umgibt, ihn und den Duft seiner Heimat.

Er öffnet die Augen, entfaltet das Tuch, ein leichtes Leinen, so leicht wie es nur C.F. Weber webt. Reines Leinen, wie es durch die Konfession verboten worden war und dessen Webrecht sein Bruder teuer erkauft hat. Und um es zu bekommen, musste er das Königreich Sachsen verlassen, sich im Kaiserreich ansiedeln, wo es erlaubt ist, Reinleinen zu weben: leicht wie Seide, schimmernd wie es nur Atlas vermag, aber beständig wie Baumwolle.

Als Erstes schaut Balthasar nicht das Motiv, sondern den Rand an. Die Würfelkante steht für echten Damast und die Breite der einzelnen Kästchen verrät Balthasar, wer aus der Firma das Tuch gewebt hat. Jedes Gespann von Weber und Zieher hinterlässt in der Würfelkante seine Visitenkarte. Herrmann Tkadlek, Balthasars Schwager, Ehemann von Balthasars Schwester Elsbeth und dessen ältester Sohn webten dieses Stück Heimat.

Über das Motiv muss Balthasar lächeln. Die gewebte Landschaft liegt in rotem Schuss, während der Grund in weißer Kette zu sehen ist. Dreht man das Tuch um, ist es genau anders herum.

Nichts, was Luisa tut, tut sie unüberlegt und die Szenerie des Zittauer Gebirges hat sicherlich den Zweck, Balthasars Mädchen auf seine Heimat neugierig zu machen. Ohne Zweifel ist Luisa neugierig auf eine potenzielle Schwägerin.

Balthasar nimmt Luisas langen Brief. Mehrere dicht beschriebene Bögen quittieren sein schlechtes Gewissen und seine sporadischen, einsilbigen Nachrichten nach Hause.

Sein schlechtes Gewissen ist so groß, dass er sich noch in dieser Nacht über die erste Patronen setzt und sie mit pfeilspitzem Bleistift überarbeitet.

Er arbeitet die ganze Nacht durch, schleicht hinunter in Marthes Wohnung und brüht sich den starken Türkentrunk des treuen Seemanns auf und arbeitet unermüdlich.

Am kommenden Morgen quält er sich in die Akademie, damit er keinen Ärger bekommt, aber er hat einen Bogen Musterpapier dabei. Am Freitag vor den Weihnachtsferien, es ist der 16. Dezember 1841, bringt er den in seinem Arm schwankenden Nikolaus nach einem Umtrunk nach Hause. Es schneit dicke Flocken.

Auf dem Weg nach Pieschen muss er den Obergraben überqueren, und wird von einem Menschen beinahe über den Haufen gerannt. Der andere ist eine Frau und die bleibt wie tot auf dem Gehweg liegen, atmet schnell wie ein gehetztes Tier und starrt in die Gaslaterne über sich. Balthasar, vom Schrecken gepackt, beugt sich über sie. »Haben Sie sich weh… Antonia?«

Er beeilt sich, ihr aufzuhelfen und redet auf sie ein. Sie aber kramt stumm ihre Hände unter ihrem Umhang hervor und streckt ihre Rechte mit der Handfläche nach oben auf Augenhöhe aus. Sie starrt die Schneeflocken an, die auf ihren Handschuh fallen. »Sehen Sie? Die Kristalle sehen aus wie kleine Tänzerinnen. Prima Ballerina.«

Vielleicht, so überlegt Balthasar, hat sie beim Aufprall den Verstand verloren? »Ähm.« Balthasar guckt skeptisch auf die dicken Schneeflocken und als Nächstes wirbeln beide vom Lärm gestört herum.

»Meine Güte, helfen Sie mir«, löst sich Antonias Schockzustand. Sie hüpft aufgeregt auf der Stelle. Der Lärm kommt näher, hat die Dreifaltigkeitskirche längst passiert und steuert genau auf sie zu. Es sind johlende Studenten. »Das ist von Stukken. Ich kann ihm heut nicht begegnen!« Sie dreht sich um ihre Achse auf der Suche nach einem Versteck.

Balthasar beobachtet die sich nahenden Männer und ehe er sich versieht, wird er von Antonia am Kragen gepackt, dicht zur Hauswand, neben der sie stehen, gedreht und von dem Mädchen umschlungen. Er kann eben noch seine Arme um sie legen, damit die Männer sie nicht sehen. Einer von ihnen pfeift anzüglich zwischen den Zähnen aus, ein anderer nuschelt einen dreckigen Witz, die anderen kichern, dann sind sie vorüber. Balthasar weiß, er muss das Fräulein jetzt loslassen, doch kann er nicht. Er hält sie fest, ganz fest, ihr Gesicht drückt sie gegen seine Brust und er nimmt ihren süßen, fruchtigen Duft wahr, hört sie aufgeregt atmen, spürt ihre Wärme, dort, wo die oberen Knöpfe seines Mantels offen sind und ihre Hände, die sich in seinem Rücken verkrallen.

»Verzeihung«, murmelt sie und macht sich langsam von ihm los. Jetzt beginnt sie den Schnee von ihrem Umhang zu klopfen, Balthasar hilft ihr am Rücken, wo sie nicht hinkommt. »Danke.« Sie gibt sich verlegen und streicht Haarsträhnen unter ihre Kapuze. Einen Moment stehen sie voreinander und er betrachtet ihr gerötetes Gesicht. Sie ist so schön und sein Herz macht einen aufgeregten Satz.

»Guten Abend«, nickt er, weil jedes versuchte Gespräch diesen wunderbaren Moment zerstören würde. Sie lächelt ihn vorsichtig an und drückt sich an ihm vorbei. Es sind nur ein paar Schritte bis zu ihrem Haus. Balthasar verharrt beobachtend, bis sie durch die Tür geschlüpft ist. Von nun an beherrscht dieser kleine, immer wieder erinnerte Moment seine Gedanken.

Kurz vor Weihnachten füllt Balthasar den letzten Bogen des Musterpapiers und schafft den Packen der überarbeiteten Entwürfe und der neuen Patronen zum Postamt, um ihn per Eilboten aufzugeben. Aus der Akademie bringt er eine Zeichnung seines Französischfreundes mit.

Er vergisst beinahe das Weinglas in seiner Hand, so vertieft ist er in die Betrachtung des kleinen knollennasigen Männchens, das im Bett halb liegend, halb sitzend, eingepackt in dicke Daunen Papiere studiert. Die Stirn in Falten, die Hände über dem Kopf geschlagen. Hier überwiegen nicht so sehr die formalen oder stilistischen Ungereimtheiten wie auf den bisherigen Zeichnungen des Französischkönners, sondern vielmehr die inhaltlichen. Und Balthasar kommt ein Verdacht. Denn nur ein feiner Pinkel zeichnet eine so idealisierte Armut; völlig übertrieben, nicht einmal karikiert, sondern einfach falsch.

Vielleicht, so überlegt er, ist es witzig gemeint? Ein bisschen Witz hat es an sich, wie der kleine Mann mit seiner riesigen Nase, einen

Schnupfentropfen daran, da in seinem Bett hockt, ganz allein und verlassen, am Ende mit seinem Latein, so scheint es, aber der Rest ist ganz falsch. Die Einrichtung des Zimmers soll ärmlich wirken, aber wieso liegt auf einem der krummen Schemel dann ein Stickrahmen? In der anderen Ecke steht ein Pianoforte, sehr gekonnt gezeichnet. Das ganze Zimmerchen ist äußerst perspektivisch gezeichnet, Balthasar hätte es nicht besser gekonnt, aber die Einrichtung? Die entspricht einer reichen Vorstellung von Armut, nicht der Realität. Die Darstellung ist schlichtweg gelogen. Das schreibt er darunter. *Je remarque chez toi que tu mens!*

Ich weiß, dass du lügst

Antonia wird den Briefwechsel mit ihm vermissen. Es sind nur zwei Wochen, bis das Semester weitergeht, aber den G. F. Waagen hat sie durch und wieder in die Bibliothek gelegt. Sie wird Balthasar am Heiligen Abend sehen, aber es wird nicht dasselbe sein, wie mit ihm zu korrespondieren, während er glaubt, sie sei einer seiner Kommilitonen.

Anfangs fand sie es schade, dass er sich nicht zu erkennen gibt. Sie hätte gern eine Zeichnung von ihm erhalten, hätte gern gesehen, wie er sich selbst sieht, wie er sich darstellen würde, aber sie muss sich eingestehen, dass es eben nicht Balthasar Webers Eigenheit ist, sich darzustellen.

Unter die letzte Hausaufgabe hat sie koketterweise geschrieben: *Qu'est-ce que tu fais à noël?* – Was machst du an Weihnachten? Das Bild, das er ihr daraufhin gezeichnet hat, beschäftigt sie sehr: Eine auf dem Boden sitzende, an eine Chaiselongue gelehnte, abgerisse Gestalt, umringt von geleerten Weinflaschen, das Gesicht liegt im Schatten. Die Figur hat keine Ähnlichkeit mit Balthasar Weber, was sicherlich beabsichtigt ist.

Et toi? – steht unter seiner Zeichnung – *qu'avez vous prévu pour noël?* – Was habt ihr an Weihnachten vor? Bis auf die zweite Person

Plural ist das doch ein ganz anständiger Satz geworden, überlegt Antonia. Es kribbelt in ihren Fingern, sich zu erkennen zu geben. Dieser Versuchung muss sie widerstehen, wenn sie noch eine Weile von seinem Wissen profitieren möchte. Sie grübelt über eine Antwort nach. Was könnte ihr kleiner knollennasiger Freund über Weihnachten machen?

Sie drapiert das Hausvaterpüppchen auf die Miniaturchaiselongue, umgeben von den kleinen gebastelten Büchern und Heften, erfindet ein Interieur dazu und zeichnet ihn in Gestalt eines Gelehrten im Bett halb liegend, halb sitzend, dick vermummt vor der Kälte, die durch die zerborstenen Fensterscheiben dringt. Eisblumen am Fenster. Die Stirn in Falten gelegt. Die knochigen langen Finger über dem Kopf zusammengeschlagen, brütet er über einem Manuskript. Viele Fehlversuche liegen um den zerbeulten Ofen verstreut. Sicher, ihre Zeichnung ist als Metapher zu verstehen.

Im Hause Amundus ist alles andere als Weihnachtsfreude eingekehrt.

Zu Beginn der Ferien frosten sich Vater und Bruder bezüglich eines zu exzerpierenden Aufsatzes an.

»Ich erwarte das Exzerpt über Seckendorffs *Auffassung über Gott und das Universum* noch heute Nachmittag auf meinem Schreibtisch, damit du darauf aufbauend den David analysieren kannst«, bestimmt ihr Vater. Nikolaus regt sich nicht, rührt das Essen nicht an, starrt vor sich hin. »Du brauchst dir nicht einzubilden, dass du zwei Wochen lang deinem Luderleben frönen und deine Aufgaben auf den letzten Drücker und im Neujahrssuff erledigen wirst.«

Nikolaus sitzt die Tirade aus. Wie üblich.

Antonia, um die Schwingungen zwischen Vater und Bruder zu beruhigen, schlägt vor, noch einmal in die Akademie zu gehen, um nach den Ward'schen Kästen zu schauen. Sie dürfen weder unterkühlen, noch austrocknen.

Ihr Vater gibt geistesabwesend seine Zustimmung. »Nik, ich will nur das Beste für dich.« Es bleibt still und kalt zwischen den Männern. Das Mittagessen wird nicht in die Länge gezogen. Die bevorstehenden Feiertage geben den Amundi nicht Anlass zu angestrengter Freundlichkeit.

Antonia atmet befreit, sobald sie den Fesseln des Hauses entkommt. In der Bibliothek der Akademie findet sie das, wovon sie zehren wird bis zum nächsten Briefwechsel. Dem Brief beigelegt: ein unfassbar dicker Packen an Papieren Kunsttheorie und dazu eine Mappe Französisches. Monsieur de Daigner hat seinen Schülern über die Ferien Unmengen von Hausaufgaben übertragen. Balthasar hat nicht einen Strich daran gearbeitet. »Verstehe«. Kunsttheorie gegen Französischhausaufgaben. »Na schön.«

Seine Nachricht: *Joyeux Noël* – Frohe Weihnachten! Ihr Herz schlägt aufgeregt. Unter der Mappe liegt ihre Zeichnung von neulich. Der arme frierende Student im Bett mit laufender Knollennase. Darunter hat Balthasar flüchtig geschrieben: *Je remarque chez toi que tu mens.* – Ich merke dir an, dass du lügst!

»So so, ich lüge also!« Die Zeichnung knistert in ihrer geballten Faust. Er durchschaut sie. Sie muss vorsichtiger sein!

Noch am selben Abend beginnt sie damit, Balthasars kunsttheoretische Notizen durchzublättern. (Und ihr fällt ein, dass sie die Blumen in der Akademie völlig vergessen hat.) Sie ist ganz aufgeregt, weil sie sich dieses Schatzes, seines Hortes, dem Grundstein des akademischen Kunststudiums bewusst wird. Zugegeben: Balthasar Webers Version des Hortes ist eine speckige Loseblattsammlung, von Eselsohren und Rissen geziert, aber die Worte, die Fülle an Worten ist unschätzbar für sie. Antonia kann seine kantige Schrift längst fließend entziffern und erlangt tiefe Einblicke in Seckendorffs *Kritik der Kunst*.

Balthasar hat alle Diskurse, die die Studenten wohl im Unterricht besprochen haben, detailliert aufgeschrieben, hat Anmerkungen, die ihm wichtig erschienen, unterstrichen, andere, die ihm widersprüchlich vorkamen, mit Ausrufe- oder Fragezeichen gekennzeichnet. Er hat Tabellen und Listen angelegt, um seine Erörterungsstruktur zu systematisieren. Das hätte Antonia einem Balthasar Weber, der so liederlich, so chaotisch, so wankelmütig daherkommt, der sich so völlig aus der Art geschlagen präsentiert und von dem sie Geheimnisse kennt, die sie lieber nicht wissen will, niemals zugetraut. Er hat Seckendorffs *Auffassung über Gott und das Universum* sogar in kleinen Skizzen dokumentiert. Wenn Nikolaus diese Aufzeichnungen hätte!, überlegt Antonia und gönnt sich ein verschmitztes Grinsen. Lernpatenschaft! Ihr Bruder scheint nach wie vor eher Balthasars Trink- als Lernpate zu sein.

Sie durchdringt das, was ihr Bruder nicht verinnerlichen kann, nämlich, dass nach Seckendorffs Auffassung die Natur nicht das Geistige, sondern das Sinnliche darstellt und der menschliche Geist um vieles höher steht als der Naturgeist. Natur, so lernt sie, sei kein totes Aggregat von einer unbestimmbaren Menge von Gegenständen, sondern das rein Schöpferische, aber nicht das Göttliche. Und jenen Aufsatz, den Nikolaus noch durcharbeiten muss, findet Antonia in grandioser Dialektik kritisch diskutiert.

Antonia arbeitet die halbe Nacht an Balthasar Webers Französischübungen, fügt eine optimistische Zeichnung ihres Knollennasenwichtelmännchen hinzu und bringt sie baldmöglichst in die Akademie.

Erster Sopran

Als Balthasar am Donnerstag, den 23., hinunter in die Bibliothek kommt, findet er den Schwung Französischhausaufgaben in all ihrer unerträglichen Ausführlichkeit erledigt.

Ein Knollennasenwichtel hüpft vor Freude in die Luft, sodass seine Gliedmaßen unnatürlich vom Körper abstehen; Wellenlinien sind um das Männlein herum schraffiert, mit denen die Bewegung hervorgehoben wird. Das amüsiert Balthasar. So etwas hat er zuvor noch nie gesehen. Es ist originell und wirklich witzig, anders als der kränkelnde Studiosus unter dem kaputten Dachfenster seiner Mansarde.

Balthasars Antwort ist die Zeichnung eines ältlichen Knaben, der ein schlaksiger Professor sein könnte, das Mienenspiel des Professor Mathai widerspiegelt und wider seiner eigenen Prinzipien die Rechte mit erhobenem Daumen vorstreckt.

Im Malsaal kommt er heut kaum voran, kehrt erst heim, als ihm vom Kunstlicht die Augen wehtun, nur um in aller Frühe des 24. in die Akademie zurückzukehren.

Der Windfang der Amundi ist wärmer und anheimelnder eingerichtet als es seine Kammer je sein würde.

»Beerdigung oder Weihnachten?«

»Trauer, natürlich. Unser Herr ist für uns am Kreuz gestorben.« Balthasar lässt sich von Nikolaus aus dem Schneetreiben ins Haus am Obergraben ziehen. Er entwirrt den meterlangen Schal, den seine Schwester vor Jahren für ihn gestrickt hat.

Nikolaus zupft an Balthasars Kragen. »Du bist zu spät. Wir haben dich zum Gottesdienst erwartet«, und seufzend: »Einen schönen Mann entstellt nichts«.

Balthasar wehrt Nikolaus' Finger ab.

Balthasar gibt dem Öl die Schuld für seine Verspätung, weil es bei der Hundskälte lange braucht, bis es geschmeidigt ist und die Pigmente bindet. In Wahrheit aber hat er sich absichtlich Zeit gelassen. Er fühlt sich nach dem Tag vor der Leinwand zerschlagen.

»Sie sind spät«, unterbricht ihn Antonia Amundus. Sie steht oberhalb der Treppe zum Flur.

»Guten Abend, tut mir leid … Hier.« Balthasar drückt Nikolaus etwas Rundes mit einer Schnur in die Hand, eingewickelt in ein Stück Jute.

»Keine Weihnachtsgeschenke, Herr Weber«, lässt Antonia die Augenbraue zucken.

»Das ist nicht für Sie, sondern für die Vögel.« Balthasar beobachtet, wie Nikolaus, den Meisenknödel draußen am Öllicht über der Tür aufhängt.

»Wozu das?«, fragt Antonia und ihre Augenbraue zuckt abermals kokett.

»Bringt Glück.«

Sie lassen Antonia den Vortritt und folgen ihr ins Esszimmer. Auf dem Weg dorthin hat Nikolaus schon ein Vierteldutzend Witze über das Weihnachtsfest gerissen.

Der Professor betritt den Salon, Hände schütteln, Platz nehmen;

Balthasar und Antonia sitzen einander an der Längsseite der Tafel gegenüber, während die beiden Amundi an den Stirnseiten tafeln. Der Professor beginnt sogleich eine seiner Vorlesungen über die Kunsttheorie.

»In welcher Kirche waren Sie?«, fragt Antonia, wobei sie ihrem Vater die Pointe eines Kunstwitzes verdirbt. Die Haushälterin trägt die Kartoffeln auf, Antonia das Sauerkraut.

»Ähm … gar nicht. Ich war in der Akademie.«

»Da hörst du!«, deutet der Professor mit der Gabel auf Nikolaus. »Dein Lernpate war in der Akademie. Hast du den Seckendorff exzerpiert?«

Nikolaus' eben noch so gute Laune ist wie verraucht und Balthasar kann es nicht glauben, dass der Professor so ein Arschloch sein kann. »Ich spreche das Tischgebet, wenn Sie möchten.«

»Ja«, der Professor macht ein hocherfreutes Gesicht.

»Hast du den Seckendorff schon ausgearbeitet?«

Balthasar schüttelt den Kopf. Er erhascht Antonias fragenden Blick, dann senkt er den seinen und faltet die Hände. »Also … Herr« aus den Augenwinkeln sieht er, wie die anderen ebenfalls die Hände aneinanderlegen und die Häupter senken. »Meine Zeit ist dahin und von mir weggetan wie eines Hirten Hütte. Ich reiße mein Leben ab wie ein Weber. Er bricht mich ab wie einen dünnen Faden. Du machst mit mir ein Ende den Tag vor Abend. Aller Augen warten auf dich, denn du gibst ihnen ihre Speise zur rechten Zeit. Amen.«

Balthasar hebt den Kopf und sieht sich drei fragendern Gesichtern gegenüber. »Was?«

Weil das Oberhaupt nichts sagt, schüttelt Antonia den Kopf. »Nichts, sie sind es nur nicht gewohnt, dass jemand aufrichtig spricht.« Balthasar kommt nicht dazu, das Gesagte zu hinterfragen, denn Antonia gibt nun feierlich der Haushälterin frei, damit diese Weihnachten bei ihrer Familie verbringen kann.

Im Hause Amundus versteht man, eine Mahlzeit in die Länge zu ziehen. Der Professor kommt kaum zum Essen, weil es so viel Neues in der Kunstszene zu berichten gibt. Johann Gottfried Schadow und Caspar David Friedrich, vor einem Jahr verstorben, sind des Professors Themen, aber durchaus auch Gottfried Semper und dessen Opernhaus.

Nach dem Essen macht sich Balthasar ein wenig frisch. Man werde sich im Salon einfinden, was üblich zu sein scheint in diesen Kreisen. Balthasar ist sterbensmüde. Auf dem Weg in den Salon kommt er am Windfang vorbei, wo Antonia soeben die Haustür öffnet. Es geht ihn nichts an, doch etwas an der Art, wie sie die Tür kaum zwei Handbreit öffnet und ungeduldig von einem Bein aufs andere tritt, sagt ihm, dass sie sich ganz und gar unwohl fühlt.

»Alles in Ordnung?«. Balthasar stellt sich so dicht hinter die junge Frau, dass er ihren Rücken an seiner Brust spürt, und öffnet die Tür so weit, dass er sehen kann, wer sich dort nicht abwimmeln lässt.

»Oh, unser Weber …«

Man könnte glauben, Balthasar umarme Antonia vor sich, um dem anderen die Hand zu reichen. Dessen verdutzten Blick genießt er. »Erdmann, was führt dich her?«

Von Stukken bedenkt dies Wagnis ungebührlicher Nähe zwischen Balthasar und Antonia, mit einem angespitzten Lächeln, beschließt ihn zu ignorieren und widmet sich ihr mit einer zugegeben albernen, wenn auch galanten Verbeugung. »Ich wollte Ihnen nur sagen, dass mich Ihr Solo von heut Nachmittag nicht mehr loslässt.«

»Danke. Und um mir das zu sagen, sind Sie extra vorbeigekommen?«

»Oh, meine Liebe, für Sie ist kein Weg zu weit.«

Niemand sieht, wie Balthasar die Augen verdreht.

»Ich konnte Ihnen vorhin etwas nicht geben.«

»Etwas nicht?« Antonia stürzt in tiefe Verlegenheit.

»Oh oh, keine Geschenke im Hause Amundus, Erdmann!«

Doch hat der von Stukken ein kleines rot samtenes Päckchen längst aus der Tasche gezogen. »Tatsächlich? Dann öffnen Sie es erst nach Weihnachten und sehen Sie es nicht als Weihnachtsgeschenk an.«

»Sondern?« Balthasar erträgt den Formvollendeten und sein süßsaures Lächeln nicht.

»Danke.« Antonia schafft es, Erdmann von Stukken abzuwimmeln. Der gibt Balthasar einen triumphalen Klaps auf die Schulter und Antonia einen Handkuss: direkt auf den Abendhandschuh. Balthasar erkennt ganz deutlich, dass Antonia ihre Hand rasch zurückzieht. Sie schließt die Tür.

»Blödmann«, grollt er gegen die geschlossene Tür. Den bösen Blick, den ihm Antonia zuwirft, übersieht er nicht. »Ich hab nichts gesagt.« Unschuldsmiene.

Antonia legt das in roten Samt eingewickelte Päckchen achtlos auf den Beistelltisch und schaut Balthasar einen Moment lang mit einem Blick an, der ihm das Blut in den Adern stocken lässt. Es ist derselbe herausfordernde, fragende, aber auch wissende Blick, den sie damals im Sommer entsandte, als sie Nikolaus vom Brunnen auf dem Jüdenhof geholt hat.

»Gibt es irgendetwas, was Sie mir sagen wollen, Herr Weber?«

Oh ja, da wüsste er Einiges. Aber nicht jetzt und nicht hier. Er schüttelt den Kopf und wendet sich in den Salon.

Nach nur einem Weinbrand ist es Balthasar geglückt, das Haus Amundus zu verlassen, sehr zum Missfallen von Nikolaus.

Im Oberstübchen brennt zu seiner Überraschung Licht. Er öffnet seine Tür und wer rekelt sich da auf den beiden zusammengeschobenen Sofas splitterfasernackt im völlig überheizten Kämmerlein?

»Toni?«, lacht, nein quiekt Friederike, just in dem Moment, als es vorüber ist. »Wer ist Toni?« Sie beugt sich auf ihm so weit vor, dass sie ihm ins Gesicht sehen kann.

Balthasar, verschwitzt und verklebt, scheut den Augenkontakt und streitet ab, was sie ihm unterstellt.

Friederike taxiert ihn amüsiert und ihre Schenkel umklammern ihn unter sich, damit er nicht fort kann. »Du hast *Toni* zu mir gesagt.«

»Hab ich nicht.«

»Doch!« Sie lacht auf. Balthasar packt ihr Gesäß und schiebt sie von sich herunter. »Genau in dem Moment, als es am schönsten war.« Sie kichert vor sich hin und streicht ihm die Haarsträhnen aus dem Gesicht. »Welcher Toni? Streite nicht ab, dass du den Männern genauso hold bist wie den Mädchen!«

»Bin ich nicht!«

Als er mit dem English Overcoat fertig ist, liegen sie eng aneinandergeschmiegt in seinem Bett. Friederike beratschlagt ihn, was er gar nicht hören will, wie er es anstellen könnte, bei besagtem Toni, den Balthasar immer noch verleumdet. »Hauptsache, du amüsierst dich.«

Ja, sie amüsiert sich prächtig über ihn. »Wenn du kein Weber wärst …« Sie zieht seine Wangen mit dem Finger nach, »… würde ich dich glattweg heiraten«.

»Du bist mir zu albern, dich heirate ich nicht.« Dafür erntet er ein kleines Zwicken in die Wange.

»Ich will keinen Mann, den ich nie zu Gesicht bekomme, weil er Tag und Nacht arbeitet. Ich will einen reichen. Einen richtig reichen, verstehst du?«

Balthasar versteht das.

»Einen, der mich nicht verbiegt und ein Hausmütterchen aus mir macht.«

Auch das versteht Balthasar.

»Von einem eigenen Gasthaus träume ich.«

Balthasar dreht sich zur Seite, um Friederike besser ansehen zu können.

»Ich will raus hier, verstehst du?«

Balthasar versteht das alles sehr gut.

»Nicht nur raus aus dem Puff hier, sondern raus aus der Stadt. Ein kleines Häuschen auf dem Land und eine eigene Gastwirtschaft, das wäre schön. Keine Geldsorgen, Kinder und so …«

Das überrascht Balthasar. Das hätte er von Friederike nicht gedacht. »Dann nehme ich dich mit, wenn ich hier fertig bin.«

»Ja«, träumt sie in seinem Arm.

»Aber du kannst es nicht *Gasthaus Liebe* nennen.« Sie kichert auf, schmiegt sich eng an ihn. »Ein *Gasthaus Liebe* würden die Leute nicht verstehen.« Sie lachen beide, erzählen sich noch ein bisschen von Friederikes Plänen und schlafen ein.

Knötchenstich und Kuhjungs in blauen Hosen

Was auch immer Erdmann von Stukken in dem kleinen roten Päckchen für sie versteckt hat, Antonia wünschte zumindest, Balthasar Weber hätte davon nichts mitbekommen. Sie will keine Geschenke von Erdmann. Sie will …

Sie horcht auf, weil ihr Vater nach ihr ruft und lässt den Vorhang vor das Fenster im Salon schwingen, durch das sie hinaus ins weihnachtliche Schneetreiben geschaut hat. Ihr Blick trifft direkt den von Balthasar, der am Kaminsims lehnt, das Weinbrandglas in der Hand. Antonia nimmt von ihrem Vater das leere Glas entgegen. »Verzeih.« Sie füllt es am Beistelltisch auf und dabei spürt sie Balthasars aufmerksamen Blick auf sich ruhen. Sie reicht ihrem Vater das Glas und setzt sich neben ihn in einen Sessel, während ihr Bruder und Balthasar am Kamin stehen bleiben.

»Und Sie, junger Freund«, wendet sich ihr Vater an Balthasar, bevor Nikolaus' Thema bemüht dialektisch und anstrengend wird, »haben sich im Französischen verbessert, wie ich von Monsieur de Daigner höre?«

Balthasar denkt einen Moment darüber nach, dann schüttelt er knapp den Kopf. »Nein, eigentlich nicht.« Er setzt das Glas an die Lippen und jetzt durchbohrt wieder sein Blick den ihren. Weil er sich so unschicklich verhält, greift Antonia nach einer Stickarbeit.

»Oh doch«, tönt ihr Vater. »Warum so bescheiden? Auch Nik sagt, dass Sie sich herausgemacht haben.«

Balthasar schüttelt wieder nur den Kopf. »Ich kann keinen graden Satz«, sagt er ganz sachrichtig und Antonia umklammert den Stickrahmen. Es bereitet ihr gewisse Mühe, ganz unbeteiligt zu tun.

»Naja, bei einundfünfzig Prozent werden Sie die Grundlagen doch beherrschen«, beharrt ihr Vater.

»Warum unterrichten Sie nicht mehr?«, hört sie Balthasar sich an sie wenden.

»Ich hab nicht unterrichtet. Ich habe *beaufsichtigt.* Da ist ein Unterschied.«

Ihr Vater deutet mit dem Glas auf sie. »Toni hat in den Winterferien freundlicherweise so lange ausgeholfen, bis wir einen geeigneten Dozenten einstellen konnten.«

»Einen *geeigneten* Dozenten«, flüstert sie und kaum, dass es raus ist, ärgert sie sich. Sie kriegt keinen ordentlichen Stich in die Vorlage, die doch kinderleicht ist. Sie hasst es. Sie hasst es, vom eigenen Vater diffamiert zu werden und sie hasst Sticken! »Letztes Jahr brauchte es eine Menge geeignete Dozenten, um Ihnen ein Französischzertifikat auszustellen.« Das war für Balthasar, was er offensichtlich begreift, denn er verengt die Augen unter seinem prüfenden Blick. Antonia derweil steckt ihren blutenden Finger in den Mund.

»Ist ja auch egal«, lacht ihr Vater auf, ertappt und verlegen. »Die Hauptsache ist doch, dass Sie Fortschritte machen, Herr Weber.«

»Wie meinen Sie das?«, Balthasar Weber übergeht den Professor und Antonia schaut flüchtig zum Kamin hinüber.

»Sie sind durchgefallen, offiziell.«

»Nein, Toni, du bringst alles durcheinander …« Ihr Vater ringt sich Ausflüchte und Halbwahrheiten ab: »Vielleicht hat es Ihre Note betreffend Diskussion gegeben. Die Differenz Ihrer Leistungen bei Gerard und de Daigner war …«

»Welche Differenz?«

»Ist ja auch egal, es ist lange her und Sie haben sich verbessert, basta.«

Vorsicht ist geboten. Den schneidenden Ton in der Stimme ihres Vaters kennt Antonia nur zu gut. Dennoch denkt sie gar nicht daran, die Lüge stehen zu lassen. »Es bedurfte dreier Unterschriften, um Ihnen das Zertifikat vor dem Akademischen Rat zu genehmigen.« Seinen fragenden Blick lässt sie stehen. Seine Augen blitzen.

»Wie dem auch sei«, fingiert sich ihr Vater wieder ins Gespräch. »Sie sind brillant, Herr Weber, ein Spätzünder auf dem Gebiet der Sprachen zwar, aber auch das fügt sich, wie man sieht.«

Balthasar Weber schaut jetzt den Professor an, und Antonia kann ihren Bruder wieder einmal zu gut verstehen. Wahrscheinlich würde sie sich auch volllaufen lassen, wenn ihr Vater eine ihrer Freundinnen zur Nebenbuhlerin machte, in den Himmel lobte und sich nicht einmal bemühte, ihr Anerkennung zu zollen.

Sie erhebt sich, sucht einen wunderbar honigbraunen Cognac und füllt einen Fingerbreit in einen kleinen Schwenker, reicht ihn Nikolaus, erntet einen missbilligenden Blick vom Vater, einen verständnislosen von Balthasar Weber. Nikolaus nimmt ihr dankend den Cognac ab und sie setzt sich wieder in ihren Sessel zu ihrer Stickarbeit.

»Und wenn ich Ihnen nun sage, dass meine Hausaufgaben ein anderer macht, damit ich mich auf einundfünfzig Prozent halte?«, versucht Balthasar das Kippen der Stimmung aufzuhalten.

So wie ihr Vater jetzt dreinschaut, hat Antonia ihn seit einer Ewigkeit nicht mehr gesehen: verdutzt, amüsiert, ungläubig. »Wer macht sie?«

»Ein anderer.« Balthasar zuckt die Achseln.

»Sie sind brillant!«, lacht ihr Vater.

Antonia versteckt sich hinter dem Stickrahmen, den sie gegen das Licht hält, um die Maschen besser zu sehen. Sie ist völlig aus der Spur geraten. Und als sie den Stickrahmen senkt, sieht sie Balthasars skeptischen Blick auf die Rückseite ihrer Näharbeit gerichtet, deren Strippenwirrwarr von hoffnungslosem Dilettantismus zeugt.

»Sie sollten Ihre Hausaufgaben von jemandem machen lassen, der sich darauf versteht und nicht von einem, der ihnen nur einundfünfzig Prozent bieten kann«, murmelt Antonia, während sie die nächste Farbe einfädelt.

»Aber, wenn ich die fehlerfreien Hausaufgaben des anderen abgeben würde, würde mein Dozent mir nicht abkaufen, dass ich sie gemacht hab.«

Wieder prustet ihr Vater los, zweifelsohne vom schweren Alkohol gelöst.

»Und unsereiner quält sich mit den Hausaufgaben«, murrt Nikolaus, am Kamin schwankend.

»Für dich ist das keine Qual«, korrigiert Balthasar ihn, womit er auch recht hat, »sondern ein Genuss, Nik.« Und mit dem Glas deutet er auf sie, die sich mit einem Fingerhut bewaffnet der nächsten Linie annimmt. »Sie sollten das lieber lassen. Das wird nichts«, urteilt Balthasar Weber.

»Vielen Dank.« Sie verbeißt sich in den Knötchenstich, der blöderweise unter Balthasars Beobachtung so was von misslingt, dass er wieder aufdröselt.

»Sie dürfen nicht da reinstechen, wo Sie rausgekommen sind«, kritisiert er.

»Danke für den Hinweis.« Das weiß sie selbst, aber sie kann es eben nicht.

»Unterrichten können Sie besser.«

»Aber Sie haben nicht bestanden. Inoffiziell.«

»Was an mir liegt, nicht an Ihnen«, sagt er und wendet sich an den Professor, nimmt ihm das Glas ab und schenkt ihm nach.

»Wieso sind Sie nicht Lehrerin?«

»Vielleicht, weil ein anderer die ganze Aufmerksamkeit dieser Familie beansprucht?«

Nikolaus schnaubt, und der Professor führt hörbar den Alkohol auf der Zunge: »Papperlapapp! Lehrerin!«, lallt er, »nicht zur Lehrerin, dann doch eher zur Erzieherin eignet das Weib sich dadurch, dass es selbst kindisch, läppisch und kurzsichtig ist.«

»Danke, Vater.«

Der prostet ihr zu. Aus seinem Glase schwappt es. »Je edeler und vollkommener eine Sache, desto später und langsamer gelangt sie zur Reife. Der Mann erlangt in der Mitte der Zwanziger seine Reife, das Weib – und Nikolaus – schon mit achtzehn.«

»Lass gut sein.«

Doch der Betrunkene überhört die Rettungsversuche seiner Tochter. Er öffnet entwaffnend die Hände. »Sagt Schopenhauer. Ich sage: Das Lehren ist allein der Herren Sache, weil die Komplexität des Berufes die weibliche Hirnfähigkeit übersteigt. Wäre das anders, so gäbe es sie längst: die Lehrerin.«

Antonia, die ihren Vater ja so gut kennt, sagt im Tonfall bodenloser Teilnahmslosigkeit: »Da sehen Sie. Selbst der Stickrahmen übersteigt, wie mir scheint, meine Hirnfähigkeit.« Sie vollendet die Knötchenreihe, ein jedes ein Unikat.

»Ich wette, nicht ein Mädchenpensionat würde sie ablehnen«, sagt Balthasar in des Professors Richtung, deutet aber mit seinem Glas auf Antonia. So reden die Herren über sie, als sei sie gar nicht da. Der Professor, so sagt er, brauche seine Tochter hier. Und zählt die Tätigkeiten auf, die in Antonias Befugnis fallen (und für die anderswo Mädchen eingestellt werden). Antonia derweil merkt nicht gleich, dass ihre Nadelstiche immer resoluter werden, was nicht ihr Vater und ihr Bruder sehen, weiß Gott nicht, aber Balthasar Weber schon.

»Ich zeig Ihnen was«, sagt Balthasar und stellt sein Glas auf den Kaminsims. Als Nächstes geht er neben ihrem Sessel in die Hocke und nimmt ihr den Stickrahmen aus der Hand, bevor Antonia dagegen protestieren kann. »Das Chaos auf der Rückseite kann sich ja keiner mit ansehen. Kennen Sie den …?«

Antonia kann es nicht fassen: Da kauert der gut aussehendste Mann der ganzen Welt vor ihr auf dem Boden und zeigt ihr einen formvollendeten Stickstich, und sieht dabei noch nicht einmal lächerlich aus! »Die Vorder- und die Rückseite sind gleich, das ist nützlich, wenn Sie den Überblick nicht verlieren wollen und außerdem können Sie das Tuch von beiden Seiten benutzen, sehen Sie?« Er macht ihr den Stich mehrere Male vor. »Hin- und zurück. Ja?«

»Ja«, näselt sie. Er drückt ihr den Rahmen wieder in die Hand. »Hat Ihnen das Ihre Mutter beigebracht?«

»Nein, mein Vater. Damit umranden die Kinder die Würfelkante, das nennt man Hohlbeinstich.«

Antonia dreht und wendet es, wie sie will. Die Vorder- und die Rückseite des Stiches sind identisch. »Danke.«

Er nickt knapp, erhebt sich.

»Ich vergesse immer, woher Sie stammen, junger Mann!« Der Professor rollt den Cognac auf der Zunge.

»Ich nicht.«

»Es ist frappierend!« Des Professors Mund formt ein nach unten offenes U. »Ich sage immer, wenn du den Menschen eine sinnige Aufgabe gibst, bleibt ihnen keine Zeit für Unsinn.«

»Was meinen Sie genau?«

»Vater!« Aber ihr Vater redet sich in eine Peinlichkeit, indem er auf Balthasar deutet und einen Vortrag, die Unruhen von 1830 betreffend zum Besten gibt. »Wenn jeder Weber etwas zu tun hat, hat er keine Zeit auf die Straße zu gehen.«

Antonia fährt sich über die Augen. Ihr Vater gilt als verloren, der Abend ebenso. Der Professor schulmeistert mit erhobenem Zeigefinger bezüglich der Herbstunruhen von damals.

»Sie protestierten gegen die schlechte Bezahlung und die Webmaschinen«, versucht Antonia zu insistieren, aber ihr Vater muss seinen Vortrag unbedingt beenden. Balthasar schaut dem Schlagabtausch wachsam zu.

»Weißt du nicht mehr, Toni?« Er spricht jetzt mit den Händen, als wollte er das fast geleerte Glas gegen die Wand werfen in Erinnerung an die Steine schmeißenden Revolutionäre. »Wir mussten dich und deinen Bruder damals einschließen aus Angst, die Weber würden unser Haus stürmen.« Zu guter Letzt durchstößt sein Zeigefinger die Luft in Balthasars Richtung. »In Leipzig war es natürlich viel schlimmer gewesen als hier, aber wir fürchteten um unser Leben!« Er hält inne. Zwei Wimpernschläge lang ist nichts als das Knacken im Kamin zu vernehmen. »Waren Sie dabei damals, bei den Aufständen meine ich. Waren Sie dort?«

Balthasar setzt sich langsam in Bewegung, beugt sich hinunter zu Antonias Vater, stützt eine Hand auf die Sessellehne, die andere legt er dem Betrunkenen auf die Schulter. »Ich war vierzehn damals, Herr Professor, aber meinen Bruder …«, er betont jede Silbe, »… Ihren großartigen C. F. Weber, habe ich von der Straße aufgelesen, weil er das Haus unseres Großfabrikanten gemeinsam mit Hunderten belagert und zertrümmert hat.«

So dicht schwebt Balthasars Gesicht vor dem des Professors, dass es Antonia verwundert, den Vater nicht aufbegehren zu hören. »Und wissen Sie was, Herr Professor. Heute schäme ich mich dafür, dass ich ihn dort weggeholt hab und zu feige war mitzumachen.« Ein Klaps auf die Schulter ihres Vaters besiegelt das Gesagte, dann schraubt sich Balthasar zur vollen Größe empor und beginnt damit, sich zu verabschieden. Er wolle morgen an der Leinwand weiterarbeiten, es sei spät.

»Es sind Feiertage«, mäkelt Nikolaus zuverlässig, weil er es nicht ertragen kann, dass Balthasar keine Zeit für ihn hat. Der gibt unterdessen dem Professor die Hand, besteht darauf, dass der im warmen Salon sitzen bleibt.

»Werden Sie wieder Suppe ausschenken?«, fragt er Antonia, die ihn in den Windfang begleitet, während sich Nikolaus über die Spirituosen im Salon hermacht.

Antonia nickt. »Wird Ihre Dame wieder die Suppe kritisieren kommen?«

Er bleibt ihr eine Antwort schuldig.

In Ermangelung des Hausmädchens hilft sie ihm in den Mantel. Antonias Blick fällt wieder auf das unsägliche rotsamtene Päckchen mit der ordinären Schleife.

»Danke für die Einladung …« Balthasar zieht die Kapuze seines Lodenmantels hoch.

»Es tut mir leid, wie sich mein Vater aufgeführt hat.«

»Er vertritt die Ansicht der Buchgelehrten.«

»Aber nicht meine.« In gedämpftem Ton fügt sie hinzu, sie wisse, dass die französische Julirevolution von vor elf Jahren für alle Weber eine große Chance gewesen sei, die aber nicht richtig genutzt worden war.

»Ach ja?«, er klingt amüsiert.

Sie nickt. Sie hat nicht vor, sich lächerlich zu machen und sie möchte lieber nicht über Dinge reden, über die sie kaum etwas weiß, und das, was sie weiß, hat sie aus Zeitungen, geschrieben von verängstigten Bourgeois. Sie öffnet ihm die Tür, die Vögel, die am Meisenknödel gehangen haben, stieben auseinander. Der Wind und Balthasars Blick fahren in sie.

»Und, wie meinen Sie, hätte man sie besser nutzen können? Die Franzosenrevolution?«

»Nun ja.« Sie tritt von einem Fuß auf den anderen. »Die Herbstunruhen von damals haben nicht wirklich zur gewünschten Verbesserung der Lebensqualität geführt, oder?« Während sie spricht, schaut sie überall hin, aber nicht in sein Gesicht. »Die Häusler leiden doch am meisten unter der Industrie.«

»Und was meinen Sie, sollte man dagegen machen? Nach Amerika auswandern? Gehen Sie rein, Sie frieren ja.«

»Ich denke, wenn sich die Weber wieder zusammentäten, damit sie als gestärkte Front an der Ungleichheit etwas ändern könnten, dann …«

»Gestärkte Front, ja?«

Sie hält den Atem an, denn sein Gesicht nähert sich auf einen Fingerbreit dem ihren. Seine Stimme ist das Hauchen, das sie auf ihren Wangen spürt. »Aber zuerst schicken wir mal die Weber auf die Akademie, weil sie sonst keine Muster mehr selber zeichnen dürfen.«

Sie beginnt zu zittern, vielleicht vor Kälte, vielleicht weil er sie mit seinen dunkelblauen Augen bannt oder weil sie sich so lächerlich macht mit ihrem gutbürgerlichen Stimmchen und ihrem Bücherwissen. »Ich hab gelesen, dass es in Schlesien Weberdörfer gibt, die so sehr ausgebeutet werden, dass die Häusler von Knollen, Moos und Baumrinde leben müssen, ihnen die Kinder wegsterben und der Elendszustand mit jeder neuen Auflage, mit jeder noch schlechter entlohnten Elle Leinwand schlimmer wird«, flüstert sie. Diese Augen, so ernst, so warm durchschauen sie. »Stimmt das?«

»Wenn das in Ihren Zeitungen steht, wird es wohl stimmen.«

»Wie schrecklich.« Ihre Stimme ist nur noch ein Wispern.

»Träumen Sie etwas Schönes.« Er tippt sich an die Kapuze und verschwindet im Schneetreiben.

Antonia steht so lange in der Tür, bis sie ihren Vater und Nikolaus im Salon streiten hört.

Noch während sie aufräumt, kreisen Balthasars Worte in ihrem Kopf und bevor sie sich zur Nachtruhe begibt, packt sie das Paket für die Bedürftigen. Ein beträchtlicher Teil ihrer Trauerkleidung findet sich darin, auch das Kleid in dunkelblauem Samt, das ihr Vater so sehr verabscheut, und Kleider in kräftigem Rot und Zitronengelb, die nicht mehr angesagt sind.

So aufmerksam sie am folgenden Vormittag auch nach ihm Ausschau hält, sie begegnet ihm nicht in Pieschen. Und auch sein Mädchen kommt nicht die Suppe kosten und dabei hat Antonia sie selbst probiert. Sie ist nicht versalzen.

Einen Betteljungen bezahlt sie dafür, dass er ihre Kleiderspende zu einer ganz bestimmten Adresse trägt. Antonia diktiert genaue Anweisungen, was er zu tun hat. »Mehr gibt es, wenn du zurück bist«, bestimmt sie und sieht dem davonflitzenden Jungen hinterher.

Ihm schlottert die Hose am knochigen Hintern. Zurück vom Botengang, öffnet er fordernd die Hand.

»Und woher weiß ich, dass du es bei der richtigen Adresse abgegeben und nicht in die Elbe geworfen hast?«

Der Junge zieht den Rotzpfropfen zurück in die Nase, schleckt mit der Zunge drüber und fischt aus seiner Hosentasche den Zettel, den Antonia ihm mitgegeben hatte. Ein säuberlich beschriebenes Quittierformular, abgerissen vom Quittungsblock ihres Vaters, unterschrieben: *Friederike Teichert.*

»Jetzt die Moneten!«, blafft der Bengel sie an. Antonia zückt die Münzen. Fünf Groschen, eine Menge Geld für den Burschen, und zählt sie in dessen schmutzige Hand. Der Junge nimmt die Beine in die Hand und Antonia die Suppenkelle. Und die ganze Zeit über schwirrt ihr der Name, der dem glockenhellen Lachen und dem sonnengleichen Lächeln eine Identität verleiht, im Kopf herum.

Den zweiten Weihnachtstag dominieren Tante Theophines Reglement und Cousine Isabells Geschnatter das Programm. Antonia nimmt die Einladung an, die Verwandten ein paar Tage nach Radebeul zu begleiten, wo das Leben auf dem Lande noch exerziert wird. Damit rückt Dresden in ungreifbare Ferne, obschon beinahe jeder ihrer Gedanken Balthasar Weber gilt. Sie erholt sich ein wenig vom Genörgel ihres Bruders und dem Egoismus ihres Vaters, macht Spaziergänge mit Tante und Cousine. Jene vertraut ihr an, die Tochter einer Verliebtheit zu verdächtigen, diese vertraut ihr an, sich in einen Offizier verliebt zu haben. Isabells Vernarrtheit versorgt die Tage mit Kurzweil. Antonia und ihre Cousine spielen vierhändig, Theophine lässt sich den Hohlbeinstich beibringen und jeden einzelnen widmet Antonia Balthasar in alberner Schwärmerei und Heimlichkeit. Sie arbeitet seine kunsttheoretischen Aufzeichnungen vollends durch und vermisst den Austausch mit ihm und redet sich ein, dass er überhaupt nicht an sie denkt.

An einem eiskalten Januarnachmittag fährt sie mit dem Zug in Dresden ein. Sie lässt sich von einer Mietkutsche nicht nach Hause, sondern direkt in die Akademie bringen, um dort ihren Vater zu überraschen. Der ist entzückt, erfreut, verwirrt, weil er vergessen hat, dass sie heut und nicht sonst wann heimkehrt. Vielleicht, so überlegt Antonia, fällt ihm jetzt erst auf, dass sie wochenlang fort war.

In der Bibliothek findet sie die Anhäufungen von Französischhausaufgaben, der ersten Semesterwoche. Sie tauscht die Aufgaben gegen eine Zeichnung. Sie zeigt den kleinen Mann im Kreise der Knollennasenwichtelfamilie, zeigt ihn gelangweilt inmitten mehrerer dickleibiger knollennasigen Wesen, Däumchen drehend, in die Leere starrend und erst, als es zu spät ist, bemerkt sie, was sie darunter schreibt. Erschrocken schaut sie die kleine Zeile an, dann zerreißt sie den Wichtel in mehrere Schnipsel und wirft sie in den Papierkorb.

In feiner Blockschrift hinterlegt sie eine Nachricht für Balthasar, sie sei krank gewesen, weshalb sie seine Hausaufgaben nicht hat erledigen können, legt Balthasars Kunsttheorie dazu und macht sich auf den Heimweg, um zu Hause sogleich an ihre Arbeit zu gehen.

Schlimmer noch als die Zeit, die sie in Radebeul verbracht hat und nichts von Balthasar hörte oder las, ist die Zeit der Semesterprüfungen, in denen sie keine Zeile, keine Zeichnung von ihm bekommt. Er legt ihr die nicht ausgeführten Hausaufgaben hin. Sie erledigt das für ihn. Von ihrem Vater erfährt sie, dass er in Zeitnot wegen des Bildes derer zu und zu Pechern geraten ist. Doch er wird es beenden und es wird ein in der Presse gelobter Erfolg.

Noch schlimmer als die Zeit der Semesterprüfungen, während der sie Balthasar Weber nicht zu Gesicht bekam, werden die Semesterferien, die er im fernen Böhmen verbringt.

Sie fühlt sich wie eine Blume, die versucht, im Winter zu blühen: frierend und völlig fehl am Platze, von furchtbarer Sehnsucht nach Sonne und Wärme gequält. Dresden erscheint ihr leblos ohne ihn. Mit Tante Theophine und Cousine Isabell unternimmt sie einen Ausflug zum Gut derer von Pechern, die zur Besichtigung des neuen Kunstwerkes einladen.

Ehrfurchtsvoll stehen die Damen vor dem Bild, das so groß, so beeindruckend, den Betrachter ganz winzig und bedeutungslos erscheinen lässt. Nicht weniger imposant als das Bild selbst ist der Rahmen, aber er untermalt eben nur die pathetische Größe des Ganzen. Die andächtige Stille, die von den drei Badenden ausgeht, zieht alle in ihren Bann. Alle, außer der Freifrau, die in einem Fort vom Künstler und seinem Werke fabuliert, sich brüstet, als habe sie es selbst gemalt. Und Antonia spürt ihren Erinnerungen nach, wie sie beide in seiner Kammer die Komposition diskutierten.

Die übrigen Wochen der Ferien verbringt sie mit Nikolaus, dem Ekel. Zerberus mit Zahnschmerzen. Während der Abwesenheit seines Freundes ist er unterkühlter denn je und Antonia hofft inständig, dass Balthasars Rückkehr auf Nikolaus milde einwirken wird. Er fehlt ihnen beiden. Welch bittere Ironie!

Sie geht Nikolaus aus dem Wege. Er mischt sich ständig in Dinge ein, die ihn überhaupt nichts angehen und deshalb versucht sie ihm gar nicht erst Anlass dazu zu geben. Beinahe jeden Tag geht sie in die Akademie, auf den Friedhof oder unternimmt ausgedehnte Spaziergänge die Elbe entlang. Alles nur, um dem Höllenhund zu entkommen und das, obwohl das Wetter nicht gerade einladend ist. Von Frühling keine Spur: auch nicht in Vaters Arbeitszimmer, wo die Pflanzen in den Glaskästen furchtbar frieren.

Antonia vertrödelt ihre Zeit, genau wie Nikolaus, geht auf Zehenspitzen durch die gespenstisch leeren Flure der Akademie und nur selten wird sie eines fleißigen Studenten in einem der Säle gewahr. Sie sucht die Bibliothek auf, als erwarte sie dort Spuren von ihm und wird natürlich enttäuscht. Sie sitzt verträumt am Arbeitstisch ihres Vaters und zeichnet Dutzende ihres kleinen Wichtels, dem immer obskurere Sachen passieren. Der Ärmste.

Wenn Antonia gedankenverloren neben Frau Gutzkow durch Dresden flaniert, kommt es vor, dass sie Nikolaus in der Stadt sieht. Wenn sie ihn von Weitem erspäht, tut sie alles, um von ihm nicht gesehen zu werden. Niemals geht sie auf ihn zu, nie spricht sie ihn an, weil er meist in Begleitung ist. Es sind Herren in seinem Alter, mit denen er in Teehäusern sitzt, das öffentliche Bad betritt, oder im Park bei einem Gespräch zu beobachten ist. Nikolaus schlägt seine Zeit tot, genau wie sie. Aber sie ist allein mit sich und ihren Gedanken.

Gegen Ende der Ferien wird Nikolaus' Laune noch unerträglicher, denn er erhält Nachricht von Balthasar, was er beiläufig bei Tisch erwähnt, die sagt, er werde nicht zum Semesterball kommen, sondern erst zum ersten Schultag. Nikolaus ahnt ja nicht, wie sehr Antonia diese Nachricht schmerzt.

Seine Wut lässt er an ihr und der armen Frau Gutzkow aus, die gar nichts dafür kann. So lange ihr Vater nicht zugegen ist, hat Nikolaus an allem etwas auszusetzen, nichts kann man ihm recht machen. Schon morgens beginnt es damit, dass Antonia von nebenan brüllen hört, Frau Gutzkow solle um Gottes willen das Fenster zumachen, es sei *scheißkalt*. Die Garderobe, die Frau Gutzkow ihm unter seinem wachsamen Auge am Abend heraus legt, ist ihm morgens nicht mehr recht. Er sehe aus wie ein *Lumpenhund*. Zu Tisch geht es weiter: Das Essen sei zu heiß, zu kalt, zu mild, überwürzt, die Portionen zu groß, zu klein. Was für ein *Fraß*!

Ein großes Thema auch ist seine Gesundheit. Jeden Tag leidet der Ärmste an einer anderen unheilbaren Krankheit. Sind es heut die Bronchien – zugegeben, der gesamte Amundusklan ist dieser Tage erkältet – sind es morgen die Nieren, deren Säfte nicht richtig fließen. Der Frühling zeigt sich nur auf dem Kalenderblatt, nicht aber in der Landschaft, die grau in grau, neblig und nass bleibt. Der Schnee, der noch stellenweise liegt, ist beinahe schwarz von den Schloten, die ihren Dreck in den Himmel blasen, der dann als feiner Staub auf die Erde niedergeht. Die ganze Stadt riecht nach erkalteten Kaminen und nach Krankheit. Zumindest vor der Kälte zahlen sich die kleinen, verwinkelten, wenn auch altmodischen barocken Wohnungen aus. Und wenn es einem Nikolaus Amundus nie warm genug sein kann, wie müssen dann erst die armen Leute frieren? Das Brennmaterial geht vielerorts zur Neige und Antonia, die mit dieser Sorge nicht leben muss, fragt sich, wie sich die ärmeren Leute in den Vororten durch diesen unendlichen Winter bringen. Und sie freut sich für Balthasar, der in seinem wohligen Dorf ist, weit weg von diesem Gestank und den Bettlern und der Eiseskälte und der Armut. So jedenfalls stellt Antonia sich Balthasars Leben vor: gemütlich, häuslich, warm und freundlich.

»Ich werde«, so kommt Nikolaus zu seinem täglichen Schluss, »an der Hundskälte sterben und niemanden stört das!«

Wenn du so weitermachst, überlegt Antonia, spricht es aber nicht aus, wird sich auch niemand daran stören. Nikolaus nimmt seine Vormundschaft über Antonia, während Vaters Abwesenheit ernst. Egal, ob der alte Amundus bei einem Ratstreffen oder im Club ist, ihr Bruder nutzt jede Gelegenheit, ihr vorzuschreiben, wie sie sich zu verhalten, wie zu präsentieren hat. Es geht so weit, dass er ihr anordnet, welches Kleid sie zum Semesterauftakt tragen soll. »Vater, würdest du bitte Nik erklären, dass es fürs fliederfarbene zu schmutzig draußen ist und man die Flecken aus der chinesischen Seide nicht mehr rauskriegen würde! Außerdem bin ich schon erkältet.«

Sie hat sich angewöhnt, mit Nikolaus ausnahmslos über ihren Vater zu kommunizieren.

»Ein Erdmann von Stukken sollte sich um einen Platz auf deiner Tanzkarte prügeln wollen, Toni«, beharrt Nikolaus und verpackt seine Gängelei als Bruderliebe. Und das zieht den Vater auf Nikolaus' Seite.

»Du musst fantastisch aussehen, Toni!«

Und Antonia muss feststellen, dass ihr Erdmann von Stukkens Abwesenheit während seiner Studienreise nicht negativ aufgefallen ist. Die Schonzeit für Jagdwild scheint vorüber.

»Ich hatte gesagt, das fliederfarbene!«, blafft Nikolaus sie am Tag der Semestereröffnung an. Antonia hakt sich schutzsuchend beim Vater unter und zeigt Nikolaus die kalte Schulter ihres karamellfarbenen Kleides. »Das Armband?«, kontrolliert Nikolaus.

Antonia windet ihr Handgelenk aus dem barschen Griff des Bruders, zu ihrer festen Faust nickt er zufrieden.

Am Fuße der großen Brücke, die die drei Amundi überqueren, begeht Antonia den Fehler, einem Betteljungen einen Neugroschen in die schmutzige Hand zu werfen. Bald sind sie umringt von einer Gruppe von Kindern, ein jedes streckt seine magere Hand aus. Die Bürgerlichen haben gelernt, gerade so viel zu geben, dass sie in Ruhe gelassen, anstatt von Verschmähten bedroht zu werden. Dennoch ist am Ende der großen Brücke ihr Geldbeutel leer, und während Nikolaus verhalten schimpft, ihr Vater die Armut der Welt kongruent zum Fleiß seiner Bewohner potenziert, schaltet Antonia auf Durchzug, versucht sich auf das Zwitschern der ersten Heimkehrer zu konzentrieren, versucht das Schöne zu entdecken und findet am jenseitigen Ufer der Brücke eine Bäuerin, die in Töpfen vorgetriebene Frühblüher feilbietet. Genau wie im vergangenen Jahr ersteht ihr Vater auch dieses Mal ein paar Krokusse.

Was sie mit dem Topf in der Hand tanzen wolle, wettert Nikolaus zuverlässig. »Die stelle ich in Vaters Arbeitszimmer …«, sagt Antonia, »… damit er es morgen zum ersten Schultag schön hat.« Sie erntet ein kleines Lächeln seitens des Vaters, Nikolaus mault vor sich hin und Antonia schlendert zufrieden an Vaters Arm die Terrassen entlang. Der Aprilwinter verbietet einen Festakt draußen auf den Terrassen. Das Pflaster ist von Eis überzogen, dort wo im März der Frühling den Kampf gegen den Frost aufgenommen und am Ende doch verloren hatte. Antonia beobachtet die Möwen, die in diesem unendlich langen Winter hungern. Sie zanken um jedes Krümelchen, das irgendwie zu finden ist. Von der Akademie her ist das Orchester zu hören. Es spielt im großen Saal.

Sie verabreden sich im Festsaal und Antonia eilt hinauf, um die Krokusse in Vaters Arbeitszimmer zu platzieren. Die Eiseskälte von Wochen, in denen hier oben nicht geheizt worden war, hat den Pflanzen in den Glaskästen zugesetzt. Jetzt aber bollern die Öfen, damit morgen niemand mit rot gefrorenen Fingern zeichnen, malen oder schreiben muss. Antonia zupft die weiße Gaze von den Ward'schen Kästen, welche die Pflanzen zwar vor Kälte schützte, ihnen aber nicht das Licht nahm, legt sie ordentlich zusammen und verstaut sie im Schrank nebenan.

Zugegeben, Antonia lässt sich mit den wenigen Handgriffen, die sie verrichtet, ausgesucht viel Zeit, bevor sie sich Erdmann von Stukken zum Fraße vorsetzt.

Mit einer Verspätung begibt sie sich hinunter in den Saal, wo die Eröffnungsreden jeden Moment beginnen werden. Wie sie die Flurtüre zum Treppenhaus aufstößt, verspürt sie zunächst einen

Widerstand und danach ist ein Poltern zu vernehmen. Die Tür schwingt heftig zurück, und jetzt dringen ganz und gar unprotestantische Flüche auf ihre Seite. Vorsichtiger öffnet sie abermals die Tür.

»Na, Sie haben ja einen Schwung drauf!«, knurrt der, der an der gegenüberliegenden Wand lehnt, den Kopf in den Nacken legt, den Ärmel des weißen Hemdes gegen die Nase drückt. Das Hemd ist sicherlich ruiniert.

»Wieso sind Sie nicht in Ihrem Dorf? Nik hat gesagt, Sie kommen erst morgen!« Sie hat nicht vorwurfsvoll klingen wollen. Mit zwei Schritten ist Antonia beim Mann, zückt ihr Schnupftuch und drückt es ihm auf die Nase, dass er aufstöhnt.

»Entschuldigen Sie vielmals«, murmelt er unter ihrem Taschentuch hervor.

Ein eindeutiger Affront, denn sie hätte es sein müssen, die sich bei ihm entschuldigt.

»Nik meinte, irgendwas sei mit Ihrem Zug.«

»Was für ein Zug?« Balthasar besieht sich das Tuch. Aus seiner Nase sickert ein Rinnsal und Antonia wird es leicht schwindelig. »Ich komme nicht mit dem Zug. Nik ist immer so unaufmerksam. Liest der seine Post überhaupt?« Antonia könnte diese Frage nicht sachrichtig beantworten.

»Meine Postkutsche wollte zuerst nicht fahren und dann fuhr sie doch.« Er schenkt ihr ein schelmisches Lächeln. »Ich hab es einfach nicht ausgehalten ohne Sie.«

»Sehr witzig.« Sie wird rot. Er lacht auf, taumelt vor und zurück und lehnt sich wieder an die Wand »Kommen Sie mit, Herr Weber, das muss gekühlt werden.« Antonia kann sich denken, dass es ihm überhaupt nicht gut geht. »Was machen Sie eigentlich hier oben?«

Langsam schlurft er neben ihr durch den Flur und zurück ins Arbeitszimmer. »Ihr Vater schickt mich, Sie runterzuholen.«

»Wieso schickt mein Vater nicht meinen Bruder?«

»Weil er Erdmann von Stukken bei Laune halten muss.«

»Oh.« Sie deutet auf Vaters Lehnsessel, in den sich Balthasar plumpsen lässt.

»Ja. Der vermisst Sie schon, erzählt jedem, der es nicht wissen will, dass seine Tanzkarte komplett voll ist mit Ihnen. Sie sehen wirklich bezaubernd aus heut.«

»Danke.« Mehr rot kann sie nicht mehr werden, also wieselt sie zwischen Wirtschaftsraum und Arbeitszimmer hin und her, um ein Tuch mit kaltem Wasser zu benetzen. Wenn es hier etwas gibt, dann eiskaltes Wasser.

»Fragt sich nur, wieso er in Violett gekleidet ist.«

»Violett?« Sie betrachtet sein amüsiertes Gesicht. Den Kopf gegen die Rückenlehne in den Nacken gelegt, versucht er die Blutung zu stoppen. Die Augen hält er geschlossen. Zugegebenermaßen kostet es sie einige Überwindung, die Wange des Mannes zu berühren, damit sie das Tuch ordentlich auf seine Nase legen kann.

»Von oben bis unten. Sogar der Zylinder ist lila.«

»Der Zylinder?« Antonia kämpft dagegen an, kann aber weder ihr Auflachen, noch das Bild vor ihrem inneren Auge – Erdmännchen in Lila unter einem violetten Zylinder – verscheuchen. »Vielleicht ist sie gebrochen … Oh mein Gott, hoffentlich hab ich Ihnen nicht die Nase gebrochen.« Den Gedanken, seine formvollendete Nase entstellt zu haben, erträgt sie nicht und überlegt, was wohl seine Verlobte dazu sagen würde und dieser Gedanke ist noch unerträglicher.

Er öffnet die Augen und besieht sich das blutgetränkte Taschentuch. »Da ist nichts gebrochen, gehen Sie tanzen … Sagen Sie mir, wieso wir ständig aneinandergeraten.«

»Ich weiß nicht.«

»Ständig krachen wir zusammen, das ist doch nicht normal.« Er schließt wieder die Augen, seine Nase blutet unaufhörlich.

»Tut das weh?« Sein Augenaufschlag ist Antwort genug. »Entschuldigung.« Er schließt wieder die Augen und sine Züge entspannen sich allmählich. Und jetzt erkennt sie, wie ausgeruht er aussieht. Anders als sonst, wenn er oft blutunterlaufene Augen hatte und nach Stunden bei flackerndem Lampenlicht im Atelier oder nach durchzechten Nächten mit ihrem Bruder ganz blass war.

Jetzt ist sein Teint frisch, seine Haut sogar gebräunt von der Wintersonne, die in den verschneiten Bergen des Oberlandes offenbar kräftig geschienen hat: makellose samtene Haut, keine Spur von Augenringen und nur ganz feine, nur aus der Nähe sichtbare Fältchen in den Augenwinkeln. Er ist so wunderschön. Sie räuspert ihre Gedanke weg. »War es schön zu Hause?«

»Ja. Schmerzfrei.«

»Eis und Schnee?«

Er schaut sie einen halben Herzschlag lang verständnislos an. »Nein, Badetemperaturen und saftige Wiesen.«

Antonia macht eine ungeduldige Geste mit der freien Hand. »Ich meine, ist der Schnee bei Ihnen weiß?«

Wieder gönnt er sich einen Augenblick, um sie anzusehen, dann nickt er knapp. »Ja.«

»Schön.«

»Ja, viel Schneeschippen«, spöttelt er und sie muss über ihn lächeln.

»Ja, davon, dass die Häusler für die Fabrikanten Schneeschippen, hab ich gel…«

»Gelesen?« Ein bisschen mokant schaut er sie schon an, dann schüttelt er knapp über sie den Kopf. »Lesen Sie doch nicht dauernd diesen Quatsch über die Weber.«

Verlegen weist sie ihn an, das Tuch fest auf die Nase zu drücken, damit sie im Nebenzimmer ein frisches Leinen holen kann.

Als sie mit dem Gesuchten ins Arbeitszimmer zurückkommt, bleibt sie wie vom Donner gerührt stehen. Der Atem stockt. Er hat ganz und gar nicht brav auf sie gewartet und das Tuch auf seine Nase gedrückt, sondern die Papiere auf Vaters Schreibtisch betrachtet.

Wie dumm von ihr! Wie dumm! Wie unbedacht sie doch war! Dumme Gans!

Er hebt langsam den Blick, dann den Zettel, auf dem eines ihrer knollennasigen Männchen gezeichnet ist. Eine Zeichnung, auf der das arme Männlein Probleme mit dem Stellzirkel hat, mit dem er die Nasen der Antiken vermessen will, aber nicht weiß, wo er die Messlatte anlegen soll, weil die Antiken eben keine Nasen haben.

Antonia weicht Balthasars fragendem Lächeln aus. Sich dumm stellen, von nichts wissen, ist die einzige Strategie, die sie kennt. Sie zuckt die Achseln. Sie hat das Gefühl aus ihrem Körper herauszufahren und sich von der Zimmerdecke aus zu beobachten, wie sie langsam auf Balthasar zugeht, ihn mit lasziver Dominanz zurück ins Polster des Lehnstuhls drückt und beide Hände auf seinen Schultern ruhen lässt, mit den Fingern sanft über seine überraschte Miene fährt, sich dann langsam, ganz langsam zu ihm hinabbeugt, seine Hände zuerst locker auf ihrer Taille, dann fester auf ihrer Hüfte spürt, sich weiter zu ihm hinabneigt, sein Gesicht umschließt, spürt, wie ihre Nasenspitze die seine berührt und sich dann ihre Lippen sacht auf die seinen legen; der Blitz, der sie durchzuckt, während sie seine Lippen mit den ihren liebkost, von ihm kostet und unersättlich bleibt.

»Was ist das?«

Sie fährt zusammen, schaut zum Schreibtisch und dem Mann, der immer noch regungslos dasitzt, die Zeichnung in der Hand, sie musternd.

»Weiß ich nicht.« Sie nimmt die drei Schritte bis zu ihm und nimmt Balthasar die Zeichnung aus der Hand. »Keine Ahnung. Es ist Vaters Schreibtisch. Wer weiß, was er da experimentiert. Eigenartig.« Sie deutet auf das Papier, dem sie nicht zu viel Aufmerksam beimessen darf. »Wird so etwas gelehrt? Nikolaus pflegt solche Zeichnungen nicht anzufertigen.«

Balthasar schaut nicht die Zeichnung, sondern sie an. Nichts als ihre Atemzüge, vermischt mit dem verzerrten Auftakt des Orchesters im Festsaal sind zu hören und einmal mehr hält sie seinem Blick nicht stand. Er drückt ihr das Tuch in die Hand.

Entschlossen begibt sie sich zur Tür. Es ist so still, dass man ihren schweren Chintz rascheln hören kann.

Balthasar folgt ihr hinaus.

»Sehr hübsch«, sagt er wie beiläufig, während er ihren Arm nimmt, um sie die Treppe hinunterzuführen. »Ist es das, was ich vermute?«

Antonia strafft ihre Haltung und verwünscht das Armband an ihrem Handgelenk. »Ich weiß nicht, was Sie vermuten.«

»Es passt zur Beschreibung dessen, was mir Nik über das« – er gestikuliert mit den Händen Anführungszeichen in die Luft – »*Weihnachtsgeschenk* vom Erdmann gesagt hat.«

Sie lässt das so stehen, denn ohnehin ist die Gelegenheit, ihm einiges Wichtiges über sich und von Stukken zu erzählen, verstrichen. Ihnen wird jetzt von einem Lakaien die Tür zum Saal geöffnet und Balthasar wird nahegelegt, sich frisch zu machen. Die Andeutung zielt auf sein blutgetränktes Hemd ab. Er lässt sich seinen Rock vom Garderobier bringen und wirft ihn über.

Der Saal ist brechend voll, die Luft geschwängert von Schweiß und Puder. Parfums vermischen sich zu einem süßlich-schweren Ganzen. Die Musik ist laut, wird aber vom Stimmengewirr, vom Schlurfen auf dem Parkett und dem Rascheln aufwendiger Roben verzerrt. Der Eröffnungswalzer wird getanzt, die Eröffnungsreden haben sie beide verpasst.

Woher er den Riecher hat, kann Antonia nicht ergründen, aber auf jeden Fall führt Balthasar sie zielstrebig zu Erdmann von Stukken und Nikolaus. Während Nikolaus sogleich sein Gejammer anstimmt, wo sie denn so lange gewesen seien, sie aushorcht, was sie gemacht hätten, sich die Geschichte mit der Tür stirnrunzelnd anhört, hängt Erdmann sogleich Antonias Arm aus Balthasars Beuge aus und bei sich ein. »Sie sehen sehr hübsch aus so …« Ein desolates Lächeln streift ihren Putz. »… hellbraun.«

»Das ist Karamell«, sagt Balthasar. »Mit Farben kenne ich mich aus, immer fragen, wenn du was nicht weißt, mein Freund«, klopft er dem anderen auf die Brust, grinst und angelt für sich, Antonia und Nikolaus, ein Glas von einem der vorbeiwandernden Tabletts.

Antonia in Erdmanns Armbeuge behilft sich mit einem ordentlichen Schluck Schaumwein.

»Apropos Farben, Balthasar«, schnellt Nikolaus zwischen die Blicke, die sich Balthasar und Antonia zuwerfen. »Du bist in der Zeitung heut, gratuliere.«

»Weshalb?«, fragt Erdmann von Stukken brüsk, der von den Ereignissen der vergangenen Wochen nicht viel mitbekommen hat. »Hast du endlich eine strapazierfähige Gewebebindung für einen unverwüstlichen Scheuerlappen entwickelt? Die Haushälterinnen werden's dir danken.« Erdmann gibt das Brusttätscheln an Balthasar zurück und biegt sich vor Lachen.

»Sehr witzig«, grinst Balthasar. »So was Dämliches fragt auch nur einer, der keine Ahnung hat, dass sich die Köperbindung zu diesem Zwecke längst durchgesetzt hat! Das nennt man Denim, weißt du? Das tragen die Kuhjungs in Amerika sogar als Hosen.«

»Du spinnst«, sagt Nikolaus ganz erstaunt. Wie immer wird er sofort hellhörig, sobald das Wort auf Übersee kommt.

Balthasar schüttelt den Kopf. »Nein, das ist Kettköper, meist Indigo gefärbt, sehr interessant. Ich wette mit dir, das wird sich durchsetzen.«

Von Stukkens Lachen ist längst verebbt. Er guckt jetzt eher irritiert zwischen den anderen hin und her und Antonia verbirgt ihr Lächeln hinter der Champagnertulpe. Nikolaus fördert aus seiner Rocktasche den zusammengefalteten Zeitungsartikel. Antonia sieht seinen blauen Augen zu, die unter den gesenkten, dunklen Wimpern hin und her wandern.

Lediglich ein vollkommen desinteressiertes »Aha« hat Balthasar dafür übrig. Er tauscht sein und Nikolaus' geleertes Glas gegen volle. Erdmann von Stukken angelt nach dem Zeitungsartikel und lädt Antonia ein, auf das Schloss derer von Pechern zu fahren.

»Ich war da bereits.«

»Tatsächlich?« Balthasar und Nikolaus im Chor.

»Ja, mit Tante Theophine und Cousine Isabell. An dem Tage, als du mit Verstopfungen im Bett lagst, weißt du nicht mehr?«

Balthasar brustet los, Nikolaus' Züge verzerren sich, Erdmann bekommt von nichts was mit, weil er in die Lektüre vertieft ist und Antonias Gesicht glüht. Die Hitze im Saal, der Alkohol, Balthasar. Keine optimalen Zutaten für einen unproblematischen Abend.

»Ist es so …«, Erdmann wedelt mit dem Zeitungsausschnitt, »… *kolossal, atemberaubend und modern* wie es hier steht?«

»Ja.« Antonia bemerkt nicht gleich, dass sie von Balthasars gemustert wird. »Ja, das ist es.«

»*Modern*, was soll das überhaupt sein?«, Erdmann sucht immer noch nach dem Grund für die Aufregung um das Bild im Salon derer von Pechern. »Modern ist doch nicht zeitgemäß, Geschmiere, unkenntliche Gefühlsduselei vielleicht?«

»Nun, es ist neuartig, sehr … neuartig«, sagt Nikolaus an Antonias Stelle und sie versucht nicht rot zu werden beim Gedanken an den lebendigen Pinselduktus auf der nackten Haut der drei Mädchen. »An Balthasar ist ein Maler verloren … Du solltest Kunstmaler werden, nicht Mustermaler!«

»Nein danke«, Balthasar und Nikolaus stoßen die Gläser so willfährig, dass sie beinahe zu Bruch gehen.

Erdmann scheint gelangweilt von der Angelegenheit, die nicht ihn zum Gegenstand hat. »Nun, dann wollen wir«, deutet er, Antonia noch immer in seiner Armbeuge, hin zur Tanzfläche, die sich leert, weil der erste Walzer vorüber ist, der nächste aber aufwartet.

Antonia wird Balthasar Weber an diesem Abend nur noch von Weitem zu Gesicht bekommen. Sie beneidet ihn und ihren Bruder aus tiefster Seele, wie sie sich amüsieren, sich die Anekdoten sechs vergangener Ferienwochen berichten und sich biegen vor Lachen, nicht ohne, dass ihr Bruder den korrekten Sitz des perfekten Halstuchknotens unter seinem makellos rasierten Kinn prüft. Ihr korrekter, perfekter, makelloser Bruder glänzt vor Balthasar wie ein neuer Pfennig und merkt gar nicht, dass er sich ihm anbiedert. Zumindest hält Nikolaus' erhellte Stimmung über den Ball hinaus an.

So langsam der Winter auch weichen will, so selbstbewusst überspringt der Sommer den Frühling und schon Ende Mai, acht Wochen nach dem Eröffnungsball, ist es so heiß, dass Antonia in ihrem mit Fischbeinen gestärkten Mieder schwitzt. Alle Welt spricht vom Stukkenschen Frühjahrsball. Nikolaus ist ganz aus dem Häuschen, ob der verbindlichen Einladung seiner Schwester dorthin.

Und an einem besonders heißen Montagnachmittag ereilt sie, was sie längst befürchtet hat.

»Um meine Hand sollten Sie bei meinem Vater anhalten. Ich meine … Sie wissen schon.« Erdmann von Stukken und sie sitzen wie jeden Montagnachmittag in einem Teehaus. Einen Moment hängen ihre Blicke an einem schön bunt bemalten Schaufelraddampfer, der sich schäumend durch die Elbe gräbt.

Die Worte *Ehe* und *Erdmann* passen lediglich in ihrer Anlautung zusammen, aber sonst nicht, genauso wenig wie Malventee und Schokoladentorte. Antonia beobachtet nicht ihn, sondern die

Wirbel der Teeblätter in ihrer Tasse. Ein leichtes Schwindelgefühl bemächtigt sich ihrer. Die Sonne zwängt sich unermüdlich unter dem Sonnenschirm gegen ihren Hut und bis in ihren Kopf. Die Gedanken an eine Heirat mit Erdmann von Stukken verwehren sich jeder Logik. Ihr wird übel, das merkt sie am Speichel, der sich in ihrem Mund sammelt, und am kalten Schweiß, der ihr im Nacken und auf den Schläfen steht. Sie wendet den Blick von der Torte und wünschte, sie hätte Frau Gutzkow nicht freigegeben.

»Nun, ich wollte zuerst Sie fragen, Antonia … *Toni.*« Dem Kosenamen ihrer Kindertage raubt er die Unschuld.

Antonia betastet ihre Oberlippe, die von einem kalten Film bedeckt ist. »Aber Sie müssen die Reihenfolge einhalten.« Ihr Blick fliegt über die Elbe, wo die Studenten am jenseitigen Ufer auf den Abendunterricht warten. Aus den Augenwinkeln sieht sie, wie Erdmann nickt. Ist sie jetzt verlobt? Jetzt, in diesem Moment? Hat er sich jetzt mit ihr verlobt? Sie kann den Gedanken nicht festhalten. Es muss alles in der rechten Ordnung und in der richtigen Reihenfolge vonstattengehen. »Bitte, halten Sie bei meinem Vater um meine Hand an.« Einen kurzen Blick schenkt sie ihm, dann schaut sie wieder den Blütenblättern in der Tasse zu.

Sie könnte sich bestimmt arrangieren mit ihm. Bestimmt wird er ein guter Ehemann sein, bestimmt. Wie fühlt es sich an, wenn das Leben zu Ende ist? Sie erwidert Erdmanns Nicken. Ihr ist schwindelig. Sie hat das Gefühl, dass sich das Blut in ihrem Kopf staut, dass ihr Herz durch ihre Brust stoßen wird.

Sie steht unvermittelt auf, was sich nicht gehört, aber sie hat kein Gefühl mehr für sich und das, was sich gehört. Sie lässt sich von Erdmann nicht unter die Arme greifen. Ihr beigefarbenes leichtes Frühlingskleid wirbelt in der lauen Brise und sie bringt den unangenehmen Geruch von Fischkuttern herüber. Alles dreht sich um sie.

Es schickt sich nicht, ihn zu bitten, den Rückweg allein zu gehen, aber: »Ich muss noch die Pflanzen in Vaters Arbeitszimmer in der Akademie gießen.« Ihre Stimme ist leise und klingt blechern. Sie reicht Erdmann ihren durchgeschwitzten Handschuh, schlägt aber sein Angebot, sie dorthin zu begleiten, aus. Sie lässt sich Zeit, obwohl die Sonne brennt, beginnt sie zu frösteln, und sie hat das

Gefühl, ihr Kopf würde gekocht wie ein Hühnerei. Ihre Schläfen pochen mit jedem Schritt auf dem Kopfsteinpflaster. Undamenhaft schlenkert ihr Ridikül neben ihren Beinen. Sie strauchelt ein oder zwei Mal über die Unebenheiten und deshalb schlurft sie bald nur noch den Weg entlang.

Die Kühle im alten Gemäuer erschlägt sie beinahe, aber ihre Gedanken sind träge und traurig. Sie erkennt die beiden Gestalten, die auf dem Fußboden vor einem der Unterrichtssäle sitzen. Sie kommt nicht auf ihre Namen. Alles ist absurd, und in ihrem Kopf überschlagen sich die Paragrafen der Hausordnung.

»Der Fußboden auf dem Sitz ist verboten«, murmelt sie tonlos, während sie auf den einen hinunterschaut. »Das Sitzen auf dem Fußboden ist verboten.«

»Ja, danke, Toni«, mault der andere und hört sich an wie ihr Bruder. »Wieso immer ich?«

Ihre Hand, mit der sie ihre flirrende Stirn berühren will, ist mit einem Male bleischwer und greift ins Leere. Sie ignoriert ihren Bruder, sie hat Wichtigeres zu tun. Sie muss die Pflanzen gießen. Das ist wichtiger. Unter ihren Füßen schwankt der Boden. Sie hält sich an der Wand fest, nur mit den Fingerspitzen ein bisschen, aber die Wand gibt ihrem zaghaften Druck nach.

»Ist Ihnen nicht gut?«

Sie dreht sich nach dem anderen um, legt den Kopf schief, weil ihr sein Name entfallen ist. Ihr muss sein Name wieder einfallen, weil sie ihn so lieb hat.

»Sie auch, Herr Weber!« Sie ist so froh, dass ihr sein Name wieder eingefallen ist und jetzt fällt ihr auch wieder der Paragraf ein: »Verhaltensvorschriften für Zöglinge der Zweiten Klasse, Paragraf zwölf, Verwarnung. Ich werde das Hinz und Kunz bestellen. Ihr müsst das in eurer Akte quit… Quittengelee muss ich einkochen. Mit Frau …« Die Haushälterin. Der Name? Ganz gleich. Sie muss jetzt dringend die Pflanzen gießen. Das Geschimpf ihres Bruders nimmt sie wie durch einen Schleier wahr, während sie die Seidenbänder ihrer Strohcapote löst. Der Schweiß steht ihr im Gesicht. »Was soll das werden?«, deutet sie mit zitternder Hand auf das Zeichenbrett, das Balthasar Weber von seinen Beinen schiebt, die

Kästchen auf dem karierten Papier lassen einen Vergleich mit ihrer neuesten Stickerei zu. Sie kann die Worte aber nicht formen.

»Nik, ich glaube, deiner Schwester geht es nicht gut«, sagt Balthasar, ohne sie aus den Augen zu lassen.

»Toni?«, hört sie Nikolaus. Und dann, dann hört sie ein helles Pfeifen in ihrem Kopf, alles dreht sich. Dann wird es dunkel um sie.

Locken

Balthasar ist relativ nüchtern, als er bepackt mit seinem Seesack die Treppe zum Oberstübchen hinaufsteigt. Seine Kammer ist wesentlich aufgeräumter als vor sechs Wochen, als er sie verlassen hat. Auf dem Tisch liegt ein flaches rechteckiges Päckchen. Da er eben erst von zu Hause kommt, hat er keine Ahnung, wer ihm ein Päckchen geschickt haben könnte. Er zieht unter der Hanfschnur das Kärtchen hervor. *Dem Meister*, steht drauf. Er schnaubt. Er ist kein Meister, längst nicht. Er schnippt das Ölpapier auf und es zeigt sich eine kleine flache Holzschachtel; darauf eine Karte mit dem Wappen einer stadtbekannten Patisserie, rückseitig die Zeile. *Dem Meister zu Dank verpflichtet, die Baronie zu Pechern.*

Balthasar lupft den Deckel einen Spaltbreit und weiß vorerst nicht gleich, was es mit den kleinen braunen Kugeln auf sich hat. *Mignon-Praliné*, steht auf der Innenseite des Holzdeckels. Während der Pralinendeckel zuklappt, geht die Kammertür auf. Er dreht sich um und seine feierliche Stimmung hellt sich noch ein bisschen mehr auf.

Friederike stolziert, beladen mit einem Abendbrot ins Zimmer, umrundet kokett den Tisch und stellt das Tablett ab. »Ich wollte nur sehen, ob du heil zurück bist«, sie strengt sich an, nicht andauernd auf das Päckchen auf dem Tisch zu schielen, an ihm vorbeizuschauen.

»Hey, komm her«. Er zieht sie zu sich heran. »Augen zu, Mund auf.« Dann, da sie die Augen schließt und ihren Mund leicht öffnet, steckt er eine dieser Pralinen zwischen ihre Zähne und lächelt über sie, die Laute des Wohlgenusses formt und in seine Arme sinkt. Er küsst ihren Scheitel, ihren Hals, neigt sich hinab, küsst ihr unter dem Morgenrock hervor lugendes Dekolleté, streift den Mantel von ihren Schultern und sie seufzt schwach. »Nenn mich Toni oder sonst wie, ist mir egal, aber gib mir mehr von dem klebrigen Zeug.«

Die Schneeschmelze kommt mit ihrer vorhersehbaren Wucht, aber ein ernsthaftes Hochwasser bleibt der Stadt erspart. Lediglich drüben in Altendresden tritt die Elbe über ihre Ufer, doch Bauten oder gar Personen kommen nicht zu Schaden.

Viel zu schnell sind die wunderbaren Wochen, die Balthasar in seiner Heimat verbracht hat, und die geschöpfte Kraft aufgebraucht. Er kann nicht lange davon zehren, zu steif sind die Konventionen an der Akademie, zu verschieden sind die Menschen hier und die Menschen zu Hause. Seine Akte füllt sich beständig mit Vergehen, weil Nikolaus ein Schelm ist und bleibt. Nichts ändert sich, aber abgesehen von dem engen Stundenplan, dem akademischen Drill, dem strengen Reglement, bleibt ihm das seltsame knollennasige Männchen und dessen Hilfe im Französischen treu. Er hat es aufgegeben, die Identität des geheimnisvollen Kommilitonen herausfinden zu wollen.

Jahresabschlussausstellung hängt wie ein Banner über dem Gewissen der Studenten. Balthasar ist dieses Jahr schlauer: Er meldet keine seiner Arbeiten an. Er kann sich um die Jahresabschlussausstellung drücken, nicht aber um eine Einladung Erdmann von Stukkens zum Frühjahrsball. »Und bring dein Mädchen mit. Du hast doch ein Mädchen, oder?«

Tagelang grübelt Balthasar über eine Ausrede nach, nicht hinzumüssen. An einem besonders heißen Montag, scheint ihm Fortuna einen Trumpf zuzuspielen. Es ist so heiß, dass Nikolaus und er auf den kühlen Steinen vor einem der Unterrichtssäle sitzen und an ihren Hausaufgaben arbeiten, bis der Unterricht weitergeht.

Schon von Weitem sieht er ihr helles Kleid. Wie eine Boje auf hoher See schwankt es durch die Pforte. Balthasar stupst Nikolaus neben sich an, der Bleistift schwebt auf der Stelle der Patrone, die er eben abgezählt hat, um den nächsten Kettfaden einzutragen. Die Musterzeichnung ist eine Hausaufgabe, die er am Donnerstag im Polytechnikum abzugeben hat.

Nikolaus hebt den Kopf. »Was hat sie bloß?« Antonia ist blass und der Schweiß steht ihr auf der Stirn. Sie bleibt auf Höhe der beiden jungen Männer stehen, ihr Blick entrückt.

»Der Fußboden auf dem Sitz ist verboten«, spricht sie wirr und mustert ihren Bruder wie einen Fremden, dessen Benehmen sie anwidert. Sie korrigiert ihren schiefen Satz und wischt sich den Schweiß aus der Stirn. Sie wendet sich halb ab, aber Nikolaus, sich über die Verwarnung aufregend, hält sie zurück. Jetzt schaut sie auf Balthasar herunter als habe sie ihn erst eben entdeckt und ihre Augen sind ganz glasig.

»Geht es Ihnen nicht gut?«, fragt er.

Sie schaut ihn verständnislos an, berührt die Wand mit zitternden Fingern. Balthasar legt den Bleistift beiseite, schiebt die Patrone langsam von seinen Beinen.

»Sie auch, Herr Weber.« Die *Verhaltensvorschriften für Zöglinge der Zweiten Klasse* und der Paragraf zwölf, scheinen ihr auch in fraglichen Lebenslagen vorrätig. »Verwarnung. Ich werde das Hinz und Kunz bestellen.« Dann nuschelt sie irgendwas von Quittengelee. Ihre Stimme ist trocken und rau, ihre Lippen sind ganz blass und rissig. Nikolaus regt sich über seine Schwester auf, aber die ignoriert ihren Bruder. »Was soll das werden?«, legt sie den Kopf schief wie ein kleines Vögelchen. »Mickstuster? … Stickmuster?«

»Nik, ich glaube, deiner Schwester geht es nicht gut.«

»Toni?«, wirkt Nikolaus jetzt ebenfalls besorgt, vielleicht auch panisch, auf jeden Fall schieben sich beide an der Wand entlang von ihren Hosenböden hoch. Und während Nikolaus sich verunsichert nach Hilfe umsieht, fängt Balthasar das ohnmächtig werdende Mädchen auf.

»Es ist wohl ein Hitzschlag«, sagt Nikolaus viel später am Abend, als Balthasar aus dem Unterricht kommt und bei den Amundi vorbeischaut. Vor der Haustür stehen sie in der Abendsonne. Nikolaus macht einen ratlosen Eindruck. Er zuckt die Achseln. »Der Arzt kommt morgen früh wieder. Du, ich frage mich, was sie so aus der Fassung gebracht haben könnte.«

Das fragt sich Balthasar allerdings auch. Eine Antwort finden sie an diesem Abend nicht, genauso wenig wie eine Korrektur seiner Französischaufgaben. Das ist äußerst ärgerlich.

Am folgenden Morgen, gleich in der Frühe, schaut er abermals in der Bibliothek vorbei. Unverändert liegen seine Sprachblätter dort. Also gibt er seine katastrophalen Französischversuche bei de Daigner ab. Die neuerliche Hausaufgabe hinterlegt er wie gehabt in der Bibliothek. Die zweite Lehrveranstaltung ist die Künstlerische Anatomie beim Professor Amundus. Der macht für Balthasars Verständnis einen aufgeräumten Eindruck, was nur bedeuten kann, dass es Antonia wieder besser geht.

Weil Balthasar das mit Bestimmtheit wissen muss, beschließt er, den nächsten Unterricht zu schwänzen und stattdessen im Obergraben vorbeizuschauen.

Diese Haushälterin, Frau Gutzkow, macht ein zerknirschtes Gesicht, aber Balthasar lässt seinen ganzen Charme spielen, um bis zu Antonia vorgelassen zu werden. Die Alte weicht ihm nicht von der Seite, während sie hinaufgehen. Sie öffnet zunächst die Tür einen Spaltbreit, um hineinzuspähen, ob im Mädchenzimmer alles seine rechte Ordnung hat.

»Sie hat Fieber«, sagt sie und beginnt von Neuem darüber zu lamentieren, dass sein Besuch überhaupt keine gute Idee sei und sich nicht gehöre und überhaupt. Und weil Balthasar sein gewinnendstes Lächeln aufsetzt, lässt sie ihn schließlich doch hinein. Durch die dichten Vorhänge ist das Zimmer ziemlich dunkel. Die Luft ist stickiger als draußen, was kaum möglich ist. »Wehe Sie wecken sie!«

Er schüttelt den Kopf und tritt leise in den Raum, der so vollgestellt ist mit allem möglichen Krimskrams, dass es eine Herausforderung ist, lautlos ans Fenster zu gelangen, um die Läden hinter den Vorhängen einen Spaltbreit zu öffnen. Missbilligend zunächst, beobachtet das Hausmädchen seine Handgriffe, dann, als sie überzeugt ist, dass er kein Störenfried ist, wackelt sie mit den Worten, eine Hühnersuppe für das Fräulein auf dem Herd zu haben, davon.

Balthasar steht am Fenster und seine Augen gewöhnen sich allmählich an das Dunkel. Mit der lauen Brise, die die Vorhänge bedächtig hebt und senkt, kann ab und an ein Lichtstrahl auf Antonias Bett fallen. Er steht still da und betrachtet sie. Er hat nicht gewusst, dass ihr Haar lockig ist. Immer hat sie diese komplizierten Frisuren im Haar, aber eigentlich hat sie kastanienbraune Locken. Jetzt liegen sie gelöst wie ein Fächer um ihr blasses Gesicht, rahmen es ein und lassen es schmal wirken. Sie ist das Wunderschönste, was er je gesehen hat.

Lautlos schiebt er sich an ihrem Sekretär und einem ausladenden Kasten vorbei, der sich bei näherer Betrachtung als Miniaturhäuschen, komplett eingerichtet mit einer Küche, in der eine fingergroße Magd eine Gans rupft, und einem Salon, in der eine winzige Dame das Pianoforte spielt, ein Männchen mit knuffiger runder Nase steht am Kamin gelehnt und liest in einem dicken Buch. Balthasar setzt sich auf den Stuhl, den wahrscheinlich Frau Gutzkow üblicherweise für ihre Wache bezieht, und legt seine Hand auf Antonias.

Nur wenige Augenblicke später fordert die Haushälterin ihn auf, das Mädchen in Ruhe schlafen zu lassen.

Auch am nächsten Tag findet Balthasar seine Französischhausaufgaben unkorrigiert vor. Das Knollennasenmännlein vermisst er allmählich und an dieser Stelle seines Gedankens stutzt er, starrt auf seine Französischaufgaben, legt sie zurück auf den Bibliothekstisch und kramt aus seiner Tasche seine Französischmappe, zieht ein Blatt von seinem Französischfreund hervor und betrachtet den Knollennasenwicht.

Französisch schwänzt er, weil es sowieso keinen Zweck hat, und das Hausmädchen im Obergraben guckt teils amüsiert, teils argwöhnisch, weil Balthasar heut wie gestern beharrlich auf der Schwelle der Amundi steht. Sie lamentiert genau wie gestern, winkt ihn dann doch zum Dienstboteneingang, wo er weniger Aufsehen erregt und lässt ihn schließlich ein.

Erst nachdem Frau Gutzkow sich beim Fräulein vergewissert hat, wird Balthasar zu ihr vorgelassen. Das Zimmer ist hell und es duftet angenehm nach den Tulpen, die auf dem Sekretär stehen und gestern noch nicht da waren.

»Danke, Frau Gutzkow. Sie können uns jetzt allein lassen …« Antonia schiebt die behänden Finger der Dienerin weg, die unaufhörlich das Brusttuch der Kranken zurechtzupfen. Antonia sitzt aufrecht im Bett, ein Buch gegen die angewinkelten Beine gelehnt und schaut der Dienerin hinterher, die das Zimmer verlässt.

»Kein Unterricht?«

Balthasar atmet hörbar durch.

»Sie schwänzen doch nicht etwa?«

»Mein Französischglück verlässt mich.« Er beobachtet genau ihr Mienenspiel. Sie aber lässt sich nichts anmerken, sondern deutet auf den Stuhl neben dem Bett.

»Geht es Ihnen etwas besser?«

Sie nickt.

Im Vorbeigehen nimmt Balthasar einen der kleinen Bewohner aus dem Puppenhaus. »Die sind lustig«, sagt er und freut sich über das kleine Lächeln auf ihrem Gesicht, das immer noch nicht sehr viel Farbe zeigt. Sie nimmt ihm das Püppchen aus der Hand, das sich als der Familienvater herausstellt und dann erläutert sie haarklein die Familiensituation ihrer erfundenen Puppenfamilie. Ihr Einfallsreichtum fasziniert ihn und wie schonungslos sie ihre Geschichten erzählt: mit unverhohlenem Zynismus, in dem so viel von ihrem eigenen Leben stecken mag. Balthasar hört ihr so gern zu und erfreut sich an ihrem Lachen, wenn sie sich über die Eigenheiten der Puppenhausbewohner amüsiert, die sie sich doch nur ausgedacht hat. »Und wenn sie nicht von Motten gefressen wird, so rupft die Magd noch in dreißig Jahren die Gans.«

Er lächelt und beobachtet sie, wie sie den Blick durch das Puppenhaus schweifen lässt. Das arme Mädchen muss ihr halbes Leben allein in diesem furchtbar zugestellten Zimmer verbracht haben, überlegt er.

Sie drückt ihm den Familienvater wieder in die Hand und Balthasar setzt ihn zurück in den Miniatursessel. »Was ist der Grund Ihres Besuches?«

Er überlegt kurz. »Wie gesagt, keine Französischhausaufgaben.« Sie zuckt mit keiner Wimper. Ein Lächeln kann er sich nicht versagen.

Sie sprechen über das Buch, das sie liest, ein Roman. Er kann mit Romanen nichts anfangen. Sie berichtet von ihrem Besuch auf dem Schloss derer von Pechern, wo sie sein Bild angeschaut hat. »Ich weiß jetzt, wer das Mädchen ist«, blitzen ihre Augen auf.

»Ja?«

»Sie wohnen bei ihr oder sie wohnt bei Ihnen. Das blonde Mädchen, Fräulein Teichert.« Antonia Amundus sieht reizend aus, wenn sie verlegen ist. Balthasar weiß, dass sie über die genauen Wohnverhältnisse aufgeklärt werden möchte, aber das spart er sich. Solange sie ihm nicht erzählt, was er gern wissen möchte, tut er es auch nicht.

Bald schon muss er sich von ihr verabschieden, weil er dem Professor nicht in die Hände laufen will. Der dürfte hier demnächst zum Mittagessen aufschlagen.

Am folgenden Tag, es ist Mittwoch, legt er zu den beiden, die schon auf dem Tisch in der Bibliothek liegen jene dritte Französischhausaufgabe, die ihm von einem Kommilitonen heut morgen hinterhergetragen wurde.

Er schwänzt den Malereiunterricht und Frau Gutzkow mault heut schon viel weniger, als gestern, lässt ihn durch das Hintertürchen ein und Balthasar findet Antonia wie gestern im Bett sitzend, anstatt des Buches ein Klöppelkissen aufgebockt auf ihrem Schoß; anstatt der Tulpen Pfingstrosen auf dem Sekretär und die verströmen einen viel intensiveren Duft. »Was ist mit Ihren Tulpen passiert, war es denen hier zu langweilig?«, setzt er sich an ihr Bett, nachdem er sie ordentlich begrüßt hat. Sie lacht auf. »Nein, meine Hausfrauen kommen ja jeden Tag und was soll ich mit so vielen Blumen?«

»Ihre Hausfrauen?« Klingt er spöttisch? »Sie sind keine Hausfrau!«

»Ach nein?« Sie reckt ihr Kinn und sagt zerknirscht, ihre Hausfrauen versorgten sie nicht nur mit Blumen, sondern auch mit nettem Zeitvertreib. Sie stippt die völlig verfitzten Klöppel an, dass sie anklagend klimpern. »Klöppeln ist jetzt groß in Mode!«

»Lassen Sie mal sehen.« Er zieht die Kissenrolle zu sich heran.

»Sie sagen mir jetzt nicht, dass Sie klöppeln können«, lacht sie.

»Nein, jedenfalls, hab ich es noch nie gemacht, aber … mit Fäden kenne ich mich aus.« Er beginnt jetzt die kleinen hölzernen Schlegel zu sortieren. »Das Prinzip ist einfach: verdrehen, verkreuzen, verschlingen, verknüpfen.«

»Ja, so weit war ich auch schon.«

»Ihr Tuch da, wenn Sie sich die Spitze genau ansehen, also richtig genau, mit einer Lupe, dann erkennen Sie das Prinzip.« Aus den Augenwinkeln sieht er, wie sie die Spitze ihres Tuches vor die Augen hebt und skeptisch mustert.

»Also ich nicht.«

»Sie sind viel zu ungeduldig für so was, wieso lassen Sie das nicht einfach sein und machen etwas anderes?«

»Was denn?«

»Naja«, sagt er und konzentriert sich auf das Entwirren. »Wieso schreiben Sie nicht die Geschichten von diesen Puppen auf.« Er weiß, sie beobachtet ihn aufmerksam. »Oder Sie zeichnen sie.« Er schenkt ihr einen kleinen Augenaufschlag. Sie blufft besser als ihr Bruder beim Kartenspiel, so viel steht fest. Balthasar dreht das Kissen wieder zu ihr um. »Fertig.« Die Klöppel liegen entwirrt und mit Stecknadeln fixiert auf dem Kissen.

Er schiebt eine kleine Plauderei zwischen sie und ihn und bald muss er schon wieder gehen.

Am Donnerstag kann er sie nicht besuchen, weil er nie und nimmer riskiert, den Unterricht am Polytechnikum zu schwänzen. Aber am Freitagvormittag ist er mitsamt der Hausaufgabe für die Mustermalerstunde für nächsten Donnerstag wieder bei ihr. Statt der Pfingstrosen stehen da jetzt Nelken.

Weil sie es wissen will, erklärt er ihr, wie das mit den braunen, grünen und weißen Quadraten auf der Musterzeichnung funktioniert, und sie stellt eine Menge Fragen, während sie von Neuem das Klöppelkissen durcheinanderbringt.

Immer wieder schaut er von der Musterzeichung auf, versucht sich auf seine Arbeit zu konzentrieren und sie sich auf die ihre und dann, ganz plötzlich gibt es einen Knall, ein Krachen und Balthasar fährt vor Schreck zusammen. Sieht eben noch, wie das Klöppelkissen von der Schranktür abprallt.

Das Grinsen, das in seine Mundwinkel huscht, versagt er sich, weil Antonia gar so wütend guckt. Beide schauen zu, wie die Schranktür bedächtig, aber meckernd aufgeht; wie von Geisterhand. Balthasar hat in seinem ganzen Leben noch nicht so viele Kleider auf einer Kleiderstange gesehen. »Was werden Sie auf Erdmanns Frühjahrsball anziehen?«, fragt er mit Kennermiene.

Sie starrt in das Schrankinnere. »Leider bin ich krank und kann nicht hin.«

»Bedauernd klingt das aber nicht«, sagt Balthasar, legt seine Schulsachen auf ihr Bett und stellt sich vor den Schrank. »Wollen wir mal sehen.«

»Unterstehen Sie sich!«, murrt sie. »Ich kann morgen nicht zu dem Ball gehen, ich bin schwer krank.«

»Die Farbe kommt mir bekannt vor«, sagt Balthasar und zieht ein Fliederfarbenes hervor. »Mit Klöppelspitze, wie hübsch.« Er schließt den Schrank und schaut Antonia ernst an. »Ich will Ihrem Bruder nicht die Freude verderben, aber …«

»Aber was?«

Balthasar hebt den Zeigefinger. »Versprechen Sie mir, Nik nicht zu sagen, dass Sie es schon wissen.«

»Was denn?«

»Ihr Bruder wird heut noch mit der freudigen Kunde aufwarten, dass Erdmann den Ball verschoben hat.«

Antonias lässt den Kopf vornüber auf ihre angewinkelten Knie fallen.

»Tja.« Balthasar beginnt, seine Sachen zusammenzusuchen. »Eigens für Sie hat Erdmann von Stukken alle Einladungen neu schreiben lassen.« Er setzt sich nicht wieder neben sie. Er muss los. »Warum sagen Sie ihm denn nicht einfach, dass Sie ihn nicht mögen?«

So teilnahmslos er das gesagt hat, so wachsam schnellt ihr Kopf wieder hoch. »Wer sagt Ihnen, dass ich ihn nicht mag?« Sie ist kokett. Nun gut. Er nickt ergeben. Es geht ihn überhaupt nichts an. Er verabschiedet sich von ihr.

»Kommen Sie morgen wieder?«, fragt sie ihn kleinlaut, wie ein vernachlässigtes Kind, das sie wohl ist.

»Wohl kaum. Morgen ist Samstag, Ihre Aufpasser sind hier.«

Sie zieht eine süße Schnute. Er muss los.

»Hier unterschreiben, bitte.« Professor Amundus ist nicht begeistert von den in der vergangenen Woche angehäuften Verfehlungen des Balthasar Weber.

Eine Diskussion braucht der gar nicht erst anzustimmen. Balthasar seufzt, beugt sich über den Schreibtisch des Dekans und stutzt. »Was ist das?« Er tippt auf eine Sache vom vergangenen Montag.

»Paragraf zwölf«, sagt Amundus und Balthasar wendet sich zu Antonia um, die wie das blühende Leben im Arbeitszimmer umherflaniert und Staub wischt. »Sie sind in Ohnmacht gefallen!«, ruft er ihr zu.

Sie zuckt mit den Schultern. »Sie haben trotzdem auf dem Fußboden gesessen! Das ist verboten.«

Balthasar erwidert mit einem verständnislosen Kopfschütteln und unterschreibt Paragraf zwölf und die vier Unterrichtsversäumnisse, formuliert eine Standardentschuldigung und legt die Feder beiseite. Der Professor bedankt sich höflich, als handele es sich um einen Vertragsabschluss, leiert dann seine Belehrung, was die persönlichen Entschuldigungen bei den geschwänzten Lehrkräften und die Nacharbeit des versäumten Stoffes betrifft. Balthasar nickt. »War's das?«

»Nein, junger Mann. Sie haben noch keine Arbeit für die Jahresabschlussausstellung angemeldet.« Balthasar fährt sich über die Augen. Er hatte geglaubt, drum herum zu kommen. Der Professor bittet seine Tochter ein Anmeldeformular zu suchen und nötigt ihn, ein Werk auszuschreiben. Balthasar überlegt nicht lange und setzt die Arbeit ein, die er selbst für die beste des Frühjahrs hält.

»Eine Musterzeichnung?«, der Professor staunt enttäuscht, als er das von Balthasar ausgefüllte Formular unter den Zwicker hält. »Ich hatte auf Ihre Darstellung der Terrassen gehofft, die Sie bei Professor Richter gemalt haben.«

Balthasar schüttelt bedauernd den Kopf. »Ich will ja nicht gewinnen«, zuckt er die Achseln und hört Antonia auflachen.

»Ich bin Mustermaler, nicht Künstler und deshalb dieses hier«, er deutet auf das Formular in Amundus' Hand, »oder keins.«

Der Professor muss den Entschluss seines Studenten akzeptieren.

Balthasar verschwindet in die Bibliothek, wo seine Hausaufgaben der vergangenen Woche ordentlich überarbeitet sind. Der kleine Knollennasenmann sitzt auf einem Bücherstapel und wischt sich den Schweiß von der Stirn. Balthasar lächelt in sich, führt die Zeichnung an die Nase und meint, Antonias blumigen Duft wahrzunehmen.

Balthasar fährt einzig auf Erdmanns Frühjahrsball, um Antonia wiederzusehen. Es ist ein furchtbar schwüler Nachmittag Mitte Juni. Es ist eigentlich ein Frühsommerball und viel zu heiß.

»Welche Pracht«, spöttelt er, als sein Blick den vertrockneten Rasen streift. Das Wasser der Gartenteiche schimmert grünlich, die Pfingstrosen lassen allesamt ihre Köpfe hängen, aber Friederike ist verzückt und mischt sich unter die Leute.

»Was soll das«, zischelt Nikolaus, der von einer Staubwolke umweht zu ihm heranrollt wie eine Dampflok. Er deutet in die Tiefe des Parks des von Stukken'schen Anwesens auf Friederike, die alle Aufmerksamkeit der jungen Herrschaften vom quadratischen Korb zieht, an dessen Rand Sandsäcke gehängt werden. Friederikes einnehmendes Lachen stimmt ins Vogelgezwitscher ein. »Du kannst sie doch nicht hierher mitbringen!«

»Wieso nicht?« Balthasar drückt Nikolaus' ausgestreckten Zeigefinger runter und beobachtet genau wie die meisten anderen Menschen Friederike, die wenig fachmännisch, dafür aber unterhaltsam die Versuche kommentiert, die Massen von Stoff, die hinter dem Korb schlauchartig auf der Wiese liegen, mit Luft zu füllen. »Erdmann von Stukken hat darauf bestanden, dass ich mein Mädchen mitbringe.« Letzteres betont Balthasar. Er weiß, wie sehr das Nikolaus ärgert. »Sieht sie nicht hinreißend aus?«

»Ich hoffe, sie geht mit dem Ballon, weit, weit in die Lüfte und kommt nicht wieder runter.«

»Aber, aber.« Balthasars Lachen steckt den anderen diesmal nicht an.

»Du kannst doch keine … keine … Du weißt schon … So eine kannst du doch nicht mit hierher schleppen! Sie ist eine …, eine …«

»Hure. Meine Güte, Nik, sprich es aus.« Nikolaus aber verschränkt in einem impertinenten Anflug die Arme vor der Brust. Seine Kiefermuskeln mahlen. »Sprich es aus«, lacht Balthasar. Aber der andere starrt stoisch an ihm vorbei in Richtung der Menschentraube beim Ballon.

»Sie trägt das Kleid meiner Schwester! Um Gottes willen, Balthasar, wie kannst du mir das antun. Du, wenn die Ärger macht, dann …«

Friederike scheint sich bestens zu amüsieren. Balthasar schnaubt und entscheidet, auf die Suche nach etwas zu trinken zu gehen. Gemeinsam überqueren sie die Wiese in Richtung eines Pavillons, wo Diener darauf warten, ihren Schaumwein loszuwerden.

Die Vögel fliegen tief, die Luft drückt unerträglich schwül und heiß. Balthasar und Nikolaus bleiben im Schatten des Pavillons, Balthasar behält Friederike im Auge und hält gleichzeitig Ausschau nach Antonia.

»Fliegst du mit?« Nikolaus deutet in Richtung viereckiger Korb.

»Nein. Es zieht ein Gewitter auf.«

Nikolaus schüttelt den Kopf. »Strahlend blauer Himmel, Balthasar, und kein Lüftchen. Wann will das Landei endlich zum Stadtmenschen avancieren?«

»Nie.«

»Wir werden selbst geschriebene Gedichte herunterwerfern«, sagt Nikolaus.

»Oh, na das ist natürlich etwas anderes.« Balthasar macht eine Kennermiene. Nikolaus murrt wieder nur. Man kennt die Mode der Wilhelmine Reichard, die mit dem Blödsinn, den Menschen über seinen natürlichen Lebensraum zu heben, begonnen hat. Auch hat Balthasar davon gehört, dass es modern sei, von ganz oben Gedichte regnen zu lassen. Törichte Albernheit. »Nein, Nik, ich bleib hier in Deckung, bevor mich eine Stukken'sche Schnulze erschlägt.«

Mit zur Faust geballtem Gesicht begibt sich Nikolaus hinüber auf den Rasen. »Ja, geh nur. Von Stukken rezitiert *selbst Gedichtetes*.« Balthasar harrt am Pfosten gelehnt und beobachtet, die Gesellschaft. Die Wartezeit, bis der Ballon mit dem Gasgemisch gefüllt sein würde, überbrücken sie in andächtigem Lauschen des Vorgeschmackes auf den Gedichteangriff von oben. Man weiß ja, was aus der Luft Geworfenes alles anrichten kann.

Balthasar wird übel werden, wenn er Erdmann von Stukkens dramatisierte Höhen und Tiefen, gebettet in Versschemen und tragende Reime, auch nur einen Moment länger würde anhören müssen. Er überlegt, wohin er fliehen könnte. Und da, einer Eingebung gleich, beobachtet er, wie sich eine in ein fliederfarbenes Seidenkleid gehüllte Gestalt unbemerkt vom Publikum entfernt.

Das erste Donnergrollen, eine kaum zu erahnende Ungleichmäßigkeit des allmählich auffrischenden Windes und des Vogelzwitscherns. Das zweite geht mit dem für Erdmann von Stukken bestimmten Applaus unter. Balthasar verlässt den Schutz des Pavillons und wie vorauszusehen, stürzen mit dem dritten Donner daumennagelgroße Regentropfen zur Erde. Doch da ist Balthasar schon sicher geschützt in der künstlichen Ruine, die er im Jahr zuvor entdeckt hat. Das fliederfarbene Kleid ist auch hier. Ihr Lächeln, als sie ihn kommen sieht, raubt ihm den Atem. Der ganz in der Nähe heftig einschlagende Blitz lässt sie zusammenfahren.

Balthasar stellt sich dicht neben sie an die Mauer unter den Vorsprung des angedeuteten Kirchendachs. Das Gespräch führen die schweren Regentropfen. Balthasar genießt das monotone Rauschen. Seine Linke ganz dicht und beiläufig an ihrer Rechten, eine elektrisierende Berührung, flüchtig und so bedeutend. So warten sie das Gewitter ab.

»Ich muss zurück, sonst gibt es Ärger mit Nikolaus«, hört er Antonia, da der heftigste Schauer abgeebbt ist. Er erhascht den Moment, da sie unter dem Schutz des Dachvorsprungs hervortritt.

»Warte.« Er stellt sich dicht vor sie, sodass sie zurück an die Wand gedrückt wird. Er muss ihr so vieles sagen, nimmt sie zwischen seinen Armen gefangen. Die Handflächen ruhen auf der Mauer.

»Was?«

Er verliert sich beinahe in ihren grünen, leicht vorstehenden, leicht aufsteigenden Augen und wird von ihrem Mund magnetisch angezogen. Sie reckt ihr Gesicht nach dem seinen, drückt sich an ihn. Ihren Busen spürt er an seiner Brust, ihre Finger tasten sich vor, ruhen auf seinem Herzen und sein Herzschlag geht ganz schnell, sein Atem auch und sein Gesicht wandert unaufhörlich zu ihr hinab. Schon berührt seine Stirn die ihre. Aber er kann nicht, er ist noch nicht so weit, es geht nicht. »Nichts.« Er lässt diesen kostbaren Moment verstreichen. Löst sich von ihr und stößt sich von der Wand ab.

Es ist nicht richtig, sie dort stehen zu lassen, aber er ist nicht Herr seiner Gefühle. Es ist verwirrend und ärgerlich. Wieso kann es nicht so einfach sein wie eine Atlasbindung oder ein Gemälde, das klaren Regeln folgt? Wieso ist alles so kompliziert?

Die Ballonfahrt wird abgesagt, denn der Regen ebbt nicht mehr ab. Erdmann von Stukken ergeht sich in eine liturgische Missa pro defunctis; Messe für sein gestorbenes Gedichtbombardement via Ballon.

Balthasar bleibt nicht lange auf Erdmanns Ball. Friederike ermuntert ihn, ohne ihn zurück nach Dresden zu fahren, denn sie amüsiere sich so prächtig mit all den stattlichen jungen Studenten, dass sie den Abend einfach auskosten muss.

Zwei Dutzend Räuber

Der Stukken'sche Sommerball ist noch ein paar Tage lang das Gespräch in der Akademie. Bald nur noch eine Erwähnung, dann eine Anekdote wert und schon zwei Wochen später nicht einmal mehr das; nur noch Erinnerung. Allmählich werden die Studenten von der Woge der Prüfungen und der Jahresabschlussausstellung erfasst.

Auf jeden Fall ist in Antonia jene Verwirrung wach, für die Balthasar Weber gesorgt hat. Sie beschwört wieder und wieder die kleine Begegnung in der künstlichen Ruine herauf, forscht nach deren Bedeutung und schwankt in ihren Interpretationen.

Sie korrigiert weiterhin seine Französischhausaufgaben. Sie ist sich nicht sicher, ob Balthasars Andeutungen bezüglich des kleinen Puppenhausbewohners bedeuten, dass er sie enttarnt hat. Sie meint aber, dass er ihr auf jeden Fall auf die Schliche kommt, wenn sie aufhört, ihren kleinen Freund zu zeichnen. Außerdem spenden ihr die Zeichenübungen Trost.

Seine letzten Französischhausaufgaben vor den Prüfungen quittiert er mit einem Dank und einem Abschiedsgruß, da er bald für zwei Monate nach Hause reisen werde und Antonia bricht in der Bibliothek in Tränen aus. Wie sonst, als mit einem ihrer kleinen Knollennasenmännchen kann sie antworten?

So zeichnet sie den kleinen Menschen als Rückenstück, im verlorenen Profil. Der Betrachter schaut ihm über die Schulter und blickt mit ihm gemeinsam in einen weiten Saal, schachbrettartig gefliest, hohe Fenster an den Seiten, von tief hängenden Schabracken verdunkelt. Alles an dem Bild ist dunkel. So dunkel, dass das Männlein nur durch die lichten Konturen und die hellen Stellen des Faltenwurfes seines Mantels zu erkennen ist. Der Blick von Betrachter und Männchen geht gleichermaßen in eine gähnende Leere, die in einem weit entfernten Fluchtpunkt bei tiefster Dunkelheit mündet. So viel Traurigkeit und Einsamkeit und Hoffnungslosigkeit umgibt sie und ihr kleines Knollennasenmännlein.

Wenn Balthasar auf dem Ball doch mit ihr gesprochen hätte! Sie ist traurig, vielleicht auch ein bisschen lethargisch dieser Tage. In Erwartung des obligatorischen Montagsspaziergangs mit Erdmann von Stukken sitzt sie herausgeputzt in einem hübschen lindgrünen Kleid und Strohhut nebst Sonnenschirm, damit ein Hitzschlag sie nicht wieder treffe, im Windfang ihres Hauses im Obergraben und hört dem Ticken der großen Pendeluhr im Salon zu.

Aber nicht der Hitzschlag trifft sie, als es an die Tür klopft und sie Erdmann von Stukken öffnet, sondern der Anblick dessen, was sich ihr zeigt. Nicht nur, dass er jetzt Inhaber und Benutzer eines dieser schrecklich hässlichen Laufräder ist, nein, sein Gesicht ist so ramponiert, dass Antonias Augen betroffen an der Betrachtung des zweirädrigen Gefährtes hängen bleiben. »Um Gottes willen, was ist denn mit Ihrem Gesicht passiert?«

»Ich bin überfallen worden.« Erdmann von Stukkens rechtes Auge ist halb zugeschwollen, die Augenbraue darüber sowie die Oberlippe verschorft und auch das Kinn ist deutlich verfärbt.

Antonia konzentriert sich nun darauf, in seine gesunde Gesichtshälfte zu sehen. »Überfallen? Wie furchtbar!«

Und während sie ihn in den Salon führt, erzählt von Stukken ihr von den Vagabunden, dem halben Dutzend, die ihn vergangenes Wochenende überfallen haben. Antonia nimmt den Ärmsten in Obhut, bietet ihm einen Platz am Fenster an, setzt sich so, dass sie das unversehrte Profil betrachten kann.

Ein Spaziergang steht wohl außer Frage. Der arme Tropf erzählt auch der guten Frau Gutzkow, die Erfrischungen serviert, von dem Vorfall. Und zu guter Letzt hört sich auch der Professor die abscheuliche Geschichte an. Antonia vergibt Erdmann, dass mit jedem weiteren Zuhörer seine Erzählung ein wenig variiert, was die Anzahl der betrunkenen, kaltblütig prügelnden Meuchler anbelangt. Es tut ihr außerordentlich leid für von Stukken. Und damit er sich mit etwas Glücklicherem hervortun kann, wird er von ihr und ihrem Vater über sein neuestes Straßengefährt ausgefragt. Erdmann von Stukken lobt die Zeitersparnis, die ihm die zweirädrige Draisine eröffnet. »So kann ich Sie noch viel häufiger und viel schneller besuchen, meine Teuerste.«

Antonias Lippen kräuseln sich. Ein Lächeln misslingt. Und ihr entgeht nicht der entrückte Blick ihres Vaters, von dem sie weiß, dass er selbst in seiner Jugend ein großer Anhänger der Wiener *Unsinnsgesellschaft* war, welche die verdammenswürdigen Ergüsse der Menschheit archivierten. Zu solchen zählt Professor Amundus auch das Laufrad.

Später am Nachmittag, von Stukken schiebt sich mit grünem Rock und blauem Auge auf seinen zwei Rädern davon, spaziert Antonia Richtung Friedhof. Sie kommt in diesen heißen Tagen jeden Abend hierher und versorgt die Blumen auf dem Grab der Mutter. Die Vase hat Antonia selbst getöpfert. Ein verbeultes Ding, und wenn man nicht weiß, dass es eine Vase sein soll, könnte man es für ein eigenwilliges Kunstwerk halten, so wie die Patronen von Balthasar Weber, die die Muster für Tuche darstellen sollen. Und wieder ist Antonia in Gedanken nur bei ihm, den sie seit dem Ball nicht mehr gesehen hat. Dem Mädchen am Ende der Reihe legt sie eine weiße Blüte aufs Grab, wässert auch hier die Bepflanzung, die offenbar vergessen wurde. Mit dem Vorhaben, die Blumen in Vaters Büro zu gießen, schlendert sie über die Elbbrücke in die Akademie.

Hier sind die Vorbereitungen für die Jahresabschlussausstellung in vollem Gange. Bilderrahmen werden durch die Gegend getragen, über Leinwände hin und her diskutiert.

»Pass doch auf«, raunzt sie ihr Bruder an, mit dem sie beinahe zusammenprallt, da dessen Sicht durch eine noch ungerahmte Leinwand versperrt war. »Ist heut nicht Montag? Wieso bist du nicht mit Erdmann spazieren?« Wachsamkeit in seinem Blick, in seiner Stimme.

»Er ist unpässlich.«

Ihr Bruder schüttelt verständnislos den Kopf, murmelt etwas davon, dass Erdmann im Unterricht auch nicht gewesen sei, nimmt die Leinwand wieder auf und wuchtet sie ins Obergeschoss, wohin ihm Antonia auf dem Fuße folgt.

Und dann, bevor sie in Richtung Vaters Arbeitszimmer abbiegt, trifft sie pfeilschnell die eben vergessene Sehnsucht, weil sie Balthasar erspäht. Über einen großen Arbeitstisch steht er gebeugt. Er bemerkt ihre Anwesenheit nicht. Antonias Herz rast vor Unglück und wird in tausend Stücke zerspringen, wenn er sich nicht zu ihr umdreht. Sie kann sein Profil sehen. Schweißperlen stehen auf seiner gebräunten Stirn. Er trägt keine Weste, das Hemd ist bis zu den Ellbogen aufgerollt, seine Linke ist bandagiert. Hochkonzentriert schneidet er mit dem Skalpell ein Passepartouts aus einem Bogen starken Kartons.

Als er das Rechteck für die Druckgrafik fertig hat, legt er den Karton beiseite und in dem Moment, wo er sich einen weiteren heranzieht, treffen sich für einen Sekundenbruchteil ihre Blicke und Antonias Herz setzt mit Schlagen aus. Er nickt unverbindlich zur Begrüßung, ein flüchtiges Lächeln huscht in seine Mundwinkel, dann widmet er sich wieder seiner Arbeit.

Er fehlt ihr.

Nach innen gewandter Blick

»Was hab ich dir gesagt?«, schallt es ihm entgegen, als Balthasar gerade die Tür zum Treppenhaus neben Gustavs Gastraum öffnet. Die Stimmen halten ihn auf. Er geht nicht gleich die Treppe hoch, sondern lauscht dem Gelächter, das von oben herunterdringt.

»Hab ich doch gleich gesagt, dass sie keine Dame ist, sondern so eine und dass man mit ihr machen kann, was man will!«

Diese Stimme würde Balthasar unter Hunderten erkennen. Sein Herz krampft sich zusammen. Er geht lautlos ein paar Stufen hinauf. Es ist stockdunkel, bald Mitternacht. Er und Nikolaus haben lange im *Ratskeller* gesessen. Nikolaus hat zuerst den Liebeskranken gespielt, danach, als er selbst dazu zu betrunken war, haushoch verloren – in jeglicher Hinsicht. Eben noch todmüde, ist Balthasar jetzt hellwach.

An dem Gelächter hört er, dass es mindestens zwei sein dürften, die vor Marthes Wohnung stehen. Auf das Anschlagen eines tragbaren Fidibus', einem kleinen Feuerzeug, folgt der Funke und Balthasar sieht seine Vermutung bestätigt. Es sind zwei, die sich ihrer Mannestaten im Bordell brüsten und darüber nachdenken, ob sie sich beim *Gustav* einen Kurzen genehmigen und dann noch mal hochkommen oder doch lieber gleich nach Haus gehen sollen.

Der eine, den Balthasar nicht kennt, lacht lauthals auf, formuliert einige Obszönitäten, hebt sogar zu detaillierten Schilderungen an und Balthasar dreht sich der Magen um.

»Auf jeden Fall …«, so hört Balthasar den anderen, den er nur zu gut kennt, »… hab ich bis morgen ausgesorgt. Wie soll man denn auch mit dem schönsten Mädchen der ganzen Stadt flanieren und so tun, als ob man nur keusche Gedanken denkt, ohne ihr an die Wäsche zu wollen? Schlimm genug, dass mein Plan bei meinem Sommerball schiefgegangen ist, weil Blümchenrührmichnichtan so zeitig ins Bett wollte … ohne mich, wohlgemerkt.«

Gelächter, und Balthasars Hände ballen sich zu Fäusten.

»Während du mit deinem Mädel morgen sittsam spazieren gehst …«, so prustet der andere, »kannst du ja an das denken, was du mit der hier angestellt hast.« Unfassbares Gelächter erfüllt das Treppenhaus.

Balthasar wartet, bis der eine sich zum *Gustav* verdrückt, damit er den anderen am Schlafittchen greifen kann. Und kaum, dass er jenen gepackt hat, lässt Balthasar seine Faust auf den nieder. »Du Drecksau!« Er drischt blind vor Wut auf den Widerling ein. Der fuchtelt unkontrolliert um sich, geht zu Boden, Balthasar rammt dem die Knie in die Rippen und boxt immer wieder auf ihn ein.

Weil sein Opfer schreit wie ein Mädchen, versucht dessen Kumpan ihm zu Hilfe zu eilen. Der aber kriegt die Türe nicht auf, die Balthasar und der Unglücksrabe blockieren. Balthasar ist längst noch nicht fertig mit dem Kerl.

Leider sieht das die Rote Marthe anders. Vom Lärm alarmiert, stürzt sie die Treppe herunter und zerrt Balthasar vom anderen weg. Der muss vom Faustpfand ablassen, befördert den Ausbund an Ekel jedoch mit einem ausgesuchten Arschtritt hinaus auf die Gasse. Der andere hinterdrein.

»Sag mal, hast du noch alle Nadeln an der Tanne?« Die Rote Marthe steht mit in die Hüften gestemmten Armen am Fuße der Treppe und schaut Balthasar fassungslos an. Der aber hält sich die Linke, die ihm furchtbar wehtut. »Es sind zahlende Kunden immerhin.« Sie schleift Balthasar in ihre Wohnung und wickelt ihm ein kühlendes Tuch um die Linke. Sie schäumt vor Wut, fühlt sich aber auch ein bisschen geschmeichelt vom Bewacher ihrer Burg.

Marthe akzeptiert sein Schweigen nicht. »Bete zum lieben Herrgott, dass sie dich nicht erkannt haben, andernfalls steckt die Sitte dich ins Kittchen!« Sie wartet einen Moment. Er schweigt. Er hasst den Kerl, den er hier angetroffen hat, von ganzem Herzen. »Zeig mal her.« Sie löst den Wickel von seiner Linken und sieht, wie sich seine Knöchel bereits verfärben.

Friederike, vom Spektakel aus ihrem Zimmer gelockt, steckt den Kopf in die Küche. Ein fragender Blick auf Balthasars Faust genügt.

»Spinnst du jetzt total?«

»War er bei dir?«

Friederike lehnt sich lasziv gegen den Türrahmen und kreuzt die Arme vor der Brust. »Ja«, haucht sie genüsslich. »Es war gut. *Es* und die Bezahlung. Noch Fragen?« Balthasar straft sie stumm ab. Sie verschwindet auf ihr Zimmer.

»Ach du … du und Rike …, daraus werde ich nicht schlau.«

Er auch nicht. Aber ihm geht es gar nicht um Friederike, sondern um Antonia.

Nur kurz sieht er sie am Montag, rein zufällig, als er die ungezählten Rahmen für die Druckgrafiken schneidet, während Nikolaus die ausgewählten Leinwände zum Rahmen bringt.

Am Dienstag trifft er sein Opfer in der Akademie. Dessen rechtes Auge hat ordentlich gelitten, aber Balthasar hatte gehofft, ihn eindeutiger zugerichtet zu haben. Erdmann von Stukken erzählt ihm ungefragt von den Räubern, die ihn am Wochenende überfallen haben.

Balthasar beobachtet die Varianz der Geschichte im Fortgang des Tages: So erwähnt von Stukken noch vor der ersten Lehrveranstaltung, eine Handvoll Betrunkener hätte ihn überfallen. Nach zwölf Uhr Mittag sind es bereits ein ganzes Dutzend ausgewachsener Räuber gewesen, und als er am Nachmittag immer noch jemanden findet, der die Geschichte hören will, sind es neben dem Dutzend Räuber noch eine Handvoll Bettelkinder gewesen, die ihm die schlimmste Gräuel angetan haben.

Balthasar soff lieber Elbwasser, als sich in von Stukkens Fantasien einzumischen! Und er wüsste gern, wie es Antonia geht. Er hofft so sehr, dass sich Erdmann von Stukken, dieses Rübenschwein, ihr gegenüber wirklich so galant verhält, wie er vorgibt, und wozu er das Dampfventil im Etablissement der Roten Marthe braucht. Balthasar aber braucht das nicht mehr. Zwischen ihm und Friederike ist es vorbei, zumindest was das Körperliche betrifft. Eine wohl gegenseitig gefällte Entscheidung mit dem üblichen Schmerz, garniert mit Wehmut. Sie begegnen einander höflich, aber achtsam, vermeiden es, miteinander allein in einem Raum zu sein, weil sich dann unangenehme Stille zwischen sie drängt.

Antonia bekommt er kaum zu Gesicht, doch denkt er unablässig über sie nach. Das Semester neigt sich dem Ende und die Jahresabschlussausstellung steht ganz im Zeichen eines Erdmann von Stukken.

Balthasar und Nikolaus stehen vor dem Siegerbild. Ein Kniestück, also eine Person vom Kopf bis zu den Knien getroffen, übermannsgroß, was eigentlich längst aus der Mode ist. Nikolaus lässt einen Schluck Wein über seine Zunge rollen, während er kritisch das Gemälde betrachtet. »Naja, Kunst liegt schließlich im Auge des Betrachters.«

»Tut sie nicht«, Balthasar angelt sich ein Glas vom Tablett, das an seiner Nase vorbeigetragen wird. Die Serviette saugt das Kondenswasser auf. »Erstes Semester … hast du schon alles vergessen?« Mit seinem Glas deutet Balthasar auf von Stukken, der, auf der anderen Seite des Saales ins Gespräch vertieft, das als Zuspruch versteht und auch seines erhebt.

»Schade, dass das Dutzend Räuber damals nicht seine Überheblichkeit aus ihm herausgeprügelt hat.«

»Balthasar! Du solltest ein bisschen mehr Mitgefühl für ihn aufbringen. Er ist überfallen worden.«

»Ja, wirklich? Erzähl. Die Geschichte kenne ich ja überhaupt noch gar nicht.« Seinen Zynismus begießt Balthasar mit dem sauren Wein. Das Stück weichen Papiers steckt er in die Hosentasche zu Graphitstift und Gummiarabikum.

»Mach dich nicht lustig über ihn, Balthasar! Mir tut leid, was ihm passiert ist.«

Balthasar schaut einen Moment seinen Freund an. »Du bist nicht sein dressiertes Äffchen, Nikolaus.«

»Ach, leck mich doch!« Nikolaus, der sich wahrscheinlich mehr Nähe erhofft hat, stiebt davon. Nicht, wie zu erwarten gewesen wäre, in Erdmann von Stukkens offene Arme, sondern hinaus auf die Freitreppe.

Balthasar schaut ihm nach, entscheidet sich aber dagegen, ihm zu folgen.

Stattdessen tritt er auf von Stukken zu: »Herzlichen Glückwunsch«, und er reicht dem Gewinner der Jahresabschlussausstellung die Hand. »Du bist gut verheilt!« Balthasar lässt es sich nicht nehmen, von Stukkens Antlitz mit Medizinerblick zu mustern.

Von Stukken mag einen Moment darüber sinnieren, dankt ihm dann, indem er mit seinem gegen das Glas des anderen stößt. »Man muss vorwärtsschauen, nicht?« Er lässt nicht lange auf das zu Erwartende warten und deutet auf sein Selbstporträt. »Sag ganz ehrlich, was du davon hältst.«

Balthasar stellt sich in Position, legt den Kopf leicht schräg, zeigt sich einen Moment lang sehr nachdenklich und resümiert: »Ein Meisterwerk.«

»Ach … all der Trubel!« Erdmanns Glas beschreibt einen Zirkel in den Raum.

»Dieser Nachmittag gehört allein dir«, klopft Balthasar dem anderen auf die Schultern und leert sein Glas, das ihm sogleich von einem aufmerksamen Diener abgenommen wird. Und während Balthasar von Stukken fabulieren lässt, beobachtet er Antonia, die lustlos, ja gelangweilt, einen zusammengefalteten Sonnenschirm schwenkend, durch die Ausstellung schlendert. Ihr Sommerkleid ist hellgelb. Das beinahe durchsichtige Brusttuch von zarter Eierschalenfarbe. Eine vollkommene Elfengestalt.

»… Siehst du das nicht auch so, oder was meinst du, Balthasar?«, durchbricht von Stukken Balthasars Beobachtung. Leider folgt jener dessen Blick und schnappt Antonia auf. »Ist sie nicht zum Anbeißen?«, zeigt von Stukken seine Zähne und Balthasar möchte kotzen.

Schon schneidet von Stukken Antonias Weg ab und lädt sie zu sich und seinem Kunstwerk in andächtige Betrachtungen ein. Sie schenkt Balthasar ein kleines Kopfnicken zum Gruß und lauscht dann geduldig, aber ganz offenbar desinteressiert von Stukkens Ausführungen. »Nicht wahr, Balthasar?«, fischt jener nach einem Kompliment. Aber wer nach Komplimenten angelt, bekommt keines, jedenfalls nicht von Balthasar. »Nun«, stellt er sich neben von Stukken und korrigiert dessen ausschweifende Einschätzung der Bildfarbe: »Die Wahl des Inkarnats ist mir nicht klar, Erdmann. Hast du da absichtlich so viel Bleiweiß beigemengt oder ist dir das Siena ausgegangen? Ich frage mich nämlich, warum dies Abbild so bleich wirkt, so … kränklich. Wo du doch eine eher rosige Frohnatur bist? Oder, ach ich weiß, tut mir leid, kann es sein, dass du deine schlimmen Erlebnisse hier verarbeitet hast? Ich will dir nicht zu nahe treten.« Und an Antonia wendet er sich. »Wie Sie wissen, ist er überfallen worden.«

Sie nickt, um Ernsthaftigkeit bemüht.

Erdmann von Stukken, klopft dankend Balthasars Schulter und dieser versorgt sich mit einem weiteren Glas Wein. »Eine Frage noch zur Deutung, Erdmann …« Das interessiert Balthasar jetzt aber wirklich. »Zeig mal, hast du wirklich einen Silberblick?« Er schaut dem Verdutzten ins lädierte Auge, dann wieder zur Leinwand. »Nein. Oder meinst du den nach innen gewandten Blick oder so etwas?«

»Äh … vermutlich, ja …« Erdmann von Stukken, schaut in die Runde, sucht und findet einen anderen Gesprächspartner, den er umständlich zu sich und seinem Wunderbild herwinkt.

Diese Gelegenheit nutzt Balthasar, drückt sich an Antonia vorbei, so dicht, dass seine Finger einen flüchtigen Augenblick lang zwischen die ihren gleiten können. So kurz, so schnell ist seine Berührung, dass er sich hätte alles nur einbilden können. »Ich warte beim Bildhauerhaus«, flüstert er, den abgelenkten Erdmann von Stukken nicht aus den Augen lassend.

Sie nickt und er tritt hinaus ins Freie.

Versprechen

Antonia ist ganz ergriffen, gebannt von dieser kleinen Berührung. Und dies ist alles, wovon sie jetzt zehrt, während die Menschen um sie angetrieben sind von Geltungssucht und Ehrgeiz. Nur seine Berührung, seine Hand in der ihren, ist in ihrem Bewusstsein. Sie kann sich so schnell nicht losmachen von Erdmann und von ihrem Vater. Gähnende Ewigkeiten kratzen an ihrem Herzen, während sie auf eine Gelegenheit wartet, das Weite zu suchen, Balthasar zu suchen. Ihr Vater liefert ihr eine. Sie solle bitte sehr ihren abtrünnigen Bruder suchen. Wo der schon wieder stecke. Tante und Cousine wollen sich verabschieden. Sie brechen jeden Moment nach Radebeul auf.

Draußen auf der Freitreppe des Johanneums schlägt ihr die sengende Hitze entgegen. Antonia wendet sich in die von Balthasar genannte Richtung. Das Bildhauerhaus, in dem Professor Rietschel sein Atelier und eine bemerkenswerte Skulpturensammlung eingerichtet hat, ist der Brühl'sche Pavillon unweit von hier im Brühl'schen Park.

Wie sich aber bald zeigt, wird Antonia von Erdmann von Stukken verfolgt. Sie beschleunigt, ohne gehetzt zu wirken, und schlängelt sich zwischen den Menschen und den schmalen Gassen hinter dem Akademiegebäude hindurch.

Von Ferne schon erblickt sie ihren treulosen Bruder und steuert direkt auf ihn zu. An einen Baumstamm lehnt er mit Blick in die Ferne über das tief gelegene Flussband hinweg zur anderen Seite der Stadt.

»Nik, du musst mir helfen!« Undamenhaft japsend, die Rechte auf dem Herzen und mit fliegenden Röcken erreicht sie Nikolaus. »Erdmann von Stukken ist hinter mir her.« Der dürfte sie jetzt aus den Augen verloren haben, weil sie in den Schutz der Baumgruppe geflüchtet ist, die in eine kurze Allee zum Pavillon mündet. Sicherheitshalber verbirgt sie sich hinter ihrem Bruder. »Bitte, tu was, ich kann ihn jetzt nicht sehen.«

Sein steifer Finger schnellt auf sie zu. »Antonia, es gehört sich nicht, sich verleumden zu lassen. Du musst nett zu ihm sein.«

»Nik, ich war den ganzen Nachmittag nett zu ihm, jetzt brauch ich einen Moment für mich. Bitte geh zu ihm und leg ihm ein Gespräch vor. Bitte, Nik.«

Ihr Bruder rührt sich nicht.

Antonia späht hinter ihrem Schutzwall hervor, von Erdmann keine Spur. »Sag ihm, ich sei spazieren, er könne mich am Elbufer treffen, aber einen Moment brauche ich vorher für mich.«

»Gut.« Nikolaus löst sich von ihr und schlendert in die Richtung, aus der sie gekommen war.

Antonia braucht ein paar Augenblicke, um ihre Erregung zu beruhigen und wirbelt dann erschrocken vor der Stimme herum: »Lügen ist aber keine Art, Fräulein Amundus.«

Antonia, vor Schreck die Hand vor die Brust gepresst, atmet erleichtert auf, was sie vorhin nicht sehen konnte: Balthasar sitzt auf der Schwelle zu einer der Terrassentüren des Bildhauerhauses.

Eine bezeichnete Serviette ruht auf seinem angewinkelten Knie. Ein versonnenes Lächeln schlummert in seinen Mundwinkeln. Er blickt von seiner Skizze nicht auf.

Langsam tritt sie auf Balthasar zu. Wie schwer ihre Abneigung gegen den einen von der Zuneigung für den anderen aufgewogen wird! »Ich wünsche mir einen Ort, wohin ich vor ihm verschwinden kann.«

Und jetzt schaut Balthasar sie von unten herauf an, hebt nicht sein Gesicht, sondern nur seine Augen, was ihr eine Gänsehaut über den Rücken jagt. Dann lehnt er sich zurück und die Terrassentür lässt ein leises Klacken hören. Sein Blick wandert aus ihren Augen hinüber in die Richtung, wo ganz deutlich die Stimmen von Erdmann und Nikolaus zu hören sind. Balthasar erhebt sich und packt Serviette und Graphitstummel in die Hosentasche.

Zögerlich betritt Antonia die dreistufige Treppe. Er nimmt ihre Hand und zieht sie mit sich durch die Terrassentür in den Pavillon. Die Konsequenzen darauf, wenn sie beobachtet würde, kann sie sich nicht ausmalen. Sie hält die Luft an. Er schließt die Tür.

»Wir können hier doch nicht einfach rein!«, flüsterte sie, aber er legte seinen Zeigefinger auf ihren Mund. Durch die Gaze vor den Fenstern können sie die Silhouetten von Erdmann und Nikolaus sehen, die auf dem Flecken angekommen sind, wo Antonia und Balthasar vom Erdboden verschluckt wurden. Sie kann die Worte nicht verstehen, die sie tauschen.

Ihr Bruder und von Stukken gehen am Pavillon vorbei und entfernten sich Schritt um Schritt Richtung Elbufer, so wie es Antonia gesagt hat. Sie atmet auf. Balthasar wendet sich zu ihr um.

Einen Moment schauen sie einander an, dann lächelt er ihr aufmunternd zu. »Sag es ihm doch einfach.«

Sie schaut ihn verständnislos an. »Aber *einfach* ist es nicht! Es ist durchaus kompliziert.« Eine ähnliche Geste wie vorhin folgt: Sein Zeigefinger auf seinen Lippen bringt sie zum Schweigen. Und, hat er nicht recht? Sollte sie diesen Moment nicht für sich nutzen? Sie folgt seinem Blick. Er ist jetzt in die Betrachtung der Gemälde vertieft, die an den Wänden hängen.

So oft war sie an diesem eigenartig geschnittenen Rokokohäuschen vorbeispaziert – oft genug mit von Stukken im Schlepp – und jedes Mal hatte sie sich gefragt, wie es hier drinnen wohl aussieht. Und jetzt ist sie froh, dass sie das Geheimnis mit Balthasar teilen kann und nicht mit Erdmann. Die Wände sind über und über von Stuck verziert. Die Bilder sind weitestgehend belanglos. Darstellungen von Historienepisoden. Mythologische und biblische Themen zumeist. Aber die Skulpturen rauben ihr den Atem. Eine von ihnen steht auf einem Sockel in der Mitte des runden Raumes. Ein unvollständiges Stück; sicherlich aus der Antikensammlung. Die Darstellung einer Göttin. Sie hält den Kopf leicht in den Nacken gelegt, der Blick sehnsüchtig gen Himmel, der Mund leicht geöffnet. Ganz in sich versunken. Der Marmor gibt ihr etwas so Erhabenes und Unschuldiges, das Antonia fröstelt. »Sie ist so wunderschön«, flüstert sie.

Balthasar stellt sich dicht hinter sie. Ganz dicht. Genauso wie damals zu Weihnachten, als er sie schon einmal vor Erdmann von Stukken gerettet hat. Sie spürt seine Brust an ihrem Rücken und fühlt durch den dünnen Stoff ihres Kleides seine Wärme, atmet seinen Duft ein. Lavendel, durchfährt es sie. Es ist Lavendel, wonach er duftet. Sein Duft und seine unumstößliche Ruhe geben ihr Geborgenheit. Sie weiß, niemand auf der ganzen Welt, nicht ihr Vater, nicht ihr Bruder, nicht Erdmann von Stukken werden ihr verzeihen, wenn herauskommt, dass sie sich allein mit einem Mann in einem geschlossenen Raum aufhält. Aber dieser Augenblick ist der kostbarste in ihrem bisherigen Leben.

Und sie würde sich so gern zu ihm umdrehen, ihn mit ihren Armen und all ihrer Kraft umschlingen und sich von ihm festhalten lassen. Was nützt die Liebe in Gedanken? Sie seufzt.

Sie spürt seine Arme sich um ihre legen, seine Hände auf den ihren, sein Kinn auf ihrem Scheitel. »Wieso fehlen bei den Antiken die Nasen?«, hört sie ihn murmeln und sie lacht unwillkürlich auf. Seine Umarmung wird fester und sie fühlt sich so wohl wie noch nie zuvor in ihrem Leben.

»Man sagt …«, beginnt sie zu flüstern, »… Kleopatra ließ den römischen Statuen die Nasen abschlagen, weil die Ägypter glauben, die Nase sei der Sitz der Seele. Wenn man die abhackt, dann geht erstens alle Kraft und Weisheit in einen über und zweitens sei die ewige Ruhe desjenigen gestört. Ein kleiner Affront gegen die Römer, während Kleopatra zuerst Gaius Julius, danach Marcus Antonius benutzte und ermorden ließ, um die Macht ihres Ptolemäerreiches zu stärken. Mein Vater aber ist davon überzeugt, dass die Nasen einfach abgebrochen sind, weil sie am weitesten hervorstehen und die Statuen schon viele Tausend Jahre auf dem Buckel haben. Ganz einfach.«

»Mmh«, hört Antonia ihn nachdenken, sein Kinn immer noch auf ihrem Scheitel. Einen Moment ist es ganz still und sie lauscht seinem ruhigen Atem, spürt seinem Herzschlag nach.

»Hat er einen Anspruch auf dich?«

Antonias Herz springt aus dem Takt. Sie kann darauf nicht antworten. Er lässt sie los und stellt sich vor sie hin, aber was immer er ihr sagen will, er kommt nicht dazu, weil vorn, im Atelier eine Tür aufgeht. Ganz deutlich hört sie die Stimme ihres Bruders und die von Erdmann in heller Aufregung.

»Die suchen nach mir«, flüstert sie und beobachtet seine blauen Augen, die konzentriert in die Ferne, aus der die Stimmen kommen, gerichtet sind.

»Geh«, nickt er zur Terrassentür. Sie schluckt, weil sie nicht gehen will, weil wie immer, wenn sie sich trennen, das Gefühl ohnmächtiger Einsamkeit zurückbleibt.

Er schiebt sie zur Tür. »Mach schon.«

»Wann seh' ich dich wieder?« Antonias Flüstern ist fast ein ersticktes Wimmern, so sehr verzweifelt sie. Er naht sich ihr, beugt sich zu ihr herunter und berührt mit seinen Lippen ihre Stirn. Dann schiebt er sie zur Terrassentür hinaus. Sie kann nicht bleiben, um zu lauschen, was weiter geschieht. Sie eilt zum Elbufer, um dort so tun zu können, als habe sie die ganze Zeit auf Erdmann von Stukken gewartet.

Noch am selben Abend verschafft sich ihr Bruder unerlaubt Zutritt zu ihrem Zimmer. Wütend, ungehalten, unaufhaltsam. »Was meinst du, wie dämlich ich mir vorgekommen bin?« Den Stickrahmen, den sie bearbeitet, schlägt er ihr aus der Hand, sodass er auf dem Boden landet. Antonias Schreck ist der Anfang. Die Augen ihres Bruders glühen, weil er angetrunken ist. »Wo warst du?«

Sie beantwortet seine Frage wahrheitsgemäß. Sie sei am Elbufer gewesen, hätte auf von Stukken gewartet.

»Dort haben wir dich nicht angetroffen.« Die ölige Stimme ihres Bruders klingt trügerisch. Er stemmt die Hände in die Hüften. »Warst du mit ihm zusammen?«

»Was? Wen meinst du?«

»Balthasar. Stell dich nicht dümmer als du bist. Ich weiß, dass Balthasar auch dort war.«

Sie schüttelt knapp den Kopf.

Nikolaus mustert sie, prüft sie. Ob er ihrer Lüge auf die Spur kommt, kann sie nicht sagen. »Untersteh dich!«, grollt er und zeigt mit dem bloßen Finger auf sie. »Untersteh dich, dich allein mit ihm zu treffen, geschweige denn, dich mit ihm blicken zu lassen. Ich warne dich, Antonia!« Dies unterstreicht sein erhobener Zeigefinger dicht vor ihrer Nase.

»Wieso?« Antonia begreift den Anflug von Panik nicht, der sich jetzt auf Nikolaus' Gesicht zeigt. »Nik, warum hast du Erdmann von Stukken nicht einfach abgewimmelt. Ich war nicht in der Verfassung, mich mit ihm zu unterhalten.«

Er schüttelt die Hand ab, die sie ihm auf den Oberarm legen will, um ihn zu beruhigen. »Es steht dir nicht zu, nach Gutdünken zu handeln. Deine Geschicke lenkst nicht du!«

Antonia versucht ihren Bruder, der sich dicht über sie beugt, wegzuschieben, was nicht gelingt, weil er viel kräftiger ist als sie.

Seine Nasenflügel beben. »Deine Geschicke lenken Vater und ich!«

»Aber, genau das wollte ich doch, Nik. Ich habe dich um deine Hilfe gebeten, aber du hast mich hintergangen.«

»Hintergangen?« Jetzt packt er sie an den Oberarmen und drückt sie tief in die Lehne ihres Sessels. Weiter stützt er seine Hände auf die Armlehnen und hält Antonia so gefangen. Einen Moment lang mustern sich Bruder und Schwester. Er beruhigt seinen Atem. »Ich werde dich nicht vor einem Erdmann von Stukken verleugnen!«

Antonia windet sich, um sich aus der Bedrängnis zu befreien. Nikolaus löst seine Rechte von ihrer Armlehne und fährt mit dem Zeigefinger ihren Arm hinauf. Sie erschauert. »Montags gehst du mit Erdmann die Elbe rauf und runter, wirst brav mit ihm parlieren.« Sein Zeigefinger wandert hinauf zu ihrem Dekolleté und fährt grob über den Ansatz ihres Busens. »Feinste Konversation, hörst du, Toni!« Seine Nägel kratzen. Sie kommt aber nicht los. Nikolaus drückt seine Knie gegen die ihren. »Du wirst dich von ihm am Arm führen lassen, wirst dich benehmen und ihm keinen Anlass geben, zu glauben, dass du ihn abweisen wolltest. Im Gegenteil.« Sein Finger gleitet jetzt weiter hinauf. Sein Blick ist ganz leer. »Mach ihn glauben, ihn zu wollen.«

»Du meinst, ich soll mich benehmen wie eine Hure? Mich anbiedern? Das werde ich nie und nimmer. Ich habe Anstand, was mehr ist, als du zeigst, du versoffener …« Seine Finger schließen sich um ihren Hals, nicht mit Nachdruck, aber unmissverständlich. Ob er ihr zugehört hat, weiß sie nicht. Ihre Finger umklammern seine Hände.

»Du wirst dich für dein heutiges Benehmen bei Erdmann entschuldigen und Besserung geloben, Antonia Sophie Amundus!« Und sein Griff wird fester. Zerberus fletscht die Zähne und Antonia wird ganz kalt. Der Höllenhund hat den Eindringling in sein Höllenreich auf frischer Tat ertappt. Die Strafe wird gnadenlos sein.

»Nik …!« Sie versucht sich von ihm zu befreien. Nikolaus atmet ganz flach und sie hat Angst vor ihm. »Lass mich los!«, quetscht sie hervor, windet sich unter seiner Kraft und so abrupt er auf sie losgegangen war, so plötzlich lässt er locker. Noch entfernt er sich nicht von ihr, sondern hält sie wie vorhin zwischen seinen Armen gefangen.

»Er hat Vater um deine Hand gebeten.«

»NEIN!«

»Doch, liebste Toni, und er wird in absehbarer Zeit dich fragen. Du wirst seinen Antrag mit Freuden annehmen! Das habe ich Erdmann bereits versichert.«

Sie versucht aufzustehen, aber er drückt sie ganz einfach wieder hinunter. »Dazu hast du kein Recht!«

Er sieht ihre Erniedrigung als vollendet und schraubt sich zur vollen Größe auf. Bitter lächelt er auf sie hinab. Und ausgesucht ruhig sagt er: »Doch, liebste Schwester. Vater hat sich mit mir beraten. Er setzt das vollste Vertrauen in mich und mein Urteil bezüglich Erdmann von Stukken. Du wirst tun, was dein Bruder dir sagt!«

Antonia hat verloren. Es gibt keine Rettung für sie … oder doch? »Die Geschlechtervormundschaft wurde abgeschafft!«

Nikolaus lässt einen abfälligen Laut hören. »Nicht in diesem Hause!« Nikolaus wendet sich von ihr ab, das Thema ist für ihn vom Tisch.

»Ich will und werde Erdmann von Stukken nicht heiraten!« Es fühlt sich für sie an wie das letzte Aufbäumen vor dem Ableben.

Auf dem Absatz wirbelt Nikolaus herum, schnellt auf sie zu und schlägt sie ins Gesicht.

Erst als Nikolaus die Tür hinter sich zuzieht, fließen die Tränen. Doch ihr Selbstmitleid schlägt bald um in unfassbare Wut.

Feder und Tusche sind geduldige Zuhörer und so berät sie sich mit ihrem kleinen knollennasigen Freund, was weiter zu tun ist. Blatt um Blatt füllt sie mit dem kleinen Wicht, der ihr Sprachrohr in die Männerwelt ist. Die Wut mündet in Trotz und der Trotz wandelt sich in Willenskraft und Antonia weiß, dass sie hier nicht bleiben kann und nicht bleiben will. Sie weiß noch nicht wie, aber sie wird sich nicht dem väterlichen und brüderlichen Gebot unterwerfen.

Aufmerksam schaut sie ihrem Knollennasenmann in die Glubschaugen und so sehr ihr Nikolaus den Kopf geschlagen hat, bildet sie sich ein, den Puppenmann aufmunternd nicken zu sehen. Na schön, denkt Antonia bei sich, wir werden mit Erdmann von Stukken flanieren und schön parlieren, wir werden seine hübsche kleine Begleitung sein. Aber heiraten werden wir ihn nicht! »Nur über meine Leiche! Und außerdem müssen wir Balthasar helfen, nicht wahr?« Sie lächelt müde, weil sie den Eindruck hat, ihr kleiner Wichtelmann regt sich in seinem Miniaturpolstersessel und blinzelt ihr schelmisch zu. Antonia presst ein kühles Tuch gegen die Schläfe, hinter der es pocht, pustet die letzte Federzeichnung trocken und legt sie zu den anderen in ihre Mappe. Die Mappe schiebt sie in den Sekretär, begibt sich zu Bett, liegt aber lange wach. Auf der Suche nach etwas Schönem in ihrem Gedächtnis spürt sie Balthasars Lippen auf ihrer Stirn nach, was den Kopfschmerz zu besiegen scheint.

Persönlich

Er versucht, für die Französischprüfung zu lernen. Gott ist sein Zeuge, dass er es probiert, aber auch, dass er sich überhaupt nicht konzentrieren kann. Es ist viel zu viel. Viel zu viele Vokabeln und viel zu viele Texte, die er nicht übersetzen kann. Das vierte Semester ist beinahe vorüber. Die Sprachprüfungen gehören zu den letzten und wichtiger erscheint ihm, für Kunstgeschichte zu lernen. Wie er sich in die Bibliothek begibt, um dort im *Lanzi* zu lesen, ist er ziemlich überrascht, einen versiegelten Brief am gewohnten Platz vorzufinden. Kein Absender, kein Adressat, stattdessen Antonias kleiner Wicht mit gewichtiger Geste.

Er entfaltet den Brief und liest von Antonias unverkennbarer, unverstellter Handschrift er möge eine persönliche Anweisung bei Hinz und Kunz abholen. Kein persönliches Wort, nichts. Sie gibt sich zu erkennen. Das Spiel ist vorüber. Das versteht er nicht.

Oben im Sekretariat wird ihm tatsächlich ohne misstrauische Fragen oder einen dämlichen Kommentar eine Postanweisung überreicht. Es handelt sich um einen großen, schweren Umschlag. Beinahe ein Päckchen, braunes Paketpapier mit den wichtig anmutenden gestempelten Aufdrucken: *Verschlusssache, persönlich.*

Das Zittauer Gebirge

Antonia horcht auf jedes Geräusch. Irgendwo schlägt ein Zweig gegen eine Fensterscheibe, der Wind ist am Abend etwas stärker geworden. Das Piepsen einer Maus geht ihr durch Mark und Bein, das Trippeln winziger Beinchen hallt in den langen Korridoren der Akademie wider wie das Nagen spitzer Zähne auf Holz.

Und dann ist wieder Totenstille und Antonia setzt die Suche im Arbeitszimmer des Monsieur de Daigner fort. Ihr Herz schlägt aufgeregt und ihre Finger, die Papierstapel um Papierstapel durchblättern, zittern. Ihre Öllampe hat sie bis auf ein schüchternes Flämmchen heruntergedreht. Der Mond spendet mehr Licht. Sie kann sich den Luxus der Gaslaterne nicht gestatten, wenn sie nicht erwischt werden will. Die Akademie ist seit Stunden verwaist, selbst die Hausdiener sind längst im Bett, aber draußen läuft ein Wächter seine Runden.

Wenn sie geglaubt hat, ihr Vater sei unordentlich, wird sie in Anbetracht des Chaos' auf dem Schreibpult von de Daigner eines Besseren belehrt.

Resigniert lässt sie sich in den Lehnstuhl plumpsen. Die ganze Anspannung raubt ihr so viel Kraft. »Balthasar, es tut mir leid«, murmelt sie verzweifelt. »Ich kann's nicht finden.«

Sie ärgert sich so sehr über sich selbst. Was, wenn der de Daigner die Prüfungsaufgaben mit nach Hause genommen hat? Sie würde bis weit in die Nacht hinein suchen und nichts finden und am Ende würde man sie erwischen und ihren Vater und Nikolaus zur Verantwortung ziehen. Die Stundung von Nikolaus' Schulden würde hinfällig werden und sie würden am Hungertuch nagen und am Bettelstab gehen und Antonia würde als Zugehfrau mit Nähen und Waschen ein paar Groschen verdienen müssen. Dabei kann sie doch gar nicht nähen! Um Himmels willen, was tut sie hier eigentlich! Antonia hält sich zu sortiertem Nachdenken an und kommt doch zu dem Schluss, dass sie es letztlich so gewollt hat. Das war es doch, was sie wollte: die Dinge in die Hand nehmen, Fortunas Rad selbst anschupsen! Und sowieso gibt es jetzt kein Zurück mehr. Und als wollte das Schicksal diese Erkenntnis besiegeln, fällt Antonias Blick nun auf eine Kladde.

Mitten auf dem Arbeitstisch des Monsieur de Daigner liegt hier eine braune Ledermappe, in die Antonia noch keinen Blick geworfen hat. Und was findet Antonia in der braunen Lederkladde mitten auf dem Tisch? Ein erleichtertes Lachen entfährt ihr. Hastig schreibt sie alle Prüfungsaufgaben ab und verstaut dann das Ganze wieder so, dass niemand auf die Idee kommen würde, jemand habe sich an den Unterlagen vergriffen.

Zu aufgeregt zum Schlafen, setzt sich Antonia noch in derselben Nacht zu Hause an ihren Sekretär und löst jede einzelne Prüfungsaufgabe; knifflige grammatikalische Wendungen sind dabei. Balthasar hätte keine Chance in der Prüfung gehabt. Und wie auch die letzte Aufgabe gelöst ist, zeichnet Antonia ihren Wichtel mit Knollennase: fordernd an einem Schreibpult, halb hinter einem Berg von Büchern und Heften verborgen. Auf die Buchrücken schreibt sie deutlich *Zweites Schuljahr!*

Auf Zehenspitzen tapst sie durch die nächtliche Wohnung und stibitzt aus Vaters Arbeitszimmer einen Bogen Packpapier. Sie benutzt zwei wichtig erscheinende Stempel und schreibt Balthasars Namen und seine Matrikelnummer darunter. Den Umschlag versteckt sie unter ihrer Matratze und schläft dann totengleich, gebettet auf der Ordnungswidrigkeit.

Es ist ganz einfach, die Prüfungsaufgaben in die tägliche Post der Akademie zu mogeln und bei Hinz und Kunz zu hinterlegen. Der Hinweis für Balthasar in der Bibliothek ist ein Kinderspiel.

Ausgerechnet am letzten Schultag muss sich der liebe Herrgott der gerösteten Menschheit auf Erden erinnern und ihnen zur Mahnung aller Sünden ein erbarmungsloses Gewitter mit sintflutartigem Regen herabschicken. Antonia hat eben noch die Akademie trockenen Fußes erreicht, als es wie aus Kannen zu gießen beginnt. Sie eilt hinunter in die Bibliothek, aber zu ihrer furchtbar schrecklich großen Enttäuschung ist da nichts. Kein Abschiedsbrief von Balthasar, der heute in seine Ferien reist und auch nicht seine Unterrichtsmitschriften des vergangenen Schuljahres, die sie sich als Gegenleistung für die Französischprüfung gewünscht hat.

Vielleicht war die Bitte um die Aufzeichnungen des zweiten Schuljahres, mittels des Bücherstapels ihres Knollennasenwichtelstudenten nicht eindeutig gewesen? Wie überaus ärgerlich! Antonia kann sich nicht ausmalen, wie furchtbar trostlos die kommenden zwei Monate ohne Balthasar werden. Seine Aufzeichnungen wären zumindest eine kleine Ablenkung gewesen. Panik schießt durch ihre Adern. Sie ist den Tränen nahe.

Als sie das Souterrain verlässt und in den Korridor des Erdgeschosses tritt, läuft sie unglücklicherweise niemand Geringerem als Erdmann von Stukken in Begleitung einiger Studenten vor die Nase.

»Antonia«, ruft er hocherfreut. Sie bleibt stocksteif stehen, grüßt höflich. Die anderen ziehen weiter, Erdmann bleibt mit rot glühendem Gesicht und glasigen Augen vor ihr stehen und ihr schlägt der unleugbare Duft des letzten Schultages entgegen. »Wie schön, Sie zu sehen, meine Liebe.« Dicht rückt er ihr auf den Leib, viel dichter, als es die Etikette gestattet. Sein alkoholisierter Atem stößt sie ab. Bis zur Täfelung der Wand weicht sie vor ihm zurück. Sie meidet seinen Blick, murmelt etwas davon, dass sie von ihrem Vater erwartet werde.

»Aber, aber«, säuselt von Stukken und rückt auf. »Für ein kleines Wörtchen unter uns wird doch ein Minütchen Zeit sein.«

Sie nickt, versucht sich aber an der Wand entlang vor ihm in Sicherheit zu bringen. Ihr Nicken missversteht er, nimmt es als Aufforderung, sie zu berühren. Er greift ihre Handgelenke und verdreht ihre Arme auf ihren Rücken. Das tut weh und Antonias Hals verkorkt sich, als bekäme sie keine Luft mehr, als laste etwas schwer auf ihrer Brust. Sie bekommt es mit der Angst zu tun. Sein Gesicht nähert sich dem ihren. Der saure Geruch ekelt sie. »Bitte nicht … ich.«

»Nur ein kleiner Abschiedskuss, Antonia«, in seiner Stimme stecken Gier und Zügellosigkeit, sie ist rau wie seine Finger um ihre Handgelenke. »Nur ein Küsschen, Antonia, bevor ich mich auf Studienfahrt begebe. Zwei Monate, Liebste, zwei Mo…«

»Zügeln Sie sich, bitte …« Sie windet sich unter seinem Griff und fühlt sich herabgewürdigt, wie neulich von ihrem eigenen Bruder.

»Ja«, haucht er in ihr Ohr, sein Mund berührt ihr Ohr. Antonia beißt sich auf die Lippen, will kein Wort mehr sagen, was er falsch verstehen könnte. Sie kriegt ihre Hände nicht frei und es gelingt ihr nicht, sich zwischen dem Mann und der Wand hervorzuschieben.

Dann schnellt sein Gesicht vor. Sie dreht das ihre weg und seine Lippen landen auf ihrer Wange.

»Lassen Sie mich bitte los!« Ihre dünne Stimme verfehlt ihre Wirkung. Sie hat nicht den Mut, laut zu werden.

»Zier dich nicht so!«

Schritte irgendwo im Flur oder über ihnen im oberen Geschoss. Antonia lauscht. Ihre Sinne widmet sie den Geräuschen, die im Haus widerhallen; bald deutlicher auf der Treppe hier herunter ins Erdgeschoss, näher und näher.

Weil Erdmann von Stukken das ebenfalls hört, gibt er ihre Hände frei und schnellt zwei Fuß breit vor ihr zurück, schaut sich nach dem Menschen um, der sich ihnen nähert. »So stürmisch heut, Antonia?«, schiebt er die Situation ihr in die Schuhe, aber der, der naht, lässt sich nicht beirren, packt den Rüpel am Hemdkragen und schiebt ihn vor sich her an die gegenüberliegende Wand.

»Balthasar, nicht!«, ruft Antonia und springt vor, um ihn von Erdmann loszukriegen.

»Erwische ich dich noch einmal, mein Freund«, zischt Balthasar und sein zornesrotes Gesicht ist dem von Erdmann ganz nahe. »Ich warne dich!«

»Verschwinde, Weber, das geht dich nichts an, verdrück dich! Das ist eine Sache zwischen mir und Fräulein Amundus, das offenbar nicht genug kriegen kann!«

»Wie bitte?«, protestiert Antonia, aber weder der eine noch der andere Mann beachtet sie. Die haben einen ganz eigenen Krieg auszufechten, würde sie schätzen, taxieren einander, tauschen stumm die Gemeinheiten aus, die sie einander gern an den Kopf werfen würden.

»Hau ab, Weber, du handelst dir grad mächtigen Ärger ein!«

»Lass gut sein«, flüstert Antonia und Balthasar lässt von Erdmann ab.

»Oho«, spöttelt der, während er seinen Kragen richtet, »wie vertraut man miteinander ist! Hab ich was verpasst, meine Teure?« Letzteres ist für Antonia bestimmt. Sie schaut in Erdmanns Zornesröte. Und sie ist froh, dass Balthasar sich nicht beeindrucken lässt. Er wendet sich ab, um seines Weges zu gehen.

Doch leider muss Erdmann von Stukken das letzte Wort haben. »Aber ich hoffe nicht zu vertraut. *Diese* Rose brichst du nicht, mein Lieber! Da, wo du wohnst, gibt es ja genug zum Pflücken.«

Was immer Erdmann damit meint – Antonia begreift es nicht –, er hätte es besser stecken lassen sollen. Denn auf dem Absatz wirbelt Balthasar herum, packt den, der sich gerade zurechtgemacht hat, abermals am Kragen, versenkt die Faust in dessen Magengrube. Erdmann gibt ein Grunzen von sich. Balthasar drückt ihn wie eben schon, nur jetzt viel härter, gegen die Wand und hebt seine Faust jetzt drohend vor Erdmanns Gesicht. »Du kennst meine Handschrift, ja? Benimm dich, ich warne dich!«

Von Stukkens Haltung ändert sich mit einem Male. Das erkennt Antonia ganz genau und ihr kommt der Verdacht, dass nicht zwei Dutzend Räuber und die Straßenkinder von halb Dresden ihn damals verprügelt haben.

Balthasar packt Erdmann am Genick und schleift ihn mit sich aus der Akademie.

Zurück bleibt Antonia, verdutzt und deplatziert. Sie steht noch eine Weile im leeren Gang, versucht das, was sich zugetragen hat, einem Trugbild zuzuschieben, schafft es aber nicht. Sie kann nicht nach Hause, wo ihr verabscheuungswürdiger Bruder mit ihrem herrischen Vater über die schwachen Ergebnisse des zweiten Studienjahres streiten. Sie kann nicht dorthin, wo so viel Egoismus und Lärm regieren. Sie ist der einsamste Mensch auf der Welt.

Trotz des stärker werdenden Regens nimmt sie den Umweg über den Friedhof Richtung Altendresden auf sich. Noch ehe sie am Brückenkopf an der Elbe angelangt ist, ist sie durchnässt. Den Abschied von Balthasar hat sie sich anders vorgestellt. Sie verbietet sich die Tränen, die hier anklopfen, sie fühlt sich so allein.

Aber sie ist ja gar nicht allein. Drüben, dort wo sie immer die weißen Blumen hinlegt, entdeckt sie eine blonde Frau, die ihr sehr bekannt vorkommt. Eine hübsche, sehr hübsche blonde Frau in einem schlichten dunkelblauen Hauskleid, auch das kommt ihr bekannt vor. Weil Antonia eine Weile die Dame beobachtet, wird diese auf sie aufmerksam. Antonia nickt zum Gruß und die junge Frau am anderen Ende der Grabreihe nickt zurück. Dann wendet Antonia sich ab und geht heim.

Ihr Vater verabschiedet sich auf sein Dinner, das er am letzten Schultag mit seinen Kollegen genießt. Auch Nikolaus ist unterwegs.

Antonia ist allein, ganz allein.

Wie sehr er ihr jetzt schon fehlt! Zwei Monate, so überlegt sie, Fluch und Segen liegen in diesen zwei Monaten. Ihr Bruder wird für zwei Monate auf die Sommerakademie nach Rügen verschwinden. Ein Segen. Sogar Caspar David Friedrich sei dort seinerzeit gewesen, sagt man.

Antonia lässt sich in ihre Kissen fallen. Sie starrt die Fensterscheibe an, gegen die der Regen trommelt, und lauscht dem Gewitter, das sich unaufhörlich über der Stadt austobt. Sie weint um sich und ihre Einsamkeit und ihre heimliche Verliebtheit, ihre Torheit und diese, ihr Leben einnehmenden verteufelten Gegebenheiten.

Ihre Tränen müssen sie mit sich fortgespült haben, denn aus ohnmachtgleichem Schlaf schreckt sie hoch. Zuerst glaubt sie, vom Donnergrollen geweckt worden zu sein. Aber es ist wohl ihr Bruder, der betrunken heimkehrt und lärmt, im Bemühen nicht zu lärmen. Ein Blick zur Uhr auf dem Kaminsims: Es ist weit nach Mitternacht. Sie erschrickt abermals, weil es ganz nah einschlägt. Die Scheiben klirren. Antonia spürt die Spannung des Unwetters in ihrem tiefsten Inneren. Das Klacken der Scheiben hallt nach.

Als das Prickeln nachlässt, kuschelt sie sich tiefer in die Kissen. Sie wird diese Ferien überstehen wie sie alle anderen überstanden hat, auch allein. Zwar hat ihr Vater versprochen, ein paar Ausflüge mit ihr zu unternehmen, wo er in Ruhe zeichnen und Kraft für das nächste Semester tanken wolle, aber ein in die Sechziger kommender Mann ist keine wirklich belebende Gesellschaft für Antonia. Wohl haben auch Tante Theophine und die Cousine Isabell ihre Einladung nach Radebeul ausgesprochen, aber es wird qualvoll werden ohne Balthasar.

Das Klacken an der Scheibe ist jetzt so laut, dass Antonia hochfährt. Da! Schon wieder! Mit einem Satz ist sie aus dem Bett und späht hinunter auf die Straße. Ihr Herz macht einen Hüpfer. Sie angelt im Vorbeigehen ihren Morgenrock und verlässt ihr Zimmer, schleicht durch den Flur, die Treppe hinunter und zur Haustür. Lautlos schlüpft sie hinaus. Mit den wenigen Schritten hinüber auf die andere Straßenseite ist sie pitschnass.

Er zieht sie unter den Türbogen des Hauseinganges, in dem er stand.

»Ich hab was vergessen.«

Sie lächelt.

Er ist durchnässt bis auf die Haut, Haarsträhnen kleben an seinem Gesicht und der Regen tropft von seinem Kinn. Antonia ist froh, so froh, ihn zu sehen. »Ich muss mich von dir verabschieden.«

Ihr Lächeln erstirbt. Sie nickt und reicht ihm die Hand.

Er nimmt sie, hält sie fest und dann greift er auch ihre andere Hand. »Und … Antonia … ich weiß … Ich weiß …« Nie zuvor hat sie ihn so unschlüssig gesehen. »Wegen heut Nachmittag.«

»Nein.« Sie legt ihm die Fingerspitzen vorsichtig auf den Mund. Er nimmt ihre Hand wieder hinunter und knetet sie und schaut sie ganz fest an. Tausend und Abertausend unausgesprochene Worte wechseln von seinen in ihre Augen. Und Balthasar walkt ihre eiskalten Hände, seine ozeanblauen Augen taxieren sie. »Ich wollte dich fragen, ob ich dir schreiben darf.«

»Ja.« Ihr Herz macht einen Satz. »Ja. Ohne Absender.«

Er nickt. Er versteht immer alles. »Gut.« Er lässt ihre Hände los. »Hier.« Sie kann es nicht fassen, als er aus seiner Tasche ein in braunes Paketpapier eingewickeltes Päckchen zieht. Sie nimmt es behutsam wie einen Schatz.

»Danke.«

Als Nächstes springt er die zwei Stufen hinunter auf die Straße, ist schon ein paar Schritte durch den Regen gelaufen, da kehrt er zu ihr zurück, zieht sie zu sich heran und hält sie fest, ganz fest umschlungen. »Es wird alles gut, ich versprech's dir.«

Sie nickt, schiebt sich und das Päckchen ganz dicht an ihn heran, nimmt seinen feinen Lavendelduft auf und legt ihre Nase an seinen Hals. Nicht aufwachen! Und wenn es ein Traum ist, will sie nie wieder aus ihm aufwachen!

Sie folgt ihm mit den Augen, bis er fort ist, huscht in ihr Zimmer und enknotet die Kordel vom Päckchen. Zuerst kommt eine dicke

Mappe mit seinen Mitschriften des zweiten Schuljahr zutage und dann fällt ihr etwas Weiches, in feines Seidenpapier Eingewickeltes in den Schoß.

Sie faltet es auseinander und hält das feinste, leichteste Leinen in Händen, das sie je berührt hat. So zart wie Seide. Rot in Weiß. Sie drückt es an ihre Nase und fühlt sich vom Lavendelhauch überwältigt.

Dicht an ihr Gesicht hält sie den Damast gepresst, die ganze Nacht und sie lässt das Licht brennen, um immer wieder das Panorama des Zittauer Gebirges betrachten zu können.

Der nächste Morgen hält eine unangenehme Überraschung für Antonia bereit. Frau Gutzkow meldet Erdmann von Stukken und Antonia hat sogleich wieder diesen Kloß im Hals. Sie will ihn gar nicht sehen, aber der gestrenge Blick, mit dem sich Nikolaus in ihrer Zimmertür blicken lässt, mahnt sie, hinunterzugehen und den Gast zu begrüßen.

Erdmann verbeugt sich tief. Er sieht traurig und betroffen aus. »Wenn ich Ihnen nur sagen könnte, wie furchtbar sehr ich mich schäme.«

Antonia erwidert nichts, betrachtet die Blumen, an denen er verlegen herumzupft und nach Worten sucht.

»Ich habe mich im Rausch der Abschlussfestivitäten gehen lassen. Ich erwarte nicht, dass Sie es verstehen, aber ich hoffe sehr, dass Sie mir vergeben.«

Er schafft es nicht, ihr in die Augen zu sehen. Antonia ist doch sehr gerührt. Er tut ihr leid, wie er da steht und sich quält und sich geniert. Sie öffnet die Tür so weit, dass er eintreten kann, aber zu ihrer Überraschung schüttelt er knapp den Kopf. »Ich bin es nicht wert, ich will Sie heut nicht belästigen, mich lediglich bei Ihnen entschuldigen.«

Antonia schaut den jungen Mann an, den sie so noch nie gesehen hat. Und wenn Erdmann nicht so blasiert daherredet, ohne geschwollene Brust auftritt, ist er recht hübsch und macht einen sogar liebenswerten Eindruck. Vielleicht schaut sie ihm zum allerersten Mal direkt in die Augen. Vielleicht waren ihr nie seine braunen Augen aufgefallen, die jetzt, wo alles Arrogante und Harte fehlt, sehr liebenswert wirken. »Sagen Sie, die Blumen ... die können Sie weiterhin massakrieren oder mir geben.«

Er rührt sich verlegen. »Verzeihung.« Und reicht ihr den wirklich sehr schönen Strauß von Gerbera in allen möglichen Farben von Weiß über Beige und Gelb, Rosa, Rot, sogar Violett und Rostbraun. Sie sind wirklich sehr schön und duften nach Sommer.

»Ich möchte Sie fragen«, sagt er und hebt verlegen den Blick und Antonias Herz verkrampft sich in unguter Vorahnung, »Ob ich Ihnen schreiben darf.«

Antonia nickt.

Bereits am folgenden Montag erhält sie ein Eiltelegramm von Erdmann, mit dem er seine Ankunft in der Steiermark bekundet und gelobt, bald mehr zu schreiben. Und er hält sein Versprechen. Ihr Vater ist selig, Antonia jeden Tag einen Brief von Erdmann von Stukken aushändigen zu können. Jeden Tag.

Von Balthasar hört sie nichts. Nicht eine Zeile.

Die drei Worte

Balthasar weiß gar nicht, was er ihr schreiben soll. Er schaut dem aufgewirbelten Staub zu, wie er wie kleine Goldflocken im Sonnenstrahl tanzt, der durch die Fensterscheibe bricht. Es ist noch früh am Morgen.

Es klopft an seiner Kammertür, kurz gefolgt von Luisas Stimme, die ihn zur Eile mahnt: Der Winteracker pflüge sich nicht von selbst, das Holz hacke sich nicht von selbst, die Kochmaschine heize sich nicht von selbst an, die Patronen zeichnen sich nicht von selbst, und das Tuch – ja das Tuch! – das webe sich auch nicht von selbst! Luisa klingt gereizt, aber Balthasar erkennt an ihrer Stimme, dass ihr Gemüt noch nicht bedrohlich umgeschwenkt ist. Im Grunde machen es ihm seine Lieben ganz leicht, sich in den gewohnten Trott seines Damastweberlebens zurückzufinden: um fünf Uhr aufstehen, arbeiten bis zum Umfallen. »Guckst du auch mal auf die Uhr?«, kommt es jetzt schon gereizter hinter seiner Tür hervor.

Vor Luisa Treuentziens Einzug ins Hause Weber hat es hier keinen einzigen Chronometer gegeben und auch jetzt, da in jedem Zimmer einer vor sich hin tickt, hören die Weber lieber auf ihre innere Uhr, anstatt es den Ziffernblättern zu überlassen, ihre Tage einzuteilen. Die Tage sind verlässlich.

Balthasar reibt seine Augen. Es ist kurz nach fünf. Im Hause regt es sich. Gegen sechs werden sie mit dem Frühstück fertig sein, die Kinderschar wird dann in die Obhut der Magd gegeben; er und Caspar werden sich am Zampelstuhl zu sechs Stunden Arbeit einfinden. Das Mittagessen nehmen sie gegen zwölf, danach eine Stunde Schlaf. Und wenn die Welt untergeht! Im Hause Weber wird von halb eins bis halb zwei geschlafen!, damit sie danach bis weit in den Abend arbeiten können. So ist sein Leben. Ganz einfach. Ganz unkompliziert. Die Akademie ist weit weg.

Balthasar schaut auf das jungfräuliche Blatt Papier. Er hat ihr noch keine einzige Zeile geschrieben.

Es klopft abermals, gefolgt von der Langversion seines Namens.

»Ja doch!« Er tunkt die Feder in das Tuschefläschchen und schreibt drei Worte hin. Dann erhebt er sich und öffnet die Tür. »Hier tut sich ja gar nichts von selbst«, grinst er.

Luisa, die kaum zweijährige Maria auf der Hüfte, deutet die Treppe hinunter. »Das ist nicht witzig, Balthasar! Bettine muss die Kinder baden und ich muss noch so viel für den morgigen Geschäftsabschluss vorbereiten.«

»Weiß ich doch.«

»Du bist so liederlich geworden«, schimpft sie und ehe er es sich versieht, drückt sie ihm das Kleinkind in die Arme und marschiert in sein Zimmer. Flüche auf den Lippen, gepaart mit Ausrufen: »Saustall … Lotterleben … Studentenwirtschaft!«, wieselt die Frau flink durch sein Zimmer, wirft die Tagesdecke über sein Bett, sammelt Schmutzwäsche ein, schließt Schranktüren und angelt Geschirr von seinem Schreibtisch. »Sieh an …«

»Oh nein, Luisa …«

Zu spät, noch ehe er bei ihr anlangt, hat sie das Blatt Papier vor ihre Augen gehoben und formt lautlos und theatralisch mit den Lippen seine drei hingeworfenen Worte.

»Mmh …«, macht sie, lächelt vor sich hin und legt mit spitzen Fingern das Blatt wieder auf den Tisch zurück. »Mmh …«, hört er sie noch draußen im Flur summen und »Mmh …« unten in der Schwarzen Küche und »Mmh …«, äfft die kleine Maria ihre Mama nach und Balthasar ärgert sich.

»Zu Hause räumen meine Diener für mich auf!«, ruft er Luisa wütend hinterher, während er mit der Mmh-machenden Maria die Treppe hinuntergeht.

Luisa steckt den Kopf aus der Stube in den Flur: »Zu Hause! Dresden ist nicht dein Zuhause, Balthasar, sondern hier!«

»Mmh …«, gibt Maria sachkundig Auskunft.

Luisa nimmt ihm das Kind ab. »Weiß dein Mädel, dass es wohl oder übel hierher wird siedeln müssen?«

»Mmh …«, antwortet die kleine Maria, doch Balthasar wird von seiner Schwägerin aufmerksam gemustert. Er denkt gar nicht dran, mit ihr über Antonia zu reden, also wendet sie sich um und verschwindet in der Stube.

Erst am folgenden Tag, nachdem die Geschäftspartner sich verabschiedet, die ganze Familie den Fortgang des neuen Auftrages besprochen und man den Arbeitsplan für die in Auftrag gegebenen Damaste geklärt hat, erst, als Balthasar, sein Vater, sein Bruder Caspar und sein Schwager Herrmann im Garten bei einem herrlich kühlen Bier sitzen, kommt Luisa, die die Wäsche von der Bleichwiese aufsammelt, auf die drei Worte zurück.

»Soll ich den Brief morgen mitnehmen? Ich muss hinüber zum Postamt.«

»Was für ein Brief«, will Caspar wissen.

»Gar nichts«, sagt Balthasar und schenkt Luisa einen Schweigen gebietenden Blick.

»Ein Schreiben an die Akademie«, lügt sie für ihn und Balthasar wüsste zu gerne, wieso sie das tut.

»Wenn du noch länger wartest, wird sie sich fragen, wieso du ihr nicht schreibst! – Der Akademie, meine ich! Und dann wird sie deiner argwöhnen. Mmh …? Du bist jetzt schon zwei Wochen hier, Balthasar«, mahnt sie; ein nicht zu leugnender Sachverhalt. Zwei Wochen. Balthasar zehrt von der einen, der einzigen Umarmung. Antonia fehlt ihm. Ihr grüblerisches, trotziges Wesen hat er stets vor Augen, ihr schelmisches Lachen im Ohr.

Er verzieht das Gesicht ganz verzweifelt und erhebt sich von der Gartenbank. Luisa wackelt mit ihrem Wäschekorb hinter ihm her. »Dann schicke ihr doch ein paar Zeichnungen.«

»Wozu?«, blafft er über seine Schulter.

»Wozu, wozu! Dein Zimmer quillt über vor Zeichnungen und Skizzen und unvollendeten Leinwänden. Dieser Saustall! Da könntest du ruhig mal ausmisten! Außerdem sagt ein Bild manchmal mehr als tausend Worte … oder drei.«

Balthasar hebt abwehrend die Hand. »Erspar mir das. Bitte.« Er geht die Treppe hinauf und hört, wie Luisa mit dem Wäschekorb hinter ihm herkommt.

»Unterschätze nicht die Macht des Bildes«, doziert sie. Dass er die Augen verdreht, sieht sie nicht. »Dein Bruder und ich sind überhaupt erst aufgrund meiner Zeichnungen zusammengekommen.«

»Ich weiß«, sagt er genervt. In Luisas grauen Augen liegt ein spitzbübisches Lächeln. Jeder kennt die Geschichte von Luisa Treuentzien, wie sie dem armen heruntergekommenen Damastweber Caspar Weber zu hoch dotierten Mustern verhalf, indem sie sie selber zeichnete und ihre Bilder für die Entwürfe eines Großindustriellen ausgab.

Jeder kennt die aberwitzige Geschichte von Luisas Schneit, ein ganzes Dorf und seine Faktoren an der Nase herumgeführt zu haben. Damals hat man so etwas eben getan, um aus den Klauen der Jacquardweberei zu kommen und das ehrbare Traditionshandwerk zu retten. Er selbst, Balthasar, wäre beinahe bei einem Großfaktor in die Fabrik eingekauft worden, wenn Luisa ihn nicht zurückgekauft hätte. Damals war er fünfzehn gewesen und hatte von nichts eine Ahnung gehabt. Aber das war damals und heut ist heut.

»Vielleicht schickst du ihr erst einmal Zeichnungen von unserem wirklich schönen Umgebindehaus, damit sie weiß, wo sie wohnen wird!«

»Sie will nicht nach Böhmen.«

»Wir sind keine Böhmen!«, das donnert Luisa beinahe.

»Ich weiß das, aber sie versteht das nicht.«

»Dann erklär's ihr. Erkläre ihr, wie wir aus der Heimat vertrieben wurden.«

»Das weiß sie, sie liest solche Bücher, wo das drin steht.«

»Dann schicke ihr erst einmal Landschaftsdarstellungen ... So schön ist es hier!«, hört er Luisas Stimme durch die Tür, die er vor ihrer Nase zugemacht hat.

Am folgenden Morgen also drückt er seiner Schwägerin einen dicken Umschlag in die Hände, bevor sie das Haus in Richtung Postamt verlässt. »Kein Wort!«, knurrt er. Luisa strahlt über das ganze Gesicht, erstarrt aber beim Blick auf die Adresse. »Das ist jetzt nicht dein Ernst, oder?«

Balthasar stopft die Hände in die Tasche und schaut seine Schwägerin flehend an, jetzt keine voreiligen Schlüsse zu ziehen und keine Szene zu machen.

»Ist es *die* Antonia Amundus, die ich meine, als Professor Amundus' Tochter zu identifizieren und die für uns wohl kaum infrage kommt?« Luisa geht die wenigen, sie beide trennenden Schritte auf ihn zu. »Balthasar!«, sagt sie streng, wendet sich aber schnaubend ab, weil sie einsieht, dass er sich dazu nicht äußern wird. Sie weiß nur zu gut, was es bedeutet, einen Brief ohne Absender abzuschicken. »Lernt hier eigentlich niemand aus meiner Geschichte?«, hört Balthasar sie fluchen.

Der Brief ist weg, aber Balthasar ist nicht erleichtert, im Gegenteil. Er grübelt über das, was Luisa ihm gesagt hat, nach. Was soll das eigentlich heißen: *Sie komme wohl kaum für uns infrage!*? Darüber denkt er nach und kommt zu dem Schluss, dass Antonia das einzige Mädchen der ganzen weiten Welt ist, das für ihn infrage käme. Das Einzige, das genug Bildung, Anpassungsvermögen und Weitblick besitzt, um mit diesem Leben hier am Arsch der Welt zurechtzukommen. Außerdem, das weiß Balthasar, weil er Antonia am besten von allen kennt, wird sie sich wunderbar mit Luisa verstehen.

All das sagt er ihr am Abend und seine Schwägerin lässt ein einvernehmliches Lächeln blicken, sagt aber kein Wort. Luisa gehört zu den Leuten, die sich nichts vormachen lassen, aber sie vertraut auf sein Urteil. Das weiß er.

Die Hitze legt sich auf sein Gemüt.

Die Arbeit am Zampelstuhl stiehlt ihm jedes Zeitgefühl, mit den Gedanken ist er in Dresden und ertappt sich immer wieder bei der Überlegung abzureisen. Und dann? Er würde Antonia ein paar heimliche Augenblicke stehlen können und die würden ihn nicht befriedigen. Außerdem kennt er sich zu gut: Kaum, dass er in Dresden angekommen wäre, würde er wieder nach Hause wollen. Luisa hat recht: Dresden ist nicht sein Zuhause, wird es nie sein.

»Du träumst!«, wird Balthasar von Caspar am Ellbogen angestupst. Aller Augen sind jetzt auf ihn gerichtet und Balthasar wirft den Blick auf seinen Teller. Die abgepellten Kartoffeln dampfen, Luisa klatscht ihm einen Löffel Quark drauf und er gießt einen Schwall Leinöl darüber. »Wovon träumst du nur immer!« Caspar schüttelt den Kopf. Und jetzt erhascht Balthasar Luisas wissenden Blick. Sicherlich hat sein Bruder auch einst gedacht, die feine Luisa Treuentzien würde nicht zu einem Damastweber passen.

Nach dem Mittagsschläfchen findet er sich gemeinsam mit dem Bruder in der Weberstube wieder, wo die beiden Ungetüme von Damastzugwebstühlen stehen. Das Herzstück des Hauses, die Lebensader der Familie. Erst der zweite Zampelstuhl ebnete dem Unternehmen C. F. Weber den Weg hinaus in die Welt.

Balthasars Platz ist die Webbank des einen, Caspars die Webbank des anderen Zampelstuhls. Auf den Zieherpodesten stehen ihr Schwager Herrmann, der Vater oder ein Gehilfe aus dem Dorf, wer eben gerade Zeit hat und löst Caspars Erstgeborenen Friedrich ab, der mit elf Jahren noch nicht so lange die Strippen ziehen kann.

Balthasar entledigt sich seiner Schuhe, besteigt die Webbank, sucht unter dem Webbett die richtigen Tritte und wartet, dass Herrmann Tkadlek das richtige Schnurenbündel in dem Wust an Strippen gefunden hat. Dann zerrt der es mit dem Zugstock zu sich heran und lüpft so die an den Harnischschnüren befestigten Kettfäden aus dem Webbett. Die bilden das Muster im Tuch. Balthasar hebt mit den Fußpedalen die bindigen Kettfäden aus und lässt den Webschützen hindurchschnellen. Das ist seine Arbeit, sein Handwerk. Nicht Französischlektionen!

Bald finden sie ihren Rhythmus, gesprochen wird nicht, weil sich alle Sinne auf das Webwerk konzentrieren.

Die Tage verstreichen und mit jedem weiteren findet er sich besser zurecht in der Arbeit, die so viel Ruhe und Routine abverlangt. Hier ist sein Platz. Hier und nirgendwo sonst! Antonia schickt er von nun an beinahe täglich einen Brief. In jedem eine Zeichnung, sonst nichts. Keine Worte, keine Erklärungen, kein Absender, nur eine Zeichnung.

Aus der Erinnerung zeichnet er die Birken vor seinem Geburtshaus in Großschönau am Mandauufer, wie sie die Schwingen sacht im Wind wiegen und wohin er zurückkehren würde, wenn man ihn ließe. Ein andermal zeichnet er die Dorfkirche. Balthasar zeichnet das Schloss der Kyaws in Hainewalde mit der Pappelallee, zeichnet die Lausche vom Dorf aus, deren Gipfel keine Landesgrenzen kennt, zeichnet den Kirchturm seines Geburtsdorfes, das im Königreich Sachsen liegt und er von hier, vom Kaiserreich Böhmen aus sehen kann. Nur einen Steinwurf ist es entfernt. Er darf es nicht betreten seit der Verbannung seiner Familie durch das Zunftgesetz. Er zeichnet an einem stürmischen Abend die über Felssprünge stolpernde Mandau, wie sie sprudelt und sich in ihrer Hast selbst überschlägt. Er zeichnet und zeichnet, versucht zu verstehen, warum er hier und nicht am Ort seiner Geburt ist und beginnt sich eine Zukunft auszudenken.

Er ist schon länger als einen Monat hier, da sind die Landschaftsmotive erschöpft, aber er muss Antonia mehr zeigen. Alles. Und deshalb nimmt er sich seine Familie vor: zeichnet die kleine Maria, wie sie im Korb mit der frisch gewaschenen Wäsche schläft, zeichnet Luisa am Schreibpult. Er lässt sie im Glauben, er würde fürs Studium arbeiten und ihr in ihrem Arbeitszimmer Gesellschaft leisten. Sie bekommt von ihrem Porträt gar nichts mit.

Balthasar zeichnet das Hausmädchen Bettine bei der Kartoffelernte, seine Schwester Sophie beim Kartoffelschälen, seinen Schwager Herrmann mit Zugstock in der Hand und konzentriert auf das Muster blickend. Er zeichnet seinen Bruder Caspar, wie er unter dem Zampelstuhl liegt und die Klöppel nivelliert.

Sein bestes Bild aber zeichnet er zuletzt: seinen Vater in der Webbank, die Schussvorrichtung in der Rechten, die Weblade in der Linken, die Sehnen und Muskeln seiner Unterarme angespannt, die Lachfältchen um die müden Augen, die so viel mit angesehen haben, der volle Bart um den Mund, der seinen Kindern so viel erzählt hat. Alles, was Balthasar weiß und kann, hat er von ihm. Nicht von den Professoren.

In schwarzen Kohlestrichen öffnet sich Balthasars Welt. Dresden ist nur eine Zwischenstation auf dem Weg in sein eigenes Leben als Damastweber und Mustermalermeister. Drei klitzekleine unbedeutende Jahre und die Suche nach sich selbst und seiner Familie. Und Antonia lässt er jeden Tag ein Stück mehr daran teilhaben und seinen Nichten und Neffen erzählt er ihre Geschichten vom Knollennasenwichtel. Aber er kriegt nicht alle Wendungen zusammen, was ihn ärgert. Antonias Pointen sind auch viel witziger als seine. Abgesehen davon haben seine Nichten und Neffen nie zuvor so eigenwillige Geschichten gehört und ein Puppenhaus kennen sie auch nicht.

Mitte August bekommt er Post.

Wie nicht anders zu erwarten, ist Luisa, die den Absender sehr wohl kennt, neugierig, aber Balthasar zieht nicht sie, sondern die Kinder ins Vertrauen, gruppiert die Horde im Speisezimmer auf dem Teppich um sich und lässt die größeren den kleineren Kindern Antonias Geschichten vorlesen. Und durch das herzhafte Lachen, das von der Tür herkommt, verrät sich Luisa. Die Kinder stimmen ab, ob sie zuhören darf oder nicht. Die kleineren sind dafür, die größeren dagegen. »Lassen wir sie also zuhören«, entscheidet Balthasar und Luisa darf sich auf den Teppich zu den Kindern setzen. Von jetzt an lesen sie jeden Tag nach dem Mittagessen und vor der Mittagsruhe eine von Antonias Geschichten. Ihre Geschichten werden zu einem unersetzbaren Teil im Tagesablauf der Kinder und schon am Morgen, wenn die Post durch ist, erkundigen sie sich, ob etwas Neues dabei ist.

Am Sonntag, wenn es gar keine Post gibt, lesen sie ihre Lieblingsgeschichten noch einmal vor und dieses Mal hören alle Erwachsenen zu. Balthasar beobachtet wie die Kinder in Antonias Geschichten aufgehen. Ihre Lieblingsgeschichte ist die von den Zahnschmerzen. Sie lachen sich halb tot.

Das Modell

Bewaffnet mit Erdmanns Brief unternimmt Antonia ihren täglichen Gang in die verwaiste Akademie, und anschließend auf den Friedhof, um die Blumen zu gießen. An diesem besonders stickigen Tag entdeckt sie ihr blutrotes Kleid wieder. Ein Stich fährt in ihr Herz, denn die Erinnerungen an einen traumhaften Sommer in Meißen wird wach. Das war vor Jahren gewesen, Mutter war noch unter ihnen und Nikolaus war noch er selbst und ein wunderbarer Bruder, seine Stimmungen waren noch nicht so speziell und die Familie war glücklich. Das war eine gute Zeit gewesen.

»Es ist zu heiß für die armen Geschöpfe«, sagt die Stimme im Näherkommen und Antonia schreckt aus ihren Gedanken. Sie hat nicht gemerkt, dass das rote Kleid die Grabreihe entlang auf sie zu schlenderte. Die weiße Rose, die Antonia für das Mädchen am vorderen Grab mitgebracht hat, versteckt sie hinter ihrem Rücken, aber die junge Frau im roten Kleid bemerkt sie doch. Antonia senkt den Blick auf Mutters Grabbepflanzung und steckt die Rose in die Vase. Die goldenen Löckchen der anderen schwingen unter dem Strohhut mit jeder Regung.

»Ja«, sagt Antonia. »Ich fürchte, die Studenten sind hin.«

»Worauf Sie sich verlassen können«, lacht das Fräulein auf. »Entweder in die Ferien oder nicht sie selbst in dieser Zeit, Studenten eben.«

Antonia räuspert sich verlegen und deutet auf die Blumen. »Die Studentenblumen meinte ich.«

»Oh«, lässt Friederike Teichert ihr helles, klares Lachen hören. »Ja, sicher.«

Eine Weile stehen die beiden Frauen unschlüssig am Grab. Dann nickt die andere zum Abschied und entfernt sich mit leichtem federnden Schritt.

Antonia vergewissert sich, dass die junge Frau verschwunden ist, dann nimmt sie die weiße Rose aus dem Strauß ihrer Mutter und steckt sie bei dem Mädchen ganz vorn in der Reihe in die Vase.

Erdmanns Brief liest sie hier auf einer Bank im Schatten. Er schreibt so viel! So viele Wörter jeden Tag, ganz der Alte in den Schilderungen seiner Größe. Antonia überfliegt das meiste, weil er sich wiederholt. Jeden Tag. Sie ist seine Briefe leid und antwortet nicht auf jeden, nur auf jeden dritten. Kurz und bündig. Alltägliches, keine Gefühlsergüsse.

Als sie nach Hause kommt, liegt da ein großer schwerer Brief. Ungläubig starrt sie die Handschrift an, die sie wie keine andere kennt. Ihr Herz schlägt aufgeregt, aber auch ein bisschen unterkühlt ist Antonia jetzt, weil er sie so lange hat warten lassen. Allein in ihrem Zimmer kuschelt sie sich in ihren Sessel am Fenster, zieht Balthasars Tuch zwischen den Kissen hervor, legt es sich ans Herz und öffnet seinen Brief. Ihr Atem überschlägt sich. Zeichnungen. Mehrere Zeichnungen, kein einziges Wort, nur seine Zeichnungen und der Hauch von Lavendel, der ihnen anhaftet, was so weh tut, weil er ihr unerträglich sehr fehlt.

Es wäre ein Leichtes, aus dem Handelsregister seine Adresse herauszufinden, aber sie weiß, alles, was Balthasar Weber tut, hat seinen Grund. Wenn er ihr seine Adresse nicht im Brief mitteilt, hat das seinen Grund und sie wird geduldig sein müssen.

Und von nun an erhält sie jeden Tag zwei Briefe: einen von Erdmann, einen von Balthasar. Welchen sie zuerst öffnet, bedarf keiner Erwähnung und leider kommt es vor, dass sie Erdmanns Briefe überhaupt nicht liest, bis sie sich häufen und sie ein schlechtes Gewissen ihm gegenüber entwickelt. Aber Balthasars tägliche Zeichnungen entführen sie weit, weit weg, hinaus aus der staubtrockenen

Enge dieser großen Stadt, weit, weit weg und versorgen sie mit einem furchtbaren Fernweh.

Auf die Landschaftsansichten, die er ihr anfangs schickt, folgen jetzt Porträts und Antonia bildet sich ein, jedes einzelne seiner Familienmitglieder identifizieren zu können: Luisa Weber, geborene Treuentzien, mit konzentriert in Furchen gelegter Stirn, das Ende des Federhalters anknabbernd, über eine knifflige Denkaufgabe gebeugt. Ihr schönes Gesicht unter der kompliziert aufgetürmten Haarpracht. Die schlanken Finger behandeln das Papier, an dem sie arbeitet, ganz vorsichtig, wie einen verheißungsvollen Boten, ein gutes Geschäft.

Antonia meint im Weber, halb unter einem Ungetüm von Damastzugwebstuhl liegend, Balthasars Bruder zu erkennen: von väterlichem Stolz, gewissenhafter Arbeit und ruhiger Hand beseelt. Sie legt ihn neben Luisa und betrachtet das Paar. Vielleicht redet Caspar Weber nicht gerade viel, was Luisa zuweilen zermürben mag, überlegt Antonia, aber er ist ihr in Liebe ergeben und Luisa ihm auch. Caspar Weber hat die Geschicke seines Handwerks seiner Frau in die Hände gelegt; ein mutiger Schritt in Zeiten, in denen Frauen im Allgemeinen nichts gelten.

Antonia fühlt sich Balthasar durch diese Zeichnungen so nahe, so vertraut, und das Verlangen, ihm schreiben zu wollen, sprengt beinahe ihr Herz. Sie muss geduldig mit ihm sein.

Bald erreicht sie eine Zeichnung, die den alten Meister darstellt und allein an den Augen erkennt Antonia, dass es sich um Balthasars Vater handeln muss. Diese schmalen, jungenhaften Augen, hell wie der Himmel an einem sonnendurchfluteten Tag und dunkel wie die Geheimnisse ihrer Damastweberzunft. Und was die Augen des alten Webers wohl alles gesehen haben? Dunkle Zeiten hat die Zunft durchlebt und wie vielen Webern geht es immer noch so schlecht! Antonia denkt unwillkürlich an die Leineweber in Schlesien, von denen man immer häufiger die allerschlimmsten Neuigkeiten liest. Und wie musste sich der Meister Weber für seine Familie aufgeopfert haben, etwas, was Antonias Vater, immer auf der Sonnenseite des Lebens, fremd war.

Antonia zählt die Tage, bis sie Balthasar wiedersehen würde. Er ist in jedem ihrer Gedanken, ist immer um sie, von seinen Zeichnungen zehrt sie des Tags, von seinem Tuch des Nachts und dennoch fühlt sie sich von Tag zu Tag unzufriedener

An einem Mittwoch im August bekommt sie keine Zeichnung von ihm, aber seine Adresse und eine Zeile: *Mir gehen deine Geschichten aus.*

Zunächst weiß sie damit nichts anzufangen, überlegt, was Balthasar damit meinen könnte, bis ihr Blick auf ihr Puppenhaus fällt, in dem schon so lange nicht mehr sauber gemacht wurde und wo sich die Staubflusen sammeln.

Mit Zeichenmappe und Stiften begibt sie sich auf einen Spaziergang. Im Schatten einer Ulme im Botanischen Garten zaubert sie die Welt des kleinen ungeschickten, tapsigen Knollennasenwichtels zu Papier: Stets mit guten Vorsätzen geht er sein Werk an, was in Chaos und Katastrophen endet und erst durch einen kleinen Zufall wieder geradegebogen wird. So zum Beispiel hat ihr Wichtelmann an einem besonders heißen Tag entsetzliche Zahnschmerzen.

Schon zeigt sich ein Fieber an, mit dem der Wichtelmann nicht leben kann. Die Wichtelfrau, recht überschlau reißt Fenster auf und Türen auf, trägt die Wasserschüssel her, ein Tüchlein mit Schleife auf dem Kopf um den Backenzahn vom armen Tropf; der Arme jault, hat Schmerzen sehr, in seinem Mund die Fäule gärt. Der Arzt muss ran, rüttelt an dem Wichtelmann, rüttelt hin, rüttelt her. Der Zahn bleibt standhaft mit Begehr. Nichts zu machen, kein Wurzelziehn mit lautem Krachen. Der Arzt stemmt den Fuß gegen des Kranken Hemd. Rüttelt hin, rüttelt her, nichts zu machen, der Zahn geht schwer, stemmt der Arzt den zweiten Fuß, beide Hände an der Wange, rüttelt hin, rüttelt her, nichts zu machen, der Zahn ist fest, der Arzt erstellt ihm ein Attest. Die Wichtelfrau die Schweißgesichter kühlt und jetzt dem Arzt die Stirn befühlt. Die Knollennase ist zu groß, die Zange geht zur Hälfte bloß. Surrt eine Mücke um den Mann, was der Wicht nicht leiden kann, fuchtelt um sich, fuchtelt prall, die Wasserschüssel kippt mit lautem Knall, der Arzt bekommt es mit der Angst, der Wicht schlägt um sich, trifft die Mücke und in seinem Mund kracht die Lücke, denn die Mücke saß behänd auf der Backe unseres Patient.

Antonias Zeichnungen zeigen den Kampf des armen Wichts mit dem Arzt und Antonia lächelt vor sich hin. Das Zeichnen geht wie von selbst.

Am Ende dieses Tages hat Antonia zwei Geschichten geschrieben und bebildert, die sie noch in die Abendpost bringt. Die ganze Nacht hindurch schreibt sie weiter. Sie hat Hunderte Geschichten im Kopf vom armen Wicht, so einem Pechvogel.

Jede Geschichte bekommt mehrere Zeichnungen, die alle im kleinen Format durch Rahmen voneinander getrennt auf einen Bogen passen. Meistens vier, manchmal bis zu sechs.

Antonia macht es sich zur Angewohnheit, ihre Geschichten im Park zu schreiben, denn hier hat sie Ruhe und viele Einfälle, inspiriert von den Menschen, die sie zu Hause nicht hat. Zu Hause sind nur Einsamkeit und Langeweile.

»Worüber amüsieren Sie sich nur die ganze Zeit?«, wird sie an einem Tag von einer freundlichen Stimme gestört.

Antonia blinzelt gegen die Nachmittagssonne, um das Gesicht der Dame zu erkennen. Friederike Teichert lächelt vor sich hin. Antonia lädt sie zu sich auf die Bank ein. Den Teil mit den Höflichkeitsfloskeln und dem Geplänkel über das Wetter erspart Antonia sich, sondern zeigt der anderen ihre Zeichnungen.

Friederike Teichert scheint zunächst irritiert, begreift aber allmählich den Zusammenhang der einzelnen Bilder und ihr Gesicht hellt sich auf bis ihr Lachen erklingt. Und Antonia findet sich bestätigt, etwas richtig zu machen. Das erste Mal in ihrem Leben.

Friederike Teichert begegnet sie noch einmal Tage später vor der Akademie.

Zunächst ist sich Antonia nicht sicher, ob es wirklich Friederike ist, die da im schlichten grauen Hauskleid auf der Freitreppe steht und einen unschlüssigen, ja unruhigen Eindruck macht. Im Nähergehen bestätigt sich Antonias Vermutung und sie grüßt die junge Frau mit einem freundlichen Kopfnicken. Fahrig, vielleicht etwas hilflos erwidert Friederike ihren Gruß.

Antonia, die ihren Gang in Vaters Arbeitszimmer, wo die Blümlein dürsten, fortsetzen möchte, hält inne. »Kann ich Ihnen behilflich sein? Warten Sie hier auf jemanden?«

Friederike schaut zu Antonia herüber, als habe sie sie eben erst entdeckt und schüttelt dann den Kopf. Antonia macht eine entschuldigende Geste und setzt den Weg die Freitreppe hinauf fort.

»Oder vielleicht doch … ich weiß nicht …«, ruft Friederike ihr nach. »Vielleicht.« Und dann zieht sie ein Papier, einen Zeitungsartikel aus ihrem Ridikül. Antonia kennt den Artikel, er wird jeden Sommer in die Zeitung gesetzt und langsam fügen sich in Antonias Gedanken Balthasars Gemälde mit den drei Nackten, der Zeitungsartikel mit der Stellenausschreibung und Friederikes unübersehbare Nervosität.

»Man hat mich abgewiesen«, bescheinigt die junge Frau und Antonia betrachtet aufmerksam das hübsche Gesicht der anderen.

»Aber wie kann denn das sein?«

»Meine Andresse.« Friederike Teichert schickt ihren Blick zur Elbe hinüber, die sich unterhalb der Terrassen wie ein abgemagerter brauner Wurm durch das viel zu große Bett schlängelt. Sie zuckt die Achseln.

»Das tut mir leid.«

Friederike wendet sich ihr wieder zu und schenkt ihr ein trauriges Lächeln, wobei sie das Stück Zeitung verstaut. Als Nächstes nickt sie der anderen dankend zu und geht mit langsamen, kraftlosen Schritten die Freitreppe hinunter.

»Ich kenne ein wunderhübsches Teestübchen, in dem auch Frauen ohne männliche Begleitung verkehren dürfen.« Antonia lächelt Friederike aufmunternd zu und bietet ihr sogar ihren Arm. Es ist das Teestübchen ihres biederen Hausfrauenkreises, in das Antonia Friederike mitnimmt. Sie haben Glück, es gibt eine Lesung im großen Raum, weshalb sie im kleinen Stübchen ihre Ruhe haben und ihre delikate Angelegenheit besprechen können, ohne belauscht zu werden. Sie sitzen beinahe eine ganze Stunde und beratschlagen, wie sie die Sache mit der Stellenausschreibung an der Akademie am besten angehen könnten. Wenn jemand für diese Stelle gemacht ist, so überlegt Antonia, dann ist es wohl Friederike Teichert!

»Ich habe Sie bereits auf einem Bild gesehen«, lächelt Antonia. »Balthasar Weber hat sie gemalt. Sie hängen bei denen von Pechern.« Friederikes bescheidener Stolz rührt Antonia. »Ich denke, niemand kann diese Aufgabe so gut wie Sie«, sagt sie weiter und forscht auf dem Gesicht der anderen. Sie brennt darauf, dass sie seinen Namen in den Mund nimmt, dass sie irgendetwas über

Balthasar berichtet. Aber Friederike ist loyal, das muss Antonia ihr lassen. Sie dankt für das Kompliment und das Einzige, was sie über Balthasar sagt, ist, dass er das Genie sei, nicht sie und dass Antonia ihm ihre Anerkennung aussprechen solle, nicht ihr.

Antonia taxiert Friederike, forscht immer noch aufmerksam. Sie erkennt dich nicht, denkt sie. Die Armenspeisung zu Weihnachten. Die versalzene Suppe. Der Abend mit der Kürbissuppe, überlegt sie weiter. Friederike hat keine Ahnung, dass du im vergangenen Herbst bei Balthasar gewesen bist, um einen Rat bezüglich Nikolaus einzuholen. Und von Stukkens Ball im Frühsommer, auf den Balthasar Friederike mitgenommen hat … sie erkennt dich nicht. Antonia lächelt, streckt ihre Hand über den Tisch aus und Friederike nimmt überrascht den Handschlag an. So machen sie einander bekannt. Und Antonia hat eine Freundin.

Dieser Umstand füllt sie aus mit einem warmen Gefühl. Ganz anders als die hohle Leere, wenn sie mit Tante und Cousine unterwegs ist. Sie hat eine Freundin.

Gleich am nächsten Morgen hält sie ihr Versprechen und geht spornstreichs in die Akademie. Es ist die letzte Ferienwoche. Die totenstillen Flure und Säle füllen sich allmählich mit Leben, die Professoren treffen sich und Antonia ist bei den Herren Mathai, Blochmann, Rietschel und Räcke herzlich willkommen, als sie an die Türe des Komitees klopft. Zuerst denken die vier, sie selbst wolle sich als Aktmodell bewerben. Das gelöste Lachen, das auf den aufgeklärten Irrtum folgt, ebnet alle Wogen, hilft über Verlegenheiten hinweg und öffnet Friederike die Tür in den Aktsaal. Antonia kann Friederikes wirkliche Herkunft nicht preisgeben und ihrer Wortgewandtheit und ihrem Erfindungsreichtum ist es zu verdanken, dass Friederike, die Vollwaise aus proletarischem Hause, sittsam, rein und unschuldig wie die Jungfrau Maria aufgenommen wird.

Das dritte Jahr

*

Antonia und Balthasar

Der Vorhang

Weil Friederike sich nicht frei in der Akademie bewegen darf, braucht sie eine Anstandsdame, die dafür sorgt, dass die Studenten nur im Aktmalkurs – und nur dort – das Modell zu sehen kriegen. Die Modelle sind unsichtbar, der Vorhang hebt sich allein während der Zeichen- und Malstunden vor ihnen, ansonsten sieht, hört, riecht man nichts von den Fräuleins. Üblicherweise bringt das Modell ihre eigene Anstandsdame mit. Nicht so Friederike, die froh sein kann, ihren wahren Wohnsitz und die damit einhergehenden gesellschaftlichen Verlegenheiten geheim halten zu können.

Es gibt Diskussionen darüber, ob Antonia aus gutem Hause die Anstandsdame eines Mädchens sein darf, das sich für ein – wenn auch lausiges, wie Antonia findet – Honorar vor Männern entblößt. Antonia kann sich durchsetzen und so wird sie von nun an Friederike Teichert begleiten, wenn sie ihrer neuen Aufgabe nachgeht. Ihr Vater, keineswegs begeistert, fügt sich dem Beschluss des hoch geschätzten Akademischen Rates.

Aber ihr Vater stellt die eine Bedingung auf, Antonia dürfe nie, niemals im Hausfrauenkreis, beim Töpfern, bei der Chorprobe oder sonst wo erwähnen, dass sie das Aktmodell der Akademie durch die unterirdischen Gänge bis zum Malsaal begleitet, ihr beim Ent- und

Bekleiden, Frisieren, Pudern und Drapieren helfe. »Niemals, hörst du? Man muss sich ja schämen.« Doch er selbst weiß, wie schwer es ist, Damen aus anständigem Hause für diese überaus fragliche Aufgabe zu gewinnen, obschon der Akademie ein guter Ruf vorangeht, was den Umgang mit den Aktmodellen angeht.

So trifft Antonia nun jeden Morgen Friederike am Fuße der großen Brücke. Hier steigen sie in eine Sänfte um, deren Kosten die Akademie übernimmt. Und aus der Sänfte gelangen sie ungesehen zum Dienstboteneingang der Hochschule. Über verwinkelte Dienstbotengänge geht es hinauf in den Aktmalsaal. Antonia berät Friederike dahingehend, die schrille Garderobe durch unauffällige zu ersetzen, ein schlichtes Brusttuch umzulegen, anstatt weite Ausschnitte zur Schau zu führen.

Und während Friederike schon in der ersten Semesterwoche in ihrer neuen Aufgabe aufgeht, kann sich Antonia die Freude an diesem Broterwerb gar nicht recht erklären. Sich nackt vor Fremden präsentieren, sich nackt vor irgendwem zu präsentieren ist ihr so fern wie der Regenguss der Wüste. Antonia schätzt es sehr, dass Friederike so frei über diese Sache spricht. Das Körperliche zwischen Mann und Frau scheint für Friederike keine große Sache zu sein. Nichts, worüber man hinter vorgehaltener Hand oder am besten überhaupt nicht spricht. In Antonias Welt ist diese *Sache* allerdings von Pein und Scham oder Furcht beseelt. Und das, was Friederike preisgibt, ist so ungeheuerlich, so unfassbar, so neu und überaus verwirrend, dass sich Antonia allmählich einen Reim auf Erdmann von Stukkens Entgleisung vor den Ferien machen kann. Und im Grunde, so kommt sie zum vorläufigen Schluss, sind Männer ob ihrer Triebhaftigkeit doch nur zu bedauern.

In den ersten Stunden noch sitzt Antonia mucksmäuschenstill hinter dem Vorhang und wartet, bis Friederike entlassen wird. In der zweiten Woche aber vereinbaren sie, dass Antonia ihren Erledigungen nachgeht und pünktlich zum Stundenende durch das Hintertürchen hinter den Vorhang schlüpft, um Friederike dann mit der Garderobe und allem Notwendigen zu helfen.

Urlaub

»Du bist wirklich gut, Mann!«, raunt Caspar, während er eine Patrone studiert, die Balthasar aus Dresden mitgebracht und bisher noch keine Verwendung dafür gefunden hat. Eine Kundenanfrage aus der Residenzstadt brachte ihn auf den Gedanken, jetzt die Musterzeichnung mit dem Elbpanorama hervorzuholen.

»Schaff uns endlich dieses Zertifikat her, und komm nach Hause zurück«, sagt Caspar weiter und liest die Quadratur des Musters.

»Es ist doch nur noch ein Jahr«, beruhigt Luisa ihren Mann und schaut ebenso gespannt auf die Papierlagen. »Wir nehmen diesen Entwurf auf jeden Fall mit zur Messe, also haltet euch ran, Jungs.«

»Für wen weben wir das?«, fragt Balthasar und versucht einen Blick in Luisas Auflagenbuch zu werfen, aber ihr weit ausladender Kleidärmel hängt darüber. Balthasar kann nur die letzte Silbe des Namens lesen.

»Für einen Grafen«, murmelt sein Bruder in Gedanken vertieft und zieht aus der Schublade unter dem Tisch die Leseleiste und ein Blatt Papier, die sie zum Einlesen des Musters in die Schnüre brauchen. »Als Hochzeitsgeschenk für seine Dame. Wir haben viel Zeit, fast ein Jahr …«

»Was für ein Graf«, will Balthasar wissen, greift gleichermaßen unter Luisas und Caspars Arme und zieht das Auflagenbuch unter Luisas Hand hervor. Und als Nächstes setzt sein Herz mit Schlagen aus. Er wirft das Buch rüde auf den Tisch. »Nein! Das mach ich nicht.« Dieser verhasste Name mit *ken* am Ende!

Von zwei Paar ungläubig aufgerissenen Augen wird er jetzt gemustert. »Sei kein Dummerjan«, schimpft Luisa. »Es ist deine Patrone, du kennst sie in- und auswendig. Wir lesen sie jetzt ein und im Februar webst du sie.«

Caspar nickt zum Vorschlag seiner Frau und beginnt mit dem Auszählen der ersten Linie.

Balthasar verschränkt die Arme vor der Brust. »Nein! Ich webe nichts für Erdmann von Stukken!«

Caspar schraubt sich zur vollen Größe empor. »Wieso nicht, wenn ich fragen darf? Dieser Mensch bezahlt über die Maßen …«

»Das ist mir egal, und wenn er das Ding dort«, er deutet auf den Zampelstuhl, »mit Gold aufwiegt, ich webe nichts für ihn!« Mehr hat Balthasar in dieser Sache nicht mehr zu sagen, wendet sich ab und verlässt die Weberstube.

Später sucht sein Bruder das Gespräch, aber so sehr Balthasar auch wollte, er kann ihm den wahren Grund für sein Benehmen nicht sagen. Aug in Aug mustern sie einander. »Du wirst diesen Auftrag mit mir einlesen und weben. Das ist der ausdrückliche Wunsch dieses Grafen. Es ist sein Hochzeitsgeschenk, also mach es ordentlich.« Wenn jemand behaupten wollte, Balthasar hätte man den Boden unter den Füßen weggezogen, so wäre das schlicht untertrieben.

Es wird laut im Hause Weber, aber Balthasar verliert den Kampf, weil die Wünsche der Kunden immer Vorrang vor den Befindlichkeiten der Weber haben. Sie lesen bis zu seiner Abreise zur Leipziger Messe das Muster in die Zampelschnüre ein.

Er und Luisa steigen Ende August auf dem Pieschener Bahnhof von der Postkutsche in den Zug um. Ihm bleibt keine Zeit, bei der Roten Marthe und den Mädchen vorbeizuschauen. Seine Wohngegend sieht er nur aus den Fenstern des Gefährts. Da seine Abreise vom schalen Geschmack des Stukken'schen Auftrages begleitet wird, sehnt er sich umso mehr in das Haus der Roten Marthe.

Den Semesteranfang verpasst Balthasar. Genau wie im vergangenen Schuljahr. Er hat genau wie damals auch jetzt eine Sondergenehmigung erhalten. Die Auftaktreden der Professoren fehlen ihm kein bisschen, aber Antonia fehlt ihm und der vergnatzte Nikolaus fehlt ihm auch, genauso wie die gemütlichen Abendstunden mit den Mädchen.

Auf der Messe wird er einigen wichtigen Textilunternehmern vorgestellt, aber mit wenig Interesse verfolgt er, was die zu sagen haben. Seine Aufmerksamkeit gilt den Protesten draußen vor der Messehalle. Es gibt jedes Jahr Weber, die zur Textilmesse marschieren und gegen ihre Arbeitsbedingungen und die Preise pro Elle, die dem Wortsinne einer Bezahlung nicht beikommen, aufbegehren.

Trotzdem hat Balthasar das Gefühl, dass in diesem Spätsommer 1842 die Zahl derer, die aufbegehren, beinahe so hoch ist wie 1830 bei der Julirevolution. Und Balthasar weiß, dass auch Luisa das Ganze mit Unbehagen verfolgt.

Am Abend in ihrer Absteige unterhalten sie sich mit den Textilen über die erstarkenden Unruhen. Die Lebensqualität der Leineweber ist ins Bodenlose gesunken. Die Menschen hungern, die Kinder werden als Gerippe geboren, die Leineweber von ihren Eignern nach Gutdünken und nicht nach Qualität der Ware bezahlt. Sie laufen oft den ganzen Tag durch Wind und Wetter, um ein fertiges Stück Tuch abzuliefern, vor zwei Tagen eine Kartoffelsuppe in den Bauch, eine Großfamilie im Nacken und kommen mit fast nichts zurück, wenn sie sich nicht auf dem Heimweg den Strick genommen haben.

Balthasar berührt das sehr. Er ist mit nichts anderem als der Weberwut aufgewachsen, aber das letzte Jahrzehnt hat ihn und seine Familie verwöhnt. Er hat vergessen, wie schlecht es ihm und seinen Leuten damals vor *C. F. Weber* gegangen ist und er schämt sich, wenn er, einer von ihnen, jetzt als feiner Student auftritt und von denen, die er einst verachtet hat, in den Himmel gelobt wird.

Es fällt ihm schwer, für ein weiteres Jahr nach Dresden zu gehen. Das letzte Jahr zwar, aber eine Ewigkeit, in der er rein gar nichts für sich und seine Zunft tun kann.

»Du kannst eine Menge machen«, beschwichtigt Luisa die Bedenken, die Balthasar vor ihr äußert. »Du kannst mit einem ordentlichen Abschluss nach Hause kommen und das Familienunternehmen sichern, damit wir noch einen dritten Stuhl aufstellen und zwei weitere Weber einstellen können, die für guten Lohn bei uns arbeiten. Das kannst du tun: zwei weitere Weberfamilien vor dem Hungertod retten.«

Er nickt. Luisa nimmt ihn in den Arm. Mit ihr verflüchtigt sich der Nebel von Lavendel, Leinenfasern, Leinöl und Lausitzer Brot in die Postkutsche, mit der sie zurück ins Zittauer Gebirge fährt.

Balthasar schaut der Kutsche nach, bis sie nicht mehr zu sehen ist, dann schultert er seinen Seesack und geht die Gasse hinunter bis zum *Gustav*. Es ist spät, dunkel und die Luft ist schwer vom Regen, der hier heut niedergegangen sein muss. Er wird die Mädchen nicht mehr stören, freut sich aber auf morgen, wenn er sie nach der Akademie alle wiedersieht.

Und dort erblickt er als Erstes Nikolaus, wartend vor dem Aktmalsaal. Balthasar fällt es nicht schwer, Erdmann von Stukken zu ignorieren. Nikolaus, kaum, dass er Balthasar entdeckt hat, kommt freudestrahlend auf ihn zu und umarmt ihn fest. Ein Redeschwall schwappt über Balthasar. Nikolaus erzählt mehrere Geschichten gleichzeitig und bringt keinen Satz richtig zu Ende, betont, dass er ihm, Balthasar, die ganze Zeit so treu gewesen war, dass er schon Zweifel an sich selbst anmeldete. Balthasar fährt dem anderen über den Schopf. Er glaubt Nikolaus kein Wort und spielt dessen Spielchen längst nicht mehr mit. Es tut ihm leid, dass sich Nikolaus immer noch Hoffnungen auf ihn macht.

»Wie ist das Aktmodell«, findet er einen willkommenen Themenwechsel, als sein Blick auf die geschlossene Saaltür fällt. Das Privileg der Drittklässler, lebende Akte abzubilden, befugt sie noch lange nicht, die Malsäle allein zu betreten, also warten sie auf Professor Blochmann.

Nikolaus winkt ab. Dann ist er schon wieder bei einer anderen Geschichte, während er in seiner Tasche nach den Aufzeichnungen der vergangenen Woche, die Balthasar versäumt hat, sucht. Balthasar gleitet an der dunklen Wandtäfelung entlang herunter, überkreuzt die Beine, auf die er Nikolaus' Heft platziert und beginnt mit der Abschrift, ohne sich auch nur auf ein Wort konzentrieren zu können. Nikolaus, derweil, kauert vor Balthasar und erzählt von den Künstlern, die er auf seinen Sommerreisen kennengelernt hat, wird aber unterbrochen.

»Verwarnung, Weber!«, schnauzt Professor Blochmann im Vorbeigehen. »Paragraf …«

»Zwölf, ich weiß«, murmelt Balthasar, steckt das Schreibzeug weg und hievt sich hoch.

»Vorlaut auch noch«, brüllt Blochmann dieses Mal und schließt die Tür zum Malsaal auf. »Mustermesse und Extrawurst hin oder her, hier gelten die Regeln der Akademie.«

Balthasar wirft seine Tasche über die Schultern.

»Haben Sie mich verstanden?«

»Sehr deutlich.«

Blochmann überlässt Erdmann von Stukken den Vortritt. »Herr Graf.«

»Wie geht es meinem Tuch, Weber?«, säuselt der mit schiefem Grinsen, als sie sich in die hinterste Reihe an die freien Staffeleien stellen, ihre Utensilien zurechtmachen und Jacken gegen Kittel tauschen.

»Fantastisch«, grinst Balthasar zurück und stellt sich vor, den angespitzten Bleistift von Stukken zwischen die Augen zu rammen. »Wie kommst du zum Adelstitel?«

Der andere lässt zwei Atemzüge verstreichen, dann nickt er. »Alles hat seine Richtigkeit, nicht wahr?«

»Ach übrigens«, wendet sich Balthasar abermals an Erdmann von Stukken. Und was dann folgt, fordert mehr Überwindung als alles in seinem bisherigen Leben. »Ich wollte mich bei dir entschuldigen.«

Von Stukken blinzelt wachsam.

»Für …« Balthasar beschreibt vor Erdmanns Gesicht einen Kreis. »Das da.«

Der andere, peinlich an die zwei Schlägereien erinnert, nickt knapp, und wendet sich wieder ab, offenbar nicht glücklich darüber, dass Balthasar die alte Geschichte wieder hervorholt.

»Seine Schwägerin«, flüstert Nikolaus ihm jetzt zu, doch Balthasar zeigt sich unwissend, »… hat aufgrund einiger gräflichen Fehltritte die Scheidung eingereicht und sich abgesetzt. Seinem Bruder wurde der Titel abgenommen, denn Scheidung ist bei den Edelblütigen wohl genauso unverzeihlich wie bei unsereins.« Nikolaus deutet in des frisch gebackenen Grafen Richtung.

Die Eskarpaden scheinen wohl ein familiär verwurzeltes Charakteristikum zu sein. Dumm nur, dass die jüngsten Umstände Grafen Erdmann von Stukken für Balthasar zu einem kaum besiegbaren Nebenbuhler machen.

Nachdenklich widmet Balthasar sich seinem Arbeitsplatz.

»Ach, übrigens das Modell …«, kommt es abermals von Nikolaus, aber er spricht nicht zu Ende, weil Blochmann den Zeigestock auf dem Rednerpult knallen lässt und die Aufmerksamkeit der Studenten fordert. Während Blochmann seine Gehorsamsleier runterbetet, blickt Balthasar in die Runde und lässt seinen Blick über die begonnenen Leinwände auf den Staffeleien schweifen. Er kann die bemühten Rötelzeichnungen erkennen, die in der vergangenen Woche angefangen wurden. Es gibt immer noch genügend Studenten, die sich in der Proportionslehre nicht auskennen, andere dümpeln am Faltenwurf der Staffage herum, aus lauter Angst vor dem Aktmodell selbst. Nikolaus ist einer von ihnen. »Was ist mit dem Modell«, flüstert Balthasar Nikolaus zu.

»Verwarnung, Weber!«, donnert Blochmann und bekommt ein rotes Gesicht. »Schon das zweite Mal heute!«

Balthasar beschließt, sich den restlichen Tag unauffällig zu verhalten.

»Wie vergangene Woche bereits in der Einführungsveranstaltung belehrt …«, hebt Blochmann jetzt seine Lektion die Ästhetik des Aktmalens betreffend hervor und taxiert Balthasar dabei, für den allein er die Belehrung wiederholt, was den Respekt vor dem Menschen im Allgemeinen und dem Respekt vor der Damenwelt im Speziellen betrifft. Balthasar hat Erdmann von Stukkens dreckiges Grinsen vor Augen.

Blochmann mahnt die Studenten zu sittsamen Anstand der Dame gegenüber, die sich freiwillig der Akademie zur Verfügung stellt, damit die Herren etwas lernen. Das erstarkende Gekicher der Studenten übergeht Blochmann, bekommt aber wieder ein rotes Gesicht. Das Modell, so sagt Blochmann weiter, solle nicht mit den Augen eines Mannes betrachtet, sondern mit denen eines Künstlers studiert werden. Auf Letzteres schwillt vernehmliches Gelächter an.

Nikolaus schnalzt mit der Zunge, was Balthasar gilt und woraufhin er sich zu ihm umdreht. Die Worte, die Nikolaus lautlos für ihn formt, kann Balthasar nicht verstehen. Aber die dritte Verwarnung vom Blochmann allemal. Dummerweise fällt Balthasar die Matte mit den Kohlestiften vom Staffeleibrett, als er sich wieder nach vorn dreht. Er und Nikolaus müssen über sich und das Durcheinander albern kichern, Blochmann wird puterrot, aber verkneift sich eine vierte Verwarnung, was ihn unglaubwürdig erscheinen lassen würde, sondern bedeutet endlich den beiden Lakaien, sie mögen die Kordeln des Vorhangs betätigen.

Und als Balthasar seine Utensilien wieder eingesammelt hat und sich aufrichtet, stockt ihm der Atem, gefriert ihm das Blut in den Adern. Beim Anblick des nackten Mädchens, das vorn in die Falten samtener Tücher gebettet liegt, trifft ihn fast der Schlag. So viele Gedanken überschlagen sich in seinem Kopf, dass er überhaupt nicht klar denken kann. Die Matte mit seinen Zeichengeräten fällt abermals zu Boden, aber nach Lachen ist ihm dieses Mal nicht zumute. Im Gegenteil prescht er zwischen den Staffeleien entlang nach vorn, sodass hier und da eine Leinwand schwankt.

»Das kannst du vergessen!« Balthasar ist bei der Staffage mit Friederike mittendrin angekommen. Die Unruhe, die um ihn her erstarkt, bekommt er gar nicht mit, sondern ruiniert den schönen Faltenwurf und wirft das Tuch über Friederikes Blöße, die aber gar nicht bedeckt werden will. Blochmanns Protest geht durch ihn hindurch wie nichts. Das Handgemenge, in das sich Friederike und Balthasar um das Tuch verstricken, gewinnt er.

»Nach Hause, Rike!«, grollt Balthasar und wickelt das Tuch um sie.

Blochmann kommt empört hinzu und die Lakaien ebenfalls. Alle poltern auf Balthasar ein, aber dessen Ziel besteht einzig darin, das Mädchen vor den Augen der Lüsternen zu retten. »Du ziehst dich sofort an, junge Dame!«

»Vergiss es, Balthasar«, macht Friederike eine Schnute und trommelt mit den Fäusten auf Balthasar ein, der sie in die hinter der Staffage befindliche Garderobe schieben will.

Aber dann, plötzlich, wird Balthasar von hinten gepackt, beide Lakaien halten ihn fest. Auf einen Wink Blochmanns wird er aus dem Malsaal entfernt. »Komm du mir nach Hause, Rike!«, ruft er und das Letzte, was er hört, ist, wie Blochmann Friederike anweist, ihre Position wieder einzunehmen und einen der Studenten nach der Anstandsdame schickt. Jener wieselt eilig an Balthasar und den Lakaien vorbei. »Zum Dekan«, ist alles, was Blochmann noch zu Balthasars Aufpassern sagt. Die Tür knallt zu und die Lakaien zerren den Delinquenten mit sich die Treppe hinunter.

Was genau Balthasar auf dem Weg in Amundus' Büro denkt, könnte er nicht in Worte fassen, tausend Gedanken streifen ihn und werden von dem einen dominiert: Antonias fragende grüne Augen, während man ihn flankiert von den Dienern im Griff der Justiz wie einen Gefangenen an ihr vorbei ins Arbeitszimmer ihres Vaters schiebt.

Antonia aber verlässt das Zimmer und die Lakaien reißen in präzisen Worten ab, was sich Balthasar oben im Aktmalsaal erlaubt hat.

»Keinen Tag ist er zurück!«, reißt Blochmann die Türe auf. Die Mensch gewordene Streitsucht wirbelt vor den Dekan Amundus. »Vorher schon drei Verwarnungen und dann das! Unruhestifter … Querulant … Anarchist … Weber!« Das sind unumstößlich Balthasars Titel, um die er sich in den letzten zwei Jahren verdient gemacht hat. »Jetzt ist Schluss mit der Sonderbehandlung, Herr Professor Amundus. Bitte, kommen Sie zur Vernunft und fassen Sie den einzig akzeptablen Entschluss. Dieser Mann gehört hier nicht her!«

Es dauert einen Moment, bis sich der Akademische Rat zu einer stimmberechtigten Größe formiert hat und Balthasar sich einem sechsköpfigen Komitee gegenüber sieht. Dann beginnt das Verhör: Ob es eine verwandtschaftliche Beziehung zwischen Balthasar Weber und Friederike Teichert gebe, die sein Verhalten rechtfertigen würde, will der Akademische Rat wissen.

Balthasar schüttelt den Kopf.

Ob er und Friederike Teichert ein Verlobungsverhältnis eingegangen seien, das seine durchaus moralische Reaktion erklären könnte.

Balthasar schüttelt nur den Kopf.

Ja, was sei denn sonst der Antrieb seines heftigen Wutausbruches gewesen?

Er schweigt.

Weshalb er denn missbillige, dass die Dame dieser ehrenwerten, hochgeschätzten Tätigkeit nachgehe?

Balthasar schweigt nur. Er schweigt hartnäckig und ihm wird klar, dass der Akademische Rat keine Ahnung hat, welchem Gewerbe Friederike des Nachts nachgeht und dass die Studenten der Akademie mit Sicherheit besser informiert sind und das Arrangement schamlos ausnutzen werden. Doch Professor Blochmann bekommt einen Einfall und lässt Balthasars Akte holen.

»Sie sagten«, murmelt Blochmann, während er die prompt gebrachte Mappe aufschlägt und das Deckblatt mit Friederikes Vertrag vergleicht. »›Komm du mir nur nach Hause‹, sagten Sie das nicht?«

Balthasar lässt den Kopf hängen, knetet seine Nasenwurzel mit Daumen und Zeigefinger und harrt der Dinge, die weiter geschehen würden.

Blochmann ist kein Dummkopf, kombiniert blitzschnell und taxiert Balthasar. »Sie wohnen zusammen?«

Balthasar schweigt.

»Und wenn man den Gerüchten Glauben schenken will«, wendet sich Blochmann wichtigtuerisch an die Mitglieder des Akademischen Rates. »Hat dieser junge Herr hier ein Quartier in einem Bordell bezogen. Das hört man die Studenten munkeln. Stimmt das?« Letzteres ist wieder für Balthasar bestimmt, aber er schweigt. Blochmann knallt lauthals die Akte zu. »Dann ist Fräulein Teichert ohne Zweifel eine …, eine …?«

Gemurmel erstarkt. Die Gesichter laufen rot an. Balthasar beobachtet interessiert die Mimen, die alle so tun, als kennten sie nicht die stattbekannte Adresse der Roten Marthe. Von wegen ›Studenten munkeln‹. Die Herren Akademiker tun grad so, als wären sie noch nie in den Genuss eines Besuches dort gekommen.

»Als ob Sie das nicht wussten«, murrt Balthasar und Amundus' Augenaufschlag heißt ihm, es stünde ihm besser zu schweigen.

»Unterhalten Sie ein Liebesverhältnis mit dem Mädchen?«

»Nein.«

»Haben Sie ein Liebesverhältnis zu ihr gehabt?«

»Das geht Sie überhaupt nichts an!«

»Antworten Sie!«, grollt Amundus und zupft den Zwicker von seiner Nase.

Balthasar nickt knapp.

Amundus schaut den Zwicker in seiner Hand an. »Oh, Balthasar«, seufzt er schwer, »Nun … wie dem auch sei. Das Fräulein wurde uns von einer zuverlässigen Quelle empfohlen und sie steht in einem ordentlichen Arbeitsvertrag mit der Akademie. So wie jedes Modell vor ihr. Alles hat seine Richtigkeit. Wir sind bemüht uns im Umgang mit allen Mitarbeitern – und das schließt die Modelle ein – an den akademischen Kodex zu halten.« Amundus übergeht geflissentlich Balthasars Schnauben.

»Herr Weber, wollen Sie nicht vernünftig sein und sich für Ihr durchaus unangemessenes Verhalten entschuldigen?« Amundus wartet, aber Balthasar schweigt. »Na schön.«

Als Nächstes beraten sich die Pfeffersäcke. Paragrafen werden abgewogen, Argumente hin und her geschoben. Sie prokrastinieren. Die Beratung zieht sich hin. Balthasar versteht nicht alle Fremdwörter und ihre Zusammenhänge, aber er muss nicht jedes Wort verstehen, um zu begreifen, dass er am Arsch ist.

»Sie haben zu oft gegen die Regeln verstoßen, Herr Weber«, kommt Blochmann zum Punkt. »Ein Liebesverhältnis mit einer Prostituierten macht sich nicht so gut im Lebenslauf eines unserer Studenten, Stipendiat noch dazu. Wir können einen solchen Lebenswandel nicht dulden.«

»Sie können … Was?« Balthasar versteht es einfach nicht. »Jeder zweite von Ihren Studenten rennt zu diesen Frauen, wenn ihm die Hose zu eng wird …«

»Sie vergessen sich!«, hadert Amundus und sieht Balthasar aus verengten Augen an. »Solche Verdächtigungen unserer Studentenschaft ist nicht angebracht!« Einen Moment messen sich Balthasars und Professor Amundus' Blicke, dann schüttelt Letzterer enttäuscht den Kopf. »Sie sind von der Akademie beurlaubt«, beendet Amundus das Leiden. »Sie werden von uns schriftlich benachrichtigt werden, wie es mit Ihnen weitergeht. Für diese Entscheidung muss der Rat vollzählig sein.«

Balthasar streift eine Weile in der Stadt umher, am Elbufer entlang und füttert mit dem, was sein Frühstücksbrot gewesen ist, die zänkischen Elbmöwen. Er denkt darüber nach, wie alles so kommen konnte und vor allem, wie er den Rausschmiss seiner Familie erklären soll. Denn zu einem Rausschmiss wird es kommen. Da ist er sicher. Und das, obwohl er heut morgen erst mit Luisa gemeinsam die besten Vorsätze erwogen hat.

Der Klunker

Antonia würde seine Schritte unter denen von Hunderten heraushören: müde, aber selbstsicher und resolut kommt er die Treppe vom *Gustav* herauf. »Es ist Balthasar«, flüstert sie Friederike am Tisch ihr gegenüber zu.

Friederike nickt knapp. Die Tränen sind getrocknet, aber ihre Augen sind noch ganz rot. Sie blickt auf ihre Hand, die in Antonias ruht; nicht leicht, der Enttäuschten Trost zu spenden. »Ich will ihn nicht sehen. Er kann mich mal.«

Aber schon knallt die Tür ins Schloss, drei Schritte durch den Korridor, das Rasseln des Vorhangs, der die Küche vom Flur trennt und zeitgleich Friederikes Stuhl, der nach hinten umkippt, weil sie hochfährt und Balthasar an den Kragen springt. Das alles geht so schnell, dass Antonia kaum folgen kann, aber die Ohrfeige, die Friederike Balthasar verpasst und die Verwünschungen, die sie ihm an den Kopf wirft, die hört sie ganz genau. Er weicht aus, drückt Friederikes Hände runter, streift Antonia mit einem Blick: Überraschung, vermischt mit hundert Fragen in seinen Augen, von deren Frische zu trinken Antonia zwei Monate lang herbeigesehnt hat. Sie hätte sich niemals träumen lassen, dass ihr Wiedersehen dermaßen furchtbar werden würde.

Balthasar nimmt Friederike ziemlich grob am Handgelenk und sie mit sich in den Salon auf der anderen Seite des Flurs. Antonia versteht jedes Wort, obwohl, sicherlich nicht eins für ihre Ohren bestimmt ist: Anklagen, Anschuldigungen, Vorhaltungen, wie Antonia sie nur aus Romanen kennt, wo sich Ehepaare streiten. Und Antonia ist eindeutig auf Friederikes Seite!

Es gehe ihn gar nichts an, was sie mit ihrem Leben mache, verteidigt sich Friederike streitlustig, und sie gibt zu verstehen, sie denke, er sei ganz froh, dass sie einen Weg aus dem Moloch gefunden habe.

»Aber doch nicht so!«, grollt Balthasar und Antonia kann am Auf- und Abschwellen der Lautstärke hören, dass zumindest Friederike im Zimmer umhergeht.

»Du hast doch gesagt, ich soll mir einen anderen Broterwerb suchen!«

»Ja, aber doch nicht, indem du dich der Meute zum Fraße vorsetzt, Rike!« Was Friederike protestiert, kann Antonia nicht verstehen, weil Balthasar ihr ins Wort fällt. »Auf diese Art und Weise verhilfst du dir zu einem üblen Ruf, Mädchen, der Blochmann hat in Windeseile rausgefunden, woher du kommst.«

»Auch nur, weil du dich verquatscht hast, du …« Und abermals lässt Friederike Verwünschungen auf Balthasar niederregnen.

Er dementiert. Er gibt zu bedenken, keine Lüge habe ewig Bestand, »was auch immer du dir ausgedacht hast … was auch immer *ihr euch* ausgedacht habt … und was hat Antonia Amundus damit zu tun?« Mit jedem Wort ist Balthasar lauter geworden und Antonia immer tiefer auf ihrem Stuhl zusammengesackt. Eine Pause breitet sich aus und dann, mit einem Male ist Balthasars Stimme verzweifelt sanft. »Rike, Süße, hör mir doch zu. Was ihr angestellt habt, ist nicht gut. Du machst ihnen nur Appetit, verstehst du?«

»Und wenn schon«, klingt Friederike jetzt trotzig. Sie bestehe auf das Recht, selber zu entscheiden, und wenn sie die Studenten auf sich aufmerksam macht und sie des Nachts in Scharen kommen, dann kann sie sie immer noch abweisen.

»Sie werden sich aber nicht abweisen lassen, meine Liebe«, ist jetzt Balthasar resolut und das Letzte, was er sagt, schmettert er pfeilschnell und betont, jedes Wort: »Weil du in einem Puff wohnst und Marthe genauso geldgierig ist wie die Kerle scharf.«

Stille.

Einen Moment sagt keiner etwas und Antonia, die all das überhaupt nicht geahnt, nicht bedacht, nicht im Entferntesten kalkuliert hat, fühlt sich ganz elend. Ihr Herz, ihr Bauch, alles tut weh. Er hat recht. Er hat ja recht. Das Modellstehen ist für eine wie Friederike keine Fahrkarte aus dem Elend, sondern eine, tiefer in es hinein.

Er hat recht. Antonia erhebt sich so lautlos wie nur möglich, was der knarrende Stuhl und der rasselnde Vorhang nicht gerade einfach machen. Aber sie hält noch einmal inne, weil sie im schmalen Winkel durch die türlose Öffnung zum Salon spähen kann. Sie sieht beide: In inniger Umarmung, eng umschlungen stehen sie da und Antonia versetzt es einen schmerzhaften Stich ins Herz.

»Ich wollte dich mitnehmen, wenn ich mit dem Studium fertig bin«, murmelt Balthasar in Friederikes Honigmeer. »Weißt du nicht mehr, worüber wir geredet haben? Marthe wird dich nie und nimmer freigeben, wenn die Kerle ihr die Bude deinetwegen einrennen. All deine Pläne, Rike … Unsere Pläne …«

Mehr davon kann Antonia nicht hören. Die Tränen beißen hinter den Augen, ihr ist ganz schlecht. Sie bekommt die Tür geräuschlos auf und zu und verschwindet aus dem Haus, aus dem Viertel, aus dieser Welt zurück in ihre.

Und ihre Welt ist bestimmt von Pflanzenpflege, Sticken mit den Hausfrauen, dem Spiel am Pianoforte für ihren Vater und ihren Bruder, dem Töpfern von schiefen Vasen, den Kirchenchorproben und Erdmann von Stukken montags.

In den nächsten Wochen bewegt sich Antonia in ihrer Welt, ohne Balthasar über den Weg zu laufen. Und offenbar macht auch er keine Anstalten, das Gespräch mit ihr zu suchen. Und es quält sie das Bild: Friederike in seinen Armen, Zukunftspläne schmiedend. Die Eifersucht, der Kummer rauben ihr alle Kraft, jedes Mal, wenn dieses Bild ihre Gedanken kreuzt. Anfangs kreuzt es noch oft, sehr oft, mit den Wochen nicht mehr so häufig.

Es verwundert niemanden, dass Friederike Teichert die Stelle verloren hat. Das tut Antonia aufrichtig leid. Sie wird vom Akademischen Rat zur Rede gestellt, ob sie denn gewusst habe, welch zweifelhaften Leumunds das Mädchen entstamme. Sie lügt, um ihren Vater zu schützen und verleumdet ihre einzige Freundin.

Anfangs noch will Antonia sich bei Friederike für alles entschuldigen, obwohl sie nicht mit Bestimmtheit sagen kann, was an der Sache ihre Schuld ist, aber sie fühlt sich schuldig. Weil sie Balthasar nicht vor die Augen treten will, schreibt sie Friederike einen Brief und bekommt prompt Antwort. Ein ehrlicher Brief:

lieb und von Herzen und Antonia geht es so schlecht mit ihrem schlechten Gewissen Friederike gegenüber, der sie nur Gutes tun wollte.

Von nun an schreiben sie einander regelmäßig. Mehrmals pro Woche wechseln ihre Briefe die Hände. Obwohl sie nicht weit voneinander getrennt wohnen, verbietet es der Standesunterschied ihnen, einander zu besuchen. Aber es gibt eine Möglichkeit, sich zu treffen und die nutzen beide. So oft es geht, begegnen sie einander auf dem Friedhof.

Antonia weiß von ihrem Vater, den sie interessiert über die Arbeit und so beiläufig wie möglich über Balthasar ausfragt, dass er nach zwei Wochen der Beurlaubung die Akademie wieder besuchen darf. Sie weiß, dass er eine Strafarbeit zu leisten hat, welcher Art sie ist, erfährt sie nicht und ihr Vater ist auch nicht gut auf ihn zu sprechen.

»Was bedeutet Bewährung, Vater?« Wenn Antonia noch lange am Kandelaber auf Vaters Schreibtisch herumpoliert, wird sie die Silberbeschichtung abrubbeln. Die meisten Dinge gehen nicht durch Gebrauch, sondern durchs Putzen kaputt. Aus ihrem Vater ist schwer etwas herauszubekommen, weil er mit den Gedanken bei den Vorbereitungen seiner morgigen Vorlesung ist. »Vater?«

»Naja, eben, dass er sich keinen weiteren Fehltritt erlauben darf, wenn er an der Akademie bleiben will.« Sein ungeduldiges Räuspern bedeutet ihr, dass sie ihn besser nicht weiter über Balthasar Weber ausfragt, wenn sie ihn nicht verstimmen will.

So macht sie sich auf den Weg zum Friedhof, der jetzt einen festen Termin hat, weil sie dort Friederike treffen kann, ohne dass es öffentlichen Anstoß erregt, mit ihr gesehen zu werden. Sie sitzen eine geschlagene Stunde auf der Bank: Antonias Mutter rechts, Lotusblüte, deren richtigen Namen und deren Geschichte Antonia inzwischen kennt, links von ihnen, und unterhalten sich. Unterhalten sich über alles, aber nicht über Balthasar, aber doch über nichts anderes als die Herren im weitesten Sinne.

»Und wenn sie der Auster erst einmal die Perle entrissen haben …«, so erläutert Friederike an einem goldenen Oktobertag, »… dann ist dir das Kostbarste genommen, meine Liebe, das Wichtigste. Und danach sehen sie dich nicht mehr mit diesem sinnigen Blick an.« Antonia nickt, aber versteht kein Wort.

Friederike schenkt Lottes Grab einen kurzen, aber traurigen Blick. »Die Kunst besteht darin, jeden Einzelnen von ihnen glauben zu machen, dass du noch im Besitz deiner Perle bist und sie nur für ihn aufbewahrt hast. Und sie alle fallen darauf rein!« Letzteres begleitet sie mit einem zynischen Lachen, dann schaut sie Antonia, die todernst geblieben ist, fragend an. »Du hast keine Ahnung, oder, Toni? Du hast keine Ahnung, wovon ich spreche, keine Ahnung, wie die Kindlein gemacht werden, oder?«

Antonia zupft verlegen an ihrer Herbstpelerine, dann lässt sie ihren Blick durch das majestätische Abendlicht schweifen. Sie hat eine vage Vorstellung von dem, was im ehelichen Schlafgemach vor sich geht. »Ich weiß einiges darüber.«

»Lass hören.«

Antonia lässt den Blick auf der Suche nach unwillkommenen Zuhörern schweifen, aber da ist niemand außer ihnen beiden. »*Und Adam erkannte sein Weib Eva, und sie ward schwanger und gebar den Kain.* Erstes Buch Mose, vier, eins.«

»Ja?« Friederike legt den Arm behutsam um Antonias Schulter.

»*Und Kain erkannte sein Weib, die ward schwanger und gebar den Henoch.* Erstes Buch Mose, vier, siebzehn.«

»Mmh.«

»*Adam erkannte abermals sein Weib, und sie gebar einen Sohn, den hieß sie Seth. Erstes Buch Mo…«*

»Gut, gut.« Friederike legt ihr die Hand auf den Arm und nimmt Antonias Blick gefangen, eine ganze Weile forscht sie in deren grünen Augen, dann nickt Friederike zu einem Entschluss, den sie vermutlich schon vor einer ganzen Weile gefasst hat. »Ich möchte dich um einen Gefallen bitten, eine wichtige Sache in meinen Augen und ich denke, eine wichtige Sache für jede Frau. Nebenher erklär ich dir die Sache mit dem *Erkennen*.«

Antonia, immer noch von Friederikes Blick gefesselt, kann sich eine ganz wichtige Frage nicht verbieten: »Hat dich Balthasar erkannt?«

Friederike legt ihren Kopf leicht schräg, tätschelt Antonias Hand und lässt dann ihren Blick in die Ferne schweifen. Einer detaillierteren Antwort bedarf es nicht.

So wird Antonias gutbürgerlicher Schleier gelüftet. Was sie über die Männer und die Frauen lernt, ist so unfassbar, dass sie es zunächst gar nicht glauben kann. Das Küssen, das sie für das Lieblichste und Höchste überhaupt gehalten hat, stellt sich als der Beginn einer Reihe von Verzückungen heraus, die Antonia sich beim besten Willen nicht vorstellen kann, von einem sogenannten Höhepunkt ist die Rede, den selbst Friederike nicht recht in Worte zu fassen vermag. Und Antonia nimmt sich vor, diese geheimnisvolle Welt mit Erdmann von Stukken zu erkunden, was bleibt ihr auch anderes übrig.

Ab Mitte Oktober redet sich Antonia ein, die Gedanken an Balthasar Weber würden nicht mehr so sehr wehtun. Sie beginnt sich für die montäglichen Spaziergänge mit Erdmann herauszuputzen, ertappt sich aber, dass sie seinen Monologen kaum zuhört, sondern ihre Gedanken immer wieder in Richtung Akademie oder Richtung Pieschen schweifen; ertappt sich, Entdeckungen, die sie macht, mit Balthasar teilen zu wollen, sei es eine Ansicht am Elbufer oder einen Winkel in einem Hinterhof, wo im kargen Dreck ein letztes Blümchen sein buntes Köpfchen der Sonne entgegenreckt. Oder ein spielendes Kind auf einer Eingangsstufe. Oder der in die kalte Luft tänzelnde Dampf der Waschkessel der Frauen am Fluss. Oder behutsame Berührungen zweier Teehausgäste ganz nahe an ihrem Tisch, deren kleine Blicke und verheimlichte Neckereien ihr nur allzu bekannt sind. Und diese kleinen Eindrücke schmerzen sie. Wenn sie dann nachts ihre Tränen an seinem Damasttuch trocknet, weiß sie, dass sie sich selbst etwas vormacht und dass es nur eine einzige Möglichkeit gibt, sich von ihm zu befreien und ihr armes Herz gesunden zu lassen; oder zumindest, die Wunden vernarben zu lassen. Weh würden sie wahrscheinlich immer tun.

Erdmann von Stukken ist hocherfreut. In das edelste Teehaus führt er sie, um dem Anlass den gebührenden Rahmen zu geben. Und Antonias Vater ist hocherfreut über die Botschaft, die Erdmann ihm noch am selben Abend verkündet. Nikolaus sowieso und der Klunker funkelt an Antonias Ringfinger und wiegt so viel wie eine eiserne Kette. Antonia ist so schwermütig, dass sie von ihrer Verlobung mit Erdmann von Stukken nicht einmal Friederike schreibt, der sie sonst alles erzählt; um sich dazu durchzuringen, braucht es noch ein paar Tage.

Den Brief mit der Botschaft hat sie schon beendet, da kommt die tägliche Post und die bringt einen sorgsam gefalteten Bütten, umwickelt von einem Band aus getrocknetem Lavendel und das Bouquet fährt in sie wie eine Ohnmacht, reißt ihr den Boden unter den Füßen weg und befördert sie zurück in den Zustand willenloser Traurigkeit. Er hat ihren Geburtstag nicht vergessen, so wie er es im vergangenen Jahr versprochen hat. Es ist nur ein Gruß, nur ein kleiner, bescheidener Gruß, aber sein Duft lässt die Dämme brechen. Sie zerreißt den eben beendeten Brief an Friederike. Antonias Tränen benetzen die Schilderung von täglichen Nichtigkeiten und die Nachricht ihrer Verlobung mit Graf Erdmann von Stukken.

Während der verpflichtenden Stunde in einem der teuren Teehäuser an seiner Seite erfährt Antonia in einem Nebensatz, welche Strafaufgabe Balthasar Weber auferlegt wurde: bis zu den Weihnachtsferien hat er einen Aufsatz über eines der in der Akademie befindlichen Gemälde zu schreiben. Welches Gemälde es ist, erfährt sie nicht und es gehört sich auch nicht, ihren Verlobten über einen anderen Mann auszufragen. Aber sie kann in Erfahrung bringen, dass Balthasar zum Aufsatz einen Druck anzufertigen hat, damit das Bild nebst Artikel in der Neujahrsausgabe der Akademiezeitung abgedruckt werden kann.

Antonia muss sich verbieten, andauernd an Balthasar zu denken, was schwer ist und meistens gar nicht gelingt. Sie muss vernünftig sein. Ihr steht eine luxuriöse Zukunft bevor: der gesellschaftliche Aufstieg, der Wohnsitz auf einem Schloss, eine Vorsorge für ihren Vater und den nichtsnutzigen Bruder, seine Entschuldung, Bälle, Kleider, Bücher und alles, was das Herz begehrt. Sie wird es gut haben, das redet sie sich ein. Da ist kein Platz für Gedanken an einen widerborstigen Weber, der es nie und nimmer lernen wird, sich an Regeln zu halten und in Gesetze dreinzufügen. Nie! Das sagt ihr ihr Verstand. Sie muss es nur noch ihrem Herzen irgendwie beibringen.

Um noch mehr Abstand zur Akademie und Balthasar Weber zu bekommen, beschließt Antonia im November bis zum Weihnachtsfest zu Tante Theophine nach Radebeul zu reisen. Der Briefwechsel diesbezüglich ist schnell erledigt. Theophine und Isabell sind hocherfreut, und Antonia packt ihre Reisetruhen.

Mitte November nimmt sie die Postkutsche bis zum Pieschener Bahnhof, hier will sie umsteigen in einen Zug, der sie viel schneller zum Ziel und fort von all dem Schmerz bringt. Sie weiß, dass Friederike heut Geburtstag hat, ihre Freundin hat es einmal erwähnt.

Und nun steht Antonia hier in ihrer ganzen Herrlichkeit. Der erste Frost ist immer der schlimmste. Der Niederschlag kann sich nicht entscheiden: Schnee oder Regen, oder beides? Es ist furchtbar. Das eiserne Ungetüm von einer Dampflok fährt in die Bahnstation. Bahnwärter schwingen Stoppfahnen. Ein Gepäckjunge will ihr gern behilflich sein mit den beiden kleinen Truhen, aber Antonia wehrt ihn stumm ab, beobachtet den schwingenden Schlegel der Dampfmaschine, bis er zur Ruhe kommt, atmet den warmen Dampf ein, das Stampfen geht ihr in Mark und Bein, die Asche aus dem Heizraum riecht sie bis hier heraus und das Rauschen des Wassers, das aus der übergroßen Pumpe in den Tank gefüllt wird.

So steht Antonia wie angewurzelt und kann sich nicht bewegen. Es müssten überirdische Kräfte frei werden, sie in diesen Zug zu heben.

In der Asche

»Ach du meine Güte«, raunt Friederike und drückt Balthasar die Lampe in die Hand. Er steht wie von Blochmanns Lineal getroffen auf dem Treppenabsatz vor Marthes Wohnungstür, hält die Lampe hoch empor und kann nicht glauben, was er da sieht. Die zusammengekauerte Gestalt, halb auf der Treppe, halb auf zwei flachen

Reisetruhen hockend, das Haar aufgelöst und sich erschöpft an die Wand lehnend, kann unmöglich Antonia Amundus sein.

Sie hebt den Blick, schaut aber nicht ihn, sondern Friederike an, die vor ihr kauert. Antonia zuckt ratlos die Schulter und sagt in genau dem Ton: »Er hat mich rausgeworfen.«

Balthasar kann das Bild, das sich ihm zeigt, nicht begreifen und erst recht nicht das, was Antonia da sagt.

Friederike streicht der, die da hockt, das aufgelöste Haar aus der Stirn. »Wer hat dich rausgeworfen? Dein Vater?«

»Nein. Der Gustav«, was Antonia wie *Justav* ausspricht und worüber Friederike lächelt. »Ach du Schreck, Balthasar. Sie ist total blau«, rüttelt sie vorsichtig an der anderen, die im Begriff ist, einzuschlafen.

Zugegeben, Balthasar ist auch nicht mehr ganz klar im Kopf an diesem Abend, den er mit den anderen auf Friederikes Gesundheit begossen hat. Nicht beim *Gustav* waren sie trinken, sondern im Norden in der *Grünen Tanne*. Keine Freier heute. Das war ein schweres Zugeständnis, aber schließlich hat Marthe eingewilligt. Sie und die anderen Mädchen liegen längst im Bett. Balthasar und Friederike sind spät dran. Er ist müde, aber so müde und betrunken, dass er im nasskalten November auf einer Treppe einschlafen würde, war er wohl noch nie.

»Du verträgst doch nichts«, seufzt Friederike und bekommt Antonia wieder wach. Die setzt sich ächzend auf und fördert, was Balthasar einfach nicht fassen kann, eine fast leere Weinflasche zutage.

»Der Gustav hat mich einfach vor die Türe gesetzt, der Idiot«, lallt Antonia trotzig und hebt die Flasche vor die Augen, um zu inspizieren, wie viel noch drin ist. »Hier …« Sie reicht die Flasche an Friederike.

»Hast du die ganz allein geschafft?«, fragt die und reicht die Flasche weiter an Balthasar, der immer noch nicht ganz begreift, was hier vor sich geht.

»Nein, mein Gepäckjunge hat mir geholfen.«

Friederike lacht verunsichert. Balthasar beobachtet, wie Antonia sich an die Wand drückt und Friederike taxiert. Beim Unterfangen, eine Geburtstagsgratulation zu formulieren, verknotet sie sich die Zunge und gibt den Versuch auf. Friederike lacht über sie und streicht ihr dankbar über die Wange. Balthasar ist überrascht von der Vertrautheit der beiden. »Dein Geschenk ist da drin«, deutet Antonia unbeholfen auf eine der Truhen. »Das kriegst du, wenn ich zurück bin.« Ihre Worte sind bleischwer vom Wein.

»Von woher zurück?«, fragt Friederike und beginnt Antonias Locken zu sortieren.

»Von meiner Rante aus Tadebeul.« Antonia reibt ihre Augen, Friederike seufzt.

»Was ist denn bloß passiert, Antonia«, flüstert sie kopfschüttelnd und schaut die andere eindringlich an.

Antonia hebt ihre Rechte mit dem Handrücken nach oben. »Ist er nicht schön?«

Er blitzt wie ein Neugroschen. Der Stein ist wohl echt. Friederike nimmt Antonias Hand in die ihre und hebt sie vor ihre Augen. Es sieht aus, als wolle sie der anderen einen Handkuss geben, überlegt Balthasar und starrt auf den Ring an Antonias Finger. In seiner Magengegend gärt der Wein, dem er recht munter zugesprochen hat heut Abend.

»Ja, der ist wunderschön«, beteuert Friederike staunend und kann sich am Diamanten nicht sattsehen.

»Ja, das ist ein feines Steinchen«, sagt Antonia jetzt kalt und klar, stemmt sich an Friederikes Schulter hoch und angelt nach der Flasche in Balthasars Hand. »Superfein ist er, oder?« Sie lässt sich wieder auf die Treppenstufe plumpsen, trinkt einen Schluck und nimmt die Flasche in eine selige Umarmung, während sie an die Wand gelehnt abermals die Augen schließt, als müsse sie ausgerechnet jetzt einschlafen. »So sagen doch die Weber, oder? *Superfein.*« Bei der Erwähnung der höchsten Gütestufe von handgezogenem Damast öffnet sie kurz die Augen, und Balthasar durchzuckt der Blitz, den Antonia gegen ihn entsendet. Der Stich in seinem Herzen sitzt und bringt ihn ins Wanken, sodass er sich am Treppengeländer festhalten muss. Ihm geht es mit einem Male hundeelend, obwohl der Abend so lustig war. »Weckt mich zur vollen Stunde, dann muss ich zum Bahnhof«, murmelt Antonia. Die Weinflasche gleitet aus ihrer Umarmung, kullert zu Boden und der kärgliche Rest tröpfelt auf die Dielen im Treppenflur. Balthasar rührt sich und greift Antonia unter die Arme. »Mir ist so schlecht«, wimmert sie, während sie in seinem Arm in die Wohnung der Roten Marthe torkelt.

»Gleich.«

Willenlos lässt Antonia sich auf einen Stuhl in der Küche drücken. Dann holt Balthasar die beiden Truhen in den Flur. Als er in die Küche zurückkommt, übergibt sich Antonia in eine Schüssel, die Friederike für sie hält. Mit der anderen Hand streicht sie die Locken nach hinten. Sie flüstert Antonia beruhigend zu, dann reicht sie ihr einen Becher Wasser und ein sauberes Tuch. Balthasar darf die Schüssel unten in den Hof ausleeren gehen. Das wollte er ja auch schon immer mal machen: von seiner heimlichen Liebe, vom Schmerz seines Herzens die Zeugnisse einer durchzechten Nacht entsorgen.

Vom Rumpeln und Rumoren werden die anderen Mädchen eines nach dem anderen wach. Als Balthasar wieder oben in der Wohnung ist, lassen sie sich gerade davon überzeugen, dass Antonia in der falschen Kneipe gefeiert und erst jetzt das Geburtstagskind gefunden habe. Mit ihrem Gelächter verabschieden sich die Mädchen wieder ins Bett und Antonia, die überhaupt gar nichts zu dem ganzen Schlamassel sagt, sitzt am Küchentisch, einen Becher frisch gebrühten Tee vor sich und starrt den Schlitz der Ofenklappe an, aus dem es orangerot leuchtet.

Antonia gegenüber sitzt Friederike am Küchentisch, Balthasar lehnt am Schrank. Während sich Letztere beraten, was sie mit Antonia anstellen sollen mitten in der Nacht, starrt jene nur unverwandt in den schmalen Ritz des Lüftungsgitters des Ofens und sagt kein Wort. Ihr Gesicht, vom Schein des Feuers erhellt, gerahmt von den aufgelösten braunen Locken, erscheint sie ihm so zerbrechlich, so wächsern, als sei sie der einsamste Mensch auf der ganzen Welt.

So sehr hat er mit ihr gehadert, so sehr. Er wollte ihr niemals verzeihen, dass sie Friederike in diese heikle Lage gebracht hat und doch kann er ihr jetzt nicht mehr böse sein. So traurig und einsam sieht sie aus. Sie tut ihm so leid und er muss sich eingestehen, dass er sie immer noch genauso liebt wie vor dem ganzen Durcheinander, das die beiden Mädchen veranstaltet hatten.

»Ich denke, du kannst heut nicht mehr nach Radebeul fahren«, bestimmt Friederike. Antonia regt sich nicht, sondern starrt in die Glut. »Du kannst im leeren Zimmer schlafen und morgen sehen wir weiter«, schlägt Friederike vor und beugt sich dicht zu Antonia, um ihre Hand zu streicheln. Die Hand mit dem Ring. Antonia sagt nichts, aber regt sich zumindest: Sie zieht ihre Hand unter der von Friederike vor.

Was dann geschieht, geht so schnell, dass Balthasar gar nicht recht folgen kann: Antonia streift den Ring ab, betrachtet ihn gewissenhaft und dann, plötzlich schleudert sie ihn gezielt durch den Schlitz der Ofentür, Friederike springt fluchend von ihrem Platz hoch, reißt den Ofen auf und stochert mit dem Haken in der Glut, dass die Funken stieben und das Feuer auflodert. Sie kriegt den Ring mit der Schaufel, schimpft über Antonias Torheit und schüttet die Glut auf dem Ofenblech aus, von dem sie den Schmuck mit der Zange pflückt. Dem guten Stück ist nichts passiert, welch Glück! Balthasar lässt Antonia nicht aus den Augen, die wiederum Friederike beobachtet, welche in der Waschschüssel den Ring säubert und ihn dann vor Antonia auf den Tisch legt.

»Was ist denn bloß mit dir los!«, schüttelt Friederike über Antonia den Kopf. Die aber sagt zunächst nichts, starrt den Ring zuerst an, als sei er etwas Gefährliches, Unheilvolles, dann nimmt sie ihn vorsichtig, als könne er noch heiß sein, zwischen die Finger und drückt ihn Friederike in die hohle Hand.

»Schenk ich dir zum Geburtstag.«

Friederike lacht auf, kann das Ding natürlich nicht annehmen und legt es vor Antonia hin. Einen Moment betrachten sich die beiden Mädchen und Balthasar versteht die stumme Botschaft nicht, die die beiden miteinander austauschen. »Ich geh jetzt zum Bahnhof«, sagt Antonia, guckt Friederike müde an und bricht im Versuch aufzustehen, wie ein Klappmesser zusammen.

Balthasar kann den Ausführungen von Professor Amundus nicht folgen, weil er mit all seinen Gedanken bei Antonia ist.

Sie haben sie über Nacht in das leere Zimmer bei der Roten Marthe einquartiert. Balthasar hat in aller Frühe nach ihr sehen wollen, aber sie schlief noch und Friederike hat ihn nicht mal durch einen Türspalt linsen lassen. Sie hat einen Plan ausgeheckt, der besagt, der Tante in Radebeul einen Eilboten zu senden und zu erklären Antonia leide an einer Erkältung und komme etwas später. Die Tante brauche sich keine Sorgen zu machen und auch nicht schreiben, denn ehe ihre Briefe angekommen sein würden, sei Antonia längst bei ihr im schönen Radebeul. Dem Professor Amundus werde ein Eilbote geschickt mit der Nachricht, Antonia sei wohlbehalten bei der Tante angekommen, mit den besten Grüßen et cetera.

Balthasar beobachtet den Professor, der von nichts eine Ahnung hat; nicht weiß, wie sehr sich seine Tochter in der vergangenen Nacht hat volllaufen lassen wegen einer Verlobung, die sie offenbar nicht will. Weil Balthasar an der vermaledeiten Strafarbeit zu tun hat, kommt er erst spät abends nach Hause. Friederike und Antonia sitzen am Abendbrottisch und schnippeln Gemüse. Antonia ignoriert ihn, lässt gedankenverloren eine Möhre auf dem Tisch kreisen. Marthe fragt ihn über die Schule aus wie es eine Mutter bei ihrem Sohn tun würde. Die übrigen Mädchen scharen sich um den Seesack, den er auf dem Heimweg noch beim Apotheker abgeholt hat, und nehmen ihre Bestellungen an sich.

»Und das Puder?«, will Giselle schon losmeckern.

»Ganz unten.«

»Und die Kleie für die Haare?«, fragt Klärchen.

»Kommt morgen.« Balthasar ist müde und will hoch in seine Kammer. Er will nicht hier sein, wo ihn Antonia für irgendwas abstraft, was er gar nicht getan hat, sondern sie. Inwischen säbelt sie an der Mohrrübe herum, als stelle sie sich vor, es sei sein Kopf, den sie skalpiert.

»Ich kann die Lippenpomade nicht finden, Balthasar, die hast du das letzte Mal schon nicht mitgebracht.«

»Hier«, er zieht das winzige Tiegelchen aus der Hosentasche und drückt es Friederike in die Hand und will endlich gehen.

»Und das Zahnpulver?«

»Das ist da drin«, fährt er herum und deutet auf den Seesack, laut und ungezügelt. »Alles ist da drin, Herrgott!« Er knallt die Tür.

Später, beim Abendessen wird er immer noch von Antonia ignoriert und er hat überhaupt keinen Appetit.

Den ganzen folgenden Samstag über verkriecht sich Balthasar in der Akademie. Er hat sich so sehr auf das Wochenende gefreut und jetzt ist Antonia bei ihm zu Hause und sie ist wütend auf ihn wegen irgendwas und verlobt mit einem Grafen und Balthasar dreht sich der Magen um beim Gedanken, für den in den Semesterferien das Schmucktuch mit dem Elbpanorama weben zu müssen.

Als er am Nachmittag, es ist bereits dunkel draußen, nach Hause kommt, ist die Wohnung der Roten Marthe leer. Fast leer. Antonia sitzt in der Küche. Er platzt da hinein, wie er es immer macht, aber Antonia klappt das Skizzenbuch, in das sie gerade zeichnet, demonstrativ zu. »Klopfst du nie an?«

»Nein, ich wohne hier«, grummelt er zurück, dreht sich nicht nach ihr um, sondern verstaut die Backwaren, die er gerade noch bekommen hat, im Kasten. Er muss ein neues Leinen aus dem Wäscheschrank holen, damit das Brot nicht schimmelt. Als er aus dem Wäschezimmer zurück ist, sitzt Antonia immer noch stocksteif da und schaut aus dem Fenster, aus dem man nichts als Finsternis sehen kann. Er brüht zwei Becher vom Türkentrunk auf. Sie starrt noch aus dem Fenster, als er ihr den Becher vor die Nase schiebt. Er vergewissert sich: Der Ring ist nicht wieder an ihre Hand gewandert. Über irgendwas würde er sehr gern mit ihr reden, aber bevor ihm auch nur irgendwas einfallen könnte, steht sie vom Tisch auf, nimmt ihr Skizzenbuch mit sich und verlässt die Küche. Der Perlenvorhang klimpert leise. Balthasar starrt auf den leeren Stuhl, diese Leere tut weh. Der Vorhang klimpert abermals, Antonia erscheint, nimmt den Kaffeebecher vom Tisch und das kleine, klitzekleine, verschlagene Lächeln, das in ihren Mundwinkeln zuckt, während sie wieder die Küche verlässt, das erkennt er ganz deutlich und seine Laune hellt sich schlagartig auf.

Er sieht sie erst zum Abendessen wieder. Antonia redet nicht, während die Mädchen alle durcheinanderquasseln und erst nach dem Essen scheint sie aus einer Starre zu erwachen. Sie bedankt sich für die Gastfreundlichkeit der Marthe, die sich geschmeichelt fühlt, verspricht, gleich morgen früh abzureisen, um den Frauen nicht länger eine Last zu sein, wovon die Marthe und die anderen nichts wissen wollen und verabschiedet sich zur Nachtruhe.

Zurück bleiben das Gerede der Mädchen und die Leere in Balthasars Herzen, die er keine Minute länger mehr erträgt. Er füttert die Vögel, aber sogar deren Gezeter fällt ihm auf die Nerven.

Der Schatten

Antonia radiert die fehlerhaften Konturen aus, korrigiert die Schraffuren, setzt sie dichter, dort wo das Objekt im Dunkel liegt, oder einen Schatten wirft. Das, worum Friederike sie gebeten hat, ist schwer zu zeichnen. Damals im Oktober hat Antonia richtig rote Ohren bekommen, als Friederike ihre Bitte vorgetragen hatte. Die Hemmungen waren groß, darüber offen zu sprechen. »Du bist so wohlerzogen, so gutherzig und unschuldig, mit dir sollte ich nicht über diese Dinge sprechen, aber deine Zeichnungen … Die sind so …« Friederike hat damals schöne Worte für Antonias eigenwillige Bildergeschichten gefunden. Und dann kam sie endlich auf den Punkt, zückte ihr Ridikül, nicht ohne sich zu vergewissern, ob sie auf dem Friedhof beobachtet würden, schenkte sogar dem Grab von Lotusblüte einen um Mut bittenden Blick und förderte dann etwas zutage, worauf Antonia sich zunächst keinen Reim machen konnte: ein hellbraunes längliches Stück Tierdarm mit einer Schlaufe vorn dran. Wie ein Wasserschlauch, nur viel kleiner, es sieht dem Zwiebelschlauch ähnlich, den Frau Gutzkow als Erkältungswickel verwendet. Aber es ist kein Zwiebelschlauch, es ist kein Wasserschlauch und es wird auch keine Wurstfülle hineingepresst werden, sondern …

Antonia erinnert sich heut nicht mehr, ob sie die Hand vor den Mund geschlagen hatte, weil sie schockiert gewesen war über das, was Friederike mitgebracht hatte. Aber sie weiß heut wie damals, dass Friederike sich bei jedem dritten Wort der Erklärung umsah, ob sie auch keinen unwillkommenen Zuhörer hatten. Was Friederike ihr damals auf der Friedhofsbank erklärte, übertraf Antonias noch so wagemutigen Vorstellungen dessen, was sich in einem ehelichen Schlafgemach abspielen könnte. Sie hatte bis dahin ja keine Ahnung gehabt, dass es solcherart Dinge überhaupt gibt und dass die Menschheit solcherlei Hilfsmittel überhaupt für notwendig erachtet.

Sie weiß noch genau, wie Friederike ihr Anliegen geschildert hatte und wie pikiert Antonia gewesen war. Und dann hatte Friederike sie um einen unerhörten Gefallen gebeten. Es war eine Sache gewesen: so unanständig, so essenziell und hatte eine Kerbe in Antonias so wohlerzogenes Leben getrieben. Zugegeben: Nach diesem Gespräch auf dem Gottesacker brauchte Antonia einige Bedenkzeit, die zu nichts anderem führte, als dieses English Overcoat erfolgreich aus ihren Gedanken zu verbannen, da sich Erdmann von Stukken mit all seiner Präsens in ihre Gegenwart hineinzwängte.

Erst jetzt, nachdem sie und Friederike abermals über diese Angelegenheit gesprochen hatten und die Zweckdienlichkeit des kleinen Dings recht vernünftig schien, erklärte sich Antonia bereit, es zu versuchen und eine bebilderte Anleitung zu erfinden, um die Herren der Schöpfung von der Benutzung desselben zu überzeugen.

Was Antonia nicht wissen kann ist, dass Friederike sehr schonungsvoll in der Schilderung ihres Broterwerbs vorgegangen ist und was Friederike nicht wissen kann ist, dass Antonia lediglich aufgrund einer Art Schockstarre nicht das Weite gesucht hat.

Eine knifflige Aufgabe hat Antonia jetzt vor sich. Sie korrigiert und retuschiert. Entwürfe zerreißt sie und beginnt von vorn. Das Anzügliche blendet sie aus, weil sie sich so sehr auf das Wesentliche konzentrieren muss. Die Schnüre ihrer Stiefeletten nimmt sie als Vorlage für das Zeichnen jener Schleife, die ordentlich gebunden werden muss, damit das English Overcoat nicht verrutscht. Friederike und Antonia haben den halben Vormittag damit zugebracht, eine Möhre einzukleiden, damit sie ganz genau abskizzieren konnte, wie das Stück Tierdarm richtig zu sitzen hat. Während Friederike sich bog vor Lachen, betrachtete Antonia die Sache aus dem rein pragmatischen Blickwinkel einer Künstlerin.

Der schmale, kaum hüfthohe Ofen bollert auf Hochtouren, trotzdem ist es empfindlich kalt im kleinen Zimmerchen, das monatelang nicht geheitzt worden war. Der Schnee hat über den Regen gesiegt, der Frost hat die matschigen Spurrinnen auf den Wegen fest gefroren. Das kleine Fenster mit dem dicken Kreuz geht auf die Straße hinaus, von wo Antonia Gustavs Gäste lachen hören kann. Das Kämmerchen ist ganz schlicht eingerichtet: ein Bett, eine Truhe. Mehr nicht. Antonia sitzt auf der Matratze, gegen das Kopfende gelehnt. Sie haucht ihre Fingerspitzen an, die aus den halben Handschuhen lugen, und gibt sich Mühe trotz der beißenden Kälte den Stift exakt zu führen. Ihr Wolltuch hat sie bis unters Kinn geknufft. Vielleicht sollte sie ihren Wintermantel drüberziehen.

Sie betrachtet kritisch ihre Skizze. Sie weiß, dass auch dies nicht das Richtige ist. Es darf nicht obszön sein, sondern sachlich, ästhetisch. Eine Anleitung zur Benutzung eben, keine Pornografie. Aber Antonia, das hat sie Friederike zu denken gegeben, hat überhaupt keine Vorstellungen von dem, was sie da zeichnen soll. Die fleischgewordene Möhre kennt sie nämlich nicht. Antonia hat nie in ihrem Leben die natürliche Entsprechung dessen gesehen. Friederikes ungeübte Skizze diesbezüglich ist eine ungenügende Vorlage.

In Antonias Kreisen schickt es sich nicht einmal im Kindesalter, mit dem Bruder gemeinsam das Bad zu nehmen. Es gehört sich einfach nicht. Antonia hat keine Ahnung. Ihre Puppen sind geschlechtslos. Auch in den Hygieneratgebern, die die Mädchen von ihren Müttern oder Kindermädchen zu gegebener Zeit des Heranwachsens zugesteckt bekommen, geht es relativ sachlich und ganz und gar unmännlich zu. Antonias ganzer Wissensschatz erschöpft sich in einer frühkindlichen Beobachtung eines Rhesusaffenmännchens im Tiergarten von Schönbrunn, nahe Wien. Dort hatte sich mit unanständig rosaroter Prägnanz ein Affenmännchen einer Äffin genähert. Antonia war damals kaum älter als zehn gewesen. Durch ihr Kindermädchen, vor dem das Interesse des Mädchens nicht verborgen geblieben war, wurde Antonia an einer genaueren Erforschung des Balzverhaltens der Menschenähnlichen gehindert. Ins Treibhaus geschleift, erging sich der restliche Teil des Besuches im Tiergarten im Pflanzenstudium.

Es klopft an der Tür. Antonias Blick fliegt dorthin, wo der Schein der einzigen Öllampe kaum hinflutet – »Moment« – und rafft ihre Zeichnungen, die rings um sie verstreut liegen, um sie ins Skizzenbuch zu legen, und dieses stopft sie unter das Kissen, in ihrem Rücken. »Ja?«

Die Tür geht einen Spaltbreit auf.

»Darf ich?«

Sie nickt und rückt auf dem Bett ein Stück zur Seite, damit er sich zu ihr setzen kann. Balthasar aber öffnet zunächst die quietschende Ofenklappe, legt noch ein paar Scheite nach und Antonia beobachtet sein ebenmäßiges Gesicht, das einen Moment lang beschienen wird. Dann setzt er sich zu ihr auf die Bettkante. Sein Blick fällt sofort auf den Silberring mit dem Diamanten, den Antonia auf die Truhe gelegt hat. Das flackernde Licht der Öllampe wird mannigfaltig vom Stein reflektiert.

Balthasars dunkelblauen Augen erscheinen in dem diffusen Licht beinahe schwarz. »Du musst ihm das sagen.«

Antonia weiß sofort, wen und was er meint. Sie schüttelt hastig den Kopf. Einen Moment schaut er sie verständnislos an. Seine Augen verengt, sein Kopf leicht schräg gelegt. Er versteht das alles nicht. »Du verstehst das nicht.«

Er nickt langsam, schaut sie immer nur weiter an, schweigt und überlässt ihr das Wort. Aber Antonia fällt es schwer, die vielen Fragen und Gedanken, die ihr in den vergangenen Wochen durch den Kopf gegangen sind, jetzt in Worte zu fassen. Eine schier unlösbare Aufgabe, die richtige Reihenfolge der Wörter zu finden. »Mein Bruder würde mich umbringen.« Sein Blick verändert sich, doch er bleibt fragend. »Und mein Vater … würde mich aberkennen.«

Er zuckt die Achseln.

Sie schnappt seine Geste auf. »So einfach ist das nicht, Balthasar. Meine Familie ist auf mich angewiesen. Die Geschicke meiner Familie stehen und fallen mit meiner Ehe.« Er beobachtet sie stumm, während sie ihm von der prekären Lage erzählt, in der die Familie Amundus steckt und Erdmann von Stukken jene gute Partie ist, mit der Nikolaus' Schuldenberg endlich der Vergangenheit angehören könnte. »Mein Vater hat die Hoffnung auf Nikolaus aufgegeben.«

»Welche Hoffnung?«, findet Balthasar endlich seine Sprache.

»Eine gute Partie zu machen und den Stammhalter zu zeugen, auf seinen eigenen Beinen zu stehen, der Familie zu Ansehen zu verhelfen.«

Balthasar lacht auf. »Dein Vater hat wirklich eine lange Leitung!« Jetzt schaut Antonia ihn fragend an. Balthasar reibt seine Augen und lächelt vor sich hin. »Dein Bruder, Antonia …« Er taxiert sie. »Der ist anders.«

»Oh.« Sie grübelt vor sich hin und ihr fällt die Begebenheit in der Akademie ein, als sie ihren Bruder und Balthasar beobachtet und Nikolaus sich ihm auf anzügliche Weise genähert hat. Das war vor einem Jahr gewesen. »Oh.«

»Ja.« Sein Lächeln ist so heiter, als sei es das Selbstverständlichste von der ganzen Welt, wenn ein Mann Männer liebt.

»Jedenfalls …« Antonia schüttelt verwirrt den Kopf. Ihr fällt es jetzt, da sie über die Neigung ihres Bruders Gewissheit hat, außerordentlich schwer, einen klaren Gedanken zu fassen. »Umso wichtiger ist es, dass zumindest ich meinen Vater nicht enttäusche, wenn schon Nikolaus, so … kompliziert ist.«

»Aber nicht, indem du diesen Affen heiratest, obwohl du es ja offenbar nicht willst.«

Sie schweigt einen Moment und schaut den funkelnden Ring auf der Truhe an. Balthasar ist geduldig mit ihr, fällt ihren Gedanken nicht ins Wort. »Du und Friederike?«

Er stutzt, schaut sie betreten an. »Friederike und ich?«

Antonia kann ihm kaum ins Gesicht schauen, so sehr sprechen der blanke Kummer und die pure Eifersucht aus ihr. »Ich mag sie, aber du hättest es mir auch sagen können, finde ich.«

»Friederike und ich?«, lacht er auf. »Verstehe.« Dann schüttelt er den Kopf. »Wie kommst du denn darauf?«

Einen ganz kurzen, prüfenden Blick schenkt Antonia ihm. »Naja …« Sie kann schlecht zugeben, dass sie die beiden damals belauscht und beobachtet hat: die Zukunftspläne, die Umarmungen, sein Kuss auf ihrem Haar. Deshalb sagt sie, Friederike habe ihm erzählt, sie wollten nach seinem Studium gemeinsam in seine Heimat gehen.

Er schiebt sich neben sie, gegen das Kopfende gelehnt. Ihre Arme berühren sich, ihre Beine berühren sich. »Ja, sie will mitkommen.« Antonia fühlt sich verspottet. »Aber sie will mitkommen, weil sie neu anfangen will, ohne das alles hier.« Er wirft eine laxe Handbewegung in den Raum. »Ohne Männer, ohne Mann, verstehst du?«Antonia schämt sich ein bisschen für ihre dumme Naivität. Balthasar erzählt ihr von Friederikes Plänen, fern von dem Ruf, der ihr in Dresden anhaftet, erzählt ihr von einer Schänke, die sie führen will. Friederike müsste vorteilhaft heiraten, das steht außer Frage, wobei sie wieder beim Thema wären und Antonia zupft verlegen an ihrem Kleid.

»Also heiratest du sie nicht?«

»Nein.«

Obwohl Antonia das nicht beabsichtigt hat, atmet sie dermaßen erleichtert auf, dass er ihr tröstend den Arm um die Schulter legt.

»Du musst mir eins sagen«, rekelt er sich und neigt sich so weit vor, dass er ihr in die Augen sehen kann. »Willst du Erdmann von Stukken oder nicht?«

Sie schüttelt ohne zu zögern den Kopf und er hält ihren Blick gefangen. Dann nickt er langsam, seine Hände legen sich vorsichtig um ihr Gesicht. Er schaut sie nur an, seine dunkelblauen Augen funkeln geheimnisvoll. Er nickt abermals ganz knapp. »Eins steht fest, ich werde mich nicht mit ihm duellieren.«

Jetzt ist es Antonia, die auflacht. Balthasar lässt ab von ihrem Gesicht. Er legt wieder den Arm um ihre Schulter und zieht sie dicht zu sich heran. Antonia spürt seine Lippen auf ihrem Scheitel. »Ich lass mir was einfallen, Toni, etwas, das dich von Erdmann entbindet, ohne dass die Schuld auf dich zurückfällt. Du wirst ehrenhaft aus dem Schlamassel rauskommen, das verspreche ich dir.«

»Wie willst du das anstellen?« Sie klingt genauso mutlos, wie sie sich fühlt. Er hält sie fest, ganz fest und sie fühlt sich geborgen und kann das erste Mal seit Monaten wieder frei atmen. Sie unterhalten sich nicht länger über das leidliche Thema, sondern über alles, was sie seit dem letzten Semester versäumt haben zu besprechen. Über seine Ferien zu Hause, ihren Sommer in Dresden, wie es zu Friederikes Engagement kam, wieso Balthasar die Beherrschung verloren hat und schließlich über seine Strafarbeit.

»Hast du den Aufsatz schon fertig?«, fragt Antonia ihn und weiß immer noch nicht, um welches Gemälde es sich handelt.

Balthasar schüttelt den Kopf.

Sie lächelt über ihn, den kleinen Trotzkopf. Eine Tiefdruckgrafik anzulegen, eine Aquatinta soll es wohl werden, ist in der Tat eine zeitraubende Angelegenheit. »Und von welchem Bild sollst du sie machen?«

Er wundert sich offenkundig, weshalb sie so schlecht informiert ist, denn in der ganzen Akademie rede man doch über nichts anderes. »Von unserem Schatten.« Antonia begreift nicht sofort. »Vom Siegerbild der letzten Ausstellung.«

»Erdmanns Selbstporträt?« Ihre Stimme ist rau und klingt resigniert. Ja, Erdmann von Stukken scheint ihr Schatten zu sein.

»Verflucht«, urteilt Balthasar sachrichtig. Antonia hätte kein trefflicheres Wort dafür gefunden, aber seine Hand, die nach der ihren tastet, seine Finger, die zwischen die ihren gleiten und seine Wärme durchströmen sie. Sie wird ganz weich in seinem Arm, rutscht etwas tiefer in die Kissen, sackt gegen seine Schulter und döst vor sich hin.

Am nächsten Morgen hätte Antonia nicht sagen können, wer von beiden zuerst eingeschlafen war. Zumindest liegen sie eng aneinandergeschmiegt auf dem Bett, die Decken hat er oder sie, sie kann sich nicht entsinnen, über sie beide geworfen und bis zu den Gesichtern hochgezogen. Es ist eiskalt. Ihrer beider Atem ist ans Fenster geschlagen und dort zu faszinierenden Eisblumen gefroren, mit denen die Morgensonne spielt. Sie muss den Ofen anheizen, kann sich aber nicht überwinden, die wohlige Wärme seiner Umarmung zu verlassen.

So schön ist er und hält sie fest und hat sie wohl die ganze Nacht festgehalten. Sie beobachtet, wie er allmählich aufwacht. Sie lächelt, als er seine Augen öffnet und geradewegs in die ihren schaut und ihr Lächeln ist ansteckend.

»Das wünsch ich mir bis an meinen letzten Tag«, flüstert er und streicht ihr über die Wange, »... mit diesem Anblick aufzuwachen«

Eine ganze Weile schauen sie einander nur in die Augen und dann, dann nähert sich sein Gesicht dem ihren, ganz langsam neigt er sich zu ihr, ganz vorsichtig. Sie schließt die Augen, um keine ihrer Empfindungen einzubüßen und fühlt seine Lippen ganz sacht auf den ihren. Ein Hauch nur, eine Ahnung seiner Wärme, ganz weich und rein. Behutsam neckt er mit seinen Lippen die ihren und sie, von einer Sehnsucht ergriffen, legt ihre Arme fest um ihn und erwidert seinen reinen Kuss, ihre Hände in seinem Haar, sein Duft wird zu einem Geschmack, der jetzt so intensiv ist, dass ihr ganz schwindelig wird, weil er ihre Lippen aufbricht und mit seiner Zunge die ihre herausfordert, und ihr Herz schlägt aufgeregt und in ihrem Bauch kribbelt es furchtbar sehr.

Sie hätte nicht sagen können, ob es einer oder viele Küsse waren, auf jeden Fall gibt es eine Menge verschiedenartiger und sie will sie alle probieren, klammert sich an ihn. Ihr entfährt das ein oder andere wohlige Seufzen, und sie lächelt über sich und ihr Glück.

Bis ein Poltern sie erschreckt und voneinander trennt.

Balthasar lehnt sich über sie, um zu ergründen, was da gekracht hat und entdeckt auf dem Boden unter dem Bett das Skizzenbuch – noch ehe Antonia sich unter ihm hätte rekeln und danach greifen können.

»Was um alles in der Welt ist …« Seine Stimme stockt, sein Atem stockt, es verliert sich jegliche Farbe aus seinem Gesicht.

»Ich muss dir das erklären«, murmelt Antonia und langt nach dem Buch, das aber Balthasar vor ihr wegzieht, sich aufsetzt und es auf die gekreuzten Beine legt, um es durchzublättern. Seine Augen weiten sich. »Was …« Vom Ekel gepeitscht, wirft er es auf den Boden, wo es aufgeschlagen vor dem Ofen landet, einen steil in die Höhe ragenden Phallus zeigend. »Was ist das?!«

»Ein Auftrag.«

»Ein Auf… was?«

Antonia lehnt sich mit dem Oberkörper so weit aus dem Bett, bis sie das Skizzenbuch zu fassen kriegt, wobei sie beinahe über Bord geht. Balthasar zieht sie zu sich zurück.

Und dann erzählt sie ihm die erdrückend peinliche Geschichte von den English Overcoats, die die Herren der Schöpfung nicht benutzen wollen, weil sie Angst davor haben und, dass sie von Friederike gebeten worden ist, eine Bildfolge zu zeichnen, die den Gebrauch dieser Dinger erkläre und ihren Nutzen zeige.

Balthasar hört sich das Ganze an, kommt aber aus seinem Schockzustand so schnell nicht heraus. Zumindest scheint er erleichtert, festzustellen, dass sie über die körperliche Sache bestens informiert ist, in allen Einzelheiten und sie eventuell doch nicht eine so unbedarfte Unschuld vom Lande ist.

»Ich muss das so machen, dass ich es vervielfältigen kann. Friederike braucht Hunderte davon. Wie Flugblätter.«

»Flugblätter! Um Gottes willen!« Er ist unerwartet angewidert. »Es ist unanständig, Antonia.« Er schnappt ihr Lächeln auf. »Wirklich!«

Sie beobachtet Balthasar, der immer noch mit skeptischer Miene ihre Entwürfe anschaut und sie zuckt die Achseln: »Das verwundert mich, da du derjenige warst, der diese Dinger hier angeschleppt hat und die Hühner im Stall verrückt macht, das zumindest behauptet Friederike.«

»Ja, die muss es ja wissen«, brummt Balthasar, klappt ihr Skizzenbuch zu und rutscht vom Bett runter, um die Glut im Ofen anzuschüren und Holz nachzulegen.

»Wie mach ich das, dass ich von einer Zeichnung ganz viele Exemplare kriege?«

»Du musst einen Druckstock machen.«

Den Widerwillen in seiner Stimme hört sie ganz deutlich. Sie beobachtet ihn, der die Glut schürt und vor sich hin grübelt. Dann aber erhebt er sich, stemmt die Hände in die Hüften, schaut an Antonia vorbei zum von Eisblumen verhangenen Fenster und nickt dann resigniert. »Also gut.« Er verlässt das Zimmer und in Antonia überschlagen sich die Gedanken. Sie wollte Balthasar nicht verprellen oder schockieren. Wirklich nicht. In die Kammer kehrt er zurück, bepackt mit Utensilien und setzt sich wie vorhin Antonia gegenüber aufs Bett.

Dann erklärt er ihr in schwindelerregender Hast, was es mit den Platten – Kupfer und Zink – auf sich hat, erklärt, wozu die spitzen Metallnadeln seien und wie aus einem in eine Platte geritztem

Motiv ein reproduzierbares Bild entsteht. Antonia hört aufmerksam zu, während Balthasar ihr anhand der schmalen Kupferstreifen, die wohl mal Ränder von Druckplatten gewesen waren, zeigt, wie das mit der Radiernadel geht.

Als sie selbst es probiert, rutscht die Nadel immer wieder ab und hinterlässt lange Kerben in der Platte. Es geht schwer, da hat er recht, aber es geht. Er ist geduldig mit ihr, zeigt ihr, wie sie das machen muss, damit sie die gewünschten Schraffuren und Strukturen ins Metall bekommt.

»Nimm das mit zu deiner Tante nach Dings.«

»Radebeul.«

»Ja. Und wenn du die Platte fertig hast, schickst du sie mir, ich druck die für dich … und dann?«

Antonia bekommt runde, leuchtende Augen. »Die Drucke gibst du Friederike, sie weiß schon, was sie damit machen will.«

»Und was?« Er runzelt die Stirn.

»Das …« Sie beugt sich vor, ganz weit vor, bis ihre Nasenspitze die seine berührt. »Ist ein Geheimnis.« Und küsst ihn so zart und leidenschaftlich, dass ihr Herz wieder ganz aufgeregt hüpft.

»Geheimnis. Wenn Frauen Geheimnisse haben, bedeutet es, dass die Männer Ärger kriegen«, sagt er in einer Atempause. Antonia lächelt ihn unschuldig an. Und er drückt sie nach hinten in die Kissen.

Die Rose ward gepflückt

Sie schreiben einander regelmäßig. Schon nach wenigen Tagen bekommt er ihre erste Radierung. Er muss Gelegenheiten zum Drucken gut abwägen, denn niemand sollte die bebilderte Gebrauchsanleitung eines English Overcoats in die Hände kriegen. Er schickt Antonia die Platte und die Probedrucke zurück, zeichnet mit blauer Tinte in ihre Entwürfe, was sie noch ändern sollte und bekommt wenig später die überarbeitete Platte zurück. Die Drucke sind gut, sehr gut sogar und er gibt Antonia Nachricht, dass er die Blätter Friederike überlässt.

In Balthasars Alltag schiebt sich das Studium, aber er zählt die Tage bis zum Heilig Abend, wenn Antonia aus Radebeul zurück sein würde. Mit dem neuen Aktmodell, Friederikes Nachfolgerin, sind die Studenten nicht glücklich, sie sei zu hager, an der sei nichts dran. Alle hadern mit Balthasar, der Schuld an der Hageren hat. Keiner vergibt ihm seinen Aussetzer von damals. Nicht einmal Nikolaus, aber der hadert mit Balthasars Einsatz für Friederike aus purer Eifersucht und Balthasar gehen seine Avancen auf die Nerven. Er kann sich nicht einmal mehr geschmeichelt fühlen, wenn ihm Nikolaus seine unendliche Liebe gesteht. Andererseits versetzt es Balthasar auch Stiche zu wissen, dass Nikolaus sich vergnügt. »Das ist nichts«, weicht er Balthasars Fragen aus, »nichts als Verzweiflung.« Es ist Nikolaus bitterer Humor, der ihm ganz schön wehtut.

Am zweiten Advent fällt der Schnee so dicht, dass er endlich liegen bleibt. Die Vororte, von den Abfällen der Innenstadt zugeschüttet, erfreuen sich einer gewissen Sanierung, sobald der Schnee liegen bleibt und der Gestank erträglicher wird.

Balthasar formt Meisenknödel und schippt vor *Gustavs* und dem Hauseingang zur Roten Marthe. Er schippt Schnee, wie seine Leute zu Hause es jahrein, jahraus für die Herrschaften zu tun verpflichtet sind. Er türmt auf der anderen Straßenseite einen riesigen Schneeberg auf, den die Kinder festklopfen und dann zu einem Tunnel aushöhlen. Wer den Gehweg passieren will, muss durch den Tunnel und das nicht, ohne einen Neupfennig zu löhnen. Wenn grad niemand abzukassieren ist, machen die Kinder Schneeballschlachten und jeden zweiten Klumpen kriegt Balthasar ab, wofür er sich gehörig revanchiert. Aber das alles macht die Sehnsucht nach Antonia nicht erträglicher.

Selbst Nikolaus ist abkömmlich. Er ist jetzt Mitglied im Club der toten Dramatiker und hat kaum noch Zeit, weil er Shakespeare, Sophokles, Quintus Ennius und Voltaire lesen muss, um beim wöchentlichen Treffen, das ausgerechnet Samstagabend stattfindet, mitreden zu können. »Club der toten Maler, wäre vielleicht zweckdienlicher für dich«, mokiert sich Balthasar bei Gelegenheit. »Rubens, Rembrandt, da Vinci, Michelangelo Buonarotti, Raffael …« Von Nikolaus wird er nur vertröstet, wenn er die ganze Lektüre gelesen habe, sei auch wieder mehr Zeit für Balthasar, verspricht er. Und vielleicht ist Balthasar ein bisschen eifersüchtig und ärgert sich, seinen Freund in letzter Zeit verprellt zu haben.

Von der aufkommenden Abschlusseuphorie, die allmählich die Drittklässler infiziert, lässt Balthasar sich nicht anstecken. Mit der Aquatinta des Grafen Selbstporträt kommt er nicht voran, weil er sich kaum dafür motivieren kann. Dennoch ist er stundenlang in der Druckwerkstatt, weil Friederike noch mehr von diesen Gebrauchsanleitungen braucht. Was sie damit macht, sagt sie ihm nicht. Balthasar will es auch nicht unbedingt wissen.

An einem besonders verschneiten Abend, kurz vor den Weihnachtsferien bekommt er unverhofft Besuch.

»Na? Fleißig an der Arbeit für meinen Artikel?«, schleimt sich Erdmann von Stukken in die Druckwerkstatt. Balthasar sieht von der Schicht Abdecklack, die er auf die Platte malt, nicht auf.

Erdmann setzt sich ihm am ausladenden Arbeitstisch gegenüber. Balthasar antwortet nicht, denn das Offensichtliche ist ja die Aquatinta von Erdmanns Konterfei. Balthasar konzentriert sich auf das Bitumen, einer Mischung aus Erdpech und Kiefernölauszügen, das er als Schutzschicht vor der Salzsäure auf die Platte auftragen muss. So bereitet er den dritten Ätzgang vor. Geplant sind sieben Ätzstufen. Er hat überhaupt keine Lust mehr dazu. Die Platte ist auch viel zu groß: eine Elle lang und eine halbe breit, entsprechend der akademischen Zeitung, in die die Drucke eingelegt werden. Es dauert ewig, die einzelnen Stufen malerisch abzudecken, um sie dann ätzen zu können.

»Lass mal sehen«, wühlt sich Erdmann jetzt durch die Probedrucke der Strichätzung, die Balthasar als Vorlage dienen und in die er die Graustufen mit Kohlestift eingezeichnet hat. Während Erdmann seine Nase in die Drucke steckt, vergewissert sich Balthasar, dass die furchtbar anstößigen Drucke von Antonias Radierplatte gut verwahrt in der Mappe sind. Balthasar hört gar nicht auf Erdmanns Gefasel, weil er sich dessen Visage vorstellt, wenn der eine Tierdarmgebrauchsanleitung in die Hände bekäme.

»Was gibt es zu grinsen?« Erdmann von Stukken lehnt sich im Stuhl zurück und angelt aus der Schublade des tiefen Mappenschrankes hinter ihm die Kladde mit seinen Druckgrafiken aus dem vergangenen Schuljahr und nötigt Balthasar einen kritischen Blick auf seine Arbeiten ab. Alles schöne Stillleben mit Früchtekörbchen, Wildbret und Totenschädel in der längst überholten Barockmotivik. Balthasar kann ein Gähnen nur schwer unterdrücken.

»Das hier, das ist für Fräulein Amundus, siehst du?«

»Mmh.« Eine Aquatinta mit einer Blumenvase, Sonnenblumen darin.

»Meinst du, es gefällt ihr?«

Balthasar schaut Erdmann von Stukken prüfend an. Der ist tatsächlich auf ein Urteil bedacht. Was soll Balthasar zu dieser geballten Ladung Idiotie nur sagen? Sie zeichnet Penisse, über die von Frauenhand ein Kondom gestülpt wird und textet dazu Reime, mit denen die Verhütung vor Kind und Krankheit interessant wird. »Ja«, nickt Balthasar. »Sicher. Die Blumen werden ihr gefallen.«

Erdmann atmet erleichtert auf. Er packt die Drucke wieder weg, macht aber keine Anstalten, die Werkstatt zu verlassen.

»Weihnachten ist Abgabe, du solltest dich ein bisschen beeilen.«

Vielleicht wäre es besser für des Grafen Gesundheit, wenn er sich jetzt in sein Erdloch verkrümeln würde.

»Und das Tuch? Meinst du, die haben die Vorlage schon fertig?«

Balthasar sieht nicht auf. »Die Vorlage, wie du meinst, Erdmann, sind eintausendsechshundert Kettfäden, an die genauso viele Harnischschnüre geknöpft werden, was in diesen Wochen von meiner Familie für dich erledigt wird.«

»Sehr gut.«

Balthasar sieht auf und erhascht Erdmanns Geste, wie er imaginären Schmutz unter den Nägeln hervorkratzt.

»Ich dachte, es würde dir vielleicht gefallen, an meiner Hochzeit auf diese Weise teilzuhaben, da dich und meine Verlobte wohl eine Art … Freundschaft – ist es Freundschaft? – verbindet. Um ehrlich zu sein, glaube ich nicht an eine Freundschaft zwischen Mann und Frau. Das ist in deinen einfachen Kreisen sicher etwas anders, aber es schickt sich nicht und gebiert unweigerlich die falschen Gedanken.«

»Weißt du, welchen Gedanke ich gerade gebäre?«

Erdmann sieht von seinen Nägeln auf.

»Ich frage mich«, so fährt Balthasar fort, »ob das Bitumen, wenn ich es auf deine Visage pinseln und dich dann in die Salzsäure tunken würde, dich dann vor dem Ätzen schützen würde oder nicht.«

»Sehr amüsant, Balthasar, wirklich.« Erdmann von Stukken lässt ein schiefes Grinsen blicken und erhebt sich, schafft es aber noch nicht aus der Werkstatt. »Ich bin bei Familie Amundus zum Weihnachtsessen eingeladen. Dafür werde ich jetzt den neuen Rock vom Hofschneider abholen. Ach ja, wo wir von den angenehmen Dingen des Lebens sprechen: Ich gebe einen Silvesterball. Du kannst kommen, wenn du die Kleine mitbringst, du weißt schon.«

Balthasar legt den Pinsel beiseite, starrt die Platte an und schickt ein Stoßgebet gen Himmel, nicht wieder die Beherrschung zu verlieren.

»Ich meine«, fährt Erdmann ungefragt fort, »Wir sind doch alle nur Menschen, Mann!« Er lacht auf. »Und Friederike ist schon ein Leckerhappen, das musst du zugeben.«

Balthasars Herz macht einen Satz. Langsam, ganz langsam hebt er seinen Blick und taxiert den anderen. »Oh ja, das ist wahr.« Das rollt so genüsslich über seine Zunge wie nur möglich. »Am besten ist sie, auf einem drauf.«

Erdmann lacht auf, nickt dazu und reibt sich die Hände. »Oh ja, sie reitet besser als Napoleon 1812 gegen Schwedisch-Pommern.« Erdmanns Augen blitzen geil auf und sein Lachen ist so obszön, dass sich Balthasar einmal mehr wünscht, Antonia von Erdmann von Stukken zu befreien, und sei es das Letzte, was er zu Lebzeiten erreiche. Und bei aufmerksamem Grübeln erkennt er in diesem jetzigen Moment, wie einfach es wäre, von Stukken bloßzustellen. So einfach! »Hast du da keine Gewissensbisse, ich meine, jetzt, da du verlobt bist?«

Erdmann winkt ab. »Iwo! Das ist nun mal so. Außerdem ist Antonia jetzt bei ihrer Tante, da will ich auch nicht vertrocknen, wenn du verstehst, was ich meine.«

Balthasar schenkt dem Schwachkopf ein dümmliches Kopfschütteln. »Was denn?«

»Naja, Antonia.«

»Was ist mit ihr?«

Erdmann genießt den Auftritt, atmet gedehnt ein und aus, bläst sich auf. »Sie ist nicht so prüde, wie alle tun, weißt du?«

Balthasar taxiert den anderen jetzt. Den Stich in seinem Herzen muss er ignorieren. Er nickt nachdenklich und das nimmt Erdmann zum Anlass, auszuholen: »Mmh, Weber, wenn du wüsstest, wie sie küsst … unschuldig und gierig zugleich … Und der Rest, mein Lieber, der Rest … die Rose ist gepflückt, sag ich dir, gestochen hat sie, aber gebrochen ward sie.«

Balthasars Kiefermuskeln zermalmen die Worte, die er dem Dreckskerl an den Kopf werfen will. Aber er schüttelt knapp den Kopf. »Versteh ich nicht.« Natürlich kapiert Balthasar die Metapher, aber er braucht mehr, noch ein bisschen mehr.

Erdmann von Stukken bringt sich just in diesem Moment in die Bredouille und merkt es nicht einmal. »Du weißt schon.« Die infame Verleumdung untermalt er mit einer anzüglichen Geste, indem er die linke Faust in die Mulde des rechten Handtellers rammt. Balthasar blinzelt beim Aufklatschen. Der Graf verabschiedet sich und entschwindet. Mit ihm sein anzügliches Grinsen.

»Die Rose gepflückt!«, knurrt Balthasar vor sich hin, als die Tür zur Druckwerkstatt längst ins Schloss gefallen ist. Sein Gemüt ist zu aufgewühlt, um die Druckgrafik fortzuführen. So räumt er die Utensilien fort und beschließt, Antonia von dem Schwachsinn nichts zu schreiben, außer, dass er den Aufsatz nicht fertigbringt.

Prompt kommt ein Text von Antonias Feder zurück: so subtil, so feinsinnig, so ausgewogen und verblümt, dass nur Balthasar die tiefe Ironie hinter der Lobhudelei des Siegerbildnisses erkennt.

Am letzten Schultag des Jahres 1842, kurz vor Weihnachten, gibt Balthasar den Aufsatz bei der Redaktion des Akademischen Blattes ab und erbittet sich beim Professor Amundus, der als Dekan das letzte Wort hat, noch die Weihnachtsferien für den Druckstock. Balthasar schildert das Problem mit den letzten beiden Ätzgängen und der Amundus, dessen Spezialgebiet die Druckgrafik nicht ist, was er nicht zugeben will und kann, gewährt ihm den Aufschub von zwei Wochen.

Beim Apotheker, bei dem Balthasar die wie üblich bestellten Artikel der Mädchen abholt, begegnet ihm Antonias Anleitung zur Nutzung des English Overcoats. Unter der Bildfolge prangt jetzt ein Schriftzug, den der Apotheker wohl von Hand dazu geschrieben hat: *Du musst nicht verzichten* … dazu die Adresse seiner Apotheke und der Hinweis, dass es dieses Produkt exklusiv hier zu kaufen gibt.

Balthasar muss sich wirklich ein Lachen verkneifen, weil er zunächst gar nicht gemerkt hat, wie der Apotheker ihm einen der Drucke, die er selbst anfertigt, unter die bestellte Ware jubelt. Er stellt den Apotheker zur Rede. Der läuft rot an und erklärt, er gebe den Damen stets eine solche Zeichnung mit und der Umsatz an English Overcoats habe sich vervierfacht.

»Vielleicht fängt die Menschheit jetzt an umzudenken. »Man *muss ja nicht verzichten*«, tippt er auf das Spruchbanner und schiebt Balthasar ein kleines Schächtelchen mit so einem Überzieher darin über die Theke, nimmt die Bildfolge aus Balthasars Hand, faltet sie ordentlich zusammen und legt sie in die Schachtel. »Geht aufs Haus.«

Balthasar macht, dass er aus der Apotheke und nach Hause kommt.

Die Adventzeit scheint sich zwischen den von Terpentin- und Bitumengestank geschwängerten Wänden der Druckwerkstatt verhakt zu haben. Balthasar kommt nicht voran. Er ist mit den Gedanken stets und ständig bei Antonia, sodass er letztendlich beinahe den Fehler macht, einige nicht zu ätzenden Stellen mit Bitumen abzudecken.

»Du machst nicht gerade den Eindruck, als würdest du dich besonders amüsieren.«

Balthasar dreht sich zur Stimme um und ihr Lächeln schmilzt ihn beinahe ein. »Was machst du denn hier … oh verdammich …«

»Was für eine Begrüßung.«

Balthasar fischt die Platte aus dem Säurebad. Viel zu lange hat sie drin gelegen. Mit Wasser spült er die Säure von der Platte und legt sie dann zum Trocknen auf seinen Arbeitsplatz. Und jetzt muss er sich erst einmal um sein Mädchen kümmern, das er wochenlang entbehrt hat, von dem er jede Nacht geträumt, nach dem er sich in seiner Einsamkeit verzehrt hat. Ihr Kuss ist Balsam für ihn, ihre Umarmung seine Rettung aus diesem tristen Kellergewölbe und ihr Duft nach Blumen und nach Frische übertüncht den chemischen Gestank hier unten. Sie sieht sehr erholt aus, schmiegt sich an ihn, klammert sich an ihn und nimmt sich genau das, was auch er von ihr braucht.

»Friederike hat mir gesagt, dass du hier bist«, strahlt sie und erzählt ihm, dass sie all diese Drucke, über die Balthasar gar nicht reden will, verteilt hat und dass sie neue braucht.

»Aber zuerst hab ich was anderes.« Antonia macht sich leider aus seinen Armen los und kramt in ihrer ausladenden Umhängetasche nach ihrem Skizzenbuch, schlägt es auf und legt es auf den Tisch. »Hier.«

Balthasar beugt sich über die Zeichnung, um sie sich besser ansehen zu können: Es ist völlig anders als alles, was Antonia bisher gezeichnet hat und er hält die Luft an, weil der Anblick des Motivs an ihm rührt und ihn betroffen macht, sogar traurig. Er braucht eine Weile, die eben so intensive Wärme für Antonia in die Betroffenheit für die abgebildete Person umzukehren. Eine Frau: ausgemergelt und in Lumpen gekleidet, kauert vor einer Pforte. Sie hat ein Kind im Arm, ein ganz kleines. Die andere Hand, halb entblößt, dass man die Sehnen und Knochen sehen kann, streckt sie demjenigen entgegen, der die Pforte vor ihr zu schließen versucht. Es ist ein Mann, aber nur schemenhaft gezeichnet, kaum vollendet, trägt er den Ornat eines Pfarrers, dafür spricht der weiße Kragen. Seine Züge sind eindeutig getroffen: abwertend, ja, angewidert schaut er auf die Bettelnde hinab. »Wie kommst du denn darauf.«

»Ich hab es gesehen.«

»Du hast es *gesehen*?«

»Ja, wie ich aus Radebeul kam. Ich bin nicht mit der Eisenbahn gekommen, sondern mit der Kutsche. Es war bei der Emmauskirche in Kaditz und ich will das mit dem Kupfer machen.«

Balthasars Blick fliegt zur Standuhr, dann zum Fenster, es ist erst Mittag. Er zuckt die Achseln, dann geht er hinüber zum breiten, hüfthohen Schrank unter dem Fenster, zieht das obere Schubfach auf und holt eine große Kupferplatte hervor. Als Nächstes schneidet er sie mit der Hebelschere in Form, schleift die Grate an den Kanten glatt und legt sie vor Antonia hin, genauso wie die Nadel.

Er beobachtet sie, wie sie damit beginnt, Umrisse, Schraffuren und Strukturen sichtbar werden zu lassen.

Unterdessen weicht Balthasar einen Stoß Papier im Wasserbad ein. Er kann sich schlecht auf seine eigene Arbeit konzentrieren, weil er immer wieder zu Antonia hinüberschauen muss. Er ist fasziniert von ihr. Es ist das erste Mal, dass er sie beim Zeichnen beobachtet. Sie ist so still, so in sich gekehrt, dass er den Eindruck hat, sie ganz neu zu entdecken.

Sie ist schnell fertig. Er hingegen kommt überhaupt nicht mehr voran mit Erdmann von Stukkens Selbstbildnis, das er verabscheut und keinen Tag länger ansehen mag. Sie schaut ihn unglücklich an, worüber er lächeln muss. »Wie geht Schrift?«

»Spiegelverkehrt.«

Ein altbekanntes Dilemma. Er holt aus dem Schub Kohlepapier und zeigt ihr, wie sie es in einen gefalteten Bogen normalen Papiers schlagen muss, damit sie dann die spiegelverkehrten Buchstaben auf die Kupferplatte übertragen kann, ohne Fehler oder Ungleichmäßigkeiten hineinzubringen. Antonia schreibt: ›Hat Gott vergessen, gnädig zu sein, und seine Barmherzigkeit vor Zorn verschlossen? (Sela.) Psalm 77.10‹«

»Aber wozu?«

»Ich erklär dir das nachher.«

Als es vollbracht ist, drückt er mit einem Lederballen Farbe in die entstandenen Rillen und wischt die überschüssige ab. Das noch feuchte, aber frottierte Papier drapiert er auf die Druckplatte, die auf dem Tisch der Tiefdruckpresse liegt, deckt es mit einem Filz zu und schickt das alles durch die beiden aufeinandergelagerten Walzen.

Schon nach dem ersten Probedruck erkennen beide, wie viel sie noch einradieren muss, um das unendlich tiefe Schwarz zu erhalten, dass sie benötigt, um den Hell-dunkel-Kontrast zwischen der Figur des Pfarrers und der Bettlerin zu erzielen. Balthasar reinigt die Platte und legt sie wieder vor Antonia hin.

Es ist bereits dunkel draußen, als sie den nächsten Probedruck anfertigen. Es raubt Balthasar die Sprache. Es ist rechts so dunkel, dass einem schaurig zumute wird, öffnet sich etwa mit der Hälfte der Pfarrersfigur, der verschlagen um die Tür lugt, nach links hin und erhellt die Frau und das Kleinkind. Die hellsten Stellen sind das traurige, verzweifelte Gesicht der Frau und deren ausgestreckte Hand.

Balthasar sitzt am Tisch, den Kopf in den Ellbogen gestemmt, müsste noch eine Schicht Bitumen auf seine Platte malen, um die Schatten unter Erdmanns Nase hervorzuheben, hat aber gar keinen Antrieb. Die Wäscheleinen in der Druckwerkstatt füllen sich mit den fertigen Drucken. Antonia legt Kohlen nach, damit die Papiere schneller trocknen, warum sie diese Eile hat, warum sie diese Massen an Bildern braucht, fragt er sie lieber gar nicht erst. Er hat so eine Ahnung.

Ein Krachen, ein Knall weckt ihn.

Balthasar braucht einen Moment, sich zurechtzufinden. Das Krachen kommt von einer Schranktür, die Antonia vor der Mappe, die sie dem Schrank entnommen hat, zuschlägt. Jetzt verstaut sie ihre Arbeiten darin. Er reibt sich die Augen und schaut auf die Uhr. Es ist halb elf. Die Druckwerkstatt ist blitzblank geputzt. Sein Nacken tut weh von der unglücklichen Position. »Ich bring dich jetzt heim.«

Sie schaut auf und schüttelt den Kopf. »Nein, ich geh erst morgen nach Hause. Die erwarten mich erst morgen Abend.« Sie nickt eifrig zu ihrer Feststellung und wirft sich ihre gefütterte Pelerine über, setzt die Capote auf die Locken, den Muff hängt sie sich um den Hals, aber in die Hände nimmt sie die Mappe. »Jetzt verteilen wir die. Ich brauch einen Hammer und solche, solche … Dinger.« Sie schnipst auf der Suche nach dem richtigen Wort mit den Daumen und Zeigefinger.

»Reißzwecken?«, gähnt er und sie nickt strahlend. Er aber schüttelt den Kopf. »Du brauchst keine Reißzwecken, du brauchst Leim.«

Sie fahren weit, durchqueren Pieschen und landen im Dörfchen Kaditz, hier gibt Antonia dem Kutscher das Zeichen zum Anhalten und entnimmt der Mappe den ersten Druck. Den Leimtopf und den Pinsel nimmt Balthasar mit, während sie den Friedhof vor der Emmauskirche betreten.

»Auf das Gesicht von diesem Gottlosen bin ich gespannt!« Vom fortratternden Kutschenfenster aus besehen sie sich den hellen rechteckigen Flecken an der Kirchentür. »Dass du ins Gefängnis kommst, wenn du erwischt wirst oder der Kutscher zwitschert, ist dir wohl schnuppe?«, näselt Balthasar, der erbärmlich friert. Antonia indes gibt dem Kutscher Anweisungen, wohin er sie als Nächstes zu chauffieren hat. »Du willst die alle ankleben?« Er kann im Flackerlicht der Öllampe ihr Lächeln erkennen. »Alle?«

Der Kutscher findet es gar nicht witzig, dass Balthasar so schwer wachzukriegen ist. Er will weiter. Balthasar kommt halbwegs zu sich, torkelt aus der Kutsche und steht vor dem *Gustavs* in Pieschen. »Hast du alle …«

»Alle angeklebt«, sagt Antonia stolz. Ihr Lachen wird leider vom Glockenschlag der letzten Kirche übertönt, an deren Pforte sich eben das unsäglich Folgenschwere vollzogen hat. Es ist ein Uhr nachts. Der Kutscher freut sich über das Trinkgeld, das nicht grundlos recht großzügig ausgefallen ist. Balthasar ist sich sicher, dass der Kutscher genau Bescheid weiß über das, was Antonia heut Nacht getan hat, und ihn würde es nicht wundern, wenn sie in Ermangelung eines Gesprächspartners den Kutscher in eine Art Ethikkommission ihr Bild betreffend einbezogen hat. Der Kutscher scheint Antonias Machenschaften gerechtfertigt zu finden, denn er wünscht der Dame viel Glück »und durchhalten!«.

»Oh Gott«, Balthasar schickt ein Stoßgebet nach oben, dann hievt er die beiden Truhen auf die Treppe zum Oberstübchen, schürt die Glut im Ofen ordentlich an, aber weil es furchtbar kalt hier oben ist, entschließen sie, sich in der Küche mit einem Happen Essen und einem Becher Wein zu versorgen. Sie sind so albern und kichern über alles Mögliche. Balthasar ist erleichtert, dass sie nicht erwischt worden sind und Antonia ist enttäuscht, dass das Abenteuer schon vorüber ist. Er weiß, er sollte ihr vom Rufmord erzählen, mit dem Erdmann hausieren geht, aber er kann diese wunderbare Nacht nicht Erdmann von Stukken widmen.

Später im Oberstübchen räumt Balthasar seine Zeichnungen auf, damit Antonia Platz für ihren Kram hat und stapelt die Druckplatten, die er für seine Abschlussarbeit gemacht hat, ordentlich aufeinander. »Die Druckplatte hast du doch mitgenommen, oder?«

Antonia tritt langsam und mit weichen Hüften auf ihn zu, schiebt die Mappe mit der Platte zwischen sich und ihn, drückt sich an ihn, ihre Nasenspitze berührt die seine, sie küsst ihn, dann stippt sie seine Nase an. »Ich lass mich nicht erwischen!«

Er entfernt die schwere, harte Mappe zwischen sich und ihr, nimmt Antonia in die Arme, schenkt ihr seine ganze Aufmerksamkeit und Liebe. Und schließlich liegen sie auf Balthasars Sofa.

Eine unschuldige Nacht, eine kostbare Nacht. Die kostbarste in seinem Leben. Balthasar hält sie fest wie einen Schatz, spürt ihren Atem durch das Leibchen, ihre Wärme durch die wollene Wäsche und schläft mit ihrem untrüglichen Duft in der Nase ein.

Als er aufwacht, ist sie nicht im Bett neben ihm. Er sucht und findet sie: auf dem Boden kauernd, sein Wollmantel ist ihr viel zu groß. Ganz in Gedanken studiert sie einen seiner Drucke. Das aufgelöste Haar fließt wie ein Vorhang um sie. Sie ist das Schönste, was er je gesehen hat.

Elbmöwen

Es ist Donnerstag, der 24. Dezember, und Antonia liegt mittags immer noch im Bett, was nie zuvor geschehen war. Sie und Balthasar unterhalten sich über alles Denkbare, lachen über alles Denkbare, erwägen, ob es Zeit fürs Frühstück wäre, lauschen hinunter, ob sich die Mädchen rühren, entscheiden sich gegen das Aufstehen, für das Schäferstündchen, dämmern dahin, schlafen ein, wachen auf und genießen einander in völliger Unschuld.

Er erzählt ihr alles, was sie wissen will und Antonia fragt so viel! »Am Sonntag gehen wir in die Kirche und am Nachmittag sehen wir die Bücher durch … Verhörst du mich?«

»Ja. Und die Kinder? Was machen die?«

»Die helfen. Die, die keine Aufgabe in der Webstube haben, rechnen, schreiben, lesen irgendwas, bis sie gebraucht werden: am Zugstock, an der Haspel, im Garten oder am Flachskamm oder irgendwo anders. Sie müssen den ganzen Tag anpacken.«

»Spielen die nie?«

Balthasar überlegt. »Spielen? Mit einem Puppenhaus oder so?«

Sie lächelt. »Ja, und die Jungs mit Zinnsoldaten oder Holzschwert gegen Baumriesen.«

»Baumriesen«, er lächelt zurück. »Du bist mir schon so ein Baumriese. Nein. Zum Spielen ist keine Zeit, aber deine Geschichten, die mögen sie.«

»Dann schick ich ihnen neue, wenn du erlaubst. Ich hab viele neue.«

Er zwirbelt eine ihrer Locken um seinen Zeigefinger.

»Erzähl mir von Weihnachten.«

Balthasar überlegt kurz: »Weihnachten … Heilig Abend arbeiten wir bis Nachmittag um drei, dann gehen wir in die Kirche. Am ersten Feiertag trifft sich die Zunft. Alle, die ganze Zunft trifft sich. Hunderte von Leuten. Die Frauen müssen alle bekochen.« Antonia verzieht das Gesicht, er stippt ihr lächelnd die Nasenspitze. »Und am zweiten Feiertag ist man für sich.«

»Und was macht man dann.«

»Dann …« Er neigt sich über sie und streift mit seinen Lippen die ihren. »Dann ist man eben für sich.«

»Was hängt ihr an den Weihnachtsbaum?« Antonia beobachtet ihn, wie sich seine Augen grüblerisch verengen. Er schüttelt knapp den Kopf. »Kein Weihnachtsbaum. Bis vor ein paar Jahren war es den Webern verboten, einen zu schlagen, deshalb baut man Holzpyramiden und die werden von den Kindern geschmückt. Wer es sich leisten kann, steckt Parafinkerzen dran … Komm, steh auf, du Faulpelz, du verleitest mich zum Nichtstun.«

Empört lacht Antonia auf, knufft ihn, pufft ihn. Er schält sich aus den Decken, sammelt ihr schrecklich schweres Überzeug zusammen und hilft ihr beim Anziehen, weil sie das nicht allein kann. Sie ist vielleicht ein bisschen enttäuscht, nicht aber überrascht, dass Balthasar sich mit der Problematik bezüglich der Schlaufen und Ösen bestens auskennt. Er geht meisterlich vor, schnürt die Korsage weder zu locker noch zu eng. hilft ihr, das Kleid überzuziehen.

Sie beobachtet ihn, wie er eine halbe Handvoll Krümel oder Körner oder so etwas aus der Dachluke auf das Dach rieseln lässt. Im Nu ist eine Schar Vögel da, krakeelt und streitet. Das Picken der kleinen Schnäbelchen ist in der Dachkammer zu hören.

»Und was hängen die Kinder an die Holzpyramiden?« Antonia kramt aus ihrem Koffer ihre Haarbürste, beobachtet, während sie sich frisiert, wie er sich rasiert, und sie fühlt sich so wohl wie nie zuvor in ihrem Leben. Alles ist so verwegen, so neu und so überaus verrufen in den moralischen Fibeln, die die Kindermädchen vorbeten.

Balthasar klopft das Rasiermesser am Schüsselrand ab. »Getrocknete Apfelringe, Strohsterne, Schleifen, keine Ahnung, alles Mögliche.«

»Und was passiert mit den Holzpyramiden?« Antonia will alles wissen, alles, weil sie ein Teil seines Lebens sein möchte.

»Die werden von Generation zu Generation weitergegeben. Und obwohl sie jetzt dürften, holt sich kein Weber einen echten Baum ins Haus. Aus Trotz.« Sein Grinsen ist ansteckend und seine Welt ist so anders als ihre.

»Und Silvester?«

»Wir feiern nicht Silvester, stattdessen die Vogelhochzeit.« Er wäscht sich das Gesicht und zieht die Hosenträger hoch, den Rock darüber.

»Was ist das?«

»Vogelhochzeit?« Er schenkt ihr einen Das-weißt-du-nicht?-Blick. »Die Toten kehren in Gestalt von Vögeln zurück. Am 25. Januar. Sie bedanken sich bei den Kindern fürs Vogelfutter im Winter. Man muss immer die Vögel füttern.«

Antonia schaut sich einen Moment lang nach dem Dachfenster um, von wo immer noch das Flattern und Picken zu hören ist. »Wir werden als Vögel wiedergeboren?«

Er lächelt. »Nein, nicht wiedergeboren, sondern nur an diesem einen Tag leihen sich die toten Seelen einen Vogelkörper und kommen vom Himmel herunter, um nach dem Rechten zu sehen. Luisa ist überzeugt, als Krähe zurückzukommen.«

Antonia lacht auf. »Und ich, als was komme ich zurück?«

»Mal überlegen.« Er tritt vor sie, streicht ihr eine Haarsträhne aus dem Gesicht und denkt einen Moment darüber nach. »Du wirst eine Elbmöwe sein, ganz sicher.«

»Eine Elbmöwe? Eine kreischende, gierige, ständig unentschlossene Elbmöwe?« Sie zieht eine beleidigte Schnute. »Dann wirst du ein Spatz sein.«

»Ich will kein Spatz sein. Wieso ein Spatz?«

Sie lacht über ihn. Und während sie die Treppe hinuntergehen, amüsiert sie die Vorstellung. »Spatzen sind fleißig. Sie werden vom übrigen Ferdervieh kaum beachtet, dabei sind sie die schlausten, lassen sich von den anderen nicht beeindrucken und außerdem sind sie so hübsch und bleiben sich selbst treu.«

Vor der Wohnungstür zur Roten Marthe bleiben sie stehen.

»Und wie bedanken sich die Vögel dann am 25.?«

»Sie bringen Kekse.«

»Kekse?«, wieder lacht Antonia schrill auf und kann sich so schnell nicht beruhigen.

Balthasar, zuckt die Achseln. »Ja. Die Kinder stellen Körbe außen auf die Fenstersimse und die Vögel bringen Kekse.«

Antonias Lachen füllt das Treppenhaus. »Und ihr glaubt wirklich an dieses Zeug?«

»Was denn sonst?«, er streicht Antonias Haare zur Seite. Sie taxiert ihn, der jetzt ganz ernst wird. »Das Gebäck legen die Eltern in die Körbe, die Kinder denken, dass es die Vögel sind.«

»Das ist schön.« Sie küsst ihn.

Zum Mittagessen sitzen sie, die neckischen Bemerkungen der Mädchen über sich ergehen lassend, in der Küche und unterhalten sich lachend mit den anderen und Antonia erinnert sich an kein so wunderbares Weihnachtsfest je zuvor.

Friederike bringt das Weihnachtspaket, das am Morgen für Balthasar abgegeben worden ist.

Die Mädchen sparen nicht an Kommentaren zu allem, was Balthasar aus der Kiste zutage fördert, und Antonia quittiert seinen Na-siehst-du-Blick, als er außer einem Strauß Lavendel auch ein paar Meisenknödel hervorzaubert. Die Quadratur des Musterpapiers kennt sie mittlerweile und ihr entgeht nicht seine gerunzelte Stirn, als er einen ziemlich großen Packen davon aus der Kiste zieht. Den Brief, der sicherlich die Aufforderung, für das Musterbuch ein paar neue Entwürfe zu schicken beinhaltet, legt er ungelesen zur Seite.

Balthasar bekommt ein winziges, in Seidenpapier gewickeltes, Päckchen in die Finger, entwirrt die Schnur, entfaltet die Lagen und Antonia beobachtet, wie er reglos verharrt und das anstarrt, was in seinen Handteller fällt.

»Was ist das?«, durchbricht Friederike die Stille.

Balthasar ist ganz in die Betrachtung zweier kleiner Gegenstände vertieft, in jeder Hand hält er einen. »Hornringe«, murmelt er.

Friederike nimmt ihm einen aus der Hand. »Aber wozu soll der gut sein?«

Erst, als Antonia damit beginnt, den Esstisch abzuräumen, lassen Friederike und die anderen Balthasar Luft zum Atmen. Antonia kennt sich in Marthes Küche wahrscheinlich besser aus als sie und gießt Wasser aus der Kanne in eine Schüssel, um das Geschirr zu spülen. Antonia hat genauso viel über die Ringe, gewonnen aus Tierhufe, gelesen wie über alles andere, was die Damastmanufaktur betrifft. »Damit verknotet der Musterleser die ausgezählten Schnüre zu einem Schnurbündel, sonst würde er durcheinanderkommen.« Sagt sie, während sie ein Leinen auf den Honigtopf bindet. »Oder?«

Balthasar antwortet ihr nicht, weil er so in Gedanken ist. Die anderen verlieren das Interesse am Weihnachtspäckchen und lassen die beiden allein.

Und als sich Antonia an Balthasar vorbeidrücken will, um ihre Sachen zusammenzupacken, hält er sie am Hangelenk fest. Den

Ring starrt er unverwandt an. Dieses winzige Ding, kaum größer als ihr kleinster Fingernagel, scheint eine unfassbar große Bedeutung für ihn zu haben.

»Toni.«

Sie setzt sich zurück an den Tisch. Ihre Knie berühren sich.

Wenn Antonia Balthasar jemals in Verlegenheit erlebt hat, dann jetzt, in diesem Moment. Aber nur einen Wimpernschlag lang. So schnell er die Sprache auch verloren zu haben schien, so rasch ordnet er seine Gedanken und schaut sie fest an.

»Ich weiß, da ist noch einiges ungeklärt …, du weißt schon. Aber …« Mehr sagt Balthasar nicht, sondern nimmt ihre Hand in die seine, legt den kleinen Ring in ihre Handfläche und schließt ihre Finger darum. Den Blick, mit dem er sie bannt, hat sie so noch nicht an ihm gesehen, aber sie ist sich sicher, ihn zu verstehen. So neigt sie sich vor und küsst ihn. Ganz zart und sinnlich ist dieser, etwas Wichtiges besiegelnde Kuss, so rein, dass ihr Herz vor Glück hüpft. »Aber ich brauche beide, damit ich mir Ohrhänger daraus machen lassen kann«, flüstert sie in seinen Mund und erntet ein verschwörerisches Lächeln.

Bevor es dunkel wird, verlassen sie und Balthasar das Haus der Roten Marthe und unternehmen einen Spaziergang in dichtem Schneegestöber Richtung Kaditz, wo Antonia darauf brennt, zu erfahren, ob ihre Radierung noch an der Kirchenpforte hängt. Hängt sie nicht. Es ärgert Antonia, nicht die Zeugen ihres kleinen Skandals beobachtet zu haben.

Balthasar vertröstet sie und schlägt vor, die Christvesper zu schwänzen und dafür noch zu ein paar Stellen zu gehen, wo Antonia des nachts ihre Bilder angebracht hat. Und tatsächlich finden sie an einigen Litfaßsäulen und Anschlagbrettern noch ihre Drucke, aber leider kein Publikum, was auch schwer zu erwarten gewesen wäre bei dem Schneetreiben.

Zurück in Pieschen beobachtet sie, wie Balthasar ihre Truhen in eine Kutsche hebt. »Ich will nicht«, murrt sie. Er nimmt sie in den Arm, drückt seine Lippen auf ihre Stirn und hält sie fest, ganz fest. »Ich will nicht.«

Er hilft ihr in die Kutsche. »Hast du den Ring?«

»Ja.« Sie seufzt, birgt Erdmanns Klunker aus der Tasche und steckt ihn sich an.

»Bis morgen, meine Schöne«, herzt Balthasar sie zum Abschied und schlägt die Wagentüre zu.

Antonia nimmt die Stadt überhaupt nicht wahr, starrt ab und an auf den Ring an ihrer Hand und denkt dabei an Balthasar. Ihre Augen quellen über, aber nur einen Moment lang. Sie weiß, sie muss sich zusammenreißen.

Frau Gutzkow ist in heller Aufregung. Von Stukken sei schon seit einer knappen Stunde da. Antonia entschuldigt sich für die Verspätung. Das Schneetreiben sei schuld.

Nikolaus hat den Baum überfrachtet. Hier und da bringt eine deplatzierte Schleife aus rot- und goldbesticktem Samt etwas Klagendes ins Ensemble von Nüssen, Strohsternen und geklöppelten Anhängern. Die kostbare Baumspitze fehlt. Zu vermuten bleibt, dass er sie zerbrochen hat.

Antonia gibt sich höflich, überlässt den Männern die Konversation und ist so oft nicht bei der Sache, weil sie darüber nachdenkt, wie viel Gemütlichkeit und Freude jetzt in der Wohnung der Roten Marthe sein mag und wie viel Lachen, Balthasars Lachen. Hier gibt es kein Lachen. Hier gibt es nur ernste Gesichter und schwere Themen. Weder ihr Vater noch ihr Bruder wollen wissen, wie ihre Zeit in Radebeul gewesen ist, was sie erlebt hat, was es Neues von Tante Theophine gibt. Antonia ist nur Dekoration. Zum ersten Mal in ihrem Leben kann Antonia Nikolaus' Melancholie und Langeweile nachvollziehen.

Wie immer wird nach dem Abendessen im Salon zusammengesessen. Antonia sorgt dafür, dass die Gläser stets gefüllt sind. Nach ihrer wochenlangen Abwesenheit streift sie wie eine Fremde durch den Salon, vergewissert sich, ob Frau Gutzkow die Regale sauber abgestaubt hat und plötzlich fällt ihr Blick auf eine liegen gelassene Tageszeitung.

Ihr Herz macht einen aufgeregten Hüpfer. *Unbekannte plakatieren Kirchenpforten in Dresden und Umgebung*, liest sie, *Schmählicher Angriff auf die Kirchlichen dieser Stadt und ihre Nächstenliebe.* Aber nicht genug, dass hier in der Zeitung Antonias nächtliche Umtriebe thematisiert werden, wurde für die Zeitungsausgabe in aller Hast und Schlampigkeit ein Holzstich mit ihrem Motiv angefertigt, der ihr Thema nur zu ungenau wiedergibt und das ärgert sie. Ihre Eitelkeit wiegt mehr als das Bewusstsein, eine Straftat begangen zu haben.

Sie vergewissert sich, dass ihr Vater, ihr Bruder und Erdmann von Stukken mit ihrem Gespräch zu tun haben und liest den Artikel, der den Skandal beschreibt. Gut ist, dass niemand einen Anhaltspunkt zu haben scheint, wer die Radierung an die Kirchenpforte geklebt hat, gut ist auch, dass der *abgebildete Holzstich als Ersatz für eine in meisterliche Manier vortrefflich gestochene Kupferplatte* beschrieben wird, was Antonia ehrt und ihr ein bisschen auch den Stolz zu Kopfe steigen lässt, zumal ihr Anschlag mit dem eines reformatorischen Martin Luther verglichen wird.

Nicht gut hingegen scheint, dass im Artikel darauf hingewiesen wird, dass das Plakatieren eine Missetat sei und jeder zur Festnahme des Künstlers dienliche Hinweis verfolgt und belohnt werde. Für nicht gut befindet Antonia ferner die Lobeshymne auf die korrekten Pfarrer, die nie auch nur das geringste der Zehn Gebote übertreten würden und deren Gottesfurcht und Ehrbarkeit und so weiter über alle Maßen geschätzt werden.

Antonia ist ein bisschen flau im Magen. »Vater, mir ist nicht gut. Die Reise, das schwere Essen …«

Ihr Vater, der sich durch ihre Unpässlichkeit gestört fühlt, entschuldigt sie gern. Erdmann von Stukken scheint aufrichtig enttäuscht, dass Antonia sich zur Nachtruhe begeben möchte. Nikolaus ist es egal.

Mit der Zeitung hinterm Rücken versteckt, flieht Antonia nahezu aus dem Salon auf ihr Zimmer, grübelt angestrengt nach. Wie von allein suchen ihre Hände in ihrem noch nicht ausgepackten Truhen nach dem Druckstock zur Radierung und wie von selbst beschreibt ihre lang geübte neutrale Blockschrift einen Bütten ohne Wasserzeichen.

Sie kennt den Weg, weil er dem zur Akademie beinahe gleicht. Sie findet auch den Postkasten, der im Impressum der Tageszeitung angegeben ist und steckt den Druckstock ihrer Radierung und den Brief, den sie verfasst hat, dort hinein.

Es ist stockdüstre Nacht, als sie vom Redaktionssitz der Zeitung den Weg nach Pieschen einschlägt und der eisige Nordwind pfeift in die Maschen ihres Umhangs. Zugegeben, sie ist müde nach den vergangenen langen Tagen. Als sie bei Balthasar ankommt, ist sie bis auf die Haut durchgefroren und wie von Zuckerguss überzogen.

Balthasar versteht zunächst überhaupt nicht, warum Antonia von zu Hause ausgerissen ist, vergewissert sich, dass weder ihre Familie noch Erdmann etwas davon mitbekommen haben. »Und was, wenn sie nach dir sehen?«

Antonia wickelt sich aus der klatschnassen Pelerine. »Die sehen nicht nach mir, die sind froh, dass ich im Bett bin.«

»Du bist aber nicht im Bett«, Balthasar schüttelt im Treppenhaus den Schnee von Antonias Mantel und hängt ihn über den Stuhl, den er vor den Ofen zieht. »Du bist …« Er stellt sich vor sie und rubbelt ihre Arme, »völlig durchgefroren. Das hatten wir so nicht abgesprochen, Antonia!«.

Zuerst niest sie herzhaft, dann zieht sie aus der Tasche die Zeitung. »Es ist eine Schande, was sie aus dem Druck gemacht haben.« Sie setzt sich auf den Boden vor den Ofen, während Balthasar den Artikel überfliegt. Er fährt sich durchs Haar, reibt sich die Augen und dreht das Blatt mit den beiden eng beschriebenen Spalten um. »Sie fahnden nach dir, herzlichen Glückwunsch.«

Antonia zuckt die Achseln, nickt aber sogleich: »Ich hab das richtiggestellt.«

Balthasar hebt langsam den Blick. »Wie meinst du das, du hast das richtiggestellt?«

Antonia deutet auf die Zeitung. »Ich hab denen meinen Druckstock gegeben und einen Brief geschrieben, um klar Stellung zu beziehen. Anonym versteht sich.«

Er starrt sie an. Ein, zwei Wimpernschläge lang ist es totenstill zwischen ihnen. Dann braust er auf: »Sag mal, hast du den Verstand verloren?«

Antonia schaut ihn verständnislos an, ihre Stimme schrill: »Wieso denn? Der Holzstich ist eine Katastrophe …«

»Jetzt lass mal einen Moment deine Eitelkeit hier raus, Antonia. Du kannst denen doch nicht deinen Druckstock in den Briefkasten stecken wie eine Weihnachtskarte …«

»Du hast recht, ich hab vergessen, Weihnachtswünsche zu schreib…«

»Antonia! Die werden versuchen rauszufinden, wer diesen Druck gemacht hat.« Er wirft die Zeitung vor sie hin auf den Fußboden.

»Aber sie werden es nicht rausfinden.«

»Es gibt nicht viele Druckwerkstätten in dieser Stadt. Sie werden jeden Winkel, der nur annähernd etwas mit einer Druckerei zu tun hat, absuchen und Fragen stellen.« Zugegeben, so weit hatte sie nicht gedacht. Sie reckt trotzig das Kinn. Er ist noch nicht fertig. »Und, meine Süße, sie werden auch in der Akademie Fragen stellen und sie werden merken, dass da eine Menge Papier in den letzten Wochen verdruckt wurde!« Eigentlich würde sich seine Miene aufhellen wollen, bemerkt Antonia, aber er verbietetet es sich. »Ich bin am Arsch!«

»Du? Wieso du?«

»Weil«, sein Finger tippt auf den missglückten Holzstich. »Weil ich seit Wochen in der Druckerei rumhänge und mit Erdmanns Bild nicht fertig werde.«

»Weil es so … unsagbar hässlich ist.« Ihr Versuch, ihn zum Lachen zu bringen, scheitert. »Was denkst du, werden die glauben, was ich dort mache?«

Er meint die Überstunden in der Akademie.

»Nein, Balthasar. Das ist so an den Haaren herbeigezogen. Du bist auf Bewährung.«

»Danke, dass du mich daran erinnerst.«

»Das meine ich nicht. Die werden nie und nimmer vermuten, dass einer auf Bewährung zu so was fähig ist.«

Schwer durchatmend lässt sich Balthasar neben sie auf den Boden plumpsen. Einen Moment schweigen sie. Sie hat ihn nicht in Schwierigkeiten bringen wollen und ist immer noch überzeugt davon, dass sie es nicht tat. Sie hofft es. Oh, bitte, Gott, lass es so sein.

»Du hast außerdem einen gewaltigen Denkfehler«, murmelt er, schaut aber unverwandt auf die Zeitung vor ihnen. Antonia starrt den miserablen Holzstich an, einen Denkfehler? »Du kannst in einer Zeitung nicht tief drucken, nur hoch.« Antonia schaut weiter nur trotzig auf den Holzstich. »Sie können mit deiner Tiefdruckplatte nichts anfangen, es war also unnötig, sie dort in den Briefkasten zu stecken.«

Antonia weiß, dass Balthasar sie mustert. Sie aber wendet sich ihm nicht zu, sondern starrt auf die Zeitung. Seine Hand tastet nach ihr. Daumen und Zeigefinger ziehen ihr Kinn in seine Richtung, sodass sie ihm unweigerlich in die Augen schauen muss. Sie nickt. »Trotzdem!« Das Lächeln, das sich auf ihre Dickköpfigkeit in seinem Gesicht zeigt, erwärmt sie. »Dann mach ich eben Holzstiche.« In dieser Sache bleibt sie unnachgiebig, damit sollte er schnellstmöglich umgehen lernen. Und tatsächlich schluckt er seine Einwände runter.

»Du bist verrückt.«

»Das nehme ich als Kompliment.«

Wenig später finden sie sich bei einem Becher dampfendem Kräuteraufguss in Marthes Küche wieder. Thymian, Salbei und Holunderblüten. Antonia schaut dem Tee beim Verdunsten zu. »Ich muss einen Holzstich von der Platte machen … die Kupferplatte von *du weißt schon was*. Die will ich der Zeitung geben.«

»*Du weißt schon was*?« Wenn er geglaubt hatte, sie sei fertig mit der Welt, dann hatte er sich geirrt. Eine Erkenntnis, die ihn jetzt hart trifft. Im Grübeln knetet er seine Nasenwurzel und insistiert, dass keine Zeitung der ganzen weiten Welt dieses anrüchige Thema, *du weißt schon was*, je drucken würde. Antonia aber unterbricht seine Moralpredigt und berichtet von den vielen grausligen Sachen, die Friederike ihr erzählt hat von »Krankheiten, Wahnsinn, Armut, Tod und alles, weil *du weißt schon was* zu gegebener Zeit fehlte.«

»Moment …« Balthasar hebt die Hand. »Das hat sie dir alles erzählt?«

Ihre Blicke fordern einander heraus.

»Sicher, oder hast du gedacht, ich lebe auf einer Wolke von Zuckerwatte?«

Er zuckt die Achseln und schaut sie an, als habe er das tatsächlich in Erwägung gezogen. »Wie dem auch sei. Du kannst *du weißt schon was* nicht an die Zeitung geben.«

Antonia sieht ein, dass keine Zeitung der ganzen Welt eine Anleitung zur Benutzung eines Verhütungsmittels drucken würde. Dennoch ist sie entschlossen. »Dann eben die anderen Sachen. Davon sollten die Leute unterrichtet werden. Sie sollten nicht die Augen verschließen vor dem Dreck und den Krankheiten, in dem die Menschen leben.«

Balthasars beherrscht seine Rolle des Skeptikers und des Vorsichtigen bravourös. »Es ist nicht notwendig, die Verhältnisse, in denen wir leben, aufzuzeigen, weil die sowieso jeder kennt. Toni, versteh doch, niemand will auf das Offensichtliche aufmerksam gemacht werden. Im Winter frieren sie sich den Arsch ab, verhungern halb, im Frühling ersaufen sie, wenn die Elbe über die Ufer tritt und im Sommer ersticken sie im Gestank dessen, was die Reichen aus der Innenstadt hierher karren. So ist es nun mal und ich zähle die Monate, ganz ehrlich, bis ich hier wieder weg kann!«

Sie nickt. »Richtig, du kannst weg.« Ihr Finger, der hart gegen ihn deutet. »Die nicht.« Ihr Finger fliegt Richtung Fenster. Sie hat recht, das wissen sie beide. »Ich habs satt, Balthasar, Blümchen-rühr-mich-nicht-an zu sein.« Antonia erhebt sich und stapft durch die Küche bereit zum Feldzug.

»Ich mag Blümchen-rühr-mich-nicht-an«, gibt er kleinlaut zurück, wird aber von ihrem kämpferischen Blick zum Schweigen gebracht. Sie erzählt ihm alles, was falsch ist in ihrer Welt, alles, was nicht neu für ihn ist und doch hört er ihr aufmerksam zu und kontert, wie nicht anders zu erwarten, ihrer scheinbar sinnlosen Rebellion. »Aber du kannst nicht alle diese Dinge in Holz schneiden, damit die Zeitung die drucken können. Du wirst steinalt sein, bis du alles fertig hast.«

Sie breitet teils resigniert, teils fordernd die Arme. »Und was sonst?«

Er überlegt einen Moment, dann bannt er ihren Blick und merkt wahrscheinlich gar nicht, dass er sich mit ihr verbündet. »Wir geben deine Zeichnungen der Zeitung. Die haben erfahrene Xylografen, die die Platten stechen.« Nach einer kurzen Pause fügt er an: »Aber nicht so, wie diese Pastorenszene. Das geht zu weit, Toni, die kriegen uns …« Er hebt den Blick, weil sie wieder unaufhaltsam in der Küche hin und her getapert war. »Hörst du?«

Sie denkt nach. Schließlich nickt sie. »Dann mach ich es anders.« Vielleicht gesteht sie sich in diesem Moment ein, dass der Angriff auf die Pastoren der Stadt etwas zu schroff gewesen war, vielleicht hat sie die Begebenheit, derer sie Zeuge geworden war, ganz falsch eingeschätzt. Wie dem auch sei, sie kann es nicht rückgängig machen, aber sie kann subtiler und feinsinniger vorgehen und sie wird die Unterstützung ihres kleinen Knollennasenwichtes brauchen. Auf jeden Fall hat der Widerhall in der Zeitung gezeigt, dass auf solche Dinge reagiert wird und Antonia will die Missstände, die Missverhältnisse, den Abort ihrer Welt zeigen. Das nimmt sie sich fest vor.

Sie lässt sich nicht vom Plan abbringen, weiterzumachen. Sie will probieren, wie weit sie gehen kann und das gibt sie Balthasar zu verstehen. Er ist der einzige Mensch, mit dem sie diese Idee teilen kann.

Nachdem sie ihre, zugegeben naiven Vorstellungen einer besseren Welt mit allen notwendigen Veränderungen der dunklen, stinkenden Dreiklassengesellschaft geschildert hat, wird es still in Marthes Küche. Erschöpft lässt sich Antonia Balthasar gegenüber am Tisch nieder. Es ist so still, dass man den Tee in der Kanne auf dem Ofen zischen hören kann. Nicht einmal aus den Stuben der Mädchen ist auch nur das kleinste Geräusch zu hören. Kein treu sorgender Ehemann ließe sich an Heilig Abend mit einer Käuflichen ein. Das kleine Öllämpchen taucht diesen wichtigen Moment in majestätisches Zwielicht, einem Dämmer, hinter dem große Ideen geboren werden und selbst das in sich zusammenfallende Häuflein verglimmender Kohlen noch einen Vorschlag zur Weltverbesserung gibt. In Antonias Abenteuerlust, gepaart mit mädchenhaftem Trotz, mischt sich doch eine kleine Angst vor dem Elend des Stadtrandes. Und noch in derselben Nacht stecken sie die Köpfe über Balthasars Skizzenblöcken zusammen. Er dreht den Abglanz von Geheimniskrämerei zur vollen Flamme auf und

Antonia wird im Lampenlicht eine Welt offenbart, die sie bisher nur durch den Schleier bourgeoiser Hochnäsigkeit und gewissenhafter Absolution kennengelernt hat. Rotzfäden aus Kindernasen, schrundige Knie unter zerlöcherten Hosen, schwarze Mondsicheln unter abgekauten Fingernägeln von Halbwüchsigen, die unter den Vordächern von geduckten Fachwerkhütten hocken und Körbe flechten, die dann Antonia oder all die anderen Töchter aus gutem Hause zu Spottpreisen auf dem Markt erstehen können. Gebeugte Männer, die an Tagen mit pelzigem Raureif am Elbufer stehen und ihre vielfach geflickten Reusen aus dem Wasser wuchten. Der dünne Stoff ihrer hochgekrempelten Hemden durchflutet das eisige Winterlicht, die Reusen leer.

Balthasar kommt beim Zeichnen den Gesichtern nie so nahe, dass sich jemand zweifelsfrei wiedererkennen würde, aber jeder gemeint sein und jeder sich in der Gestik, in der ausgeführten Bewegung identifizieren könnte. Jeder ist gemeint, aber niemand angegriffen. Genau das, was Antonia mit ihrer Darstellung des Pastors nicht gekonnt hat.

Diese ihr bislang fremde Welt ist so schauderhaft, von Krankheiten und Schmerzen gepeinigt und doch zeigen sich unter der dicken Kruste von Dreck und Elend auch die Herzensgüte einer Mutter, die vor dem Kleinkind kauert und dessen kalte Händchen hauchend und knetend aufwärmt, eine Wärme, die Antonia beinahe wehtut. Niemals, nie, hat ihre Mutter ihre Winterhändchen auf diese Weise aufgetaut. Der Muff von einem toten Hermelin ersetzte die Mutterwärme.

Antonia wird Zeuge wie Lotte stirbt: der irre Blick ins Leere, die um die Bettdecke geklammerten dünnen Finger, die Handrücken nichts als aufgereihte Schatten, das Gesicht eine Aneinanderreihung von Höhlen der Augen, der Wangen, der Nasenflügel, des Mundes. Schauderhaft. Antonia schluckt das Entsetzen runter. Sie tippt auf die Blätter, die sie verwenden möchte im Vorstoß gegen weihnachtliche Ignoranz und geschlossene Pforten. Und jedes Blatt, auf das sie tippt, reißt Balthasar aus seinen Skizzenblöcken. Antonia kommen Erinnerungen an die Weihnachtstage, in denen sie in Pieschen Suppe an die Bedürftigen ausgeschenkt hat und sie schämt sich jetzt, dass sie nie wirklich hingeschaut hat. Sie hat nicht richtig hingeschaut.

Vielleicht kann sie Friederike aus ihrer Erinnerung zeichnen, die blutrot gefrorenen Hände, das viel zu dünne geblümte Kleid im eisigen Winterwind und die frostroten Wangen, gepaart mit der Leichtigkeit, mit ihrem Lachen, ihrer Freude trotz allem.

Es durchfährt Antonia, als sie auf die Zeichnungen abgemagerter Buben und Mädchen stößt, die die Weberlade an die schlaffen Körper ziehen. Leineweber, nicht priviligierte Damastweber wie Balthasar und seine Familie, aber Antonia weiß inzwischen genug über seine Familie und von dem Hunger, dem auch sie jahrelang ausgeliefert war. Antonia erinnert sich nicht, je Hunger gehabt zu haben, richtigen, nagenden, alles vergessen machenden Hunger, Hunger, so mächtig, dass man töten könnte, um endlich Befriedigung zu erleben. »Und die …«, sagt sie mit rauer Stimme und Balthasar reißt die Weber aus dem Skizzenblock.

»Du musst vorsichtig sein und vor allem darfst du nicht mit deinem Material um dich werfen«, mahnt er. »Der Druckstock von diesem Pastor ist futsch. So viel steht fest.«

Antonia nickt. Die Erkenntnis, so viel falsch gemacht zu haben, überzieht sie wie eine Haut, wie eine Müdigkeit nach langen, viel zu langen Arbeitstagen. Wie fühlen sich Leute, die jeden Tag stundenlang arbeiten? Sie schaut Balthasars Profil an. Der schiebt die Zeichnungen zusammen und erklärt, wie sie vorgehen werden. Antonia soll die Zeichnungen anfertigen und mit einer anonymen Kontaktadresse versehen. Antonia fragt sich, was für eine Adresse das sein soll.

»Der Obergraben bestimmt nicht. Außerdem musst du dir ein Pseudonym zulegen. Du kannst nicht als Frau deine Sachen veröffentlichen, das geht einfach nicht.«

Die Debatte, die Antonia diesbezüglich anstimmt, erstickt Balthasar im Keim, weil sie zu nichts führt. So ist es eben: Sie lebt in einer Männerwelt. Sie besprechen alle Einzelheiten und können sich nur schwer auf ein Pseudonym und eine Kontaktadresse einigen. Bevor es zum Streit kommt, gibt Antonia nach, weil Balthasar die Sache von allen Seiten abwägt und sowieso die bessere Idee hat.

»Wenn Sie noch näher heranrücken, brennen Sie ihr Kleid an, meine Teuerste«, lacht die Vorsitzende vom Hausfrauenkreis und Antonia tritt einen halben Schritt vor dem offenen Feuer zurück, über dem der große Suppenkessel hängt. Die Hitze sticht wie Eis auf der Haut. Trotzdem friert Antonia entsetzlich, obschon sie sich eine extra dicke Unterhose und statt der modischen Pelerine einen Pelzmantel angezogen hat. Das dicke rostrote Leinen ihres Kleides über dem Unterrock scheint ihre Körperwärme nicht festhalten zu können. Antonia zittert und nicht nur einmal schwappt die Suppe über den Rand der Schüsseln.

Sie spürt Balthasars Anwesenheit, noch ehe sie ihn drüben an der brüchigen Fassade stehen sieht, den Skizzenblock in der Armbeuge, wie sie ihn vor zwei Jahren genau an derselben Stelle stehen sehen hat. Als Friederike an Balthasars Seite auftaucht, erbittet sich Antonia eine kleine Pause, die ihr auch ohne Weiteres gewehrt wird. In der nahen Kirche solle sie sich aufwärmen, rät ihr die Hausfrauenkreisvorsitzende und Antonia fürchtet, deren Rat nachgehen zu müssen. Ihre Knie schlottern, dass sie ganz unsicher geht.

Wie gern würde sie ihm um den Hals fallen, sich an ihm aufwärmen, wie gerne würde sie sich einen Kuss von ihm stehlen. All das geht natürlich nicht. Antonia macht einen ordentlichen Knicks vor dem Mann, von dem sie alles weiß und mit dem sie alles teilen will, und gibt Friederike die Hand. Nicht an ihrem Auftreten, aber an ihrem Gesprächsgegenstand würde ein Außenstehender erahnen können, wie nahe die drei einander stehen.

Zuerst einmal tadelt Antonia Friederikes Aufzug, das dünne Tuch und wo ist der Mantel, den sie letztes Jahr vorbeibringen lassen habe? Der würde sie jetzt gut wärmen. Es sei nicht kalt, eher mild, erwidert Friederike, die auf die tropfenden Eiszapfen hinweist, die von den tief hängenden Dächern nach unten wachsen. Und bei dieser Gelegenheit lüftet sich, weil Antonia kaum einen klaren Gedanken fassen kann, das Geheimnis, dass sie es voriges Jahr gewesen war, die den Jungen mit dem großen Kleiderpaket geschickt und obendrein eine Quittung verlangt hat. Friederike amüsiert sich köstlich, aber Antonia schaudert und das bleibt vor Balthasar nicht verborgen. Er lässt die Zeichnung sinken und Antonia spürt seinen aufmerksamen Blick auf sich ruhen. Sie aber deutet auf das Zeichenzeug: »Mach weiter, ich nehm sie nachher mit.« Leider niest sie mehrere Male hintereinander.

Es ist nur eine flüchtige Berührung mit seinen Fingerspitzen auf ihrer Stirn, die Balthasar sich erlaubt, aber seine Augen weiten sich. »Du hast Fieber, Toni!«

Sie schüttelt trotzig den Kopf. »Mach das fertig, bitte«, und will zurück zu den Hausfrauen kehren, doch Balthasar hält sie am Handgelenk fest. »Nein, Toni, wir bringen dich nach Hause«, wovon sie nichts hören will, denn sie will diese Zeichnung und sie dürfen nicht Aufsehen erregen. »Mir geht es gut, es ist nur sehr heiß dort am Kessel.« Sie wendet sich so schnell in Richtung der Mildtätigen, dass sie ins Schwanken gerät. »Es geht mir gut«, schimpft sie, weil jetzt alle beide auf sie einreden wie auf einen kranken Gaul.

Weil es sich nicht gehört, von einem Mann, der nicht der Ehegatte ist, in einer Kutsche begleitet zu werden, wird Antonia von Friederike nach Hause gebracht. Aus der Kutsche hinaus, von der sie ordentlich durchgeschüttelt wurden, kommt Antonia nicht ohne die Hilfe der Freundin und auch nicht über die drei Stufen bis zur Haustür, weil sie am ganzen Leibe schlottert. Die Türe aber wird ihnen von niemand Geringerem geöffnet als …

»Erdmann!« Antonia versucht ihre Haltung zu straffen, was nur geht, weil Friederike sie am Arm festhält. »Was machen Sie denn hier?«

»Ich besuche Ihren Vater«, strahlt Erdmann von Stukken und nimmt jetzt Notiz von Friederike. Sein Lächeln erstirbt. Antonia, so sehr sie auch in diesem Moment von ihrer Gesundheit im Stich gelassen wird, entgeht nicht der Hauch des Wiedererkennens, der auf beiden Gesichtern – auf Friederikes und auf Erdmanns – auflodert.

Zeichner im Gasthaus

Es überrascht Balthasar nicht, dass Antonia an diesem Abend nicht nach Pieschen kommt. Sie hatte Fieber gehabt am Mittag, so viel steht fest.

Am folgenden Morgen muss er sich vergewissern, wie es Antonia geht. Er gelangt in den Obergraben, da ist die Frühstückszeit der feinen Leute noch nicht einmal vorbei. Von der Straße aus kann er die zugezogenen Vorhänge in Antonias Zimmer sehen. Er geht durch die Hofeinfahrt und klopft an die Dienstbotenpforte. Frau Gutzkow öffnet. Nicht Überraschung, aber Sorge zeigt sich auf ihrem Gesicht. »Sie hat so hohes Fieber und erst der Husten!«

Und genau wie im Frühjahr wird Balthasar von der alten Dienerin ins Haus gelassen. Anders aber als damals, als er stets hier aufgetaucht war, als die Amundi in der Akademie waren, muss Frau Gutzkow heut am Feiertag ihr ganzes logistisches Geschick aufwenden, um Balthasar am Esszimmer vorbei in den oberen Flur zu lotsen. Sie erklärt sich obendrein bereit, vor der Türe zu wachen.

Balthasar schlägt der süßlich-schwere Geruch eines Krankenzimmers entgegen. Antonia schläft tief in die Kissen gesunken. Die rosigen Bäckchen würden ganz reizend sein, wenn sie von einem strammen Herbstwind oder einem Glas Wein, nicht aber vom Fieber stammten. Draußen ist es zu kalt, um die Fenster zu öffnen für eine Briese frische Luft. Mit dem Fuß schiebt Balthasar die Zeichnung, an der Antonia gerade arbeitet, unters Bett. Die kritische Darstellung schlecht bezahlter, darbender Weber sollte im Hause Amundus besser von niemandem entdeckt werden. Dennoch huscht ein Lächeln über sein Gesicht beim Anblick des Knollennasenwichtels, dargestellt als dickbäuchiger Expediteur, der beim Abnehmen der Ware sich dermaßen in die Tuchbahn verwickelt hat, dass er der hageren Weberin in die Arme fällt. Der Schriftzug darunter ist mehrmals ausradiert und noch nicht fertig.

Balthasar setzt sich auf die Bettkante. Antonias Stirn ist von einem feinen Schweißfilm bedeckt. Locken kleben an ihrem Gesicht. Er streift mit seiner winterkalten Hand ihre Stirn. Antonia regt sich, wacht aber nicht auf. Balthasar nimmt Antonias feuchte Hände in die seine. Aus dem tiefsten Innersten seines Herzens schickt er ein Gebet zum Herrgott, dass er sie gesund machen möge. Er liest die feuchten Strähnen von ihrer Stirn und ihrem Hals und aus ihrem Nacken, wo sie im vollgesogenen Kissen münden. Balthasar stellt fest, dass Antonia völlig durchgeschwitzt ist. Ein Blick zur Tür, weil draußen im Flur jemand geht.

Kurz entschlossen öffnet Balthasar Antonias Schrank, sucht ein frisches Nachtgewand und aus der Truhe frische Laken, dann setzt er Antonia vorsichtig auf. Ihr Kopf fällt auf seine Schultern, wobei sie halb wach wird.

»Du riechst nach Balthasar«, murmelt sie und klammert sich an ihn fest, während er ihr Hemd rafft, damit er es ihr über den Kopf ziehen kann. Er verbietet sich, mit den Augen ihren Leib abzutasten, das gehört hier nicht hin, aber er müsste mit Blindheit geschlagen sein, um nicht zu sehen, wie wunderschön sie ist.

Ins frische Nachthemd gewickelt, setzt er sie auf den Sessel und deckt sie gut zu, damit sie nicht friert und er das Bett frisch beziehen kann. Die Wäsche ist so nass, dass man sie auswringen könnte. Balthasar kann es nicht verstehen, wieso das niemand bemerkt hat. »Mein Vater würde dich glatt lynchen dafür«, murmelt sie und Balthasar dreht sich nach ihr um.

Nachdem er mit der Wäsche fertig ist, nimmt er sie behutsam auf den Arm und legt sie wieder ins Bett, deckt sie zu und kramt aus seiner Tasche die Zeichnungen, die er gestern gemacht hat. Auf der Suche nach einem geeigneten Platz dafür findet er auf Antonias Sekretär die Tageszeitung von heute.

»Sie haben es abgedruckt, wie ich dir's prophezeit hab«, hört er sie wispern.

»Du sollst doch schlafen«, murmelt er und sein Blick ist auf Antonias Radierung geheftet, die in einer Sonderbeilage in der Zeitung liegt. Im Blatt selbst ist ihre Stellungnahme gedruckt, die sie noch in der Heiligen Nacht geschrieben haben muss. Aber ob das Ganze eine Lungenentzündung wert war, bezweifelt er. Er ist stolz auf Antonia, das will er ihr auch sagen, aber erstens ist sie wieder eingeschlafen und zweitens wieselt Frau Gutzkow ins Zimmer, um ihn nach unten zu begleiten. »Die Luft ist rein, Herr Weber, nun kommen Sie!« Der Blick fällt auf den Berg nasser Wäsche. »Aber man darf nicht Wäsche machen zwischen Weihnachten und Neujahr, sonst stirbt einer im nächsten Jahr und überhaupt …«

»An der Lungenentzündung stirbt man, wenn man im Nassen liegt!« Balthasar nimmt Frau Gutzkow das Versprechen ab, sich immer nach der Wäsche zu vergewissern. Er tritt zu Antonia und küsst sie zum Abschied, wobei Frau Gutzkow so tut, als sehe sie das nicht.

Er solle am nächsten Morgen um halb neun herkommen, meint Frau Gutzkow, denn die Amundi seien dann in der Kirche. Balthasar ist der Dienerin unsagbar dankbar.

Er schafft es, sich jeden Tag zu Antonia zu stehlen. Während sie am Sonntag noch delirant im Bett lag, so ist sie um Neujahr schon dermaßen lebendig, dass sie jammert, vor lauter Langerweile sterben zu müssen.

»Wenigstens bleibt mir Erdmanns Silvesterball erspart … reizend, nicht?« Letzteres sagt sie mit einem Deut auf das ungeöffnete Pralinenkistchen. Sie versucht Balthasar zu überreden, sie ein paar Schritte an die frische Luft zu lassen.

Balthasar ist in dieser Sache unerbittlich. Er packt die Bildergeschichten in seine Tasche, um sie ins Oberland zu schicken. »Du hast dir doch eine Beschäftigung gesucht, nun arbeite daran.« Er bleibt unnachgiebig und legt ihr das Zeichenbrett auf den Schoß. Ihm gefällt die Zeichnung, an der sie gerade arbeitet. Es ist eine treffliche Darstellung der Müllberge am Elbufer: Die feinen Damen recken ihre Giraffenhälse über den Dreck hinweg und bewundern in affektierten Ausrufen, welche Antonia über ihre Köpfe zeichnet, die Aussicht hin zum anderen Elbufer. Die eine der Damen, gedrungen wie eine Elefantenkuh, kann gar nicht über den Abfalldamm hinwegspähen, ist aber die, die den schönen Blick auf die Residenzstadt aufs Eifrigste lobt.

»Ich verlass dich jetzt, meine Hübsche«, bestimmt Balthasar und angelt seinen Rock von der Stuhllehne. Antonia schmollt, hebt nicht die Lider. Er beugt sich zu ihr hinunter, ihre Hände verkrallen sich in seinem Nacken. Temperatur hat sie immer noch, da macht ihm keiner was vor. Antonia umklammert seinen Kragen, streift ihm den Rock wieder ab, zieht ihn zu sich runter, was ihn in eine ziemlich missliche Lage bringt. Ihr Vater und ihr Bruder dürften jeden Moment von ihren Höflichkeitsbesuchen heimkehren, deshalb sollte Balthasar schleunigst verduften. Das gibt er ihr zu verstehen. Außerdem müsse er einen Blick in die Bücher werfen, bevor das Semester weitergeht, sagt er ihr. Antonias Schmollgesicht ist seine Antwort. »Du glaubst nicht ernsthaft, dass ich dich im Hause deines Vaters zu Bette reiße, oder?« Er gibt ihr einen Abschiedskuss.

Die Professoren machen nicht viel Aufhebens um das neue Jahr, umso mehr aber um die Neujahrsausgabe der Akademischen Zeitung und dem Artikel zum Siegerbild, den Antonia Amundus geschrieben hat, was natürlich niemand weiß und so ihn, Balthasar, für das Unsägliche abstrafen. In den Metaphern münden die Gipfelpunkte von Antonias Groll gegen von Stukken.

Des Grafen erste Anlaufstelle, sich über Balthasars Unverfrorenheit auszuheulen, ist der Dekan und er wünscht eine Rechtfertigung seitens des Verfassers. Balthasar, der den durch Spitzfindigkeiten verklärten Text gut genug kennt, um sich der sarkastischen Zweideutigkeiten bewusst zu sein, gibt sich ahnungslos. Er meint, jedes einzelne Werturteil das Stukken'sche Selbstbildnis betreffend sei wörtlich, nicht aber bildlich zu verstehen.

»Sie vergessen, dass Sie auf Bewährung sind, Herr Weber«, murmelt der Dekan Amundus, der nicht den Eindruck macht, vom Text enttäuscht, sondern vielmehr beeindruckt zu sein. »Was den Artikel angeht, Herr Graf ...«, räuspert der Professor sich, »... muss ich Ihnen sagen, finde ich nichts Anstößiges darin. Der Text wäre außerdem nie durch die Korrektur gekommen, wenn darin etwas Unglimpfliches zu lesen wäre ... also ...« Er reicht dem, der sich angegriffen fühlt, die Ausgabe und widmet sich einer Schreibarbeit. Erdmann von Stukken macht auf dem Absatz kehrt und verlässt das Arbeitszimmer des Dekans, nicht ohne Balthasar einen ausgesucht wütenden Blick zu schenken.

Erdmann kollidiert in der Tür beinahe mit Antonia, die eben im Begriff ist, das Arbeitszimmer zu betreten und Balthasar entgeht nicht, wie rasch sie vor dem anderen zurückweicht. Balthasar, die Hände in den Hosentaschen, beobachtet nicht ohne die gewisse Abneigung, wie der Lackaffe Antonia hofiert, in aller Hast und Höflichkeit den Zylinder vor ihr lüftet und ihr nette Worte sagt. Antonia, die Floskeln aushaltend, bittet ihn um die Ausgabe des Akademischen Blattes, die Erdmann ihr aus gutem Grund nicht überlassen will.

»Kann ich gehen?«, wendet sich Balthasar an den Professor. Jetzt wird er von Antonia entdeckt.

»Noch einen Moment«, bittet sich der Dekan aus und Balthasar ahnt nichts Gutes. Antonia unterdessen macht es kurz, komplimentiert Erdmann hinaus, schenkt Balthasar einen vielsagenden Blick und deutet auf ihre Umhängetasche, bevor sie im Nebenzimmer verschwindet, wo sie sich mit der Blumengießerei befasst.

»Ihr Artikel ist gewagt, junger Mann«, kommt der Dekan, der die Augen nicht von seiner Schreibarbeit hebt, nun zu Wort. »Kriegen Sie das letzte Semester ohne Anstoß hin, oder sollte ich Sie lieber gleich rauswerfen?«

Balthasar sagt dazu erst mal nichts. Er ist nicht bereit mit einem zu reden, der nebenbei irgendeine Korrespondenz verfasst. Und schließlich hebt der Professor den Blick. »Nun?«

»Tun Sie, was Sie nicht lassen können.«

Die Büschel zucken, der Professor nickt knapp und deutet auf den Text, den er soeben schreibt. »An ihre Schwägerin.« Balthasar verengt die Augen, ist auf der Hut. Antonia, kommt ins Arbeitszimmer zurück und öffnet vorsichtig die Ward'schen Kästen.

»Wollen Sie nicht wissen, was ich Ihrer Schwägerin zu schreiben habe?«

Balthasar regt sich nicht, hält dem Blick des anderen stand.

»Sie erbittet, Sie vierzehn Tage früher zu entlassen, weil Sie die Februarferien für einen wichtigen Auftrag benötigen, der mit zwei Monaten Arbeitszeit kalkuliert ist.«

Balthasar, der ganz genau weiß, welcher Auftrag gemeint ist, schüttelt knapp den Kopf. »Die Prüfungen?«

Professor Amundus nickt. »Ich habe mit Ihren Professoren gesprochen. So sehr Sie in Verruf geraten sind, sind Sie immer noch ein Licht. Keiner Ihrer Professoren hat Einwände, Sie die Semesterprüfungen früher ablegen zu lassen.«

Balthasar wird es ganz anders zumute und ein kurzer Blick zu Antonia sagt ihm, dass es ihr genauso geht. Er schüttelt knapp den Kopf. »Schreiben Sie meiner Schwägerin, dass ich nicht zwei Wochen früher nach Hause kommen kann.« Er will überhaupt nicht nach Hause. Er will bei Antonia sein. Amundus nickt nachdenklich. »Und die Geschicke Ihres Familienunternehmens? Das war Ihnen doch bislang das Wichtigste!« Balthasar nickt knapp. Seine Prioritäten haben sich eben geändert. »Wie gesagt, tun Sie, was Sie nicht lassen können.«

Damit dreht er dem Professor den Rücken zu. Der aber knallt dermaßen mit der Faust auf den Tisch, dass Balthasar und Antonia gleichermaßen zusammenzucken. »Was ist es, was Sie mit Erdmann von Stukken ausfechten? Eine Art Konkurrenz?« Die Stimme des Professors ist schneidend und fest.

Balthasar, der sich wieder zum Dekan umgedreht hat, schüttelt knapp den Kopf. Er sucht Antonias Blick. Sie aber gibt vor, mit den Blumen vollauf beschäftigt zu sein. »Er verbreitet Gerüchte.« Zwischen jedes der drei Worte gleitet eine Pause.

Der Professor gibt sich interessiert. Balthasar aber schweigt, schweigt so lange, bis Amundus ihn knirschend entlässt.

Später, nach dem Bossierunterricht, trifft er Antonia im hintersten Winkel der Bibliothek, wo sie ungestört reden können. Sie ist in heller Aufregung, weil sie erstens den Briefwechsel zwischen ihrem Vater und Balthasars Schwägerin missbilligt und zweitens, weil sie wissen will, von welchen Gerüchten die Rede sei. Balthasar küsst sie, er wird um nichts in der Welt mit ihr über Erdmann von Stukkens Verleumdungen oder sein dämliches Hochzeitstuch reden. Aber Antonia macht sich von ihm los, weil da noch mehr außer ihm ist, was sie erregt.

»Ich hab sie fertig …« Sie zieht einen Stoß Zeichnungen aus ihrer Tasche und Balthasar an den Bibliothekstisch, um sich die Arbeiten anzusehen.

Sie hatten eigentlich vorgehabt, eine Auswahl zu treffen, aber die Zeichnungen – jede für sich – sind so gut: witzig auf den ersten

Blick, tiefsinnig und nachdenklich auf den zweiten, dass Balthasar sie allesamt in die Zeitungsredaktion schicken wird.

Die Adresse, unter der er binnen weniger Tage vom Redakteur kontaktiert wird, ist keine geringere als das *Gustavs*: bezeichnend und anonym zugleich, sodass niemals die Spur zu Antonia führen würde. Balthasar steht es nicht zu, den Brief zu öffnen, der an den *Zeichner im Gasthaus* geschrieben wurde.

»Hier, du süßer Kneipenkünstler«, zieht er Antonia auf, als er ihr Tage später in der Akademiebibliothek den Brief aushändigt.

Curriculum vitae

Antonia wundert sich, warum Balthasar nicht selbst den Brief geöffnet hat und versteht kein Wort von dem, was darin steht. Ein Papier mit wenigen dicht beschriebenen Zeilen. Antonia wird von Worten überflutet, die sie nie zuvor gelesen hat und deren Bedeutung sie nicht kennt. Sie versteht die Geschäftssprache nicht. Und das, was sie zu verstehen meint, klingt so hochmütig, dass sie es nicht glauben kann.

Sie weiß, dass sie Balthasar, der da am Bücherregal lehnt, die Hände vor der Brust gekreuzt, auf die Folter spannt, aber sie genießt den Moment seiner Ahnungslosigkeit. »Aha«, sagt sie und schaut Balthasar hilflos an. Er löst seine Haltung und fordert das Schreiben. Er überfliegt die Zeilen und sie erkennt, wie sich seine Miene aufhellt. »Gut.« Er gibt ihr den Brief zurück, dann schaut er sie an. Lange und fest bannt er sie mit seinem Blick, dann regt sich ein kleines Grinsen in seinen Mundwinkeln.

»Und was bedeutet es?«

»Das meine Liebe …«, Balthasar kommt langsam auf sie zu und legt seine Arme um sie, »… bedeutet, dass sie dich um einen Vertrag bitten, dich bitten, das Imprimatur zu unterzeichnen und wünschen, deine Arbeiten halbmonatlich im Zusammenhang mit einem aktuellen Thema zu drucken. Für zwei Taler pro Blatt.«

Zwei Taler. In Antonias Kopf wirbeln die Gedanken durcheinander. Sie weiß, zwei Taler sind sechzig Neugroschen oder sechshundert Pfennig, aber wie viel ist es wert? In Naturalien oder Textilien umgerechnet beispielsweise? »Ist das viel?«

Er schaut sie skeptisch an. »Machst du Witze? Das ist scheißviel!«

»Wie viel?«

»So viel, dass ich dich sofort heiraten würde«, grinst er.

Antonia bricht in Lachen aus. Sie weiß nicht, wo sie mit all dem, was zu erledigen ist, beginnen soll, und Balthasar hat es wirklich schwer, all ihre wirren Ideen zu sortieren.

In den nächsten Wochen hat sie viel zu tun. Sie verdrängt die Tatsache, dass Balthasar früher als sonst nach Hause fahren wird. Die Zeit verrinnt wie im Flug und Antonia erhält übers *Gustavs* ihr erstes Honorar.

Ihr Kinn auf Balthasars Brust gestützt, dreht sie den grün bedruckten Zettel in der Hand. »Da kann ja jeder kommen und sagen, dass ich damit einkaufen gehen kann.«

Balthasars Finger gleiten sanft durch ihre Locken. Er wird jeden Moment einschlafen. »Das ist ein Tresorschein, Antonia, tu uns den Gefallen und wirf ihn nicht ins Feuer.« Er hält sie so im Arm, dass seine Lippen ihre Stirn berühren können und sie begutachtet immer noch den bedruckten Schein, auf dem in amtlicher Schrift *Zwei Thaler* gedruckt ist, darum herum windet sich das königlich-sächsische Wappen mit vielen Schnörkeln.

»Du meinst wie eine Papiermünze?«

»Mmh.« Balthasar schläft schon halb.

Sie muss sich anstrengen, um im diffusen Licht der Öllampe das Kleingedruckte auf dem Papier entziffern zu können. Was bekam sie für zwei Taler? Den Ärmel eines Kleides immerhin. Frau Gutzkow kauft Lebensmittel für eine Woche von einem Vierteltaler. Reichten zwei Taler also tatsächlich für die Lebensmittel von zwei Monaten? »Laut Gesetz darf ich das nicht behalten.«

Balthasar lässt einen unwilligen Laut hören. Er setzt sich auf, sodass Antonia von seiner Brust rutscht und in die Kissen sinkt.

An dieser Stelle wie so oft, wünschte sie, dass er weniger ehrenhaft sein würde und eher ungestüm und sich ihr bis zum Äußersten nähern würde. Ihre Ungeduld und all ihre großen Erwartungen quälen sie zuweilen sehr. Von Friederike hat sie einiges Gutes, aber viel Furchterregendes über das Äußerste, was zwischen einem Mann und einer Frau geschehen kann, gehört. Und in Antonia ist diese Unrast, dieses Kribbeln, immer wenn Balthasar sie so anschaut oder sie ausdauernd küsst, dass sie nichts Schlechtes von gewisser Sache denken kann. Sie beobachtet ihn, wie er Weste und Rock übers Hemd zieht. »Ich erlaub dir, es zu behalten«, grinst er.

»Danke«, murrt sie, weil sie lieber wollte, dass er sich wieder zu ihr auf die Sofas legt. »Aber du bist nicht mein Mann, nur von meinem Mann darf ich Geld annehmen.« Sie wartet auf die alles entscheidende, wichtigste Frage ihres Lebens. Doch zuerst muss Erdmann von Stukken aus ihrem Leben verbannt werden und sie weiß, dass die Gelegenheit noch nicht da ist.

Sie legt die Banknote auf die erste Ausgabe der Zeitung mit dem abgedruckten Holzstich nach ihrer Vorlage. Irgendwie hat sie damit gerechnet, dass sie das Müllthema zuerst nehmen. Der Redakteur schrieb ihr einen netten Brief und wünschte ausdrücklich, noch mehr von den giraffenhalsigen Damen und dem dickbäuchigen Tropf zu sehen; Letzteres bezeichnet Antonias treuen Freund, den knollennasigen Wicht.

»Ich muss los«, setzt sich Balthasar auf den Rand des Sofas, bindet seine Stiefel und schaut Antonia dann eindringlich an. Er streicht ihr die Locken aus dem Gesicht und sie starrt ihn an. »Versprich mir, dass du eine Kutsche nach Hause nimmst.« Sie nickt. »Wirklich!« Sie nickt abermals und schaut ihn an, als müsse sie sich jedes Detail seiner Züge einprägen. Zwei Monate. Ihr Herz verkrampft sich. Zwei Monate und er könnte jetzt durchaus mal drei kleine Worte zu ihr sagen.

»Ich …« Er neigt sich abermals zu ihr und gibt ihr einen kleinen Kuss, »… schreib dir, sobald ich zu Hause angekommen bin.«

Sie nickt. Sie muss jetzt tapfer sein

Er steht auf, nimmt seinen Kleidersack und verlässt die Dachkammer. Zurück bleiben Antonia und ihre Sehnsucht und ein einsamer Marsch durch den eiskalten Winter. Sie nimmt nicht die Kutsche, weil sie Zeit für ihre Tränen braucht.

In den Tagen, die folgen, gibt sich Antonia zwar die allergrößte Mühe, aber sie ist ein Nervenbündel. Sie ist auch Frau Gutzkow überhaupt keine Hilfe, wirft beim Rübenschneiden das Gute in den Abfall, die Schalen in die Suppe. Frau Gutzkow befreit sie von der Arbeit in der Küche. Im Töpferkurs verdirbt sie eine ganze Ofenladung, weil ihr Blumentopf Lufteinschlüsse hat und beim Brennen zerplatzt, mit ihm alle umherstehenden Gefäße. Auf Antonia prasseln Vorwürfe nieder. Es tut ihr sehr leid, aber sie kann es nicht rückgängig machen. Sie bleibt dem Töpfern fern.

Ihr Kopf und ihre Hände machen dieser Tage ihr eigen Ding und alles nur, weil in der Zeitung und sogar in diversen Vereinigungen darüber diskutiert wird, Elbflorenz vom zum Himmel stinkenden Unrat zu befreien. Es gibt mannigfaltige Ideen, die Stadt von den Aschebergen und dem ganzen Kehricht zu reinigen. Eine davon ist, eine Kolonne Frauen mit Besen bewaffnet durch die Straßen ziehen zu lassen, ein Fuhrwerk hinterdrein, das den Dreck fortbringen soll. Aber wohin? Es wird geraten, Gruben zu graben – dafür vorzugsweise die Ärmsten der Armen aus ihren Häusern zu werfen, ihre ärmlichen Fachwerkhütten abzureißen und an deren Stelle besagte Löcher für den Abfall der Reichen zu schippen. Bei dieser Vorstellung sträuben sich Antonias Nackenhaare. In einer konservativen Zeitung wird sogar – und das ist für Antonia die Bestätigung überhaupt – auf ihre Karikatur Bezug genommen, derer es zukünftig, bitte sehr, keine weiteren geben sollte. Und ob!

Sie beobachtet die Menschen ihrer Umgebung ganz genau. Und weil sie das tut, geht das, was ihre Finger tun, meistens schief. Was sie mit den Klöppeln auf ihrem Klöppelkissen anstellt, bedarf keiner Erwähnung. Dafür aber bietet ihr der Klöppelkreis nette Zeugnisse bourgeoiser Dekadenz als Vorlage für hübsche Zeichnungen. Antonia beobachtet das gekünstelte Gehabe ihrer Gefährtinnen. Beobachtet, wie sie sich über die Vor- und Nachteile dickerer oder dünnerer Klöppelhölzchen austauschen, während draußen die Temperaturen so weit sinken, dass die Elbe bedrohlich zufriert und die Menschen sich über ein Klöppelhölzchen in ihren Öfen freuen würden.

Die beiden Hornringe von Balthasar bringt sie zum Horndrechsler, nachdem der Juwelier nur affektiert mit den Augenbrauen gezuckt hat, mit so etwas könne er nichts anfangen. Der Hornschmuckmacher aber fasst die Ringe in tropfenförmige Silberfassungen, an deren oberes Ende er noch eine Silberperle fädelt, bevor sie in die Haken münden.

Am 23. Januar, das ist ein Freitag, sitzt Antonia in der Kutsche Richtung Radebeul.

Wie aus der Zeit gefallen fühlt sie sich. Wenn sie von Cousine Isabell und Tante Theophine abkömmlich ist, vergräbt sich Antonia in der Arbeit für die Zeitung, aber mit allen Sinnen ist sie bei Balthasar, zwei Tagesreisen von ihr entfernt. Sie schreibt ihm das Wichtigste, was nicht viel ist, weil sie ihn nicht mit überschäumenden Gefühlsausbrüchen von seiner Arbeit abhalten will. Vom Auftrag, für den er zwei Wochen früher als sonst heimgefahren ist, dieser Auftrag muss für die ganze Webersippe von existenzieller Wichtigkeit sein. So plätschern die Tage an ihr vorüber und sie schaut dem Strom des Lebens in die Richtung zu, aus der er kommt und nicht, in die er fließt, und ist sehr wehmütig.

Es grenzt an ein Wunder, dass weder Tante Theophine noch ihre Cousine die einsamen Stunden, die Antonia auf ihrem Zimmer anstatt bei musikalischer Unterhaltung im Salon zubringt, beanstanden oder hinterfragen. Antonia reist früher ab als geplant, weil sie sich einbildet, dass nur so diese Unrast, die sie auf dem Herzen hat, ein Ende findet. Aber sie irrt sich, kaum, dass sie im verschneiten Dresden eintrifft, bereut sie es, den Landaufenthalt so abrupt beendet zu haben. Hier, in der gewohnten Umgebung, hat sie nur noch mehr Fernweh und Sehnsucht nach ihm. Außerdem stromert hier Nikolaus herum, der, jetzt Mitglied im Club der jungen Amerikanisten, im Haus umherflaniert als sei es ein Museum und mit sich selbst englische Konversation führt.

Die erste Stunde ihrer Heimkehr nehmen Balthasars Briefe ein, die zweite nimmt das Studium der Zeitungen der vergangenen Wochen in Anspruch. Die Zeitungen, so hat es Antonia bei Frau Gutzkow angeordnet, findet sie in ihrem Zimmer sorgsam gestapelt vor. Wie gern würde sie die Freude über ihre in Holzstiche verwandelten Motive mit Balthasar teilen! Die Zeitungen schickt sie ihm natürlich. Er schickt weitere Themen, die sie sogleich mit ihrem Knollennasenwichtel besetzt, er schickt ihr Zeichnungen und so viele Grüße, aber von seiner Arbeit schreibt er überhaupt nichts. Auch nicht, als sie ihn ausdrücklich danach fragt.

Wenn sie nicht ihren gesellschaftlichen Verpflichtungen nachgeht, starrt sie verträumt aus dem Fenster. Das Treiben auf der Straße bietet ihr Vorlagen für ihre Karikaturen. Laufradschlurfende Herren mit hohen Zylindern, die die allgemeine Ordnung durcheinanderbringen, zeichnet sie und auch den Fauxpas im Töpferofen hat sie längst verarbeitet – im zeichnerischen Sinne. Sie vermisst Friederike und widersteht jeden Tag der Versuchung, sie in Pieschen zu besuchen. Sie schreiben einander und Antonia weiß, Friederike äußert sich nur aus Höflichkeit zu den Themen, die sie bewegen. Es ist so kalt, dass sie und Friederike sich lediglich einmal auf dem Friedhof treffen können – und das auch nur, um festzustellen, dass es zu kalt zum Schwätzchen auf der Bank ist. Friederike überreicht ihr die Post, die der Gustav entgegengenommen hat. Zu Hause legt Antonia die Tresorscheine in eine Schatulle. Dort, gemeinsam mit den Hornringohrhängern, bewahrt sie ihr eigenes Leben auf und träumt wagemutige Mädchenträume, und ein unlöschbarer Durst nach Balthasar zehrt an ihr. Ein lang genährter Keim knospet mit den ersten warmen Frühlingsdüften und Antonias Bettlektüre wandelt sich dieser Tage entschieden.

Er schreibt ihr, mit welcher Kutsche er am letzten Ferientag zurückkehrt und Antonia, gegen jedwede Benimmregeln, macht sich nach Pieschen auf. Fest entschlossen und naiv. Das Wiedersehen gestaltet sich mitnichten auch nur annähernd so, wie sie es sich in ihren – durch Gouvernantenratgeber und Hygieneleitfaden aus der eingemotteten Bibliothek der Mutter genährten – Mädchenfantasien vorgestellt hat.

Müde ist er, schläft auf dem Weg zu ungeahnten Sinnesfreuden in ihren Armen ein, unschuldiger Schlaf, strotzend vor lauter Tugendhaftigkeit, die Antonia eigentlich in dieser Nacht abzulegen gedachte.

»Nun zieh doch keine Schnute«, stippt er ihre Nasenspitze später.

Antonia wendet sich ab, zieht die Schichten von Oberzeug über das Unterzeug. »Ich bin keine Porzellanpuppe, hörst du? Du musst nicht so vorsichtig mit mir sein. Es nervt mich.« Sie bindet die Schleife ihrer gefütterten Capote. Ihr Zornesblitz prallt an seinem fragenden Gesichtsausdruck ab.

»Tur mir leid.«

Ein wenig gekränkt und ziemlich enttäuscht begibt sie sich auf den Heimweg.

Und hätte sie geahnt, dass sie ihn das nächste Mal im Gefängnis wiedersieht, hätte sie ihn in dieser Nacht nicht im Aprilniesel stehen gelassen.

Sie erfährt es von Nikolaus, der die Neuigkeit aus der Akademie mitgebracht hat.

Ihr Vater ist natürlich ungehalten ob des Querulanten, der nicht hält, was er versprochen hat. Aber Antonia hat andere Sorgen als ihren verstimmten Vater. Sie macht sich Sorgen um Balthasar.

Mit einer Bohne fängt man nicht zwei Tauben

Er legt den Arm um sie, sie schiebt ihn weg. Es regnet nicht sehr, eher ein feiner Sprühregen. Er nimmt ihren Arm in seine Armbeuge, sie entzieht ihn ihm. Ein Spiel, kein ernsthafter Streit, das merkt Balthasar. Er stützt sie beim Besteigen der Kutsche, sie macht sich von ihm los. »Sieh mich an.« Er kann nichts gegen das Lächeln in seiner Stimme tun. Sie ist so schön und er hat sich so nach ihr gesehnt.

Sie klopft gegen den Wagenkasten und die Kutsche rattert los. Und vielleicht hätte er ihre Hingebung einfach annehmen sollen.

Der Semesterauftakt vollzieht sich in weniger sensationeller als vielmehr gewohnter Ausprägung. Antonia entschuldigt sich für ihr Fernbleiben vom Semesterball mit einer Erkältung. Balthasar, der noch am Vormittag von Antonia ein Schreiben per Sendboten erhalten hat, weiß, dass sie nicht krank ist, sondern mit ihm hadert.

Der ahnungslose Erdmann von Stukken markiert den tief Betroffenen, lässt Nikolaus seine aufrichtigsten Genesungswünsche ausrichten und schaut sich im selben Atemzug nach einem geeigneten Tanzersatz um.

»Ich hab noch was für dich«, stört Balthasar den Möchtegerngrafen bei seiner Brautschau. Von Stukken nickt geistesabwesend und ersinnt einen Termin, wann es ihm genehm sei, das Schmucktuch in Empfang zu nehmen. »Das muss alles gut überlegt sein«, postuliert Erdmann von Stukken jetzt ausgesucht diplomatisch. »Meinst du, Antonia wird es gefallen? Dieses Elbpanorama?«

Balthasar zuckt die Achseln, es interessiert ihn nicht die Bohne.

In der ersten Schulwoche sieht er Antonia nicht.

In der zweiten auch nicht, obwohl er, wann immer er in der Akademie durch die langen Gänge streift, nach ihr Ausschau hält. Er schreibt ihr. Sie beschränkt sich auf knappe Antworten, sie sei sehr beschäftigt. Und jetzt erst kommt ihm in den Sinn, dass er sie vielleicht doch ärger gekränkt hatte, indem er sie abwies, als ihm bewusst war. Und dabei ist er stets nur auf ihren Ruf bedacht! Ihr gräfliches Problem ist schließlich kein Stück gelöst. Nikolaus ist ihm kein Trost. Neuerdings quatscht der alles auf Englisch. »She's unwell«, definiert er Antonias ominöse Erkrankung, mit der sie sich vor Balthasar drückt.

Und in der dritten Woche wird Balthasar ein wenig ungehalten, was Antonias Laune angeht. Und so sehr er auch damit beschäftigt ist, jene Pflichtvergessenheiten der beiden versäumten Wochen vor den Winterferien aufzuarbeiten, ist er doch mit jedem einzelnen Gedanken bei ihr. Gespannt, wie lange sie ihre Stimmung beibehalten wird – und wie lange er ihre Empfindlichkeit aushalten kann – sucht er Ideen für die praktische Abschlussarbeit und ein Thema fürs Schriftliche. Er findet weder dies noch das andere und alles, was ihm Nikolaus vorschlägt, klingt gestelzt und furchtbar kompliziert.

Wie es dazu kam, könnte Balthasar nun nicht mehr sagen, auf jeden Fall läuft er eines abends in Gustavs Schänke, wo er einzukehren gedenkt, drei Wachmännern, Inspektoren, wie sie sich bezeichnen, in die Arme.

Gustav gestikuliert hinterm Rücken der drei den Tatbestand. Doch ist Balthasar der Zeichensprache nicht mächtig.

Er beantwortet die Fragen des bärbeißigen ersten, des zackigen zweiten und das Nachgehakte des dritten.

Einen *Zeichner im Gasthaus* kenne Balthasar nicht, gibt er den Kommissaren zu verstehen. Die drängenden Fragen und zudringliche Art hätte ihn aufgeregt, wenn er nicht so ernsthaft alarmiert wäre.

»Aber Sie sind in Pieschen der einzige Mensch weit und breit, der etwas mit Kunst zu tun hat«, bleibt der zweite hartnäckig und der dritte macht eine unsinnige Geste zu einer nicht erwähnenswerten Tatsache: »Und dies ist ein Gasthaus, oder nicht?« Eine nicht zur Beantwortung bestimmte Frage.

»Die Inspektoren inspizieren alle Gasthäuser«, erläutert der erste, damit kein Zweifel an seiner Funktion aufkommt und kramt nach etwas in seiner Umhängetasche. »Um den Verfasser dieses …«, er reicht Balthasar eine Zeitung mit einer Zeichnung, die er besser als jeder andere kennt, »zu fassen.«

»Sie wollen den Verfasser fassen?« Balthasar betrachtet den Holzstich. Er thematisiert eine häusliche Szene, bei der der Knollennasenwichtelmann soeben die Handschellen seiner Tochter löst, damit sie die Mittagssuppe auslöffeln kann. Ob die übrigen Weibsbilder von den Fesseln je befreit werden, bleibt der Fantasie des Betrachters überlassen. »Nie gesehen«, gibt Balthasar die Zeitung zurück. »Aber das Bild gefällt mir«, setzt er zur Formalanalyse an, wird aber vom ersten zur Ruhe gerufen. Jener erwartet offenbar ein Geständnis.

Balthasar weist darauf hin, wie widersinnig es sei, sich die Post des eigenen Pseudonyms zur echten Adresse schicken zu lassen.

»Vielleicht ist das aber auch genau der *Trick*«, insistiert der zweite.

»Die Lösung liegt ja oft näher, als man denkt«, sagt Nummer drei.

»Nun in diesem Falle nicht, meine Herren, wenn Sie mich entschuldigen möchten, ich muss morgen zeitig raus …«

Aber leider lassen sich die Herren Inspektoren nicht so leicht abwimmeln, wie Balthasar und Gustav gehofft hatten, stattdessen wird eine Hausdurchsuchung veranlasst.

Allen, auch Gustav, voran, wird Balthasar die Treppe hinaufkomplimentiert und hier wird sein Zimmer, in dem immer noch ein Hauch Antonia in der Luft liegt, von rechts nach links gekrempelt. »Die Sitte sieht nicht gern, wie unser schönes Elbflorenz mit hässlichen Schmierereien verunglimpft wird.«

Es gehe ihn nichts an, ist die Antwort des zweiten, da Balthasar zu erfahren begehrt, was mit dem *Zeichner im Gasthaus* passiere, sollte er gefasst werden.

»Ins Kittchen kommt er«, kommt dem ersten, der von weniger erhelltem Geist beseelt zu sein scheint, als die beiden anderen, über die Lippen.

»Jedwede Hinweise sind uns willkommen«, ergänzt der erste um die verunglimpfenden Blicke der anderen aufzuwerten und stellt sich in die Tür.

»Schauen Sie sich in der Akademie für uns um. Es sollte Ihr Schaden nicht sein«, gibt der zweite zu verstehen und stellt sich, auf den dritten wartend, in die Tür neben den ersten.

»Sie können sicher sein«, äußert sich der dritte, der in Balthasars Schulsachen blättert, »dass wir alle Ihre Informationen diskret be… Oh …« Ein triumphaler Ausruf, begleitet vom Wink mit einem Blatt aus Balthasars Französischmappe folgen.

»Da hat der Hans wieder eine Nase bewiesen«, lacht der erste.

»Und fängt zwei Tauben mit einer Bohne!«, freut sich der zweite.

Der dritte nimmt Balthasar fest.

Böhmischer Schneider

Balthasar weiß selbst, wie sinnlos es ist, sich aus der Sache herauszureden und alles, was er sagt, könnte die Sitte letztlich auf Antonia bringen und das ist das Letzte, was er wollen könnte. Sämtliche Knollennasenwichtel werden beschlagnahmt. Balthasar ebenfalls.

Man offenbart ihm, dass es noch ein paar Tage dauern werde, bis er einem Richter vorgeführt wird. Sittenwidrigkeiten sind an der Tagesordnung und daher nicht dringlich.

»Mache Er es sich so lange bequem«, empfiehlt ein teigiger Schlüsselklingler und grinst Balthasar an. Der findet sich in einer Zelle wieder: schmale Bretter, keine Elle breit, mittels Ketten an der Wand befestigt, stellen das Mobiliar dar. Er zählt drei solche Bretter und wähnt ungefähr das Doppelte an Delinquenten, die auf dem mit Stroh ausgelegten Steinboden kauern oder an die Wand gelehnt stehen.

»Aber …« Balthasar wirbelt herum, weil die Holztür mit dem vergitterten Guckloch in die Mauer kracht.

»Nichts aber …«, hallt es von draußen und Schritte entfernen sich.

Balthasar wendet sich wieder um, nickt dem halben Dutzend Zellengenossen zu und hat genau einen Herzschlag zu entscheiden, wie seine Zeit hier aussehen soll: passabel oder unerträglich. Er entscheidet treffsicher und sagt: »Weber vom Namen und Beruf.« Ein halbes Dutzend rechte Hände werden ihm zum Gruße entgegengestreckt.

Zeit als solche bekommt in Balthasars Verständnis eine ganz neue Bedeutung. Zeit als brauchbare Größe wie Lebenszeit: nutzbare Zeit, unwiederbringlich verlorene Zeit; Zeit als Luxusgut: Zeit, die er mit Antonia hätte verbringen können und Zeit als Gütekriterium, die die Qualität seines bisherigen Lebens ausmacht. Hat er jede Zeit ausgefüllt? Mit Antonia ausgefüllt?

Darüber nachzudenken hat Balthasar viel, viel Zeit. Und er kommt zu dem Schluss, dass er Zeit vergeudet hat, die er alle Mal mit Antonia hätte ausnutzen können.

Zumindest hat einer seiner Kameraden einen Satz Karten und ein jeder derbe Witze dabei. Trotzdem die Zeit lang wird und sich nicht vertreiben lässt, lässt sie sich austricksen und bis auf ein erträgliches Maß gestalten. Eines aber kann Balthasar nicht vertreiben: seine sich wirklich konturiert abzeichnende Angst vor dem, was ihn erwartet.

Man darf in einem schmuddeligen Saal aus Holzschüsseln essen und sich am Brunnen auf dem Innenhof waschen. An Barbieren mit und ohne Rasiermesser fehlt es und an Schlaf ist nicht zu denken dicht gedrängt zwischen den rülpsenden und furzenden Männerkörpern.

»Pranger, Freiheitsstrafe und dann werden wir mal sehen …«, sagt der Richter. Es hat zwei Nächte, einen ganzen Tag und einen halben gedauert, bis Balthasar angehört wurde.

Was *dann werden wir mal sehen* bedeutet, wird ihm zu diesem Zeitpunkt noch nicht verraten und in der kommenden Nacht bangt er wirklich sehr. Er bittet um Schreibzeug. Das wird ihm verwehrt und Balthasar geht Hunderte Male in Gedanken die Briefe durch, die er an die Rote Marthe, nach Hause und hauptsächlich an seine Liebste schreiben würde. Er ist voller Demut und Reue, betet, beginnt aber angesichts der misslichen Lage, in die ihn Gott gesteckt hat, seine Religion zu überdenken.

Etwa einhundert Partien Böhmischer Schneider, drei Millionen schlechte Witze und eine weitere Nacht auf dem Steinboden später wird die Holztür aufgerissen und Balthasar herausgerufen.

»Da hat Er wohl Glück gehabt«, gibt der Teigige von sich, aber mehr erfährt Balthasar nicht. Er wird durch die Flure der Besserungsanstalt geführt, dann in den Raum, wo man ihn vor drei Tagen aufnahm und hier fällt sein Blick direkt und ohne Zweifel auf Antonia, die kerzengerade und sorglos lächelnd auf einem Stuhl am Tisch von Nummer eins sitzt und eine Teetasse mit aufgemalten Röschen an die Lippen führt.

Balthasar, dem man seine Freilassung bescheinigt, tut, was er am besten kann: Er unterzeichnet das Dokument, das ihn losspricht, aber die Entschuldigungen von Nummer drei überhört Balthasar geflissentlich. Jeder seiner Sinne ist auf Antonia in diesem geblümten Kleid gerichtet, und er versteht nicht, warum sie hier sitzt und lacht und mit Nummer zwei scherzt.

»Da haben wir ja Ihren Bruder«, sagt Nummer zwei.

Ihren Bruder? Balthasar versteht nicht die Bohne.

»Ja«, lacht Antonia gedehnt und stellt die Teetasse auf die Untertasse. Dann erhebt sie sich, nimmt die drei Schritte auf Balthasar zu und haucht ihm einen Kuss auf beide Wangen. Sie mustert ihn, wie er von seiner Schwester gemustert würde. Und sie stellt mit einem kritischen Blinzeln in Richtung der sich nun etwas genierenden Nummer Zwei fest: »Aber zu essen geben Sie ihnen nicht besonders viel!« Haltlos versucht der Inspektor sich aus dem Schlamassel herauszureden und Balthasar strebt eigentlich nur drei Dinge an: hier wegzukommen, zu erfahren, wie Antonia ihn hier herausbekommen hat und mit ihr zu schlafen. In dieser Reihenfolge. Das ist, was ihn interessiert. Sonst nichts.

Der geliehene Körper

Es sind sein Duft von Lavendel und diese untrügliche Noten nach ihm, die sie betören und es ist der Umstand, dass ihr Vater und Nikolaus in der Akademie sind, die sie hinauf in ihr Zimmer stolpern lassen, kaum, dass die Haustür am Obergraben ins Schloss gefallen ist. Undenkbar ihren Kuss einmal zu unterbrechen! Sie zieht ihr Überkleid aus, er entwirrt die Schnüre ihrer Korsage, streift das starre Ding über ihren Kopf. Seine drei Tage alten Stoppeln kratzen an ihrem Hals, ihrem Busen. Ihr Glück ist nicht messbar und seine Hingabe überwältigt sie. Von seiner anständigen Zurückgezogenheit ist er weit entfernt. Sie will ihre überstrapazierte Sehnsucht nach ihm stillen.

Festzuhalten bleibt, so überlegt Antonia, als das Äußerste an körperlicher Verbundenheit ausgekostet ist und sie in sich hineinhorcht wie eine, der ein neuer gegen den alten Körper getauscht worden ist, dass das, was geschah, nichts mit den Hygieneleitfäden und Gouvernantenratgebern zu tun hat.

Er schläft in ihren Armen, sie streicht über seinen Rücken und spürt dem nach, was zwischen ihnen geschehen ist.

Der verwechselte Student

Er muss eingeschlafen sein. Er schaut direkt in ihre Augen, als er aufwacht. Genau wie es schon im Winter gewesen ist, durchbohren ihn auch jetzt ihre graugrünen Augen. So, wie er es sich gewünscht hat. Sie schenkt ihm das schönste Lächeln, er neigt sich zu ihr, küsst sie und zieht sie so eng zu sich heran, so eng wie vorhin, bevor er eingeschlafen ist.

Es ist bald Mittag. Balthasar muss sich anziehen und in der Akademie vorstellig werden.

Nebenan in Nikolaus' Zimmer rasiert er sich, spült seine Haare durch, wäscht sich von oben bis unten und sein Blick fällt auf die Zeitung auf Nikolaus' Bett. Es bedarf keiner Erklärung. Balthasar weiß sofort, dass es die Zeichnung ist, die ihm den Hals gerettet hat.

Die Zeitung in der Hand geht er hinüber zu Antonia. Wie eine seiner Nymphen liegt sie von ihm abgewandt, kaum bedeckt von dem Laken, lässt die Hand vom Bett baumeln, die Fingerspitzen ziehen das Teppichmuster nach. Er setzt sich neben sie und legt die Zeitung vor sie hin.

»Die Auflage hat sich verdoppelt. Sie haben deine Verhaftung zum Titelthema gemacht. Der arme verwechselte Student. Und der *Zeichner im Gasthaus* noch immer auf freiem Fuß«, sie mimt die Empörte und schnalzt mit der Zunge. Balthasar lächelt über sie und betrachtet die Zeichnung in der Zeitung. Der arme Student, der da wütend hinter den schwedischen Gardinen hervorblitzt, ist ihm wie aus dem Gesicht geschnitten. Ein beleibter Knollennasenwichtelmann geht mit stolz geschwellter Brust diesseits der Gefängnismauern spazieren, während dahinter der arme Studiosus eine Strafe absitzt, deren zugrunde liegende Tat er gar nicht begangen hat.

»Justizirrtum nennt man das«, sagt Antonia. Ein Wort, das über dem Text prangt, den Balthasar gar nicht durchlesen will, weil er von Antonias Anblick so eingenommen ist, so sehr, dass er momentan noch nicht von hier fortkommt, sondern sich von ihr zu sich herunterziehen lässt.

Der Dekan Amundus ist hin- und hergerissen zwischen Entrüstung und Bedauern. Einerseits scheint es ihm leidzutun, in welches Missverständnis Balthasar da geraten ist, andererseits ist er zornig, weil es wieder einmal den liederlichen Stipendiaten getroffen hat.

Amundus steht mit dem Rücken zu Balthasar. Jener schimpft, dieser schweigt. »Was ist es, Herr Weber«, steht er von seinem ausladenden Schreibtisch auf, »zieht es Sie an wie … so ein Magnetismus, was man von einem gewissen Ampére gelesen hat? Ich begreife das nicht. *Zeichner im Gasthaus*. Welch ein Hohn! … Nun …« Eine ruckende Kopfbewegung in Richtung der Tür entlässt Balthasar aus dem Arbeitszimmer des Dekans.

Der studentische Alltag kommt nur schleppend wieder in Gang. Nicht, weil Balthasar viel Stoff versäumt hätte – er war nur drei Tage fort –, sondern weil er belagert wird von Leuten, die über sein Abenteuer ganz genau Bescheid wissen wollen. Und es gibt die Neider, die es nicht gern sehen, dass jemand anderes als sie im Mittelpunkt stehen. Erdmann von Stukken versprüht seine Missgunst, wann immer sich die Gelegenheit bietet. Einen willkommenen Anlass, sich vor anderen im Allgemeinen und Antonia im Speziellen anzubiedern, bieten zweierlei Einladungen.

Der ersten muss Balthasar folgen, ob er nun will oder nicht. Das Tuch ist bezahlt, also muss er es abliefern. Der Rahmen aber, der Kreis, in dem er dem Grafen das Tuch wird übergeben müssen, passt ihm überhaupt nicht. Das sagt er ihm auch.

»Aber sie ist meine Verlobte, Balthasar, nun hab dich nicht so. Du warst doch schon einmal dort, nicht wahr? Also wirst du wieder dorthin finden.« Klaps auf die Schulter und Erdmann macht sich mit einem siegessicheren Lächeln davon. Und Balthasar geht es durch den Kopf, dass er an Erdmann von Stukken denken wird, wenn er im Obergraben den Blick die Treppe hinauf zu Antonias Schlafzimmer schweifen lassen wird.

Die andere Einladung aber, die zum Stukken'schen Frühjahrsball, wird Balthasar abwenden, das schwört er sich. Ihn kriegen keine zehn Pferde mehr zur künstlichen Ruine.

Obwohl erst Mai, steht die Gluthitze über Dresden mit all den ihr anhaftenden Ausdünstungen. Und dies, trotzdem neuerdings der ganze Abfall noch weiter raus aus der Stadt geschafft und auf die Felder verteilt wird. In der Innenstadt ist es erträglich, so lange der Wind stimmt.

Ihm wird von Antonia die Tür zum Obergraben geöffnet. Und obwohl oder gerade weil die Wohnung von Erdmanns schwerem Pomadengeruch geschwängert ist, fordert Balthasar einen Kuss von ihr; flüchtig und heimlich.

Im Salon sitzen Erdmann von Stukken, Nikolaus und der Professor bei oberflächlicher Rhetorik und kühlem Eistee beisammen.

Es ist im Eigentlichen zu früh zum Trinken, aber Balthasar lässt sich dennoch von Nikolaus einen Schwenker füllen. Man beschließt eingedenk des Gegenstandes unter sich zu bleiben. Die Tür bleibt vor Antonia und Frau Gutzkow verschlossen. Das von Balthasar achtlos auf einen Beistelltisch gelegte Kästchen wird von den Amundi neugierig, von Erdmann von Stukken aufgeregt gemustert.

»Darf ich?«

Balthasar macht eine auffordernde Geste. Der Graf entwirrt die Paketschnüre.

»Du bist nicht oft in einem solchen Moment zugegen, nicht wahr?«, fragt Erdmann von Stukken als bereite er Balthasar einen Wohlgenuss, indem er dabei sein darf, wenn ein Kunde seine Ware entgegennimmt. Balthasar lässt diese alberne Frage unbeantwortet und schenkt sich selbst nach.

Und dann wird es still und der Raum zwischen den vier Männern wird angefüllt vom Knistern des Wachspapiers und dem Rascheln der Jute, in die der Damast eingewickelt wurde.

Als Balthasar den dritten Cognac geleert hat, sind die beiden Amundi und Erdmann mit der Bewunderung des Elbpanoramas Leinen in Leinen fertig.

»Das wird Antonia mit Sicherheit gefallen«, nickt der Professor, Erdmann strahlt aufgeregt und Nikolaus schweigt. Er lässt Balthasar nicht aus den Augen, hadert jetzt noch mit ihm, obwohl es einleuchtende Gründe dafür gibt, dass sich Balthasar rar macht: die Verhaftung, die Abschlussprüfungen, die Bodenständigkeit eines Damastwebers. Einerlei. Nikolaus gibt den Liebeskranken wie eh.

»Das alles versetzt mich in eine solche Aufregung. Ich weiß nicht, wie ich bis zum Abschluss noch warten soll«, zappelt das Gräflein auf seinem Sitz.

»Hast du doch nicht«, kommt es von Balthasar trocken. Von den anderen beiden wird er gemustert, teils achtsam, teils fragend.

»Wie meinen?«, Erdmann von Stukken richtet sich blinzelnd im Lehnsessel auf.

»Du hast doch nicht gewartet.« Balthasar unterdrückt ein Rülpsen. Der Geschmack des Cognac gärt auf. Ihm wird übel. Eigentlich geht ihm das Ganze hier gewaltig auf den Nerv und Balthasar weiß überhaupt nicht, wozu man ihn hierher bestellt hat, das Schmucktuch, das Hochzeitsgeschenk hätte er Erdmann von Stukken jeden Tag an der Akademie aushändigen können. »Spiel doch nicht den Ehrenmann hier.«

»Was deuten Sie damit an, junger Mann?«, wird der Professor jetzt aufmerksam und auch er rutscht im Sessel nach vorn, allzeit bereit, dem Übeltäter – welchem auch immer – rechtzeitig an die Kehle zu springen.

»Dass Gerüchten zufolge, Erdmann von Stukken nicht abgewartet hat, um den Ruf Ihrer Tochter zu schädigen …« Weiter kommt er nicht, denn Erdmann von Stukken springt auf, die wüstesten Verwünschungen gegen Balthasar formulierend und Balthasar braucht nur einen Hieb auf den Bildmittelpunkt, einen zentralperspektivisch gesetzten Haken, ein Schlag in die Fresse des Erdmann von Stukken und all seiner Blasiertheit und es wird still im Salon der Amundi.

Balthasar wendet sich von dem, den er in die Lehne des Sessels zurückgeschmettert hat, ab, um seine Tasche zu greifen, da wird er hinterrücks – womit er hätte rechnen müssen – gepackt. Eine Erdmännchenattacke gegen Balthasars Rippen zunächst und dann, weil Balthasar sich versucht zu verteidigen, auf die Nase, sodass es ihm ganz schwarz vor den Augen wird.

All diese Ereignisse passten zwischen zwei Wimpernschläge und hätten noch einiges an Handgreiflichkeiten nach sich gezogen, wenn der Professor nicht mit sonorem Zeter und Mordio die beiden auseinandergebracht hätte.

So hängen die jetzt in den Sesseln, der Professor steht zwischen ihnen, den Blick vom einen zum anderen und wieder zurück schickend. »Ist das wahr?«

Weil er nicht anders kann, streitet Erdmann von Stukken ab, was er Balthasar damals vor Weihnachten im Souterrain der Druckwerkstatt großspurig vorgeschwärmt hat und weil Balthasar nicht anders kann, hält er dem anderen die erwähnte Niedertracht vor. Keine Schulden bleiben offen.

Die Tür fliegt auf, zuerst Frau Gutzkow, dann Antonia stürmen auf den Lärm hin den Salon. Keine Worte, aber fragende Blicke und das Entsetzen über des einen blutende Lippe und des anderen blutende Nase. Frau Gutzkow rennt, ein paar feuchte Tücher zu holen, Antonia erwartet Erklärungen und ihr Blick fällt auf den Damast auf dem Beistelltisch.

»Meine Teuerste. Die Überraschung … jetzt ist sie verdorben«, mault Erdmann von Stukken, wobei er sich die Oberlippe befühlt. Er lässt sich von der herbeieilenden Frau Gutzkow dieselbe betupfen, was, so überlegt Balthasar nicht ohne Hähme, ein Schicksalswink sein muss – oder Frau Gutzkows Weitsicht – und dazu führt, dass Antonia Balthasars lädierte Nase, wie sie es schon einmal getan hat, kühlt. Ihre Blicke bohren sich tief ineinander, während Erdmann lamentiert, wie furchtbar unseriös ein Balthasar Weber sei, wie flegelhaft und wankelmütig. Und mitnichten an eine Akademie gehörend!

»Wusstest du, dass er verbreitet, dich entehrt zu haben?«, rutscht es Balthasar da aus dem Mund, was er nie, niemals hatte aussprechen wollen. Antonias Blick verändert sich. Ihre Haltung wird straffer, steifer und fest. So wendet sie sich nach dem Stukkener um. Ihre Stimme ist gefasst, ihr Blick kühl wie das Tuch, das sie in ihrer Hand walkt. »Sagen Sie, ist das wahr?«

Erdmann, unter der Drangsal einer Frau Gutzkow und ihrem Tuch leidend, vermeidet es, in Antonias Gesicht zu schauen. Sie wiederholt ebenso ruhig wie eindringlich ihre Frage und ihre Finger streifen kaum merklich die von Balthasar. Eine so klitzekleine Geste, eine Ahnung nur von einer Berührung und doch von einem Paar grüner Augen nicht unbemerkt geblieben. Nikolaus' Blick: erst fragend, dann erahnend und zum Schluss entsetzt. All das geschieht, während Erdmann von Stukken, um kein Wort verlegen, jegliche Schuld von sich abzustreifen versucht. Nikolaus erhebt sich langsam, seine Miene ist jetzt wie versteinert. Er entschuldigt sich mit der Begründung, dies hier sei wohl kaum seine Angelegenheit, aber Balthasar weiß, Nikolaus verlässt seinetwegen die Szene.

Antonia nimmt die drei Schritte hin zu Erdmann von Stukkens Sessel. Balthasar kann Antonias Handgriffe nicht erkennen, durchaus aber erahnen und seine Ahnung bestätigt sich, als er sieht, wie sie das Silberne auf das Schmucktuch legt. Gefasst und ohne Hast folgt sie also ihrem Bruder aus dem Salon. Wie gern würde Balthasar sie aufhalten, in den Arm nehmen und all das Unsägliche von ihr fernhalten.

Von Stukken und der Professor starren eine ganze Weile auf den abgelegten Verlobungsring.

Er hat es gehofft, nicht aber damit gerechnet, dass Antonia noch am selben Abend zu ihm ins Oberstübchen kommt.

Sie streift den Umhang ab und lässt sich neben ihn aufs Sofa nieder. Balthasar, das Zeichenbrett auf dem Schoß, beobachtet sie, wie sie müde und kraftlos ihren Blick in der Kammer umherschickt. »Ich weiß nicht, ich dachte, ich würde mich leichter fühlen, halbwegs frei oder so etwas, aber …« Sie beschließt das, was keine Worte hat, mit einer resignierten Geste. Dann schaut sie Balthasar neben sich an. »Was machst du Montagnachmittag? Montags bin ich frei.«

Er lächelt, neigt sich zu ihr, küsst sie, umarmt sie, rettet sie vor ihrer Gewissensnot, liebt sie inniglich und macht ihr den Antrag, auf den sie so sehnsüchtig gehofft hat.

Ein Schiff nach Amerika

Dieses Drama! Ihr Vater schäumte über vor Wut und Antonia befürchtet nun, dass er sich von der Blamage nicht wieder erholen wird. Dennoch kommt er nicht von seinem Standpunkt ab, Antonia sollte Erdmann von Stukken heiraten. Eine Lappalie nennt er das, was Erdmann von Stukken Antonia angetan hat. Üble Nachrede wiegt selbstverständlich nichts, wenn der gesellschaftliche Aufstieg und eine gesicherte Zukunft hinfällig scheinen. Es bedurfte eines gräflichen Briefes, um ihren Vater zu besänftigen, eines Briefes, in dem der Edelmann erklärt, der Versuch, sich mit dem Bürgertum zu verbinden, erweise sich auch in diesen fortschrittlichen Zeiten als undenkbar. Welch fortschrittliche Zeiten! Antonia bedauert Vaters zerplatzte Illusionen. Den Rest nicht.

Und nicht allein ihr Vater leidet unter den Tücken der Jugend heutzutage, sondern auch Nikolaus hat die Bedeutung des letzten Tropfens gleichen Blutes, der in seinen und Antonias Adern fließt, aufgekündigt. Wenn ihr Verhältnis seit der Jahresabschlussausstellung des vergangenen Jahres zerrüttet war, besteht nun keine Hoffnung mehr, es je wieder gesunden zu lassen.

So geht der Wonnemonat vorüber, hinterlässt den süß-fruchtigen Duft nach Pfingstrose und Azalee und das unsägliche Thema ist einvernehmlich aus dem Amundus-Konversationslexikon getilgt.

Die Stöcke der Malven schießen in die Höhe, um im Juli in die Blüte zu kommen, aber Antonia weiß, die Blütenpracht wird sie dieses Jahr nicht genießen können. Nach den Abschlussprüfungen, mit Erhalt des Zertifikates wird Balthasar Dresden verlassen und sie wird ihn begleiten. Der Professor weiß davon noch nichts und Antonia hat keine Ahnung, wie sie es ihm beibringen soll. Vielleicht unterschätzt sie ihren egozentrischen alten Herrn, indem sie ihm abspricht, sich für die Zukunft seines Kindes zu interessieren. Dennoch schiebt sie dieses wichtige Gespräch vor sicher her.

Am Montag ist Wäsche, am Dienstag der Markt, am Mittwoch Briefeschreiben, donnerstags Hausfrauenkreis, freitags Buchbestellung und Keramikatelier. Alles könnte so geordnet sein.

Antonia kommt eben vom Postamt, wo sie ein paar Zeichnungen für die Zeitung aufgegeben hat und mit der neuesten Ausgabe des Blattes nach Pieschen. Aus Marthes Wohnung ist Giselles kehlige Sangesstimme zu vernehmen. Es ist zwar ein heißer, aber auch recht windiger Tag Ende Juni. Die Zeitung schlägt sie schon auf der Treppe auf. Sie nimmt zwei Stiegen auf einmal, was sich nicht schickt, weil sie den Rock beinahe bis zu den Knien anheben muss und zerknittert die Zeitung auf der Suche nach dem Holzstich.

Es ist stets eine Überraschung, welche ihrer Arbeiten als für die Ausgabe passend empfunden wurden, aber wie immer überzeugt der Holzstich und wie immer durchzuckt Antonia ein kleiner Stolz, den sie sich zeitlebens verwehrt hatte. Antonias Tresorscheine werden seit der vermeintlichen Festnahme des *Zeichners im Gasthaus* in den Obergraben, zu Frau Gutzkows Händen geschickt. Was liegt ferner, als eine Haushälterin des Zeichnens in einem Gasthaus zu verdächtigen!?

»Sie haben die Wäscherinnen genommen …«, fällt Antonia mit Balthasars Tür in sein Zimmer. Aber wie vom Schlag getroffen, steht sie da und starrt die beiden Männer an, die da sind.

»Was willst *du* hier?« Damit rührt sich der eine. Der andere fährt sich über die Augen, offenbar müde dessen, was schon vor Antonias Erscheinen thematisiert worden war und überdrüssig dessen, was jetzt bevorsteht.

»Ich.« Antonia verbirgt die Zeitung hinterm Rücken und schaut verunsichert zwischen Balthasar und Nikolaus hin und her. »Wollte nicht stören«, stammelt sie.

»Stören? Antonia, was um Himmels willen tust du hier?« Ihr Bruder ist jetzt nicht mehr überrascht, sondern schaut indigniert von seiner Schwester zu Balthasar und wieder zurück. »Ohne Begleitung? Genügt es nicht, dass du uns zum Gespött der Leute machst, indem dich Erdmann von Stukken abserviert hat, musst du auch noch ohne Begleitung hierher, hierher, in ein …« Nikolaus redet und redet, ohne etwas Entscheidendes zu sagen.

»Lass gut sein«, unterbricht Balthasar ihn.

»Aber was will sie hier?« Nikolaus beharrt auf seiner gespreizten Widerborstigkeit.

Balthasars Blick trifft Antonias. »Mach doch die Augen auf, Nik!« Balthasars schneidender Ton bringt Nikolaus tatsächlich zur Besinnung. So, als wolle er dem Ratschlag seines Freundes Folge leisten, schaut er jetzt seine Schwester an. Eine ganze Weile lang sieht er ihr in die Augen, sein Blick vertieft sich in den ihren, dann nickt er kaum merklich, aber an dem mahlenden Kiefer erkennt sie, wie er seine Enttäuschung und seinen Schmerz zu überspielen versucht.

»So bist du zu dem geworden, was hier ein und aus geht?«

»Nicht, Nik!« Antonias Warnung war nur ein Flüstern. Ihr leicht in die Höhe gehobener Zeigefinger sinkt kraftlos gegen das in der Zugluft bauschende Sommerkleid. »Nicht. Sag das nicht!«

Nikolaus aber entlockt dem Zylinder in seiner Hand ein resigniertes *Plopp* und setzt ihn sich auf den Kopf. »Nun denn, Schwesterherz. Mir kann es egal sein!« Aber am Wasser in seinen Augen erkennt sie, dass das, wofür sich Balthasar letztlich entschieden hat, ihm keinesfalls gleichgültig ist.

»Nik«, versucht es Balthasar bei ihm, doch ihr Bruder entwendet ihm seine Hand.

»Ich bin so ein Idiot gewesen, die ganze Zeit.« Nikolaus' Stimme zittert; die Wahl zwischen Tränen- oder Wutausbruch ist noch nicht getroffen. Balthasar bemüht sich abermals um ihn. »Lass mich!«, faucht Nikolaus. Und vor Antonia hebt er den Zeigefinger wie einen giftigen Pfeil: »Weißt du, wie sehr ich ihn …?« Seine eigene Scham würgt ihn ab. Und dabei hatte er ihr doch den Umgang mit ihm verboten. Blinder Narr! Ihr tut ihr Bruder leid.

Antonia gibt keine Antwort, starrt nur Nikolaus' erhobenen Finger an.

»War sie es?«, nimmt er jetzt Balthasar ins Visier, »War sie es, von der du damals gesprochen hast? Weihnachten vor zwei Jahren. Hast du sie gemeint?«, wobei sein Zeigefinger immer noch unanständig auf sie deutet.

Balthasars Blick ist klar, es bedarf keiner Worte mehr und keiner Geste.

»Ausgerechnet meine Schwester!« Zu wem er das sagt, kann Antonia nicht ergründen. Während er sich nicht vorhandene Staubflusen vom Ärmel wischt, rinnt eine Tränen über seine Wange. Eine antrainierte Geste prüft den Sitz seines perfekt geknoteten Halstuches, dann schickt er sich an, die Kammer zu verlassen. Doch das, was er ihr im Vorbeigehen zuflüstert, wird sie zeitlebens nicht loslassen.

Der schwarze Hund hat ein letztes Mal die Zähne gebleckt. Zerberus wird sich in seine Höhle verkriechen.

Antonia und Balthasar sehen einander an, eine ganze Weile schauen sie einander in die Augen, um dem Vorfall Gelegenheit zu bieten, sich zu verflüchtigen. Und schließlich überbrücken sie die Spanne zwischen sich, nehmen einander in die Arme und sperren den Unbill der Amundi einfach aus.

Kaum, dass sie das elterliche Haus betritt, wird sie von ihrem Vater zur Rede gestellt. Weil ihr Bruder ein selbstgefälliger Verräter ist, hat sie damit gerechnet, dass sie sich verantworten würde müssen.

Sie wird auf das Kanapee im Salon beordert wie die Sünderin auf die Anklagebank und ein bisschen ärgert sie sich jetzt doch, dass sie Balthasars Drängen, sie nach Hause zu begleiten, nicht nachgegeben hat.

Da bauen sie sich vor ihr auf: Vater und Bruder wie Kronos, der Titan, und sein Sohn Zeus. Antonia lässt ihre Augen langsam über Nikolaus' einst so makelloses Gesicht wandern. Seine Schönheit ist überschattet vom übermäßigen Alkoholgenuss, vom Spiel, vom mangelnden Schlaf.

Sie erhebt sich von der Strafbank, weil sie den beiden anderen ebenbürtig sein will. »Balthasar Weber hat um meine Hand angehalten und ich habe seinen Antrag angenommen.« Es ist ganz einfach. »Die Mitgift bringe ich selbst ein.« Ihre Zunge braucht nur die Bezeichnungen und Bedeutungen zu formen, ihre Kehle die Luft dazu liefern und schon sind sie draußen die Worte und für alle hörbar. »Ich habe vom Widerruf des Paragrafen der Geschlechtsvormundschaft von 1828 Gebrauch gemacht und mit Balthasars Hilfe ein kleines Vermögen angespart. Ich bin geneigt, die Schulden unserer Familie zu tilgen und werde Balthasar als seine Frau ins Oberland beglei…«

»Nein!« Das poltert Nikolaus. Deutlich artikulierte Worte sind eben nur für jene hörbar, die sie auch hören wollen. Nikolaus will nicht. Ihr Vater schweigt und wägt ab. An ihn, nicht an ihren Bruder wendet sich Antonia jetzt mit einem ratlosen, ja Hilfe suchendem Blick.

»Sei einmal auf meiner Seite, Vater. Nur dies eine Mal!«

Blicke werden getauscht, Gedanken abgewogen.

Sie sieht ihn langsam auf sich zukommen, die Arme heben, das schwarze Sakko spannt über seiner Brust und die Uhrkette kratzt an ihrem weiten Dekolleté, während er sie mit väterlicher Hingabe umfängt. Sie kann den Kuss auf ihrer Stirn spüren und seine feste Umarmung …

»Diesen Mann wirst du nicht ohne meinen Segen ehelichen!« Nicht die Stimme des Vaters, sondern die des Dekan Amundus dringt zu ihr und holt Antonia in die Gegenwart zurück. Stocksteif steht er neben Nikolaus, der Druck der Umarmung, die sie sich so sehnlichst wünscht ist nichts anderes, als ihr enger werdendes Herz. Hinter ihren Lidern brennt es auf, die Augen schlägt sie nieder. »Was für Geld hast du angespart?«, will ihr Vater wissen, den solche Tatsachen mehr interessieren als das Seelenleben seiner Tochter.

Sie muss sich räuspern, um ihre Stimme zu kräftigen und dennoch ist es lediglich ein tonloses Krächzen, das sie zustande bringt. »Ich habe ein paar Zeichnungen verkauft.«

Ihr Vater nickt: nicht etwa anerkennend, sondern das Gesagte zur Kenntnis nehmend. Weiter wird nichts gesprochen.

Sie nickt ebenfalls, dann verlässt sie den Salon. Ihr Kissen dämpft ihr Schluchzen, Balthasars Damast trinkt ihre Tränen.

Keine drei Tage später findet sich Antonia in Nikolaus' Zimmer wieder. Sie sitzt auf der blanken Matte seines Bettes und starrt die Pendeluhr auf dem Kaminsims an. Gähnend klagen die offen gelassenen Schränke und Schübe ihre Verwaisung.

So sitzt Antonia in der Stille und nur das Ticken der Uhr und der verhaltene Schwung des Pendels sind zu erahnen. Der Minutenzeiger rückt voran und Antonia harrt der Regung, die sie durchfluten wird, wenn das kleine Stück Zinn bis auf die Zwölf gehüpft sein wird. Aber noch ist es nicht so weit, noch ist sie gefasst und wie erstarrt. Draußen surrt ein Mauersegler am Fenster vorbei. Von unten her hört sie die Hinterhaustür sich öffnen und hinter dem Eintretenden sich schließen. Schleppende Schritte eines schwer Beladenen. Es ist Dienstag, Frau Gutzkow kommt mit den Vorräten vom Markt zurück.

Zwei Minuten vor zwölf, Antonia ist gesammelt. Eine Minute vor zwölf, nichts regt sich in ihr. Keine Befangenheit. Der Zeiger rutscht ins Senkrechte und Antonia lauscht in sich. Da ist nichts. Nichts als die Gewissheit, dass jetzt, zwölf Uhr mittags Nikolaus' Elbdampfer Richtung Nordwesten aufbricht, um ihn bis zum Hafen nach Hamburg zu bringen, wo er das Schiff nach Amerika nehmen wird. Das wühlt sie nicht auf. Rein gar nicht. Er werde sie ewig hassen, sagte er zu ihr, als es in Balthasars Zimmer zum Eklat gekommen war. Nun gut.

Antonia erhebt sich und schließt die Zimmertür leise hinter sich.

Ein Dieb

Kurz nachdem Nikolaus sich verabschiedet hat, kehrt auch Erdmann von Stukken der Akademie den Rücken. Seine Beweggründe kennt niemand so genau. Balthasar hat Wichtigeres zu tun, als sich am Klatsch zu beteiligen.

Die Zeit bis zu den Prüfungen füllt er mit Antonia und sie führt ein strenges Regiment, was seine Hausaufgaben und seine Prüfungsvorbereitungen anbelangt, damit es keinen Anlass für irgendwelche Akteneinträge gibt. Das ordentliche Studentenleben fällt ihm nach wie vor schwer, schwerer noch jetzt, da Nikolaus nicht mehr hier ist. Der Sommer macht sich im Oberstübchen breit, sodass hier das Lernen kaum mehr möglich ist. An der Akademie ist es einsam und einschläfernd ohne Nikolaus' Ungestüm und seinen Wankelmut. Professor Amundus, und das muss Balthasar ihm zugute halten, trennt das Private vom Beruflichen und lässt die Missbilligung des Versprechens zwischen Antonia und Balthasar nicht an der Beurteilung seiner Leistungen aus. So kann Balthasar die praktischen Prüfungen erfolgreich bestehen, das Mustermalerzertifikat ist nur noch eine Handspanne weit entfernt.

»Ich habe Post für Sie.« Mit einer unmissverständlichen Geste ordert Professor Amundus Balthasar in sein Arbeitszimmer.

Hier, wo die Blumenhäuschen von der Hitze beschlagnahmt und die Pflanzen in ihren gläsernen Gefängnissen schwitzen, riecht es muffig. Lange ist hier kein Fenster geöffnet und kein Staub gewischt worden.

Amundus macht nicht viel Aufhebens, reicht Balthasar einen Brief. Ein amtliches Siegel. Balthasar bricht es und überfliegt den Inhalt. Der Professor räuspert sich, als missbillige er die Notwendigkeit mit diesem Studenten überhaupt sprechen zu müssen. »Ich muss Sie bitten, es mich prüfen zu lassen, nur um sicher zu gehen …«

Balthasar reicht dem anderen den Brief. »Wissen Sie was?«, kommt es Balthasar in einem Anflug wirklicher Resignation, »Mit Ihrem Sohn habe ich mehr gezecht als gelernt und meine Französischprüfungen habe nicht ich, sondern Ihre Tochter für mich bestanden. Also … was soll das alles hier?«

Amundus reicht den sorgfältig zusammengefalteten Brief zurück, dann taxiert er den Jüngeren und Balthasar fallen die müden, traurigen Augen des Mannes auf. Ein kaum merkliches Kopfschütteln begleitet sein »Ich weiß es wirklich nicht.« So forscht er noch einen Moment auf Balthasars Gesicht. Der wendet sich zum Gehen, glücklich darüber, Antonia aus der verknöcherten Bourgeoisie gerettet zu haben.

»Da ist noch etwas«, ruft der Professor Balthasar zurück.

Amundus spielt auf Zeit, auf Wirkung und auf Bedeutsamkeit, das erkennt Balthasar. »Toni, meine Tochter«, welch unnötige Beifügung! »Sie halten an Ihrem Plan fest, mir mein Kind zu entziehen?«

Balthasar verengt seine Augen: »Ihr Kind? Werde ich hier stehenden Fußes Zeuge, dass Sie sich entsinnen, eine Tochter zu haben?«

Amundus' Miene wechselt von Trostlosigkeit in Empörung. »Was maßen Sie sich an?!«

»Gar nichts.« Balthasar wendet sich abermals zum Gehen. Er sieht ein, dass er keine Versöhnung zwischen dem Alten und Antonia herbeiführen kann. Das müssen die beiden unter sich ausmachen.

Er verlässt das Arbeitszimmer und den alten, von seinen Kindern zurückgelassenen, einsamen Mann.

Antonia wird er nichts von dieser Begebenheit erzählen, aber er hofft, dass die beiden eines Tages zueinanderfinden werden. Er weiß, wie sehr sie darunter leidet, ohne den Segen ihres Vaters in die Ehe zu gehen und die übergroße Vorfreude seiner eigenen Sippe auf Antonia ist nur ein schwacher Trost. Das weiß er alles. Sie zerreden das Ganze nicht, aber es schwebt über ihnen und allein deshalb wünscht sich Balthasar, dass der alte Professor eines Tages ein Einsehen hat.

Die Elbe glitzert in der Vorahnung eines heißen Tages. Antonia ist müde und geschafft, das erkennt Balthasar. Die letzten Tage waren eine Zerreißprobe, aber sie wollte nichts davon wissen, ein paar Tage länger in Dresden zu bleiben, das Sachenpacken und den Papierkram in aller Ruhe zu erledigen. Von der Zeugnisübergabe in die kleine Pieschener Kapelle, Friederike als Antonias, Gustav als Balthasars Trauzeuge, Marthe und ihre Mädchen sowie beinahe ganz Pieschen zur Festgesellschaft in Gustavs Schänke.

Eine durchwachte Liebesnacht und mit Sonnenaufgang sitzen sie in der Kutsche gen Osten entlang dem nördlichen Elbufer.

In Loschwitz muss die Kutsche stoppen. Balthasar springt vom, Wagenschlag. »Herrgottnochmal«, und landet direkt in einen aufgetürmten Pferdeapfel.

Antonia im Wagen kichert über die unbeholfenen Versuche Balthasars, die Hinterlassenschaften des Kutschpferdes loszuwerden. Während sie im Kasten wartet, nimmt er die drei Stufen gleichzeitig zur Wachstube hinauf.

»Hat ja ne Weile gedauert, bis die wieder auftauchten, Herr Weber«, gibt der Wachmann von sich, nachdem er den Brief mit Siegel eingehend auf Echtheit geprüft hat.

»Magister Weber, wenn ich bitten darf«, gibt Balthasar zurück, nimmt die Feder, die der andere ihm hinhält und unterzeichnet den Abholschein. Seine Papiere waren gefunden worden, als man die Wohnung des Diebes nach dessen Tod ausräumte. »Schon seltsam, nicht?«, überlegte der Wachmann, »Dass er sie nicht damals zurückgebracht hat. Er hatte doch nie eine Verwendung dafür.«

Darüber wird Balthasar erst viel, viel später nachdenken und froh sein, dass das Schicksal ihm den Dieb geschickt hat, andernfalls wäre er nie zu spät zur Immatrikulation gekommen, seine und Antonias Geschichte hätten nie im Arbeitszimmer ihres Vater beginnen können und alles wäre ganz anders gekommen, ohne das Bordell der Roten Marthe.

Während Balthasar in die Morgenluft hinaustritt, die keine Abkühlung nach der stickigen Nacht verspricht, öffnet er die Pappmappe und blättert die Papiere durch, schwingt sich in den Wagen neben Antonia. Auf ihren fragenden Augenaufschlag reicht er ihr die Papiere. »Hier meine Liebe: Immatrikulationserlaubnis, Geburtsbescheinigung, Konfessionszugehörigkeit, Stipendiatszulassung, Wohnberechtigungsschein, Einwanderungsbefähigung, Matrikelnummer, schenk ich dir.« Er legt den Arm um sie.

»Ich hab dir die Geschichte mit dem Diebstahl nie geglaubt.«

»Das verwundert mich nicht.«

Sie lacht auf, weil er ihr liebevoll in die Seite knufft, dann gibt er dem Kutscher das Zeichen, nach Hause aufzubrechen. Antonia, neben ihm, beugt sich vor und greift Friederikes Hand.

Dichtung und Wahrheit

Alles ist unwahr, nichts davon ist erfunden.

Eine jede Figur in meinem Roman ist durch einen oder mehrere reale historische Figuren motiviert. So ließ ich mich für Antonias Figur von Annette von Droste-Hülshoff (1797–1848), sowie von Luise Büchner (1821–1877), für Nikolaus durch Nikolaus Lenau (gen. Niembsch, 1802–1850) inspirieren und für Balthasar durch den Großschönauer Damastwebergesellen und Mustermaler Elias Zeizig (gen. Schenau), um ein authentisches Lebensgefühl der Zeit um 1840 zu rekonstruieren.

Vor mehr als 250 Jahren wurde die Kunstakademie in Dresden gegründet. Ihr scharfes Reglement, die engen Paragrafen, der strikte Lehrplan und die strenge Erziehung, die den »Zöglingen« um 1840 angediehen wurden, fesselten mich während der Tage im Staatsarchiv Dresden. Mir standen die Stundenpläne von 1827 bis 1836 zur Verfügung.

Balthasars Professor *Mathai* habe ich dem großen Professor, Modelleur und Bildhauer Johann Gottlob Matthäi (1753–1832) nachempfunden. Dessen Sohn Friedrich Matthäi (1777–1845) studierte wie sein Vater, ging als Porträt- und Historienmaler und Weggefährte Georg Friedrich Kerstings hervor. Johann Gottlob Matthäi fertigte nach Zeichnungen des besagten Schenau Modelle für Figuren zum Kamin im Grünen Gewölbe in Dresden.

Die Professoren Blochmann, Rösler und Räcke unterrichteten das Zeichnen nach Gipsabgüssen von Antiken.

Es war mir nicht möglich, ein lückenloses Kompendium der Bücher und Materialien zusammenzustellen, die den Studenten als Lehrmittel gedient haben könnten, so seien hier einige der beispielhaften Kunsttheoretiker, -historiker, und -wissenschaftler genannt, die die erste Hälfte des 19. Jahrhunderts und das Verständnis von Kunst vorangebracht haben:

Freiherr G. A. von Seckendorff, genannt Patrik Peale (Doktor der Philosophie und Privatlehrer an der Universität Göttingen): Kritik der Kunst, Göttingen 1812

derselbe: Vorlesung über die bildende Kunst des Alterthums und der neuern Zeit, Aarau 1814

Dr. J. F. Lobstein: Lehrbuch der pathologischen Anatomie, Stuttgart 1835

Dr. G. F. Waagen: Kunstwerke und Künstler in England und Paris, Berlin 1839

Ludwig Lanzl. Geschichte der Malerei in Italien. Wiederaufleben der Kunst bis Ende des 18. Jahrhunderts, Leipzig 1830

Kurze Einführung in das Vormundschaftsrecht über die Frau im 19. Jahrhundert

Das Vormundschaftsrecht, sowohl nach gemeinen deutschen kanonischen und römischen als auch nach heutigen statutarischen, vornehmlich sächsischen, schlesischen [...] Rechten theoretisch und praktisch in systematischer Ordnung abgehandelt (Halle 1785)[1], meint i. e. Sinne die »Vormundschaft über solche Frauenpersonen, welche nicht mehr unter Altersvormundschaft oder in väterlicher Gewalt, stehen«.[2] So kann man sich zusammenreimen, dass weibliche Mitglieder einer Familie zu jedweder Lebenszeit unter Vor-

1 Ute Gerhard (Hrsg.): Frauen in der Geschichte des Rechts. Von der frühen Neuzeit bis zur Gegenwart München 1997, S. 392.

2 Julius Weiske, Rechtslexikon der Juristen aller teutschen Staaten, enthaltend die gesamte Rechtswissenschaft, Bd. 1–15, Leipzig 1839–1861.

mundschaft standen: zuerst durch den Vater oder dessen Stellvertreter, danach durch den Ehemann.

Zwischen 1811 und 1866 erfuhr das BGB keine wesentlichen Änderungen.[3] Im Jahre 1800 sagte Germaine de Staël: »Die Existenz der Frau ist in unserer Gesellschaft in vielerlei Hinsicht ungewiss … Gegenwärtig gehören sie meist weder zur Ordnung der Natur noch zur Ordnung der Gesellschaft.«[4]

»Das Rechtsgebiet, in dem sowohl die *cura maritalis* (eheliche Geschlechtsvormundschaft) als auch die cura sexus (Geschlechtsvormundschaft der Ledigen) zu Hause war, bestand – nach der politischen Geografie der Wiener Bundesakte – aus dem Gzhtm. Baden, dem Kgr. Württemberg, den beiden hohenzollerischen Fürstentümern, den thüringischen Staaten, dem Kgr. Sachsen, den Hzm. Anhalt-Brandenburg […] und aus Teilen Preußens. […] Es wird behauptet, die Geschlechtsvormundschaft über die ledige Frau verschwand »vollends« im Königreich Sachsen im November 1828.[5] Quellen, insbesondere des Privatrechtes innerhalb von Scheidungsakten, ergeben aber ein anderes Bild des Missbrauches des vergilbten *cura sexus* in Sachsen.

Arne Duncker zeigt noch für die Zeit weit ins Ende des 19. Jahrhunderts die Entwicklung des sächsischen BGB auf: § 1631 des Sächsischen BGB weise auf die Pflichten der Frau zum Gehorsam sowie zu Dienstleistungen im Hauswesen und Gewerbe des Mannes hin. § 1638 Die Ehefrau bedarf zu allen Rechtsgeschäften mit Dritten […] die Einwilligung ihres Ehemannes. »Die Stellung ähnelt damit jener einer Minderjährigen.« Seine Einwilligung zu jedweden Aktivitäten der Frau kann der Mann im Prinzip nach Belieben geben oder verweigern, ohne sich rechtfertigen zu müssen.[6]

---

3 Arne Duncker: Gleichheit und Ungleichheit in der Ehe. Persönliche Stellung von Frau und Mann im Recht der ehelichen Lebensgemeinschaft 1700–1914, Köln 2003, S. 850 ff.

4 Gisela Bock, Die Frauen in der europäischen Geschichte vom Mittelalter bis zur Gegenwart. München 2005, S. 97 ff.)

5 Ernst Holthofer, S. 435 ff.

6 Arne Duncker, S. 850 ff.

Und ein Wort zum Müll

In Dresden wurde ab 1873 durch die Dresdner Düngerexport-Gesellschaft eine systematische Müllabfuhr ins Leben gerufen, damit ist das Elbflorenz eines der Schlusslichter der großen Städte Deutschlands, die sich dieses Problems annahmen. Der Müll wurde bis dahin aus der Innenstadt in die Randbezirke und kleinen Vororte gebracht. Von nun an wurde die Tonnenentleerung notwendig, da die Geruchsbelästigung unerträglich schien.

Dank

Dipl. Arch. Ronald Michler, ich weiß eben nicht, wie man den Microfish in den Reader einlegt!

R. R. M., das Nächste schreibe ich im Stehen, damit es kürzer wird!

U. Kirsten, danke für die Musik.

Dr. C. Weinreich, wir kriegen das schon noch gebacken!

J. Hofmann, danke für das DD-NOL-Shuttle und verzeih, dass es nicht blutrünstig geworden ist.

P. Baumgärtel, danke für deine Geduld mit den vielen, vielen Entwürfen!

E. Hufenreuter, vielen herzlichen Dank für die vielen hilfreichen Anregungen.

T. Schramm und P. Spinde, danke dass ihr meine besten Freunde seid und mich ausreden lasst.

T. Schirmer, merci beaucoup pour votre aide.

Und danke, mein Schatz, dass ich mein eigenes Geld verdienen und shoppen gehen darf!

Niederschlesische Oberlausitz, Februar 2014 bis Juli 2017

Zur Autorin

Ivonne Hübner studierte Germanistik, Kunstpädagogik und Erziehungswisschenschaften in Leipzig auf Lehramt an Gymnasien für Deutsch und Kunst, kehrte über Umwege von Berlin, Potsdam und Osaka in die Heimat der Niederschlesischen Oberlausitz zurück, wo sie mit ihrer Familie lebt.

Elbmöwen ist ihr siebenter Roman und bildet nach *Die Tuchhändlerin*, erschienen im Dryas Verlag, den zweiten Teil ihrer Damastweberreihe.

Hintergrundinformationen finden Sie unter:
https://ivonnehuebner.wordpress.com/

Ebenfalls von Ivonne Hübner im Mitteldeutschen Verlag erschienen

Ivonne Hübner
Ketzerhaus
Ein Reformationsroman

576 Seiten · Broschur
ISBN 978-3-95462-785-1

Ein fesselnder Roman zum Reformationsjubiläum

November 1517. Luthers 95 Thesen gelangen durch aufrührerische Studenten in die hochfromme Stadt Görlitz an der Neiße. Elsa, eine Magd, und Andres, Brauereisohn und Hoffnungsträger einer großen theologischen Laufbahn als Priester, ahnen nicht, dass ihrer beider Schicksal miteinander verknüpft ist. Während Elsa das Leben an der Seite von Gunnar, Andres' Stiefbruder, vorbestimmt ist, verliert Andres den Glauben an die römisch-katholische Kirche und an seine Gelübde. Seine Proteste sollen ihm zum Verhängnis werden. Die verbotene neue christliche Religion und das Leben unter dem Dach des »Ketzerhauses« verbinden ihn und Elsa unzertrennlich. In den Wirren des Glaubenskonfliktes, in Zeiten der Pest und Inquisition und als Anhänger reformatorischen Gedankenguts feiern sie die erste lutherische Hochzeit in Görlitz, und es wird ihnen möglich, einen gemeinsamen Weg zu finden.
Phantasievoll, spannend und kenntnisreich erzählt die Autorin von den bewegten Zeiten der Reformation, in denen Andres als Wittenberger Student Martin Luther und dessen Umfeld begegnet, und rückt zugleich die Frauen, die zum Gelingen einer neuen Ordnung wesentlich beitrugen, ins Blickfeld.

»Ein spannend erzählter Roman aus der Zeit der Reformation von einer jungen Autorin aus der Oberlausitz.«

Katrin Kleeberg, Hintergrund Magazin für Politik und Wirtschaft, Januar 2017

Mehr von Ivonne Hübner